中华经典名著

全本全注全译丛书

王秀梅◎译注

诗经 国风 上

中華書局

图书在版编目(CIP)数据

诗经/王秀梅译注. —北京:中华书局,2015.9(2025.3 重印)
(中华经典名著全本全注全译丛书)
ISBN 978-7-101-11146-0

Ⅰ.诗… Ⅱ.王… Ⅲ.①古体诗-诗集-中国-春秋时代
②《诗经》-译文③《诗经》-注释 Ⅳ.I222.2

中国版本图书馆 CIP 数据核字(2015)第 176138 号

书　　名	诗　经(全二册)
译 注 者	王秀梅
丛 书 名	中华经典名著全本全注全译丛书
文字编辑	宋凤娣
责任编辑	刘胜利
装帧设计	毛　淳
责任印制	管　斌
出版发行	中华书局 (北京市丰台区太平桥西里 38 号　100073) http://www.zhbc.com.cn E-mail:zhbc@zhbc.com.cn
印　　刷	北京盛通印刷股份有限公司
版　　次	2015 年 9 月第 1 版 2025 年 3 月第 21 次印刷
规　　格	开本/880×1230 毫米　1/32 印张 27⅜　字数 600 千字
印　　数	800001-830000 册
国际书号	ISBN 978-7-101-11146-0
定　　价	62.00 元

总　目

上册

下册

上册

前 言

《诗经》是我国最早的一部诗歌总集，是我国诗歌的生命起点。它收集和保存了古代诗歌305首（另有6篇只存篇名而无诗文的“笙诗”不包括在内）。《诗经》最初只称为《诗》或“诗三百”，到西汉时，被尊为儒家经典，才称为《诗经》。这些诗当初都是配乐而歌的歌词，保留着古代诗歌、音乐、舞蹈相结合的形式，但在长期流传中，乐谱和舞蹈失传，就只剩下了诗歌。

《诗经》是按《风》《雅》《颂》三类编辑的。《风》大多为周代各地的民间歌谣，是三百篇中最富思想意义和艺术价值的篇章。《风》又叫《国风》，包括《周南》《召南》《邶》《鄘》《卫》《王》《郑》《齐》《魏》《唐》《秦》《陈》《桧》《曹》《豳》十五部分，收诗160篇。根据十五国风的名称以及诗的内容，大致可推断出诗的产生地相当于现在的陕西、山西、河南、河北、山东和湖北北部地区，地域相当辽阔。《雅》是周人所谓的正声雅乐，又分《小雅》和《大雅》。《小雅》74篇，大部分是贵族宴享时的乐歌，也有一部分是民间歌谣；《大雅》31篇，是诸侯朝会时的乐歌。这些诗大多产生于西周、东周的都城地区，即镐京（今陕西西安）和洛邑（今河南洛阳）。《颂》是朝廷和贵族宗庙祭祀的乐歌，又分《周颂》、《鲁颂》和《商颂》。《周颂》31篇，是西周初年祭祀宗庙的舞曲歌辞，产生地在镐京。《鲁颂》4篇，是鲁国贵族祭祀宗庙的乐歌，产生地在今山东曲阜。《商颂》5篇，是宋国贵族祭祀其祖先商王的颂歌，产生地在今河南商丘。

《诗经》作品产生的年代，大致说来，最早为西周初期，最晚至春秋中叶，以公元来计算，为公元前十一世纪到公元前六世纪，历时五百多年。

关于诗三百篇的作者，古代学者作了许多考证，探寻出多篇作品的作者姓名。这些成果，有的被大家所公认，有的却不那么让人信服。因《诗经》中大部分作品为民歌，是经过长期流传，不断加工而成的，作者虽有个人，但大多是群体，他们的名字是不会流传下来的。即使那些文人、官吏或贵族的作品，有的在诗中也说明了作者的姓名，如《小雅·节南山》"家父作诵，以究王讻"、《巷伯》"寺人孟子，作为此诗"、《大雅·崧高》"吉甫作诵，其诗孔硕"，作者的名字"家父""寺人""吉甫"我们知道了，但他们的身份、生平却淹没在历史长河中。能确知作者的只有《鄘风·载驰》等极少数篇章。我们在阅读这些诗作时，如能分析出作品大约出于哪个阶层、哪个时代就可以增进对其内容的了解。

这些流传前后约五百年的诗歌，又产生在如此广阔的地区，是如何收集和编辑起来的呢？对这个问题，历来众说纷纭，归纳起来，一是采诗说，一是献诗说。据说"采诗"是上古时代的一种制度，到周代还有采诗官，他们称"行人""遒人"或"轩车使者"，专门负责到民间采集民歌民谣，然后上报朝廷，目的是便于朝廷了解民情，以便察看朝政的正误得失。献诗说在《国语·周语》中有记载："天子听政，使公卿至于列士献诗，瞽献曲，史献书。"目的也是"观风俗，知得失，自考正"。这些选择来的诗经过筛选整理，大约在公元前六世纪编定成书。

历史上还有"孔子删诗"说，《史记·孔子世家》记载："古者诗三千余篇，及至孔子，去其重，取可施于礼义，……三百五篇，孔子皆弦歌之，以求合韶武雅颂之音。"以此来看，诗的编定工作是由孔子完成的。对此，古人就提出怀疑。据《左传》襄公二十九年记载，吴公子季札到鲁国观周礼，鲁国乐师为他演奏了十五国风和雅、颂各部分乐歌，其编排顺序与流传至今的《诗经》大体相同，而那年孔子才八岁，怎么能做删诗工作呢？《论语·子罕》中记载了孔子的一段话："吾自卫返鲁，然后乐正，雅、颂各得其所。"看来孔子曾为三百篇做过正乐，即纠正曲调错误的工作。这是可能的。总之，《诗经》是经过很多人长时间的收集整理加工而成书的，非一人一时之功。

这些远古时代留下来的诗篇，千姿百态，内容非常丰富，它如同一幅幅生动的画卷，真实地描绘出两千五百多年前那漫长历史时期各阶层人们的生活状况以及社会面貌。

在那个时代，周王朝及各诸侯国的统治者相互攻伐，对民众横征暴敛，民众生活艰辛困苦，《诗经》中很多篇章对这些普通民众的生活作了详细的记录。最典型的要数《豳风·七月》，它生动具体地记述了劳动者一年四季的生活，从春到冬，不停劳作，耕种收割，采桑摘茶，养蚕纺织，砍柴打猎，凿冰酿酒，筑场盖屋，周而复始，没有一刻闲暇。统治者享受着他们的劳动成果，过着优裕的日子，而劳动者却住破屋吃瓜菜，"无衣无褐"，二者形成鲜明对照。在《魏风·伐檀》中，指斥统治者不耕不稼，不狩不猎，却粮满仓兽满院。在《魏风·硕鼠》中，把统治者比喻成贪吃的大老鼠，喂肥了自己，却不顾百姓死活，因而百姓发誓要离开他们，到那没有硕鼠的理想国去。

繁重的徭役和兵役也给人民带来了深重的灾难。他们四处奔波服役，长年不能回家，《鸨羽》写王事没完没了，征人无法赡养父母的痛苦。《东山》写戍卒在外的悲哀和归家途中的悲喜交集。《击鼓》写戍卒思归不得的哀叹。伴随着徭役、兵役的繁重，士兵厌战思乡，妻子怀念征人，还出现了一些离人思妇之作。《伯兮》写女子思念远征丈夫，无心梳洗，相思成病。《君子于役》写女子在暮霭中望眼欲穿，渴望丈夫早日归来。

爱情是诗歌的永恒主题，《诗经》中对爱情和婚姻也有较多的描绘。这些诗，有的写出爱情的欢乐，有的诉说相思的痛苦，有的反映妇女被遗弃的悲惨。对爱情中的各种表现和心理变化描摹得真挚动人，是《诗经》中极富情采的篇章。全书的第一篇《关雎》就是一首情歌，写一个青年追求“窈窕淑女”而不得的焦虑和痛苦。《采葛》写一位男子对采葛姑娘的爱慕和思恋，一日不见，有如“三月”“三秋”“三岁”。《静女》写男女约会时，等待的焦急及会面的欢乐。特别值得一提的是《氓》这首长诗，把女子恋爱、结婚、婚后生活和被遗弃的遭遇完整地描述出来，表现了她命运的不幸和性格的刚强。

《诗经》中还有一些政治讽喻诗，大约是一些富有正义感，对国家命运比较关心，或不得志的文人、官吏的作品。他们揭露当权者的昏聩，批评执政者排斥贤才听信谗言，指斥一些权臣拉帮结伙、妒贤嫉能。还斥责统治者采用荒唐的治国策略，导致国家危机四伏，民众苦不堪言。《小雅》中的《节南山》《正月》《十月之交》《雨无正》就是其中的代表作。这些诗不仅对认识当时的社会很有意义，就是今天，也是关照社会的一面镜子。

《诗经》中还有一些反映周部族发展的史诗，如《大雅》中的《文王》《大明》《绵》《生民》《公刘》等篇，详细地记述了周族祖先创业的艰难，有的还带有神话色彩，诗的篇幅虽长，可读来毫不枯燥。

《诗经》中有相当篇幅是颂歌祭歌，这些或歌颂祖先，祈求降福子孙，或歌颂在上者的功德，思想价值不是很大。但有些记录了当时农、牧、渔的生产情况，先人们开拓疆土、营建宫室的情景，生动地再现了昔日风貌，是了解当时社会的宝贵史料。

总之，《诗经》的内容是相当丰富的，艺术水平也是很高的。读了这些诗，会使我们受到深深的震撼，能深切地感到今人的思想感情和古人是相通的。

对《诗经》的艺术手法，经前人总结，用“赋”“比”“兴”三字来概括。“赋”就是直接抒写和铺述，这是所有文学作品最基本的方法。“比”就是比喻，以彼物比此物，使事物的表达更加形象生动。“兴”，用朱熹的话来说，是“先言他物以引起所咏之词”(《诗集传》)。细究“兴”字，有发端的意思，也称起兴，一般用在诗歌开头。起兴的句子可以与诗的内容有关，也可以无关。赋、比、兴三种方法，在《诗经》中交互使用，有的侧重用赋的方法，如《大雅》和《颂》，而《国风》和《小雅》则用比、兴较多。

重叠的章句，回旋反复地吟唱，是《诗经》中众多民歌的一大特色。它加强了诗的音乐感、节奏感，在一唱三叹中，使诗人的思想感情得到充分抒发。另外，双声、叠韵、叠字的修辞手法，也增加了诗的美感和感染力。

《诗经》的基本句式是四言，每句虽只区区四字，但句法多样，语气自然，创造出很多千古流传的名句，如"杨柳依依""雨雪霏霏""风雨凄凄""风雨萧萧""战战兢兢，如履薄冰""他山之石，可以攻玉"等等，至今还经常运用。根据内容需要，也有二、三、五或六、七、八字为句的。句式的灵活多变，使《诗经》的诗更加色彩纷呈，多姿感人。

《诗经》到汉代被尊为"经"以后，传习的人就多了起来，相传有鲁、齐、韩、毛四家。《鲁诗》出于鲁人申公，他是汉文帝博士。《齐诗》出于齐人辕固生，他是汉景帝博士。《韩诗》出于燕人韩婴，他也是汉文帝博士。《毛诗》出于毛亨和毛苌，毛亨曾为河间献王博士。鲁、齐、韩三家传"今文经"，即用汉初通行的隶书写的《诗经》。《毛诗》传"古文经"，即用先秦使用的籀文。因各家依据的本子在文字上存在差异，所以对诗义的解释也有许多不同。

东汉以后，《毛诗》盛行，鲁、齐、韩三家诗逐渐衰亡，后来其书也亡佚了。现在留存的三家说都是清代学者从各种典籍中钩辑出来的，如魏源的《诗古微》、王先谦的《诗三家义疏》等。

《毛诗》在后世流传最广，影响也最大。很多学者为其作注，最有名的是汉代经学大师郑玄作的"笺"。到唐代，孔颖达作《毛诗正义》，将唐以前关于《毛诗》的各家学说汇集到一起，成了《毛诗》的集大成之作。至宋代，理学大师朱熹作《诗集传》，成为后来士子考取功名的必读之作。及至清代，由于校勘、考据、音韵、训诂学的盛行，解经的著作烟海波起，学术成就也很高。清代关于《诗经》的著作有陈启源的《毛诗稽古编》、马瑞辰的《毛诗传笺通释》、胡承珙的《毛诗后笺》、陈奂的《诗毛氏传疏》等等。值得一提的是，有些解说突破了经学藩篱，又不拘泥于三家之说，方玉润的《诗经原始》就很有特色，他主张"循文按义以求诗的主旨"，注意到《诗经》的文学意义，解说文字辞采斐然，是值得一读的佳作。王先谦的《诗三家义集疏》辑三家遗说最为完备，是三家诗学的集大成之作。到了近代，有林义光的《诗经通解》、吴闿生的《诗义会通》、闻一多的《诗经新义》《诗经通义》等，对《诗经》的探讨，在一定程度上突破了烦琐考证和穿凿附会的旧说，提出不少新的见解。

在阅读有关《诗经》著作时，不可避免地要遇到"诗序"的问题，不了解这个问题，对初学者就会造成障碍。什么是"诗序"呢？一般认为《诗序》有大、小之分，列在《毛诗》各篇之前解释每篇主题的文字就是"诗序"，也称"毛诗序"或"小序"。在《毛诗》第一篇《周南·关雎》的"小序"后面，有一段较长的概论《诗经》全书的文字，自"风，风也"至"是谓四始，《诗》之至也"，称为"大序"。诗序的作者，一说子夏，一说子夏和毛公，一说为东汉人卫宏。还有说子夏作，毛公、卫宏增益润色，迄无定论。"大序"提出很多涉及诗歌理论的问题，如"六义""正变""美刺"等说。"六义"指风、雅、颂、赋、比、兴，并对每项都作了解释。"正变"指"风"诗、"雅"诗有正声，有变声。政治清明时，赞美某某的诗就是正声；王道衰微、政教废弛时，所作讽刺某某的诗就是变声。后来郑玄根据"大序"的说法，将《国风》和二《雅》的 265 篇诗，划分出正诗 59 篇，变诗 206 篇。"大序"还提出了"美刺"说，即政治的清明与黑暗，决定了诗赞美什么，讽刺什么。"大序"还对诗与志、志与情的关系，对诗与政治的关系提出了精辟的见解，对读者很有启发，对后代诗歌创作也起过积极作用。"小序"对每篇诗义的解说，有的确有依据，比较符合诗的本意，但也有不少穿凿附会之说，不可全信。

对于诗的作用，孔子有很高的评价。他说："小子何莫学夫《诗》，

《诗》可以兴，可以观，可以群，可以怨，迩之事父，远之事君，多识于鸟兽虫鱼之名。”(《论语·阳货》)又说：“兴于诗，立于礼。”(《论语·泰伯》)这就是说《诗》在修身方面有教育作用，在治国方面可以观察时政得失，还可以使士人相互切磋砥砺，以至批评怨刺统治者的政策措施，把诗教提到了治国兴邦的高度。

《诗经》在中国乃至世界文化史上都占有重要地位。它描写现实、反映现实的写作手法，开创了诗歌创作的现实主义优良传统，历代诗人的诗歌创作不同程度地受到《诗经》的影响。《诗经》曾被译为多国文字，日本、朝鲜、越南、法国、德国、英国、俄国都有译本，流传非常广泛。作为创造民族新文化的基石，我们一定要很好地继承这一光辉灿烂的文化遗产。

2006年9月，中华书局出版了笔者译注的《诗经》，收入“中华经典藏书”书系中。此本《诗经》，选入历来公认的名篇102首，为全书的三分之一。出版后，受到读者好评，已重印26次。2014年底又应编辑部之邀，笔者将此本扩大为一个全本的译注本。现在这个全本《诗经》已与读者见面了，此本分为题解、正文、注释、译文四部分，现就这四个方面向读者说明一下。

一、题解。每首诗的题解是读懂这首诗的关键，弄清楚诗的主题，才能对全诗作出正确的理解。但有的诗篇，自古以来就众说纷纭，很难确定诗的主旨，因此在写题解时，既需要吸收古人正确的见解，也要参考今人的研究成果，更要根据诗的本文，反复解读，才能选定一个比较正确的主题。此本题解内容比选本详细，对《毛诗序》符合诗意或有参考价值的，录入题解中，并加以评论。对前人或今人一些中肯的见解和评论也加以引用，以便使读者更好地理解诗意。有时笔者也根据诗的内容，斟酌再三，提出一些新的看法。

二、正文。原文以十三经注疏《毛诗正义》为据，同时吸收先贤时彦的校勘成果，统一不出校勘记。

三、注释。注释的原则力求简洁明了，浅显易懂。对于有多种解释的词语或诗句，或选择一种较符合诗意的说法，或列入另说供参考，对有些比较难懂或较为罕见的解释，即引用古人的说法，如《毛传》《郑笺》《孔疏》《诗集传》《毛诗传笺通释》《诗经原始》《诗三家义集疏》等旧注加以佐证，既解释了词语的意义，也可据此追根溯源，加深对词语的理解。

四、译文。要想把这部距我们二千五百多年的古朴典雅而又深奥难懂的诗集，用今天的语言准确流畅地翻译成新诗，实在是一件极为困难的事。古人已有"诗无达诂""诗无通诂"的感慨，即对于《诗经》的诗没有绝对确切或公认一致的解释。但为了读者能读懂每一首诗，对原诗进行翻译还是非常必要的。对此我主要借鉴古代七言诗的句式，用现代的语言来翻译。我发现，在这七个字的范围抉择字句，既有约束又有足够空间，可以将诗意解释清楚，读起来也像个诗的样子，较现代诗的长短不一更容易掌握。当然，此前也有学者做过这样的工作，并且受到好评。而我的译文在力求准确表达诗意的基础上，语言更加通俗易懂，不仅适合一般读者的阅读，对初次接触《诗经》的读者，也是非常适宜的读本。但此本难免还存在一些疏漏之处，敬祈读者批评指正。

本书在出版过程中得到中华书局编辑部王军、宋凤娣、周旻诸位同仁的帮助和审阅，在此表示衷心感谢。

王秀梅

2015 年 7 月 15 日于北京

毛诗序

【题解】

在《毛诗注疏》中，每篇诗的原文前都有一些解题的文字，世称"诗序"。据清代学者考证，《鲁诗》《齐诗》《韩诗》也有"诗序"，但后来都失传了。"诗序"又有"大序"和"小序"之分，常见的分法有四种：第一种，在《关雎》篇前的序言篇幅最长，称为"诗大序"，《关雎》以后每首诗前的序言称"小序"。第二种，《关雎》篇前的大篇序文分为两段，从"《关雎》，后妃之德也"至"用之邦国焉"是说明《关雎》一篇之意的，称"小序"；从"《风》，风也"至"是《关雎》之义也"称"大序"。如《毛诗注疏》曰："旧说云：此起至'用之邦国焉'名《关雎序》，谓之'小序'。自'《风》，风也'讫末，名为'大序'。"第三种，每首诗前的第一句为"小序"，如"《关雎》，后妃之德也"，"《葛覃》，后妃之本也"，"《卷耳》，后妃之志也"为"小序"，此下的文字为说明第一句的，为"大序"。第四种认为"诗序"无大小之分，《关雎》前之序，即是论《关雎》之诗的，也是总论全诗的。后世读诗者多采用第一、二种说法，采用第三、四种说法的不多。我们在这里采用的是第二种说法。另外，还要介绍一下宋朱熹的说法，他认为"《关雎》，后妃之德也"以及后面"《风》之始也"至文末为"小序"，而认为中间"诗者，志之所之也"至"《诗》之至也"一段为"大序"。

关于《诗序》的作者，汉郑玄认为，"大序"为子夏所作，"小序"为子夏、毛公合作。魏王肃认为《诗序》全为子夏所作。刘宋范晔认为《诗序》为东汉卫宏作。朱熹也认同此说。宋王安石认为《诗序》是诗人自己所作。宋程颐认为"诗大序"为孔子所作，等等。至今没有定论。

《毛诗序》是《诗经》的一篇总序。这篇序首先是讲诗是如何产生的，强调人的情感是诗歌的源泉，"有诸内必形诸外"，人的喜怒哀乐之情必然通过“言→嗟叹→永(咏)歌→舞蹈”等形式渐次强烈的行为表达出来。接着还提出了很多涉及诗歌的理论问题,如“六义”“正变”“美刺”等说,对我们研究、理解这些诗歌有启发作用。《毛诗序》对诗与志、志与情的关系,诗在人生中的作用,诗与政治的关系,都提出了精辟的见解,对后代的诗歌创作起过积极的作用。但其中也有不少穿凿附会之说,是必须要加以分辨的。

《关雎》,后妃之德也①。《风》之始也②,所以风天下而正夫妇也③,故用之乡人焉④,用之邦国焉⑤。

【注释】

①后妃:佳偶曰妃,天子之妃曰后。一般指国君的夫人。

②《风》:此指《国风》,《国风》是指各诸侯国的民歌民谣。

③风:此“风”即现在的“讽”意,指委婉地劝告。

④乡人:指普通民众。

⑤邦国,指各诸侯国。以上文字一般认为是《关雎》篇的“小序”。

【注释】

《关雎》这首诗,是歌咏后妃之德的。这是《国风》的第一篇,用来教化天下的民众从而使夫妇关系端正,所以乡大夫用此来教育其民,诸侯用此来教育其臣。

《风》,风也,教也。风以动之,教以化之。诗者,志之所之也①。在心为志,发言为诗。情动于中而形于言②,言之不足,故嗟叹之;嗟叹之不足,故永歌之③;永歌之不足,不知手之舞之、足之蹈之也。

【注释】

①志：人的心意、情感蕴藏在心，未发于言称志。之：到达。

②情：指人心中喜、忧、惧、爱、恶、欲、怒等情感。

③永歌：长声歌唱。永，通“咏”。

【译文】

《风》诗，就是用来讽谏在上位者，用来教化下层民众的。用委婉的讽喻来劝告君上，用殷勤的诲示来教化民众。诗，是蕴藏在人内心的情感和志向。藏在心里称作“志”，抒发为语言就是“诗”。情感在心中激荡而按捺不住就会用言语表达出来，言语还不足以表达，就会通过嗟叹来表达；嗟叹还不足以表达，就会通过歌唱来表达；歌唱还不足以表达，就会情不自禁地通过手舞足蹈来表达。

情发于声[①]，声成文谓之音[②]。治世之音安以乐，其政和；乱世之音怨以怒，其政乖；亡国之音哀以思，其民困。故正得失，动天地，感鬼神，莫近于诗。先王以是经夫妇[③]，成孝敬，厚人伦，美教化，移风俗。

【注释】

①声：指宫、商、角、徵、羽五种声调。

②声成文：指五种声调相配合成曲调。音：音乐。

③经：治理的意思。本义是织丝，横丝为纬，竖丝为经。

【译文】

情感通过宫、商等五声的配合表达出来，五声相配而成韵律就是音。治世之音安宁而愉悦，它所反映的社会政治是平和的；乱世之音怨恨而愤怒，它所反映的社会政治是乖戾的；亡国之音哀伤而忧思，它所反映的民众生活是困苦的。所以端正人的得失之行、变动天地之灵、感致鬼神之意，诗是最有效不过的了。先王就是用它来治理夫妇、成就孝敬、敦厚人伦、纯美人文教化、移风易俗的。

故《诗》有六义焉[①]：一曰风，二曰赋，三曰比，四曰兴，五曰雅，六曰颂[②]。上以风化下[③]，下以风刺上[④]，主文而谲谏[⑤]，言之者无罪，闻之者足以戒，故曰风。至于王道衰，礼义废，政教失，国异政[⑥]，家殊俗[⑦]，而变风、变雅作矣[⑧]。

【注释】

①六义：也有称作"六诗"的，对这个名词历来有不同解释，详见下注。

②"一曰风"六句：郑玄注曰："风，言贤圣治道之遗化也。赋之言铺，直铺陈今之政教善恶。比，见今之失，不敢斥言，取比类以言之。兴，见今之美，嫌于媚谀，取善事以喻劝之。雅，正也，言今之正者，以为后世法。颂之言诵也，容也，诵今之德，广以美之。"另一种说法，认为风、雅、颂指诗的类型，风有十五国风，雅有大雅、小雅，颂有周颂、鲁颂等。赋、比、兴指诗的表现方法。用朱熹的话来说，"赋者，敷陈其事而直言之者也"，"比者，以彼物比此物也"，"兴者，先言他物以引起所咏之辞也"。此解释简明扼要，多被研读者接受。

③上以风化下：是指君上用《风》诗教化民众。

④下以风刺上：是指在下者用《风》诗来委婉含蓄地批评、劝告君上。孔颖达疏曰："臣下作诗，所以谏君，君又用之教化，故又言上下皆用此上六义之意。"

⑤主文而谲谏（jué jiàn）：主文，指诗作者写出的合乎声律的诗文。谲谏，委婉含蓄地劝诫。孔颖达疏曰："谲者，权诈之名，托之乐

歌，依违而谏。”因这样作不易伤害或激怒被批评者，所以下文说“言之者无罪，闻之者足以戒”。

⑥国：指诸侯国。

⑦家：指天下民家。

⑧变风、变雅：孔颖达疏曰：“《诗》之《风》《雅》，有正有变。”“变风、变雅之作，皆王道始衰，政教初失，尚可匡而革之……更遵正道，所以变诗作也。”简单说来，正风、正雅多为颂美之诗，变风、变雅多为讥刺之诗。

【译文】

所以《诗经》有六义，一叫风，二叫赋，三叫比，四叫兴，五叫雅，六叫颂。君上以“风”来教化臣民，臣民则以“风”来劝告人君，通过配合音乐的诗文来含蓄而委婉地批评和劝谏，因而言之者不会获罪，听之者也足以为戒，所以叫“风”。至于到了王道衰微、礼义荒废、政教失所，诸侯国国异政，下民家家殊俗，而变风、变雅这样的诗就出现了。

国史明乎得失之迹①，伤人伦之废，哀刑政之苛，吟咏情性，以风其上，达于事变，而怀其旧俗者也。故变风发乎情，止乎礼义。发乎情，民之性也；止乎礼义，先王之泽也。是以一国之事，系一人之本，谓之风②；言天下之事，形四方之风，谓之雅。雅者，正也，言王政之所由废兴也。政有小大，故有小雅焉，有大雅焉。颂者，美盛德之形容③，以其成功告于神明者也④。是谓四始⑤，《诗》之至也⑥。

【注释】

①国史：国之史官。孔颖达疏曰：“《周官》大史、小史、外史、御史之等皆是也。”

②系一人之本，谓之风：一人，指作诗之人。孔颖达疏曰：“其作诗

者,道己一人之心耳。要所言一人心,乃是一国之心。诗人览一国之意,以为己心,故一国之事系此一人,使言之也。但所言者,直是诸侯之政,行风化于一国,故谓之风。"

③形容:指形状容貌。

④成功:指国家民安业就,群生尽遂其性,万物各得其所的大业成就。

⑤四始:指《诗经》中《风》《小雅》《大雅》《颂》四部分。此四者为人君兴废之始。郑玄笺:"始者,王道兴衰之所由。"

⑥至:极致。

【译文】

国之史官能明晓人君的善恶得失,伤怀于人伦的废弃,哀叹于刑政的苛刻,作诗来吟咏心中的情性,以委婉地讽喻、劝诫人君,这是通达于世事的变迁,感怀于旧时的风俗啊。所以"变风"之诗是发乎人的情性,又止于礼义的。发乎人之情,是说出自民众的性情;止乎礼义,是说先王的德泽流及于后世。一国的政事系属于一人的本意,如此而作的诗就叫"风";说天下之政事而观察发现四方之习俗,如此而作的诗就叫"雅"。雅,就是正,是说王道政治的废兴的。政有小有大,所以有"小雅"和"大雅"。颂,是赞美天子政教的盛大形状容貌的,以其政教的成功虔诚地敬告神明。《风》《小雅》《大雅》《颂》,叫做"四始",《诗》的义理就达到极致了。

然则《关雎》《麟趾》之化[①],王者之风,故系之周公[②]。南,言化自北而南也。《鹊巢》《驺虞》之德,诸侯之风也,先王之所以教,故系之召公[③]。《周南》《召南》,正始之道,王化之基[④]。是以《关雎》乐得淑女以配君子,忧在进贤,不淫其色。哀窈窕[⑤],思贤才,而无伤善之心焉,是《关雎》之义也。

【注释】

①然则：既然这样，那么。表示承上启下之词。

②周公：姓姬（jī）名旦，周文王的儿子，周武王的弟弟，封于鲁。曾辅佐周武王灭纣。成王时，周公摄政，平定武庚、管叔、蔡叔叛乱。相传，周代的礼乐制度都是周公所制定。

③召公：姓姬名奭（shì），周的支族，周武王之臣。因封地在召，故称召公或召伯。周武王即位后，与太公、周公、毕公等一起辅佐武王。

④正始之道，王化之基：孔颖达疏曰："《周南》《召南》二十五篇之诗，皆是正其初始之大道，王业风化之基本也……文王正其家，而后及其国，是正其始也；化南土以成王业，是王化之基也。"

⑤哀：悲愁，哀伤。一说"哀"当作"衷"。衷，谓中心恕之。《毛传》："哀，盖字之误也，当为衷。衷谓中心恕之，无伤善之心，谓好逑也。"也有认为"哀"字不误的，王肃曰："哀窈窕之不得，思贤才之良质，无伤善之心焉。若苟慕其色，则善心伤也。"窈窕，幽闲美好之貌。

【译文】

《关雎》至《麟趾》等篇的教化，是王者之风，所以都归于周公名下，叫《周南》。南，是说王者的教化从北土而流布于南方。而《鹊巢》至《驺虞》等篇的美德，是诸侯之风，是先王用以教导百姓的，所以都归于召公名下，叫《召南》。《周南》《召南》，是正其初始之大道，是王业风化之根本。所以《关雎》的意思是乐意得到淑女以配君子，忧虑的是进举贤女而不是沉溺于美色。哀伤那窈窕幽闲之女未得升进，思得那贤德之才共事君子，这样无伤害善道之心，这就是《关雎》之篇的要义。

国风

朱熹《诗集传》曰："国者，诸侯所封之域；而风者，民俗歌谣之诗也。"这是说国风就是各诸侯国的诗歌。那么，诗为什么称作"风"呢？《毛诗序》说："《风》，风也，教也。风以动之，教以化之。……上以风化下，下以风刺上，主文而谲谏（委婉劝谏），言之者无罪，闻之者足以戒，故曰风。"朱熹又进一步解释说："如物因风之动以有声，而其声又足以动物也。"这里说的是诗的作用。"风"有十五国风，即周南、召南、邶、鄘、卫、王、郑、齐、魏、唐、秦、陈、桧、曹、豳。

周南

周是地名（一说国名），在雍州岐山之阳，南指周以南之地，是周公姬旦的封地，即今河南西南部及湖北西北部一带。这些诗大多是西周末年、东周初年的作品。现存十一篇，内容以涉及婚姻、爱情、礼俗居多。

关雎

【题解】

这是一首男子追求女子的情诗。它是《诗经》中的第一篇，历来受人们重视。《毛诗序》说："《关雎》，后妃之德也。《风》之始也，所以风天下而正夫妇也。……乐得淑女以配君子，忧在进贤，不淫其色。哀窈窕，思贤才，而无伤善之心焉，是《关雎》之义也。”古代研读《诗经》的学者，多数认为“君子”指周文王，“淑女”指其妃太姒(sì)，诗的主旨是歌颂“后妃之德”。但我们仔细吟咏，根本找不到后妃的影子，只是讲一位青年男子在追求美丽贤淑的姑娘。此诗采用兴而有比的手法，以关雎的鸣声起兴，引出“窈窕淑女，君子好逑”这一主题，然后用赋的手法铺叙开来，形象生动地描绘出青年男子在追求自己心上人时焦虑急迫以及昼思夜想难以入眠的相思情景。诗中那些鲜活的词汇，如“窈窕淑女”“悠哉悠哉”“辗转反侧”等，至今还被人们频繁使用着。

关关雎鸠①，	关关对鸣的雎鸠，
在河之洲②。	栖歇在河中沙洲。
窈窕淑女③，	美丽贤淑的姑娘，
君子好逑④。	真是君子好配偶。

【注释】

①关关：鸟的和鸣声。雎(jū)鸠：一种水鸟，相传此鸟雌雄情意专一。

②洲：水中陆地。

③窈窕(yǎo tiǎo)：美好的样子。

④好逑(qiú)：好配偶。

参差荇菜①，	长长短短的荇菜，
左右流之②。	左边右边不停采。
窈窕淑女，	美丽贤淑的姑娘，
寤寐求之③。	梦中醒来难忘怀。

【注释】

①参差(cēn cī):长短不齐。荇(xìng)菜:一种水生植物,叶子浮在水面,可食。

②流:顺着水流采摘。

③寤寐(wù mèi):醒着为"寤",睡着为"寐"。

求之不得,	美好愿望难实现,
寤寐思服[①]。	醒来梦中都想念。
悠哉悠哉[②],	想来想去思不断,
辗转反侧[③]。	翻来覆去难入眠。

【注释】

①思服:思念。

②悠哉:忧思不绝。

③辗(zhǎn)转反侧:翻来覆去,无法入眠。

参差荇菜,	长长短短的荇菜,
左右采之。	左边右边不停摘。
窈窕淑女,	美丽贤淑的姑娘,
琴瑟友之[①]。	弹琴奏瑟表亲爱。

【注释】

①友:亲爱,友好。

参差荇菜,	长长短短的荇菜,

左右芼之[①]。　　左边右边不停择。
窈窕淑女，　　美丽贤淑的姑娘，
钟鼓乐之[②]。　　鸣钟击鼓让她乐起来。

【注释】

①芼(mào)：采摘。

②乐之：使她快乐。

葛覃

【题解】

这是写已出嫁的女子准备回娘家探望父母的诗。在当时的社会，已婚女子回娘家探亲是件不容易的事，也是一件大事。所以她做了种种准备：采葛煮葛、织成粗细葛布、再做好衣服。征得公婆和师姆的同意，又洗衣、整理衣物，最后才高高兴兴地回去。古代讲“修身、齐家、治国、平天下”，把家看得非常重要，家有贤妻，家才兴旺。从诗中看出，这个女子是个能干而又孝顺的媳妇，家庭关系和谐。全诗充满了快乐的气氛，给人以美的享受。《毛诗序》说：“《葛覃》，后妃之本也。后妃在父母家，则志在于女功之事，躬俭节用，服浣濯之衣，尊敬师傅，则可以归安父母，化天下以妇道也。”认为此诗也是讲后妃之德的。方玉润《诗经原始》驳斥说：“《小序》以为‘后妃之本’，《集传》遂以为‘后妃所自作’，不知何所证据。以致驳之者云：‘后处深宫，安得见葛之延于谷中，以及此原野之间鸟鸣丛木景象乎？’”而认为“此亦采自民间，与《关雎》同为房中乐，前咏初昏，此赋归宁耳”。讲得很有道理。

葛之覃兮[①]，　　葛草长长壮蔓藤，

施于中谷②，	一直蔓延山谷中，
维叶萋萋③。	叶子碧绿又茂盛。
黄鸟于飞④，	黄鸟翩翩在飞翔，
集于灌木⑤，	落在灌木树丛上，
其鸣喈喈⑥。	鸣叫声声像歌唱。

【注释】

①葛：藤本植物，茎的纤维可织成葛布。覃：蔓延。

②施（yì）：延及。中谷：即“谷中”。

③维：发语词。萋萋：茂盛的样子。

④黄鸟：黄雀，又称黄栗留，身体很小。于：语助词。

⑤集：聚集。

⑥喈喈：鸟鸣声。

葛之覃兮，	葛草长长壮蔓藤，
施于中谷，	一直蔓延山谷中，
维叶莫莫①。	叶子浓密又茂盛。
是刈是濩②，	收割回来煮一煮，
为絺为绤③，	剥成细线织葛布，
服之无斁④。	穿上葛衣真舒服。

【注释】

①莫莫：茂密的样子。

②是：乃。刈（yì）：割。濩（huò）：煮。

③絺（chī）：细葛布。绤（xì）：粗葛布。

④服：穿。无斁(yì)：不厌倦。

言告师氏[①]，	回去告诉我师姆，
言告言归[②]。	我要告假看父母。
薄污我私[③]，	先把内衣洗干净，
薄浣我衣[④]。	再洗外衣成楚楚。
害浣害否[⑤]，	洗与不洗整理好，
归宁父母[⑥]。	回家问候我父母。

【注释】

①言：连词，于是。一说发语词。师氏：保姆。一说女师。

②告：告假。归：回娘家。

③薄：句首助词。污：洗去污垢。私：内衣。

④浣(huàn)：洗。衣：指外衣。

⑤害：何。

⑥归宁：出嫁女子回娘家探视父母。

卷耳

【题解】

这是一首妻子怀念远行丈夫的诗。全篇通过采卷耳妇女的种种想象，表达对丈夫的深切思念。她想象丈夫旅途劳累，人困马乏，忧思愁苦，以酒解忧。又想象马儿累倒，仆人累病，丈夫唏嘘长叹。想象的情节越丰富，表达的感情越深切，越具有感人的力量。此诗对后世影响很大，清人方玉润说："下三章皆从对面着笔，历想其劳苦之状，强自宽而愈不能宽。末乃极意摹写，有急管繁弦之意。后世杜甫'今夜鄜(fū)州月'一首,脱胎于此。"岂止杜甫,后世许多诗人的思念之作都承继了这一构思。《毛诗序》说此诗是讲"后妃之志"的,也属牵强附会。

采采卷耳①,	采了又采采卷耳,
不盈顷筐②。	总是不满一浅筐。
嗟我怀人③,	只因想念远行人,
寘彼周行④。	筐儿丢在大路旁。

【注释】

①卷耳:一种植物,又名苍耳,可食用,也可药用。

②顷筐:形如簸箕的浅筐。

③嗟(jiē):语助词。怀人:想念的人。

④寘:同"置",放置。彼:指顷筐。周行(háng):大路。

陟彼崔嵬①,	当我登上高山巅,
我马虺隤②。	骑的马儿腿发软。
我姑酌彼金罍③,	且把酒杯来斟满,
维以不永怀④。	喝个一醉免怀念。

【注释】

①陟(zhì):登上。崔嵬(wéi):高而不平的土石山。

②虺隤(huī tuí):因疲劳而病。

③姑:姑且。酌:斟酒。此处也指饮酒。金罍(léi):青铜铸的酒器。

④维:语助词。永怀:长久地思念。

陟彼高冈，	我又登上高山冈，
我马玄黄[①]。	马儿累得毛玄黄。
我姑酌彼兕觥[②]，	且把酒杯来斟满，
维以不永伤。	只为喝醉忘忧伤。

【注释】

①玄黄：马因病毛色焦枯。

②兕觥（sì gōng）：牛角制的酒杯。

陟彼砠矣[①]，	我又登上土石山，
我马瘏矣[②]，	我的马儿已累瘫。
我仆痡矣[③]，	仆人疲惫行走难，
云何吁矣[④]。	我的忧愁何时完。

【注释】

①砠（jū）：戴土的石山。

②瘏（tú）：病。

③痡（pū）：过度疲劳不能行之病。

④云：语助词。何：何等，多么。吁（xū）：忧愁。

樛木

【题解】

这是一首祝福“君子”安享福禄的歌。以樛木喻男子，葛藟喻女子。葛藟生于树下，能保护树根；青藤又攀缘而上，依附大树生长，比喻夫妻或爱人关系亲密而又相亲相爱。全诗三章只变换六字，而往复吟咏，首言“福履绥之”，祝幸福降临于他；又言“福履将之”，愿幸福护佑着他；最后一句“福履成之”，祝他能有所成就，可见浓浓的祝福之意。旧说认为此诗是姬妾称颂后妃能宽容和庇护下人，而没有嫉妒之心，实为穿凿之说。

南有樛木①，	南方有枝条弯弯大树，
葛藟累之②。	满树青藤缠绕长长。
乐只君子③，	那快乐的君子啊，
福履绥之④。	愿幸福降临他身上。

【注释】

①樛(jiū)：树枝向下弯曲的树。

②葛藟(lěi)：葛和藟皆为蔓生植物，攀缘树木生长。累：缠绕。

③乐只：犹言“乐哉”。只，语助词。

④福履：幸福，福禄。绥(tuǒ)：通“妥”，下降，降临。

南有樛木，	南方有枝条弯弯大树，
葛藟荒之①。	满树藤叶缠绕苍苍。
乐只君子，	那快乐的君子啊，
福履将之②。	愿幸福护佑他成长。

【注释】

①荒：掩蔽，覆盖。

②将：扶持，扶助。

南有樛木，　　　　南方有枝条弯弯大树，
葛藟萦之[①]。　　　满树葛藤缠绕郁郁苍苍。
乐只君子，　　　　那快乐的君子啊，
福履成之[②]。　　　愿幸福让他成就辉煌。

【注释】

①萦：同“累”，缠绕。

②成：成就。

螽斯

【题解】

这是一首祝人多子多孙的诗。全诗以螽斯为喻，螽斯就是蝗虫，它的繁殖力很强，生命力旺盛。蝗虫又善飞，所以诗人又特以其羽为喻。关于此诗主旨，旧说以为“后妃子孙众多也，言若螽斯。不妒忌，则子孙众多也”（《诗序》）。姚际恒在《诗经通论》中，斥此说“附会无理”。方玉润《诗经原始》也指出“其措词亦仅借螽斯为比，未尝显颂君妃，亦不可泥而求之也”。读者细咏此诗，定知姚、方之说不谬。

螽斯羽[①]，　　　　螽斯扇动着翅膀，
诜诜兮[②]。　　　　密密麻麻空中飞翔。
宜尔子孙[③]，　　　你的子孙如此众多，
振振兮[④]。　　　　你的种族多么兴旺。

【注释】

①螽（zhōng）斯：蝗虫类的昆虫，具有极强的繁殖能力。

②诜诜(shēn):众多的样子。
③宜:合该,应该,为祝愿之意。
④振振:盛多的样子。

螽斯羽,	螽斯扇动着翅膀,
薨薨兮[①]。	在空中薨薨作响。
宜尔子孙,	你的子孙如此众多,
绳绳兮[②]。	后代绵绵继世永昌。

【注释】

①薨薨(hōng):螽斯群飞的声音。
②绳绳:连续不断的样子。

螽斯羽,	螽斯扇动着翅膀,
揖揖兮[①]。	成群在空中飞翔。
宜尔子孙,	你的子孙如此众多,
蛰蛰兮[②]。	群居和谐安定欢畅。

【注释】

①揖揖(jí):会聚的样子。
②蛰蛰(zhé):群聚而和谐欢乐的样子。一说安静群居的样子。

桃夭

【题解】

这是一首贺新娘的诗。全诗以桃树的枝、花、果、叶作为比兴事物,衬托出新嫁娘的年轻美丽以及成婚的快乐气氛。“桃之夭夭，灼灼其华”不仅是“兴”句，而且含有“比”的意思，这个比喻对后世影响很大。古代诗词小说中形容女子面貌姣好常用“面若桃花”“艳如桃李”“人面桃花相映红”等词句，可能就是受了《桃夭》一诗的启发。这样一首贺新婚的诗，《毛诗序》也认为是美后妃之德的作品。《毛序》说：“《桃夭》，后妃之所致也。不妒忌则男女以正，婚姻以时，国无鳏民也。”方玉润《诗经原始》驳斥说：“此皆迂论难通，不足以发诗意也。”“《桃夭》不过取其色以喻‘之子’，且春华初茂，即芳龄正盛时耳，故以为比。……又以为美后妃而作，……且呼后妃为‘之子’，恐诗人轻薄亦不至猥亵如此之甚耳！盖此亦咏新昏诗，与《关雎》同为房中乐，如后世催妆坐筵等词。”

桃之夭夭①，	桃树叶茂枝繁，
灼灼其华②。	花朵粉红灿烂。
之子于归③，	姑娘就要出嫁，
宜其室家④。	夫家和顺平安。

【注释】

①夭夭（yāo）：茂盛，生机勃勃的样子。

②灼灼（zhuó）：鲜艳的样子。

③之：这。子：指女子，古代女子也称“子”。于：往。归：出嫁。后来称女子出嫁为“于归”。

④宜：和顺。室家：家庭。此指夫家，下面的“家室”“家人”均指夫家。

桃之夭夭，	桃树叶茂枝繁，
有蕡其实①。	桃子肥大甘甜。

之子于归，　　姑娘就要出嫁，
宜其家室。　　夫家和乐平安。

【注释】

①蕡（fén）：果实硕大的样子。

桃之夭夭，　　桃树叶茂枝繁，
其叶蓁蓁[1]。　　叶儿随风招展。
之子于归，　　姑娘就要出嫁，
宜其家人。　　夫家康乐平安。

【注释】

①蓁蓁（zhēn）：树叶繁盛的样子。

兔罝

【题解】

《兔罝》是一首赞美武士的诗。这里的武士是指保卫公侯的卫士，这些人打仗时要随军出征，而平时狩猎不仅为获得猎物，往往还有军事训练的作用。此诗通过打猎一事，赞美他们形象的威武、遇事时的勇敢和对公侯的忠诚。方玉润《诗经原始》说："窃意此必羽林卫士，扈跸游猎，英姿伟抱，奇杰魁梧，遥而望之，无非公侯妙选。"这种说法比较符合诗意。《毛诗序》说："《兔罝》，后妃之化也。"朱熹也曲为之说："化行俗美，贤才众多，虽兔罝之野人，而其才之可用犹如此。"（《诗集传》）这些说法全属虚衍附会。

肃肃兔罝[①]，	网眼繁密的捕猎网，
椓之丁丁[②]。	用力捶打固定在木桩上。
赳赳武夫[③]，	那威武雄壮的武士，
公侯干城[④]。	是捍卫公侯的好屏障。

【注释】

①肃肃(suō)：兔网细密整齐的样子。兔罝(jū)：兔网。一说"兔"同"䖘"，即捕虎之网。总之，是捕野兽的网。

②椓(zhuó)：捶打，这里指打木橛以固定兽网。丁丁：捶打声。

③赳赳(jiū)：健壮威武的样子。武夫：武士。

④公侯：周代统治者分五等爵位，即公、侯、伯、子、男。干：盾。城：即城墙。干、城，都用来防卫。

肃肃兔罝，	网眼繁密的捕猎网，
施于中逵[①]。	施放在纵横交叉的地方。
赳赳武夫，	那威武雄壮的武士，
公侯好仇[②]。	护卫公侯伴身旁。

【注释】

①施：设置。中逵：即"逵中"，指纵横交叉的路口。

②好仇(qiú)：好助手，好朋友。仇，同"逑"，匹配的意思。

肃肃兔罝，	网眼繁密的捕猎网，
施于中林[①]。	放置在林木茂密的地方。
赳赳武夫，	那威武雄壮的武士，

公侯腹心[②]。	是公侯的心腹爱将。

【注释】

①中林：即"林中"，指密林深处。

②腹心：亲信，心腹之人。

芣苢

【题解】

这是一首明快而优美的劳动之歌。全诗只讲了妇女们采集车前子这样一件事，语言极其简单。整首诗只有四十八个字，其中四十二个字是不变的，只变换了六个字，即采集车前子的动作：采、有、掇、捋、袺、襭，就将妇女们呼朋结伴，在旷野中边唱边采，一棵棵地采，一把把地捋，手提衣襟来兜，满载成果而归的欢乐场景表现出来。清人姚际恒认为这首诗"章法极为奇变"，确有道理。《毛诗序》说："《芣苢》，后妃之美也。和平则妇人乐有子矣。"清人方玉润说："夫佳诗不必尽皆征实，自鸣天籁，一片好音，尤足令人低回无限，若实而按之，兴会索然矣。读者试平心静气涵泳此诗，恍听田家妇女，三三五五，于平原绣野、风和日丽中，群歌互答，余音袅袅，若远若近，忽断忽续，不知其情之何以移，而神之何以旷，则此诗可不必细绎而自得其妙焉。"（《诗经原始》）说得多么好啊！

采采芣苢[①]，	车前子啊采呀采，
薄言采之[②]。	快点把它采回来。
采采芣苢，	车前子啊采呀采，
薄言有之[③]。	快点把它摘下来。

【注释】

①芣苢(fú yǐ):野生植物,可食。一说是车前子,也叫车轮菜。

②薄、言:都是语助词,大都含劝勉之意。

③有:取。

采采芣苢,	车前子啊采呀采,
薄言掇之[1]。	快点把它拾起来。
采采芣苢,	车前子啊采呀采,
薄言捋之[2]。	快点把它捋下来。

【注释】

①掇(duō):拾取,将落在地上的拾起来。

②捋(luō):成把地摘取。

采采芣苢,	车前子啊采呀采,
薄言袺之[1]。	快点把它兜起来。
采采芣苢,	车前子啊采呀采,
薄言襭之[2]。	快点把它兜回来。

【注释】

①袺(jié):手执衣襟兜着。

②襭(xié):将衣襟掖在腰带上兜着,这样放得比较多。

汉广

【题解】

这是一首樵夫唱的恋歌。在砍柴的时候，高大的乔木和浩渺的江水引动了他的情思，想到心中爱慕的难以追求到的姑娘，心中无限惆怅，就唱出了这首荡气回肠的恋歌。诗中用汉水和长江的宽广难渡，比喻爱情难以实现；又幻想做姑娘的仆人替她喂马，表现出倾慕之情的深切。此诗长歌浩叹，意境辽阔高远；即景取喻，妙如天成；反复吟唱，动人心肺。《毛诗序》说："《汉广》，德广所及也。文王之道被于南国，美化行乎江汉之域，无思犯礼，求而不可得也。"是说江汉之女，受文王教化，非礼不可求。旧时解诗，多囿于文王之化，后妃之德，往往曲解诗意。方玉润《诗经原始》说："殊知此诗即为刈楚、刈蒌而作，所谓樵唱是也。近世楚、粤、滇、黔间，樵子入山，多唱山讴，响应林谷。盖劳者善歌，所以忘劳耳。其词大抵男女相赠答，私心爱慕之情，有近乎淫者，亦有以礼自持者。文在雅俗之间，而音节则自然天籁也。当其佳处，往往入神，有学士大夫所不及者。"可谓切合诗意。

南有乔木①，	南方有树高又高，
不可休思②。	树下休息难做到。
汉有游女③，	汉江有位好姑娘，
不可求思。	要想追求路途遥。
汉之广矣，	汉水浩渺宽又宽，
不可泳思④。	难以游泳到对岸。
江之永矣⑤，	长江水流急又长，
不可方思⑥。	木筏怎能渡过江。

【注释】

①乔木：高大的树木。

②休思：休息。思，语助词，下同。

③汉：汉水。游女：出游的女子。一说指汉水女神。

④泳：游，泅渡。

⑤永：长。

⑥方：用木筏渡水。

翘翘错薪[1]，	地里杂草高又高，
言刈其楚[2]。	打柴还得割荆条。
之子于归[3]，	姑娘如愿嫁给我，
言秣其马[4]。	我要把她马喂好。
汉之广矣，	汉水浩渺宽又宽，
不可泳思。	难以游泳到对岸。
江之永矣，	长江水流急又长，
不可方思。	木筏怎能渡过江。

【注释】

①翘翘(qiáo)：高高的样子。错薪：杂乱的柴草。

②言：语助词。刈(yì)：割。楚：荆条。

③之子：那个女子。

④秣(mò)：喂牲口。

翘翘错薪，	地里杂草高又高，
言刈其蒌[1]。	打柴还得割蒌蒿。

之子于归，	姑娘如愿嫁给我，
言秣其驹②。	我要把她马喂好。
汉之广矣，	汉水浩渺宽又宽，
不可泳思。	难以游泳到对岸。
江之永矣，	长江水流急又长，
不可方思。	木筏怎能渡过江。

【注释】

①蒌(lóu)：蒌蒿。

②驹：小马。

汝坟

【题解】

这是一首夫妻伤别的诗。从夫妻未见时，妻子的忧虑和如饥似渴的思念，写到既见后的欢欣和不再分离的美好愿望，还写到与父母团聚的无限欣慰。这种父母、夫妻分离的局面是怎样造成的呢？是王室的暴政使年轻男子长期在外服役，无有归期。诗中明确地表达了对王室暴政的不满。《毛诗序》说：“《汝坟》，道化行也。文王之化行乎汝坟之国，妇人能闵其君子，犹勉之以正也。”朱熹《诗集传》说：“汝旁之国，亦先被文王之化者，故妇人喜其君子行役而归。”二说都和文王之化联系起来。方玉润《诗经原始》驳斥说：“夫妇人喜其夫归，与文王之化何与？妇人被文王之化而后思其夫，岂不被化即不思其夫耶？如此说诗，能无令人疑议？”方氏认为这首诗是说商君无道，天下民众闻西伯(即后来的周文王)施行仁政，欲归依西伯，诗人不敢明言，故托为妇人喜见其夫之词。可备一说。

遵彼汝坟[1]，	沿着汝河岸边走，
伐其条枚[2]。	砍取木枝作柴烧。
未见君子[3]，	长久不见丈夫面，
惄如调饥[4]。	如同早晨饥饿受煎熬。

【注释】

①遵：沿着。汝：汝水，源出河南天息山，东南流入淮河。坟："濆"的假借字，堤防，或以为河岸。

②伐：砍伐。条枚：指树的枝条。

③君子：这里是妻子对丈夫的敬称。

④惄(nì)如：忧思之极，心情难受之貌。调饥：即"朝饥"。调，《郑笺》："朝也。"

遵彼汝坟，	沿着汝河岸边走，
伐其条肄[1]。	伐取树木新枝条。
既见君子，	终于盼得丈夫归，
不我遐弃[2]。	从此再不远走把我抛。

【注释】

①条肄(yì)：砍后又生出的新枝。

②遐(xiá)弃：远离抛弃。

鲂鱼赪尾[1]，	鲂鱼劳累尾变红，
王室如燬[2]。	王室暴政如火烧。
虽则如燬，	虽然暴政如火烧，

父母孔迩[3]！	幸与父母团聚相依靠。

【注释】

①鲂(fáng)鱼：赤尾鳊鱼。赪(chēng)尾：红尾。旧说鲂鱼的尾巴不红，劳累则会变红。此也暗指服役者的劳累。

②王室：周王室。燬(huǐ)：烈火。形容王政暴虐。

③孔：很，甚。迩(ěr)：近。

麟之趾

【题解】

麒麟是古代传说中的神兽，据说它的出现是祥瑞的征兆。宋代严粲的《诗辑》说：有足者宜踶(dì)，唯麟之足，可以踶而不踶；有额者宜抵，唯麟之额，可以抵而不抵；有角者宜触，唯麟之角，可以触而不触。赞美了麟的美德。这首诗以麟比人，祝贺新婚人家多子多孙，且子孙品德高尚，如同麒麟。这大概是贵族婚礼上唱的一首喜歌。王先谦《诗三家义集疏》说："韩说曰：'《麟趾》，美公族之盛也。'"符合诗意。

麟之趾[1]，	麒麟的蹄儿不踢人，
振振公子[2]，	振奋有为的公子们，
于嗟麟兮[3]！	哎呀呀，你们个个像麒麟！

【注释】

①麟：麒麟。我国古代传说中的一种仁兽，麕身、牛尾、马蹄、一角，角端有肉，全身黄色。它一出现，国家就会有祥瑞。现代生物学家或以为是长颈鹿。趾：足。

②振振：旺盛貌，振奋有为的样子。公子：公侯的后代。
③于嗟：感叹语气词。

麟之定[1]，	麒麟的额头不撞人，
振振公姓[2]，	振奋有为的同姓子孙们，
于嗟麟兮！	哎呀呀，你们个个像麒麟！

【注释】

①定：同“颠”，即额头。
②公姓：公侯的同姓子孙。

麟之角，	麒麟有角不伤人，
振振公族[1]，	振奋有为的同族子孙们，
于嗟麟兮！	哎呀呀，你们个个像麒麟！

【注释】

①公族：公侯同祖的子孙。

召南

召，地名，在岐山之阳。武王得天下，封姬奭于召地（即今陕西岐山县西南），称召公或召伯。成王时，召公与周公分陕而治，自陕而西，召公主之，自陕而东，周公主之。召南，就是指自陕以西的南方诸侯国之地。《召南》之诗，大多产生于此地。现存十四篇，也多为婚姻嫁娶、思妇征夫、劳动打猎等内容。

鹊巢

【题解】

这是一首祝贺贵族女子出嫁的歌。诗人看见鸠居鹊巢，联想到女子出嫁住进男家，就以此作比。全诗三章，每章只更换两个字，就把姑娘出嫁时的盛况描绘了出来。后来据此诗出现了“鹊巢鸠据”“鹊巢鸠居”“鸠居鹊巢”的成语，本意指女子出嫁，住在夫家，后又引申为强占别人家园或位置。有人据引申意，将此诗解为弃妇写其前夫迎娶新妇的哀怨诗。我们看看诗中的热烈气氛，哪有半点哀怨的情绪呢！《毛诗序》说：“《鹊巢》，夫人之德也。国君积行累功，以致爵位。夫人起家而居有之，德如鸤鸠，乃可以配焉。”是说国君有了爵位，夫人居于后宫。《诗序》解二南之诗，多以君王和后妃为说，有的为曲解，宜仔细斟酌。

维鹊有巢[1]，
维鸠居之[2]。
之子于归，
百两御之[3]。

喜鹊在树上把窝搭，
八哥鸟儿前来住它家。
这位姑娘要出嫁，
百辆车子前来迎接她。

【注释】

①维：语助词。鹊：喜鹊，善于筑巢。

②鸠：尸鸠，俗称八哥。李时珍在《本草纲目》中有“八哥居鹊巢”的说法。一说为布谷鸟。

③百两：即“百辆”，言车多。御：陪侍。一说迎，即指迎亲的车辆。

维鹊有巢，
维鸠方之[1]。
之子于归，
百两将之[2]。

喜鹊在树上把窝搭，
八哥鸟儿前来同住下。
这位姑娘要出嫁，
百辆车子前来护卫她。

【注释】

①方：占有。《毛传》：“方，有之也。”

②将：护卫，保卫。

维鹊有巢，
维鸠盈之[1]。
之子于归，
百两成之[2]。

喜鹊在树上把窝搭，
八哥鸟儿前来住满它。
这位姑娘要出嫁，
百辆车子迎来成婚啦。

【注释】

①盈:充满。

②成:完成。指完成婚礼。

采蘩

【题解】

关于这首诗的主题,古代有两种说法:一说采蘩为了祭祀,一说为了养蚕。我们认为这是一首写蚕妇为公侯养蚕的诗。蚕妇是什么人呢?一种认为是普通的劳动妇女或宫女,一种认为是贵族妇女。《毛诗序》说:"《采蘩》,夫人不失职也。夫人可以奉祭祀,则不失职矣。"《郑笺》:"奉祭祀者,采蘩之事也。不失职者,夙夜在公也。"方玉润认为,这是三宫夫人和世妇率仆妇、蚕妇到公侯蚕宫养蚕的事。他说:"蚕事方兴之始,三宫夫人、世妇皆入于室,其仆妇众多,蚕妇尤盛,僮僮然朝夕往来以供蚕事,不辨其人,但见首饰之招摇往还而已。蚕事既卒而后,三宫夫人、世妇又皆各言还归,其仆妇众多,蚕妇亦盛,祁祁然舒容缓步,徐徐而归。亦不辨其人,但见首饰之簇拥如云而已。此蚕事始终景象如是。"可参。

于以采蘩[①]?	要采白蒿到何方?
于沼于沚[②]。	在那池沼和水塘。
于以用之?	采来白蒿做什么?
公侯之事[③]。	是为公侯养蚕忙。

【注释】

①于以:相当"于何",在什么地方。蘩(fán):白蒿。用来制养蚕的

筥。朱熹《诗集传》:“蘩可以生蚕。”

②沼(zhǎo):水池。沚(zhǐ):水塘。

③公侯之事:即公家之事,此指养蚕的事。

于以采蘩?	要采白蒿到何方?
于涧之中[1]。	山涧之中溪流旁。
于以用之?	采来白蒿做什么?
公侯之宫[2]。	送到公侯养蚕房。

【注释】

①涧:山谷中的溪流。

②宫:蚕室。朱熹:“或曰:即《记》所谓公桑蚕室也。”

被之僮僮[1],	蚕妇发髻高高挽,
夙夜在公[2]。	日夜养蚕不得闲。
被之祁祁[3],	晚上发髻已散乱,
薄言还归[4]。	急急忙忙往家赶。

【注释】

①被:“髲(pí)”之借字,用假发做的头饰。僮僮(tóng):光洁高耸的样子。

②夙(sù)夜:早晚,言其勤苦。在公:在公侯那里做事。

③祁祁(qí):舒缓。此处指头发散乱。

④薄言:急迫。言,同“焉”,语气词。

草虫

【题解】

这是一首妻子思念丈夫的诗。她的丈夫出门在外久不归，随着季节的变换，由秋至春，历时愈久，她的思念也越发深切。看见草虫鸣叫跳跃，秋天到了，丈夫还未归来，忧心忡忡。春天来了，为了排遣忧思，她登上南山去采蕨、采薇，遐想如果这时能和丈夫相见，或丈夫突然出现在她的面前，该是多么快乐啊。但现实是无情的，她的担心、愁苦、忧思、焦虑也就绵绵无期了。

喓喓草虫①，	蝈蝈喓喓草中鸣，
趯趯阜螽②。	蚂蚱蹦蹦地上跳。
未见君子，	长久不见我夫君，
忧心忡忡③。	我心忧愁又烦恼。
亦既见止④，	假如哪天看见他，
亦既觏止⑤，	假如能够遇到他，
我心则降⑥。	悬着的心儿才放下。

【注释】

①喓喓（yāo）：虫鸣声。草虫：蝈蝈。此处当泛指草中有翅类能鸣的昆虫。

②趯趯（tì）：跳跃的样子。阜（fù）螽：即蚱蜢，蝗类昆虫，其种类很多，大小体色也不相同。

③忡忡（chōng）：心中忧愁不安的样子。

④亦：若，如。既：已经。止：语尾助词，即“了”意。

⑤觏（gòu）：见。

⑥降：放下，落下。

陟彼南山[①]，　　登上高高南山顶，
言采其蕨[②]。　　采摘蕨菜嫩绿茎。
未见君子，　　长久不见我夫君，
忧心惙惙[③]。　　心中的愁苦怎能停。
亦既见止，　　假如哪天看见他，
亦既觏止，　　假如能够遇到他，
我心则说[④]。　　内心才能真高兴。

【注释】

①陟(zhì)：登，升。

②蕨(jué)：山中野菜，嫩茎可食。

③惙惙(chuò)：忧愁不绝的样子。

④说：同“悦”。

陟彼南山，　　登上高高南山顶，
言采其薇[①]。　　采摘薇菜嫩叶绿莹莹。
未见君子，　　长久不见我夫君，
我心伤悲。　　心中的悲伤一重重。
亦既见止，　　假如哪天看见他，
亦既觏止，　　假如能够遇到他，
我心则夷[②]。　　苦痛的心儿才平静。

【注释】

①薇：一种野菜，古人常采以为食。

②夷：平，此指心情平静。

采蘋

【题解】

这是一首叙述少女祭祀祖先的诗。据《毛传》记载："古之将嫁女者，必先礼之于宗室，牲用鱼，芼之以蘋藻。"《礼记·昏义》记载："古者妇人先嫁三月，祖庙未毁，教于宗宫；祖庙既毁，教于宗室。教以妇德、妇言、妇容、妇功。教成之祭，牲用鱼，芼之以蘋藻，所以成妇顺也。"诗中叙述的就是少女临出嫁前庄重严肃地准备祭品和祭祀的情况，详实地记载了祭品、祭器、祭地、祭人，反映了当时的风俗礼尚。

于以采蘋①？	什么地方采蘋草？
南涧之滨。	就在南山溪流旁。
于以采藻②？	什么地方采水藻？
于彼行潦③。	就在那片洼地上。

【注释】

①蘋（pín）：一种多年生水草，可食。

②藻：水草名。有两种，皆可食。

③行潦（lǎo）：雨后的积水坑。积水向低洼处流动，所以叫"行潦"，也叫"流潦"。

于以盛之①？	采来蘋藻用啥装？

维筐及筥[2]。	圆的筥和方的筐。
于以湘之[3]？	用啥器具煮蘋藻？
维锜及釜[4]。	三脚锜和无足釜。

【注释】

①盛(chéng)：把东西装入器具之内。

②筐：竹编的方形竹器。筥(jǔ)：圆形的竹器。

③湘：烹煮。

④锜(qí)：三足锅。釜(fǔ)：无足的锅。

于以奠之[1]？	这些祭品摆何处？
宗室牖下[2]。	祖宗庙里窗户下。
谁其尸之[3]？	这次谁来做主祭？
有齐季女[4]。	恭敬虔诚待嫁女。

【注释】

①奠：摆放祭品。

②宗室：宗庙，祭祀祖先的庙宇。牖(yǒu)下：窗前。

③尸：主持祭祀。

④有齐：恭敬的样子。一说美好的样子。或以为齐国。季女：少女。

甘棠

【题解】

这是一首怀念召伯，颂扬召伯德政的诗。《毛诗序》说："《甘棠》，美召伯也。召伯之教，明于南国。”召伯，姓姬名奭（shì），曾辅佐周武王灭商。因封在召地，故称召伯或召公。相传召伯南巡，曾在甘棠树下断狱，劝农教稼，民享其利。后人每思其人而不得见，只见甘棠树繁荫茂叶，不觉睹树思人，就写了这首诗。通过对甘棠树的赞美和爱护，表达了他们对召伯的深切怀念。后来“召棠”就成为颂扬官吏政绩的典故。

蔽芾甘棠①，	甘棠树茂密又高大，
勿翦勿伐②，	莫剪枝叶莫砍伐，
召伯所茇③。	召伯曾露宿大树下。

【注释】

①蔽：可蔽风日。芾（fèi）：枝叶茂盛的样子。甘棠：即棠梨，亦称杜梨。

②勿：不要。翦（jiǎn）：翦其枝叶。伐：砍伐，指伐其条干。

③召（shào）伯：指召公奭。茇（bá）：原意为草舍，此指露宿。

蔽芾甘棠，	甘棠树茂密又高大，
勿翦勿败①，	莫剪枝叶损伤它，
召伯所憩②。	召伯曾休息大树下。

【注释】

①败：折，损伤。

②憩（qì）：休息。

蔽芾甘棠，	甘棠树茂密又高大，

勿翦勿拜[①]，　　莫要攀折枝条弯曲它，
召伯所说[②]。　　召伯曾歇息大树下。

【注释】

①拜：弯曲，攀折。

②说：通"税"，停留，止宿。

行露

【题解】

这首诗是写一位女子拒绝强迫婚姻的诗。一个已有室家的男子，想依仗官府的势力强迫女子与其成婚，但女子绝不屈服，痛骂男子是雀、鼠之辈，干的是穿墙、破屋的勾当。一说是男子拒绝女子强嫁的诗，此说见于方玉润的《诗经原始》，他说："当时必有势家巨族，以女强妻贫士。或前已许字于人，中复自悔，另图别嫁者。士既以礼自守，岂肯违制相从？则不免有速讼相迫之事，故作此诗以见志。"《毛诗序》说："《行露》，召伯听讼也。衰乱之俗微，贞信之教兴，强暴之男，不能侵陵贞女也。"说这是召伯审理的一个男子侵凌女子的案件。也符合诗意。

厌浥行露[①]，　　道上露水湿漉漉，
岂不夙夜[②]？　　我岂不想早赶路？
谓行多露[③]。　　怎奈露水令人怵。

【注释】

①厌浥(yì yì)：水盛多，湿貌。行露：道路上的露水。行，道路。

②夙夜：早夜，指早起赶路。

③谓：畏惧，或以为“奈”，即无奈。

谁谓雀无角[①]！	谁说鸟雀没有嘴！
何以穿我屋[②]？	何以啄穿我的屋？
谁谓女无家[③]，	谁说你从来没有家，
何以速我狱[④]？	为何与我把官司打？
虽速我狱，	虽然和我把官司打，
室家不足[⑤]！	我也不跟你成家！

【注释】

①角：鸟喙。

②穿：穿破，穿透。

③女：汝，你。无家：没有妻子。家，成家。

④速：召。狱：打官司。一说监狱。

⑤室家：夫妻。此处指结婚。不足：不充足。或以为成室家的聘礼不够。

谁谓鼠无牙[①]，	谁说老鼠没有粗大的牙，
何以穿我墉[②]？	何以能穿透我的墙？
谁谓女无家，	谁说你从来没有家，
何以速我讼[③]？	为何逼我上公堂？
虽速我讼，	即使逼我上公堂，
亦不女从[④]！	也决不嫁你这黑心郎！

【注释】

①牙：粗壮的牙齿。

②墉(yōng):墙。

③讼:诉讼。

④女从:听从你。

羔羊

【题解】

这首诗描写大夫在退朝后,走出公门回家时悠闲自得的情状。一说是讽刺官吏衣轻裘、食公食而无所事事的样子。王先谦《诗三家义集疏》曰:“齐说曰:‘羔羊皮革,君子朝服。辅政扶德,以合万国。’韩说曰:‘诗人贤仕为大夫者,言其德能称,有洁白之性,屈柔之行,进退有度数也。’”意为此诗称赞此官有洁白之德。

羔羊之皮①,	穿着羔皮缝制的皮袍,
素丝五纶②。	白丝线交错缝得真巧。
退食自公③,	吃饱喝足走出公门,
委蛇委蛇④。	悠哉悠哉自在逍遥。

【注释】

①羔羊之皮:羔羊皮做的裘。

②素丝:白色的丝线。五:同“午”,交错的意思。纶(tuó):古时计算丝缕的单位。五丝为纶。此处为缝合之意。

③退食:在公家吃完饭回家。自公:从公门而出。一说“退食自公”是说退朝而食于家。

④委蛇(wēi yí):悠闲自得的样子。

羔羊之革[①]，　　穿着羔皮缝制的皮袍，
素丝五绒[②]。　　白丝线交错缝得真妙。
委蛇委蛇，　　悠哉悠哉心情舒畅，
自公退食。　　吃饱喝足回家真好。

【注释】

①革：兽皮揉制去毛为革。

②绒（yù）：缝。

羔羊之缝[①]，　　穿着羔皮缝制的皮袍，
素丝五总[②]。　　白丝线交错缝得巧妙。
委蛇委蛇，　　悠哉悠哉逍遥自在，
退食自公。　　退出公门已吃得酒足饭饱。

【注释】

①缝：本字应为"韃"，同"皮""革"。

②总：古以八十根丝为"总"。此亦为缝合之意。方玉润《诗经原始》曰：纥也，绒也，总也，皆缝之之谓也。"

殷其雷

【题解】

这是一首感伤夫妻离别的诗。在雷声隆隆，大雨即将倾盆而下时，丈夫因公务在身必须离家，妻子无可奈何，只好让丈夫离去。离别时，妻子一再嘱咐丈夫早点归来，可见夫妻感情之深厚。诗以雷声起兴，好

像也是实写，雷声从“山阳”至于“山侧”“山下”，那声音越来越近，雨越来越紧，离别的时刻也越来越近。妻子一再“归哉归哉”的嘱托，让人心酸。这情景构成了一幅“满天风雨满天愁”的夫妻离别图。《毛诗序》说：“《殷其雷》，劝以义也。召南之大夫远行从政，不遑宁处，其室家能闵其勤劳，劝以义也。”读诗中“归哉归哉”之声，是希望归来之意，哪有“劝以义”之意呢？方玉润《诗经原始》则认为是民众欲归向文王之诗。他说：“当时文王政令方新，天下闻声向慕，有似雷发殷殷，群蛰启户。故诗人借以起兴，而其振兴起舞之意，则有不胜其来归恐后之心焉。”虽可备一说，但细读此诗，很难赞同其说。

殷其雷①，	轰隆轰隆雷声响，
在南山之阳②。	在那南山阳坡上。
何斯违斯③，	为何这时离开家，
莫敢或遑④？	不敢在家稍闲暇？
振振君子⑤，	我那老实的夫君，
归哉归哉⑥！	去去赶快回家吧！

【注释】

①殷：通“磤”，雷声。其：衬词，犹今歌曲中的“那个”，无意义。或以为“殷其”连读，“其”相当于“然”，“殷其”即“殷然”。

②阳：山南。

③何：为何。斯：此，这里。违：离开。

④莫敢：不敢。或：有。遑：空闲，闲暇。

⑤振振：信厚、老实貌。一说勤奋貌。

⑥归：回家。

殷其雷，	轰隆轰隆雷声响，
在南山之侧[①]。	在这南边大山旁。
何斯违斯，	为何这时离开家，
莫敢遑息[②]？	不敢在家稍安暇？
振振君子，	我那老实的夫君，
归哉归哉！	去去赶快回家吧！

【注释】

①侧：旁边。

②息：止息。

殷其雷，	轰隆轰隆雷声响，
在南山之下。	在这南山山脚下。
何斯违斯，	为何这时离开家，
莫或遑处[①]？	不敢在家度年华？
振振君子，	我那老实的夫君，
归哉归哉！	去去赶快回家吧！

【注释】

①处：安居，指在家住下去。

摽有梅

【题解】

这是采摘梅子的姑娘唱的情歌。珍惜青春，追求爱情，是人类共同的美好感情。姑娘们看到梅子成熟纷纷落地的过程，联想到自己青春易逝，还没有找到理想的对象，就由梅子起兴，唱出自己焦急的心声，希望有人赶快来求婚。歌中对爱情的追求大胆而直白，诗风清新而质朴。《毛诗序》说："《摽有梅》，男女及时也。召南之国，被文王之化，男女得以及时也。"认为讲的是男女婚嫁之事，也接近诗意。但也有人认为这是讲为君求贤才的。

摽有梅[①]， 梅子熟了落纷纷，
其实七兮[②]。 树上还有六七成。
求我庶士[③]， 追求我的小伙子，
迨其吉兮[④]。 且莫错过这良辰。

【注释】

①摽（biào）：落下。

②七：七成。此指树上的梅子还有十分之七。

③庶士：众多男子。

④迨（dài）：及，趁着。吉：好时光。

摽有梅， 梅子熟了落纷纷，
其实三兮。 树上还有二三成。
求我庶士， 追求我的小伙子，
迨其今兮。 趁着今天好时辰。

摽有梅， 梅子熟了落纷纷，
顷筐塈之[①]。 拿着筐儿来拾取。

求我庶士，　　　　追求我的小伙子，
迨其谓之[②]。　　　等你开口来求婚。

【注释】

①塈(jì)：取。

②谓：告诉，约定。

小星

【题解】

这是一位下层小吏日夜当差，疲于奔命，而自伤劳苦，自叹命薄的怨歌。全诗仅有十句，但将主人公星夜赶路，为公事奔忙的情况，描绘得十分生动，有如一幅夜行图展现在我们面前。《毛诗序》根据"抱衾与裯"一句，解为"夫人无妒忌之行，惠及贱妾，进御于君"，谬之甚也。

嘒彼小星[①]，　　　星儿小小闪微光，
三五在东[②]。　　　三三五五在东方。
肃肃宵征[③]，　　　急急忙忙赶夜路，
夙夜在公[④]。　　　早晚都为公事忙。
寔命不同[⑤]！　　　这是命运不一样。

【注释】

①嘒(huì)：星光微小而明亮。

②三五：形容星星稀少。

③肃肃：急忙赶路的样子。宵征：夜间走路。

④夙夜：早晚。公：公事。
⑤寔(shí)：是，此。命：命运。

嘒彼小星，	星儿小小闪微光，
维参与昴[①]。	参星昴星挂天上。
肃肃宵征，	急急忙忙赶夜路，
抱衾与裯[②]。	抱着被子和床帐。
寔命不犹[③]！	别人命运比我强。

【注释】

①参(shēn)、昴(mǎo)：二星宿名。
②衾(qīn)：被子。裯(chóu)：床帐。
③不犹：不如。

江有汜

【题解】

这是一位弃妇的哀怨诗。方玉润说："此必江汉商人远归梓里，而弃其妾不以相从。……妾乃作此诗以自叹而自解耳。"(《诗经原始》)古代有一夫多妻制，商人在经商的地方娶了妻或妾，当他返回家乡时，却遗弃了她而没有带回乡，弃妇因作此诗以自我安慰。

江有汜[①]，	江水浩荡有支流，
之子归[②]，	我的丈夫要回家走，
不我以[③]。	不带我回乡把我丢。

不我以，	不再与我相厮守，
其后也悔[④]！	你的悔恨在后头！

【注释】

①江：长江。汜（sì）：小水从大水分流出来，又入于大水叫“汜”。

②之子：这个人，指丈夫。归：归家，回乡。

③以：与，相处，在一起。

④悔：悔恨。

江有渚[①]，	江水宽宽有小洲，
之子归，	我的丈夫要回家走，
不我与[②]。	不再爱我把我丢。
不我与，	不再与我相厮守。
其后也处[③]！	你的伤心在后头！

【注释】

①渚：水中的小洲。

②与：同“以”。

③处：同“癙”（也作“鼠”），病的意思，这里指心病，即忧伤。

江有沱[①]，	江水滔滔有支流，
之子归，	我的丈夫要回家走，
不我过[②]。	不再找我把我丢。
不我过，	不再与我相厮守，
其啸也歌[③]！	你会因悔恨而痛哭！

【注释】

①沱：长江的支流名称。或以为与“汜”同。

②过：到。与前文的“以”“与”义同。

③啸也歌：即“啸歌”，因内心痛苦而发出的且哭且诉悲声。

野有死麕

【题解】

这是写青年男女恋爱的诗。青年男子是位猎手，他把刚刚打到的一只獐子用白茅草包裹送给一位春心荡漾的姑娘。姑娘接受了他的礼物，在亲昵幽会时，嘱咐猎人：“请你慢慢别着忙，别碰围裙莫慌张，别引狗儿叫汪汪。”此诗用叙述的手法，把青年男女的恋爱过程真实自然地表现出来，气氛活泼自由，感情大胆热烈。这说明在《诗经》的时代，人们的爱情生活还是比较自由的。后世的理学家把这首诗解释为女子反抗无礼的诗，就太牵强附会了。

野有死麕①，	打死小鹿在荒郊，
白茅包之。	我用白茅把它包。
有女怀春，	遇到少女春心动，
吉士诱之②。	走上前来把话挑。

【注释】

①麕(jūn)：小獐子，鹿的一种。

②吉士：好青年，指打猎的男子。

林有朴樕①，	砍下小树当柴烧，

野有死鹿。	打死小鹿在荒郊。
白茅纯束[②]，	白茅包好当礼物，
有女如玉。	如玉姑娘请收好。

【注释】

①朴樕(sù)：小树。可作柴烧。

②纯(tún)束：捆绑。

“舒而脱脱兮[①]！	“请你慢慢别着忙，
无感我帨兮[②]！	别碰围裙莫慌张，
无使尨也吠[③]！”	别引狗儿叫汪汪。”

【注释】

①舒而：慢慢地。脱脱(tuì)：舒缓的样子。

②感(hàn)：通“撼”，动。帨(shuì)：女子系在腹前的围裙。

③尨(máng)：多毛而凶猛的狗。

何彼襛矣

【题解】

这是写齐侯的女儿出嫁的诗，诗中极力赞美新娘的美貌和车辆服饰的奢华，似乎也隐含讽刺贵族王姬德色的不相称。方玉润说：“‘何彼襛矣’，是美其色之盛极也；‘曷不肃雍’，是疑其德之有未称耳。”(《诗经原始》)

何彼襛矣[①]？ 怎么如此的浓艳漂亮？
唐棣之华[②]。 像那盛开的唐棣花儿一样。
曷不肃雍[③]？ 为何没有雍容严肃的气象？
王姬之车[④]。 这是王姬出嫁坐的车辆。

【注释】

①襛(nóng)：浓艳、盛大貌。

②唐棣(dì)：树木名。陆机曰：唐棣，一名雀梅，亦名车下李，其花有白赤两种，其实大如李，可食。华：花。

③曷不：何不。肃雍(yōng)：严肃雍和。

④王姬：周王的女儿或孙女称王姬。

何彼襛矣？ 怎么如此的浓艳漂亮？
华如桃李[①]。 像那桃李花开一样芬芳。
平王之孙[②]， 车上坐着那平王高贵的外孙，
齐侯之子。 是那齐侯的女儿要做新娘。

【注释】

①华如桃李：如桃李之花，红白艳丽。

②平王之孙：周平王的外孙女，仍指齐侯的女儿，即下文的"齐侯之子"，二者所指实为一人，是讲这位出嫁姑娘的出身。

其钓维何[①]？ 渔人的钓竿用什么线系？
维丝伊缗[②]。 丝线拧成的绳儿紧紧密密。
齐侯之子， 车上坐着那齐侯高贵的公主，

平王之孙。　　是那平王的外孙多么美丽。

【注释】

①钓：钓鱼的工具。这里专指钓鱼的线。比喻王侯贵族互联婚姻，如丝之和。维：语助词，有“为”的意思。

②维、伊：是。缗（mín）：多条丝拧成的丝绳。

驺虞

【题解】

这是赞扬在天子园囿中，为天子管理鸟兽的小官驺虞的。驺虞所管理的畜类繁盛，天子前来打猎，他很快就能驱赶出很多兽类，供他们狩猎。

彼茁者葭[①]，　　从那繁茂的芦苇丛，
壹发五豝[②]。　　赶出一群母野猪。
吁嗟乎驺虞[③]！　　哎呀真是天子的好兽官！

【注释】

①茁（zhuó）：草木茂盛貌。葭（jiā）：芦苇初生叫“葭”。

②壹：发语词。发：驱赶。五：指数目多，非实数。驺虞所管理的畜物繁盛，一驱赶就有很多猪出现。古代天子、诸侯打猎时，先让人把野兽驱赶到一个较小的地带，以便射击。豝（bā）：母野猪。

③驺（zōu）虞：为天子管理鸟兽的官。

彼茁者蓬[1]，	从那繁茂的蓬草丛，
壹发五豵[2]。	赶出一窝小野猪。
吁嗟乎驺虞！	哎呀真是天子的好兽官！

【注释】

①蓬：草名。即蓬草，又称蓬蒿。

②豵（zōng）：小野猪。

邶风

邶、鄘、卫三国，都是殷商故地，在朝歌一带。武王灭殷以后，三分其地，朝歌之北是邶，其东是鄘，其南是卫，其后邶、鄘之地并入卫国，故《邶风》《鄘风》《卫风》也就是卫诗，多为东周时作品。这些诗有反抗和揭露上层统治者丑恶行为的，如《鄘风·相鼠》《鄘风·墙有茨》《邶风·新台》等；有在婚姻恋爱方面反映妇女命运和反抗精神的，如《邶风·柏舟》《卫风·氓》《邶风·谷风》等。现存《邶风》十九首。

柏舟

【题解】

这是写贤人忧谗畏讥而又难离乱境的诗。贤人受到群小的陷害，既不甘退让，又不能展翅奋飞。忧愁烦闷，焦虑难眠，无人倾诉。尽管如此，他发誓决不随波逐流，表现了一个忧国忧时的正直文人（或官吏）的形象。《毛诗序》说："《柏舟》，言仁而不遇也。卫顷公之时，仁人不遇，小人在侧。"也有人认为"这是一个妇女自伤不得于夫，见侮于众妾的诗，诗中表露了她无可告诉的委曲和忧伤"（见《诗经注析》），也可备一说。

汎彼柏舟[①]，	河中荡漾柏木舟，
亦汎其流。	随着波儿任漂流。
耿耿不寐[②]，	心中焦虑不成眠，
如有隐忧[③]。	因有隐忧在心头。
微我无酒[④]，	不是家里没有酒，
以敖以游[⑤]。	不是无处可遨游。

【注释】

①汎（fàn）：随水浮动。

②耿耿：不安的样子。

③隐忧：藏在内心的忧痛。

④微：非。

⑤敖：游的意思。

我心匪鉴[①]，	我的心儿不是镜，
不可以茹[②]。	岂能美丑都能容。
亦有兄弟，	我家也有亲兄弟，
不可以据[③]。	可叹兄弟难依凭。
薄言往愬[④]，	我曾向他诉苦衷，
逢彼之怒。	正逢他们怒难平。

【注释】

①匪：同“非”。鉴：镜子。

②茹（rú）：容纳。

③据：依靠。

④愬：同“诉”，诉说，告诉。

我心匪石，	我的心儿不是石，
不可转也。	不可随意来转移。
我心匪席，	我的心儿非草席，
不可卷也。	不可随意来卷起。
威仪棣棣[①]，	仪容举止有尊严，
不可选也[②]。	不可退让被人欺。

【注释】

①棣棣(dì)：安和的样子。

②选(suàn)：通“算”，计算。

忧心悄悄[①]，	忧愁缠绕心烦闷，
愠于群小[②]。	群小视我如仇人。
觏闵既多[③]，	中伤陷害既已多，
受侮不少。	受到侮辱更不少。
静言思之[④]，	仔细考虑反复想，
寤辟有摽[⑤]。	醒来捶胸忧难消。

【注释】

①悄悄：忧愁的样子。

②愠(yùn)：怨恨。

③觏(gòu)：遇到。闵(mǐn)：忧愁，祸患。

④静：仔细审慎。

⑤辟：有的本子作“擗”，捶胸。有摽（biào）：即“摽摽”，捶打的样子。

日居月诸[1]，	问问太阳和月亮，
胡迭而微[2]？	为啥轮番暗无光？
心之忧矣，	心头烦忧去不掉，
如匪浣衣。	就像穿着脏衣裳。
静言思之，	仔细考虑反复想，
不能奋飞。	无法展翅高飞翔。

【注释】

①居、诸：均为语助词，有感叹意。

②胡：何。迭：更迭，轮番。微：亏缺，指日蚀、月蚀。

绿衣

【题解】

这是一首思念亡故妻子的诗。诗人睹物怀人，看到妻子亲手缝制的衣裳，想到妻子对自己各方面的关心照顾，现在已物是人非，因此内心充满忧伤，不知何时才能释然。诗人的感情是发自内心深处的，深沉而含蓄，使读者也为之动容。此诗堪称怀人悼亡的佳作。

绿兮衣兮，	那绿色的衣服啊，
绿衣黄里[1]。	外面绿色黄色里。
心之忧矣，	看到此衣心忧伤，
曷维其已[2]！	悲痛之情何时已！

【注释】

①里：衣服的衬里。

②曷：何。维：语助词。已：停，止。

绿兮衣兮，	那绿色的衣服啊，
绿衣黄裳[①]。	上穿绿衣下黄裳。
心之忧矣，	看到此衣心忧伤，
曷维其亡[②]！	何时能将此情忘！

【注释】

①裳：下衣，形如现在的裙子。

②亡：通“忘”，忘记。

绿兮丝兮，	那绿色的丝缕啊，
女所治兮。	是你亲手把它理。
我思古人[①]，	思念我的亡妻啊，
俾无訧兮[②]！	总是劝我莫越礼。

【注释】

①古人：故人，指作者的妻子。

②俾（bǐ）：使。訧（yóu）：过错。

絺兮绤兮[①]，	葛布有粗又有细，
凄其以风[②]。	穿上凉爽又透气。
我思古人，	思念我的亡妻啊，

实获我心！ 事事都合我心意。

【注释】

①絺(chī)：细葛布。绤(xì)：粗葛布。

②凄其：同“凄凄”，凉爽。

燕燕

【题解】

《毛诗序》说：“《燕燕》，卫庄姜送归妾也。”这个说法，为多数解诗者所采信。庄姜为齐国人，嫁卫庄公，称庄姜。庄姜美而无子，卫庄公又娶陈国厉妫(guī)、戴妫姊妹。戴妫生子名完，庄公让庄姜收为己子，并立为太子。庄公卒，太子完继位，即卫桓公。后卫桓公被庄公宠妾所生子州吁杀死，其生母戴妫受牵连，被遣送回陈国。庄姜曾养育其子，并与她关系友善，临行去送她，作了这首诗。诗中以层层递进的形式写行者渐去渐远，送者悲情愈来愈深的情景，在伤别中，还透露出忧国之情。最后一章赞扬戴妫的美德，更说明依依之情的可珍可贵。一说此诗写卫定公的夫人定姜的事。定姜的儿子去世，儿媳没有子女，服丧三年后，定姜把她送回娘家。临别挥泪垂涕，写了这首诗。王士禛认为此诗“为万古送别之祖”，对后世的送别诗产生深远影响。

燕燕于飞[①]， 燕子双双天上翔，
差池其羽[②]。 参差不齐展翅膀。
之子于归， 她回娘家永不返，
远送于野。 远送她到旷野上。
瞻望弗及， 渐渐远去望不见，

泣涕如雨。	涕泣如雨泪沾裳。

【注释】

①燕燕：鸟名，即燕子。于：语助词。

②差（cī）池：参差不齐的样子。

燕燕于飞，	燕子双双天上翔，
颉之颃之[①]。	忽上忽下盘旋忙。
之子于归，	她回娘家永不返，
远于将之[②]。	远送不怕路途长。
瞻望弗及，	渐渐远去望不见，
伫立以泣[③]。	注目久立泪汪汪。

【注释】

①颉（xié）：向上飞。颃（háng）：向下飞。

②将：送。

③伫（zhù）立：久立。

燕燕于飞，	双双燕子飞天上，
下上其音。	上下鸣叫如吟唱。
之子于归，	她回娘家永不返，
远送于南。	送她向南路茫茫。
瞻望弗及，	渐渐远去望不见，
实劳我心[①]。	我心悲伤欲断肠。

【注释】

①劳：忧。此指思念之劳。

仲氏任只[1]，	仲氏诚实又可信，
其心塞渊[2]。	心胸开朗能容忍。
终温且惠[3]，	性格温柔又和顺，
淑慎其身[4]。	行为善良又谨慎。
先君之思[5]，	常说“别忘先君爱”，
以勖寡人[6]。	她的劝勉记在心。

【注释】

①仲：排行第二。任：诚实可信任。

②塞渊：填满内心深处。形容心胸开阔能包容。

③终：既。温：温柔。且：又。惠：和顺。

④淑：善良。慎：谨慎。

⑤先君：死去的国君。这里指卫庄公。

⑥勖(xù)：勉励。寡人：古代国君自称。诸侯夫人也可自称寡人，这里是庄姜自称。

日月

【题解】

这是写卫国的一位妇女，受到丈夫的虐待，内心痛苦之极，不由地呼天唤地，喊爹叫娘，责备丈夫对她不闻不顾，不理不睬，抒发心中怨愤之情。朱熹说：“盖忧患疾痛之极，必呼父母，人之至情也。”(《诗集传》)方玉润说：“仰日月而诉幽怀，……一诉不已，乃再诉之；再诉不已，更三诉之。三诉不听，则惟有自呼父母，而叹其生我之不辰。盖情极则呼天，疾痛则呼父母，如舜之号泣于旻天、于父母耳。此怨极也。”一说这是卫庄公夫人庄姜受到庄公的遗弃，内心痛苦而诉幽怀。《毛诗序》说：“《日月》，卫庄姜伤己也。遭州吁之难，伤己不见答于先君，以至困穷之诗也。”

日居月诸①，	太阳月亮放光芒，
照临下土②。	光明照彻大地上。
乃如之人兮③，	可是竟有这种人啊，
逝不古处④。	不依古道处事把人伤。
胡能有定⑤？	何时日子能正常？
宁不我顾⑥。	竟然不顾我心伤。

【注释】

①居、诸：语气词。古人多用日月比喻丈夫。此处也含隐喻之意。

②照临：照耀到。下土：大地。

③乃：竟。如：像。之人：是人，这个人。

④逝：发语词。古处：依古道相处。

⑤胡：何。定：指夫妇正常相处之道。

⑥宁：乃。顾：顾念。

日居月诸，	太阳月亮放光芒，
下土是冒①。	光辉普照大地上。
乃如之人兮，	可是竟有这种人啊，
逝不相好②。	背弃情义和我断来往。

胡能有定？	何时日子能正常？
宁不我报[③]。	为何与我不答腔。

【注释】

①冒：覆盖。指阳光普照。

②相好：相悦，相爱。

③报：答。

日居月诸，	太阳月亮放光芒，
出自东方。	每天升起在东方。
乃如之人兮，	可是像他这种人啊，
德音无良[①]。	说得好做得不一样。
胡能有定？	何时日子能正常？
俾也可忘[②]？	使我把忧伤全遗忘？

【注释】

①德音：声誉，德性。无良：不好，不良。

②俾：使。

日居月诸，	太阳月亮放光芒，
东方自出。	日夜运行自东方。
父兮母兮[①]，	我的爹呀我的娘，
畜我不卒[②]。	为何让我离身旁。
胡能有定？	何时日子能正常？
报我不述[③]。	让我不再述冤枉。

【注释】

①父兮母兮:呼唤父母。

②畜:养育。卒:终。

③述:说。

终风

【题解】

这是一位妇女写她被丈夫嘲笑、遗弃的遭遇。诗以自然界的狂风大作和天气阴晦,来比喻其夫脾气的狂荡暴疾、喜怒无常,十分形象生动。全诗四章,写出了这位妇女对丈夫既恨又爱的复杂心理。《毛诗》认为"卫庄姜伤己也。遭州吁之暴,见侮慢而不能正也"。方玉润《诗经原始》说:"朱子以为详味诗辞,有夫妇之情,未见母子之意,仍定为为庄公作。"即"卫庄姜伤所遇不淑也"。

终风且暴①,	大风越刮越狂暴,
顾我则笑②。	你对我戏弄又调笑。
谑浪笑敖③,	那戏谑调笑太放纵,
中心是悼④。	让我害怕又烦恼。

【注释】

①终:既。暴:暴风。或以为疾雨,或以为雷。

②顾:回头看。

③谑浪:戏谑,放荡。笑敖:调笑。

④中心:内心。是悼:即"悼是"。悼,哀伤,惊恐。

终风且霾[①]，	大风刮得尘土扬，
惠然肯来[②]。	如还爱我定肯来我房。
莫往莫来[③]，	现在你我不来往，
悠悠我思[④]。	让我整日心忧伤。

【注释】

①霾(mái)：大风扬尘。

②惠然肯来：此言爱我即可来相会。惠，顾。然，语助词。

③莫往莫来：不来往。

④悠悠：思念的样子。

终风且曀[①]，	大风刮得天昏昏，
不日有曀[②]。	不见太阳只有满天云。
寤言不寐[③]，	我半夜难眠独自语，
愿言则嚏[④]。	愿你嚏喷连连知我在思念。

【注释】

①曀(yì)：天阴而有风。

②有：又。

③寤言：醒着说话。

④愿言：同"愿焉""愿然"，思念殷切。或以为深思。嚏：打喷嚏。俗云有人在背后议论，则会打喷嚏。

曀曀其阴[①]，	天色阴沉暗无光，
虺虺其雷[②]。	只听轰轰雷声震天响。

寤言不寐，	我半夜难眠独自语，
愿言则怀③。	愿你回心转意把我想。

【注释】

①曀曀：天气阴沉昏暗。

②虺虺(huǐ)：雷声。

③怀：思念。

击鼓

【题解】

这是一位远征异国、长期不得归家的士兵唱的一首思乡之歌。全诗只有区区八十个字，但将他被迫从军南征，讨伐陈、宋，战后军心涣散，有家难归的种种痛苦，都婉转曲折地表达出来。正如陈子展所说："诗人若具速写之技，概括而复突出个人入伍、出征、思归、逃散之整个过程。简劲不懈，真实有力，至今读之，犹有实感。"(《诗经直解》)从此诗也可看出春秋无义战给民众带来的痛苦。

击鼓其镗①，	战鼓擂得震天响，
踊跃用兵。	兵士踊跃练武忙。
土国城漕②，	有的修路筑城墙，
我独南行。	我独从军到南方。

【注释】

①镗：鼓声。

②土国：在国内服土工劳役。城漕：在漕邑修筑城墙。“土”和“城”在此用作动词。

从孙子仲[1]，　　跟随将军孙子仲，
平陈与宋。　　陈宋纠纷得平定。
不我以归[2]，　　战事结束仍难归，
忧心有忡[3]。　　内心忧愁神不宁。

【注释】

①孙子仲：人名，卫国将领。
②不我以归：不让我回来。
③有忡：即“忡忡”，心神不宁。

爰居爰处[1]？　　何处居啊何处住？
爰丧其马？　　战马丢失在何处？
于以求之？　　哪儿能找我的马？
于林之下。　　丛林深处大树下。

【注释】

①爰：何处。

“死生契阔”[1]，　　“生生死死不分离”，
与子成说[2]。　　咱们誓言记心里。
执子之手，　　我曾紧握你的手，
与子偕老。　　到老和你在一起。

【注释】

①契:合。阔:离。

②子:你。这里指作者的妻子。成说:约定誓言。

于嗟阔兮,	可叹相距太遥远,
不我活兮[1]。	我们不能重相见。
于嗟洵兮[2],	可叹分别太长久,
不我信兮[3]。	难以实现我誓言。

【注释】

①活:当作“佸”解,聚会。

②洵:长久。

③信:守信用。

凯风

【题解】

这是一首儿子歌颂母亲并自责的诗。也有人说这是悼念亡母的诗。母爱一直是人们歌咏的题材,古今中外概莫能外。《凯风》便是两千多年前一首这样的诗。诗人在夏日感受到温暖南风的吹拂,看到枣树在吹拂中发芽生长,联想到母亲养育儿女的辛劳,触景生情,写下了这样自然生动的诗句。又想到黄鸟婉转的歌声使人愉悦,而自己却没有做出使母亲感到安慰的事情,因惭愧而深深自责。诗中虽然没有实写母亲如何辛劳,但其形象还是生动地展现出来。儿子虽然自责没有成才,但能有这样的感恩之情,也一定是勤劳善良之人。“凯风”后来具有了人子思母孝亲的特定含义。古乐府《长歌行》:“远游使心思,游子恋所生。……凯风吹长棘，夭夭枝叶倾。”潘岳《寡妇赋》：“览寒泉之遗叹兮，咏蓼莪之余音。”苏轼的“凯风吹尽棘成薪”等等，都是歌颂母亲养育之恩的，可见此诗对后世文学的影响。

凯风自南①，	和风煦煦自南方，
吹彼棘心②。	吹在枣树嫩芽上。
棘心夭夭③，	枣树芽心嫩又壮，
母氏劬劳④。	母亲养儿辛苦忙。

【注释】

①凯风：和风。这里喻母爱。

②棘心：酸枣树初发的嫩芽。这里喻子。

③夭夭：树木嫩壮的样子。

④劬（qú）劳：劳苦。

凯风自南，	和风煦煦自南方，
吹彼棘薪①。	枣树成柴风吹长。
母氏圣善②，	母亲明理又善良，
我无令人③。	儿子不好不怨娘。

【注释】

①棘薪：酸枣树已长大可当柴烧。这里比喻子已长大。

②圣善：明理善良。

③令人：善人。

爰有寒泉[①]，	寒泉之水透骨凉，
在浚之下[②]。	源头就在浚县旁。
有子七人，	母亲养育儿七个，
母氏劳苦。	儿子长成累坏娘。

【注释】

①爰：语助词。寒泉：卫地水名，冬夏常冷。

②浚(xùn)：卫国地名。

睍睆黄鸟[①]，	黄雀婉转在歌唱，
载好其音。	悦耳动听真嘹亮。
有子七人，	母亲养育儿七个，
莫慰母心。	难慰母心不应当。

【注释】

①睍睆(xiàn huǎn)：鸟儿婉转的鸣叫声。

雄雉

【题解】

这是一位妇女思念远方服役丈夫的诗。全诗共四章，第一、二章写因丈夫离去而思念，思其能够回还，又知其不能回而愈加思念。思到极处，无可释怀，指责那些在位君子，是他们的贪欲造成了夫妻分离的悲剧。这一转，使诗的境界提升了一个高度。朱熹说：“妇人以其君子从役于外，故言雄雉之飞舒缓自得如此，而我之所思者乃从役于外，而自遗阻隔也。”（《诗集传》）方玉润则认为是朋友互勉的诗，可为一说。

雄雉于飞①，	雄雉在空中飞翔，
泄泄其羽②。	舒展着五彩翅膀。
我之怀矣③，	我如此思念夫君，
自诒伊阻④。	给自己带来忧伤。

【注释】

①雉：野鸡。一说雉为耿介之鸟，交有时，别有伦。于：往。一说语助词。

②泄泄（yì）：鼓翅飞翔的样子。

③怀：因思念而忧伤。

④自诒（yí）：自己给自己。诒，亦作“遗”，遗留。或作“贻”。伊：其。阻：忧愁，苦恼。

雄雉于飞，	雄雉在空中飞翔，
下上其音①。	上下鸣叫声嘹亮。
展矣君子②，	我那诚实的夫君，
实劳我心③。	实让我心劳神伤。

【注释】

①下上其音：叫声随飞翔而忽上忽下。

②展：诚，实在。

③劳我心：即“我心劳”，因挂怀而操心、忧愁。

瞻彼日月[①]，　　看日月迭来迭往，
悠悠我思。　　思念之情悠悠绵长。
道之云远[②]，　　道路相隔如此遥远，
曷云能来[③]？　　夫君何日才能还乡？

【注释】

①瞻：远望。

②云：与下句之“云”同为语气词。

③曷：何也。此处指“何时”。

百尔君子[①]，　　那些在位君子们，
不知德行[②]。　　不知我夫君德高尚。
不忮不求[③]，　　他不贪荣名不求利，
何用不臧[④]！　　为何让他遭祸殃！

【注释】

①百：所有的。尔：你们。君子：在位、有官职的君子（大夫）。

②德行：品德和行为。

③忮（zhì）：疾害。或以为“希求”。求：贪求。

④何用：何以，为何。不臧：不善，不好。

匏有苦叶

【题解】

这是一位女子在济水岸边等待未婚夫时所唱的歌。一个深秋的早晨，一位姑娘在济水边焦急地等待，希望她的未婚夫过河来与她相会，在河水未结冰时能够娶她为妻，但她的愿望没有实现。诗的最后一章写她拒绝了船夫招呼她上船的好意，她还要继续等下去。

匏有苦叶①，	葫芦叶枯葫芦熟，
济有深涉②。	济水深深已可渡。
深则厉③，	水深你就用葫芦，
浅则揭④。	水浅就挽裤腿走。

【注释】

①匏(páo)：俗称“葫芦”。古人渡河时，将多个葫芦拴于腰上，人则可浮于水，故曰“腰舟”。苦叶：枯叶。匏瓜叶枯萎，葫芦已成熟，可用以渡河。

②济：水名。涉：徒步过河。

③厉：连衣渡水。

④揭(qì)：撩起下衣。

有弥济盈①，	济河水深已漫堤，
有鷕雉鸣②。	雌雉水边声声啼。
济盈不濡轨③，	水满淹不到车轴，
雉鸣求其牡④。	雌雉鸣叫求其偶。。

【注释】

①弥(mǐ)：水满貌。

②鷕(yǎo)：雉鸣声。

③濡：沾湿。轨：车轴的两端。

④牡：指雄野鸡。

雍雍鸣雁[①]，	大雁鸣叫在长空，
旭日始旦[②]，	旭日红红东方升。
士如归妻[③]，	你如真要想娶妻，
迨冰未泮[④]。	趁着河水没解冻。

【注释】

①雍雍(yōng)：雁叫声。

②旭日：初升的太阳。旦：天明。

③归妻：娶妻。

④迨(dài)：趁。泮(pàn)：融解。

招招舟子[①]，	船夫声声呼过河，
人涉卬否[②]。	别人先渡我不过。
人涉卬否，	别人先渡我不过，
卬须我友[③]。	我要等待我的哥。

【注释】

①招招：召唤貌。舟子：船夫。

②人涉卬(áng)否：此句是说，“别人渡河我不渡”。卬，我。

③须：等待。友：此指女子等待的人。

谷风

【题解】

这是遭到丈夫遗弃的女子写的诉苦诗。诗中运用叙事和抒情相结合的手法,把女子遭弃的原因,弃时的情景,弃后的心情,以及她在家庭中的辛苦,如泣如诉地描写出来。这样,诗中就出现了两个性格鲜明的人物:女子吃苦耐劳,温婉柔顺,痴心多情;男子朝秦暮楚,薄行缺德,少情寡义。全篇通过男女的对比,今昔的对比,被弃和新婚的对比,更加深了我们对被弃女子的同情,对薄情男子的厌恶。此诗采用比、兴相互运用的手法,把写景与叙事紧密结合起来,使人物性格更为鲜明突出。

习习谷风①,	山谷来风迅又猛,
以阴以雨。	阴云密布大雨倾。
黾勉同心②,	夫妻共勉结同心,
不宜有怒。	不该动怒不相容。
采葑采菲③,	采摘萝卜和蔓菁,
无以下体④?	难道要叶不要根?
德音莫违⑤,	往日良言休抛弃,
“及尔同死”。	“到死和你不离分”。

【注释】

①习习:风声。谷风:来自山谷的大风。

②黾(mǐn)勉:努力。

③葑(fēng):蔓菁。菲:萝卜。

④无以:不用。下体:指根部。从采食葑、菲不用根部,比喻娶妻不重其德,只看其色。

⑤德音：指丈夫曾对她说过的好话。

行道迟迟[①]，　　迈步出门慢腾腾，
中心有违[②]。　　脚儿移动心不忍。
不远伊迩[③]，　　不求送远求送近，
薄送我畿[④]。　　谁知仅送到房门。
谁谓荼苦[⑤]，　　谁说苦菜味最苦，
其甘如荠。　　在我看来甜如荠。
宴尔新昏[⑥]，　　你们新婚多快乐，
如兄如弟。　　亲哥亲妹不能比。

【注释】

①迟迟：缓慢。

②中心：心中。有违：行动和心意相违背。

③伊：是。迩：近。

④薄：语助词，有勉强的意思。畿（jī）：门内。这里指门槛。

⑤荼：苦菜。

⑥宴：快乐。新昏：即“新婚”，指丈夫另娶新人。

泾以渭浊[①]，　　渭水入泾泾水浑，
湜湜其沚[②]。　　泾水虽浑河底清。
宴尔新昏，　　你们新婚多快乐，
不我屑以[③]。　　不知怜惜我心痛。
毋逝我梁[④]，　　不要到我鱼坝来，
毋发我笱[⑤]。　　不要再把鱼篓开。

我躬不阅[⑥]，	现在既然不容我，
遑恤我后[⑦]。	以后事儿谁来睬。

【注释】

①泾、渭：都是河流名，发源甘肃，在陕西高陵合流。

②湜湜(shí)：水清貌。沚：底。

③屑：顾惜，介意。

④逝：去，往。梁：用石块垒成的拦鱼坝。

⑤发："拨"的借字，搞乱。笱(gǒu)：捕鱼的竹篓。

⑥躬：自身。阅：见容，容纳。

⑦遑：暇，来不及。恤：担忧。后：指走后的事。

就其深矣，	好比过河河水深，
方之舟之。	过河就用筏和船。
就其浅矣，	又如河水清且浅，
泳之游之。	我就游泳到对岸。
何有何亡[①]，	家里有这没有那，
黾勉求之。	尽心尽力来备办。
凡民有丧[②]，	左邻右舍有灾难，
匍匐救之。	奔走救助不迟延。

【注释】

①亡：无。

②民：人。这里指邻人。

不我能慉[①]，　　你不爱我倒也罢，
反以我为仇。　　不该把我当仇家。
既阻我德[②]，　　我的好意你不睬，
贾用不售[③]。　　好比货物没人买。
昔育恐育鞫[④]，　　从前害怕家困穷，
及尔颠覆[⑤]。　　患难与共苦经营。
既生既育，　　如今家境有好转，
比予于毒[⑥]。　　嫌我厌我如毒虫。

【注释】

①慉(xù)：爱。

②阻：拒绝。我德：我的好意。

③不售：卖不出去。

④育恐：生活恐慌。育鞫(jū)：生活穷困。

⑤颠覆：患难。

⑥于：如。毒：毒虫，毒物。

我有旨蓄[①]，　　我备好干菜和腌菜，
亦以御冬[②]。　　贮存起来好过冬。
宴尔新昏，　　你们新婚多快乐，
以我御穷。　　拿我的东西来挡穷。
有洸有溃[③]，　　粗声恶气欺负我，
既诒我肄[④]。　　粗活重活我担承。
不念昔者，　　当初情意全不念，
伊余来塈[⑤]。　　往日恩爱一场空。

【注释】

①旨蓄：蓄以过冬的美味干菜和腌菜。

②御：抵挡。

③有洸（guāng）有溃：即“洸洸溃溃”，水激荡溃决的样子。这里形容男子发怒时暴戾凶狠的样子。

④诒（yí）：留给。肄（yì）：劳苦的工作。

⑤伊余来塈（jì）：维我是爱。伊，句首语气词。余，我。来，是。塈，爱。

式微

【题解】

这是人民苦于劳役，对国君发出的怨词。全诗只有三十二字，二十八个是重复使用，但没有呆板之感，而是在一唱三叹中将劳动者的怨恨直白地表达出来。《毛诗序》认为此诗写的是黎侯为狄人所逐，流亡于卫，臣子劝他归国的事。还有人认为这是情人幽会相互戏谑的歌，可备一说。

式微①，式微，	天黑啦，天黑啦，
胡不归②？	为何还不快回家？
微君之故③，	不是为了国君你，
胡为乎中露④！	哪会夜露湿我衣？

【注释】

①式：发语词，无实义。微：幽暗。这里指天将黑。

②胡：为什么。

③微：非，不是。故：事。
④中露：即“露中”。

式微，式微，	天黑啦，天黑啦，
胡不归？	为何还不快回家？
微君之躬，	不是为了国君你，
胡为乎泥中！	哪会夜间脚踏泥？

旄丘

【题解】

此诗到底讲的是什么事，历来有不同说法。《齐诗》说：“阴阳隔塞，许嫁不答。《旄丘》《新台》，悔往叹息。”《毛诗序》说此诗“责卫伯也。狄人迫逐黎侯，黎侯寓于卫，卫不能修方伯连率之职，黎之臣子以责于卫也”。我们认为这是一些流亡到卫国的人，请求卫国的统治者来救助，但愿望没能实现，诗中表达他们失望的心情。

旄丘之葛兮[①]，	旄丘上的葛藤啊，
何诞之节兮[②]。	为何爬得那么长。
叔兮伯兮[③]，	卫国的叔叔伯伯啊，
何多日也[④]？	为何许久不相帮？

【注释】

①旄丘：卫国地名，在澶州临河东（今河南濮阳西南）。一说旄丘指前高后低的小土山。

②诞：通“延”，延长。节：指葛藤的枝节。

③叔、伯：本为兄弟间的排行，这里指高层统治者君臣。

④多日：指拖延多日。

何其处也[①]？	为何安处在家中？
必有与也[②]。	必定等人一起行。
何其久也？	为何等待这么久？
必有以也[③]。	其中必定有原因。

【注释】

①处：安居，留居，指安居不动。

②与：相与，即交好之人，同盟者。

③以：同“与”。一说作“原因”“缘故”解。

狐裘蒙戎[①]，	身穿狐裘毛茸茸，
匪车不东[②]。	乘车出行不向东。
叔兮伯兮，	卫国的叔叔伯伯啊，
靡所与同[③]。	你们不与我心同。

【注释】

①蒙戎：毛蓬松貌。此处点出季节，已到冬季。

②匪：彼。东：此处作动词，指向东。

③靡：无。所与：与自己在一起同处的人。同：同心。

琐兮尾兮[①]，	我们卑微又渺小，

流离之子②。　　流离失所无依靠。
叔兮伯兮，　　卫国的叔叔伯伯啊，
褎如充耳③！　　充耳不闻假装不知道！

【注释】

①琐：细小。尾：通“微”，低微，卑下。

②流离：漂散流亡。方玉润《诗经原始》：“流离，漂散也。”

③褎（yòu）如充耳：此句是说男子盛服华饰，耳旁垂有耳瑱，耳朵好像被耳瑱塞住，听不见别人的呼唤。褎如，盛服貌。充耳，耳旁饰物，即耳瑱。

简兮

【题解】

这是一首赞美舞师的诗。大概是一位女子在观看盛大的“万舞”表演时，领队舞师高大威武英俊的形象，引起了她的爱慕，于是就产生了这篇赞美的诗篇。这篇描写古代“万舞”的诗，也给我们留下了十分宝贵的舞蹈史方面的资料，描写虽然不够具体，但表演的地点、时间、人物，壮观的场面，热烈的情景，可以使后人大体知道“万舞”的样子。一说这是讽刺统治者不能任用贤人，致使他们只能成为歌舞艺人，即伶官。《毛诗序》说：“《简兮》，刺不用贤也。卫之贤者仕于伶官，皆可以乘事王者也。”细看全诗，似无此意。

简兮简兮①，　　鼓声擂得震天响，
方将万舞②。　　盛大万舞要开场。
日之方中③，　　正是红日当空照，

在前上处[④]。 舞蹈领队站前行。

【注释】

①简：鼓声。一说形容舞师武勇之貌。

②方将：正要，将要。万舞：古代在朝廷、宗庙或各种祭祀仪式上跳的舞蹈，由文舞与武舞两部分组成，文舞执羽籥，武舞执干戚。

③方中：正好中午。

④在前上处：指舞师所处的位置，在整个舞蹈队伍的最前头。或以为指舞台前明显的位置。

硕人俣俣[①]， 舞师健壮又英武，
公庭万舞[②]。 公庭上面演万舞。
有力如虎， 动作有力如猛虎，
执辔如组[③]。 手握缰绳似丝组。

【注释】

①硕人：身材高大的人。俣俣(yǔ)：高大魁梧的样子。

②公庭：公爵的庭堂。

③辔(pèi)：马缰绳。组：编织的排排丝线。这里指用五彩丝帛做成的舞具，舞师手执模仿驾车的动作。

左手执籥[①]， 左手拿着籥管吹，
右手秉翟[②]。 右手野鸡翎毛挥。
赫如渥赭[③]， 红光满面像赭涂，

公言锡爵[4]！　　公爵连说快赏酒。

【注释】

①籥(yuè)：一种管乐器名，形状像笛子。

②秉：持。翟(dí)：野鸡的长尾羽，舞蹈者所执。

③赫：红色。渥(wò)：湿润。赭(zhě)：赤土。一说是一种赤色的矿物颜料。

④公：卫公。锡爵：赏酒。锡，同“赐”。爵，酒器。

山有榛[1]，　　高高山上有榛树，
隰有苓[2]。　　低田苍耳绿油油。
云谁之思？　　心里思念是谁人？
西方美人[3]。　　西方舞师真英武。
彼美人兮，　　那英俊的美男子啊，
西方之人兮！　　那是打从西方来啊！

【注释】

①榛：灌木名，其果实似栗而小，可食。

②隰(xí)：低洼而潮湿之地。苓：苍耳。一说通“莲”，即荷花。

③西方：西周地区。美人：指舞师。这位舞师来自西周地区，卫国在西周的东面，故称“西方”。

泉水

【题解】

这是卫国女子嫁到别的国家，思念家乡而不得归时写下的诗。朱熹说:“卫女嫁于诸侯,父母终,思归宁而不得,故作此诗。”(《诗集传》)此诗写她思念家乡,与姐妹商量回乡探亲的事,回忆出嫁时的情景,想象回乡的路线和准备工作。最后一章写在愿望不能实现时,只好驾车出游,希望以此来排遣内心的忧伤。

毖彼泉水①,	泉水汩汩流不息,
亦流于淇②。	还是回归入淇水。
有怀于卫③,	怀念卫国我故乡,
靡日不思④。	没有一天不在想。
娈彼诸姬⑤,	同来姬姓好姐妹,
聊与之谋⑥。	且和她们来商量。

【注释】

①毖(bì):泉始涌出貌。泉水:卫国水名,即末章所说的“肥泉”。

②淇:卫国水名,即今河南安阳南的淇河。

③有怀:因怀念。有,以,因。

④靡:无。

⑤娈:美好,漂亮。诸姬:古代诸侯女子出嫁,常以同姓之女为媵妾。卫国为姬姓国,故称“诸姬”。

⑥聊:且。谋:商量。指商量回卫国之事。

出宿于泲①,	回想当初宿泲地,
饮饯于祢②。	摆酒饯行在祢邑。
女子有行③,	女子出嫁到别国,
远父母兄弟。	远离父母和兄弟。

问我诸姑[4]，　　临行问候我姑母，
遂及伯姊。　　还有众位好姊妹。

【注释】

①宿：停留。此章回忆当年出嫁时第一个晚上歇宿之地。泲（jì）：卫国地名。或以为即济水。

②饮饯（jiàn）：饯行，送行的酒宴。祢（nǐ）：卫国地名。

③行：出嫁。《左传》桓公九年："凡诸侯之女行。"注："行，嫁也。"

④姑：父亲的姊妹称"姑"。

出宿于干[1]，　　如能回乡宿在干，
饮饯于言。　　饯行之地就在言。
载脂载舝[2]，　　车轴上油插紧键，
还车言迈[3]。　　直奔故乡跑得欢。
遄臻于卫[4]，　　疾驰速奔回到卫，
不瑕有害[5]？　　不会招来甚祸患？

【注释】

①干：与下句中"饮饯于言"中"言"均为地名。为诗人设想回卫国时饯行之地。

②脂：油脂。此处用作动词，指往车轴上涂油。舝（xiá）：古"辖"字。车轴两头的金属键。这里也用作动词，指插上金属键。

③还车：回车。指乘嫁时所乘之车回卫。言：语助词。迈：行路。

④遄（chuán）：快，迅速地。臻（zhēn）：至，到达。

⑤不瑕：没有什么。瑕，通"遐"。

我思肥泉[1]， 我的思绪到肥泉，
兹之永叹[2]。 声声叹息永无休。
思须与漕[3]， 再想须城和漕邑，
我心悠悠。 我的忧伤没尽头。
驾言出游[4]， 驾着马车去出游，
以写我忧[5]。 藉此排遣我忧愁。

【注释】

①肥泉：卫国泉名，即第一章所说之泉水。

②兹：同“滋”，更加，益发。永叹：长叹。

③须、漕：均为卫国地名。

④驾言：驾车。言，语助词。

⑤写：同“泻”，意为消除、排遣。

北门

【题解】

这是一首小官吏诉说自己愁苦的诗。他整天为政事繁忙，工作十分劳苦，却得不到相应的报偿；回到家中，还要受家人的责怪和讽刺。无可奈何之下，他只能归咎于天命。此诗通过握有一定权力的小官吏之口，反映了当时的社会矛盾。更值得思考的是，小官吏的境况是如此，那社会底层民众的生活更不堪设想了。《毛诗序》说：“《北门》，刺仕不得志也。言卫之忠臣不得其志尔。”

出自北门， 一路走出城北门，

忧心殷殷[1]。	忧愁烦恼压在心。
终窭且贫[2]，	既无排场又贫寒，
莫知我艰。	有谁知道我艰难。
已焉哉[3]！	算了吧！
天实为之，	老天安排这个样，
谓之何哉！	我还能够怎么办！

【注释】

①殷殷：忧愁深重的样子。

②终：既。窭(jù)：贫而简陋，无法讲求礼节排场。

③已焉哉：既然这样。

王事适我[1]，	王室差事派给我，
政事一埤益我[2]。	政事全都推给我。
我入自外，	累了一天回家来，
室人交遍谪我[3]。	家人个个责怪我。
已焉哉！	算了吧！
天实为之，	老天安排这个样，
谓之何哉！	对此我也无奈何！

【注释】

①王事：有关王室的差事。适：同“擿(zhì)”，扔。

②政事：指卫国国内的事。埤(pí)益：加给。下文“埤遗”同。

③谪：责怪。

王事敦我[1]，	王室差事逼迫我，
政事一埤遗我。	政事全都推给我。
我入自外，	累了一天回到家，
室人交遍摧我[2]。	家人讽刺说我傻。
已焉哉！	算了吧！
天实为之，	老天这样安排下，
谓之何哉！	我还能有啥办法。

【注释】

①敦：逼迫。

②摧：讽刺。

北风

【题解】

这是一首写卫君暴虐，祸乱将至，诗人偕友人急于逃难避祸的诗。《毛诗序》说："《北风》，刺虐也。卫国并为威虐，百姓不亲，莫不相携持而去焉。"诗中描绘的大雪纷飞、北风呼啸的情景，不仅是人们出逃时的天气状况，也影射了当时的政治气候。"莫赤匪狐，莫黑匪乌"二句，把"天下乌鸦一般黑"的黑暗统治一针见血地揭示出来。全诗章节紧凑，气氛如急弦骤雨；比喻形象，危乱如冰雪愁云。

北风其凉[1]，	北风刮来冰样凉，
雨雪其雱[2]。	大雪漫天白茫茫。
惠而好我[3]，	赞同我的好朋友，

携手同行。	携手一起快逃亡。
其虚其邪[④]？	岂能犹豫慢慢走？
既亟只且[⑤]！	事已紧急祸将降！

【注释】

①其凉：即"凉凉"，形容风寒。

②其雱(páng)：即"雱雱"，雪大的样子。

③惠而：即"惠然"，顺从、赞成之意。好我：同我友好。

④其：同"岂"，语气词，加强反问语气。虚："舒"的假借字。邪：有的本子作"徐"，虚邪，即"舒徐"，缓慢的样子。

⑤既：已经。亟：同"急"。只且(jū)：语助词。

北风其喈[①]，	北风刮来彻骨凉，
雨雪其霏。	雪花纷飞漫天扬。
惠而好我，	赞同我的好朋友，
携手同归[②]。	携手同去好地方。
其虚其邪？	岂能犹豫慢慢走？
既亟只且！	事已紧急祸将降！

【注释】

①喈(jiē)："湝"的假借字，寒凉。

②同归：一同走。与上下章的"同行""同车"意同。

莫赤匪狐[①]，	天下狐狸毛皆赤，
莫黑匪乌[②]。	天下乌鸦尽皆黑。

惠而好我，	赞同我的好朋友，
携手同车。	携手同车快离去。
其虚其邪？	岂能犹豫慢慢走？
既亟只且！	事已紧急莫后悔！

【注释】

①莫赤匪狐：狐狸没有不是红色的。

②莫黑匪乌：乌鸦没有不是黑色的。此句与上句以两种不祥的动物比喻当时的黑暗统治者。

静女

【题解】

这是一首写青年男女幽会的诗。全诗以男子的口吻来写，生动描绘了幽会的全过程：男子赴约的欢快，女子故意隐藏起来的天真活泼可爱，以及向男子赠物表达爱意的情景，使整首诗充满愉快而又幽默的情趣。此诗构思十分灵巧，人物形象刻画生动，洋溢着浓烈的生活气息。《毛诗序》说："《静女》，刺时也。卫君无道，夫人无德。"方玉润《诗经原始》说："《静女》，刺卫宣公纳伋妻也。"即指卫宣公劫夺了其儿子伋的媳妇宣姜的事。以上二说似皆不符诗意。

静女其姝①，	文静的姑娘真可爱，
俟我于城隅②。	约我城角楼上来。
爱而不见③，	故意躲藏让我找，
搔首踟蹰④。	急得我抓耳又挠腮。

【注释】

①静女：文静的姑娘。姝：美丽。

②俟(sì)：等待。城隅：城角隐僻处。一说城上角楼。

③爱：通“薆”，隐藏的意思。

④踟蹰(chí chú)：徘徊。

静女其娈[1]，	文静的姑娘长得好，
贻我彤管[2]。	送我一支红管草。
彤管有炜[3]，	管草红得亮闪闪，
说怿女美[4]。	我爱它颜色真鲜艳。

【注释】

①娈(luán)：美好的样子。

②贻：赠送。彤管：红管草。

③炜(wěi)：鲜明的样子。

④说怿(yuè yì)：喜爱。女：你，指红管草。

自牧归荑[1]，	郊外采荑送给我，
洵美且异[2]。	荑草美好又奇异。
匪女之为美[3]，	不是荑草真奇异，
美人之贻。	只因是美人送我的。

【注释】

①牧：郊外。归：通“馈”，赠送。荑(tí)：初生的白芽。

②洵：实在。异：奇异。

③女：你。这里指荑草。

新台

【题解】

这是民众讽刺卫宣公劫夺儿媳的诗。《毛诗序》："《新台》，刺卫宣公也。纳伋之妻，筑新台于河上而要之。国人恶之，而作是诗也。"伋，是宣公的世子，宣公为伋娶齐女为妻，听说齐女很美，就在河边筑了一座新台，自己娶了齐女，称宣姜。《史记·卫康叔世家》也记载了这件事。人们憎恨此类乱伦之行，作诗讽刺。

新台有泚[①]，　　新台明丽又辉煌，
河水瀰瀰[②]。　　河水洋洋东流淌。
燕婉之求[③]，　　本想嫁个如意郎，
籧篨不鲜[④]！　　却是丑得蛤蟆样！

【注释】

①新台：台名，卫宣公为迎娶新媳妇所筑之台。旧说其址在今河南临漳西黄河边。有泚(cǐ)：即"玼玼"，鲜明的样子。泚，"玼"的假借字。

②瀰瀰(mǐ)：水盛大的样子。

③燕婉：柔和美好的样子。

④籧篨(qú chú)：癞蛤蟆一类的东西。不鲜：不善。

新台有洒[①]，　　新台高大又壮丽，
河水浼浼[②]。　　河水漫漫东流去。

燕婉之求，　　本想嫁个如意郎，
籧篨不殄[③]！　　却是丑得不成样！

【注释】

①洒（cuǐ）：高峻的样子。

②浼浼（měi）：同“浘浘”，水盛貌。

③不殄（tiǎn）：同“不鲜”。或以为不美。

鱼网之设，　　布好渔网把鱼捕，
鸿则离之[①]。　　没想蛤蟆网中游。
燕婉之求，　　本想嫁个如意郎，
得此戚施[②]！　　得到这人却是这样丑！

【注释】

①鸿：一说指大雁。闻一多《〈诗·新台〉“鸿”字说》一文考证，鸿就是虾蟆。此处采取闻说。离：同“罹”，本义是遭到、遭遇。这里指落网。

②戚施：蟾蜍，蛤蟆。

二子乘舟

【题解】

这是一首友人送别之诗。两位朋友乘舟远行，诗人既怀着依依惜别之情，又担心他们的安全，写下了这首诗。一说“二子”指卫宣公的两个儿子太子伋和公子寿，他们是同父异母兄弟，宣公夫人宣姜欲废除太子伋而立己子公子寿，派人和太子伋一起乘舟，欲沉船而杀之。公子寿同情太子伋，便登上太子伋所乘之船，使人不得杀伋。此诗是太子伋的傅母因担心他们的安危而作。

二子乘舟①，	两人乘一叶孤舟，
泛泛其景②。	渐渐向远处漂流。
愿言思子③，	深深思念你们俩，
中心养养④。	我心中充满忧愁。

【注释】

①二子：指诗人的两个朋友。旧说指卫宣公的两个儿子伋和寿。

②泛泛：船漂浮的样子。景：通“憬”，远行。

③愿：思念。言：通“焉”。

④养养：忧思不安的样子。

二子乘舟，	两人乘一叶小船，
泛泛其逝①。	渐渐地越行越远。
愿言思子，	深深思念你们俩，
不瑕有害②。	愿你们顺利平安。

【注释】

①逝：往，去。

②不瑕：不至于。害：祸患。

鄘风

“鄘风”是鄘地流行的乐调。鄘在今河南汲县境内。武王灭殷，占领殷都朝歌一带地方，分其地为邶、鄘、卫三国。武王死后，武庚叛乱，周公便以其地尽封弟康叔，为卫国。所以今《鄘风》存诗，都是卫诗。特别值得一提的是《载驰》一诗，明确记载了诗的作者，她就是我国第一位女诗人许穆夫人。今存诗十篇。

柏舟

【题解】

这首诗抒写爱情受挫的苦恼。一位少女自己选中了意中人，却受到家长的反对，因此她发出了呼天呼母的悲叹，表达了对婚姻不自由的深切怨恨。诗以流动漂浮的柏舟起兴，隐含着命运的飘忽不定；又以少女自诉的手法直抒胸臆，感情充沛，打动人心。

汎彼柏舟①，	柏木船儿在漂荡，
在彼中河②。	漂泊荡漾河中央。
髧彼两髦③，	垂发齐眉少年郎，

实维我仪④。	是我心中好对象。
之死矢靡它⑤。	至死不会变心肠。
母也天只⑥，	我的天啊我的娘，
不谅人只！	为何对我不体谅！

【注释】

①汎：浮行。这里形容船在河中不停漂浮的样子。

②中河：即“河中”。

③髧(dàn)：发下垂貌。髦(máo)：齐眉的头发。

④维：乃，是。仪：配偶。

⑤之死：至死。矢靡它：没有其他。矢，誓。靡，无。它，其他。

⑥也：与“不谅人只(zhǐ)”之“只”均为感叹语气助词。

汎彼柏舟，	柏木船儿在漂荡，
在彼河侧。	一漂漂到河岸旁。
髧彼两髦，	垂发齐眉少年郎，
实维我特①。	我愿与他配成双。
之死矢靡慝②。	至死不会变主张。
母也天只，	我的天啊我的娘，
不谅人只！	为何对我不体谅！

【注释】

①特：配偶。

②慝(tè)：通“忒”，变，更改。

墙有茨

【题解】

这是一首揭露和讽刺卫国统治者荒淫无耻的诗。卫宣公劫娶了儿子的聘妻宣姜，宣公死后，他的庶长子顽又与宣姜私通，生下了三男二女。《毛诗序》说："《墙有茨》，卫人刺其上也。公子顽通乎君母，国人疾之而不可道也。"《郑笺》："宣公卒，惠公幼，其庶兄顽烝于惠公之母，生子五人：齐子、戴公、文公、宋桓夫人、许穆夫人。"这些宫中丑行，真是不可说不可道。诗中虽然没有指出具体的丑行，但已经将他们的无耻面目揭露无余。

墙有茨①，	墙上有蒺藜，
不可埽也②。	不可扫除它。
中冓之言③，	宫中私房话，
不可道也！	不可传播啊！
所可道也，	如果传出来，
言之丑也！	丑不可言啊！

【注释】

①茨（cí）：蒺藜。

②埽（sǎo）：同"扫"。

③中冓（gòu）：宫闱，宫廷内部。

墙有茨，	墙上有蒺藜，
不可襄也①。	不可去除它。

中冓之言，　　宫中私房话，
不可详也②！　　不可细说啊！
所可详也，　　如果说出来，
言之长也！　　丑事太多啊！

【注释】

①襄：除去，扫除。

②详：细说。

墙有茨，　　墙上有蒺藜，
不可束也①。　　不能去掉它。
中冓之言，　　宫中私房话，
不可读也②！　　不可吐露啊！
所可读也，　　如果说出来，
言之辱也！　　真感到羞耻啊！

【注释】

①束：总集而去。这里是打扫干净的意思。

②读：宣扬。

君子偕老

【题解】

这也是讽刺卫宣公夫人宣姜的诗。《墙有茨》讽刺厌恶的情绪很鲜明，而此诗的讽刺意味却含蓄不露。通篇大多为叹美之词，说宣姜的仪容之美、服饰之美，只有二句“子之不淑，云如之何”，隐含讽刺。这种用丽辞写丑行的手法，对后世也有影响，如杜甫《丽人行》的命笔用意，就与此诗相同。吕东莱评论说：“首章之末云‘子之不淑，云如之何’，责之也。二章之末云‘胡然而天也，胡然而帝也’，问之也。三章之末云‘展如之人兮，邦之媛也’，惜之也。辞益婉而意益深矣。”也有人认为这是齐姜嫁到卫国之后，诗人对她的不幸深表同情所作的诗。可备一说。

君子偕老①，	她和君子共偕老，
副笄六珈②。	头插玉簪和步摇。
委委佗佗③，	举止从容仪万方，
如山如河④，	如山稳重如水漂，
象服是宜⑤。	合身画袍文彩耀。
子之不淑⑥，	可是行为却不端，
云如之何！	如何说她才是好！

【注释】

①君子：指卫宣公。偕老：夫妻相偕到老。一般指美满夫妻，这里含讽刺意味。

②副：古代首饰名。《释名》：“王后首饰曰副。”笄（jī）：首饰名。古人头上固定冠的横簪。珈（jiā）：首饰名。珈是副笄上的玉饰。走路时会摇动，故又称“步摇”。其数有六，故称“六珈”。

③委委佗佗（tuó）：形容宣姜举止从容，步态仪容优美。一说形容头饰（即“副笄六珈”）之盛。

④如山如河：形容仪态稳重深沉，如山之凝重、水之渊深。或以为静如山、行如水。

⑤象服：绘有文饰的礼服，贵族夫人所服。亦名“袆衣”。宜：适宜。

⑥不淑：旧释为“不善”，指品德不好。

玼兮玼兮①，　　文采华美颜色艳，
其之翟也②。　　绘羽翟衣耀人眼。
鬒发如云③，　　黑发稠密像乌云，
不屑髢也④。　　不用假发来装点。
玉之瑱也⑤，　　鬓旁耳瑱光闪闪，
象之揥也⑥，　　象牙搔头髻上簪，
扬且之皙也⑦。　　面容白净又光鲜。
胡然而天也⑧！　　莫非天仙降人间！
胡然而帝也⑨！　　莫非帝女下了凡！

【注释】

①玼（cǐ）：玉色鲜明貌。此处形容服饰鲜艳。

②翟（dí）：翟衣。朱熹《诗集传》：“翟衣，祭服。刻绘为翟雉之形而彩画之以为饰也。”这里指有野鸡纹饰的礼服。

③鬒（zhěn）：头发密而黑。如云：形容头发像云一样稠密。

④髢（tì）：假发做的髻。

⑤瑱（tiàn）：耳瑱，又叫“充耳”，垂于两鬓的玉饰。

⑥象之揥（tì）：以象骨或象牙做成的搔首簪。

⑦扬：形容颜色之美。或以为明亮。且（jū）：语助词。皙：面色白净。

⑧胡：何，为什么。然：如此，这样。而：如。

⑨帝：上帝。或以为帝子、神女。

瑳兮瑳兮①，　　文采华美颜色艳，

其之展也[②]。	洁白展衣耀人眼。
蒙彼绉絺[③]，	绉纱衣服外面罩，
是绁袢也[④]。	葛布内衣贴身穿。
子之清扬[⑤]，	双眸清澈又明亮，
扬且之颜也[⑥]。	眉清目秀好容颜。
展如之人兮[⑦]！	竟然如此美貌啊！
邦之媛也[⑧]！	国中绝世的美媛！

【注释】

①瑳(cuō)：与“玼”义同，玉色鲜明貌。

②展：展衣。一说为浅红色的纱衣，或为白色的礼服。

③蒙：罩。绉絺(zhòu chī)：精细的葛布。或以为细绉的葛布。

④绁袢(xiè pàn)：内衣。绁，亦作“亵”，指亵衣，贴身穿的衣服。

⑤清扬：指目光明亮。

⑥颜：指容颜美，有光彩。

⑦展：乃。旧训“诚”，亦通。

⑧邦：国家。媛：美人。

桑中

【题解】

这是一首男子唱的情歌。他在劳动的时候，回忆起曾和姑娘约会的事，情之所至，随口唱出了这首歌，表达对美好爱情的追求。诗用自问自答的形式，语句和谐流畅，情绪欢快热烈。

爰采唐矣[1]？	到哪儿去采女萝啊？
沬之乡矣[2]。	到那卫国的沬乡。
云谁之思[3]？	我的心中在想谁啊？
美孟姜矣[4]。	漂亮大姐她姓姜。
期我乎桑中[5]，	约我等待在桑中，
要我乎上宫[6]，	邀我相会在上宫，
送我乎淇之上矣[7]。	送我远到淇水上。

【注释】

①爰：在什么地方。唐：蔓生植物，女萝，俗称菟丝。

②沬（mèi）：地名，春秋时卫邑，即牧野，故地在今河南淇县。

③云：句首语助词。

④孟：排行居长。姜：姓。

⑤期：约会。桑中：卫国地名，亦名桑间，在今河南滑县东北。一说指桑树林中。

⑥要：邀请，约请。上宫：楼名。

⑦淇：水名。淇水在今河南浚县东北。

爰采麦矣？	到哪儿去采麦穗啊？
沬之北矣。	到那卫国沬乡北。
云谁之思？	我的心中在想谁啊？
美孟弋矣[1]。	漂亮大姐她姓弋。
期我乎桑中，	约我等待在桑中，
要我乎上宫，	邀我相会在上宫，
送我乎淇之上矣。	送我远到淇水滨。

【注释】

①弋(yì):姓。

爰采葑矣?	到哪儿去采蔓菁啊?
沬之东矣。	到那卫国沬乡东。
云谁之思?	我的心中在想谁啊?
美孟庸矣[①]。	漂亮大姐她姓庸。
期我乎桑中,	约我等待在桑中,
要我乎上宫,	邀我相会在上宫,
送我乎淇之上矣。	送我远到淇水滨。

【注释】

①庸:姓。

鹑之奔奔

【题解】

这是一首谴责、讽刺卫国国君的诗。诗人看到鹌鹑和喜鹊都有自己的配偶,可以双飞、相随,自己却连这些禽鸟都不如,心中无比愤怒,责骂不善的统治者,不配当一国之君。一说此诗大约是卫国群公子怨刺惠公并涉及其父宣公之诗。姚际恒说:"'为兄'、'为君',乃国君之弟所言耳,盖刺宣公也。"(《诗经通论》),可备一说。《毛诗序》则认为是刺卫宣姜的,"卫人以为宣姜鹑鹊之不若也"。有人也赞同此说。

鹑之奔奔[1]，	鹌鹑尚且双双飞，
鹊之彊彊[2]。	喜鹊也是成双对。
人之无良，	这人心地不善良，
我以为兄[3]。	为何以他为长兄。

【注释】

①鹑：鸟名，即鹌鹑。大如小鸡，头细而无尾，毛有斑点。奔奔：飞貌。《左传》作"贲贲"，"贲贲"同"奔奔"，《郑笺》："言其居有常匹，飞则相随之貌。"

②鹊：乌鹊。彊彊（qiāng）：义同"奔奔"。

③我：《韩诗》作"何"，较胜。兄：兄长。这里当是指宗族之长。

鹊之彊彊，	喜鹊尚且成双对，
鹑之奔奔。	鹌鹑也是双双飞。
人之无良，	这人丝毫没良心，
我以为君[1]！	为何把他当国君！

【注释】

①君：君主。

定之方中

【题解】

这是一首赞美卫文公从漕邑迁到楚丘，重建卫国的诗。《毛诗序》说："《定之方中》，美卫文公也。卫为狄所灭，东徙渡河，野处漕邑。齐桓公攘戎狄而封之。文公徙居楚丘，始建城市而营宫室，得其时制，百姓说之，国家殷富焉。”据《左传》记载，卫懿公九年冬，狄人伐卫，杀卫懿公。卫国遗民在宋桓公的帮助下，渡河露居于漕邑，立宣姜子申，是为戴公。不久戴公死，卫人又立戴公弟燬，是为文公。齐桓公率诸侯兵替卫国筑城于楚丘。卫文公“大布之衣，大帛之冠，务材训农，通商惠工，敬教劝学，授方任能”，使卫国出现了新气象。这首诗便记述了卫文公建宫楚丘、经营卫国的情景。

定之方中①，	定星现于天正中，
作于楚宫②。	楚丘宗庙始动工。
揆之以日③，	日影用以测方向，
作于楚室。	打好住宅地基功。
树之榛栗④，	种植榛树和栗树，
椅桐梓漆⑤，	还有梓漆椅梧桐，
爰伐琴瑟。	成材可做琴瑟用。

【注释】

①定：星名，又名“营室”，二十八宿之一。方中：正在当中。每年小雪时（夏历十月或十一月），定星于黄昏时出现在正南方，所以叫“方中”。古人常于此时兴建宫室。

②作于楚宫：即在楚丘地方营建宫室。作于，作为。楚宫，在楚丘地方筑宫室宗庙，所以叫“楚宫”。楚丘在今河南滑县东。

③揆（kuí）之以日：指度日影以正方向。揆，测度。

④树：种植，栽。榛栗：落叶乔木，榛果形圆而壳厚，栗果比榛大。两种果实皆可食，味美，也可供祭祀之用。

⑤椅桐梓（zǐ）漆：四种木名。椅，梧桐类树木。桐，即梧桐。梓，木

质优良，轻软，耐朽，供建筑及制家具乐器用。漆，树汁可以漆物者为漆。这四种树木，都是做琴瑟的好材料。

升彼虚矣[①]，　　登在漕邑丘墟上，
以望楚矣。　　远望楚丘这方向。
望楚与堂[②]，　　看到楚丘和堂邑，
景山与京[③]，　　还有高丘和山岗，
降观于桑[④]。　　下山再观田中桑。
卜云其吉[⑤]，　　占卜结果很吉利，
终然允臧[⑥]。　　前程美好有希望。

【注释】

①升：登。虚：故城址或大丘。

②堂：卫邑，或以为即博州堂邑。或以为堂山。

③景山：远山。京：高山。

④降：从高处下来。观：考察，观看。桑：桑田。

⑤卜云其吉：经占卜得出结果说吉利。卜，用龟甲占卜。其吉，二字是所得卜辞。

⑥允臧：确实好。

灵雨既零[①]，　　好雨徐徐刚下完，
命彼倌人[②]。　　命令管车小马倌。
星言夙驾[③]，　　满天星时早驾车，
说于桑田[④]。　　加鞭停歇在桑田。
匪直也人[⑤]，　　不仅正直为百姓，

秉心塞渊⑥，　　心地诚善谋虑远，
骒牝三千⑦。　　种马要养到三千。

【注释】

①灵雨：好雨。一说“灵”为“霝”之借，落也。零：雨徐徐而降。

②倌人：主驾车马的小臣。

③星：即披星之意，指早行。

④说：通“税”，停车。

⑤匪：彼。直：正直。

⑥秉心：居心。塞：诚实。渊：深沉。

⑦骒牝（lái pìn）：均指马。骒，七尺以上的马。牝，母马。

蝃蝀

【题解】

这首诗是谴责一个女子不按当时的婚配之道行事，而自行私奔的行为。《毛诗序》说：“《蝃蝀》，止奔也。卫文公能以道化其民，淫奔之耻，国人不齿也。”从全诗看，有两个层面：一是认为女子出嫁乃天经地义之事；二是婚姻不讲信誉，不遵父母之命，是不应该的。主要方面则是指责不守婚约而私奔。

蝃蝀在东①，　　彩虹出现天之东，
莫之敢指②。　　没人敢用手来指。
女子有行③，　　女子成年要出嫁，
远父母兄弟。　　远离父母和弟兄。

【注释】

①蝃蝀(dì dōng):虹。古人认为婚姻错乱则会出现彩虹。

②莫之敢指:民俗以为用手指点彩虹,指头上要长疔。

③行:道。一说出嫁。

朝隮于西[1],	彩虹出现天之西,
崇朝其雨[2],	上午肯定会下雨。
女子有行,	女子成年要出嫁,
远兄弟父母。	远离父母和兄弟。

【注释】

①隮(jī):虹。

②崇朝:终朝,即午前。俗以为朝见虹是阴雨的征兆。

乃如之人也,	可是眼前这个人,
怀昏姻也[1]。	不按正道来婚配。
大无信也[2],	信用贞洁全不讲,
不知命也[3]。	父母教导不遵循。

【注释】

①怀:思。王先谦《诗三家义集疏》以为是“坏”的借字,“坏昏姻”,指不按照婚姻之正道行事,即不遵媒妁之言,父母之命。

②大无信:太不守信。或认为信指贞洁。

③命:父母之命。

相鼠

【题解】

这是一首讽刺诗。《毛诗序》说:“《相鼠》,刺无礼也。卫文公能正其群臣,而刺在位承先君之化,无礼仪也。”说卫文公刺在位而无礼仪的人,但讽刺的是什么人呢?没说清楚。《毛传》解释说:“虽居尊位,犹为暗昧之行。”讽刺的是高高在上的统治者,他们虽然处于尊贵的地位,却干着不可见人的卑鄙勾当,做着难以启齿的无耻之事。诗中用人人厌恶的老鼠来和统治者对比,老鼠尚且“有皮”“有齿”“有体”,可这些卑鄙的统治者却“无仪”“无止”“无礼”,他们既没有合乎礼节的仪表行态,做起坏事又毫无节制,内心深处也不懂礼法。这样连老鼠都不如的禽兽之徒,还有什么脸面活在世上呢?所以诗人诅咒他们“赶快去死吧”,“不死还等什么呢”。诗中讽刺的具体是什么人、什么事,现已无考,但诗人当时肯定是有所指的,主要指责统治者道德水平的低下,这就会使人联想:这样不如禽兽的人怎么能治理好国家呢?

相鼠有皮①,	看那老鼠还有皮,
人而无仪②。	做人怎能没威仪。
人而无仪,	做人如果没威仪,
不死何为③?	不如早早就死去。

【注释】

①相:看。

②仪:威仪。

③何为:为何,做什么。

相鼠有齿，　　　　看那老鼠还有齿，
人而无止[①]。　　　做人行为没节制。
人而无止，　　　　做人如果没节制，
不死何俟[②]？　　　还等什么不去死？

【注释】

①止：节制，用礼仪来约束自己的行为。

②俟（sì）：等待。

相鼠有体，　　　　看那老鼠还有体，
人而无礼。　　　　做人反而不守礼。
人而无礼，　　　　做人如果不守礼，
胡不遄死[①]？　　　赶快去死别迟疑。

【注释】

①遄（chuán）：快，迅速。

干旄

【题解】

这是赞美卫文公能够招致贤才，用心复兴卫国的诗。《毛诗序》说：“《干旄》，美好善也。卫文公臣子多好善，贤者乐告以善道也。”说得比较正确。诗中叙述了卫国官吏带着布帛良马，树起招贤大旗，到浚邑访问贤才的景况。朱熹说：“言卫大夫乘此车马，建此旌旄，以见贤者。彼其所见之贤者，将何以畀之，而答其礼意之勤乎？”（《诗集传》）很符合诗意。

孑孑干旄[①]，	牛尾之旗高高飘，
在浚之郊[②]。	人马来到浚城郊。
素丝纰之[③]，	素丝束束理分明，
良马四之。	良马四匹礼不轻。
彼姝者子[④]，	那位忠顺的贤士，
何以畀之[⑤]。	你用什么来回敬。

【注释】

①孑孑(jié)：旗帜高举的样子。干旄(máo)，竿头上饰有牛尾的旗。

②浚：卫邑，古址在今河南浚县。

③素丝：白丝，一说束帛。纰(pí)：束丝之法。闻一多《诗经新义》："纰、组、祝，皆束丝之法。"

④彼：那。姝：顺从貌。子：指贤者。

⑤畀(bì)：给予。

孑孑干旟[①]，	鹰纹大旗高高飘，
在浚之都[②]。	人马来到浚近郊。
素丝组之[③]，	束帛层层堆得好，
良马五之[④]。	良马五匹选得妙。
彼姝者子，	那位忠顺的贤士，
何以予之。	你用什么来回报。

【注释】

①旟(yú)：有鹰雕纹饰的旗帜。

②都：近郊。

③组：束丝之法，一组组，一层层。

④五之：这里是指以五马为聘礼。

孑孑干旌[①]，	鸟羽旗帜高高飘，
在浚之城。	人马来到浚城里。
素丝祝之[②]，	束帛捆捆堆得好，
良马六之。	良马六匹真不少。
彼姝者子，	那位忠顺的贤士，
何以告之[③]。	有何良策来回报。

【注释】

①旄：以五彩鸟羽为饰的旗帜。

②祝：厚积之状，堆集貌。

③告：建议。

载驰

【题解】

相传此诗为许穆夫人所作。许穆夫人是卫戴公、卫文公的妹妹。卫国被狄人破灭后，由于宋国的帮助，遗民在漕邑安顿下来。许穆夫人听到卫国的情况，立即奔赴漕邑慰问，并提出联齐抗狄的主张，受到许国大夫的反对。此诗即讲述了这件事，表达了诗人强烈的爱国思想、坚强不屈的性格，以及非凡的卓识远见。《毛诗序》说："《载驰》，许穆夫人作也。闵其宗国颠灭，自伤不能救也。卫懿公为狄人所灭，国人分散，露于漕邑。许穆夫人闵卫之亡，伤许之小，力不能救，思归唁其兄，又义不得，故赋是诗也。”很正确。程俊英先生评价此诗说：“《载驰》的风格沉郁顿挫，感慨欷歔(xī xū)，但悲而不污，哀而不伤，一种英迈壮往之气充溢行间。……没有真挚的爱国之心，怎能唱出激昂的歌曲；而后人吟咏此诗，虽千载之后，犹如闻其声，如见其人。”这个评论是很贴切的。这首明确记载了作者姓名的诗，使许穆夫人成为世界历史上有记载的最早的女诗人。

载驰载驱①，	车马奔驰快快走，
归唁卫侯②。	回国慰问我卫侯。
驱马悠悠③，	驱马前奔路遥遥，
言至于漕④。	恨不一步来到漕。
大夫跋涉⑤，	许国大夫来劝阻，
我心则忧。	他们如此我心忧。

【注释】

①载：“乃”的意思，发语词。驰、驱：马跑为“驰”，策鞭为“驱”，总为快马加鞭之意。

②唁(yàn)：慰问死者家属。此指慰问失国的人。

③悠悠：形容道路悠远。

④漕：卫国邑名。

⑤大夫：指许国劝阻许穆夫人到卫吊唁的大臣。跋涉：登山涉水。指许国大夫相追事。

既不我嘉①，	纵然你们不赞同，
不能旋反②。	我也不能返回城。
视尔不臧③，	看来你们无良策，

我思不远[④]。	我的计划尚可行。
既不我嘉，	纵然你们不赞同，
不能旋济[⑤]。	决不回头再返城。
视尔不臧，	看来你们无良策，
我思不閟[⑥]。	我的想法尚可通。

【注释】

①既：都，尽。不我嘉：不赞同我。嘉，赞同。

②旋反：回归。反，同“返”。

③臧：善。

④不远：不迂阔，切实可行。

⑤济：渡水。

⑥閟（bì）：闭塞不通。

陟彼阿丘[①]，	登上那个高山冈，
言采其蝱[②]。	采些贝母疗忧伤。
女子善怀[③]，	女子虽然爱多想，
亦各有行[④]。	自有道理和主张。
许人尤之，	许国大夫责备我，
众稚且狂[⑤]。	真是幼稚又狂妄。

【注释】

①陟（zhì）：登。阿丘：小丘。

②蝱（méng）：草药名，即贝母。可以治疗忧郁症。

③善怀：多忧思。

④行:道理。

⑤众:与“终”通用,既的意思。稚:幼稚。

我行其野,	走在故国田野上,
芃芃其麦[①]。	麦苗青青长势旺。
控于大邦[②],	快求大国来相帮,
谁因谁极[③]?	依靠他们来救亡。
大夫君子,	各位大夫听我说,
无我有尤[④]。	我的主张没有错。
百尔所思,	尽管你们主意多,
不如我所之[⑤]。	不如我去求大国。

【注释】

①芃芃(péng):茂盛的样子。

②控:赴告,走告。大邦:大国。此指齐国。

③因:依靠。极:至。此指来救援。

④尤:过错。

⑤所之:所往。

卫风

《卫风》也产生于殷商故地，主要内容与《邶风》《鄘风》大致相同。其中比较著名的如《硕人》对人物形象的描写、《氓》对人物心理的刻画，都对后世影响很大。现存诗十首。

淇奥

【题解】

这是赞美卫国一位君子的诗。旧说赞美的是卫武公。《左传》昭公二年："北宫文子赋《淇奥》。"杜预注说："《淇奥》，美武公也。"《毛诗序》也说："《淇奥》，美武公之德也。"据《史记》记载，"武公即位，修康叔之政，百姓和集"，"佐周平戎甚有功"。可见他在治理国家上，是颇有作为的。他还善于写诗，传说《抑》《宾之初筵》就是他的作品。

瞻彼淇奥[①]。	眺望淇水岸弯弯，
绿竹猗猗[②]。	绿竹葱葱映两岸。
有匪君子[③]，	文采风流的君子，
如切如磋[④]，	如同象牙经切磋，

如琢如磨。　　如同美玉经琢磨。
瑟兮僩兮⑤，　　矜持庄严貌威武，
赫兮咺兮⑥。　　光明正大胸磊落。
有匪君子，　　文采风流的君子，
终不可谖兮⑦。　　终记心中永不没。

【注释】

①瞻：看。淇：淇水。奥（yù）：又作“澳”或“隩”，水岸深曲处。

②绿竹：绿，也作“菉”，又名王刍。竹，即萹竹。是一种草。一说指绿色之竹。朱熹《诗集传》说：“绿，色也。淇上多竹，汉世犹然，所谓淇园之竹是也。”猗猗（yī）：美盛貌。

③有匪：即“匪匪”，有文采、有才华的样子。匪，通“斐”。

④切、磋：与下句中“琢”“磨”皆治器的方法。用以比喻君子的修养方法。《毛传》：“治骨曰切，象（象牙）曰磋，玉曰琢，石曰磨。”

⑤瑟兮：形容君子德容之缜密庄严，秩然不乱。瑟，“璱”的假借字，矜持庄严貌。僩（xiàn）：威武貌。

⑥赫：光明正大貌。咺（xuān）：通“愃”或“煊”，心胸坦白开阔貌。

⑦谖（xuān）：忘记。

瞻彼淇奥，　　眺望淇水岸弯弯，
绿竹青青。　　绿竹青青枝叶繁。
有匪君子，　　文采风流的君子，
充耳琇莹①，　　充耳玉填亮闪闪，
会弁如星②。　　帽上美玉星一般。
瑟兮僩兮，　　矜持庄严貌威武，

赫兮咺兮。	正大光明心胸坦。
有匪君子，	文采风流的君子，
终不可谖兮。	始终被人记心间。

【注释】

①充耳：垂在冠冕两侧用以塞耳的玉。亦名瑱。琇(xiù)莹：指充耳玉瑱晶莹明澈。琇，次于玉的宝石。莹，玉色晶莹。

②会：皮帽两缝相合处。弁(biàn)：皮冠。

瞻彼淇奥，	眺望淇水岸弯弯，
绿竹如箦[①]。	绿竹茂密碧如染。
有匪君子，	文采风流的君子，
如金如锡[②]，	如金如锡质精坚，
如圭如璧[③]。	如圭如璧性洁坦。
宽兮绰兮[④]，	宽厚温柔又稳重，
猗重较兮[⑤]。	登车凭倚貌从容。
善戏谑兮[⑥]，	言谈风雅妙趣生，
不为虐兮[⑦]。	平易待人无妄行。

【注释】

①箦(zé)：同“积”，丛积之貌，形容茂盛。

②金、锡：指金、锡两种金属。金、锡须锻炼才能成器。《诗集传》说：“金、锡言其锻炼之精纯。”

③圭、璧：玉制饰品。此以圭、璧形容君子品质之美。圭为长方形，上端尖。璧为圆形，中有小孔。

④宽：宽宏能容人。绰：和缓，柔和。

⑤猗：通“倚”，倚靠。重较：车旁边人所倚靠的横木或厢板。上有曲钩外反叫“较”。较上更设曲铜钩，叫“重较”。马瑞辰《毛诗传笺通释》：“盖车輢上之木为较，较上更饰以曲钩，若重起者然，是为重较。”

⑥戏谑：指言谈风趣。

⑦虐：过分。

考槃

【题解】

这是一首古老的隐士之歌，真切地道出了隐居生活的快乐。《孔丛子》记载：“孔子曰：‘吾于《考槃》，见士之遁世而不闷也。’”对隐者颇为赞许。方玉润《诗经原始》也说：“此美贤者隐居自乐之词。”此诗创造了一个清淡闲适的意境，有一种怡然自得之趣。

考槃在涧①，	筑成木屋山涧间，
硕人之宽②。	贤人居如天地宽。
独寐寤言③，	独眠独醒独自言，
永矢弗谖④。	永记快乐不言传。

【注释】

①考：筑成，建成。槃(pán)：架木为屋。方玉润《诗经原始》引黄一正曰：“槃者，架木为室，盘结之义也。”一说“考”为“扣”的假借字。“槃”通“盘”，指盛水的木制器皿。意指贤人扣盘而歌。义稍逊。

②硕人：大人，美人，贤人。这里指隐者。宽：宽敞。
③独寐寤言：独睡、独醒、独自言。指不与人交往。
④永：永久。矢：发誓。弗谖（xuān）：不忘记。

考槃在阿[1]，　　筑成木屋山之坡，
硕人之薖[2]。　　贤人居如安乐窝。
独寐寤歌，　　独眠独醒独自歌，
永矢弗过[3]。　　绝不走出这山阿。

【注释】

①阿（ē）：大陵，或以为曲陵。
②薖（kē）：同“窝”。一说为“窠”的假借字。
③弗过：永远不复入君之朝。一说永不过问世事。过，过从，交往。

考槃在陆[1]，　　筑成木屋在高原，
硕人之轴[2]。　　贤人在此独盘桓。
独寐寤宿，　　独眠独醒独自宿，
永矢弗告[3]。　　此中乐趣不能言。

【注释】

①陆：高平之地。
②轴：盘桓不行貌。
③弗告：不以此乐告人。

硕人

【题解】

这是卫人赞美卫庄公夫人庄姜的诗。全诗写她出嫁来到卫国时的盛况。先写她的出身高贵，继写她的美貌风姿，连用五个比喻，描绘出她形体的美。最为传神的是，诗人只用了八个字“巧笑倩兮，美目盼兮”，就让一个笑盈盈的美丽少女站在了我们面前。后来这两句诗成为描写美人之美只可意会、不可言传的千古名句。此诗到此并未结束，后面接着写她出嫁的排场及沿途的风景，用了六个摹形或摹声的叠词：“洋洋”“活活”“涉涉”“发发”“揭揭”“孽孽”，使途中景色也活了起来，真可谓情景交融。

硕人其颀①，	高高身材一美女，
衣锦褧衣②。	身着锦服和罩衣。
齐侯之子③，	她是齐侯的爱女，
卫侯之妻④，	她是卫侯的娇妻，
东宫之妹⑤，	她是太子的胞妹，
邢侯之姨⑥，	她是邢侯的小姨，
谭公维私⑦。	谭公是她亲妹婿。

【注释】

①硕：高大。其颀(qí)：即“颀颀”，身材高大的样子。

②衣锦褧(jiǒng)衣：这句指里面穿着华丽的锦衣，外面罩着麻布制的罩衫，是女子出嫁途中所着装束。衣，前“衣”字，作动词用，即穿的意思。褧，罩衫。

③齐侯：指齐庄公。子：女儿。

④卫侯：指卫庄公。

⑤东宫：指齐太子得臣。东宫为太子住地，因称太子为东宫。

⑥邢：国名，在今河北邢台。姨：指妻子的姐妹。

⑦谭：亦作“覃”，国名，在今山东济南历城。维：是。私：女子称姊妹的丈夫为私，即现在的姐夫或妹夫。

手如柔荑①，	手指纤纤如嫩荑，
肤如凝脂②，	皮肤白皙如凝脂，
领如蝤蛴③，	美丽脖颈像蝤蛴，
齿如瓠犀④，	牙如瓠籽白又齐，
螓首蛾眉⑤。	额头方正眉弯细。
巧笑倩兮⑥，	微微一笑酒窝妙，
美目盼兮⑦。	美目顾盼眼波俏。

【注释】

①柔荑：柔嫩的初生白茅的幼苗。

②凝脂：凝结的脂肪，形容肤色光润。

③蝤蛴（qiú qí）：天牛的幼虫，白色细长。形容脖颈长而白。

④瓠犀（hù xī）：葫芦籽。形容牙齿白而整齐。

⑤螓（qín）：虫名，似蝉而小，它的额头宽大方正。这里形容额头宽阔。蛾：蚕蛾，它的触角细长而弯。

⑥倩（qiàn）：笑时脸上的酒窝。

⑦盼：眼睛黑白分明的样子。

硕人敖敖①，	美人身材高又高，
说于农郊②。	停车休息在近郊。

四牡有骄[3]，	四匹雄马气势骄，
朱幩镳镳[4]，	马勒上边红绸飘，
翟茀以朝[5]。	乘坐羽车来上朝。
大夫夙退[6]，	大夫朝毕早点退，
无使君劳。	莫让卫君太辛劳。

【注释】

①敖敖：身材高大的样子。

②说（shuì）：停驾休息。

③四牡：驾车的四匹雄马。有骄：即“骄骄”，健壮的样子。

④朱幩（fén）：马两旁用红绸缠绕做装饰。镳镳（biāo）：盛美的样子。

⑤翟茀（fú）：用山鸡羽毛装饰的车子。翟，长尾的野鸡。茀，古代车厢上的遮蔽物。

⑥夙退：早点退朝。

河水洋洋[1]，	黄河之水浩荡荡，
北流活活[2]。	哗哗奔流向北方。
施罛濊濊[3]，	渔网撒开呼呼响，
鳣鲔发发[4]，	鱼儿泼泼进了网，
葭菼揭揭[5]。	芦苇葵草长势旺。
庶姜孽孽[6]，	姜家众女着盛装，
庶士有朅[7]。	随从庶士也雄壮。

【注释】

①河：黄河。洋洋：水茫茫的样子。

②活活：水流动的样子。

③施：设，张。罛(gū)：渔网。濊濊(huò)：撒网入水声。

④鳣(zhān)：大鲤鱼。一说鳇鱼。鲔(wěi)：鲟鱼。一说鳝鱼。发发(bō)：亦作“泼泼”，鱼盛多的样子。一说鱼尾摆动的声音。

⑤揭揭：向上扬起的样子，形容长势旺。

⑥庶：众。姜：姜姓女子。春秋时期诸侯女儿出嫁，常以姊妹或宗室之女从嫁。齐国姜姓，所以称“庶姜”。

⑦庶士：指随从庄姜到卫的齐国诸臣。朅(qiè)：威武的样子。

氓

【题解】

这首诗写了一个痴情女子负心汉的古老故事。女子通过回忆，生动地叙述了和氓恋爱、结婚、受虐、被弃的过程，表达了她的悔恨和决心忘掉往事的态度。对于悲剧产生的原因，论者多数认为是古代男尊女卑的社会原因所致，这当然是对的，但还要看到个人因素。清人方玉润指出，悲剧的发生是由于“所托非人”，即女子找的不是品德端正、表里如一、忠诚可靠的男人。这种说法是有道理的，可为后人借鉴。此诗故事完整，叙事性强，议论和细节描写也自然生动，把爱、恨、悔交织在一起，细腻地刻画了女子的心理活动，像一首自编自唱的哀歌，十分感人。

氓之蚩蚩①，	小伙走来笑嘻嘻，
抱布贸丝②。	抱着布币来买丝。
匪来贸丝，	可他不是真买丝，
来即我谋③。	借此商量婚姻事。
送子涉淇④，	那天送你渡淇水，

至于顿丘[⑤]。　　送到顿丘才告辞。
匪我愆期[⑥]，　　非我有意误婚期，
子无良媒。　　你没托媒来联系。
将子无怒[⑦]，　　请你不要生我气，
秋以为期。　　订下秋天为婚期。

【注释】

①氓(méng)：流亡的民。诗中的氓，可能是一个丧失土地流亡到卫国的人。蚩蚩：笑嘻嘻。蚩，通“嗤”。

②布：货币。《毛传》：“布，币也”。《郑笺》：“币者，所以贸买物也。”贸：交换，买。

③即：就，靠近。谋：商量婚事。

④子：指男子。涉：渡。淇水：水名。在今河南淇县。

⑤顿丘：地名。在今河南丰县。

⑥愆(qiān)：过期。

⑦将(qiāng)：愿，请。

乘彼垝垣[①]，　　登上残缺破城墙，
以望复关[②]。　　遥望复关盼情郎。
不见复关，　　望穿双眼看不见，
泣涕涟涟[③]。　　焦急伤心泪涟涟。
既见复关，　　既见郎从复关来，
载笑载言[④]。　　又说又笑乐开颜。
尔卜尔筮[⑤]，　　你已求神又问卜，
体无咎言[⑥]。　　卦上没有不吉言。

以尔车来，　　赶着你的马车来，
以我贿迁[7]。　　快将我的嫁妆搬。

【注释】

①垝(guǐ)垣：断墙，破颓的墙。
②复关：地名，男子的住地。
③涟涟：泪下流的样子。
④载：语助词，则，就。
⑤尔：你。卜：用龟甲卜吉凶。筮(shì)：用蓍草占吉凶。
⑥体：占卜显示的兆象。咎言：不吉之言。
⑦贿：财物。这里指嫁妆。

桑之未落，　　桑树叶子未落时，
其叶沃若[1]。　　嫩绿润泽又繁盛。
于嗟鸠兮[2]，　　小斑鸠呀小斑鸠，
无食桑葚[3]。　　千万莫要吃桑葚。
于嗟女兮，　　年轻姑娘听我言，
无与士耽[4]。　　别把男人太迷恋。
士之耽兮，　　男人如把女人恋，
犹可说也[5]。　　说甩就甩他不管。
女之耽兮，　　女人若是恋男人，
不可说也。　　就会永远记心间。

【注释】

①沃若：润泽的样子。

②于嗟：感叹词。鸠：斑鸠。

③桑葚：桑树的果实。传说斑鸠吃桑葚过多会醉。

④耽(dān)：沉醉，迷恋。

⑤说：通“脱”，摆脱，丢开。

桑之落矣，	看那桑树叶落时，
其黄而陨[1]。	枯黄憔悴任飘零。
自我徂尔[2]，	自从我到你家来，
三岁食贫[3]。	多年吃苦受贫穷。
淇水汤汤[4]，	淇水滔滔送我回，
渐车帷裳[5]。	溅湿我的车幔裳。
女也不爽[6]，	我做妻子没过错，
士贰其行[7]。	你的行为却两样。
士也罔极[8]，	反复无常没准则，
二三其德[9]。	前后不一少德行。

【注释】

①陨(yǔn)：坠落，落下。用叶黄落下比喻女子色衰。

②徂(cú)尔：往你家，嫁与你。

③三岁：多年。三，表示多数，非实指。食贫：食物缺乏。

④汤汤(shāng)：水势很大的样子。

⑤渐：浸湿。帷裳：车上的布幔。

⑥爽：差错，过失。

⑦贰：不专一。

⑧罔极：没有准则。罔，无。极，止。

⑨二三其德：三心二意。指男子道德行为有变化。

三岁为妇，　　成婚多年守妇道，
靡室劳矣[①]。　　全家事务我操劳。
夙兴夜寐[②]，　　早起晚睡不怕苦，
靡有朝矣[③]。　　累死累活非一朝。
言既遂矣[④]，　　你的愿望都达到，
至于暴矣。　　翻脸对我施狂暴。
兄弟不知，　　兄弟不知我处境，
咥其笑矣[⑤]。　　见我回家乐得笑。
静言思之，　　仔细思考反复想，
躬自悼矣[⑥]。　　只有独自把心伤。

【注释】

①靡室劳矣：不以家务事为劳苦。靡，不。

②夙兴夜寐：早起晚睡。

③靡有朝矣：不止某一天如此。这里是叙说婚后辛劳。

④遂：顺心。

⑤咥(xì)：笑的样子。

⑥躬：自己，自身。悼：伤心。

及尔偕老[①]，　　当年你说"共偕老"，
老使我怨。　　这样到老使我怨。
淇则有岸，　　淇水虽宽有堤岸，
隰则有泮[②]。　　沼泽虽阔有涯畔。
总角之宴[③]，　　回忆两小无猜时，
言笑晏晏[④]。　　说说笑笑乐得欢。

信誓旦旦[⑤]，　　海誓山盟犹在耳，
不思其反[⑥]。　　未料你却把心变。
反是不思，　　誓言全部忘一边，
亦已焉哉[⑦]！　　从此分开不相干。

【注释】

①及尔偕老：与你共同生活到老。

②隰（xí）：低湿的地。泮（pàn）：通“畔”，岸，水边。

③总角：束发。古时儿童把头发扎成髻。这里指童年。宴：安乐。

④晏晏：温和融洽。

⑤信誓：真诚的誓言。旦旦：诚恳的样子。

⑥不思：想不到。反：反复，变心。

⑦已焉哉：也就算了吧。已，止。焉哉，语助词。

竹竿

【题解】

这是一首卫国女子出嫁远离故乡、思念家乡的诗。她深情地回忆了家乡的河流，少女时出游的情景，但现在已远离了这些，只能驾车出游，以解思乡之愁了。此诗语言凝练含蓄，清新动人。

籊籊竹竿[①]，　　钓鱼竿儿细又长，
以钓于淇。　　曾经钓鱼淇水上。
岂不尔思[②]？　　难道不把旧地想，
远莫致之[③]。　　路途太远难还乡。

【注释】

①籊籊（tì）：竹竿长而细的样子。

②不尔思：即“不思尔”。尔，你。此指淇水。

③致：到。

泉源在左[①]，　　泉源在那左边流，
淇水在右。　　淇水就在右边流。
女子有行，　　姑娘出嫁要远行，
远兄弟父母。　　远离父母和弟兄。

【注释】

①泉源：水名，在朝歌之北。左：水以北为左，南为右。

淇水在右，　　淇水在那右边流，
泉源在左。　　泉源就在左边流。
巧笑之瑳[①]，　　巧笑微露如玉齿，
佩玉之傩[②]。　　佩玉叮当有节奏。

【注释】

①瑳（cuō）：玉色鲜白貌。

②傩（nuó）：行步有节奏。

淇水滺滺[①]，　　淇水流淌水悠悠，
桧楫松舟[②]。　　桧桨松船水上浮。
驾言出游[③]，　　只好驾车去出游，

以写我忧[④]。　　以解心里思乡愁。

【注释】

①滺滺(yōu):水流的样子。

②桧楫:桧木做的船桨。

③驾言:本意是驾车,这里指操舟。言,语助词。

④写:同“泻”,宣泄。

芄兰

【题解】

对于此诗有各种解说,《毛诗序》说:“《芄兰》,刺惠公也。骄而无礼,大夫刺之。”据《左传》,惠公即位时约十五六岁,《毛序》据此推测刺惠公。一说:“周代统治阶级有男子早婚的习惯。这是一个成年的女子嫁给一个约十二三岁的儿童,因作此诗表示不满。”(高亨《诗经今注》)又一说:“这是一首讽刺贵族少年的诗。”(程俊英《诗经注析》)朱熹则说:“此诗不知所谓,不敢强解。”我们认为高说较接近诗意。

芄兰之支[①],　　芄兰枝上结尖荚,
童子佩觿[②]。　　小小童子佩角锥。
虽则佩觿,　　虽然你已佩角锥,
能不我知[③]。　　但不跟我相匹配。
容兮遂兮[④],　　走起路来慢悠悠,
垂带悸兮[⑤]。　　摇摇摆摆大带垂。

【注释】

①芄(wán)兰:草名,一名萝藦,蔓生。茎顶结有尖荚,俗名羊犄角,嫩者可食。因荚与觿(xī)相似,所以用来比喻"佩觿"。

②觿:用兽骨制成的解结锥,形似羊角。本为成人所佩,童子佩戴,是成人的象征。

③能:乃,于是。

④容、遂:雍容安闲貌。

⑤悸:本为心动。这里形容带下垂、摇摆貌。

芄兰之叶,	芄兰枝上叶弯弯,
童子佩韘[①]。	小小童子佩戴韘。
虽则佩韘,	虽然你已佩戴韘,
能不我甲[②]。	但不跟我来亲近。
容兮遂兮,	走起路来慢悠悠,
垂带悸兮。	摇摇摆摆大带垂。

【注释】

①韘(shè):用玉或骨制成的板指,戴在右手拇指上,射箭时用以勾弦拉弓。

②甲:"狎"的假借字。戏,亲昵。

河广

【题解】

这是居住在卫国的宋人写的一首思乡诗。诗仅仅有两章八句,乍看似单调重复，但因诗人饱含感情，读来却情深意长，是《诗经》中一篇优美的抒情短章。《毛诗序》说："《河广》，宋襄公母归于卫，思而不止，故作是诗也。"《郑笺》："宋桓公夫人，卫文公之妹，生襄而出。襄公即位，夫人思宋，义不可往，故作是诗以自止。"这是说宋桓公夫人被休弃，出妇只能回娘家卫，不能归宋。后人对此说多有争论，恐不足信。

谁谓河广①？	谁说黄河宽又广？
一苇杭之②。	一条苇筏就能航。
谁谓宋远？	谁说宋国很遥远？
跂予望之③。	踮起脚跟就望见。

【注释】

①河：黄河。

②苇：用芦苇编的筏子。杭：渡。

③跂(qǐ)：踮起脚跟。予：我。

谁谓河广？	谁说黄河广又宽？
曾不容刀①。	难以容纳小木船。
谁谓宋远？	谁说宋国很遥远？
曾不崇朝②。	一个早晨到对岸。

【注释】

①曾：乃。刀：通"舠(dāo)"，小船。以此形容黄河水小易渡。

②崇朝：终朝，一个早晨。

伯兮

【题解】

这是一首妻子深切思念远行出征丈夫的诗。首先她赞美丈夫才智出众，是国家的人才，从夸赞中透露出对丈夫的爱。又写自己从丈夫出征后无心梳妆打扮，“首如飞蓬”，因为欣赏自己的人不在身边。因思念之情太深，以至想得头疼。又因思念之苦难以忍受，希望能找到忘忧草来医治相思之苦。整首诗用层层递进的手法，写她随着丈夫的越走越远，分离的时间越来越长，思念之情也越来越深。此诗可以说是思妇诗的发端，对后世产生了很大的影响。如魏徐幹的“自君之出矣，明镜暗不治”(《室思》)，“君行殊不返，我饰为谁荣”(《情诗》)，唐代雍裕之的“自君之出矣，宝镜为谁明”(《自君之出矣》)，宋代李清照的“起来慵自梳头”(《凤凰台上忆吹箫》)，都可以看到《伯兮》的影子。《毛诗序》说：“《伯兮》，刺时也。言君子行役，为王前驱，过时而不反焉。”《郑笺》：“卫宣公之时，蔡人、卫人、陈人从王伐郑伯也。为王前驱久，故家人思之。”《毛序》只言君子行役之事，而未提及女子思夫，比较片面。对于《郑笺》所说，朱熹反驳说：“郑在卫西，不得为此行也。”认为此说未足信。

伯兮朅兮①，	我的夫君真英武，
邦之桀兮②。	才智出众屈指数。
伯也执殳③，	丈二长矛拿在手，
为王前驱④。	为王出征走前头。

【注释】

①伯：古代妻子称自己的丈夫。朅(qiè)：威武健壮的样子。

②桀：才能出众的人。

③殳(shū):古代兵器,竹制的竿,长一丈二尺。
④前驱:先锋。

自伯之东,	自从夫君去东征,
首如飞蓬[①]。	我发散乱如飞蓬。
岂无膏沐[②]?	难道没有润发油?
谁适为容[③]?	叫我为谁来美容?

【注释】
①飞蓬:形容头发如乱草。
②膏:润发油。沐:洗。
③适:悦,喜欢。

其雨其雨,	盼那大雨下一场,
杲杲出日[①]。	天上偏偏出太阳。
愿言思伯[②],	天天我把夫君盼,
甘心首疾[③]。	想得头痛也心甘。

【注释】
①杲杲(gǎo):明亮的样子。
②愿言:念念不忘的样子。愿,每,常常。
③甘心:情愿。首疾:头痛。

焉得谖草[①]?	哪儿能找忘忧草?
言树之背。	找来种在此屋旁。

愿言思伯，　　　　　　天天我把夫君想，
使我心痗[2]。　　　　　魂牵梦绕心悲伤。

【注释】

①谖（xuān）：又名“萱草”，古人认为此草可以使人忘忧，又叫忘忧草。

②痗（mèi）：病。

有狐

【题解】

这是一位女子担忧她在外服役的丈夫没有衣穿，内心忧愁而写的一首诗。方玉润《诗经原始》说：“妇人忧夫久役无衣也。”高亨《诗经今注》则以为：“贫苦的妇人看到剥削者穿着华贵衣裳，在水边逍遥散步，而自己的丈夫光着身子在田野劳动，满怀忧愤，因作此诗。”

有狐绥绥[1]，　　　　　狐狸在那慢慢走，
在彼淇梁[2]。　　　　　就在淇水石桥上。
心之忧矣，　　　　　　我的心里真忧愁，
之子无裳[3]。　　　　　你的身上没衣裳。

【注释】

①狐：狐狸。绥绥：慢走貌。

②淇：卫国水名。梁：桥梁。古代多用石造桥。

③裳：下身的衣服。

有狐绥绥，　　　　狐狸在那慢慢走，
在彼淇厉[①]。　　　就在淇水浅滩上。
心之忧矣，　　　　我的心里真忧愁，
之子无带[②]。　　　你没腰带不像样。

【注释】

①厉：通“濑”，指水边浅滩。

②带：束衣的带子。实指衣服。

有狐绥绥，　　　　狐狸在那慢慢走，
在彼淇侧[①]。　　　就在淇水河岸旁。
心之忧矣，　　　　我的心里真忧愁，
之子无服[②]。　　　你没衣服我心伤。

【注释】

①侧：水边。

②服：衣服。

木瓜

【题解】

这是一首男女青年互赠礼物表达爱情的诗。作者似乎是青年男子，他接到女子赠给的平常礼物，却用贵重的美玉来报答，但又不只为了报答，而是为了表示爱情的深沉和永久。此诗重叠反复，具有浓重的民歌色彩。《毛诗序》说：“《木瓜》，美齐桓公也。卫国有狄人之败，出处于漕，齐桓公救而封之，遗之车马器服焉。卫人思之，欲厚报之而作是诗也。”方玉润《诗经原始》驳斥说：“《序》言‘美齐桓公也’，辞意绝不相类。岂有感人再造之恩，乃仅以果实为喻乎？”“此诗非美齐桓，乃讽卫人以报齐桓也。……卫人始终并未报齐，非惟不报，且又乘齐五子之乱而伐其丧，则背德孰甚焉？此诗之所以作也。”意思是说报答别人的再造之恩而用此微小之物，是讽刺卫国忘恩负义，没有报答齐桓公的救助之恩。此说似牵强。

投我以木瓜①，	赠给我一只木瓜，
报之以琼琚②。	我用佩玉报答她。
匪报也，	不是仅仅为报答，
永以为好也。	表明永远爱着她。

【注释】

①投：赠。木瓜：植物名，形如黄金瓜，可食可玩赏。

②报：报答，回赠。琼琚：玉名。下“琼瑶”“琼玖”意同。

投我以木桃，	赠给我一个木桃，
报之以琼瑶。	我用美玉来回报。
匪报也，	不是仅仅为回报，
永以为好也！	表示永和她相好。

投我以木李，	赠给我一个木李，
报之以琼玖。	我用宝玉还报她。
匪报也，	不是仅仅为回礼，
永以为好也！	我要和她好到底。

王风

“王风”即东周王城洛邑一带的乐调。幽王丧失西周，平王东迁洛邑，周室衰微，已无力驾驭各诸侯国，但名义还是中国之王，所以称此地之诗为《王风》。其地大约为今河南洛阳、孟州、沁阳、偃师、巩义、温县一带地方。今存诗十篇，多悲怨之音，故李白有“王风何怨怒”之说。

黍离

【题解】

这是一首有感家国兴亡的诗。作者为朝廷中大臣，他行役到此地，看到故室宗庙尽变为禾黍，悲怆不已，彷徨不忍离去。可能他曾对朝政发表过意见，但不被理解，以为他有什么个人企图，所以他感叹说：“知我者，谓我心忧；不知我者，谓我何求。”现在国都已东迁洛邑，往事已不堪回首，他只能对天浩叹：“悠悠苍天，此何人哉？”苍天啊苍天！这种状况是谁造成的呢？这明明是因为周幽王的暴虐无道，政治腐败，才导致狄人入侵，西周覆灭。但诗人是周朝大臣，不便直说，就用反问句委婉地说出来。《毛诗序》说：“《黍离》，闵宗周（西周）也。周大夫行役，至于宗周，过故宗庙宫室，尽为禾黍，闵周室之颠覆，彷徨不忍去，而作是诗也。”较符合诗意。此诗主要特点，就是用重叠的字句，回环反复地吟唱，表现绵绵不尽的故国之思和凄怆无已之心。正如方玉润评论："三章只换六字，而一往情深，低徊无限。此专以描摹虚神擅长，凭吊诗中绝唱也。"(《诗经原始》)此诗历代流传，影响很大，后世文人写怀古诗，也往往沿袭其音调。"黍离"一词成了人们感叹亡国触景生情常用的典故。

彼黍离离①，　　看那黍子一行行，
彼稷之苗。　　高粱苗儿也在长。
行迈靡靡②，　　迈着步子走且停，
中心摇摇③。　　心里只有忧和伤。
知我者，　　知我者，
谓我心忧；　　说我心忧；
不知我者，　　不知者，
谓我何求。　　说我有求。
悠悠苍天④，　　高高在上苍天啊，
此何人哉？　　何人害我离家走！

【注释】

①黍(shǔ)：北方的一种农作物，形似小米，有黏性。离离：一行行的。

②靡靡(mǐ)：走路缓慢的样子。

③摇摇：心神不定的样子。

④悠悠：遥远的样子。

彼黍离离，　　看那黍子一行行，

彼稷之穗。
行迈靡靡，
中心如醉。
知我者，
谓我心忧；
不知我者，
谓我何求。
悠悠苍天，
此何人哉！

高粱穗儿也在长。
迈着步子走且停，
如同喝醉酒一样。
知我者，
说我心忧；
不知者，
说我有求。
高高在上苍天啊，
何人害我离家走！

彼黍离离，
彼稷之实。
行迈靡靡，
中心如噎[1]。
知我者，
谓我心忧；
不知我者，
谓我何求。
悠悠苍天，
此何人哉？

看那黍子一行行，
高粱穗儿红彤彤。
迈着步子走且停，
心内如噎一般痛。
知我者，
说我心忧；
不知者，
说我有求。
高高在上苍天啊，
何人害我离家走！

【注释】

①噎(yē)：堵塞。此处以食物卡在食管比喻忧深难以呼吸。

君子于役

【题解】

这首写妻子怀念远行服役丈夫的诗，是我们十分熟悉的诗篇。诗的最大特点是朴素、真实、自然。它用农村中最常见的景物来表达思念之情，合情合理，恰如其分。它如同一幅画面，把忧伤孤寂的农村少妇形象栩栩如生地展现在我们面前。史书说“春秋无义战”，此诗从一个侧面反映了那个战乱频繁而又多灾多难的时代。《君子于役》开创的日暮怀人的典型环境，对后世诗歌创作也有很大影响。后人无数的诗词歌赋都采用其手法，如三国时代曹植的《赠白马王彪》：“原野何萧条，白日忽西匿。归鸟赴乔林，翩翩厉羽翼。”晋朝潘岳的《寡妇赋》：“时暧暧而向昏兮，日杳杳而西匿。雀群飞而赴楹兮，鸡登栖而敛翼。”唐代李白、白居易，宋代李清照等诗人都有同样风格的诗作。清人许瑶光的《再读〈诗经〉四十二首》之十四首写道：“鸡栖于桀下牛羊，饥渴萦怀对夕阳。已启唐人闺怨句，最难消遣是昏黄。”用诗句对《君子于役》作了最恰当的概括与评价。

君子于役[①]，	丈夫服役去远方，
不知其期，	期限长短难估量，
曷至哉[②]？	不知到了啥地方。
鸡栖于埘[③]，	鸡儿已经进了窝，
日之夕矣，	太阳也向西方落，
羊牛下来。	牛羊成群下山坡。
君子于役，	丈夫服役在远方，
如之何勿思！	叫我怎不把他想。

【注释】

①君子：妻子称呼丈夫。役：徭役或兵役。

②曷(hé)至哉：现在他到了何处呢？一说意为“什么时候回来呀？”曷，何。

③埘(shí)：墙洞式的鸡窝。

君子于役，	丈夫服役去远方，
不日不月[①]，	没日没月恨日长，
曷其有佸[②]？	不知何时聚一堂。
鸡栖于桀[③]，	鸡儿纷纷上了架，
日之夕矣，	太阳渐渐也西下，
羊牛下括[④]。	牛羊下坡回到家。
君子于役，	丈夫服役在远方，
苟无饥渴[⑤]？	但愿不会饿肚肠。

【注释】

①不日不月：无日无月，指没有归期。

②佸(huó)：相会。

③桀(jié)：木桩。这里指鸡窝中供鸡栖息的横木。

④括：义同“佸”。这里指牛羊聚集在一起。

⑤苟：且，或许。

君子阳阳

【题解】

这是一篇夫邀妻一起跳舞的诗，由妻子唱出来，表现了他们那自得自乐、欢畅无比的情绪。朱子说："此诗疑亦前篇妇人所作。盖其夫既归，不以行役为劳，而安于贫贱以自乐，其家人又识其意而深叹美之，皆可谓贤矣。"《毛序》则说："《君子阳阳》，闵周也。君子遭乱，相招为禄仕，全身远害而已。"恐不合诗意。

君子阳阳①，　　我的夫君喜洋洋，
左执簧②，　　左手拿着多管簧，
右招我由房③。　　右手招我跳由房。
其乐只且④。　　我们乐得心花放。

【注释】

①君子：妻称夫。阳阳：喜气洋洋的样子。

②簧：一种乐器，即大笙。

③由房：演奏房中乐章所跳的舞蹈。

④只且：语尾助词。

君子陶陶①，　　我的夫君乐陶陶，
左执翿②，　　左手拿着羽毛摇，
右招我由敖③。　　右手招我跳由敖。
其乐只且。　　我们兴致多么高。

【注释】

①陶陶：和乐貌。

②翿(dào)：舞师手中所持的羽毛做成的舞具，又称"纛(dào)"。

③由敖：舞名。疑即为《骜夏》。马瑞辰《毛诗传笺通释》："敖，疑当读为《骜夏》之骜。《周官·钟师》：'奏九夏，其九为《骜夏》。'"

扬之水

【题解】

这是一首戍卒怨恨统治者长期让他们久戍不归，而思念家人，希望早日回家的诗。周平王东迁以后，楚国强大起来。不时侵犯申、吕、许这些小国。而这三国是周王室南边的屏障，他们无力抗击楚国，周平王只好征发东周的人民到这三国去守边。由于征调不均，役期遥遥，戍卒不知何时能归家与家人团聚，因而唱出了这首怨恨之歌。《毛诗序》：“《扬之水》，刺平王也。不抚其民而远屯戍于母家，周人怨思焉。”《郑笺》：“平王母家申国，在陈、郑之南，迫近强楚，王室微弱而数见侵伐，王是以戍之。”

扬之水①，	小河沟泛着浅波，
不流束薪②。	漂不走一捆柴禾。
彼其之子③，	我心中想念的人，
不与我戍申④。	没跟我一起戍守申国。
怀哉怀哉⑤！	日日夜夜思念啊，
曷月予还归哉⑥？	何年何月回故国？

【注释】

①扬：悠扬，水缓流之貌。

②不流束薪：指水小漂浮不起柴薪。束薪，捆起的薪柴。下文“束楚”“束蒲”与此同义。

③彼其之子：即那个人。其，语助词。之子，是子。

④戍申：守卫申国。申是姜姓国，周平王的母舅家。在今河南南阳北。

⑤怀：思念。

⑥曷：何。予：我。

扬之水，	小河沟泛着浅波，
不流束楚[①]。	漂不走一捆荆禾。
彼其之子，	我心中想念的人，
不与我戍甫[②]。	没跟我一起戍守甫国。
怀哉怀哉！	日日夜夜思念啊，
曷月予还归哉？	何年何月回故国？

【注释】

①楚：即荆条，灌木，人多以之为柴薪。

②甫：古国名，又名“吕”，在今河南南阳西。

扬之水，	小河沟泛着浅波，
不流束蒲[①]。	漂不走一捆蒲禾。
彼其之子，	我心中想念的人，
不与我戍许[②]。	没跟我一起戍守许国。
怀哉怀哉！	日日夜夜思念啊，
曷月予还归哉？	何年何月回故国？

【注释】

①蒲：蒲柳，枝细长而柔软。

②许：国名，故地在今河南许昌东。

中谷有蓷

【题解】

这首诗写一位遭丈夫遗弃的妇女在荒年乱离中走投无路的悲惨处境,反映了东周时期一些下层妇女的生活状况。《毛诗序》说:"《中谷有蓷》,闵周也。夫妇日以衰薄,凶年饥馑,室家相弃尔。"朱熹《诗集传》也说:"凶年饥馑,室家相弃,妇人览物起兴,而自述其悲叹之辞也。"

中谷有蓷①,	山谷中的益母草,
暵其干矣②。	天旱无雨将枯槁。
有女仳离③,	有位女子遭遗弃,
嘅其叹矣④。	内心叹息又苦恼。
嘅其叹矣,	内心叹息又苦恼,
遇人之艰难矣⑤!	嫁人不淑受煎熬。

【注释】

①中谷:山谷之中。蓷(tuī):草名,又叫益母草。

②暵(hàn)其:即"暵暵"。暵,形容干燥、枯萎的样子。

③仳(pǐ)离:分离。

④嘅(kǎi)其:即"嘅嘅"。嘅,同"慨",叹息之貌。

⑤遇人:逢人,嫁人。

中谷有蓷,	山谷中的益母草,
暵其脩矣①。	天旱无雨将枯焦。
有女仳离,	有位女子遭遗弃,

条其啸矣[2]。 抚胸叹息又长啸。
条其啸矣， 抚胸叹息又长啸，
遇人之不淑矣[3]。 嫁人不淑多苦恼。

【注释】

①脩：干枯，败坏。

②条：深长。啸：悲啸之声。

③不淑：不善。

中谷有蓷， 山谷中的益母草，
暵其湿矣[1]。 天旱无雨将枯焦。
有女仳离， 有位女子遭遗弃，
啜其泣矣[2]。 抽噎哭泣泪不干。
啜其泣矣， 抽噎哭泣泪不干，
何嗟及矣[3]。 悔恨莫及空长叹。

【注释】

①湿："𬪩（qī）"的假借，晒干。《广雅》："𬪩，曝也。"

②啜：哽噎抽泣貌。

③何嗟及矣：同"嗟何及矣"。嗟，悲叹声。何及，言无济于事。

兔爰

【题解】

这是一首感时伤乱之作。诗人刚出生的时候还没有战乱，之后却遇上了大变革、大动乱的时代,这给诗人造成了极大的痛苦,他希望自己能长睡不醒,无知无觉,来躲避这些灾难造成的创伤。这反映了一个战乱的时代,民众被压抑、被扭曲的心理,也可见那动乱已使民众的生存受到极大的威胁,才会产生这样消极的乐死不乐生的人生态度。《毛诗序》说:"《兔爰》,闵周也。桓王失信,诸侯皆叛,构怨连祸,王师伤败,君子不乐其生焉。"方玉润《诗经原始》说:"诗人不幸遭此乱离,不能不回忆生初犹及见西京盛世,法制虽衰,纪纲未坏,其时尚幸无事也。迨东都既迁,……而王纲愈坠,天下乃从此多故。……故不如长睡不醒之为愈耳。"都切合主旨。

有兔爰爰①,	野兔儿自由自在,
雉离于罗②。	野鸡儿落进网来。
我生之初,	我刚出生的时候,
尚无为③。	没有战乱没有灾。
我生之后,	自我出生以后,
逢此百罹④,	遭遇种种祸害,
尚寐无吪⑤。	但愿永睡不醒来。

【注释】

①爰爰(yuán):自由自在的样子。

②离:同"罹",遭遇。罗:网。

③尚:犹,还。无为:无事。此指无战乱之事。

④百罹(lí):多种忧患。

⑤尚:庶几,有希望的意思。寐:睡。无吪(é):不动。

有兔爰爰,	野兔儿自由自在,

雉离于罦[1]。　　野鸡儿落进网来。
我生之初，　　我刚出生的时候，
尚无造[2]。　　没有徭役没有灾。
我生之后，　　自我出生以后，
逢此百忧，　　遭遇种种苦难，
尚寐无觉[3]。　　但愿长睡永闭眼。

【注释】

①罦(fú)：装有机关的捕鸟兽的网。

②无造：即“无为”。

③无觉：不醒，不想看。

有兔爰爰，　　野兔儿自由自在，
雉离于罿[1]。　　野鸡儿落进网来。
我生之初，　　我刚出生的时候，
尚无庸[2]。　　没有劳役没有灾。
我生之后，　　自我出生以后，
逢此百凶，　　遭遇种种祸端，
尚寐无聪[3]。　　但愿长睡听不见。

【注释】

①罿(tóng)：捕鸟网。

②无庸：无劳役。

③无聪：不想听。

葛藟

【题解】

这是一个流浪者求助不得的怨诗。春秋时代，战乱频仍，人民流离失所。这首诗的作者就是到处流浪、居无定所的人。即使他称别人为父母兄弟，乞求一点同情和救济，也不可得，反映了当时社会的冷酷无情。也有人认为此诗是一个入赘者在别人家生活，倍感孤独寂寞的悲歌。朱熹《诗集传》说："世衰民散，有去其乡里家族而流离失所者，作此诗以自叹。言绵绵葛藟，则在河之浒矣。今乃终远兄弟而谓他人为己父，己虽谓彼为父，而彼亦不我顾，则其穷也甚矣。"说得很对。

绵绵葛藟①，	葛藤绵延长又长，
在河之浒②。	爬到河边湿地上。
终远兄弟③，	远离亲人和兄弟，
谓他人父。	面对他人叫父亲。
谓他人父，	就是喊他为父亲，
亦莫我顾④。	一点眷顾也休想。

【注释】

①绵绵：延绵不断的样子。葛藟：蔓生植物。即野葡萄。

②浒：岸边。一说岸上地。

③终：既。远：远离。

④顾：照顾，眷顾。

绵绵葛藟，	葛藤绵延长又长，

在河之涘[①]。　　爬到河岸陆地上。
终远兄弟，　　远离亲人和兄弟，
谓他人母。　　面对他人喊亲娘。
谓他人母，　　喊她亲娘千百遍，
亦莫我有[②]。　　也不把我当儿郎。

【注释】

①涘(sì):水边。

②有:相亲之意。与“友”通。

绵绵葛藟，　　葛藤绵延长又长，
在河之漘[①]。　　爬到河边湿地上。
终远兄弟，　　远离亲人和兄弟，
谓他人昆[②]。　　面对他人喊兄长。
谓他人昆，　　就是每日喊兄长，
亦莫我闻[③]。　　没有听见一个样。

【注释】

①漘(chún):河岸。唇是口边,字从水从唇,则表示水边。

②昆:兄。

③闻:通“问”,恤问。亦有爱之意。

采葛

【题解】

这是一首思念情人的诗。有人认为是怀友诗，恐怕是不对的。古代采葛供织布，采蒿供祭祀，采艾以医病，大多是女子之事，可见诗人所怀为女性。一日不见如三月、如三秋、如三岁，这样缠绵悱恻的感情一般在异性之间容易产生，同性朋友难以达到如此炽烈的程度。诗用夸张的手法描写人物的心理活动，但又使人觉得入情入理。因为经历过恋爱的人都可以体会到“一日不见，如隔三秋”的相思之苦，所以这句话也成为后世表达思念之情的常用语。

彼采葛兮①，	那个采葛的人啊，
一日不见，	一天没看见她，
如三月兮！	好像隔了三月啊！

【注释】

①采：采集。葛：葛藤，其皮可制成纤维织布。

彼采萧兮①，	那个采萧的人啊，
一日不见，	一天没看见她，
如三秋兮②！	好像隔了三秋啊！

【注释】

①萧：又名香蒿，古人祭祀时用。

②三秋：三个秋季，即九个月。此处用“秋”字，因秋天草木摇落，秋

风萧瑟，易生离情别绪，引发感慨之情。

彼采艾兮[①]，	那个采艾的人啊，
一日不见，	一天没看见她，
如三岁兮！	好像隔了三年啊！

【注释】

①艾：菊科植物，其叶子供药用。

大车

【题解】

这是一首爱情诗，写一个女子，热烈地爱着一个男子，想争取婚姻自由，与男子一同逃跑，但又担心男子不敢私奔，因此她发誓，即使生不能同室，死也要同穴，表示爱情的坚贞。从男子乘坐的车子及身上的服饰来看，他可能是个有身份的人，和女子不是门当户对，但双方又有爱慕之情，女子担心男子会犹豫不决，所以发下了这个决绝誓言。

大车槛槛[①]，	大车行走声槛槛，
毳衣如菼[②]。	青色毛衣像葭菼。
岂不尔思[③]？	难道是我不想你？
畏子不敢[④]。	相爱就怕你不敢。

【注释】

①大车：贵族乘坐的车子。一说牛车。槛槛（kǎn）：车行声。

②毳(cuì)衣:用兽毛制成的衣服。《毛传》:"毳衣,大夫之服。"菼(tǎn):初生的芦苇,此处比喻毳衣的青白色。

③尔:你。

④子:指其所爱的男子。

大车哼哼[1],	大车前行声哼哼,
毳衣如璊[2]。	红色毛衣色如璊。
岂不尔思?	难道是我不想你?
畏子不奔[3]。	怕你不跟我私奔。

【注释】

①哼哼(tūn):车行声,犹"槛槛"。

②璊(mén):赤色玉。

③奔:私奔。

穀则异室[1],	活着不能在一室,
死则同穴[2]。	死后同埋一个坑。
谓予不信[3],	我说的话你不信,
有如皦日[4]。	就让太阳来作证。

【注释】

①穀:活着。异室:两地分居。

②同穴:合葬在一个墓穴。

③予:我。

④有如皦(jiǎo)日:有此白日。如,此。皦,白,光明。

丘中有麻

【题解】

对此诗有三种解释：一说是思贤之诗，《毛诗序》说："思贤也。庄王不明，贤人放逐，国人思之而作是诗也。"三家都同意此说。又说此为私奔之诗。朱熹《诗集传》说："妇人望其所与私者而不来，故疑丘中有麻之处复有与之私而留之者，今安得其施施然而来乎？"再说为招贤偕隐诗。方玉润《诗经原始》说："《丘中》，招贤偕隐也。""周衰，贤人放废，或越在他邦，或尚留本国，故互相招集，退处丘园以自乐。"仔细推敲诗意，看不出有思贤、招隐之意，也不能确认女子与男子私奔。有研究者认为这是一位女子叙述和情人定情过程的诗，女子请男子帮忙种麻，相互认识，后来又请男子父亲吃饭，第二年李子熟时，男子送女子佩玉，二人定情。可为一说。总之，这是一首情歌。写一位女子在山丘的隐蔽处热切地等待男子的到来，说明这是一对相爱的人。

丘中有麻①，	山坡上的麻地里，
彼留子嗟②。	等待小伙刘子嗟。
彼留子嗟，	那个小伙刘子嗟，
将其来施施③。	盼他能来帮我忙。

【注释】

①麻：一年生草本植物，皮可绩为布，子可食。

②留：姓氏，即"刘"之借字。子嗟：人名。

③将：有希望、请求之意。施施：施予，帮助。有恩惠、惠与之意。一说喜悦之意。

丘中有麦，	山坡上的麦地里，
彼留子国[①]。	等待小伙刘子国。
彼留子国，	那个小伙刘子国，
将其来食[②]。	盼他吃饭来我家。

【注释】

①子国：人名。诗中之“子嗟”“子国”“留之子”与《桑中》之所言“孟姜”“孟弋”“孟庸”同一手法。实际皆指同一人。一说“子国”为子嗟父。“之子”即子嗟。

②食：吃饭。

丘中有李，	长满李树山坡下，
彼留之子。	姓刘小伙到来啦。
彼留之子，	那个刘姓小伙子，
贻我佩玖[①]。	赠我玉佩来表达。

【注释】

①佩玖：佩玉名。玖，次于玉的黑石。

郑风

郑，国名。西周宣王时，封其弟姬友于郑（即今陕西华州），即郑桓公。幽王末年，犬戎杀幽王和桓公，桓公儿子掘突继位，是为武公。国号仍称“郑”，都城在今河南新郑。《郑风》就是郑武公建国以后的诗，都是东周作品，有诗二十一篇，多言情之作。

缁衣

【题解】

这是一首赠衣诗。诗的大意是说女子赠男子“缁衣”，男子穿上很帅，女子答应以后愿永远为男子做衣。大约这位女子是贵族妇女，也可能是这位官员的妻妾。《毛诗序》说：“《缁衣》，美武公也。父子并为周司徒，善于其职，国人宜之，故美其德，以明有国善善之功焉。”毛诗和三家诗都认为是赞美郑武公的，因为他们父子都做过周的卿士。方玉润认为此诗“美武公好贤也”，也未跳出武公范围。今据闻一多说，定为赠衣诗。

缁衣之宜兮[①]，	黑色官服真合身啊，

敝，予又改为兮[②]。　　穿破了，我再给你做一身啊。
适子之馆兮[③]，　　穿上到官衙去办事吧，
还，予授子之粲兮[④]。　　你回来，我给你做好新装啊。

【注释】

①缁衣：黑色的衣。古代卿大夫所穿。宜：合适。指衣合身。

②敝：破敝。指衣服破烂。改为：另做新衣。

③适：往。馆：客舍，住所。

④还：归回。粲：鲜明。指新衣。

缁衣之好兮[①]，　　黑色官服真好看啊，
敝，予又改造兮[②]。　　穿破了，我再给你来改造啊。
适子之馆兮，　　穿上到官衙去办事吧，
还，予授子之粲兮。　　你回来，我给你做好新装啊。

【注释】

①好：指缁衣美好。

②改造：同“改为”及下“改作”。

缁衣之蓆兮[①]，　　黑色官服多宽松啊，
敝，予又改作兮。　　穿破了，我再给你来改作啊。
适子之馆兮，　　穿上到官衙去办事吧，
还，予授子之粲兮。　　你回来，我给你做好新装啊。

【注释】

①蓆：宽大，宽松。古以宽大为美。

将仲子

【题解】

这是春秋时期郑国的一首情歌，写一位女子在旧礼教的束缚下，用婉转的方式，请求情人不要前来相会。春秋时代虽然“礼崩乐坏”，但婚礼还在流行着。对男女婚姻，也规定了要通过父母之命，媒妁之言，才能正式结婚。如果“不待父母之命，媒妁之言，钻穴隙相窥，逾墙相从，则父母国人皆贱之”（《孟子·滕文公下》）。鉴于这种压力，姑娘不敢让心上人跳墙来家中幽会，只好婉言相拒。但她又深深地爱着小伙子，所以坦诚地表达了她又爱又怕、战战兢兢的心情。《毛诗序》说：“《将仲子》，刺庄公也。不胜其母以害其弟，弟叔失道而公弗制，祭仲谏而公弗听，小不忍以致大乱焉。”《郑笺》：“庄公之母，谓武姜，生庄公及弟叔段，段好勇而无礼，公不早为之所而使骄慢。”这个说法是根据《左传·隐公元年》的记载附会出来的，后人多不信从。此诗特点是用简洁的诗的语言，表达出女子既爱恋又畏惧的矛盾心理，这种委婉曲折的微妙心理，让人觉得真实而可信。

将仲子兮①，	仲子哥啊听我讲，
无窬我里②，	不要跨过里外墙，
无折我树杞。	莫把杞树来碰伤。
岂敢爱之③？	不是爱惜这些树，
畏我父母④。	是怕我的爹和娘。
仲可怀也，	无时不把哥牵挂，

父母之言，　　又怕爹娘来责骂，
亦可畏也。　　这事真叫我害怕。

【注释】

①将(qiāng)：请。仲子：男子的字，犹言“老二”。

②逾(yú)：跨越。里：五家为邻，五邻为里，里外有墙。

③爱：吝惜，舍不得。

④畏：害怕。

将仲子兮，　　仲子哥啊听我讲，
无逾我墙，　　不要翻过我家墙，
无折我树桑。　　莫碰墙边种的桑。
岂敢爱之？　　不是爱惜这些树，
畏我诸兄。　　是怕兄长来阻挡。
仲可怀也，　　无时不把哥牵挂，
诸兄之言，　　又怕兄长把我骂，
亦可畏也。　　这事真叫我害怕。

将仲子兮，　　仲子哥啊听我讲，
无逾我园，　　不要登我后园墙，
无折我树檀。　　莫让檀树枝干伤。
岂敢爱之？　　不是爱惜这些树，
畏人之多言。　　是怕众人舌头长。
仲可怀也，　　无时不把哥牵挂，
人之多言，　　闲话也能把人杀，

亦可畏也。　　这事真叫我害怕。

叔于田

【题解】

这是赞美一位青年猎人的诗。这篇赞美不是从狩猎技艺上去赞美,而是以青年猎人离开住所后造成的空虚心境,来追想他平素的举止;不是用实笔写事,而是用虚笔抒怀,反复赞叹他的“美”。歌者很可能是一位倾心于青年猎人的姑娘。《毛诗序》说:“《叔于田》,刺庄公也,叔处于京,缮甲治兵,以出于田,国人说而归之。”这个说法也是根据《左传·隐公元年》的记载而来的,是说讽刺郑庄公不能管束其弟共叔段的。从诗中的赞美之辞来看,丝毫无讽刺之意。朱熹说:“或疑此亦民间男女相悦之辞也。”比较符合诗意。

叔于田[①],　　叔去打猎出了门,
巷无居人[②]。　　巷里就像没住人。
岂无居人?　　难道真的没住人?
不如叔也,　　谁都不如叔呀,
洵美且仁[③]。　　他那么英俊又慈仁。

【注释】

①叔:人名。于田:去打猎。于,往。田,打猎。

②巷:居里中的小路。

③洵:信,确实。仁:指温厚,慈爱。

叔于狩[①],　　我叔出门去打猎,

巷无饮酒[2]。　　巷里无人在饮酒。
岂无饮酒？　　真的没人在饮酒？
不如叔也，　　什么人都不如叔，
洵美且好[3]！　　他那么英俊又清秀。

【注释】

①狩：打猎，一般指冬天打猎。

②饮酒：这里指燕饮。

③好：指品质好，性格和善。

叔适野[1]，　　我叔骑马去野外，
巷无服马[2]。　　巷里没人会骑马。
岂无服马？　　真的没人会骑马？
不如叔也，　　没人能够比过他，
洵美且武[3]！　　他确实英俊力又大。

【注释】

①适：往。

②服马：乘马。

③武：英武。

大叔于田

【题解】

这篇和上篇是同一主题，都是赞美青年猎人的。所不同的是，《叔于田》内容比较单纯，而《大叔于田》不仅篇幅较长，打猎场面更为宏大，描写也更为细致生动。由诗句可看出，这位猎手是贵族，他善于驾驭车马，射箭技艺精湛，敢于徒手搏虎。还有些细节的描绘，如驾马控缰、射箭收箭、捉虎献虎、猎火熊熊等等，使人如亲临其境，使读者了解古代大规模狩猎的场面。这种铺叙的写法，对后世辞赋的影响很大，被认为是《长杨赋》《羽猎赋》之祖。对此诗主旨，《毛诗序》认为："《大叔于田》，刺庄公也。叔多才而好勇，不义而得众也。"此"叔"，即指庄公的弟弟共叔段。讽刺庄公不能管束其弟。方玉润赞同此说，他说："案此诗与前篇同为刺庄公纵弟游猎之作，但前篇虚写，此篇实赋；前篇私游，此篇从猎，而愈矜其勇也。"(《诗经原始》)也有人认为这首诗是赞美郑庄公的弟弟共叔段的。可备一说。

叔于田，	叔去打猎像出征，
乘乘马①。	驾着四马战车向前行。
执辔如组②，	手执缰绳如丝组，
两骖如舞③。	骖马奔驰如飞舞。
叔在薮④，	叔在野草繁茂处，
火烈具举⑤。	点燃猎火焰熊熊。
襢裼暴虎⑥，	赤膊徒步打老虎，
献于公所⑦。	收获猎物献公府。
将叔无狃⑧，	劝叔不要太大意，
戒其伤女⑨！	小心猛虎伤害你。

【注释】

①乘(chéng)乘(shèng)马：前一个"乘"，驾车，为动词。乘马，古代一车驾四马为一乘。

②辔(pèi):马缰绳。如组:手握六条缰绳整齐如丝带。组,丝织的带子。

③骖:车辕两边的马。

④薮(sǒu):低湿而多草木的地方。为野兽藏身之地。

⑤火烈:打猎时放火烧草,火焰炽烈。具举:同时烧起。

⑥襢裼(tǎn xī):脱衣露体。襢,通"袒"。这里指赤膊上阵。暴虎:空手搏虎。《毛传》:"暴虎,徒搏也。"

⑦公所:国君所住之地。

⑧狃(niǔ):熟练。《毛传》:"狃,习也。"此劝叔不要因为熟练而麻痹大意。

⑨戒:警戒。女:汝,指叔。

叔于田,	叔去打猎像出征,
乘乘黄①。	驾着黄马战车向前行。
两服上襄②,	两匹服马头上扬,
两骖雁行③。	两匹骖马如雁行。
叔在薮,	叔在野草繁茂处,
火烈具扬。	猎火随风更熊熊。
叔善射忌④,	叔的射艺很高明,
又良御忌⑤。	驾车技巧更出众。
抑磬控忌⑥,	时而勒住狂奔马,
抑纵送忌⑦。	时而纵马任驰骋。

【注释】

①黄:指黄马。

②两服:驾车四马,中央两匹马叫"服"。上襄:马头昂起。

③雁行：骖马比服马稍后，排列如雁飞之行列。
④忌：语尾助词。
⑤良御：善于驾车。
⑥抑：发语词，含有“忽而”之意。磬控：弯腰勒马。
⑦纵送：纵马快跑。

叔于田，	叔去打猎像出征，
乘乘鸨[①]，	驾着杂色马车跑不停。
两服齐首[②]，	中间服马齐头进，
两骖如手[③]。	骖马如手自主行。
叔在薮，	叔在野草繁茂处，
火烈具阜[④]。	猎火熊熊烧得凶。
叔马慢忌，	叔的奔马渐渐慢，
叔发罕忌[⑤]。	叔的射箭渐稀罕。
抑释掤忌[⑥]，	打开箭筒放入箭，
抑鬯弓忌[⑦]。	收弓装入袋里边。

【注释】

①鸨(bǎo)：黑白杂色的马。一说黑色的马。
②齐首：齐头并进。
③如手：指驾驭骖马技术娴熟，如两手左右自如。
④阜(fù)：旺盛。
⑤发罕：发箭稀少。
⑥释掤(bīng)：这里指揭开箭筒收拾箭。释，开。掤，箭筒盖子。
⑦鬯(chàng)弓：将弓放入袋子。鬯，即盛弓的袋子，这里作动词。指用袋子盛。

清人

【题解】

这首诗是讽刺郑国驻扎在清邑的部队及其统帅高克的。郑国大夫高克好利而不顾其君，郑文公厌恶他。公元前660年12月，狄人入侵卫国，郑文公遂令高克率领清邑之兵驻扎在黄河北岸防御。过了很长时间，文公也不调军队回来。清邑之师滞留边境，无所事事，玩乐遨游，军纪败坏，终于溃散。高克奔逃陈国避难。郑国诗人因赋此诗。《左传·闵公二年》说："郑人恶高克，使帅师次于河上，久而弗召。师溃而归，高克奔陈。郑人为之赋《清人》。"这就是关于《清人》篇最早的记载。

清人在彭①，	清邑军队驻彭城，
驷介旁旁②。	驷马披甲真威风。
二矛重英③，	两矛装饰重璎珞，
河上乎翱翔④。	黄河边上似闲庭。

【注释】

①清人：清邑之人。这里指高克及其所率领的士兵。清邑，卫国邑名。彭：与下文"消""轴"皆地名，都在黄河边上。

②驷介：披甲的四匹马。介，甲。旁旁：同"彭彭"，马强壮有力貌。或以为行走、奔跑貌。

③二矛：插在车子两边的矛。重：重叠。英：矛上的缨饰。

④翱翔：闲散无事，驾着战车游逛。与下文的"逍遥"同。

清人在消，	清邑军队驻在消，
驷介麃麃①。	驷马披甲威又骄。

二矛重乔[②]，　　两矛装饰野鸡毛，
河上乎逍遥。　　黄河边上自逍遥。

【注释】

①麃麃(biāo)：雄健威武貌。

②乔：矛上装饰的野鸡羽毛。

清人在轴，　　清邑军队驻在轴，
驷介陶陶[①]。　　驷马披甲任疾跑。
左旋右抽[②]，　　左转身子右拔刀，
中军作好[③]。　　军中好像准备好。

【注释】

①陶陶：和乐貌。一说马疾驰之貌。

②左旋：向左边旋转。右抽：右手抽兵器。

③中军：即“军中”。作好：做好表面工作。指装样子，不是真要抗拒敌人。

羔裘

【题解】

这是一首赞美郑国一位正直官吏的诗。首章赞美其忠于职守，二章赞美其勇武正直，三章赞美其才能出众。且连用三个“兮”字，加强了诗的感情色彩。《左传·昭公十六年》：郑六卿饯韩宣子(名起)于郊，“子产赋郑之《羔裘》，宣子曰：‘起不堪也。’”韩宣子对这样的评价辞不敢当，可见此诗是赞美优秀官吏的。旧说这是讽刺郑国朝廷无贤臣的。《毛诗序》："《羔裘》，刺朝也。言古之君子以风其朝也。"《郑笺》："郑自庄公而贤者陵迟，朝无忠正之臣，故刺之。"从诗的内容看，看不出讽刺意味。

羔裘如濡①，	穿着润泽羔皮袄，
洵直且侯②。	为人正直又美好。
彼其之子，	就是这样一个人，
舍命不渝③。	不怕牺牲为君劳。

【注释】

①羔裘：羊羔皮制的皮袄。濡：润泽。形容羔裘柔软有光泽。

②洵：确实。直：正直。侯：美。

③舍命：舍弃生命。不渝：不变。

羔裘豹饰①，	穿着豹饰羔皮袍，
孔武有力②。	高大有力为人豪。
彼其之子，	就是这样一个人，
邦之司直③。	国家司直当得好。

【注释】

①豹饰：用豹皮装饰羔裘的边袖。

②孔武：特别勇武。孔，甚。

③司直：主持正直。古有司直之官。

羔裘晏兮[①]，　　羊羔皮袄真光鲜啊，
三英粲兮。　　素丝装饰更灿烂啊。
彼其之子，　　就是这样一个人，
邦之彦兮[②]。　　国家杰出的人选啊。

【注释】

①晏：鲜艳或鲜明的样子。

②彦（yàn）：美士。指贤能之人。

遵大路

【题解】

关于此诗，历来有多种说法。《毛诗序》说："《遵大路》，思君子也。庄公失道，君子去之，国人思望焉。"意思是说郑国人思念贤人的。朱熹《诗集传》说："淫妇为人所弃，故于其去也，揽其祛而留之曰：'子无恶我而不留，故旧不可以遽绝也。'宋玉赋有'遵大路兮揽子祛'之句，亦男女相说之词也。"朱熹把遭弃的妇女说成"淫妇"，这是封建道学家的观念。我们认为这是遭遗弃妇女唱的一首哀歌。诗的语言自然流畅，朴实无华。读此诗，仿佛看到她苦苦哀求的样子，引起我们深深地同情。

遵大路兮[①]，　　沿着大路跟你走啊，
掺执子之祛兮[②]，　　双手拽住你衣袖啊。
无我恶兮[③]，　　千万不要讨厌我啊，
不寁故也[④]。　　别忘故情把我丢啊。

【注释】

①遵：沿着。

②掺(shǎn)：拉住，抓住。袪(qū)：衣袖。

③无我恶：不要以我为恶(丑)。一说“恶”意为“讨厌”。

④寁(zǎn)：去。即丢弃、忘记的意思。故：故旧，旧情。

遵大路兮，	沿着大路跟你走啊，
掺执子之手兮。	紧紧握住你的手啊。
无我魗兮[1]，	千万别嫌我长得丑啊，
不寁好也。	别忘多年相好把我丢啊。

【注释】

①无我魗：不要以我为丑。魗，同“丑”。

女曰鸡鸣

【题解】

此诗通过夫妻对话的形式，表现了和睦的家庭生活以及夫妻间真挚的爱情。从这些生动的对话中，我们看到了一幅静谧乡野优美的晨景，也看到了古代一个恩爱和谐的小家庭。诗中除夫妇二人对话，还有诗人旁白，使整首诗如同一幕短剧，读者会感到生动逼真，情趣盎然。方玉润《诗经原始》说：“此诗人述贤夫妇相警戒之辞。”称“贤夫妇”很对，但看不出“相警戒之辞”。闻一多说：“《女曰鸡鸣》，乐新婚也。”(《风诗类钞》)有一定道理。即使不是新婚，也写的是年轻夫妻的家庭生活。

女曰：“鸡鸣。”	女子说：“鸡已叫了。”

士曰："昧旦[①]。"	男子说："天快亮了。"
"子兴视夜[②]，	"你快起来看天空，
明星有烂[③]。"	启明星儿亮晶晶。"
"将翱将翔，	"鸟儿空中正飞翔，
弋凫与雁[④]。"	射点鸭雁给你尝。"

【注释】

①昧旦：黎明时分。

②兴：起来。

③有烂：即"烂烂"，明亮的样子。

④弋(yì)：古代用生丝做线，系在箭上射鸟，叫作"弋"。

"弋言加之[①]，	"射中鸭雁拿回家，
与子宜之[②]。	做成菜肴味道香。
宜言饮酒，	就着美味来饮酒，
与子偕老。	恩爱生活百年长。
琴瑟在御[③]，	你弹琴来我鼓瑟，
莫不静好[④]。"	夫妻安好心欢畅。"

【注释】

①加：射中。

②宜：据《尔雅》："肴也。"即菜肴，此处作动词用，指烹调菜肴。

③御：用。此处是弹奏的意思。古代常用琴瑟的合奏象征夫妇同心和好。

④静好：安好。

“知子之来之[①]，
杂佩以赠之[②]。
知子之顺之[③]，
杂佩以问之[④]。
知子之好之，
杂佩以报之[⑤]。”

“知你对我真关怀，
送你杂佩表我爱。
知你对我多温柔，
送你杂佩表我情。
知你对我情义深，
送你杂佩表我心。”

【注释】

①来：关怀。

②杂佩：用多种珠玉做成的佩饰。

③顺：柔顺。

④问：赠送。

⑤报：赠物报答。

有女同车

【题解】

这是一首贵族男女的恋歌。此诗主要描写与男子共同乘车的姑娘外表和内在的美，女子可能是男子正在迎娶的新娘，从美丽的容颜、轻盈的体态、娴雅的举止、精致的佩饰、美好的声誉，活画出一位出众的美女形象。《神女赋》“婉若游龙乘云翔”，《洛神赋》“若将飞而未翔”，“翩若惊鸿”等名句，似皆从此脱化而出。《毛诗序》说：“《有女同车》，刺忽也。郑人刺忽之不昏于齐。”忽，即郑昭公，他拒绝娶齐侯的女儿文姜，失去与大国联姻的机会，致使孤立无援，最后被其弟发动政变夺了君位。从诗的内容，看不出和忽有什么关系，因此不采纳此说。

有女同车[①]，	姑娘和我同乘车，
颜如舜华[②]。	容貌就像花一样。
将翱将翔[③]，	体态轻盈如飞鸟，
佩玉琼琚[④]。	珍贵佩玉泛光芒。
彼美孟姜[⑤]，	她是美丽姜姑娘，
洵美且都[⑥]。	举止娴雅又大方。

【注释】

①同车：同乘一车。

②舜华：木槿花。今名牵牛花。

③翱、翔：飞翔。形容女子步履轻盈。一说遨游徘徊。

④琼琚：指珍美的佩玉。

⑤孟姜：姜姓长女。美人的代称，非实指。

⑥都：娴雅，美。

有女同行，	姑娘和我同路行，
颜如舜英[①]。	容颜就像木槿花。
将翱将翔，	体态轻盈像鸟翔，
佩玉将将[②]。	佩玉锵锵悦耳响。
彼美孟姜，	美丽姑娘她姓姜，
德音不忘[③]。	美好声誉人难忘。

【注释】

①英：花。

②将将：即“锵锵”，佩玉相碰的声音。

③德音：美好声誉。

山有扶苏

【题解】

这是一首男女恋爱时女子戏谑男子的诗。女子说：我本来要找个美男子，结果却结识了你这个傻瓜蛋。戏谑中含着深情，被谑者不仅不恼，还感到愉快幸福，这正是男女之情不可言传处，也是在我们身边常发生的事。正如高亨说："此乃女子戏弄她的恋人的短歌，笑骂之中含蕴着爱。"《毛诗序》说："《山有扶苏》，刺忽也。所美非美然。"《郑笺》："言忽所美之人实非美人。"方玉润《诗经原始》认为"《小序》谓'刺忽'，无据"。确实，诗中看不到丝毫刺忽的影子。

山有扶苏①，	山上扶苏枝茂盛，
隰有荷华②。	湿地荷花粉又红。
不见子都③，	看到的不是美男子，
乃见狂且④！	却是你这小子傻又疯。

【注释】

①扶苏：木名，又名朴樕。

②隰(xí)：下湿曰"隰"，即泽地。荷华：即莲花。

③子都：郑国美男子。《孟子》："至于子都，天下莫不知其姣者也。"后成为美男子的通称。

④狂且(jū)：狂行拙钝，疯癫愚蠢。

山有乔松①，	山上长着高大的松，

隰有游龙[②]。	湿地马蓼开花红。
不见子充[③]，	看到的不是美男子，
乃见狡童[④]。	却是你这滑头小狡童。

【注释】

①乔松：高大的松树。乔，高。

②游龙：草名。一名马蓼。

③子充：与“子都”同为美男子的通称。

④狡童：犹“狂童”。

萚兮

【题解】

这是一首男女唱和的诗。女子先唱，然后男子接着合唱，犹如现在少数民族青年男女的对歌。由于此诗非常简洁短小，歧说也非常之多。有认为这是大臣相约以谋国难之诗，有以为是大夫倡乱谋篡相互响应之作，又以此为避祸逃难或及时行乐的诗，还有以此为淫诗。此皆捕风捉影之说，毫无根据。

萚兮萚兮[①]，	落叶落叶啊往下掉，
风其吹女[②]。	秋风吹你轻轻飘。
叔兮伯兮，	诸位欢聚的小伙子啊，
倡予和女[③]。	我先唱啊你和调。

【注释】

①萚（tuó）：落叶。

②女：你，指树叶。

③倡：同“唱”。和：和唱，伴唱。

萚兮萚兮，　　落叶落叶啊往下掉，
风其漂女[1]。　　秋风吹你轻轻飘。
叔兮伯兮，　　诸位欢快小伙子啊，
倡予要女[2]。　　我先唱啊你和调。

【注释】

①漂：同“飘”，吹动。

②要：相约。

狡童

【题解】

这是一首热烈的情歌。一个姑娘爱上一个英俊的小伙子，她直率而大胆地向他表达了爱慕和追求之情。也有人认为是一首表现夫妻或情人间发生情感风波的诗作，男女主人公闹别扭，女人为此吃不下、睡不着，说明二人依然是有感情的，可能不久就会和好。这是生活中经常发生的事。还有人认为这是一首女子失恋的诗歌。

彼狡童兮[1]，　　那个可爱的小伙子啊，
不与我言兮。　　为何不和我说话啊？
维子之故[2]，　　因为你的缘故，
使我不能餐兮。　　使我饭都吃不下啊。

【注释】

①狡：通“姣”，美好。一说为“狡猾”，如口语说“滑头”之类，是戏谑之言。

②维：为。

彼狡童兮，	那个可爱的小伙子啊，
不与我食兮。	为何不与我共餐啊。
维子之故，	因为你的缘故，
使我不能息兮[1]。	使我觉都睡不安啊。

【注释】

①息：寝息。

褰裳

【题解】

这是一首女子戏谑情人的情诗。诗中女主人公虽用责备的口气指责男子的感情不够热烈，实则表现出女子对男子感情的真诚、执着和热烈，而且表达得大方、自然而又朴实巧妙，正如郑振铎所说：“写得很倩巧，很婉秀，别饶一种媚态，一种美趣。”（《插图本中国文学史》）此诗以独白的方式铺陈其事，叙事中又有抒情，又含笑谑，迂回曲折，跌宕多姿，表达其微妙的内心情感。

子惠思我[1]，	你若爱我想念我，
褰裳涉溱[2]。	赶快提起衣裳蹚过溱水河。

子不我思[3]，	你若不再想念我，
岂无他人？	难道没有别人来找我？
狂童之狂也且[4]！	你这个傻里傻气的傻哥哥！

【注释】

①惠：爱。

②褰(qiān)：提起。裳：裙衣。溱(zhēn)：郑国河名。

③不我思：即“不思我”。

④童：愚昧。且(jū)：语气词。

子惠思我，	你若爱我想念我，
褰裳涉洧[1]。	赶快提起衣裳蹚过洧水河。
子不我思，	你若不再想念我，
岂无他士？	难道没有别的少年哥？
狂童之狂也且！	你这个傻里傻气的傻哥哥！

【注释】

①洧(wěi)：郑国河名。

丰

【题解】

这是一首女子后悔没有和未婚夫结婚的诗。可能女子临嫁时突遭变故，以致未能成婚。她很苦恼后悔，希望那男子再来亲迎。方玉润则认为此诗是“悔仕进不以礼也”，“世道衰微，贤人君子隐处不仕。朝廷初或以礼往聘，不肯速行，后被敦迫，驾车就道。不能自主，发愤成吟”，“不敢显言贾祸，故借昏女为辞”（《诗经原始》）。但从内容看，还是讲的男女婚姻之事。

子之丰兮①，	难忘你人物好丰采，
俟我乎巷兮②。	你曾在巷中久等待。
悔予不送兮③。	没跟你走悔不该。

【注释】

①丰：丰满、容颜美好貌。

②俟：待，等候。巷：《毛传》：“巷，门外也。”一说里中道，即今所谓的胡同。

③予：我，此处当是指“我家”。送：送女出嫁。将女儿交给来亲迎的女婿同往夫家。

子之昌兮①，	难忘你健美好身材，
俟我乎堂兮②，	你曾在堂中久等待，
悔予不将兮③。	没和你同去悔不该。

【注释】

①昌：体魄健美。

②堂：客堂，厅堂。

③将：送。一说顺从、随行之意。

衣锦褧衣①，	锦缎衣服身上穿，

裳锦褧裳。　　外面罩着锦绣衫。
叔兮伯兮②，　　叔呀伯呀赶快来，
驾予与行③！　　驾车接我同回还。

【注释】

①衣锦褧(jiǒng)衣：锦褧衣，古代女子出嫁时穿的锦缎制的罩衣。句首“衣”字与下句首“裳”字，都是动词。

②叔、伯：指男方来迎亲的人。《毛传》：“叔、伯，迎己者。”

③驾：驾车。古时结婚有亲迎礼，男子驾车至女家，亲自迎接女子上车，一起回夫家。这是女子呼男子为己备车。

裳锦褧裳，　　外面罩着锦绣衫，
衣锦褧衣。　　锦缎衣服里面穿。
叔兮伯兮，　　叔呀伯呀赶快来，
驾予与归①。　　驾车接我同归还！

【注释】

①归：指嫁归于男子之家。

东门之墠

【题解】

这是一首男女唱和的恋歌。诗共两章，上章为男子唱，下章为女子对答。《毛诗序》说：“《东门之墠》，刺乱也。男女有不待礼而相奔者也。”《郑笺》：“此女欲奔男之辞。”仔细推敲诗意，并无淫奔之意，而如王先谦

《诗三家义集疏》所说："言我岂不思为尔室家，但子不来就我，以礼相近，则我无由得往耳。"这位女子还是比较矜持的，也是希望以礼相见的。此诗虽短短两章，但有情有景，有怨有慕，我们仿佛看到女家那宽敞的东门外广场，山坡上生长的茜草，还有在栗树边上和睦一家人的屋舍。

东门之墠[①]，　　东门外面多宽敞，
茹藘在阪[②]。　　茜草生长山坡上。
其室则迩[③]，　　你家离我这么近，
其人甚远。　　人儿仿佛在远方。

【注释】

①东门：指城东门。墠(shàn)：平坦之地。

②茹藘(lǘ)：又名茜草、牛蔓。根色黄赤，可以做红色染料。阪：土坡。

③迩：近。

东门之栗[①]，　　东门城外栗树下，
有践家室[②]。　　那里有家好人家。
岂不尔思？　　难道我不思念你？
子不我即[③]。　　你不找我实在傻。

【注释】

①栗：栗树。

②践：善。《韩诗》作"靖"，训"宁静"。

③即：就，接近。

风雨

【题解】

这是写妻子和久别丈夫重逢的诗。诗人用即景抒情的手法，表达了妻子见到丈夫时那种喜出望外的无比喜悦之情。它采用了《诗经》常用的一唱三叹、反复吟咏的形式，但这吟咏不是简单的重复，而是达情更为充分，诗味更加深长。如“风雨凄凄”“风雨潇潇”“风雨如晦”，不仅描绘了寒凉阴暗的天气状况，也衬托出人物心情的变化。“云胡不夷”“云胡不瘳”“云胡不喜”三句，表现了从心绪烦乱不平，到想念几乎致病，以至失望愁苦，到欢喜无限的心路历程，语句简略而意蕴无穷。《毛诗序》说：“《风雨》，思君子也。乱世则思君子不改其度焉。”《郑笺》：“兴者，喻君子虽居乱世，不变改其节度。……鸡不为如晦而止不鸣。”这样来看，“风雨”就不是只指天气，而是成为乱世的象征，“鸡鸣”就象征君子不改其度。《序》的解释只说对了一半，即“思君子”，而“不改其度”则是曲解诗意。但这一理解对后世影响却很大，“风雨”之句也成为后人经常使用的名句。很多文人用处“风雨如晦”之境，仍要“鸡鸣不已”来自我激励。

风雨凄凄①，	风雨交加冷凄凄，
鸡鸣喈喈②。	鸡儿寻伴鸣叽叽。
既见君子，	终于看见丈夫归，
云胡不夷③？	烦乱思绪怎不息？

【注释】

①凄凄：寒凉。

②喈喈（jiē）：鸡呼伴的叫声。

③云：语助词。胡：怎么，为什么。夷：平。此指心情从焦虑到平静。

风雨潇潇[1]，	风狂雨骤声潇潇，
鸡鸣胶胶[2]。	鸡儿寻伴声胶胶。
既见君子，	终于看见丈夫归，
云胡不瘳[3]？	相思之病怎不消？

【注释】

①潇潇：形容风急雨骤。

②胶胶：鸡呼伴的叫声。

③瘳（chōu）：病愈。

风雨如晦[1]，	风雨连连天昏濛，
鸡鸣不已。	鸡儿报晓鸣不停。
既见君子，	终于看见丈夫归，
云胡不喜？	心里怎能不高兴？

【注释】

①晦：昏暗。

子衿

【题解】

这是一首女子唱的恋歌。歌者热恋着一位青年，他们相约在城阙见面。但久等不至，女子望眼欲穿，焦急地来回走动，埋怨情人不来赴约。更怪他不捎信来，于是唱出“一日不见，如三月兮”的无限情思。《毛诗序》说：“《子衿》，刺学校废也。乱世则学校不修焉。”但诗中看不出“学校废”的迹象，可见《毛序》只据“青衿”一词曲解了此诗。但这一解释影响很大，后来“青衿”就成了读书人的代称。

青青子衿①，	衣领青青好青年，
悠悠我心②。	我心悠悠总思念。
纵我不往，	纵然我没去找你，
子宁不嗣音③？	怎不给我把信传？

【注释】

①青衿(jīn)：古代学生穿的服装。衿，衣领。

②悠悠：忧思不断的样子。

③嗣音：寄音讯。嗣，通“贻”，寄。

青青子佩，	佩带青青好青年，
悠悠我思。	我心无时不思念。
纵我不往，	纵然我没去找你，
子宁不来？	怎不和我来相见？

挑兮达兮①，	走来走去多少趟，
在城阙兮②。	城门楼上久张望。
一日不见，	一天没和你见面，
如三月兮。	好像三月那样长。

【注释】

①挑、达：来回走动的样子。挑，也作“佻”。

②城阙：城门楼。

扬之水

【题解】

这首诗的主题颇难确解。有认为是写夫妻离别之际，丈夫嘱咐妻子的诗。闻一多《风诗类钞》说“将与妻别，临行慰勉之词也”。方玉润认为是兄弟二人相互劝勉的诗，《诗经原始》说：“此诗不过兄弟相疑，始因谗间，继乃悔悟，不觉愈加亲爱，遂相劝勉。”朱熹《诗集传》说：“淫者相谓。”即男女相诫不听信谗言。我们认为闻一多所解更切合诗意。

扬之水[①]，
不流束楚[②]。
终鲜兄弟[③]，
维予与女。
无信人之言，
人实迋女[④]。

小河流水细又弯，
一捆荆条能搁浅。
家里本来少兄弟，
只有你我相依伴。
不要轻信别人言，
他们实想把你骗。

【注释】

①扬之水：小水沟。

②束楚：一捆荆条。

③终：既。鲜：少。

④迋：通“诳”，欺骗。

扬之水，　　小河流水细悠悠，
不流束薪。　　一捆柴薪漂不走。
终鲜兄弟，　　家里本来兄弟少，
维予二人。　　只我二人相依靠。
无信人之言，　　不要轻信别人言，
人实不信[1]。　　他们实在信不着。

【注释】

①不信：不可信。

出其东门

【题解】

这是一位男子表示对爱恋对象(一说指他的妻子)专一不二的诗。朱熹对此诗作者的专一态度十分赞赏，他说："人见淫奔之女而作此诗。以为此女虽美且众，而非我思之所存，不如己之室家，虽贫且陋，而聊可自乐也。是时淫风大行，而其间乃有如此之人，亦可谓能自好而不为习俗所移矣。"(《诗集传》)还进一步评价说："此诗却是个识道理人作，郑诗虽淫乱，此诗却如此好。"(《朱子语类》)有著者说朱熹"斥此诗为淫奔"，理解有误。这首诗朴素无华，明白如话。颂扬了对待爱情的正确态度，对那些喜新厌旧，见异思迁的人也是曲折婉转的批评。

出其东门[1]，　　出了城东门，
有女如云[2]。　　女子多如云。
虽则如云，　　虽然多如云，

匪我思存[3]。 不是我心上人。
缟衣綦巾[4]， 身着白衣绿裙人，
聊乐我员[5]。 才让我快乐又亲近。

【注释】

①东门：是郑国游人云集的地方。

②如云：比喻女子众多。

③思存：思念。

④缟(gǎo)：白色。綦(qí)：苍艾色。巾：头巾，一说围裙。此为贫家女服饰。

⑤聊：且。员：友，亲爱。一说语助词。此句《韩诗》作“聊乐我魂”，魂，精神。可参看。

出其闉阇[1]， 出了外城门，
有女如荼[2]。 女子多如花。
虽则如荼， 虽然多如花，
匪我思且[3]。 不是我爱的人。
缟衣茹藘[4]， 身着白衣红佩巾，
聊可与娱。 才让我喜爱又欢欣。

【注释】

①闉阇(yīn dū)：城门外的护门小城，即瓮城门。

②荼(tú)：白茅花。这里用来比喻女子众多。

③思且(jū)：思念，向往。且，“徂”之假借，和“存”同义。一说语助词。

④茹藘(lǘ)：茜草，可作红色染料。此指红色佩巾。

野有蔓草

【题解】

这是一首轻快的情歌。在一个露珠未干的早上，一对男女青年在田间路上不期而遇。也许他们早就心心相印，也许这是第一次相见，但他们相互倾心，欣喜之情难以抑制，于是就产生了这首清新别致的情歌。《毛诗序》说："《野有蔓草》，思遇时也。君之泽不下流，民穷于兵革，男女失时，思不期而遇焉。"《郑笺》："蔓草而有露，谓仲春之时，草始生，霜为露也。《周礼》：仲春之月，令会男女之无夫家者。"指出了时间和背景。春秋时期，战争频繁，人口减少，为了增加人口，统治者允许大龄未婚男女在仲春相会。欧阳修《诗本义》说："男女昏聚失时，邂逅相遇于野草之间。"准确地指出此诗主旨。

野有蔓草①，	野草蔓蔓连成片，
零露漙兮②。	草上露珠亮闪闪。
有美一人，	有位美女路上走，
清扬婉兮③。	眉清目秀美又艳。
邂逅相遇④，	不期相遇真正巧，
适我愿兮⑤。	正好适合我心愿。

【注释】

①蔓草：蔓延的草。

②零：降落。漙(tuán)：露水多的样子。

③清扬：眉清目秀的样子。婉：美好。

④邂逅：不期而遇。

⑤适：适合。

野有蔓草，	野草蔓蔓连成片，
零露瀼瀼①。	草上露珠大又圆。
有美一人，	有位美女路上走，
婉如清扬。	眉清目秀美容颜。
邂逅相遇，	不期相遇真正巧，
与子偕臧②。	与她幽会两心欢。

【注释】

①瀼瀼(ráng)：露水多的样子。

②偕臧：一同藏起来。臧，同“藏”。

溱洧

【题解】

这是描写郑国三月上巳日青年男女在溱水和洧水岸边游春的诗。当时的风俗，三月上巳日这天，人们要在东流水中洗去宿垢，祓除不祥，祈求幸福和安宁。男女青年也借此机会互诉心曲，表达爱情。此诗就再现了当时的热烈场面。王先谦《诗三家义集疏》：“韩诗曰：《溱与洧》，说人也。郑国之俗，三月上巳之日于两水上，招魂续魄，拂除不祥，故诗人愿与所说者同往观也。”此诗就描写了这一节日的盛况。

溱与洧①，	溱水洧水长又长，
方涣涣兮②。	河水流淌向远方。
士与女③，	男男女女城外游，

方秉蕑兮[4]。	手拿蕑草求吉祥。
女曰："观乎？"	姑娘说："咱们去看看。"
士曰："既且[5]。"	小伙说："我已去一趟。"
"且往观乎？"	"再去一趟又何妨？"
洧之外，	洧水边，河岸旁，
洵訏且乐[6]。	地方热闹又宽敞。
维士与女，	男女结伴一起逛，
伊其相谑[7]，	相互戏谑喜洋洋，
赠之以勺药。	赠朵芍药毋相忘。

【注释】

①溱、洧：郑国两条河名。

②涣涣：水流盛大貌。

③士与女：指春游的男男女女。下句的"女""士"，指某个女子和男子。

④方：正。秉：执，拿。蕑(jiān)：一种香草。

⑤既且：已经去了。且，"徂"的假借，去，往。

⑥洵訏(xún xū)：实在宽广。洵，实在。訏，大。

⑦伊：语助词。相谑：相互调笑。

溱与洧，	溱水洧水长又长，
浏其清矣[1]。	河水洋洋真清亮。
士与女，	男男女女城外游，
殷其盈矣[2]。	游人如织闹嚷嚷。
女曰："观乎？"	姑娘说："咱们去看看。"

士曰:"既且。"	小伙说:"我已去一趟。"
"且往观乎?"	"再去一趟又何妨?"
洧之外,	洧水边,河岸旁,
洵訏且乐。	地方热闹又宽敞。
维士与女,	男女结伴一起逛,
伊其将谑,	相互嬉戏喜洋洋,
赠之以勺药。	赠朵芍药表情长。

【注释】

①浏:水清亮。

②殷:众多。盈:满。

齐风

“齐风”是齐国的诗歌。齐国国土在今山东淄博一带。周武王灭商后，封功臣姜太公于齐，都于营丘（即今临淄）。其地濒临大海，通鱼盐之利，所以“其俗弥侈”。其诗也有舒缓、清绮之风。齐地又面山，民多狩猎，有尚武精神，诗中也有这方面的内容。还有婚姻恋爱及反映士大夫家庭生活方面的诗。故季札论乐，谓齐风“泱泱乎，大风也哉”。《乐记》也云：“温良而能断者宜歌齐。”今存诗十一篇。

鸡鸣

【题解】

这是一首妻子催促丈夫早起上朝的诗。全诗以对话形式展开，创意新颖，构思巧妙，好像一出小品，活画出一个贪恋床衾的官吏形象。这样的懒官怎能治理好国家！

“鸡既鸣矣， 朝既盈矣[①]。” “匪鸡则鸣[②]，	“你听公鸡已叫鸣， 大臣都已去朝廷。” “不是公鸡在叫鸣，

苍蝇之声。” 是那苍蝇嗡嗡声。”

【注释】

①盈:满。此指大臣上朝。

②匪:同“非”,不是。

“东方明矣, “你看东方现光明,
朝既昌矣[①]。” 朝会大臣已满廷。”
“匪东方则明, “不是东方现光明,
月出之光。” 那是月光闪盈盈。”

【注释】

①昌:盛。仍指朝堂人多。

“虫飞薨薨[①], “你听虫飞声嗡嗡,
甘与子同梦。” 甘愿与你同入梦。”
“会且归矣, “朝会大臣要回家,
无庶予子憎[②]。” 千万别说你坏话。”

【注释】

①薨薨(hōng):虫飞声。

②无庶予子憎:这句话的意思是,希望不要招来别人对你的憎恨。无庶,“庶无”的倒文,希望之意。憎,憎恶,讨厌。

还

【题解】

这是一首猎人互相赞美的歌。齐地多山，民好狩猎，故对好猎手颇为赞许。此诗每章第一句四言，第二句七言，后两句六言，每句后都用“兮”字结尾，读起来轻快爽利，犹如猎人矫健的身手。方玉润《诗经原始》引章潢评论说：“‘子之还兮’，已誉人也；‘谓我儇兮’，人誉己也；‘并驱’，则人已皆与有能也。”又说：“寥寥数语，自具分合变化之妙。猎固便捷，诗也轻利，神乎技矣。”

子之还兮①，	你的猎技真优秀啊，
遭我乎峱之间兮②。	和我相遇峱山谷啊。
并驱从两肩兮③，	并马追赶两头猪啊。
揖我谓我儇兮④。	作揖夸我好身手啊。

【注释】

①还：敏捷，灵便。

②遭：遇见。乎：于。峱(náo)：山名，在齐国临淄县南。

③并驱：并马驰驱。从：追逐。肩：通“豜(jiān)”，三岁豕，这里泛指大兽。

④揖：拱手作揖行礼。儇(xuān)：轻便敏捷。

子之茂兮①，	你的骑射真精湛啊，
遭我乎峱之道兮。	和我相遇峱山间啊。
并驱从两牡兮②，	并肩追逐两公猪啊，

揖我谓我好兮。	作揖夸我技不凡啊。

【注释】

①茂：美。此处言才艺之美。

②牡：雄性的兽。

子之昌兮[①]，	你身健壮英姿发啊，
遭我乎猺之阳兮。	和我相遇山南坡啊。
并驱从两狼兮，	并马追赶两只狼啊，
揖我谓我臧兮[②]。	作揖夸我不寻常啊。

【注释】

①昌：英俊。《郑笺》："昌，佼好貌。"

②臧：善。

著

【题解】

这是一首写新郎迎亲的诗。《毛诗序》说："《著》，刺时也，时不亲迎也。"《郑笺》："时不亲迎，故陈亲迎之礼以刺之。"朱熹《诗集传》说："东莱吕氏（吕祖谦）曰：'昏礼，婿往妇家亲迎，既奠雁，御轮而先归，俟于门外，妇至则揖以入。时齐俗不亲迎，故女至婿门，始见其俟己也。'"据此，新郎等待新娘是在男方家的门间、庭院、中堂。此诗共三章，每章三句，只换了三个字，就表现出新娘出嫁的喜悦和对新郎的满意及赞许。

俟我于著乎而[1]，　　新郎等我大门间呀，
充耳以素乎而[2]，　　充耳系着白丝线呀，
尚之以琼华乎而[3]。　　缀着美玉光灿灿呀。

【注释】

①俟：等待。著：门与屏风之间的地方。乎而：语助词。

②充耳：又叫塞耳，古代男子的一种冠饰，挂在冠的两旁，丝线下面缀玉，垂于两鬓正当两耳处。素：白色，这里指悬充耳的丝色，下“青”“黄”同。

③尚：加。琼华：美石似玉者。一说红色的玉。下两章的“琼莹”和“琼英”意同。

俟我于庭乎而[1]，　　新郎等我庭院中呀，
充耳以青乎而，　　充耳系着青丝绳呀，
尚之以琼莹乎而。　　上面宝玉亮晶晶呀。

【注释】

①庭：中庭。在大门之内，寝门之外。

俟我于堂乎而[1]，　　新郎等我在中堂呀，
充耳以黄乎而，　　充耳丝绳色金黄呀，
尚之以琼英乎而。　　上面宝玉放光芒呀。

【注释】

①堂：庭堂。

东方之日

【题解】

这是一首婚礼之歌。可能是举行婚礼时唱的,是以新郎的口吻来夸赞新娘的。一说这是女子追求男子的诗,仔细读来,似乎不像。女子追求男子,不仅登堂入室,而且如此大胆欢快,还要形诸诗歌,这在古代是不可想象的。

东方之日兮①,	红红太阳出东方啊,
彼姝者子②,	有位美丽的好姑娘,
在我室兮。	她走进我的新房啊。
在我室兮,	她走进我的新房啊,
履我即兮③。	跟着我的足迹走啊。

【注释】

①日:喻女颜色盛美。王先谦《诗三家义集疏》:"韩说曰:'诗人言所说者颜色盛美,如东方之日。'"

②姝:美丽。

③履:踏,践。即:就。朱熹《诗集传》:"履,蹑。即,就也。言此女蹑我之迹而相就也。"此写新婚在室的情景。

东方之月兮,	月亮初升在东方啊,
彼姝者子,	有位美丽的好姑娘,
在我闼兮①。	她走进我的内房啊。
在我闼兮,	她走进我的内房啊,

履我发兮[2]。　　跟着我的脚步走啊。

【注释】

①闼：门内。或以为内室。

②发：足，脚。

东方未明

【题解】

这是为朝廷服劳役的百姓写的一首怨苦之作。主人公为了应差，天不亮就得起床，急乱中错把裤子套在了头上，把脚伸进了袖筒。这个细节的描述，读来令人发笑，但这是辛酸的笑，是苦涩的笑。他为何这样慌张？因为必须快速去应差，不然则会受到责罚。即使如此，还要受监工的气，这是多么不公平啊！

东方未明，　　东方还没露亮光，
颠倒衣裳。　　颠倒穿衣慌又忙。
颠之倒之，　　慌忙哪知颠与倒，
自公召之。　　只因公差来喊叫。

东方未晞[1]，　　东方未明天色黑，
颠倒裳衣。　　穿衣颠倒忙又急。
倒之颠之，　　急忙哪知颠与倒，
自公令之。　　只因公差在喊叫。

【注释】

①晞(xī):拂晓,天明。

折柳樊圃[①],	筑篱砍下柳树枝,
狂夫瞿瞿[②]。	监工在旁怒目视。
不能辰夜[③],	不能按时睡个觉,
不夙则莫[④]。	早起晚睡真辛劳。

【注释】

①樊:篱笆。此处作动词用。

②狂夫:指监工者。瞿瞿:瞪视貌。

③辰:时。此指守时。

④夙:早。莫:同"暮"。

南山

【题解】

这是一首讽刺齐襄公与其同父异母妹文姜淫乱行为的诗。《毛诗序》:"《南山》,刺襄公也。鸟兽之行,淫乎其妹。大夫遇是恶,作诗而去之。"据《左传·桓公十八年》记载:鲁桓公和夫人文姜一起入见齐襄公。发现齐襄公与文姜私通,非常生气。文姜把鲁桓公已知道他们私通的事告诉了襄公,齐襄公便派人暗杀了鲁桓公。后来文姜多次回齐国与襄公私通。这件丑事引起人们的极端憎恨,作了这首诗。此诗运用了大量比喻,以南山雄狐隐喻齐襄公淫妹,以冠屦上下各自成双比喻男女成双亦各有别,以种麻有垄比喻娶妻必告父母,以劈柴必须用斧比喻娶妻必须有媒人。这些比喻形象贴切,为诗篇增添了光彩。

南山崔崔[①]，　　齐国南山高又高，
雄狐绥绥[②]。　　雄狐跟在后面跑。
鲁道有荡[③]，　　鲁国道路平坦坦，
齐子由归[④]。　　文姜由此嫁鲁君。
既曰归止[⑤]，　　既然已经嫁鲁君，
曷又怀止[⑥]？　　为何怀念旧情人？

【注释】

①南山：齐国的南山，亦名牛山。崔崔：高大的样子。

②绥绥：相跟随的样子。陈奂《诗毛氏传疏》："绥绥然相随之貌，以喻襄公之随文姜。"

③鲁道：从齐国通向鲁国的大道。有荡：即"荡荡"，平坦。

④齐子：齐侯之子，指鲁桓公的夫人文姜。由归：从这条大道出嫁到鲁国去。

⑤止：语助词。

⑥曷：何。怀：回来。

葛屦五两[①]，　　葛布鞋儿双双放，
冠緌双止[②]。　　帽带一对垂两旁。
鲁道有荡，　　鲁国道路平坦坦，
齐子庸止[③]。　　文姜出嫁走这方。
既曰庸止，　　既然已做鲁夫人，
曷又从止[④]？　　为何又把旧情温？

【注释】

①葛屦：葛麻编织的鞋。五两：指并排摆列。五，与"伍"通。

②冠緌(ruí)：帽子上的缨带。

③庸：用，由。

④从：跟从。

艺麻如之何[1]？	农家怎样种好麻？
衡从其亩[2]。	纵横耕耘有方法。
取妻如之何？	要娶媳妇怎么办？
必告父母。	必定先要禀父母。
既曰告止，	既然已经禀父母，
曷又鞠止[3]？	为啥还要放任她？

【注释】

①艺：种植。

②衡从：即“横纵”，东西为横，南北为纵。这里指耕治田地。

③鞠：穷。此处鞠有穷极之意，与下文“极”字意相同。

析薪如之何[1]？	要劈柴火怎么办？
匪斧不克。	没有斧子劈不好。
取妻如之何？	要娶媳妇怎么办？
匪媒不得。	没有媒人办不到。
既曰得止，	既然已经娶到家，
曷又极止[2]？	为何由她瞎胡闹？

【注释】

①析薪：劈柴。

②极：穷极，放任。

甫田

【题解】

此诗歧说颇多，一说是讽刺齐襄公的。《毛诗序》说：“《甫田》，大夫刺襄公也。无礼义而求大功，不修德而求诸侯，志大心劳，所以求者非其道也。”一说要人看明时势，循序渐进。朱熹《诗集传》说：“言无田甫田也，田甫田而力不给，则草盛矣。无思远人也，思远人而不至，则心劳矣。以戒时人厌小而务大，忽近而图远，将徒劳而无功也。”又说：“言总角之童，见之未久，而忽然戴弁以出者，非其躐等而强求之也，盖循其序而势有必至耳。此又以明小之可大，迩之可远，能循其序而修之，则可以忽然而至其极。若躐等而欲速，则反有所不达矣。”还有人认为这是思念远人的诗。

无田甫田①，	不要耕种那甫田，
维莠骄骄②。	那里荒草一大片。
无思远人③，	不要想念远方人，
劳心忉忉④。	忧伤劳心实熬煎。

【注释】

①甫田：大块的田。田，音“佃”，耕治田地之意。

②莠：野草。骄骄：通“乔乔”，形容莠草挺出直上。

③远人：远方的人。

④劳：忧。忉忉：忧伤貌。

无田甫田，	不要耕种那甫田，
维莠桀桀[①]。	那里荒草无边缘。
无思远人，	不要思念远方人，
劳心怛怛[②]。	心中忧伤实难堪。

【注释】

①桀桀：高高挺立的样子。

②怛怛（dá）：悲痛的样子。

婉兮娈兮[①]，	小时娇嫩又俊俏，
总角丱兮[②]。	发结像对羊犄角。
未几见兮[③]，	不久时候再相见，
突而弁兮[④]。	突然戴上成人帽。

【注释】

①婉、娈：年少而美好貌。

②总角：古时男子未成年时，头发扎成羊角状。丱（guàn）：总角貌。

③未几：不久。

④弁（biàn）：帽子。古时男子二十而冠，表示已成人。

卢令

【题解】

这是一篇赞美年轻猎人的诗。《毛诗序》说："《卢令》，刺荒也。襄公好田猎毕弋，而不修民事，百姓苦之，故陈古以风焉。"认为是讽刺齐襄公不修民事的。方玉润《诗经原始》说:“此诗与公无涉,亦无所谓‘陈古以风’意。盖游猎自是齐俗所尚,诗人即所见以咏之,词若欢美,意实讽刺,与《还》略同。”方氏所说近于诗意,但看不出讽刺之意。此诗仅二十四字,就勾勒出一个壮美、仁爱、勇武、多才的年轻猎人带着心爱的猎犬打猎的情景,文字简练,形象生动。

卢令令①,	猎狗颈环铃铃响,
其人美且仁②。	猎人温厚又漂亮。

【注释】

①卢:猎犬。令令:猎狗脖子上挂铃的响声。

②仁:仁善。

卢重环①,	猎犬挂着子母环,
其人美且鬈②。	猎人长发飘又卷。

【注释】

①重环:又叫“子母环”,即大环套小环。

②鬈(quán):形容头发卷曲的样子。

卢重鋂①,	猎犬挂着俩铜环,
其人美且偲②。	猎人健美又能干。

【注释】

①重鋂(méi):一个大环套着两个小环。

②偲(cāi):多才。

敝笱

【题解】

这是一首讽刺鲁桓公不能约束其妻文姜以及文姜与其兄淫乱的诗。《毛诗序》说:"《敝笱》,刺文姜也。齐人恶鲁桓公微弱,不能防闲文姜,使至淫乱,为二国患焉。"朱熹说:"齐人以敝笱不能制大鱼,比鲁庄公(当为鲁桓公)不能防闲文姜,故归齐而从之者众也。"诗中以随行人像云、像雨、像水一样众多,隐喻文姜和其兄的频繁来往,使此诗显得含蓄而有致,语浅而意深,耐人寻味推敲。

敝笱在梁[1],	破笱放置在鱼梁,
其鱼鲂鳏[2]。	网不住大鱼鳏和鲂。
齐子归止[3],	文姜回齐见兄长,
其从如云[4]。	随行人像云一样。

【注释】

①敝笱(gǒu):破败的鱼笱。笱,捕鱼的竹笼。梁:鱼梁,河中用石块筑的堤坝。

②鲂鳏(fáng guān):鳊鱼和鲲鱼。

③齐子:齐国的女公子,指文姜。归:回娘家。

④从:随从的人。如云:形容随从之盛。

敝笱在梁,	破笱放置在鱼梁,
其鱼鲂鲂[1]。	捕不到大鱼屿和鲂。
齐子归止,	文姜回齐见兄长,

其从如雨[②]。　　随行人像雨一样。

【注释】

①鲊(xù)：鲢鱼。

②如雨：形容随从之多。

敝笱在梁，　　破笥放置在鱼梁，
其鱼唯唯[①]。　　鱼儿游来无阻挡。
齐子归止，　　文姜回齐见兄长，
其从如水[②]。　　随行人如水流淌。

【注释】

①唯唯：鱼儿自由游动貌。《韩诗》作"遗遗"，鱼行相随貌。

②如水：形容随从人如水流不断。

载驱

【题解】

这一首还是讽刺文姜与其同父异母之兄齐襄公纵淫的诗，可与《南山》相互参看。《毛诗序》说："《载驱》，齐人刺襄公也。无礼义，故盛其车服，疾驱于通道大都，与文姜淫，播其恶于万民焉。"方玉润《诗经原始》说："《载驱》，刺文姜如齐无忌也。"《诗集传》说："齐人刺文姜乘此车而来会襄公。"全诗四章，是写文姜与襄公幽会往来途中的情形。一件丑事，却张张扬扬，招摇过市，像办喜事一样，真是恬不知耻。

载驱薄薄[①]，	马车奔驰车轮响，
簟茀朱鞹[②]。	竹帘朱帘耀眼亮。
鲁道有荡[③]，	鲁国大道多平坦，
齐子发夕[④]。	文姜朝夕任来往。

【注释】

①载：乃。驱：策马。薄薄：车马急驰声。一说鞭声。

②簟茀(diàn fú)：竹席制的车簾。朱鞹(kuò)：红色革皮制的车盖。

③鲁道：通向鲁国的道路。有荡：即“荡荡”，平坦。

④发：旦。夕：暮。

四骊济济[①]，	四马驾车真齐整，
垂辔濔濔[②]。	缰绳松缓任驰骋。
鲁道有荡，	鲁国大道多平坦，
齐子岂弟[③]。	文姜乐得心花放。

【注释】

①骊：黑色马。一车四马，故谓“四骊”。济济：即“齐齐”，马行步调一致。

②垂辔：指马缰绳松弛，弯曲下垂。濔濔(mǐ)：柔软的样子。一说辔垂貌。

③岂弟：快乐而心不在焉貌。朱熹《诗集传》曰：“岂弟，乐易也，言无忌惮羞愧之意也。”

汶水汤汤[①]，	汶河流水泛波浪，

行人彭彭[②]。　　路上行人熙攘攘。
鲁道有荡，　　齐国大道多平坦，
齐子翱翔[③]。　　文姜在此任游荡。

【注释】

①汶水：水名。即今之大汶河。大汶河在齐国南，鲁国北，二国交接处。汤汤：水盛貌。一说水流荡貌。

②彭彭：行人众多貌。

③翱翔：犹“逍遥”“游逛”。自由自在、无所忌惮之貌。

汶水滔滔，　　汶河流水卷波涛，
行人儦儦[①]。　　路上行人如观潮。
鲁道有荡，　　齐国大道多平坦，
齐子游敖[②]。　　文姜往来自逍遥。

【注释】

①儦儦(biāo)：众多貌，或以为行走貌。

②游敖：嬉戏，游乐。一说犹“翱翔”。

猗嗟

【题解】

这首诗赞美了一个英俊非凡的美男子以及他射技的高超。前人多认为诗中的主人公是鲁庄公。《毛诗序》说：“《猗嗟》，刺鲁庄公(桓公之子)也。齐人伤鲁庄公有威仪技艺，然而不能以礼防闲其母，失子之道。”方玉润则认为“《猗嗟》,美鲁庄公材艺之美也”。“此齐人初见庄公而叹其威仪技艺之美,不失名门子,而又可以为戡乱材。诚哉,其为齐侯之甥也!意本赞美,以其母不贤,故自后人观之而以为刺耳。”总观全诗,诗人确实是以赞叹的口吻,生动细致地描绘了一位少年射手的形象。诗中不仅描写了射手身体壮、仪表美,特别之处是用“美目扬兮”“美目清兮”“清扬婉兮”这样婉约的词汇来形容射手顾盼流动的目光,致使这个人物活生生地展现在读者面前,使此诗成为描写男性美的杰出之作。

猗嗟昌兮①, 容颜是那么漂亮啊,
颀而长兮②。 身材是那么修长啊。
抑若扬兮③, 前额是那么宽广啊,
美目扬兮④。 美目顾盼生辉光啊。
巧趋跄兮⑤, 脚步矫健又轻捷啊,
射则臧兮⑥。 箭箭射中技法强啊。

【注释】

①猗嗟:赞叹之辞。昌:壮盛美好貌。

②颀而:即“颀然”,指身材高大。

③抑若:犹“懿然”,即美的样子。扬:前额开阔。

④扬:飞扬。形容目光流动有神的样子。

⑤巧趋:灵巧的步趋。跄:步伐矫健。

⑥则:即。臧:好,善。

猗嗟名兮①, 身强貌美多阳光啊,
美目清兮②, 美目清澈又明亮啊。

仪既成兮[3]，	礼仪仪式已完成啊，
终日射侯[4]。	终日射靶无倦容啊。
不出正兮[5]，	箭箭都在靶中心啊，
展我甥兮[6]。	不愧是我好外甥啊。

【注释】

①名：借为“明”，昌盛。赞美其容貌之盛，有光彩。

②清：眼睛明亮的样子。

③仪：射仪。射箭开始前的礼仪。

④侯：箭靶。

⑤正：箭靶的中心，也叫“的”或“鹄”。

⑥展：诚，确实。甥：外甥，鲁庄公是齐国的外甥。

猗嗟娈兮[1]，	年轻貌美真可爱啊，
清扬婉兮[2]。	眉目清秀闪柔光啊。
舞则选兮[3]，	舞姿美妙又出众啊，
射则贯兮[4]。	箭出支支都射中啊。
四矢反兮[5]，	四支连射中一点啊，
以御乱兮[6]。	他能御敌防叛乱啊。

【注释】

①娈：健壮而美好貌。

②清扬：总上“清兮”“扬兮”而言。清，目之美也。扬，眉之美也。婉：美好貌。

③舞：舞蹈，是射礼中的一项程序。选：与众不同。朱熹《诗集传》、

方玉润《诗经原始》皆解为“异于众也”。

④贯：射中。

⑤四矢反兮：四支箭皆射中一个地方。

⑥御：抵御，防御。

魏风

《魏风》共七篇，都是春秋初期的作品。魏故地在今山西芮城东北。“其地陋隘，而民贫俗俭”(朱熹语)，人民生活艰苦，所以魏诗多为表达他们苦难的生活和对统治者的不满。《硕鼠》《伐檀》是其代表作。

葛屦

【题解】

这是缝衣女工讽刺穿她所缝之衣的贵夫人的诗。朱熹《诗集传》说：“此诗疑即缝裳之女所作。”很有见地。诗中塑造了两个形象：一个是缝衣女，贫困、瘦弱，受冻、挨饿，拖着疲惫的身子为主人劳作。一个是穿衣人，即所谓“好人”，服饰华贵，态度傲慢，心胸褊狭，而又忸怩作态。反映了上下层的对立和悬殊。

纠纠葛屦①，	葛麻编绕破草鞋，
可以履霜②？	穿上怎能踩冰霜？
掺掺女手③，	纤细瘦弱一双手，
可以缝裳④？	如何能够缝衣裳？

要之襋之⑤，　　缝好腰身缝衣领，
好人服之⑥。　　给那美人穿身上。

【注释】

①纠：犹“缭缭”，绳索交错缠绕的样子。葛屦：葛麻编织的草鞋，只能夏天穿。

②可以：即“何以”。可，通“何”。履：践踏。

③掺掺：纤细的样子。

④裳：衣服。

⑤要：衣裳的腰身。襋（jí）：衣领，这里用作动词，即缝制衣服腰部和领子的部分。

⑥好人：指缝衣女的主人，即夫人。服：穿。

好人提提①，　　美人显出傲慢样，
宛然左辟②，　　回身避开向左方，
佩其象揥③。　　象牙簪子插头上。
维是褊心④，　　实是褊狭没度量，
是以为刺⑤。　　作诗讽刺实应当。

【注释】

①提提：通“媞媞（tí）”，安逸、舒服的样子。一说美好貌。

②宛然：转身貌。朱熹、方玉润均释为“让之貌也”。左辟：向左回避闪开。

③象揥：象牙或象骨作的发簪。

④维：因为。是：这个。这里指代“好人”。褊心：心胸狭隘。这里有苛刻、狠心的意思。

⑤是以：所以。刺：讽刺。

汾沮洳

【题解】

这是一首女子赞美情人的诗。一位在汾水河边采摘野菜的女子，爱上了一位普通的男子。但在她的心目中，她看重的是人品仪表，而不是财产地位。她热情赞美情人远远地超过那些身居要职的贵族青年。《毛诗序》说：“《汾沮洳》，刺俭也。其君俭以能勤，刺不得礼也。”认为这是君子亲自采菜，虽勤俭但不合乎礼。还有人认为采菜的是位隐者，才德在那些官员之上。

彼汾沮洳①，　　汾河河边洼地上，
言采其莫②。　　采摘脆嫩莫菜忙。
彼其之子③，　　那位英俊小伙子，
美无度④。　　美的无法去度量。
美无度，　　美的无法去度量，
殊异乎公路⑤！　　“公路”官远远比不上。

【注释】

①汾：水名。在今山西中部。沮洳（jù rù）：水边低湿的地方。

②言：乃。莫：草名，即酸模，属多年生草本，嫩叶可食。

③彼其之了：他那个人。

④美无度：即无限美。度，限度。

⑤殊异：特别不同。殊，甚。公路：管理魏君之路车，由贵族子弟担任，又称公车都尉。路，通“辂”。公路、公行、公族都是当时的

官名。

彼汾一方[①]，	在那汾河河岸旁，
言采其桑[②]。	采摘桑叶把蚕养。
彼其之子，	那位英俊小伙子，
美如英[③]。	美如花儿正开放。
美如英，	美如花儿正开放，
殊异乎公行[④]！	“公行”官远远比不上。

【注释】

①一方：一边，一旁。

②桑：桑树叶。

③英：花。

④公行：管理兵车的官。

彼汾一曲[①]，	在那汾河河弯旁，
言采其蕒[②]。	采摘泽泻忙又忙。
彼其之子，	那位英俊小伙子，
美如玉。	美得好像玉一样。
美如玉，	美得好像玉一样，
殊异乎公族[③]。	“公族”官远远比不上。

【注释】

①曲：指汾水弯曲处。

②蕒(xù)：即“泽泻”，苗如车前草，嫩时可食。

③公族：掌管魏君宗族事物的官。

园有桃

【题解】

这是一位贤士忧时伤世的诗。诗人对现实有较为清醒的认识，但不被人理解，因而心情郁闷忧伤。于是长歌当哭，表达出深深的哀婉伤痛之情。此诗句式参差多变，读来韵味婉转深长。《毛诗序》说："《园有桃》，刺时也。大夫忧其君，国小而迫，而俭以啬，不能用其民，而无德教，日以侵削，故作是诗也。"比较符合诗意。此诗与《王风·黍离》《兔爰》格调相同，都是悲愁之词。诗以桃园起兴，然后转入主题，诉说自己的忧愁，慷慨悲凉，深沉而又痛切。

园有桃，	园内有棵桃，
其实之肴①。	桃子可以当佳肴。
心之忧矣，	内心忧伤无处诉，
我歌且谣②。	我且唱歌说歌谣。
不知我者，	不了解我的人，
谓我"士也骄③。	说我"你这个人太骄傲。
彼人是哉④，	那人是正确的啊，
子曰何其⑤。"	你说那些没必要。"
心之忧矣，	内心忧伤无处诉，
其谁知之？	有谁了解我苦恼？
其谁知之，	没人了解我苦恼，
盖亦勿思⑥！	只好不再去思考！

【注释】

①肴:食。

②歌、谣:泛指歌唱。

③士:古代对知识分子或一般官吏的称呼。

④彼人:那人,指朝廷执政者。是:对,正确。

⑤子:你,即作者。何其:为什么。其,语气词。

⑥盍:同“盍”,何不。

园有棘[1],	园内有棵枣,
其实之食。	枣子当食可吃饱。
心之忧矣,	内心忧伤无处诉,
聊以行国[2]。	姑且到处去走走。
不知我者,	不了解我的人,
谓我“士也罔极[3]。	说我“你这个人背常道。
彼人是哉,	那人是正确的啊,
子曰何其。”	你说那些没必要。”
心之忧矣,	内心忧伤无处诉,
其谁知之?	有谁了解我苦恼?
其谁知之,	没人了解我苦恼,
盖亦勿思!	只好不再去思考!

【注释】

①棘:酸枣树。

②行国:周游国中。

③罔极:无常。

陟岵

【题解】

这是服役在外的征夫思念家中亲人的诗。春秋时期，一般劳苦大众都要承担沉重的兵役和劳役，他们不仅身体受折磨，更加难以忍耐的是和亲人分离的痛苦。此诗的特点是，诗人不直抒思家之情，而是想象父母兄长对他的挂念叮嘱，读来更令人心酸，也更深沉凄婉。《毛诗序》说："《陟岵》，孝子行役，思念父母也。国迫而数侵削，役乎大国，父母兄弟离散，而作是诗也。"所说基本符合诗意。

陟彼岵兮[①]，	登上草木青青高山冈，
瞻望父兮。	登高来把爹爹望。
父曰[②]："嗟！	爹说："唉！
予子行役，	我儿服役远在外，
夙夜无已。	爹爹日夜挂心怀。
上慎旃哉[③]，	望你小心保平安，
犹来无止[④]！"	服完劳役早回来！"

【注释】

①陟(zhì)：登。岵(hù)：有草木的山。

②父曰：这是诗人想象他父亲说的话。下文"母曰""兄曰"同。

③上：同"尚"，希望。慎：谨慎。旃(zhān)：助词，之，焉。

④犹来：还是回来。无：不要。止：停留。

陟彼屺兮[①]，	登上高高秃山顶，

瞻望母兮。	登上山顶望亲娘。
母曰:“嗟!	娘说:“唉!
予季行役[2],	幺儿当差在他乡,
夙夜无寐[3]。	老娘日夜心中想。
上慎旃哉,	望你小心保平安,
犹来无弃!”	别把爹娘弃一旁!”

【注释】

①屺(qǐ):不长草木的山。

②季:小儿子。

③无寐:没时间睡觉。

陟彼冈兮,	登上那个高山冈,
瞻望兄兮。	登上高冈望兄长。
兄曰:“嗟!	哥说:“唉!
予弟行役,	弟弟服役走得远,
夙夜必偕[1]。	早晚和同伴来相伴。
上慎旃哉,	望你小心保平安,
犹来无死!”	身体健壮要生还!”

【注释】

①偕:俱,在一起。劝其与同伴同行止。

十亩之间

【题解】

这是一首采桑女子呼伴同归时唱的歌。此诗仅两章六句，却描绘出春日桑林间采桑女子忙碌采桑，以及在辛勤劳动之后轻松悠闲结伴归家的情景。《毛诗序》说："《十亩之间》，刺时也。言其国削小，民无所居焉。"姚际恒《诗经通论》说："此类刺淫之诗。"说得都不靠谱。朱熹《诗集传》说："贤者不乐仕于其朝，而思与其友归于农圃。"虽有一定道理，但诗中说到采桑之事，还是解为采桑女唱的歌为好。

十亩之间兮，	十亩之内桑树间，
桑者闲闲兮[①]。	采桑姑娘已悠闲。
行与子还兮[②]。	走吧，咱们一起回家转。

【注释】

①桑者：采桑的人。闲闲：宽闲、从容的样子。

②行：走。

十亩之外兮，	十亩之外桑树林，
桑者泄泄兮[①]。	采桑姑娘结成群。
行与子逝兮[②]。	走吧，咱们一起转回村。

【注释】

①泄泄（yì）：人多的样子。

②逝：返回。

伐檀

【题解】

这是伐木者讽刺剥削者不劳而获的诗。伐木者在河边伐木，为贵族老爷们造车，想到主子们不劳而获却占有大量财富，心中极为不平，于是用反诘句来责问剥削者，讽刺他们只不过是白吃闲饭的寄生虫。《毛诗序》说："《伐檀》，刺贪也。在位贪鄙，无功而食禄，君子不得进仕尔。"说得基本符合诗意。此诗的语言形式是杂言，句式参差错落，时而低回婉转，时而高亢激越，自由地抒发感情。诗中还运用叠字，反复吟唱，音律优美，达到了内容和形式的统一。这首诗千百年来受到人们的喜爱，具有不朽的艺术魅力。

坎坎伐檀兮①，	坎坎声响在伐檀，
置之河之干兮②，	砍倒放在河岸边，
河水清且涟猗③。	河水清清起波澜。
不稼不穑④，	不种不收坐等闲，
胡取禾三百廛兮⑤？	为啥粮租收不完？
不狩不猎⑥，	不出狩又不打猎，
胡瞻尔庭有县貆兮⑦？	为啥院里挂猪獾？
彼君子兮，	那些老爷公子们，
不素餐兮⑧！	不是白白吃闲饭？

【注释】

①坎坎(kǎn)：伐木声。檀(tán)：树名，木质坚硬。

②干：岸。

③涟(lián):水的波纹。猗:同“兮”,啊。

④稼:耕种。穑(sè):收获。

⑤三百廛(chán):三百户农家所交的税。三百,表示多,不是确数。下章“三百亿”“三百囷”与此相同。

⑥狩(shòu):冬天打猎。猎:夜间打猎。这里是泛指打猎。

⑦瞻:望。县:同“悬”,悬挂。貆(huán):兽名,猪獾(huān)。

⑧素餐:白吃饭。

坎坎伐辐兮[①],	坎坎伐檀做车辐,
置之河之侧兮[②],	砍倒放在河之畔,
河水清且直猗[③]。	河水清清流得缓。
不稼不穑,	不种不收坐等闲,
胡取禾三百亿兮?	为啥有谷收不完?
不狩不猎,	不出狩又不打猎,
胡瞻尔庭有县特兮[④]?	为啥院里野兽悬?
彼君子兮,	那些老爷公子们,
不素食兮!	不是白白吃闲饭?

【注释】

①辐(fú):辐条,车轮当中的直木。

②侧:旁边。

③直:水流平直。

④特:大兽。

坎坎伐轮兮,	坎坎伐檀做车轮,

置之河之漘兮[①]，	砍倒放在河之岸，
河水清且沦猗[②]。	河水清清起微澜。
不稼不穑，	不种不收坐等闲，
胡取禾三百囷兮[③]？	为啥粮仓满又满？
不狩不猎，	不出狩又不打猎，
胡瞻尔庭有县鹑兮[④]？	为啥鹌鹑挂你院？
彼君子兮，	那些老爷公子们，
不素飧兮[⑤]！	不是白白吃闲饭！

【注释】

①漘(chún)：水边。

②沦：小的波纹。

③囷(qūn)：圆形谷仓。

④鹑(chún)：鹌鹑。"貆""特""鹑"代指大小禽兽，说明剥削者的贪婪，无论禽兽，不论大小，都要占为己有。

⑤飧(sūn)：熟食。这里指吃饭。

硕鼠

【题解】

这是一首劳动者反抗沉重剥削、向往美好社会生活的诗。诗人形象地把剥削者比作又肥又大的老鼠，他们贪婪成性、油滑狡诈，从不考虑别人的死活，以致劳动者无法在此继续生活下去，而要去寻找他们理想中的"乐土"。《毛诗序》说："《硕鼠》，刺重敛也。国人刺其君重敛蚕食于民，不修其政，贪而畏人，若大鼠也。"说得比较切合诗意。此诗主要特点是比喻精当，把剥削者比喻为人人憎恶的大老鼠，非常贴切。在情感表达上，也有一唱三叹之妙。先是呼告请求，继则斥责揭露，充满了无可奈何的怨恨；后又向往乐土，想去过一种无忧无虑的生活，于无可奈何中增添了希望。在他们的想象中，除了这重敛蚕食之地，总还能够找到安居乐业、劳有所值、永无悲号的地方吧。此诗也是《诗经》中的名篇，对“乐土”向往的美好理想对人们也很有启发。

硕鼠硕鼠，	大老鼠啊大老鼠，
无食我黍！	不要偷吃我的黍！
三岁贯女①，	多年辛苦养活你，
莫我肯顾②。	我的死活你不顾。
逝将去女③，	发誓从此离开你，
适彼乐土④。	到那理想的乐土。
乐土乐土，	乐土啊美好乐土，
爰得我所⑤。	那是安居好去处。

【注释】

①贯：“宦”的假借字，侍奉、养活的意思。女：你。

②莫我肯顾：“莫肯顾我”的倒装。顾，顾及，照管。

③逝：通“誓”，发誓。去：离开。

④适：往。乐土：安居乐业的地方。

⑤爰：乃，就。

硕鼠硕鼠，	大老鼠啊大老鼠，
无食我麦！	不要偷吃我的麦！
三岁贯女，	多年辛苦养活你，

莫我肯德[①]。	不闻不问不感谢。
逝将去女，	发誓从此离开你，
适彼乐国。	到那理想安乐地。
乐国乐国，	安乐地呀安乐地，
爰得我直[②]。	劳动所得归自己。

【注释】

①德：感激之意。

②直：报酬。

硕鼠硕鼠，	大老鼠啊大老鼠，
无食我苗！	不要偷吃我的苗！
三岁贯女，	多年辛苦养活你，
莫我肯劳[①]。	没日没夜谁慰劳。
逝将去汝，	发誓从此离开你，
适彼乐郊	到那理想的乐郊。
乐郊乐郊	乐郊啊美好乐郊，
谁之永号[②]？	谁还叹气长呼号？

【注释】

①劳：慰劳。

②永号：长叹。

唐风

“唐风”即唐地的乐调。周成王封他的弟弟姬叔虞于唐，都城即今山西翼城县南。唐地有晋水，后来改国号为晋。其地土瘠民贫，但勤俭质朴，忧深思远，有尧之遗风。今存唐风十二篇，都是晋国的诗歌，可能都是东周时作品。其诗风与《魏风》略近，情调比较忧伤、苦涩，多人生之悲，故吴季札论《唐风》曰：“思深哉！其陶唐氏之遗民乎？不然，何忧之远也？非令德之后，谁能若是！”

蟋蟀

【题解】

这是一首岁末述怀诗。作者既有人生易老，要及时行乐的思想；也有行乐有度，要做贤士的志向。这首诗反映了东周时期唐地的风情，据朱熹《诗集传》说：“唐俗勤俭，故其民间终岁劳苦，不敢少休。及其岁晚务闲之时，乃敢相与燕饮为乐。”方玉润《诗经原始》说：“《蟋蟀》，唐人岁暮述怀也。”

蟋蟀在堂[①]，	天寒蟋蟀进堂屋，

岁聿其莫[2]。	一年匆匆临岁暮。
今我不乐，	今不及时去行乐，
日月其除[3]。	日月如梭留不住。
无已大康[4]，	行乐不可太过度，
职思其居[5]。	本职事情莫耽误。
好乐无荒[6]，	正业不废又娱乐，
良士瞿瞿[7]。	贤良之士多警悟。

【注释】

①堂：厅堂。

②聿：语助词，有“遂”的意思。莫：同“暮”。

③除：去。

④已：甚，过度。大康：即“泰康”，过于安乐。

⑤职：还要。居：所任的职位。

⑥好：喜好。荒：荒废。

⑦瞿瞿(jù)：惊顾的样子。这里有警惕之意。

蟋蟀在堂，	天寒蟋蟀进堂屋，
岁聿其逝[1]。	一年匆匆到岁暮。
今我不乐，	今不及时去行乐，
日月其迈[2]。	日月如梭停不住。
无已大康，	行乐不可太过度，
职思其外[3]。	分外之事也不误。
好乐无荒，	正业不废又娱乐，
良士蹶蹶[4]。	贤良之士敏事务。

【注释】

①逝：去。

②迈：逝去。

③外：本职之外的事。

④蹶蹶（guì）：勤恳敏捷的样子。

蟋蟀在堂，	天寒蟋蟀进堂屋，
役车其休[1]。	行役车辆也息休。
今我不乐，	今不及时去行乐，
日月其慆[2]。	日月如梭不停留。
无已大康，	行乐不可太过度，
职思其忧。	还有国事让人忧。
好乐无荒，	正业不废又娱乐，
良士休休[3]。	贤良之士乐悠悠。

【注释】

①役车：服役的车子。

②慆（tāo）：逝去。

③休休：安闲的样子。

山有枢

【题解】

此诗有两种解释：《毛诗序》说：“《山有枢》，刺晋昭公也。不能修道以正其国，有财不能用，有钟鼓不能以自乐，有朝廷不能洒扫，政荒民散，将以危亡，四邻谋取其国家而不知，国人作诗以刺之也。”又清人方玉润认为：“时君将亡，必望其急早修改，以收拾人心为主，岂有劝其及时行乐，自速死亡乎？”“《山有枢》，刺唐人俭不中礼也。”（《诗经原始》）现在一般认为是嘲笑讽刺守财奴的诗。

山有枢①，	山上有树名为枢，
隰有榆②。	低地有树名叫榆。
子有衣裳，	你有裳来又有衣，
弗曳弗娄③。	不穿不着压箱底。
子有车马，	你有马来又有车，
弗驰弗驱。	不骑不乘不驰驱。
宛其死矣④，	有朝一日眼一闭，
他人是愉⑤。	他人享受多欢愉。

【注释】

①枢：臭椿树。一说刺榆。

②隰（xí）：低洼的地。

③曳（yè）：拖。娄：意同“曳”，都指穿衣的动作。

④宛其：即“宛然”，形容枯萎倒下的样子。此指将死状。

⑤愉：乐。

山有栲①，	山上有树名为栲，
隰有杻②。	低地有树名叫檍。
子有廷内③，	你有院来又有房，
弗洒弗扫。	不去打扫任肮脏。

子有钟鼓，	你有钟来又有鼓，
弗鼓弗考[④]。	不敲不打没声响。
宛其死矣，	有朝一日眼一闭，
他人是保[⑤]。	他人拥有把福享。

【注释】

①栲（kǎo）：树名，又叫山樗（chū）。

②杻（niǔ）：树名，又叫檍（yì）。

③廷内：庭院与堂室。

④鼓：敲打。考：敲。

⑤保：持有。

山有漆[①]，	山上有树名为漆，
隰有栗[②]。	低地有树名叫栗。
子有酒食，	你有菜来又有酒，
何不日鼓瑟[③]？	何不宴饮又奏乐？
且以喜乐，	姑且以此来娱乐，
且以永日[④]。	姑且以此度朝夕。
宛其死矣，	有朝一日眼一闭，
他人入室。	他人住进你屋里。

【注释】

①漆：树名，其汁液可做涂料。

②栗：栗子树。

③鼓瑟：弹奏琴瑟。瑟，一种二十五弦的乐器。

④永日：整日，终日。

扬之水

【题解】

对这首诗的解释有三种：一是《毛诗序》说："《扬之水》，刺晋昭公也。昭公分国以封沃，沃盛强，昭公微弱，国人将叛而归沃焉。"即讽刺晋昭公的。朱熹也说："晋昭侯封其叔父成师于曲沃，是为桓叔。其后沃盛强而晋微弱，国人将叛而归之，故作此诗。"二是《诗经原始》说："严氏粲云：'时沃有篡宗国之谋，而潘父阴主之，将为内应，而昭公不知。此诗正发潘父之谋，其忠告于昭公者，可谓切至。'"即揭发潘父背叛晋昭公的阴谋，忠告昭公要有准备。三是一位妇女思念丈夫的诗。四是一位女子赴情人约会的诗。仔细推敲诗的内容，觉得说女子会情人更符合诗意。诗中所写的故事是：男子先给女子寄了个信，女子不敢有误，便匆匆赶去相会，他们见面之后非常高兴，故女子唱出了这首歌。

扬之水①，	小河之水舒缓流淌，
白石凿凿②。	水底白石鲜明发光。
素衣朱襮③，	我穿着素净红领衣裳，
从子于沃④。	跟随你到曲沃道上。
既见君子，	既已见到我的情郎，
云何不乐⑤？	心里怎不欢喜若狂？

【注释】

①扬：小水。一说当作"杨"，地名，在今山西洪洞南。

②凿凿：鲜明貌。一说形容石头高低不平之状。

③襮(bó):衣领。或以为是衣袖。

④从:随从,跟随。沃:曲沃。在今山西闻喜东。

⑤既见君子,云何不乐:这是当时民歌常用语。又见于《风雨》《隰桑》等篇中。云何,如何。

扬之水,	小河之水舒缓流淌,
白石皓皓[①]。	水底白石洁净透亮。
素衣朱绣[②],	穿着素净红领绣花衣裳,
从子于鹄[③]。	跟随你到鹄城城旁。
既见君子,	既已见到我的情郎,
云何其忧[④]?	心里还有什么忧伤?

【注释】

①皓皓:洁白貌。

②朱绣:红色的刺绣。此指衣领上的绣纹。

③鹄:《齐诗》作"皋",即曲沃。

④其忧:有忧。与上章"不乐"相对应。

扬之水,	小河之水舒缓流淌,
白石粼粼[①]。	水底白石粼粼发光。
我闻有命[②],	听到幽会的消息,
不敢以告人!	不敢告诉他人和爹娘。

【注释】

①粼粼:水清石见貌。

②命:命令,指示。

椒聊

【题解】

这是一首赞美妇女多子的诗。《毛诗序》和三家诗都说这是写曲沃桓叔子孙盛多的诗。朱熹表示怀疑,说“此不知其所指”,“此诗未见其必为沃而作也”,因此人们也多不信《序》说。一说这是女子采椒之歌。

椒聊之实①,	花椒结籽挂树上,
蕃衍盈升②。	累累椒籽升升装。
彼其之子,	看那妇人的儿子,
硕大无朋③。	身材高大称无双。
椒聊且④,	像串串花椒啊,
远条且⑤!	它的芬芳飘远方!

【注释】

①椒聊:花椒。花椒似茱萸,有刺,其实味香烈,能做调料。一说聊指高木。

②蕃衍:繁多。盈升:盈,满。升,量器名。

③硕大:指身体高大强壮。硕,大。无朋:无比。

④且:语助词,犹“哉”。

⑤远条:长的枝条。指花椒的香气远闻。

椒聊之实,	花椒结籽挂树上,

蕃衍盈匊[①]。　　累累椒籽捧捧香。
彼其之子，　　看那妇人的儿子，
硕大且笃[②]。　　心地忠厚身强壮。
椒聊且，　　像串串花椒啊，
远条且！　　它的芬芳飘远方！

【注释】

①匊：通“掬”，两手合捧为一掬。

②笃：忠厚。

绸缪

【题解】

这是一首贺新婚的诗，方玉润《诗经原始》说：“《绸缪》，贺新昏也。”诗中表达了新郎新娘在洞房花烛夜的无限喜悦之情。从诗中热烈而直白的语言，可见当时青年男女对待婚姻爱情的直率和大胆，而无后世的忸怩作态。也有人认为这是闹新房一类的歌。

绸缪束薪[①]，　　束束柴草紧紧缠，
三星在天[②]。　　三星高高挂在天。
今夕何夕，　　今夜到底是何夜，
见此良人[③]？　　能和这样好人见？
子兮子兮，　　你呀！你呀！
如此良人何[④]？　　对此好人怎么办？

【注释】

①绸缪(móu):紧密缠绕的样子。束薪:捆扎的柴草。

②三星:星宿名,即心星。

③良人:古代妇女称其夫为“良人”。

④如此良人何:如……何:犹“奈何”,怎么样。

绸缪束刍[1],	束束草料紧紧缠,
三星在隅[2]。	三星已在天东南。
今夕何夕,	今夜到底是何夜,
见此邂逅[3]?	能和心上人儿见?
子兮子兮,	你呀!你呀!
如此邂逅何?	面对爱人怎么办?

【注释】

①束刍:捆束的草料。

②隅:指天的东南边,说明夜色已深。

③邂逅:不期而遇,引申为难得之喜。

绸缪束楚[1],	束束荆条紧紧缠,
三星在户[2]。	三星光照门里面。
今夕何夕,	今夜到底是何夜,
见此粲者[3]?	能和如此美人见。
子兮子兮,	你呀!你呀!
如此粲者何?	对此美人怎么办?

【注释】

①束楚：捆束的荆条。

②三星在户：指已到夜半。户，单扇门。一扇为户，两扇为门。

③粲（càn）者：美人。

杕杜

【题解】

《毛诗序》说："《杕杜》，刺时也。君不能亲其宗族，骨肉离散，独居而无兄弟，将为沃所并尔。"认为是讽刺晋国国君的。朱熹《诗序辩说》反驳道："此乃人无兄弟而自叹之词，未必如《序》之说也。况曲沃实晋之同姓，其服属又未远乎？"在《诗集传》中又说："此无兄弟者自伤其孤特，而求助于人之辞。"我们认为这是表现兄弟失和、孤寂无助痛苦心情的诗。方玉润《诗经原始》说："自伤兄弟失好而无助也。"一说这是一个流浪者求助不得的伤感诗。或说是独生子慨叹孤立无援的诗。

有杕之杜①，	那棵独立棠梨树，
其叶湑湑②。	树上叶子很茂盛。
独行踽踽③，	我独自行走冷清清，
岂无他人？	难道没人同路行？
不如我同父④。	不如同胞兄弟骨肉情。
嗟行之人⑤，	可叹路上那些人，
胡不比焉⑥？	为何不和我亲近？
人无兄弟，	谁人没有兄和弟，

胡不佽焉[7]？　　为何不能帮我出困境？

【注释】

①杕(dì)：树木独特、孤独貌。杜：即俗所谓的棠梨树。

②湑湑(xǔ)：润泽而茂盛的样子。

③踽踽(jǔ)：独自行路孤独凄凉的样子。

④同父：指兄弟。

⑤嗟：悲叹声。行之人：道上行路之人。

⑥比：辅助。一说亲近。

⑦佽(cì)：帮助。

有杕之杜，　　那棵独立棠梨树，
其叶菁菁[1]。　　树上叶子青又青。
独行睘睘[2]，　　我独自行走多孤独，
岂无他人？　　难道没人同路行？
不如我同姓[3]。　　不如同族兄弟那样亲。
嗟行之人，　　可叹路上那些人，
胡不比焉？　　为何不和我亲近？
人无兄弟，　　谁人没有兄和弟，
胡不佽焉？　　为何不能帮我出困境？

【注释】

①菁菁：茂盛的样子。

②睘睘(qióng)：孤独行走无依无靠的样子。

③同姓：同族兄弟。

羔裘

【题解】

对此诗有多种解释。一说是妇女责备丈夫或情人的诗。又说是贵族婢妾反抗主人的诗。《诗经原始》说:"刺在位不能恤民也。"朱熹说:"此诗不知所谓,不敢强解。"从诗的内容看,好像是女子谴责情人的诗。首句言"羔裘豹祛",大约这位男子地位变化了提高了,所以就对情人开始傲慢起来。情人向他声明:世界上难道再没人了,我非恋你不行?只是因为你原先对我好。看来这位女子还是很重旧情的。

羔裘豹祛①,	你穿上豹皮袖口羔皮袍,
自我人居居②。	对我昂首傲视气焰高。
岂无他人?	难道世上没有别的人?
维子之故③。	只因你我是故交。

【注释】

①羔裘:羊皮袄。豹祛(qū):豹子皮做的袖口。祛,袖口。

②自:对于,对待。居居:同"倨倨",傲慢无礼貌。

③维:同"惟",只有。子:你,指对方。之:语助词。故:相好、爱恋的意思。

羔裘豹褎①,	你穿上豹皮镶袖羔皮袍,
自我人究究②。	对我态度傲慢不礼貌。
岂无他人?	难道世上没有别的人?
维子之好。	只因你多年对我好。

【注释】

①褎：同“袖”。

②究究：同“仇仇”，心怀恶意不可亲近的样子。《尔雅·释训》：“居居、究究，恶也。”郝懿行《尔雅义疏》：“此居居犹倨倨，不逊之意。故《诗·羔裘传》：居居，怀恶不相亲比之貌。”

鸨羽

【题解】

这首诗控诉繁重的徭役给人民带来的痛苦。《毛诗序》说：“《鸨羽》，刺时也。昭公之后，大乱五世，君子下从征役，不得养其父母，而作是诗也。”说得很符合诗意。诗中讲一位农民，长年在外服役，不能在家耕作，家中田园荒芜，父母衣食无着。他焦急悲伤，无可奈何，只能高声呼喊苍天，发泄心中的愤懑。

肃肃鸨羽①，	野雁振翅沙沙响，
集于苞栩②。	落在丛生柞树上。
王事靡盬③，	国王差事没个完，
不能蓺稷黍④，	不能种植稷黍粮，
父母何怙⑤？	父母依靠什么养？
悠悠苍天⑥，	悠悠苍天在上方，
曷其有所⑦？	何时安居有地方？

【注释】

①肃肃：鸟飞振翅声。鸨（bǎo）：俗名野雁，没有后趾，不便在树上

栖息，需不时扇动翅膀才能保持平衡，所以发出“肃肃”之声。

②集：止，栖息。苞：丛生。栩（xǔ）：栎树，一名柞树。

③王事：国家摊派的差役。靡盬（gǔ）：没有止息。

④蓺（yì）：种植。

⑤怙（hù）：依靠。

⑥悠悠：高远的样子。

⑦曷：何时。所：处所。

肃肃鸨翼，	野雁振翅沙沙响，
集于苞棘[1]。	落在丛生棘树上。
王事靡盬，	国王差事没个完，
不能蓺黍稷，	不能种植黍稷粮，
父母何食？	父母用何充饥肠？
悠悠苍天，	悠悠苍天在上方，
曷其有极？	服役期限有多长？

【注释】

①棘：酸枣树。

肃肃鸨行[1]，	野雁振翅沙沙响，
集于苞桑，	落在密密桑树上。
王事靡盬，	国王差事没个完，
不能蓺稻粱，	不能种植稻稷粮，
父母何尝[2]？	岂不饿坏我爹娘？
悠悠苍天，	悠悠苍天在上方，

曷其有常[3]？　　何时日子能正常？

【注释】

①行(háng)：原指“翅根”，引申为鸟翅。

②尝：吃。

③常：正常。

无衣

【题解】

根据高亨的说法，这是一首答谢赠衣的诗。他说：“有人赏赐或赠送作者一件衣服，作者作这首诗表示感谢。”《毛诗序》说：“《无衣》，美晋武公也。武公始并晋国，其大夫为之请命乎天子之使而作是诗也。”这是说晋武公手下的大夫，向周釐王请命，请赐予武公诸侯穿的七章命服。仔细推敲，高说似更符合诗意。

岂曰无衣？　　难道我没有衣服穿？
七兮[1]。　　我有衣服六七件。
不如子之衣[2]，　　只是不如你送的衣服，
安且吉兮[3]。　　穿上舒适又美观。

【注释】

①七：七套衣服。此非实指，表示多套。

②子之衣：你赠送的衣服。

③安且吉：舒适而且好。

岂曰无衣？ 难道我没有衣服穿？
六兮[①]。 我有衣服六七件。
不如子之衣， 只是不如你送的衣服，
安且燠兮[②]。 穿上舒适又温暖。

【注释】

①六：即六套衣服。亦非实指。

②燠（yù）：暖。

有杕之杜

【题解】

此诗有三解：一求贤。《毛诗序》说："《有杕之杜》，刺晋武公也。武公寡特，兼其宗族，而不求贤以自辅焉。"朱熹《诗集传》说："此人好贤而恐不足以致之。"《诗经原始》说："自嗟无力致贤也。"二求食。或认为这是一首乞食者写的诗。三求爱。又有人认为这是一首情歌，女子追求自己喜爱的男子。仔细阅读推敲，似为求贤之声。

有杕之杜[①]， 有棵孤立棠梨树，
生于道左[②]。 生长道路的左侧。
彼君子兮， 那位贤能的君子啊，
噬肯适我[③]？ 肯不肯来亲近我？
中心好之[④]， 内心实在喜欢你，
曷饮食之[⑤]。 何不一起饮酒吃饭同欢乐。

【注释】

①杕(dì):树木独立貌。杜:棠梨树。

②道左:道路左侧。

③噬:语助词。一说同“曷”,即何时。适:悦。

④中心:内心。

⑤曷:何不。或以为“何”。

有杕之杜, 有棵孤立棠梨树,
生于道周①。 生长道路的右侧。
彼君子兮, 那位贤能的君子啊,
噬肯来游? 肯不肯与我来游乐?
中心好之, 内心实在喜欢你,
曷饮食之。 何不一起饮酒吃饭同欢乐。

【注释】

①周:右。一说道路弯曲处。

葛生

【题解】

这是一首妻子悼念逝去丈夫的诗。诗人一面悼念死者,想象他在荒野荆榛之下独眠,一面想着自己从此独自面对长日寒夜的悲惨岁月,唯有死后与丈夫同穴,才是归属。全诗无一“思”字,但思念之情处处可见,读来令人酸楚。《毛诗序》说:“《葛生》,刺晋献公也。好攻战,则国人多丧矣。”《郑笺》:“丧,弃亡也。夫从征役,弃亡不反,则其妻居家而怨思。”诗中的“美”指其夫。此诗运用独白的方式,再加之独特的文字结构和重章叠句的表现手法，表达对逝者深沉的爱和无限的怀念，感人至深。

葛生蒙楚[1]，	葛藤覆盖荆树上，
蔹蔓于野[2]。	蔹草蔓延野地长。
予美亡此[3]，	我爱的人已离去，
谁与[4]？	谁人相伴他身旁？
独处[5]。	独自在那旷野躺。

【注释】

①蒙：覆盖。楚：荆条。

②蔹(liǎn)：一种蔓生植物，俗称野葡萄，依附在树干上才能生存。蔓：蔓延。

③予美：我的爱人。亡：不在。此：人世间。

④谁与：谁和他在一起。指丈夫独眠地下。

⑤独处：独自居住。

葛生蒙棘，	葛藤覆盖棘树上，
蔹蔓于域[1]。	蔹草蔓延墓地旁。
予美亡此，	我爱的人已离去，
谁与？	谁人相伴他身旁？
独息。	独自安息野地上。

【注释】

①域：指墓地。

角枕粲兮[①]，　　角枕灿灿做陪葬，
锦衾烂兮[②]。　　锦被耀眼裹身上。
予美亡此，　　我爱的人已离去，
谁与？　　谁人相伴他身旁？
独旦[③]。　　独自一人到天亮。

【注释】

①角枕：死者用的以兽骨做装饰的枕头。粲：华美鲜明的样子。

②锦衾：装殓死者用的锦做的被子。

③独旦：独自到天亮。

夏之日，　　夏日白昼长，
冬之夜。　　冬天夜漫漫。
百岁之后，　　等我百年后，
归于其居[①]。　　和你墓里见。

【注释】

①其居：死者坟墓。下文"其室"意同。

冬之夜，　　冬天夜漫漫，
夏之日。　　夏日白昼长。
百岁之后，　　等我百年后，
归于其室。　　回归你身旁。

采苓

【题解】

这是一首劝人不要听信谗言的诗。诗共三章，各以“采苓采苓，首阳之巅”“采苦采苦，首阳之下”“采葑采葑，首阳之东”作为起兴，要知道，苓是甘草，生长在干燥向阳的土地上，苦菜生长在田野泽薮，葑是芜菁，种植在菜园里，这三种菜在首阳山上都是采不到的。诗的开头就写了一些虚假的事，以此引起诗的主题：谗言不可信。而且反复吟唱，以达到劝诫的目的。《毛诗序》说：“《采苓》，刺晋献公也。献公好听谗焉。”方玉润驳斥说：“《序》谓刺晋献公好听谗言，盖指骊姬事也。然诗旨未露其意，安知其必为骊姬发哉？”诗中没有指出具体背景，只好阙如。此诗特点是通篇运用重句、重章的结构形式，通过反复吟唱来表达诗人的苦心孤诣。

采苓采苓①，	采甘草呀采甘草，
首阳之巅②。	首阳山顶石上采。
人之为言③，	有人专爱说谎话，
苟亦无信④。	千万不要去理睬。
舍旃舍旃⑤，	别听信呀别听信，
苟亦无然⑥。	他说的话没有真。
人之为言，	有人专爱说谎话，
胡得焉⑦？	只能害己又害人。

【注释】

①苓：旧以为甘草。一说为莲，苓，与“莲”通用。

②首阳：首阳山在今山西永济南，又名雷首山。或以为首阳山在平

阳（即今山西临汾）。

③为言：伪言，即虚假之言。为，通“伪”。

④苟：诚，确实。亦：语助词。无：勿，不要。

⑤舍旃（zhān）：舍之，抛弃谎话。旃，之焉，代词。

⑥然：是。

⑦胡得：何得。

采苦采苦[①]，	采苦菜呀采苦菜，
首阳之下。	在那首阳山下找。
人之为言，	有人凭空编瞎话，
苟亦无与[②]。	千万别跟他结交。
舍旃舍旃，	别听信呀别听信，
苟亦无然。	他说的话不可靠。
人之为言，	有人凭空编瞎话，
胡得焉？	害己害人瞎胡闹。

【注释】

①苦：即今人所谓的苦菜。

②与：许可，赞许。

采葑采葑[①]，	采蔓菁呀采蔓菁，
首阳之东。	首阳山东坡上瞧。
人之为言，	有人信口说谎话，
苟亦无从[②]。	千万不要跟他跑。
舍旃舍旃，	别听信呀别听信，

苟亦无然。　　他说的话不可靠。
人之为言，　　有人信口说谎话，
胡得焉？　　最终啥也捞不到。

【注释】

①葑：即芜菁，又叫蔓菁。

②从：听从。

秦风

秦原来是周的附庸。周宣王时，大夫秦仲奉命诛讨西戎，不克，被杀。平王东迁，秦仲之孙襄公护送有功，被封为诸侯，秦正式成为诸侯国。这时拥有了西都八百里之地，至玄孙德公又迁至雍，即今陕西凤翔。秦国所辖地区，大致包括今陕西中部和甘肃东南部。《秦风》就是这个地区的诗，共十篇，多写车马田猎之事，充满尚武精神，但也有《蒹葭》这样宛曲秀美的诗篇。

车邻

【题解】

这是一首反映秦国国君生活的诗。《毛诗序》:“《车邻》，美秦仲也。秦仲始大，有车马礼乐侍御之好焉。”《郑笺》:“君臣以闲暇燕饮相安乐也。”《诗序》认为是赞美秦仲的，秦仲是周宣王时的大夫，带兵诛讨西戎，不克，被杀。有人则认为是赞美秦襄公的。总之，这是赞美秦国国君的。和国君相见的人是他的臣子，君臣相见，欢若平生，鼓瑟吹笙，竭尽欢乐。方玉润认为:“《车邻》，美秦君简易易事也。”也有人认为这是一篇访友相见的乐歌。

有车邻邻[①]，	车子跑起声辚辚，
有马白颠[②]。	驾车马儿白额颠。
未见君子，	多时不见君子面，
寺人之令[③]。	只等寺人把令传。

【注释】

①有：语助词。邻邻：通“辚辚”，车行声。

②白颠：马额正中有块白毛。也称戴星马。

③寺人：官名，官内的小臣。《毛传》：“寺人，内小臣也。”《郑笺》：“欲见国君者，必先令寺人使传告之。”之令：是令。令，命令。

阪有漆[①]，	漆树生长在山坡，
隰有栗。	低洼地里栗树多。
既见君子，	已经见到君子面，
并坐鼓瑟[②]。	一起坐下弹琴瑟。
今者不乐[③]，	现在行乐不及时，
逝者其耋[④]。	转眼老迈有何乐。

【注释】

①阪：山坡。漆：漆树。

②并坐：同坐。鼓：弹奏。

③今者：现在。

④逝者：与“今者”相对，指将来，他日。耋（dié）：《释名》：“八十曰耋，耋，铁也，皮肤变黑色如铁也。”

阪有桑，　　桑树生长在山坡，
隰有杨[1]。　　低洼地里杨树多。
既见君子，　　已经见到君子面，
并坐鼓簧[2]。　　一起坐下吹笙簧。
今者不乐，　　现在行乐不及时，
逝者其亡[3]。　　时光逝去命即亡。

【注释】

①杨：古杨柳通名，柳也称“杨”。

②簧：古乐器名。大笙。

③亡：死亡。

驷驖

【题解】

这是一首描写秦君打猎的诗。诗篇如一幅狩猎图，表现了秦人的尚武精神。宋人戴溪说：“是诗首章言马之良，御之之善，人之妩媚也；次章言兽之硕大，田之合礼，公之善射也；末章言田事既毕，不淫于猎，按辔徐行，四马安闲，轻车鸣鸾，田犬休息。国人始见诸侯文物车马羽旄之盛，故夸张而美之也。”（《续吕氏家塾读诗记》）方玉润也认为此诗“美田猎之盛”。《毛诗序》说：“《驷驖》，美襄公也。始命有田狩之事，园囿之乐焉。”《郑笺》：“始命，命为诸侯也。秦始附庸也。”所说美襄公，实际是赞美襄公田狩之事，较符合事实。襄公因功被封为诸侯，遂拥有周西都畿内岐、丰八百里之地，诗中的北园即在其间。

驷驖孔阜[1]，　　四匹黑马肥又壮，

六辔在手[②]。　　御者手握六条缰。
公之媚子[③]，　　秦公最爱的公子，
从公于狩[④]。　　随公打猎去猎场。

【注释】

①驷驖（tiě）：四匹铁色的马。驖，赤黑色的马。孔：特别，非常。阜（fù）：肥大，强壮。

②六辔：六条缰绳。一车四马，中间两匹服马各一条缰绳，旁边两骖马各两条缰绳，共六条缰绳，便于控制方向。

③公：指秦君，也即秦襄公。媚子：爱子，指秦君喜爱的儿子。一说秦襄公宠爱的人。

④狩：打猎。《毛传》："冬猎曰狩。"

奉时辰牡[①]，　　苑官轰出成年兽，
辰牡孔硕。　　肥壮公兽四处跑。
公曰左之[②]，　　秦公指挥向左赶，
舍拔则获[③]。　　箭发猎物应弦倒。

【注释】

①奉：供奉，这里指北园的兽官驱赶出群兽以供秦君来射。时：是，此。辰牡：即五岁的公兽。这里指大的公兽。

②左之：向左追赶。

③舍拔：放箭。即放开手指钩住的箭尾，把箭射出。舍，放。拔，箭尾。获：指获得猎物。

游于北园，　　猎毕再去游北园，

四马既闲①。	四马脚步自悠闲。
輶车鸾镳②，	轻车鸾铃声悠扬，
载猃歇骄③。	猎犬歇息车中央。

【注释】

①闲：暇闲，安闲。

②輶(yóu)车：田猎所用的轻便的车。鸾镳(biāo)：鸾是嚼子两端系的小铃。镳，即马嚼子。

③载：指以车载犬(让猎狗休息)。朱熹《诗集传》："以车载犬，盖以休其足力也。"猃：长咀狗。或以为短咀狗。歇骄：指歇犬骄逸之足。

小戎

【题解】

这是一首妻子思念远征西戎丈夫的诗。从这位征夫的车马、兵器的华美来看，这位丈夫大概是随秦襄公征西戎的贵族。全诗以借物喻人的手法，含蓄地夸耀丈夫的英武。轻便华贵的战车，肥壮威风的战马，整齐配套的兵器，显示出其丈夫的尊贵和威武。《毛诗序》说："《小戎》，美襄公也。备其兵甲以讨西戎，西戎方强而征伐不休，国人则矜其车甲，妇人能闵其君子焉。"认为是赞美秦襄公的。方玉润认为是"怀西征将士"之诗。批评《毛诗序》所言"国人则矜其车甲，妇人能闵其君子焉"是"一诗两义，中间并无递换，上下语气全不相贯，天下岂有此文义"，认为不是赞美秦襄公，而是秦襄公"怀西征将士"之诗。此说也可商榷，因"言念君子""厌厌良人"等语均为女子口吻，我们认为还是解为思妇之词为好。

小戎俴收①，战车轻小车厢浅，
五楘梁辀②，五根皮条缠车辕。
游环胁驱③。游环胁驱马背拴，
阴靷鋈续④，拉车皮带穿铜环。
文茵畅毂⑤，坐垫纹美车毂长，
驾我骐异⑥。驾着花马鞭儿扬。
言念君子⑦，思念夫君人品好，
温其如玉⑧。温和就像玉一样。
在其板屋⑨，住在木板搭的房，
乱我心曲⑩。让我心烦又忧伤。

【注释】

①小戎：小兵车。兵士所乘。俴（jiàn）：浅。收：车后横木，即轸。周代的车，左右前后均有箱板，后面的板可以放下，以方便人上下，名曰“轸”，也叫“收”。大车轸深八尺八寸，兵车轸深四尺四寸，故曰“小戎俴收”。

②楘（mù）：箍，环形，用革或铜制作。辀（zhōu）：车辕。周代的一种弓形曲辕，叫作“辀”，辀似木梁，所以说“梁辀”。辀上有五个箍，即所说的“五楘”。

③游环：收束马缰绳的能够活动的皮环。胁驱：驾马具，以皮革制成。一车有四马，外两马称“骖”，中间两马称“服”。服马外的绳索，前系在勾衡上，后拴在车轸上，以阻止骖马入辕中。因在服马外胁傍，所以叫“胁驱”。《毛传》：“胁驱，慎驾具，所以止入也。”

④阴：车轼前的横板，又名“揜轨”。靷（yǐn）：引车前行的皮带或绳索。前端系于骖马之颈，后端系于车轴或阴板上。今俗谓之曳

绳。因绳系在车底，所以称“阴靷”。鋈(wù)续：靷端作环相接叫“续”，此环以白铜制成，称“鋈续”。

⑤文茵(yīn)：有花纹的车子坐垫，或用虎皮，故称“文茵”。畅：长。毂(gǔ)：车轮中心的圆木，外持辐，内受轴。

⑥骐馵(zhù)：马青黑色相间叫“骐马”。左后足白色叫“馵”。

⑦言：语助词。君子：这里是妇人称其丈夫。

⑧温其：即“温然”，温和貌。美玉是温和的，俗称“温玉”。

⑨在其板屋：此句是诗人想象其丈夫在外居住的情形。《汉书·地理志》：“天水郡陇西，山多林木，民以板为室屋。故秦诗曰：‘在其板屋。’”板屋，西戎民俗用木板建房屋。

⑩心曲：心灵深处，即心田。

四牡孔阜①，	四匹雄马健又壮，
六辔在手。	驭手握着六条缰。
骐骝是中②，	青马红马在中间，
騧骊是骖③。	黄马黑马在两旁。
龙盾之合④，	龙纹盾牌并一起，
鋈以觼軜⑤。	铜环辔绳串成行。
言念君子，	思念夫君人品好，
温其在邑⑥。	他在家时多温暖。
方何为期⑦，	何时是他归来日，
胡然我念之⑧。	让我对他长思念。

【注释】

①四牡：四匹公马。孔阜：特别壮盛。

②駵(liú)：同“骝”，红黑色的马。是中：即“为中”，中间驾辕的两马，

又称“服马”。

③蜗骊(guā lí):身体浅黄而嘴黑的马叫“蜗”,黑色的马叫“骊”。

④龙盾:画有龙纹的盾牌。合:两盾合在一处放在车上。朱熹《诗集传》:“画龙于盾,合两载之,以为车上之卫。必载二者,备破毁也。”

⑤觼(jué):有舌的环。軜(nà):骖马靠里边的辔。这句是说骖马内辔的环是用白铜装饰的。

⑥邑:郡邑,指家乡。

⑦方:将。期:归期。

⑧胡然:为什么。

俴驷孔群①,	四马轻身步协调,
厹矛鋈錞②。	三棱矛柄镶铜套。
蒙伐有苑③,	巨大盾牌花纹美,
虎韔镂膺④。	虎皮弓套镂金雕。
交韔二弓⑤,	两弓交错插袋中,
竹闭绲縢⑥。	弓檠夹弓绳缠绕。
言念君子,	思念夫君人品好,
载寝载兴⑦。	若醒若睡心焦躁。
厌厌良人⑧,	安静柔和好夫君,
秩秩德音⑨。	彬彬有礼声誉高。

【注释】

①俴驷:不披甲的四匹马。不着甲叫“俴”。孔群:非常协调。

②厹(qiú)矛:三棱刃的矛,长一丈八尺。鋈錞(duì):用白铜装饰的矛端。錞,方玉润《诗经原始》:“矛底端平曰錞。”

③蒙:在盾上刻杂羽的花纹。伐:通“瞂”,中等大小的盾。有苑:花纹貌。

④虎韔(chàng):虎皮作的弓套。镂膺:金饰弓套的正面。

⑤交韔二弓:两张弓交错插于弓套中。所以备二弓,是预防有坏。朱熹《诗集传》:“交韔,交二弓于韔中,谓颠倒安置之。必二弓,以备坏也。”

⑥竹闭绲縢(gǔn téng):此句是说用绳子将竹闭捆扎在需要校正的弓上。竹闭,竹制的校正弓弩的工具。绲,绳。縢,捆扎。

⑦载寝载兴:此句言起来又睡下,睡下又起来,反复不能入睡。载,语助词。

⑧厌厌:安静柔和貌。

⑨秩秩:有序貌,谓其懂礼节有教养。德音:好声誉。

蒹葭

【题解】

这是一首写追求心中思慕的人而不可得的诗。思慕的是谁呢?历来众说纷纭。一说是思念贤才的,一说是招求隐士的,还有认为是想念朋友或追求情人的,这些说法都在似与不似之间。朱熹的说法则比较客观,他说:“言秋水方盛之时,所谓彼人者,乃在水之一方,上下求之而皆不可得。然不知其何所指也。”(《诗集传》)解释不清就阙疑,这才是实事求是的态度。此诗写景凄清优美,写人虚无缥缈,全诗无一个“思”字、“愁”字、“求”字,但其中那企慕之情和惆怅之思却表达得非常充分。方玉润《诗经原始》说:“此诗在《秦风》中气味绝不相类,以好战乐斗之邦,忽遇高超远举之作,可谓鹤立鸡群,倏然自异者矣。”全诗意境飘逸,神韵悠长,从文学角度看,实在是一首不可多得的诗歌佳作。

蒹葭苍苍[①]，	河畔芦苇碧苍苍，
白露为霜[②]。	深秋白露结成霜。
所谓伊人[③]，	我所思念的人儿，
在水一方[④]。	就在水的那一方。
溯洄从之[⑤]，	逆着水流沿岸找，
道阻且长[⑥]。	道路艰险又漫长。
溯游从之[⑦]，	顺着水流沿岸找，
宛在水中央[⑧]。	仿佛在那水中央。

【注释】

①蒹(jiān):没长穗的芦苇。葭(jiā):初生的芦苇。苍苍:茂盛的样子。

②白露:露水是无色的,因凝结成霜呈现白色,所以称“白露”。

③所谓:所说的。伊人:这个人。

④一方:那一边,指对岸。

⑤溯(sù):沿着岸向上游走。洄(huí):逆流而上。从:跟踪追寻。

⑥阻:险阻。

⑦游:流,指直流的水道。

⑧宛:仿佛,好像。

蒹葭凄凄[①]，	河畔芦苇密又繁，
白露未晞[②]。	太阳初升露未干。
所谓伊人，	我所思念的人儿，
在水之湄[③]。	就在水的那一边。
溯洄从之，	逆着水流沿岸找，

道阻且跻[④]。 道路险阻难登攀。
溯游从之， 顺着水流沿岸找，
宛在水中坻[⑤]。 仿佛在那水中岛。

【注释】

①凄凄：通“萋萋”，茂盛的样子。

②晞(xī)：干。

③湄(méi)：岸边。

④跻(jī)：地势渐高。

⑤坻(chí)：水中小岛。

蒹葭采采[①]， 河畔芦苇密又稠，
白露未已。 早露犹在未干透。
所谓伊人， 我所思念的人儿，
在水之涘[②]。 就在水的那一头。
溯洄从之， 逆着水流沿岸找，
道阻且右[③]。 道路险阻弯又扭。
溯游从之， 顺着水流沿岸找，
宛在水中沚[④]。 仿佛在那水中洲。

【注释】

①采采：众多的样子。

②涘(sì)：水边。

③右：道路向右边弯曲。

④沚(zhǐ)：水中的小块陆地。

终南

【题解】

这是一首劝诫秦君的诗。《毛诗序》说："《终南》，戒襄公也。能取周地，始为诸侯，受显服，大夫美之，故作是诗以戒劝之。"秦襄公战胜犬戎之后，平王东迁，封襄公为诸侯，将故都长安一部分土地赐给秦国。周的遗民也成为秦国之民。此诗大概就是周的遗民所写。劝诫秦君永远不要忘记周天子之赐，要当好一国之君，修德以副民望，如山之有木，然后才能成山之高。

终南何有①？	终南山上何所有？
有条有梅②。	茂盛山楸和梅树。
君子至止③，	今日君子来到此，
锦衣狐裘④。	锦绣衣服罩狐裘。
颜如渥丹⑤，	满脸红润像涂丹，
其君也哉？	这是我们的君主？

【注释】

①终南：山名，在今陕西西安南，是秦岭主峰之一。毛苌曰："终南，周之名山中南也。"

②条：山楸。其木材理好，宜做车版。梅：即今之梅树。一说指楠树。

③至止：到来。止，之。

④锦衣狐裘：诸侯所穿之服。《郑笺》："诸侯狐裘，锦衣以裼之。"

⑤颜：容颜。渥丹：涂饰红色。形容脸色红润。

终南何有？	终南山上何所有？
有纪有堂①。	珍贵杞树和甘棠。
君子至止，	今日君子到这里，
黻衣绣裳②。	青黑花纹五彩裳。
佩玉将将③，	身上佩玉叮当响，
寿考不忘④。	天朝恩情永勿忘。

【注释】

①纪："杞"的假借字，即杞树。堂："棠"的假借字，指棠梨树。

②黻(fú)衣：黑青色花纹相间的上衣。绣裳：五彩花纹的下裳。这都是当时贵族穿的衣服。《毛传》："黑与青谓之黻，五色备谓之绣。"

③将将：同"锵锵"，佩玉相击撞的响声。

④寿考不忘：意为到老也不要忘记。寿考，长寿。

黄鸟

【题解】

这是秦人哀悼为秦穆公殉葬的"三良"的诗。据《史记·秦本纪》记载：秦穆公卒，"从死者百七十七人，秦之良臣子舆氏三人名曰奄息、仲行、鍼虎，亦在从死之中。秦人哀之，为作歌《黄鸟》之诗"。《毛诗序》说："《黄鸟》，哀三良也。国人刺穆公以人从死，而作是诗也。""良人"指道德高尚或才能出众的人，秦国竟用这样的人去殉葬，更证明殉葬制的残暴和灭绝人性。这一制度此时受到人们的质询和反对，说明民众在觉醒，社会在进步。读此诗，我们可以感受到一种悲惨、压抑、恐怖的气氛，更可感到民众对那可恶君主的痛恨，对死去良人的痛惜和哀挽。

交交黄鸟[①]，	小黄鸟儿交交鸣，
止于棘[②]。	飞来落在枣树丛。
谁从穆公[③]？	谁从穆公去殉葬，
子车奄息[④]。	子车奄息是他名。
维此奄息，	说起这位奄息郎，
百夫之特[⑤]。	才德百人比不上。
临其穴[⑥]，	人们走近他墓穴，
惴惴其栗[⑦]。	浑身战栗心哀伤。
彼苍者天，	浩浩苍天在上方，
歼我良人[⑧]！	杀我好人不应当。
如可赎兮，	如果可以赎他命，
人百其身[⑨]！	愿以百人来抵偿。

【注释】

①交交：鸟叫声。黄鸟：黄雀。

②止：停，落。棘：酸枣树。黄雀落在棘、桑、楚等小树上，指不得其所。还有一种解释：棘，指紧急；桑，指悲伤；楚，指痛楚。均为双关意。可参考。

③从：从死，指殉葬。穆公：秦国国君。

④子车奄息：人名，子车为姓。

⑤特：匹配。

⑥穴：墓穴。

⑦惴惴（zhuì）：害怕的样子。栗：战栗，发抖。

⑧良人：好人，善人。

⑨人百其身：用百人赎他一人。

交交黄鸟，　　小黄鸟儿交交鸣，
止于桑。　　飞来落在桑树上。
谁从穆公？　　谁从穆公去殉葬，
子车仲行。　　子车仲行有声望。
维此仲行，　　说起这位仲行郎，
百夫之防①。　　才德百人难比量。
临其穴，　　人们走近他墓穴，
惴惴其栗。　　浑身战栗心哀伤。
彼苍者天，　　浩浩苍天在上方，
歼我良人！　　杀我好人不应当。
如可赎兮，　　如果可以赎他命，
人百其身！　　愿以百人来抵偿。

【注释】

①防：比并，相当。

交交黄鸟，　　小黄鸟儿交交鸣，
止于楚。　　飞来落在荆树上。
谁从穆公？　　谁从穆公去殉葬，
子车鍼虎。　　子车鍼虎是他名。
维此鍼虎，　　说起这位鍼虎郎，
百夫之御①。　　百人才德没他强。
临其穴，　　人们走近他墓穴，
惴惴其栗。　　浑身战栗心哀伤。

彼苍者天，	浩浩苍天在上方，
歼我良人！	杀我好人不应当。
如可赎兮，	如果可以赎他命，
人百其身！	愿以百人来抵偿。

【注释】

①御：当。

晨风

【题解】

此诗有三解：一，这是一首妻子思念丈夫的诗。她的丈夫出门在外，久不归家，妻子既想念他，又担心他另有新欢而忘了自己，因而作诗表达思念与哀怨之情。朱熹《诗集传》说："此与《扊扅之歌》同意，盖秦俗也。"《扊扅之歌》为百里奚妻作。百里奚在楚为人牧牛，秦穆公用五羊皮赎之，至秦为相。其妻为相府庸，因作此歌。其词曰："百里奚，五羊皮。忆别时，烹伏雌（母鸡），炊扊扅（门柱）。今日富贵忘我为。"朱熹认为这是妇女担心丈夫富贵忘记自己的诗。二，讽刺秦康公不能任用贤人的诗。《毛诗序》说："《晨风》，刺康公也。忘穆公之业，始弃其贤臣焉。"《毛传》："先君招贤人，贤人往之，驶疾如晨风之飞入北林。"《郑笺》："先君谓穆公。""言穆公始未见贤者之时，思望而忧之。"三，方玉润采取阙疑的态度。《诗经原始》说："今观诗词，以为'刺康公'者固无据，以为妇人思夫者亦未足凭。总之，男女情与君臣义原本相通，诗既不露其旨，人固难以意测，与其妄逞臆说，不如阙疑存参。"

鴥彼晨风①，	晨风鸟儿疾飞翔，

郁彼北林②。 飞回北林茂树上。
未见君子， 许久未见我夫君，
忧心钦钦③。 忧心忡忡时刻想。
如何如何④？ 怎么办啊怎么办？
忘我实多！ 难道他已把我忘！

【注释】

①鴥（yù）：鸟疾飞的样子。晨风：鸟名，或作“鷐风”，属于鹰鹞一类猛禽。

②郁：茂盛的样子。

③钦钦：忧愁而不能忘记的样子。

④如何：奈何，怎么办。

山有苞栎①， 丛丛栎树满山冈，
隰有六驳②。 成片赤李湿地长。
未见君子， 许久未见我夫君，
忧心靡乐。 愁闷不乐天天想。
如何如何？ 怎么办啊怎么办？
忘我实多！ 难道他已把我忘！

【注释】

①苞：丛生的样子。栎（lì）：树名。

②六：表示多数，非确指。驳（bó）：树木名，又叫赤李。

山有苞棣①， 丛丛棣树满山冈，

隰有树檖[②]。　　茂盛檖树湿地长。
未见君子，　　许久未见我夫君，
忧心如醉。　　心如醉酒魂魄亡。
如何如何？　　怎么办啊怎么办？
忘我实多！　　难道他已把我忘！

【注释】

①棣(dì)：木名，又名唐棣、郁李。

②树：直立的样子。檖(suì)：山梨。

无衣

【题解】

这是一首秦地的军中战歌，大概写的是秦民奉周王之命抗击犬戎的事。全诗充满了慷慨激昂、豪迈乐观及热情互助的精神，表现出舍生忘死、英勇抗敌、保卫家园的勇气。这种精神和勇气是我们中华民族宝贵的精神财富，值得永远继承和发扬。《毛诗序》说："《无衣》，刺用兵也。秦人刺其君好攻战，亟用兵，而不与民同欲焉。"细读此诗，看不出有讽刺意味，《序》说恐不合诗意。据王先谦《诗三家义集疏》曰："《汉书·赵充国辛庆忌传赞》：山西天水、安定、北地，处势迫近羌胡，民俗修习战备，高尚勇力鞍马骑射。故秦诗曰：'王于兴师，修我甲兵，与子皆行。'其风声气俗自古而然。今之歌谣慷慨，风流犹存耳。"大致概括出秦诗的特色。

岂曰无衣？　　谁说我们没衣裳，
与子同袍[①]。　　战袍共同伙着穿。

王于兴师[②]，	国王兴兵要征讨，
修我戈矛。	赶快修好戈和矛。
与子同仇！	你我一同把仇报。

【注释】

①袍：长衣。就是斗篷，白天当衣，夜里当被。

②王：指周天子。一说指秦国国君。于：语助词。兴师：起兵。

岂曰无衣？	谁说我们没衣裳，
与子同泽[①]。	汗衫共同伙着穿。
王于兴师，	国王兴兵要征讨，
修我矛戟。	赶快修好戟和矛。
与子偕作[②]！	你我并肩对敌寇。

【注释】

①泽：同“襗”，贴身内衣。

②作：起。

岂曰无衣？	谁说我们没衣裳，
与子同裳[①]。	战裙共同伙着穿。
王于兴师，	国王兴兵要征讨，
修我甲兵。	赶快修好铠甲刀。
与子偕行！	你我同行去战斗。

【注释】

①裳：下衣，战裙。

渭阳

【题解】

这是一首外甥送别舅舅的送别诗。据诗中所说，外甥送给舅舅的礼物是“路车乘黄”“琼瑰玉佩”，即一辆路车、四匹黄马和珠宝美玉。这些东西都是非常贵重的，非一般平民所能拥有。因此有人说，这个外甥是秦穆公的儿子秦康公，其时还是太子。舅舅即是有名的晋文公重耳。《毛诗序》说：“《渭阳》，康公念母也。康公之母，晋献公之女也。文公遭丽姬之难，未反而秦姬卒，穆公纳文公。康公时为太子，赠送文公于渭之阳，念母之不见也，我见舅氏，如母存焉。及其即位，思而作是诗也。”王先谦《诗三家义集疏》案曰：“赠送文公，乃康公为太子时事，似不必即位后方作诗，鲁、韩不言，不可从也。”《序》说“康公念母”也有一定道理。诗中“悠悠我思”包含的感情很丰富，思母之情即在其中。方玉润评论此诗说：“见舅思母，人情之常。……盖‘悠悠我思’句，情真意挚，往复读之，悱恻动人，故知其有无限情怀也。”又说：“诗格老当，情致缠绵，为后世送别之祖。”的确，杜甫诗“寒空巫峡曙，落日渭阳情”、储光羲诗“停车渭阳暮，望望入秦京”，用的典故，就是《渭阳》一诗。可见此诗影响之深远。

我送舅氏，	我送舅舅，
曰至渭阳①。	送到渭阳。
何以赠之？	什么礼物送给他？
路车乘黄②。	一辆路车四匹马。

【注释】

①渭：渭水。阳：河流的北面。

②路车：古代诸侯乘的车。乘(shèng)黄：四匹黄马。

我送舅氏，	我送舅舅，
悠悠我思①。	思绪长长。
何以赠之？	什么礼物送给他？
琼瑰玉佩②。	美玉饰品身上挂。

【注释】

①悠悠：思绪长久。我思：自己思念舅舅。一说康公送舅舅时，联想到自己的母亲。

②琼瑰：美玉。

权舆

【题解】

《毛诗序》说："《权舆》，刺康公也。忘先君之旧臣与贤者，有始而无终也。"三家诗无异议。方玉润《诗经原始》评论说："贤者去就，只争礼貌间耳。而此诗所较，不过区区安居餔歠事，恐非贤者志也。……盖贤者每欲微罪行，不欲为苟去，恐张君过耳。康公之失，当不止是故，贤者藉是乘机而作也。不然，食至无余，而且不饱，康公礼貌纵衰，何至此极耶？"这是说康公可能有更大的问题，才使贤者离去，说吃不饱只是借口而已。这是方氏的理解。后来还有研究者认为这是没落贵族在叹息生活今不如昔。

於[①],我乎!
夏屋渠渠[②],
今也每食无余。
於嗟乎[③]!
不承权舆[④]!

唉,我呀!
从前住在高楼大厦之中,
而今每顿饭都吃得一干二净。
唉呀呀!
再不能重见当初的光景!

【注释】

①於(wū):叹词。

②夏屋:大屋。《毛传》:"夏,大也。"渠渠:屋子高大宽敞貌。

③於嗟乎:悲叹声。於,同"吁"。

④承:继承。权舆:当初。方玉润《诗经原始》:"胡氏一桂曰:作量自权始,以准量由此而生;造车自舆始,以盖轸由此而起,故谓始曰权舆。"

於,我乎?
每食四簋[①],
今也每食不饱。
於嗟乎!
不承权舆。

唉,我呀!
从前每顿饭都是四盘佳肴,
而今每顿饭都不能吃饱,
唉呀呀!
再不能重见当初的美好!

【注释】

①簋(guǐ):古代的盛食具,圆形,有耳。

陈风

“陈风”即陈地的乐调。陈国在今河南淮阳、柘城和安徽亳州一带。武王克商后，将帝舜的后人妫满封到这里，是为胡公，并把自己的大女儿大姬嫁给了胡公。其地在诸夏之南，与吴楚之地为邻，土地平旷，无名山大川。此地人性平缓，崇信巫鬼，少北方刚烈之气，多南方绮靡之风。今存诗十篇，多为东周以后作品，以描写婚恋习俗与歌舞之作为多。

宛丘

【题解】

《毛诗序》说：“《宛丘》，刺幽公也。淫荒昏乱，游荡无度焉。”朱熹对此持怀疑态度。他说：“幽公但以谥恶，故得游荡无度之诗，未敢信也。”郑玄《诗谱》云：“大姬无子，好巫觋祷祈鬼神歌舞之乐，民俗化而为之。”这是说大姬的爱好影响到民俗，以致陈地巫风盛行，爱好歌舞。所以这些巫女不论冷天热天都在宛丘跳舞，她们手持羽扇，在鼓声的伴奏下，翩翩起舞。此诗可能描写的就是一名男子爱上在宛丘跳舞的巫女的情景。男子心中虽然充满爱慕之情，且自知这种感情是没有结果的，但他仍很欣赏女子婉转多姿的舞态。女子无论寒冬酷暑都在为人们祝祷而舞，想来男子也没有停止他欣赏的眼神吧！

子之汤兮[1]，	你舞姿回旋荡漾，
宛丘之上兮[2]。	舞动那宛丘之上。
洵有情兮[3]，	我真心爱慕你啊，
而无望兮。	只可惜没有希望。

【注释】

①子：你。此指跳舞的巫女。汤：通"荡"，这里指舞动的样子。

②宛丘：陈国地名，是游览之地。

③洵：确实。

坎其击鼓[1]，	敲得鼓儿咚咚响，
宛丘之下。	舞动宛丘平地上。
无冬无夏，	无论寒冬与炎夏，
值其鹭羽[2]。	洁白鹭羽手中扬。

【注释】

①坎其：即"坎坎"，描写击鼓、击缶之声。

②值：指持或戴。鹭羽：用鹭鸶鸟的羽毛制成的饰物。

坎其击缶[1]，	敲起瓦缶当当响，
宛丘之道。	舞动宛丘大道上。
无冬无夏，	无论寒冬与炎夏，
值其鹭翿[2]。	鹭羽饰物戴头上。

【注释】

①缶(fǒu):瓦质的打击乐器。

②鹭翿(dào):用鹭羽制成的舞具。

东门之枌

【题解】

《毛诗序》说:“《东门之枌》,疾乱也。幽公淫荒,风化之所行,男女弃其旧业,亟会于道路,歌舞于市井尔。”朱熹《诗集传》说:“此男女聚会歌舞,而赋其事以相乐也。”认为不是刺幽公。我们认为这是一首描写青年男女相爱、聚会歌舞、相互赠答的情歌。聚会时,妇女们都放下了手中的活儿,来到这里跳舞,青年男女相互赠答,通篇洋溢着欢快活泼的气氛。旧说以为是在“枌栩之下歌舞以娱神”(颜师古)或“起学巫祝,鼓舞事神”(东汉王符《潜夫论》)。

东门之枌[①],	东门外白榆粗壮,
宛丘之栩[②]。	宛丘上栎树成行。
子仲之子[③],	子仲家的好姑娘,
婆娑其下[④]。	树下翩翩起舞忙。

【注释】

①东门:指陈国的城门,地近宛丘。枌(fén):白榆树。

②栩(xǔ):栎树。

③子仲:姓氏。

④婆娑:跳舞时旋转摇摆的样子。

縠旦于差①，	挑选一个好日子，
南方之原②。	同到南边高原上。
不绩其麻③，	不再忙碌织麻线，
市也婆娑④。	闹市那里舞一场。

【注释】

①縠旦：即“吉日”，好日子。于：语助词。差（chāi）：选择。

②原：高平之地，即原野。即上章“东门”“宛丘”之地。

③绩：纺。

④市：街市，人杂聚的地方。

縠旦于逝①，	美好日子同前往，
越以鬷迈②。	众人集队排成行。
视尔如荍③，	看你像那锦葵花，
贻我握椒④。	赠我一把花椒香。

【注释】

①逝：往。趁好日子前往欢聚。

②越以：发语词。同“于以”。鬷（zōng）：众。迈：行。

③荍（qiáo）：草名，即锦葵。似芜菁，花色多种，一般为粉红的或深紫色。

④贻：赠送。握椒：指成把的花椒。

衡门

【题解】

这首诗表现了一种安贫寡欲的思想。但诗中主人公是什么人？有的认为是一位没落贵族，破落后以此自我安慰。有的说是一位失恋者，找不到理想对象，降低了要求。读者可自己体味。《毛诗序》说："《衡门》，诱僖公也。愿而无立志，故作是诗以诱掖其君也。"方玉润《诗经原始》反驳说："僖公，君临万民者也。纵愿而无立志，诱之以政焉而进于道也可，奈何以无求于世之志劝之？岂非所诱反其所望乎？"反驳得很正确。郭沫若《中国古代社会研究》说："这首诗也是一位饿饭的破落贵族作的。他吃鱼本来有吃河鲂河鲤的资格，……但是贫穷了，吃不起了。他娶妻本来有娶齐姜、宋子的资格，但是贫穷了，娶不起了。娶不起，吃不起，偏偏要说两句漂亮话，这正是破落贵族的根性。"郭氏分析也很有道理。

衡门之下①，	横木做门简陋屋，
可以栖迟②。	可以栖身可以住。
泌之洋洋③，	泌水清清长流淌，
可以乐饥④。	清水也可充饥肠。

【注释】

①衡门：横木为门。这里指简陋的房屋。一说为城门之名。

②栖迟：休息。

③泌：水名。指陈国泌邱的泉水名。洋洋：水盛的样子。

④乐饥：疗饥，充饥。《鲁诗》《韩诗》"乐"作"疗"。

岂其食鱼，	难道我们要吃鱼，
必河之鲂[①]？	黄河鲂鱼才算香？
岂其取妻，	难道我们要娶妻，
必齐之姜[②]？	非娶齐国姜姑娘？

【注释】

①鲂：鱼名，鱼中味美者。

②齐之姜：齐国姓姜的贵族女子。

岂其食鱼，	难道我们要吃鱼，
必河之鲤？	黄河鲤鱼才可尝？
岂其取妻，	难道我们要娶妻，
必宋之子[①]？	非娶宋国子姑娘？

【注释】

①宋之子：宋国子姓的贵族女子。

东门之池

【题解】

这是一首男子向女子求爱的歌。通篇只表达爱慕不已之意，反复道之。以池可浸物，兴人可快心。《毛诗序》说："《东门之池》，刺时也。疾其君之淫昏，而思贤女以配君子也。"崔述《读风偶识》反驳说："沤麻沤苎，绝不见有淫昏之意。即使君果淫昏，亦当思得贤臣以匡正之，何至望之女子？"可见《序》说与诗意不符。朱熹认为："此亦男女会遇之辞。盖因其会遇之地、所见之物，以起兴也。”得诗之旨。

东门之池[①]，	东门外面护城池，
可以沤麻[②]。	可以用作沤麻塘。
彼美淑姬[③]，	美丽善良三姑娘，
可与晤歌[④]。	可以和她相对唱。

【注释】

①池：水池。《毛传》：“池，城池也。”马瑞辰《毛诗传笺通释》：“古者有城必有池，《孟子》‘凿斯池也，筑斯城也’是也。池皆设于城外，所以护城。”即“池”为护城河。

②沤麻：将新割的麻浸在水中。沤，浸泡。麻经过水泡，才能剥下麻皮，用以织麻布。

③淑姬：淑，善，美。姬，周之姓。一说当从别本作“叔姬”。叔，指排行第三。

④晤歌：相对唱歌，即对歌。《毛传》：“晤，遇也。”

东门之池，	东门外面护城池，
可以沤纻[①]。	可以用作沤纻塘。
彼美淑姬，	美丽善良三姑娘，
可与晤语[②]。	可以聊天话家常。

【注释】

①纻（zhù）：麻属，纤维可以织布。

②晤语：对话。

东门之池，　　东门外面护城池，
可以沤菅[①]。　　可以用作浸纻塘。
彼美淑姬，　　美丽善良三姑娘，
可与晤言。　　可以和她诉衷肠。

【注释】

①菅：草名，芦荻一类的草，其茎浸渍剥取后可以编草鞋。

东门之杨

【题解】

这是一首写男女约会而久候不至的诗。诗的画面很美，东门之外，白杨枝叶繁茂，风吹树叶沙沙作响；天上星斗满天，星光明亮闪烁。在这样的黄昏夜晚，有情人能够相会是一件多么惬意的赏心乐事啊！可惜心爱的人却没有如约而至，多么让人失望。短短的八句诗，留给人无限惆怅。朱熹认为："此亦男女期会而有负约不至者，故因其所见以起兴也。"得诗之旨。

东门之杨，　　东门外面有白杨，
其叶牂牂[①]。　　枝繁叶茂好地方。
昏以为期[②]，　　相约黄昏来相会，
明星煌煌[③]。　　等到众星闪闪亮。

【注释】

①牂牂（zāng）：枝叶茂盛的样子。

②昏：黄昏。期：约定。

③明星：明亮的星星。一说指启明星。煌煌：明亮的样子。

东门之杨，	东门外面有白杨，
其叶肺肺①。	风吹树叶沙沙响。
昏以为期，	相约黄昏来相会，
明星晢晢②。	等到启明星儿亮。

【注释】

①肺肺（pèi）：也是枝叶茂盛貌。

②晢晢（zhé）：明亮貌。

墓门

【题解】

这是一首政治讽刺诗。但讽刺的是何人呢？《毛诗序》说："《墓门》，刺陈佗也。"陈佗是春秋时陈国国君桓公的弟弟，他在桓公生病时杀死了太子免，并在桓公死后篡位，陈国因而大乱。朱熹则认为讽刺对象不详，他说"所谓不良之人，亦不知其何所指也"（《诗集传》）。不管指谁，从诗中可看出是个做了坏事不知改悔的坏东西。

墓门有棘①，	墓门有棵酸枣树，
斧以斯之②。	拿起斧头劈掉它。
夫也不良③，	那人不是善良辈，
国人知之。	国人全都知道他。

知而不已，	知道他也不改正，
谁昔然矣[4]。	从前就是这德行。

【注释】

①墓门：墓道之门。一说为陈国城门。

②斯：劈开。

③夫：彼，指不良之人。

④谁昔：畴昔，从前。

墓门有梅[1]，	墓门有棵酸枣树，
有鸮萃止[2]。	猫头鹰在上面住。
夫也不良，	那人不是善良人，
歌以讯之[3]。	唱歌劝他要醒悟。
讯予不顾，	劝勉告诫他不顾，
颠倒思予[4]。	想起我言难(nàn)临头。

【注释】

①梅：应作“棘”。“梅”的古文作“某”，与“棘”形似而误。

②鸮(xiāo)：猫头鹰。古人以为不祥之鸟。萃：集，停息。止：语尾助词。

③讯：亦作“谇”，劝谏之意。

④颠倒：指国事纷乱。

防有鹊巢

【题解】

这是相爱的人害怕被人离间而失去爱情所唱的歌。诗中列举了三种世上不可能发生的事,坚信他们之间的感情不会变化。但又不能完全清除心中的忧虑,因而又忧心忡忡。《毛诗序》说:"《防有鹊巢》,忧谗贼也。宣公多信谗,君子忧惧焉。"朱熹不同意此说。他说:"此男女之有私,而忧或间之之辞。"方玉润也说:"此诗忧谗无疑,惟《序》以宣公实之,则不得其确。"认为非实指宣公,而是"《风》诗托兴甚远,凡属君亲朋友,意有难宣之处,莫不假托男女夫妇词婉转以达之"(《诗经原始》)。没有指出具体意向。

防有鹊巢①, 哪见过堤上筑鹊巢,
邛有旨苕②。 哪见过土丘长水草。
谁侜予美③? 谁在离间我心上人?
心焉忉忉④。 我心里愁苦又烦恼。

【注释】

①防:堤坝。

②邛(qióng):土丘。旨:味美。苕(tiáo):一种蔓生植物,生在低湿的地上。马瑞辰《毛诗传笺通释》:"鹊巢宜于林木,今言防有,非其所应有也。不应有而以为有,所以为谗言也。……苕生于下湿,今诗言邛有者,亦以喻谗言之不可信。"

③侜(zhōu):欺骗,挑拨。予美:我的爱人。

④忉忉(dāo):忧愁不安的样子。

中唐有甓[①]，　　　　哪见过庭院瓦铺道，
邛有旨鹝[②]。　　　　哪见过山上长绶草。
谁侜予美？　　　　　谁在离间我心上人？
心焉惕惕[③]。　　　　我心里害怕又烦恼。

【注释】

①中唐：古代堂前或门内的甬道。甓（pì）：砖瓦。

②鹝（yì）：杂色小草，又叫绶草。

③惕惕：恐惧不安的样子。

月出

【题解】

《毛诗序》说："《月出》，刺好色也。在位不好德，而说美色焉。"说得比较笼统。朱熹《诗集传》则认为："此亦男女相悦而相念之辞。言月出则皎然矣，佼人则僚然矣，安得见之而舒窈纠之情乎？是以为之劳心而悄然也。"朱说十分切合诗意。这确是一首月下怀念美人的诗。在一个静谧的夜晚，明月高悬，月光如水。清幽的月色最动人情思，青年男子不由地思念起自己心中爱慕的姑娘。但这美丽的姑娘如同天上的月亮一样，是那样的可望而不可即，甚至只是可想而不可见，怎能不让他心烦意乱，忧思百结！诗中的景象并不是现实中的真实图景，正如陈子展所说，是从"幻想虚神着笔"（《诗经直解》），因此营造出一个迷离缥缈的神秘境界，使全诗有一种朦胧的美。《神女赋》和《洛神赋》大概受到此诗的启发。还应指出的是，《月出》诗首次揭示出望月和思念之间的关系，对后代诗人的启发很大，唐代李白、杜甫、王昌龄等诗人的一些怀人诗都写到了月亮、月光。见月怀人和望月思乡几乎成了一条创作的

规律。

月出皎兮[①]，　明月皎皎出天空，
佼人僚兮[②]。　美人娇美体轻盈。
舒窈纠兮[③]，　缓步慢走多妖娆，
劳心悄兮[④]。　想她使我心焦躁。

【注释】

①皎：形容月光清澈明亮。

②佼（jiǎo）：美好。僚（liǎo）："嫽"的假借字，娇美的样子。

③舒：缓，形容女子端庄文静。窈纠（yǎo jiǎo）：联绵词，形容女子轻盈柔美的姿态。下两章"忧（yǒu）受""夭绍"，义同。

④劳：忧。悄：忧愁的样子。下两章"慅（cǎo）""惨"，义同"悄"。

月出皓兮[①]，　明月皓皓挂天空，
佼人懰兮[②]。　月下美人真俊俏。
舒忧受兮，　步履舒缓身婀娜，
劳心慅兮。　想她使我心烦恼。

【注释】

①皓（hào）：清澈明亮。

②懰（liú）："嬼"的假借字。《广韵》："嬼，美好。"

月出照兮，　明月高悬照四方，
佼人燎兮。　美人月下神采扬。

舒夭绍兮，　　　　缓步行来姿态美，
劳心惨兮。　　　　想她使我心忧伤。

株林

【题解】

这是诗人用委婉含蓄之笔，讽刺陈灵公和夏姬淫乱之诗。《毛诗序》说："《株林》，刺灵公也。淫乎夏姬，驱驰而往，朝夕不休息焉。"夏姬是郑穆公之女，嫁给陈大夫夏御叔。生子夏徵舒，字子南。据《左传》宣九年、十年记载，夏姬很漂亮，陈灵公和他的大臣孔宁、仪行父都与之私通，而且肆无忌惮。有一次，君臣三人在夏姬家饮酒，灵公被夏姬的儿子夏徵舒杀死。孔宁、仪行父逃亡国外。诗之所咏，就是陈灵公朝夕来往于夏氏株邑，并在夏氏邑中修建台阁之事。诗中说在株林筑台是为了找夏南，不明说找夏姬，运用的是婉讽的方法。方玉润《诗经原始》评论说："灵公与其臣孔宁、仪行父淫于夏姬，事见《春秋传》。而此诗故作疑信之谓，非特诗人忠厚，不肯直道人隐，抑亦善摹人情，如见忸怩之态。……诗人即体此情为之写照，不必更露淫字，而宣淫无忌之情已跃然纸上，毫无遁形，可谓神化之笔。"

胡为乎株林[①]？　　　　为何要到株林去？
从夏南[②]；　　　　那是为了找夏南；
匪适株林[③]，　　　　不是为到株林玩，
从夏南！　　　　而是为了找夏南！

【注释】

①株林：地名，是陈大夫夏徵舒的食邑。在今河南西华西南，夏亭

镇北。一说株为邑名,邑外有林。亦可。

②从:当训为“因”。夏南:即夏徵舒,字子南,以氏配字,谓之夏南,夏姬之子。

③匪:非,不是。适:往。

驾我乘马①,	驾着我的马车跑,
说于株野②;	株林郊外卸下鞍;
乘我乘驹③,	再换我的矫健马,
朝食于株④。	奔到株林吃早餐。

【注释】

①我:指陈灵公。陈奂《诗毛氏传疏》:“我,我灵公也。”诗人代用其口吻。

②说:通“税”,停车。

③乘:驾,动词。乘驹:当作“乘骄”。陈奂《诗毛氏传疏》:“驹,当依《释文》作‘骄’。乘骄,四马皆骄也。《汉广》传:‘五尺以上曰骄。’”

④朝食:早餐。

泽陂

【题解】

这是一首爱情诗,写一位男子追求他的心上人而不可得的烦恼。也有人认为是女子追求男子的诗。从诗中“寤寐无为,涕泗滂沱”“中心悁悁”“辗转伏枕”等句子看,是和《关雎》《月出》相类的诗,都是叙述相思及追求不到的痛苦和忧愁。《毛诗序》说:“《泽陂》,刺时也。言灵公君臣淫于其国，男女相说，忧思感伤焉。”此《序》前后内容不相连属，也无因果关系，纯为牵强附会。还是朱熹说得明白，他说：“此诗之旨与《月出》相类，言彼泽之陂，则有蒲与荷矣，有美一人而不可见，则虽忧伤而如之何哉？寤寐无为，涕泗滂沱而已。”

彼泽之陂[①]，	池塘四周有堤坝，
有蒲与荷[②]。	池中有蒲草与荷花。
有美一人，	那边有个美人儿，
伤如之何[③]？	我爱他(她)爱得没办法。
寤寐无为[④]，	日夜想他(她)难入睡，
涕泗滂沱[⑤]。	哭得眼泪哗啦啦。

【注释】

①泽：池塘。陂(bēi)：堤岸。

②蒲：一种水草。

③伤：因思念而忧伤。

④无为：无办法。

⑤涕：眼泪。泗：鼻涕。滂沱(pāng tuó)：本意是雨下得大，此处形容泪涕俱下的样子。

彼泽之陂，	池塘四周堤坝高，
有蒲与蕑[①]。	池中有莲蓬与蒲草。
有美一人，	那边有个美人儿，
硕大且卷[②]。	身材修长容貌好。
寤寐无为，	日夜想他(她)睡不着，

中心悁悁[3]。	内心郁闷愁难熬。

【注释】

①蕳(jiān):《鲁诗》作"莲"。莲蓬,荷花的果实。

②卷:头发卷曲而美的样子。

③悁悁(yuān):忧郁的样子。

彼泽之陂,	池塘四周堤坝高,
有蒲菡萏[1]。	池中有荷花与蒲草。
有美一人,	那边有个美人儿,
硕大且俨[2]。	身材修长风度好。
寤寐无为,	日夜想他(她)睡不着,
辗转伏枕。	伏枕辗转多烦恼。

【注释】

①菡萏(hàn dàn):荷花。

②俨:端庄矜持的样子。

桧风

“桧(kuài)风”，即桧地的乐调。桧地在今河南郑州、新镇、荥阳、密县一带。其君妘姓，祝融之后。周平王初，为郑武公所灭，其地为郑所有。今存诗四篇，一般认为都是郐亡国之前的诗，格调低沉忧伤。

羔裘

【题解】

这首诗有两种解释：一是讽刺国君耽于豪华而忽视政治，臣下谏而不听，于是作了这首政治怨刺诗。《毛诗序》说：“《羔裘》，大夫以道去其君也。国小而迫，君不用道，好洁其衣服，逍遥游燕，而不能自强于政治，故作是诗也。”方玉润也认为此诗是“伤桧君贪冒，不知危在旦夕也”，“此必国势将危，其君不知，犹以宝货为奇，终日游宴，边幅是修，臣下忧之，谏而不听，夫然后去。去之而又不忍遽绝其君，乃形诸歌咏以见志也”。二是写情人相思的痛苦。写一位女子思念她心仪的男子，这位男子是位官员，平时闲居穿着羔皮衣，上朝时穿着狐皮裘，这形象深深印在女子的脑海中，一想起他的样子，就使她陷入深深的思恋之苦。我们认为第一种解释更符合诗意。

羔裘逍遥[①]，	你闲游时穿着羔皮袍，
狐裘以朝[②]。	上朝时穿着狐皮氅。
岂不尔思？	怎能让我不忧思？
劳心忉忉[③]。	焦虑不安心忧伤。

【注释】

①羔裘：羊皮裘。朱熹《诗集传》："缁衣羔裘，诸侯之朝服。"逍遥：悠闲游荡之貌。

②狐裘：狐皮制成的皮袄。朝：上朝，指朝见国君。朱熹《诗集传》："锦衣狐裘，其朝天子之服也。"

③忉忉：忧思不安貌。

羔裘翱翔[①]，	你闲逛时披着羔皮衣，
狐裘在堂[②]。	上朝时穿着狐皮氅。
岂不尔思？	怎能让我不忧思？
我心忧伤！	思念使我心忧伤！

【注释】

①翱翔：遨游。

②堂：指朝堂，与上"朝"意同。

羔裘如膏[①]，	羔皮大衣洁白如膏，
日出有曜[②]。	日光下更显得光彩闪耀。
岂不尔思？	怎能让我不忧思？
中心是悼[③]！	内心哀伤怎忘掉！

【注释】

①膏：油脂，这里形容皮毛光洁。

②曜（yào）：光耀。

③悼：哀伤。

素冠

【题解】

对于此诗的主旨也有多种说法。《毛诗序》说："刺不能三年。"即讽刺时人不能遵从守丧三年的古礼。清人姚际恒《诗经通论》对此说作了有力驳斥。姚氏认为："此诗本不知指何事何人，但'劳心'、'伤悲'之词，'同归'、'如一'之语，或如诸篇以为思君子可以，为妇人思男亦可。何必泥'素'之一字乎？"方玉润《诗经原始》则认为："《素冠》，伤桧君被执，愿与同归就戮也。""窃以为棘人素服，必其人以非罪而在缧绁之中，适所服者素服耳，而幸而见之，以至于伤悲。愿与同归如一者，非其所亲，即素所爱敬之人，故至'劳心慱慱'而不能自已也。然律以首篇之义，或桧君国破被执，拘于丛棘，其臣见之不胜悲痛，愿与同归就戮，亦未可知。"还有人认为是一篇悼亡诗，是一位妇女为悼念亡夫而作。

庶见素冠兮①，	看你戴着白帽的形象，
棘人栾栾兮②，	见你骨瘦如柴不成人样，
劳心慱慱兮③。	让我心中万分忧伤。

【注释】

①庶：幸也。素冠：白帽。

②棘人：瘠瘦。或以为服罪之人。栾栾：拘栾之意。

③传传(tuán):忧思之貌。

庶见素衣兮,	见你身着白衣的模样,
我心伤悲兮,	我心顿时陷入巨大悲伤,
聊与子同归兮[1]。	我愿与你同归无论何方。

【注释】

①聊:愿,一说“且”。

庶见素韠兮[1],	看你系着白色蔽膝的模样,
我心蕴结兮[2],	忧愁顿时郁积在我心房,
聊与子如一兮[3]。	愿与你共生死如同一人一样。

【注释】

①韠(bì):蔽膝,古人服饰。

②蕴结:郁结。指胸中悒郁不解。

③如一:如同一人。

隰有苌楚

【题解】

这是写遭遇祸乱的诗。对此诗主旨,历来颇有争议。一说是没落贵族的悲观厌世之作,一说表现政繁赋重,民不堪其苦,叹其不如草木无知无忧之作。还有人认为是女子爱慕一位未婚男子的恋歌。而《毛诗序》说:“《隰有苌楚》,疾恣也。国人疾其君之淫恣,而思无情欲者也。"认为是桧人痛恨其国君荒淫无耻，盼望有一位清心寡欲的国君。仔细玩味此诗，觉得诗中表现的是一种极端的悲苦，如果没有大悲大苦，作为万物之灵的人类，谁会羡慕世间的动植物呢！联系桧国在东周初年被郑国所灭的这段历史，方玉润认为："此遭乱诗也。""此必桧破民逃，自公族子姓以及小民之有室有家者，莫不扶老携幼，挈妻抱子，相与号泣路歧，故有家不如无家之好，有知不如无知之安也。"(《诗经原始》)此说最切合诗意。

隰有苌楚[①]，	低洼地上长羊桃，
猗傩其枝[②]。	蔓长藤绕枝繁茂。
夭之沃沃[③]，	鲜嫩润泽长势好，
乐子之无知[④]。	羡慕你没有知觉不烦恼。

【注释】

①隰(xí)：低湿的地方。苌(cháng)楚：蔓生植物，又叫羊桃、猕猴桃。

②猗傩(ē nuó)：义同"婀娜"，茂盛而柔美的样子。

③夭：少。指苌楚处于茁壮成长时期。沃沃：形容叶子润泽的样子。

④乐：喜。这里有羡慕之意。子：指苌楚。

隰有苌楚，	低洼地上长羊桃，
猗傩其华。	蔓长藤绕花儿俏。
夭之沃沃，	鲜嫩润泽长势好，
乐子之无家[①]。	羡慕你无牵无挂无家小。

【注释】

①无家:没有家室。下章“无室”义同。

隰有苌楚,　　低洼地上长羊桃,
猗傩其实。　　果实累累挂蔓条。
夭之沃沃,　　鲜嫩润泽长势好,
乐子之无室。　　羡慕你没有家室要关照。

匪风

【题解】

这首诗到底说的是什么,历来众说纷纭。《毛诗序》说:“《匪风》,思周道也。国小政乱,忧及祸难,而思周道焉。”思周道,就是向往周朝的政治。朱熹《诗集传》说:“周室衰微,贤人忧叹而作此诗。”认为此诗是感叹周朝衰微的。还有认为是服役的人思念家乡的,妻子送夫服役的,等等。我们姑且认为这是一首游子或役夫思乡的诗。

匪风发兮①,　　风儿刮得呼呼响,
匪车偈兮②。　　车子跑得飞一样。
顾瞻周道③,　　回头望着离家路,
中心怛兮④。　　想念家人真忧伤。

【注释】

①匪风:那风。匪,通“彼”,那。发:起。

②偈(jié):车马急驰的样子。

③周道：大道。
④怛（dá）：忧伤。

匪风飘兮[①]，	风儿刮得直打旋，
匪车嘌兮[②]。	车子疾驰不安全。
顾瞻周道，	回头望着离家路，
中心吊兮[③]。	想念家人泪涟涟。

【注释】

①飘：飘风，旋风。这里指风势疾速回旋的样子。
②嘌（piāo）：疾速。
③吊：悲伤。

谁能亨鱼？	谁能烹鱼和烧饭，
溉之釜鬵[①]。	我来涮锅又洗碗。
谁将西归？	谁将西归回乡去，
怀之好音[②]。	托他带信报平安。

【注释】

①溉：洗涤。釜：锅。鬵（qín）：大锅。
②怀：遗，带给。好音：平安消息。

曹风

曹国地在今山东的菏泽、定陶、曹州一带。周武王封其弟叔振铎于此，公元前五世纪为宋所灭。今存诗四篇。内容有感叹人生短暂的，有叹息盛衰无常的，有讽刺小人的，有赞美荀伯的。大概如方玉润《诗经原始》所说："其国小事微，诗亦无足重轻。采风者录之，聊以备一国之俗云尔。"

蜉蝣

【题解】

蜉蝣是一种朝生暮死的小昆虫，古人常用以比喻人生的短暂，不知自己的归宿在何时何处。这首诗到底是谁在感叹、为何感叹？《毛诗序》说："《蜉蝣》，刺奢也。昭公国小而迫，无法以自守，好奢而任小人，将无所依焉。"《郑笺》："喻昭公之朝，其群臣皆小人也。徒整饰其衣裳，不知国之将迫协，君臣死亡无日，如渠略（即蜉蝣）然。"这是说此诗是讽刺曹国君臣的。但朱熹《诗集传》认为："此诗盖以时人有玩细娱而忘远虑者，故以蜉蝣为比而刺之，言蜉蝣之羽翼犹衣裳之楚楚可爱也。然其朝生暮死，不能久存，故我心忧之，而欲其于我归处耳。《序》以为刺其君，或然而未有考也。"朱氏认为是讽刺当时一些没有远见的人，也有可能是讽刺曹国国君,但无可考证。而方玉润《诗经原始》则认为以上两种说法“均于诗旨未当,盖蜉蝣为物,其细已甚,何奢之有?取以为比,大不相类。天下刺奢之物甚多,诗人岂独有取于掘土而出、朝生暮死之微虫耶?即以为玩细娱而忘远虑,亦视乎其人之所关轻重为何如耳。若国君则所系匪轻,小民又何足为重?……曹即无征,难以臆测,阙之可也。”也认为说讽刺曹国君臣没有证据,因而直接注明诗旨“未详”。我们认为这是一首自我叹息生命短暂、光阴易逝的诗。

蜉蝣之羽[1],	蜉蝣展动着翅膀,
衣裳楚楚[2]。	衣裳鲜明又漂亮。
心之忧矣,	我的心多么忧伤,
于我归处[3]。	我的归宿在何方。

【注释】

①蜉蝣(fú yóu):昆虫,也叫渠略。形如天牛而小,翅薄而透明,能飞。夏月阴雨时自地中出,朝生而暮死。

②楚楚:鲜明的样子。

③于:同“与”义。归处:指死亡。

蜉蝣之翼,	蜉蝣展翅在飞翔,
采采衣服[1]。	衣服华丽闪亮亮。
心之忧矣,	我的心多么忧伤,
于我归息。	我会归息在何方。

【注释】

①采采:华丽鲜明的样子。

蜉蝣掘阅[1]， 蜉蝣穿洞到人间，
麻衣如雪[2]。 麻衣白亮如雪片。
心之忧矣， 我的心多么忧伤，
于我归说[3]。 我会归止在何方。

【注释】

①掘阅：穿穴。阅，通“穴”。

②麻衣：白布衣。这里指蜉蝣透明的羽翼。

③说：通“税”，止息。

候人

【题解】

这首诗表达了对清贫劳苦的小官“候人”的同情，同时又嘲讽了那些“不称其服”的新贵。全诗用候人的贫寒劳累和新贵的华服不职相对比，用鹈鹕不捕鱼比喻新贵的不称职，用虹霓的光彩比喻新贵颐指气使的气焰，章法多变，但没有叠床架屋之感。《毛诗序》说：“《候人》，刺近小人也。共公远君子而好近小人焉。”认为是讽刺曹共公的。方玉润也赞同此说，并进一步阐明史实：“僖二十八年春，晋文公伐曹。三月，入曹。数之以其不用僖负羁（曹国贤大夫），而乘轩者三百人，即诗所谓‘三百赤芾’是也。曰‘荟蔚’、‘朝隮’，言小人众多而气焰盛也。曰‘婉娈’、‘斯饥’，言贤者守贞而反困穷也。”（《诗经原始》）可备一说。

彼候人兮[1]， 官职低微的候人，
何戈与祋[2]。 背着长戈和祋棍。
彼其之子， 那些朝中新贵们，

三百赤芾[3]。　　身穿朝服三百人。

【注释】

①候人：掌管迎送宾客的小官。

②何：同“荷”，扛，担。戈、祋（duì）：古代兵器名。

③赤芾（fú）：皮革做的红色蔽膝。《毛传》：“大夫以上，赤芾乘轩。”这是“彼其之子”的装束。

维鹈在梁[1]，　　鹈鹕守在鱼梁上，
不濡其翼[2]。　　居然未曾湿翅膀。
彼其之子，　　那些朝中新贵们，
不称其服。　　哪配身穿贵族装。

【注释】

①鹈（tí）：即鹈鹕，一种水鸟。《孔疏》：“郭璞曰：鹈鹕好群飞，如水食鱼，故名洿泽。”梁：水中鱼坝。

②濡：沾湿。

维鹈在梁，　　鹈鹕守在鱼梁上，
不濡其咮[1]。　　嘴都不湿不应当。
彼其之子，　　那些朝中新贵们，
不遂其媾[2]。　　得宠称心难久长。

【注释】

①咮：鸟嘴。

②遂：遂意，称心。媾（gòu）：宠爱。

荟兮蔚兮[①]，	云漫漫啊雾蒙蒙，
南山朝隮[②]。	南山早晨出彩虹。
婉兮娈兮[③]，	娇小可爱候人女，
季女斯饥[④]。	没有饭吃饿肚肠。

【注释】

①荟（huì）、蔚：云雾弥漫的样子。

②朝隮（jì）：早上的彩虹。隮，虹。

③婉、娈：柔顺美好的样子。

④季女：少女。此指候人的幼女。斯：语助词。

鸤鸠

【题解】

《鸤鸠》一篇讲的是什么，历来有众多说法。陈子展说："究竟此诗主题维何？歧解之多，争论之烈，头绪紊乱，不可爬梳，在诗三百中亦为突出之一篇。"（《诗经直解》）有认为是赞美的，赞美谁呢？有美曹叔振铎、美公子臧、美僖负羁、美周公、美晋文公、美一般君子，等等。有认为是讽刺的，刺的是谁呢？有认为刺曹共公、刺晋文公，或不实指其人的。方玉润《诗经原始》则认为："《鸤鸠》，追美曹之先君德足正人也。""诗词宽博纯厚，有至德感人气象。外虽表其仪容，内实美其心德，非歌颂功烈者比。""诗卒章云'正是国人，胡不万年'，则明明有其人在，非虚词也。回环讽咏，非开国贤君，未足当此，故以为'美振铎'之说者，亦庶几焉。"通读全诗，可以肯定地说，这是一篇赞美君子德行的诗。赞美君子仪表如一，表现他的心志专一坚定。赞美鸤鸠之子逐渐长大，分布于广阔的田野，自食其力，象征着君子的影响逐渐扩大，以至于“正是四国”“正是国人”。最后是祝愿他享有长寿之福。

鸤鸠在桑[①]，	布谷筑巢桑树上，
其子七兮[②]。	养育许多小小鸟。
淑人君子，	贤明高尚的君子，
其仪一兮[③]。	仪容始终最美好。
其仪一兮，	仪容始终最美好，
心如结兮[④]。	内心坚定有节操。

【注释】

①鸤(shī)鸠：即布谷鸟。

②其子七：旧说布谷有七子。七，虚数，言其多。古人以为鸤鸠有七子，早晨喂食从头到尾，下午喂食从尾至头，始终均平如一。

③仪：威仪，即今言风度、仪容。一：始终如一。

④结：凝结，固结。言心之坚定。

鸤鸠在桑，	布谷筑巢桑树上，
其子在梅。	小鸟嬉闹在梅枝。
淑人君子，	贤明高尚的君子，
其带伊丝[①]。	腰间大带系素丝。
其带伊丝，	腰间大带系素丝，
其弁伊骐[②]。	头上帽儿黑皮饰。

【注释】

①带：大带。缠在腰间，两头垂下。伊：语助词，相当于维、为。

②其弁(biàn)伊骐(qí)：弁是帽子的一种，用布帛或布革制成。马青黑色为“骐”，这里是指弁的颜色为黑色。

鸤鸠在桑，	布谷筑巢桑树上，
其子在棘。	小鸟欢叫酸枣间。
淑人君子，	贤明高尚的君子，
其仪不忒[①]。	仪容如一不改变。
其仪不忒，	仪容如一不改变，
正是四国[②]。	各国学习好标杆。

【注释】

①忒(tè)：偏差，差错。

②正：长，领导，指榜样。一说纠正。四国：四方之国。

鸤鸠在桑，	布谷筑巢桑树上，
其子在榛[①]。	小鸟嬉闹榛树间。
淑人君子，	贤明高尚的君子，
正是国人。	全国民众好长官。
正是国人，	全国民众好长官，
胡不万年[②]。	祝他长寿万万年。

【注释】

①榛：木名。一说丛生之木。

②胡：何。

下泉

【题解】

这首诗是写曹国臣子感伤周王室衰微，各诸侯国以强凌弱，小国得不到保护，因而怀念周初比较安定的社会局面。诗人以寒泉浸草比喻大国侵凌小国，而自己忧愁叹息难以入睡，总是怀想周王朝强盛的日子。方玉润说："《下泉》，伤周无王，不足以制霸也。""夫天下有道，则礼乐征伐自天子出；天下无道，则礼乐征伐自诸侯出。今晋文入曹，执其君，分其田，以释私憾，宁能使曹人帖然心服乎？此诗之作，所以念周衰，伤晋霸也。使周而不衰，则'四国有王'，彼晋虽强，敢擅征伐？又况承王命而布王恩者，有九州之伯以制之。昔者，郇国之君尝承是命治诸侯而有功矣，而今不然也。不能不忾然寤叹，以念周京，如苞稂之见浸下泉，日芜没而自伤耳。"《毛诗序》说："《下泉》，思治也。曹人疾共公侵刻下民，不得其所，忧而思明王贤伯也。"《序》认为此诗主旨为曹人痛恨曹共公，而思念贤明君王的出现。

洌彼下泉①，	寒冽泉水往外冒，
浸彼苞稂②。	浸泡丛丛狗尾草。
忾我寤叹③，	醒来不由长叹息，
念彼周京④。	怀念强盛周王朝。

【注释】

①洌(liè)：寒冷。下泉：地下的泉水。

②苞：植物丛生貌。稂(láng)：像谷子的一种野草，也叫狗尾巴草。

③忾(kài)：叹息声。

④周京：西周国都镐(hào)京。下两章的"京周""京师"均指镐京。

洌彼下泉，	寒洌泉水往外冒，
浸彼苞萧[①]。	浸泡丛丛艾蒿草。
忾我寤叹，	醒来不由长叹息，
念彼京周。	镐京让我梦魂绕。

【注释】

①萧：艾蒿。

洌彼下泉，	寒洌泉水往外冒，
浸彼苞蓍[①]。	浸泡丛丛野蓍草。
忾我寤叹，	醒来不由长叹息，
念彼京师。	怀念京城睡不着。

【注释】

①蓍（shī）：多年生草本植物，即“蓍草”。

芃芃黍苗[①]，	糜子苗儿壮又高，
阴雨膏之[②]。	阴雨绵绵把它浇。
四国有王[③]，	各国诸侯皆朝周，
郇伯劳之[④]。	郇侯奉命来慰劳。

【注释】

①芃芃（péng）：茂盛的样子。

②膏：滋润。

③四国：四方。

④郇（xún）伯：指晋大夫荀跞。他曾护卫周敬王返回成周。劳：慰劳。

豳风

“豳风”是豳地的乐调。豳即今陕西彬州、旬邑一带，本是周的先人公刘开发的地方。平王东迁，豳地为秦所有。可见“豳风”全部产生在西周，是《国风》中最早的诗。《汉书·地理志》云：“昔后稷封斄，公刘处豳，太王徙岐，文王作酆，武王治镐，其民有先王遗风，好稼穑，务本业，故《豳诗》言农桑衣食之本甚备。”所存诗七篇，《七月》是一首典型的农事诗。还有几篇与东方关系颇密，如《破斧》《东山》。旧说七篇诗皆与周公有关，周公又是封于东方之鲁的，所以有人认为“豳风”就是“鲁诗”，所以名作“豳风”，可能是西人东征，将东方的歌辞采了回来，而用豳地的调子演唱的。

七月

【题解】

这是一首很有代表性的、规模宏大的叙事诗。它叙述了西周农民一年到头的繁重劳动和艰苦生活，从这些叙述中透露出贵族和农民生活的悬殊，鲜明地反映出当时的阶级关系。此诗通篇用“赋”的手法，以节序为脉络，铺写农民的劳动与生活，各章节还不时出现景物的点缀，增加了诗的魅力。如写蟋蟀从野外到床下的迁移，形象地写出了季节的变化。另外双声词、联绵词的运用，也增加了浓郁的诗味，使此诗不仅有“史”的价值，还有很高的欣赏价值。对于此诗前人有极高的评价，方玉润说：“此诗之佳，尽人能言。其大旨所关，则王氏云：‘仰观星日霜露之变，俯察昆虫草木之化，以知天时，以授民事。女服事乎内，男服事乎外。上以诚爱下，下以忠利上。父父子子，夫夫妇妇，养老而慈幼，食力而助弱。其祭祀也时，其燕飨也简’。数语已尽其义，无余蕴矣。”对诗的语言表达，也推崇备至。他说：“今玩其辞，有朴拙处，有疏落处；有风华处，有典核处；有萧散处，有精致处；有凄婉处，有山野处；有真诚处，有华贵处；有悠扬处，有庄重处。无体不备，有美必臻。晋、唐后，陶、谢、王、孟、韦、柳田家诸诗，从未见臻此境界。姚氏际恒云：‘鸟语虫鸣，草荣木实，似《月令》。妇子入室，茅绹升屋，似风俗书。流火寒风，似《五行志》。养老慈幼，跻堂称觥，似庠序礼。田官染职，狩猎藏冰，祭献执功，似国典制书。其中又有似《采桑图》《田家乐图》《食谱》《谷谱》《酒经》。一诗之中，无不具备，洵天下之至文也。”这些评价，虽亦有所溢美，或有失当之处，但对我们理解和欣赏此诗还是有启迪的。《毛诗序》说：“《七月》，陈王业也。周公遭变，故陈后稷先公风化之所由，致王业之艰难也。”据此，后人多认为此诗为周公所作。但崔述《丰镐考信录》认为：“玩此诗醇古朴茂，与成、康时诗皆不类。……然则此诗当为大王以前豳之旧诗，盖周公述之以戒成王，而后世因误为周公所作耳。”方玉润也说：“《豳》仅《七月》一篇所言皆农桑稼穑之事，非躬亲陇亩，久于其道者，不能言之亲切有味也如是。周公生长世胄，位居冢宰，岂暇为此？且公刘世远，亦难代言。此必古有其诗，自公始陈王前，俾知稼穑艰难，并王业所自始，而后人遂以为公作也。”崔、方二氏讲得很有道理，这样规模宏大的农事诗，必定有长年累月的积累流传过程，最后成于谁手，很难考定。

七月流火[①]，　　　　七月火星偏西方，

九月授衣[②]。	九月叫人缝衣裳。
一之日觱发[③]，	十一月北风呼呼响，
二之日栗烈[④]。	十二月寒气刺骨凉。
无衣无褐[⑤]，	粗布短衣都没有，
何以卒岁？	如何过冬费思量。
三之日于耜[⑥]，	正月把农具修理好，
四之日举趾[⑦]。	二月下地种田忙。
同我妇子，	老婆孩子一起去，
馌彼南亩[⑧]。	吃饭送到地头上。
田畯至喜[⑨]。	田官来看喜洋洋。

【注释】

①流：向下行。火：星名，亦称“大火”。每年夏历六月此星出现于正南方，位置最高，七月以后就偏西向下，所以称“流火”。

②授衣：把裁制冬衣的差事分配给妇女。

③一之日：夏历的十一月。觱发(bì bō)：大风吹物发出的声音。

④二之日：夏历的十二月。栗烈：即“凛冽”，寒气刺骨。

⑤褐(hè)：粗布制的短衣。

⑥三之日：夏历的正月。于：为。这里指修理。耜(sì)：古代翻土农具。

⑦四之日：夏历的二月。举趾：抬脚下田去耕种。

⑧馌(yè)：送饭。南亩：泛指田地。

⑨田畯(jùn)：农官。

七月流火，	七月火星偏西方，

九月授衣。	九月叫人缝衣裳。
春日载阳[①]，	春天的太阳暖洋洋，
有鸣仓庚[②]。	黄莺儿枝头把歌唱。
女执懿筐[③]，	姑娘提着深竹筐，
遵彼微行[④]，	沿着小路采摘忙，
爰求柔桑[⑤]。	专采那些柔嫩桑。
春日迟迟，	春日的白天真是长，
采蘩祁祁[⑥]。	采来的蒿叶一筐筐。
女心伤悲，	采蒿姑娘心悲伤，
殆及公子同归[⑦]。	怕那公子把我抢。

【注释】

①载：开始。阳：暖和。

②仓庚：黄莺。

③懿（yì）筐：深筐。

④遵：沿着。微行（háng）：小路。

⑤爰（yuán）：于是。柔桑：嫩桑叶。

⑥蘩（fán）：白蒿。祁祁（qí）：很多的样子。

⑦殆（dài）：怕。

七月流火，	七月火星偏西方，
八月萑苇[①]。	八月打荻割苇忙。
蚕月条桑[②]，	养蚕时节修桑树，
取彼斧斨[③]。	拿起斧头臂高扬。
以伐远扬[④]，	长条高枝修剪光，

猗彼女桑[5]。	拉着短枝采嫩桑。
七月鸣鵙[6]，	七月伯劳把歌唱，
八月载绩[7]。	八月纺麻织布忙。
载玄载黄，	染上颜色黑或黄，
我朱孔阳[8]，	我染红色最鲜亮，
为公子裳。	为那公子做衣裳。

【注释】

①萑(huán)苇：荻草和芦苇。

②条桑：修剪桑枝。

③斧斨(qiāng)：斧柄为圆孔的叫斧，方孔的叫斨。

④远扬：指过长过高的桑枝。

⑤猗(yī)："掎"的借字，拉着。女桑：嫩桑叶。

⑥鵙(jú)：伯劳鸟。

⑦载：开始。绩：纺织。

⑧孔阳：鲜明。

四月秀葽[1]，	四月远志结了子，
五月鸣蜩[2]。	五月知了叫得响。
八月其获，	八月庄稼收割忙，
十月陨萚[3]。	十月落叶随风扬。
一之日于貉[4]，	十一月忙着打狗獾，
取彼狐狸，	还要剥那狐狸皮，
为公子裘。	好给公子制冬装。
二之日其同，	十二月大家齐聚会，

载缵武功⑤。 继续打猎演练忙。
言私其豵⑥, 打来小猪自己吃,
献豜于公⑦。 大猪送到官府上。

【注释】

①秀:长穗或结子。葽(yāo):草名,又叫远志,可入药。

②蜩(tiáo):蝉。

③陨萚(yǔn tuò):草木落叶。

④于:去,往。此指去猎取。貉(hé):形似狐狸,俗称狗獾。

⑤缵(zuǎn):继续。武功:田猎之事,有军事演习之意。

⑥豵(zōng):小猪。此处泛指小兽。

⑦豜(jiān):三岁的大猪。此处泛指大兽。

五月斯螽动股①, 五月蚱蜢弹腿发声响,
六月莎鸡振羽②。 六月纺织娘振翅把歌唱。
七月在野, 七月蟋蟀野外鸣,
八月在宇, 八月屋檐底下唱,
九月在户, 九月进到屋里面,
十月蟋蟀入我床下。 十月来到床下藏。
穹窒熏鼠③, 熏出老鼠堵鼠洞,
塞向墐户④。 塞好柴门封北窗。
嗟我妇子, 干完活儿喊妻儿,
曰为改岁, 眼看新年就要到,
入此室处。 我们就住这间房。

【注释】

①斯螽(zhōng):蝗虫类鸣虫。动股:两腿相摩擦发声。

②莎(suō)鸡:虫名,纺织娘。振羽:振动翅膀发声。

③穹(qióng):空隙。窒(zhì):堵塞。

④向:北窗。墐(jìn):用泥涂抹。

六月食郁及薁[1],	六月吃李子和葡萄,
七月亨葵及菽[2]。	七月煮葵菜和大豆。
八月剥枣[3],	八月树下把枣打,
十月获稻。	十月场上把稻扬。
为此春酒,	酿成春酒扑鼻香,
以介眉寿[4]。	祈求大家寿且康。
七月食瓜,	七月吃瓜甜如蜜,
八月断壶[5],	八月葫芦摘下秧,
九月叔苴[6]。	九月麻子好收藏。
采荼薪樗[7],	准备好野菜和柴草,
食我农夫。	农夫靠这度时光。

【注释】

①郁:植物名,果实像李子。薁(yù):野葡萄。

②亨:“烹”的本字,煮。葵:菜名。菽:豆子。

③剥:“扑”的借字,扑打。

④介(gài):借为“丐”,祈求。眉寿:长寿。

⑤断壶:摘下葫芦。

⑥叔:拾取。苴(jū):麻子。

⑦荼(tú):苦菜。薪樗(chū):把樗当柴烧。樗,臭椿树。

九月筑场圃[①],	九月建好打谷场,
十月纳禾稼。	十月粮食进谷仓。
黍稷重穋[②],	黍子谷子和高粱,
禾麻菽麦。	还有小米豆麦各种粮。
嗟我农夫,	叹我农夫苦命汉,
我稼既同[③],	地里农活刚刚完,
上入执宫功[④]。	又到官府把活干。
昼尔于茅[⑤],	白天野外割茅草,
宵尔索绹[⑥]。	夜里搓绳到天晓。
亟其乘屋[⑦],	赶忙把屋修理好,
其始播百谷。	播种时节又来到。

【注释】

①筑场圃:把菜园改建成打谷场。过去农民一地两用,春为菜园,秋为打谷场。

②重穋:即“穜稑(tóng lù)”,两种谷类。穜,早种晚熟。稑,晚种早熟。

③同:集中,收齐。

④上:通“尚”,还要。执:执行,指服役。宫功:室内的事,指统治者家内的活计。

⑤于茅:去割茅草。

⑥索绹(táo):搓绳子。

⑦亟:急,赶快。乘屋:登上屋顶修缮。

二之日凿冰冲冲[①]，	腊月凿冰冲冲响，
三之日纳于凌阴[②]。	正月送往冰窖藏。
四之日其蚤[③]，	二月举行祭祖礼，
献羔祭韭。	献上韭菜和羔羊。
九月肃霜，	九月天高气又爽，
十月涤场。	十月清扫打谷场。
朋酒斯飨[④]，	捧上两樽甜米酒，
曰杀羔羊。	杀些大羊和小羊。
跻彼公堂[⑤]，	登上台阶进公堂，
称彼兕觥[⑥]，	牛角杯儿举头上，
万寿无疆！	齐声同祝“万寿无疆”。

【注释】

①冲冲：凿冰声。

②凌阴：冰窖。

③蚤：通“早”，古代的一种祭祖仪式。

④朋酒：两杯酒。飨：乡人相聚宴饮。

⑤跻：登上。

⑥称：举杯敬酒。兕觥（sì gōng）：古代一种用犀牛角制成的大酒杯。

鸱鸮

【题解】

这是一首寓言诗。诗人假托小鸟诉说它遭到鸱鸮欺凌迫害时的种种痛苦，表达出对生活悲苦忧惧的情绪。想必诗人身处险境，又不能明指侵害他的人，就用这种隐晦的方法来表达。而具体所指，已不可考。《毛诗序》说："《鸱鸮》，周公救乱也。成王未知周公之志，公乃为诗以遗王，名之曰《鸱鸮》焉。"《郑笺》："未知周公之志者，未知其欲摄政之意。"这显然是根据《尚书·金縢》的记载。《金縢》说："周公居东二年，则罪人斯得。于后，公乃为诗以贻王，名之曰《鸱鸮》。"《史记·鲁周公世家》也有类似记载，后人据此认为《鸱鸮》的作者是周公。但经近人考证，《金縢》一篇为伪作，所以《毛诗序》的说法也未必可信。此诗是我国最早的寓言诗，影响深远。后世出现了很多优秀的寓言诗，如汉乐府《蜨(dié)蝶行》《枯鱼过河泣》，三国魏曹植的《野田黄雀行》《七步诗》，唐代杜甫的《义鹘行》、韩愈的《病鸱》、柳宗元的《蚑(qí)鸟词》等等，可以说，其源头就是《诗经》的《鸱鸮》诗。

鸱鸮鸱鸮①，	猫头鹰啊猫头鹰，
既取我子，	你已抓走我小鸟，
无毁我室②。	不要再毁我的巢。
恩斯勤斯③，	辛辛苦苦来抚育，
鬻子之闵斯④。	为了儿女我心焦。

【注释】

①鸱鸮(chī xiāo)：猫头鹰，一种猛禽，昼伏夜出，捕食兔、鼠、小鸟等。

②室：鸟窝。

③恩斯勤斯：恩，《鲁诗》作"殷"，"恩"与"殷"意同，"殷""勤"在这里有尽心、勤苦之意。斯，语助词。

④鬻(yù)子之闵(mǐn)斯：此句意为因抚育小鸟而忧心。鬻，通

"育",养育。闵,忧苦。

迨天之未阴雨[①], 趁着天晴没下雨,
彻彼桑土[②], 赶快剥点桑根皮,
绸缪牖户[③]。 把那门窗修补好。
今女下民[④], 现在你们下面人,
或敢侮予? 谁敢把我来欺扰。

【注释】

①迨(dài):趁着。

②彻:取。桑土:即"桑杜",桑根。土,《韩诗》作"杜"。

③绸缪(móu):缠绵,缠绕。这里有修补之意。牖(yǒu)户:窗和门。这里代指鸟窝。

④下民:指鸟巢下的人。

予手拮据[①], 我手累得已拘挛,
予所捋荼[②]。 采来野草把窝垫。
予所蓄租[③], 我还贮存过冬粮,
予口卒瘏[④], 嘴巴累得满是伤,
曰予未有室家。 窝儿还是不安全。

【注释】

①手:指鸟的爪子。拮(jié)据:爪子因劳累伸展不灵活。

②捋(luō):用手自上而下勒取。荼(tú):苦菜。

③蓄:积蓄。租:指鸟食。

④瘏(tú):病。

予羽谯谯[①],	我的羽毛像枯草,
予尾翛翛[②]。	我的尾巴毛稀少。
予室翘翘[③],	我的巢儿险而高,
风雨所漂摇[④],	风雨之中晃又摇,
予维音哓哓[⑤]!	吓得只能尖声叫。

【注释】

①谯谯(qiáo):羽毛枯焦无光泽。

②翛翛(xiāo):羽毛稀疏的样子。

③翘翘:高而危险的样子。

④漂摇:同"飘摇",晃动,摇动。

⑤哓哓(xiāo):鸟的惊叫声。

东山

【题解】

《毛诗序》说:"《东山》,周公东征也。周公东征,三年而归。劳归士,大夫美之,故作是诗也。"认为这是大夫美周公的诗。方玉润《诗经原始》认为:"此周公东征凯还以劳归士之诗。《小序》但谓'东征',则与诗情不符。《大序》又谓士大夫美周公而作,尤谬。诗中所述,皆归士与其室家互相思念,及归而得遂其生还之词,无所谓美也。盖公与士卒同甘苦者有年,故一旦归来,作此以慰劳之。因代述其归思之切如此,不啻出自征人肺腑,使劳者闻之,莫不泣下,则平日之能得士心而致其死力者,盖可想见。"方氏所说"诗中所述,皆归士与其室家互相思念,及归而得遂其生还之词”的概括是比较正确的，但说诗是周公“代述其归思之切”，则与诗的内容不符。我们认为这是一首远征士兵在归家途中思念家乡和亲人的诗，通篇表现的都是士兵归途中的绵绵思绪。首先他回忆了从征时含枚行军、夜宿车下的艰苦生活。接着想象家里可能已变成蛛网丛结、野兽出没的荒芜之地。又想象妻子可能在洒扫庭院，盼他归来，并联想到新婚时的情景。转念又想：不知现在见面又会是怎样的情景呢？心中充满了激动和期待。如果没有亲身经历，绝对写不出这样情真意切的诗篇。此诗是《国风》中最为出色的抒情诗之一。诗人那发自肺腑的吟唱，通过内容不同的四个章节，唱出了感情跌宕、音调繁复的归乡曲，读来使人如临其境。

我徂东山①，	我到东山去打仗，
慆慆不归②。	长期不能回故乡。
我来自东，	今日我从东方回，
零雨其濛③。	濛濛细雨洒身上。
我东曰归，	我刚听说要回乡，
我心西悲④。	西望家乡心悲伤。
制彼裳衣，	穿上一身百姓装，
勿士行枚⑤。	不再衔枚上战场。
蜎蜎者蠋⑥，	山蚕缓缓往前爬，
烝在桑野⑦。	野外桑树是它家。
敦彼独宿⑧，	我把身体缩成团，
亦在车下。	睡在野外战车下。

【注释】

①徂：去，往。东山：诗中出征者服役的地方。

②慆慆(tāo):长久。

③零雨:细雨。其濛:即"濛濛"。

④西悲:因想念西方的故乡而悲伤。

⑤勿士:不要从事。士,通"事",二字古通用。行枚:即"衔枚",古代军人行军时口衔一根短木棍以防出声。这里代指行军打仗。

⑥蜎蜎(yuān):虫蠕动的样子。蠋(zhú):野蚕。

⑦烝(zhēng):乃。桑野:生长桑树的郊野。

⑧敦(duī)彼:即"敦敦",身体蜷缩成团。

我徂东山,	我到东山去打仗,
慆慆不归。	长期不能回故乡。
我来自东,	今日我从东方回,
零雨其濛。	濛濛细雨洒身上。
果蠃之实①,	小小瓜蒌一串串,
亦施于宇②。	藤蔓长长挂房檐。
伊威在室③,	屋内潮湿地鳖跑,
蟏蛸在户④。	门窗结满蜘蛛网。
町畽鹿场⑤,	田地成了野鹿场,
熠耀宵行⑥。	夜间萤火闪亮光。
不可畏也,	家园荒凉不可怕,
伊可怀也⑦。	仍是心中好地方。

【注释】

①果蠃(luǒ):瓜蒌,蔓生葫芦科植物。

②施(yì):蔓延。

③伊威：虫名，也叫地鳖虫，生长在阴暗潮湿处。

④蟏蛸(xiāo shāo)：虫名，也叫喜蛛。

⑤町畽(tǐng tuǎn)：田舍旁有禽兽践踏痕迹的空地。畽，"疃"，禽兽践踏处。鹿场：野兽活动的地方。

⑥熠耀(yì yào)：闪光的样子。宵行：虫名，也叫萤火虫。

⑦伊：指示代词，指荒芜了的家园。

我徂东山，	我到东山去打仗，
慆慆不归。	长期不能回故乡。
我来自东，	今日我从东方回，
零雨其濛。	濛濛细雨洒身上。
鹳鸣于垤[①]，	鹳立土堆哀哀鸣，
妇叹于室。	妻在家中叹息长。
洒扫穹窒[②]，	扫房修屋作准备，
我征聿至[③]。	盼我征夫早还乡。
有敦瓜苦[④]，	团团苦瓜苦又苦，
烝在栗薪[⑤]。	挂在栗木柴堆上。
自我不见，	自从我们不相见，
于今三年。	至今三年日夜想。

【注释】

①鹳(guàn)：一种形似鹤的水鸟。垤(dié)：小土堆。

②穹窒(qióng zhì)：堵塞漏洞。

③征：征人。聿：语助词。

④有敦：即"敦敦"，团团的。瓜苦：苦瓜。

⑤栗薪：栗树柴。

我徂东山，	我到东山去打仗，
慆慆不归。	长期不能回故乡。
我来自东，	今日我从东方回，
零雨其濛。	濛濛细雨洒身上。
仓庚于飞[①]，	黄莺翩翩空中翔，
熠耀其羽。	羽毛闪闪发亮光。
之子于归[②]，	想她当初做新娘，
皇驳其马[③]。	迎亲骏马色红黄。
亲结其缡[④]，	她娘为她系佩巾，
九十其仪[⑤]。	种种仪式求吉祥。
其新孔嘉[⑥]，	新婚时节真美丽，
其旧如之何？	现在重逢会怎样？

【注释】

①仓庚：鸟名，即黄莺。

②之子：这个姑娘，指新婚时的妻子。归：出嫁。

③皇：黄白色。驳：红白色。

④缡（lí）：女子出嫁时系的佩巾。

⑤九十：形容婚礼仪式繁多，非确数。

⑥新：指新婚时。孔嘉：非常美丽。

破斧

【题解】

这是歌颂周公东征的诗。周灭殷后，武王将殷地分为三部分，让其弟管叔、蔡叔、霍叔管理。封纣的儿子武庚为诸侯，受三叔的监视。武王死后，成王立，因年幼，由叔父周公摄政。后来武庚纠合管叔、蔡叔以及殷商旧属国起兵反周。周公率兵东征，平定了这次叛乱。随周公东征的士卒，经过艰苦卓绝的战斗，兵器打得都缺损了，最后终于获胜，因而唱出了这首歌。《毛诗序》说："《破斧》，美周公也。"方玉润《诗经原始》说："《破斧》，美周公伐罪救民也。""此四国之民望救于公，如大旱之遇云霓也。盖三叔挟殷以畔，其民陷于叛逆，莫能自拔也久矣。一旦得睹旌旗，拯民水火，非惟四国疆土有所匡固，即我小民亦保全良多。"这里是说周公东征的缘由和后果，对理解诗意很有帮助。此诗章法比较简单，全诗三章，每章只换了三个字，反复吟唱，表达了将士们艰苦奋战，取得胜利的自豪，也表达了对周公的感恩。

既破我斧①，	战斧已经有破损，
又缺我斨②。	大斨也已有缺痕。
周公东征，	周公这次去东征，
四国是皇③。	四国闻风皆惊魂。
哀我人斯④，	周公哀怜我人民，
亦孔之将⑤。	他的恩德大无垠。

【注释】

①斧：圆孔曰"斧"。

②斨(qiāng)：方孔曰"斨"。

③四国：姚际恒曰："四国，商与管、蔡、霍也。"即周公东征平定的四国。或以为殷、东、徐、奄四国。朱熹《诗集传》谓"四方之国"。皇：通"匡"，即匡正、治理。一说借为"惶"，恐慌。

④哀：可怜。一说哀伤，一说借为爱。我人：我们这些人。斯：语

助词。

⑤孔：很，非常。将：大。《郑笺》："此言周公之哀我民人，其德也甚大也。"

既破我斧，　　战斧已经有破损，
又缺我锜[①]。　　战锜也已有缺瑕。
周公东征，　　周公这次去东征，
四国是吪[②]。　　四国已经被感化。
哀我人斯，　　周公哀怜我人民，
亦孔之嘉[③]。　　他的恩德实可嘉。

【注释】

①锜(qí)：一种凿类兵器。

②吪(é)：感化，变化。一说震惊貌。

③嘉：善，好。

既破我斧，　　战斧已被砍破损，
又缺我铢[①]。　　战锹也已有残痕。
周公东征，　　周公这次去东征，
四国是遒[②]。　　四国安定已来临。
哀我人斯，　　周公哀怜我人民，
亦孔之休[③]。　　恩德之大天下闻。

【注释】

①铢：即"锹"。或以为独头斧。

②遒：团结、安和之意。一说“迫”。

③休：美好，与“嘉”“将”意同。

伐柯

【题解】

对此诗有两种不同的解释：一说这是写娶妻要通过媒人介绍，就如同做斧柄要用斧头砍木一样。“媒妁之言”是古代婚姻的主要形式，所以后代请人说媒称“作伐”。另说是赞美周公的。《毛诗序》说：“《伐柯》，美周公也。周大夫刺朝廷之不知也。”《郑笺》：“成王既得雷雨大风之变，欲迎周公，而朝廷群臣犹惑于管、蔡之言，不知周公之圣德，疑于王迎之礼，是以刺之。”仔细阅读此诗，不知何句为美周公，何句为刺群臣。再读《传》《郑笺》和王先谦《诗三家义集疏》，此疑问得以解决。《郑笺》曰：“伐柯之道，唯斧乃能之，此以类求其类也，以喻成王欲迎周公，当使贤者先往。……媒者，能通二姓之言，定人室家之道，以喻王欲迎周公，当先使晓王与周公之意者又先往。”王氏《集疏》曰：“案：周公能以礼义为国，今成王欲治天下，当迎周公归也。宋苏轼《诗传》曰：‘伐柯而不用斧，取妻而不用媒，岂可得哉？今成王欲治国，弃周公而不召，亦不可得也。’最合经意，今从之。”因此诗全用比喻，这种解释也通。

伐柯如何[①]？	要做斧柄怎么办？
匪斧不克[②]。	没有斧头可不成。
取妻如何[③]？	要娶妻子怎么办？
匪媒不得。	没有媒人可不行。

【注释】

①伐：砍伐。柯：斧柄。

②匪：同“非”。克：能。

③取妻：即“娶妻”。

伐柯伐柯，	做斧柄呀做斧柄，
其则不远[①]。	规则离你并不远。
我觏之子[②]，	我遇见的好姑娘，
笾豆有践[③]。	食品摆列真美观。

【注释】

①则：法则，规则。《礼记·中庸》：“‘伐柯伐柯，其则不远。’执柯以伐柯，睨而视之，犹以为远，故君子以人治人，改而止。”

②觏（gòu）：遇见。之子：指要娶的女子。一说指周公。

③笾（biān）豆：古代盛食品的器具。有践：即“践践”，陈列整齐的样子。一说设宴迎接周公。

九罭

【题解】

这是一首赞美周公，挽留周公的诗篇。周公东征，平定了四国的叛乱，实行了安民的措施，受到东人的爱戴。东人欲挽留周公而不得，而作是诗。《毛诗序》说：“《九罭》，美周公也。周大夫刺朝廷之不知也。”方玉润《诗经原始》说：“此东人欲留周公不得，心悲而作是诗以送之也。其意若曰：九罭之鱼乃有鳟鲂，朝廷之士始见衮裳，今我东邑何幸而睹此衮衣绣裳之人乎？无怪其不能久留于兹也。”诗的首章以“九罭之鱼鳟鲂”起兴，以鳟鲂之类大鱼比喻来客的尊贵。第二、三章以“鸿飞遵渚”“鸿飞遵陆”，即鸿雁沿水洲远飞、沿着陆地高飞，比喻贵客西归。诗的末章用赋的手法，直接叙述不愿贵客离去的心情。也有人认为这是主人留客的诗，客人是位贵族，而不一定实指周公。

九罭之鱼鳟鲂①，	细眼网捕得大鳟鲂，
我觏之子②，	我看到的这位贵客，
衮衣绣裳③。	身着龙纹锦绣的衣裳。

【注释】

①九罭(yù)：捕小鱼的细眼网。鳟(zūn)鲂(fáng)：皆指大鱼。

②觏：遇合。

③衮衣：绣有龙纹的礼服，为王公所服。绣裳：彩色下服，为官服。

鸿飞遵渚①，	鸿雁沿着水洲翱翔，
公归无所②，	公爷归途无住宿的地方，
于女信处③！	就在你这儿住两个晚上！

【注释】

①鸿：大雁，一说天鹅。渚：水中小洲。

②无所：无定处。

③信处：再住一夜。两宿为信。

鸿飞遵陆①，	鸿雁沿着陆地高飞，
公归不复②，	公爷归去不可能再回，

于女信宿！　　就再住两个晚上怎样！

【注释】

①陆：高平之地。

②不复：不再返回。

是以有衮衣兮①，　　因此藏起他的绣龙裳，
无以我公归兮②！　　不要让我的公爷归去，
无使我心悲兮！　　不要使我心烦恼悲伤！

【注释】

①有：闻一多释为“藏”。

②无以：勿使。以，使。

狼跋

【题解】

《毛诗序》说：“《狼跋》，美周公也。周公摄政，远则四国流言，近则王不知。周大夫美其不失其圣也。”方玉润《诗经原始》说：“解此诗者，多牵涉成王不信周公，愚殊不取，已数辩之矣。唯朱氏善曰：‘物之累于形者，其进退跋疐，无所往而不病。圣人之周于德者，其进退从容，无所往而不宜。盖临大难而不惧，处大变而不忧，断大事而不疑，非道隆德盛者，故不足以语此，非常人所能及也。’数语颇能道得三代圣人气象出，乃是周公本色。诗也善于形容盛德，曰‘公孙硕肤’、‘赤舄几几’，令人想见诸葛君纶巾羽扇，指挥群材，从容得意时，有此气度也。”此诗用狼的进退皆狼狈不堪的情景，来衬托周公进退从容、无所往而不宜的智

慧品德。可参考。也有人认为这是讽刺贵族王孙的诗。

狼跋其胡[①]，	老狼前行踩下巴，
载疐其尾[②]。	后退又踩长尾巴。
公孙硕肤[③]，	公孙身形美又大，
赤舃几几[④]。	脚穿红鞋稳步踏。

【注释】

①跋：践，踩。胡：老狼颈项下的垂肉。朱熹《诗集传》："胡，颔下悬肉也。"

②载：且。疐(zhì)：脚踩。

③公孙：国君的子孙，此指周公。硕：大。肤：美。

④赤舃(xì)：红色的鞋，贵族所穿。几几：安重貌。

狼疐其尾，	老狼后退踩尾巴，
载跋其胡。	前行又踩肥下巴。
公孙硕肤，	公孙身形美又大，
德音不瑕[①]。	品德声誉美无瑕。

【注释】

①不瑕：无瑕疵，无过错。

中华经典名著

全本全注全译丛书

王秀梅◎译注

诗经 下

雅颂

中華書局

下册

雅

颂

雅

“雅”是产生于周朝王畿一带的乐调。朱熹《诗集传》说：“雅者，正也，正乐之歌也。其篇本有大小之殊，而先儒说又各有正变之别。以今考之，正小雅，燕飨之乐也。正大雅，会朝之乐、受釐陈戒之辞也。”根据朱说，“雅”有大小之分，大约与表演场合及官方、民间规模的不同有关，燕飨时奏小雅，朝会时奏大雅。惠周惕《诗说》则认为：“大小二雅，当以音乐别之，不以政之大小论也，如吕有大小吕。”可为一说。

小雅

《小雅》共七十四篇，大多产生于西周后期及东周初年。作者有上层贵族，也有下层平民。诗的内容广泛而丰富，多方面描写了当时的社会生活，暴露和抨击了当时社会政治的腐败与黑暗，还有一些农事、祭祀、宴饮赠答及感时述怀之作。

鹿鸣

【题解】

这是周王宴会群臣宾客的一首乐歌。《毛诗序》说：“《鹿鸣》，燕群臣嘉宾也。既饮食之，又实币帛筐篚以将其厚意，然后忠臣嘉宾得尽其心矣。”较切合诗意。诗以鹿鸣起兴。鹿是一种温驯的动物，它见到食物会呼唤同伴,以此兴起君有美酒佳肴召群臣嘉宾欢会宴饮。宴会上鼓瑟吹笙欢迎客人,为客人送上礼物,国君谦逊地向客人垂询治国兴邦的大道理,表示礼贤下士。又赞美客人明道理、善治民,是君子学习的楷模,向他们敬酒。最后宾主尽欢,宴会在君臣融洽的气氛中结束。后来《鹿鸣》也成为贵族宴会或举行乡饮酒礼、燕礼等宴会的乐歌。曹操曾把此诗的前四句直接引用在他的《短歌行》中,以表达求贤若渴的心情。及至唐、宋,科举考试后举行的宴会上,也歌唱《鹿鸣》之章,称为"鹿鸣宴",可见此诗影响之深远。

呦呦鹿鸣①,	鹿儿呦呦不停叫,
食野之苹。	呼唤同伴吃苹草。
我有嘉宾,	我有嘉宾满客厅,
鼓瑟吹笙。	为他鼓瑟又吹笙。
吹笙鼓簧,	为他吹笙又鼓簧,
承筐是将②。	捧上礼物满竹筐。
人之好我,	各位宾朋都爱我,
示我周行③。	讲明道理指方向。

【注释】

①呦呦(yōu):鹿鸣叫的声音。

②承:双手捧着。将:送。

③示:告诉。周行:大路。此处指处事应遵循的正确道理。

呦呦鹿鸣,	鹿儿呦呦不停叫,
食野之蒿。	呼唤同伴吃蒿草。

我有嘉宾，	我有嘉宾满客厅，
德音孔昭①。	谈吐高雅道理明。
视民不恌②，	示人宽厚不轻薄，
君子是则是效③。	君子学习好楷模。
我有旨酒④，	我有美酒献宾朋，
嘉宾式燕以敖⑤。	嘉宾畅饮乐盈盈。

【注释】

①德音：符合道理的话。孔：很。昭：明。

②视：同“示”。不恌（tiāo）：不轻薄。

③则：法则，榜样。效：仿效。

④旨酒：甜美的酒。

⑤燕：安。敖：舒畅快乐。

呦呦鹿鸣，	鹿儿呦呦叫不停，
食野之芩。	呼唤同伴吃野芩。
我有嘉宾，	我有嘉宾满客厅，
鼓瑟鼓琴。	为他鼓瑟又弹琴。
鼓瑟鼓琴，	琴瑟合奏声优美，
和乐且湛①。	人人沉浸欢乐中。
我有旨酒，	我有美酒献宾朋，
以燕乐嘉宾之心。	快乐永驻客心中。

【注释】

①湛（dān）：“媅”的借字，非常快乐。

四牡

【题解】

这是一位周朝臣子,因王事出使在外,长期奔波,不能归家,而写了这首思家的诗。此诗交互使用赋和兴两种手法,叙其事,抒其情,写诗人的所见所想:马车的高速奔驰、王事的没完没了、道路的曲折遥远、对家乡和父母的思念,表达了奔波在外的辛劳和不能在父母身边奉养的遗憾。以鸟的自由飞翔,降落灌木丛中歇脚,联想到自己服役的劳苦和宿无定所,还不如鸟儿自由自在。读了此诗,宛如看到了这位官员风尘仆仆在途中奔走的画面,重现了那个时代官员生活的一个情景。《毛诗序》说:"《四牡》,劳使臣之来也。有功而见知,则说(悦)矣。"说这是君主慰劳出使臣子的诗,与诗意不符。诗中明言"是用作歌",表明诗的作者是使臣自己,而不是君主。方玉润说此诗的主旨是"勤王事也",也不全面。

四牡騑騑①,	四马驾车奔跑忙,
周道倭迟②。	大道曲折向远方。
岂不怀归③?	难道我不思家乡?
王事靡盬④,	国家公事办不完,
我心伤悲。	让我心中多悲伤。

【注释】

①四牡:指驾车的四匹雄马。騑騑(fēi):奔跑不停貌。

②周道:大道。倭迟:即"逶迤",道路迂回长远。

③怀归:思归。

④靡盬(gǔ):没有止息,没完没了。

四牡騑騑，	四马驾车把路赶，
啴啴骆马[①]。	黑鬃白马气喘喘。
岂不怀归？	难道我不思家乡？
王事靡盬，	国家公事办不完，
不遑启处[②]。	哪有片刻能休闲。

【注释】

①啴啴（tān）：马疲惫喘息貌。骆马：白马黑鬣。

②不遑：无暇。启处：安居休息。

翩翩者鵻[①]，	鹁鸪翩翩在飞翔，
载飞载下[②]，	飞上飞下多欢畅，
集于苞栩[③]。	落在丛生柞树上。
王事靡盬，	国家公事办不完，
不遑将父[④]。	没有空闲把父养。

【注释】

①翩翩：飞行貌。鵻（zhuī）：鹁鸪。或以为祝鸠。或以为鸽子。

②载飞载下：上下飞翔。载，语助词。

③集：落。苞栩：丛生的柞木。

④将：养。

翩翩者鵻，	鹁鸪翩翩空中翔，
载飞载止，	飞飞停停嬉戏忙，
集于苞杞[①]。	落在丛生杞树上。

王事靡盬，
不遑将母。

国家公事没个完，
没有空闲将母养。

【注释】

①杞：灌木，又名枸杞。

驾彼四骆，
载骤骎骎[①]。
岂不怀归？
是用作歌[②]，
将母来谂[③]。

四马驾车马儿壮，
奔驰不停赶路忙。
难道我不思家乡？
编了这首歌儿唱，
以此怀念我亲娘。

【注释】

①骤：疾驰貌。骎骎(qīn)：马奔驰貌。
②是用：是以，所以。
③谂(shěn)：思念，怀念。

皇皇者华

【题解】

这是一首使臣出去查访民间情况，自述其尽心尽职，努力工作，不辞劳苦的诗。这位使臣在外奔忙，访问咨询各种情况，周密思虑，尽心尽职，充满自信乐观的情绪，以此可见周朝盛世气象。《毛诗序》说："《皇皇者华》，君遣使臣也。送之以礼乐，言远而有光华也。"《郑笺》："言臣出使能扬君之美，延其誉于四方，则为不辱命也。"此着眼点在扬君之美，延誉四方，与诗意不全相符。方玉润《诗经原始》说："此遣使臣之诗。""夫天下至大，朝廷至远，民间疾苦，何由周知？惟赖使者悉心访察以告天子。故膺兹选者，凡修废举坠之在所当议，边防水利之在所当筹，兴利除害之在所当酌，遗逸耆旧之在所当询者，莫不殷殷致意。上之德欲其宣，下之情欲其达，故不可以不重也。诗曰'咨诹'，又曰'咨谋'，曰'咨度'、曰'咨询'者，意固各有所在，非徒叶韵而已。"对诗的解释比较全面。

皇皇者华①，	花儿开得多鲜艳，
于彼原隰②。	高原洼地都开遍。
駪駪征夫③，	率领人马去出差，
每怀靡及④。	担心办事不圆满。

【注释】

①皇皇：鲜明貌。华：花。

②原：高的平原。隰（xí）：低湿之地。

③駪駪（shēn）：众多貌。

④每：经常。怀：顾虑，担心。靡及：不及，不到。

我马维驹①，	我的马儿真雄骏，
六辔如濡②。	六条缰绳多柔韧。
载驰载驱，	扬鞭策马快快跑，
周爰咨诹③。	广泛访问多咨询。

【注释】

①驹：《释文》："驹，本亦作骄。"马高六尺为骄。

②辔:马缰绳。一车四马,每马一条缰绳,外加控制车马方向的两条缰绳,共六条缰绳,故言“六辔”。濡:有光泽貌。

③周爰咨诹(zōu):广泛地咨询访问,征求意见。周,周遍,广泛,全面。爰,于。咨,访问。诹,了解情况。

我马维骐[1],	我的马儿多骏健,
六辔如丝[2]。	六条缰绳如丝匀。
载驰载驱,	扬鞭策马速速奔,
周爰咨谋[3]。	广泛咨询多访问。

【注释】

①骐:青黑色的马。

②如丝:像织丝一样协调。

③谋:商议。

我马维骆,	雪白马儿黑鬃扬,
六辔沃若[1]。	六条缰绳韧又光。
载驰载驱,	扬鞭策马迅速奔,
周爰咨度[2]。	周全询问细掂量。

【注释】

①沃若:柔润有光泽。

②度(duó):斟酌,掂量。

我马维骃[1],	马儿黑白毛相间,

六辔既均[2]。	六条缰绳均和颤。
载驰载驱，	策马扬鞭迅速跑，
周爰咨询[3]。	细心询访多探讨。

【注释】

①骃(yīn)：毛色黑白相间的马。

②均：调和。

③询：探究询问。

常棣

【题解】

这是一首写兄弟宴饮之乐的诗。周代是以家庭伦理关系为本位的社会，兄弟关系是其中重要的一方面。全诗八章，从各个方面论述了"凡今之人，莫如兄弟"的血浓于水的道理。在生死关头，在危难时刻，在外侮面前，只有兄弟才会挺身而出，相互帮助，而朋友则多在和平安定时才表现出更多的友情。诗中所讲的现象，在生活中也是常见的，因此能引起读者共鸣。此诗用抒情和说理相间的手法，反复讲述兄弟要友爱的道理，并运用比兴手法，加强诗的感染力。如首章以"常棣之华，鄂不韡韡"起兴，以花萼、花蒂同根共荣，比喻兄弟利益相关。第三章"脊令在原，兄弟急难"，以鸟类的友爱比喻兄弟急难时要相互救助，加强了诗的感染力。关于诗的作者，《毛诗序》说："《常棣》，燕兄弟也。闵管、蔡之失道，故作《常棣》焉。"《郑笺》："周公吊二叔之不咸，而使兄弟之恩疏，召公为作此诗，而歌之以亲之。"认为诗的作者是召公。方玉润《诗经原始》说："此诗，《左传》富辰谓召穆公作，《国语》富辰又以为周文公诗。唯韦昭云：'周公作《常棣》之篇，以闵管、蔡而亲兄弟。其后周室既衰，厉王无道，骨肉恩缺，亲亲礼废，宴兄弟之乐绝。故召穆公思周德之不类，而合其宗族于成周，复作《常棣》之歌以亲之。'是诗为周公作，穆公特重歌之耳。且诗云'丧乱既平'，则明是诛管、蔡后语，非周公境地则不合，断断不可移于他人兄弟上去。召穆公为周族歌之，尚可曰诵先芬以戒后哲，若他兄弟歌此，岂能切乎？"方氏认为此诗为周公所作，召公只是"重歌之"而已。

常棣之华①，	棠棣之花真鲜艳，
鄂不韡韡②。	花萼花蒂紧相连。
凡今之人，	你看如今世上人，
莫如兄弟。	没人能比兄弟亲。

【注释】

①常棣（dì）：木名，一作"棠棣"，又名郁李。

②鄂：通"萼"，即花萼。不（fū）：花托。韡韡（wěi）：鲜明的样子。

死丧之威①，	生老病死最可怕，
兄弟孔怀②。	只有兄弟最关心。
原隰裒矣③，	聚土成坟在荒原，
兄弟求矣。	只有兄弟来相寻。

【注释】

①威：通"畏"。

②孔：甚。怀：思念。

③原：高平之地。隰（xí）：低湿之地。裒（póu）：聚集。

脊令在原[①]，	鹡鸰飞落在高原，
兄弟急难。	兄弟急忙来救难。
每有良朋[②]，	虽然有些好朋友，
况也永叹[③]。	你遭难时只长叹。

【注释】

①脊令：鸟名，即“鹡鸰”，亦名雝渠。《郑笺》：“雝渠，水鸟。而今在原，失其常处，则飞则鸣求其类，天性也。犹兄弟之于急难。”原：平原。

②每：虽。

③况：增加之意。永：长。

兄弟阋于墙[①]，	兄弟在家虽争吵，
外御其务[②]。	外侮面前定携手。
每有良朋，	虽然也有好朋友，
烝也无戎[③]。	时间久了也难助。

【注释】

①阋(xì)：争斗。墙：墙内，家庭之内。

②外：墙外。务：通“侮”。

③烝：久，长久。一说为发语词。戎：帮助。

丧乱既平，	丧乱之事既平定，
既安且宁。	日子平安又宁静。
虽有兄弟，	这时虽有亲兄弟，

不如友生[①]。	朋友表现更热情。

【注释】

①友生：朋友。生，语助词。

傧尔笾豆[①]，	杯子盘子摆上来，
饮酒之饫[②]。	又是饮酒又吃菜。
兄弟既具[③]，	兄弟团聚在一起，
和乐且孺[④]。	和和乐乐多亲爱。

【注释】

①傧(bìn)：陈列。笾(biān)：竹制器具，用来盛水果、干肉等。豆：木制盛肉器。

②饫(yù)：酒足饭饱。

③具：通“俱”，到齐。

④孺：相亲。

妻子好合，	夫唱妇随妻子好，
如鼓瑟琴。	琴瑟合鸣同到老。
兄弟既翕[①]，	兄弟感情也融洽，
和乐且湛[②]。	全家聚合乐陶陶。

【注释】

①翕(xī)：合，聚合。

②湛(dān)：喜乐。

宜尔室家[①]，	家庭和乐多兴旺，
乐尔妻帑[②]。	妻子儿女喜洋洋。
是究是图[③]，	精打细算多商量，
亶其然乎[④]？	道理确实是这样。

【注释】

①宜：安。

②帑（nú）：通“孥”，儿女。

③究：深思。图：考虑。

④亶（dǎn）：确实。然：这样。

伐木

【题解】

这是一首宴请亲朋故旧的乐歌。每章都由伐木起兴，说明友情、亲情的可贵，提倡大家都要相互关心，相互帮助，常来常往。我国古代非常重视朋友，把它列入五伦（君臣、父子、兄弟、夫妇、朋友）之内，认为朋友可帮助你明白道理、增进德行、增长学业。朋友之间的情谊是高尚的、神圣的、人生不可缺失的。诗中还言及诸父、诸舅、兄弟，方玉润《诗经原始》说：“盖兄弟亲戚中，皆有友道在焉。朋友不离乎兄弟亲戚，亲戚兄弟自可以为朋友。所贵乎朋友者，心性相投，道义相交耳。故首章统言朋友之交，当可质诸神明，始终不渝。如嘤鸣友声，虽使神之听之，亦终和且平。”认为友情可存在亲情之中，亲情中也有友情。《毛诗序》更认为重视亲朋故旧能使民德归于淳厚。它说：“《伐木》，燕朋友故旧也。自天子至于庶人，未有不须友以成者。亲亲以睦，友贤不弃，不遗故旧，则民德归厚矣。”

伐木丁丁，	伐木之声叮叮叮，
鸟鸣嘤嘤。	群鸟鸣叫声嘤嘤。
出自幽谷，	鸟儿来自深山谷，
迁于乔木。	飞来落在高树丛。
嘤其鸣矣，	鸟儿嘤嘤鸣不停，
求其友声①。	为了寻求友与朋。
相彼鸟矣，	看它只是一群鸟，
犹求友声。	还有嘤嘤求友声。
矧伊人矣②，	何况我们是人类，
不求友生③？	哪能无友度一生？
神之听之，	神灵听到我的话，
终和且平④。	也给人类降和平。

【注释】

①友声：同类的声音。

②矧(shěn)：况且。伊人：是人，这人。

③友生：朋友。

④终：既。

伐木许许，	锯木之声呼呼响，
酾酒有藇①。	新滤美酒醇又香。
既有肥羜②，	烧好肥嫩小羔羊，
以速诸父③。	快请叔伯尝一尝。
宁适不来④，	宁可有事他不来，
微我弗顾⑤。	非我礼节不周详。

於粲洒扫[6]，	屋内洁净又清爽，
陈馈八簋[7]。	八盘美食摆席上。
既有肥牡，	既有肥嫩小羔羊，
以速诸舅[8]。	快请长辈来尝尝。
宁适不来，	宁可有事他不来，
微我有咎[9]。	不叫别人说短长。

【注释】

①釃(shī)酒：滤酒。有藇(xù)：即“藇藇”，形容酒美。

②羜(zhù)：羊羔。

③速：召，请。诸父：同姓长辈。

④宁：宁可。适：凑巧。

⑤微：非。顾：念。

⑥於(wū)：叹美词。粲：鲜明洁净。

⑦馈(kuì)：食物。簋(guǐ)：盛食品的器具。

⑧诸舅：指异姓长辈。

⑨咎：过错。

伐木于阪[1]，	伐木来到山坡上，
釃酒有衍[2]。	酒杯斟满快要淌。
笾豆有践[3]，	盘儿碗儿端上桌，
兄弟无远[4]。	兄弟相亲莫相忘。
民之失德，	人们为啥失情谊，
干糇以愆[5]。	多因招待不周详。
有酒湑我[6]，	家中有酒拿出来，

无酒酤我⑦。	没酒赶快出去买。
坎坎鼓我，	鼓儿敲得咚咚响，
蹲蹲舞我⑧。	翩翩起舞袖高扬。
迨我暇矣⑨，	乘我今天有空暇，
饮此湑矣。	饮此美酒心欢畅。

【注释】

①阪：斜坡。

②有衍：即“衍衍”，盛满的样子。

③笾（biān）豆：笾和豆是古代盛食物的两种容器。践：陈列。

④无远：不要疏远，别见外。

⑤干糇（hóu）：干粮。此处指粗劣食物。愆：过错。

⑥湑（xǔ）：滤酒。我：语尾助词，犹“兮”，即今之“啊”。

⑦酤：买酒。

⑧蹲蹲（cún）：当作“墫墫”，跳舞的样子。

⑨迨：趁着。

天保

【题解】

这是臣子祝颂君主的诗。《毛诗序》说：“《天保》，下报上也。君能下下以成其政，臣能归美以报其上焉。”周克商之后，周的统治者认为他们的政权是受命于天，鉴于殷商灭亡的教训，他们“畏天之威”，“敬天之命”，奉行德政，以安抚百姓，国家日益安定。这时产生一些歌颂上天、歌颂君主的诗歌。此诗一、二、三章，反复吟咏“天保定尔”，热情歌颂上天降福赐禄，表达对君主的忠心和对上天的虔诚，这反映了周人的天命观。此诗一个奇妙之处，为了歌功颂德，竟连用了九个“如”字：“如山如阜”“如冈如陵”“如川之方至”“如月之恒”“如日之升”“如南山之寿”“如松柏之茂”用来歌颂和祝福君主，可见诗人想象力的丰富。后来“天保九如”就成为祝颂之词。

天保定尔①，　　上天保佑您安宁，
亦孔之固②。　　王位牢固国昌盛。
俾尔单厚③，　　让您国力加倍增，
何福不除④？　　何种福禄不相赐？
俾尔多益⑤，　　让您财富日丰盈，
以莫不庶⑥。　　没有什么不盛兴。

【注释】

①保：保护。定：平安。尔：指国君。

②亦：又。孔：甚。固：巩固。

③俾：使。单厚：马瑞辰《毛诗传笺通释》：“单者，亶之假借。……亶之本义为多谷，引伸之为信厚。……单、厚同义，皆为大也。”

④除：赐予。

⑤多益：多富，即富有。

⑥庶：众多。

天保定尔，　　上天保佑您安宁，
俾尔戬穀①。　　享受福禄享太平。
罄无不宜②，　　所有事情无不宜，
受天百禄③。　　受天百禄数不清。

降尔遐福[④]，	给您福气长久远，
维日不足[⑤]。	整日享用用不尽。

【注释】

①戬(jiǎn)：吉祥，幸福。穀：善。

②罄(qìng)：尽，指所有的一切。

③百禄：百福。百，言其多。

④遐福：远福，即久长、远大之福。

⑤维日不足：言因福之多而广远，日日享福也享受不完。

天保定尔，	上天保佑您安宁，
以莫不兴[①]。	没有什么不兴盛。
如山如阜[②]，	福瑞宛如高山岭，
如冈如陵[③]。	绵延就像冈和陵。
如川之方至[④]，	又如江河滚滚来，
以莫不增[⑤]。	没有什么不日增。

【注释】

①兴：兴盛。

②阜(fù)：高丘。

③陵：丘陵。

④如川之方至：朱熹《诗集传》："川之方至，言其盛长之未可量也。"川，蔡邕曰："众流注海曰川。"

⑤增：增加。

吉蠲为饎[①]，	吉日沐浴置酒食，
是用孝享[②]。	敬献祖先供祭享。
禴祠烝尝[③]，	春夏秋冬四季忙，
于公先王[④]。	献祭先公和先王。
君曰卜尔[⑤]，	先祖传话“祝愿你，
万寿无疆。	寿无止境万年长”。

【注释】

①吉蠲(juān)：指吉日斋戒沐浴。蠲，清洁。为饎(chì)：置办酒食。饎，酒食。

②孝享：献祭。孝，祭祀。

③禴(yuè)祠烝尝：四时祭祖的名称。春曰祠，夏曰禴，秋曰尝，冬曰烝。

④于公先王：指献祭于先公先王。朱熹《诗集传》：“公，先公也。谓后稷以下至公叔祖类也。先王，太王以下也。”

⑤君曰：即尸传达神的话。君，指先公先君的神灵。祭祀时，由活人扮演先君的神主，也叫“尸”，尸可代表神讲话。卜：付，给予。或以为“报”。

神之吊矣[①]，	神祇感动来降临，
诒尔多福[②]。	赐您福禄和鸿运。
民之质矣[③]，	您的人民多质朴，
日用饮食[④]。	饮食满足就算行。
群黎百姓[⑤]，	黎民百官心一致，
遍为尔德[⑥]。	普遍感激您恩情。

【注释】

①吊:至,指神灵、祖考降临。一说训"淑",即善。

②诒:送,赠给。

③质:质朴,诚实。

④日用饮食:以日用饮食为事,形容人民质朴之状态。

⑤群黎:民众,指普通劳动人民。百姓:贵族,即百官族姓。

⑥为:读"讹",即感化。为,繁体为"爲",与"譌"因形近而误。马瑞辰《毛诗传笺通释》:"为,当读如'式讹尔心'之讹。讹,化也。"

如月之恒[①],	您像上弦月光明,
如日之升。	您像太阳正东升。
如南山之寿,	您像南山永长寿,
不骞不崩[②]。	永不亏损不坍崩。
如松柏之茂,	您像松柏永繁茂,
无不尔或承[③]。	福寿都由您继承。

【注释】

①恒:陈奂《诗毛氏传疏》释为"月上弦之貌"。

②骞:亏损。崩:崩溃。

③或承:即"是承"。承,继承,承受。

采薇

【题解】

这是一位戍边兵士在服役归来途中写下的诗篇。诗的写作时代已不可考,有人认为是周懿王时的作品。诗中表达了久戍不归的思家之苦，追忆了在战场上同仇乱忾、英勇杀敌的战斗场面，最后描写归途中所见到的情景及内心的伤感之情。《毛诗序》说：“《采薇》，遣戍役也。文王之时，西有昆夷之患，北有猃狁之难。以天子之命，命将率遣戍役，以守卫中国。故歌《采薇》以遣之，《出车》以劳还，《杕杜》以勤归也。”此诗创造出了千古称颂的佳句：“昔我往矣，杨柳依依。今我来思，雨雪霏霏。”“依依”二字写尽了杨柳的风貌，给人以无限的遐想，而且景中含情，情景交融，是用任何词汇都无法替代的。《世说新语·文学》篇记载了这样一个故事：有一天谢安和他的子弟们聚会，他提出一个问题：《诗经》中哪个句子最优美？他的侄子谢玄回答说：“昔我往矣，杨柳依依。今我来思，雨雪霏霏。”可见古人对此诗评价之高。“杨柳依依”的意象一经创造出来，便成为千古不朽的名句。方玉润《诗经原始》说：“此诗之佳，全在末章：真情实景，感时伤事，别有深情，非可言喻。”是很中肯的。此诗另一成功处，是创造了“以乐景写哀，以哀景写乐”的美学境界。王夫之《姜斋诗话》说：“昔我往矣，杨柳依依。今我来思，雨雪霏霏。以乐景写哀，以哀景写乐，一倍增其哀乐。”征人有幸生还，本应兴高采烈，但想起离家时柳枝轻飏，回来时已不知是几年后的雨雪纷飞时光，不知家已经变成了什么样子，怎能不伤心悲痛呢！

采薇采薇①，	采薇菜呀采薇菜，
薇亦作止②。	薇菜已经发了芽。
曰归曰归，	说归家呀道归家，
岁亦莫止③。	一年又快过完啦。
靡室靡家④，	没有妻子没成家，
玁狁之故⑤。	因和玁狁把仗打。
不遑启居⑥，	没有空暇难休息，
玁狁之故。	要和玁狁去厮杀。

【注释】

①薇(wēi)：野豌豆苗，嫩苗可吃。

②作：生，指薇冒出地面。止：语气词。

③莫：同“暮”。

④靡(mǐ)：无，没有。

⑤猃狁(xiǎn yǔn)：也作“猃允”，我国古代北方少数民族。秦汉时称“匈奴”，隋唐时称“突厥”，也统称“北狄”。

⑥不遑(huáng)：无暇，没有时间。启：跪。居：坐。

采薇采薇，	采薇菜呀采薇菜，
薇亦柔止。	采那薇菜柔嫩芽。
曰归曰归，	说归家呀道归家，
心亦忧止。	愁思不已乱如麻。
忧心烈烈[①]，	忧心忡忡如火烧，
载饥载渴。	又饥又渴日难熬。
我戍未定，	驻地不定常调动，
靡使归聘[②]。	让谁来把家书捎。

【注释】

①烈烈：形容忧心如焚的境况。

②聘：探问。

采薇采薇，	采薇菜呀采薇菜，
薇亦刚止。	薇菜枝芽已变老。
曰归曰归，	说归家呀道归家，

岁亦阳止[①]。	转眼又过半年了。
王事靡盬[②]，	公家差事没个完，
不遑启处[③]。	想要休息难上难。
忧心孔疚[④]，	心情痛苦似油煎，
我行不来！	不知能否把家还！

【注释】

①阳止：指夏历四月以后。

②靡盬(gǔ)：没有休止。

③启处：同“起居”。

④孔：很。疚(jiù)：痛苦。

彼尔维何[①]？	那盛开的是何花？
维常之华[②]。	那是美丽棠棣花。
彼路斯何[③]？	那辆战车是谁的？
君子之车。	将军作战坐着它。
戎车既驾，	战车驾起要出发，
四牡业业[④]。	四匹壮马把车拉。
岂敢定居？	出征怎敢图安定？
一月三捷。	一月多胜把敌杀。

【注释】

①尔：通“苶”，花盛开的样子。

②常：“常棣”的省称，植物名，即郁李。

③路：辂，高大的车，也叫“戎车”。

④业业：高大雄壮的样子。

驾彼四牡，	驾车四匹大公马，
四牡骙骙[①]。	马儿强壮又高大。
君子所依，	将军指挥立车上，
小人所腓[②]。	士兵隐蔽也靠它。
四牡翼翼[③]，	四匹壮马向前行，
象弭鱼服[④]。	士兵持箭拿雕弓。
岂不日戒[⑤]？	无时无刻不戒备，
猃狁孔棘[⑥]！	军情紧急抗猃狁。

【注释】

①骙骙(kuí)：马强壮的样子。

②腓(féi)：隐蔽。

③翼翼：行动整齐熟练的样子。

④象弭(mǐ)：两端用象牙装饰的弓。鱼服：用鲨鱼皮制作的箭袋。

⑤日戒：每天戒备。

⑥孔棘：非常紧急。

昔我往矣，	昔日从军上战场，
杨柳依依[①]。	杨柳依依好春光。
今我来思，	今日归来路途上，
雨雪霏霏[②]。	大雪纷纷满天扬。
行道迟迟，	道路泥泞走得慢，
载渴载饥。	又渴又饥苦难当。

我心伤悲，　　　　我心伤感悲满腔，
莫知我哀！　　　　谁人知我痛断肠。

【注释】

①依依：形容柳枝茂盛而随风飘动的样子。

②霏霏（fēi）：雪花纷飞飘落的样子。

出车

【题解】

这是一位武士自述他跟随统帅南仲出征及凯旋的诗。当时西周面临的敌人，北有猃狁，西有昆夷，为了王朝的安定，周王朝曾多次派兵征讨。以南仲为统帅的这次征讨，取得了辉煌的战果。诗人以满腔热情歌颂了南仲的赫赫战功，同时也表达了自己身历其境的艰辛困苦和胜利后的喜悦之情。方玉润《诗经原始》说："此诗以伐猃狁为主脑，西戎为余波，凯还为正意，出征为追述，征夫往来所见为实景，室家思念为虚怀。"概括了诗的整体架构。接着方氏又分述各章内容，他说："其首二章，先叙出军车旂之盛，旐旐飞扬，仆夫况瘁，已将大将征伐声势赫赫写出，惊心动魄，照人耳目。次又言王之命仲，仲之承王，愈加郑重。义正词严，声灵百倍，早使敌人丧胆，猃狁慑服。故不烦一镞一矢，但城朔方而边患自除。非'赫赫南仲'上承天子威灵，下同士卒劳苦，何能收功立效之速如是哉？"接着他又叙述三、四、五章的内容："不但此也，方议回军，复事西戎。故以得胜王师加诸一隅亡虏，更不待衂刃而自解矣。此尤见南仲恩威并著，谋国远略有非他将所能及者。然当其将还未还时，征夫往来，景物变迁，故觉可感，即其室家，抚景怀人，宁无怨思？总以王事多难，简书迫我，故不敢顾私情而辞公义耳。迨至今而春回日暖，草长莺飞，采蘩妇子，祁祁郊外，而壮士凯还，则执讯获丑，献俘天子，归功大帅。”可谓言简意赅，将诗的内容概括无余。但诗中有些句子有仿效的痕迹，如第四章套用《采薇》中的诗句，第五章运用了《草虫》中的句子等，使有的章节显得不太自然流畅。

我出我车，	我乘着我的战车，
于彼牧矣①。	来到那城郊野外。
自天子所②，	打从天子的住地，
谓我来矣③。	派遣我到这里来。
召彼仆夫④，	唤来御车众武士，
谓之载矣。	快把武器来装载。
王事多难，	国家危难的时刻，
维其棘矣⑤。	事情紧急莫等待。

【注释】

①于：往，到。牧：郊外。

②所：地方，处所。

③谓：使。

④仆夫：御夫，驾车的人。

⑤维：发语词。棘：通“亟”，紧急。

我出我车，	我乘着我的战车，
于彼郊矣。	来到那城郊野外。
设此旐矣①，	车上飘着龟蛇旗，
建彼旄矣②。	牦牛尾旗竖起来。

彼旟旐斯[3]，	还有壮观鹰隼旗，
胡不旆旆[4]？	无不猎猎迎风摆。
忧心悄悄[5]，	忧虑战事心不安，
仆夫况瘁[6]。	仆夫憔悴身累坏。

【注释】

①旐(zhào)：绘有龟蛇图形的旗帜。

②旄(máo)：用牦牛尾做装饰的旗帜。

③旟(yú)：绘有鹰隼图形的旗帜。斯：语助词。

④旆旆(pèi)：旗帜飞扬的样子。

⑤悄悄：忧愁的样子。

⑥况瘁(cuì)：憔悴的样子。

王命南仲[1]，	王命将军为南仲，
往城于方[2]。	往那北方去筑城。
出车彭彭[3]，	战车行驶声隆隆，
旂旐央央[4]。	军旗招展色鲜明。
天子命我，	天子给我下命令，
城彼朔方。	到那朔方去筑城。
赫赫南仲[5]，	威名赫赫我南仲，
猃狁于襄[6]。	将那猃狁扫出境。

【注释】

①南仲：周宣王时大将，亦作“南中”。

②城：筑城。方：指朔方，北方。

③彭彭：盛多的样子。
④旂(qí)：绘有双龙图形并有铃的旗帜。央央：鲜明的样子。
⑤赫赫：声名显赫。
⑥襄：除。

昔我往矣，	往昔北征离家乡，
黍稷方华[①]。	黍稷发花扬清香。
今我来思，	如今队伍转回来，
雨雪载涂[②]。	大雪飘飘化泥浆。
王事多难，	国家多灾又多难，
不遑启居。	日日忙碌不得安。
岂不怀归？	难道不想回家转？
畏此简书[③]。	只因军令难违反。

【注释】

①方：正。华：开花。
②载涂：满路。涂，同“途”。
③简书：写在竹简上的文书。此指周王的命令。

喓喓草虫[①]，	草丛蝈蝈喓喓叫，
趯趯阜螽[②]。	田间野地蚱蜢跳。
未见君子，	未曾看见南仲面，
忧心忡忡。	忧心忡忡愁思绕。
既见君子，	如今见到南仲面，
我心则降[③]。	心情平静不焦躁。

赫赫南仲，	威名赫赫我南仲，
薄伐西戎[4]。	早把西戎来清剿。

【注释】

①喓喓(yāo)：虫鸣声。

②趯趯(tì)：跳跃的样子。阜螽(zhōng)：蚱蜢。

③降：下，指放心。

④薄：语助词，含有勉励之意。

春日迟迟[1]，	春天到来白日长，
卉木萋萋[2]。	草木茂盛色苍苍。
仓庚喈喈[3]，	黄莺喳喳枝头唱，
采蘩祁祁[4]。	采蘩姑娘采摘忙。
执讯获丑[5]，	审问俘虏记战绩，
薄言还归。	胜利归来回家乡。
赫赫南仲，	威名赫赫我南仲，
玁狁于夷[6]。	平定玁狁国运昌。

【注释】

①迟迟：日长的样子。

②卉(huì)：草。萋萋：茂盛的样子。

③仓庚：黄莺。喈喈：鸟鸣声。

④祁祁：众多的样子。

⑤执：捕获。讯：审问。丑：指敌人。

⑥夷：平定。

杕杜

【题解】

这是一位妇女思念长久在外服役丈夫的诗。丈夫久久不归，她的思念从秋到春，从春到秋，似乎永无尽头。王先谦《诗三家义集疏》引《盐铁论·徭役》篇云："古者无过年之繇，无逾时之役。今近者数千里，远者过万里，历二期不还，父母愁忧，妻子咏叹。愤懑之恨，发动于心；慕积之思，痛于骨髓。此《杕杜》《采薇》之诗所为作也。"正确地概括了诗的主题。诗的前三章首二句，以物起兴，也暗点出季节。杕杜结实是秋季，杕杜生叶是春季，枸杞结果又是秋季，可见时间已过了两个秋季。钟惺曰："诗以物纪时，妙笔，后人不能。"第三章说檀木战车已经破败，可见行役之久。离别愈久则思念愈深，曰"我心伤悲"，曰"忧我父母"，忧愁步步加深。在无奈时，就只有求助于神灵了。所以，卒章说到占卜，虽然占卜结果是吉卦，说"征夫迩止"，即近期就会回来，但征人到底是否归来，却成了永远的悬念。

有杕之杜①，	一株棠梨生路旁，
有睆其实②。	累累果实挂枝上。
王事靡盬，	国家战事无休止，
继嗣我日③。	服役日子又延长。
日月阳止④，	时光已到十月底，
女心伤止⑤，	女人心里多悲伤，
征夫遑止⑥。	征人有空应还乡。

【注释】

①杕(dì)之杜：独生的棠梨树。女子自喻。

②有睆(huǎn)：犹“睆睆”，果实众多貌。

③继嗣：继续。指归期延长。

④阳：指农历十月。止：语气词。

⑤女心伤止：这里套用《七月》“女心伤悲”之句，意指征夫的妻子内心悲伤。

⑥遑：闲暇。

有杕之杜，	一株棠梨生路旁，
其叶萋萋。	树叶繁茂茁壮长。
王事靡盬，	国家战事无休止，
我心伤悲。	我的心里真悲伤。
卉木萋止，	野草树木又葱绿，
女心悲止，	女人心里多忧伤，
征夫归止。	望那征人早还乡。

陟彼北山，	登上北山高山坡，
言采其杞[①]。	采集枸杞红红果。
王事靡盬，	国家战事无休止，
忧我父母。	担心父母心伤悲。
檀车幝幝[②]，	檀木战车已破败，
四牡痯痯[③]，	四匹战马也疲惫，
征夫不远！	征人也应快回归！

【注释】

①杞：枸杞。

②檀车：指行役之车。檀木坚硬，古人用以制车。故名“檀车”。幝幝（chǎn）：破蔽之貌。表示行役日久，车亦破败不堪。《释文》引《韩诗》作“缕缕”，缓貌。或以为车缓行的样子。

③痯痯（guǎn）：疲病貌。

匪载匪来[①]，	未见征战人归来，
忧心孔疚。	忧心忡忡苦苦想。
期逝不至[②]，	归期已过不见回，
而多为恤[③]。	为此使我更心伤。
卜筮偕止[④]，	既用龟筮又占卜，
会言近止[⑤]，	都说归期不太长，
征夫迩止！	征人不久即回乡！

【注释】

①匪载匪来：言征夫不载于车，亦不归来。载，此处指车。

②逝：往。不至：不到来。

③多：俞樾读“多”为“祇”。祇，适也。恤：忧思。

④卜筮：以甲骨占曰卜，以蓍草占曰筮。偕：俱，此言卜筮齐用。

⑤会言近止：此言综合卜筮的结果，都说征夫已近。会，合。

鱼丽

【题解】

这是一首描写贵族燕飨宾客的诗。《毛诗序》说：“《鱼丽》，美万物盛多能备礼也。文、武以《天保》以上治内，《采薇》以下治外。始于忧勤，终于逸乐。故美万物盛多可以告于神明矣。”说明这是祭祀宗庙和神明之后，君臣宴饮的乐歌。诗中赞美宴会的食物丰盛，尤其赞美鱼的品种丰富，这与祈祷万物丰收有关，从而也可看出贵族阶层的奢华生活。后来这首诗就成为通用的燕飨之歌。

鱼丽于罶①，	鱼儿钻入了鱼篓，
鲿鲨②。	有鲜美的鲿和鲨。
君子有酒，	君王宴会备有酒，
旨且多③。	味道香醇种类多。

【注释】

①丽（lí）：通“罹”，遭。罶（liǔ）：捕鱼用的竹笼。

②鲿（cháng）：黄颊鱼。鲨：又名鮀（tuó），鱼小，体细长。《孔疏》引陆机云：“鱼狭而小，常张口吹沙。”

③旨：味美。多：指酒多。

鱼丽于罶，	鱼儿钻入了鱼篓，
鲂鳢①。	有鲜美的鲂和鳢。
君子有酒，	君王宴会备有酒，
多且旨。	美酒多多味清香。

【注释】

①鲂（fáng）：今名鳊鱼。鳢（lǐ）：今名黑鱼。体黑鳞细。

鱼丽于罶，	鱼儿钻进了鱼篓，

鰋鲤[①]。	有肥美鲇鱼锦鲤。
君子有酒，	君王宴会备有酒，
旨且有[②]。	甜香美酒样样有。

【注释】

①鰋（yǎn）：鲇鱼。

②有：充足，富有。

物其多矣[①]，	食品如此丰盛啊，
惟其嘉矣[②]！	又是这样甘美啊！

【注释】

①物：指宴席所陈饭肴。

②嘉：美好。

物其旨矣，	食品如此甜美啊，
惟其偕矣[①]！	又是这样齐备啊！

【注释】

①偕：齐备。

物其有矣，	食品如此丰富啊，
惟其时矣[①]！	又是这样应时啊！

【注释】

①时：时鲜，即应季食品。

南陔

白华

华黍

南有嘉鱼

【题解】

这也是一首贵族燕飨宾客之歌。方玉润《诗经原始》说："此与《鱼丽》意略同。但彼专言肴酒之美，此兼叙宾主绸缪之情。"此歌也为当时燕飨宾客通用的乐歌。

南有嘉鱼[①]，	南方出产鲜鱼美，
烝然罩罩[②]。	群鱼游动摆摆尾。
君子有酒，	君王筵席有美酒，
嘉宾式燕以乐[③]。	贵宾欢乐频举杯。

【注释】

①南：指南方长江、汉水等河川。嘉鱼：美鱼。

②烝然：众多的样子。罩罩：众鱼在水中摇尾游动之貌。

③式：语助词，无实义。燕：宴饮。

南有嘉鱼，	南方出产鲜美鱼，
烝然汕汕[①]。	鱼群游动水中戏。
君子有酒，	君王宴会有美酒，
嘉宾式燕以衎[②]。	贵宾欢饮乐无比。

【注释】

①汕汕：鱼游水之貌。

②衎（kàn）：乐。

南有樛木[①]，	南方有树枝条弯，
甘瓠累之[②]。	甜味葫芦爬枝干。
君子有酒，	君王宴会有美酒，
嘉宾式燕绥之[③]。	贵宾喝着心舒展。

【注释】

①樛（jiū）木：弯曲的树木。《毛传》："木下曲曰樛。"

②瓠（hù）：葫芦，蔓生。

③绥：安。

翩翩者雏[①]，	鹁鸪翩翩空中翔，
烝然来思[②]。	四面八方集树上。
君子有酒，	君王宴会有美酒，
嘉宾式燕又思[③]。	贵宾欢饮劝满觞。

【注释】

①翩翩:鸟飞翔貌。骓(zhuī):鹁鸪。一说斑鸠。

②烝:众。思:语气词。下同。

③又:与"侑"通,指劝酒。

南山有臺

【题解】

这是一首祝福周王得贤人的诗。《毛诗序》说:"《南山有臺》,乐得贤也。得贤则能为邦家立太平之基矣。"《郑笺》:"兴者,山之有草木以自覆盖,成其高大。喻人君有贤臣以自尊显。"正确地指出每章首二句的比兴含义。钱天锡《诗牖》云:"此诗五章举草木各有伦类。臺也莱也,附地者也,故曰'邦家之基';桑也杨也,叶之沃若者也,故曰'邦家之光';杞也李也,多子者也,故曰'民之父母';栲杻也,枸楰也,耐久者也,故曰'眉寿''黄耇'。其取材之相当,非直叶韵而已。"每章后四句都是歌功颂德和祝寿之词。朱熹《诗集传》说:"此亦燕飨通用之乐。……所以道达主人尊宾之意,美其德而祝其寿也。"朱氏认为这是燕飨宾客上下通用的乐歌,不是单指向周王祝福。

南山有臺①,	南山头上莎草青,
北山有莱②。	北山坡上藜蒿绿。
乐只君子③,	那些快乐的君子,
邦家之基④。	就是国家的根基。
乐只君子,	那些快乐的君子,
万寿无期!	祝福长寿永无期!

【注释】

①薹:草名。即"薹",又名莎草,可制蓑衣和笠等。

②莱:藜草,嫩叶可食用。

③乐:快乐,开心。只:语气词,无实义。君子:指贤人。

④基:根本。

南山有桑,	南山头上桑树长,
北山有杨。	北山坡上杨树壮。
乐只君子,	那些快乐的君子,
邦家之光[①]。	就是国家的荣光。
乐只君子,	那些快乐的君子,
万寿无疆!	祝福万寿永无疆!

【注释】

①光:荣耀。

南山有杞[①],	南山长满茂密杞,
北山有李。	北山遍布繁茂李。
乐只君子,	那些快乐的君子,
民之父母[②]。	民众尊敬如父母。
乐只君子,	那些快乐的君子,
德音不已[③]!	令名美誉传不已!

【注释】

①杞:木名,即枸杞。

②民之父母：意指其爱民如子，则民尊之如父母。

③德音：令闻，美誉。已：止。

南山有栲[①]，　　南山栲树多强壮，
北山有杻[②]。　　北山杻树真兴旺。
乐只君子，　　那些快乐的君子，
遐不眉寿[③]。　　怎不长寿永健康。
乐只君子，　　那些快乐的君子，
德音是茂[④]！　　美好声名四方扬！

【注释】

①栲：木名，又叫山樗。

②杻(niǔ)：木名，又叫檍。

③遐：何，怎么。眉寿：老人眉毛中有毫毛秀出，叫秀眉。此指高寿。

④茂：盛。

南山有枸[①]，　　南山枸榾长得旺，
北山有楰[②]。　　北山苦楸遍地长。
乐只君子，　　那些快乐的君子，
遐不黄耇[③]。　　怎不长寿永健康。
乐只君子，　　那些快乐的君子，
保艾尔后[④]！　　保佑子孙永绵长！

【注释】

①枸(jǔ)：木名，一名枸榾(gǔ)，今名羊桃。

②楰(yú):木名,又名苦楸,今名女贞。

③黄耇(gǒu):高寿。黄,指人老头发白后变黄。耇,老,长寿。

④保:安。艾:养。

由庚

崇丘

由仪

蓼萧

【题解】

此诗是写诸侯朝见周天子时,歌颂天子的诗。西周初年,国势昌盛,诸侯纷纷来朝,表示归附。周王也设宴招待,这就是在宴会上歌颂周王的诗。《毛诗序》说:"《蓼萧》,泽及四海也。"是说周天子的恩德遍及九州之外。朱熹《诗集传》说:"诸侯朝于天子,天子与之燕,以示慈惠,故歌此诗。"也是说天子表示慈惠。方玉润则认为是天子宴诸侯,诸侯歌颂天子之诗。《诗经原始》说:"此盖天子宴诸侯而美之之词耳。然美中寓戒,而因以劝导之。"细读此诗,我们只看到歌颂和祝福,并没有劝导之意,从诗的语气来看,也是诸侯歌颂天子。吴闿生《诗义会通》说:"据词当是诸侯颂美天子之作。"这个判断是比较正确的。也有研究者认为,从诗的内容看,这首诗可能是由民间情歌改制而成。诗的每一章都有"既见君子"如何如何,其情调与《野有蔓草》《草虫》之类颇为相近,解作情人相见,似亦可通。

蓼彼萧斯①，	香蒿长得高又长，
零露湑兮②。	叶上露珠晶晶亮。
既见君子，	既已见到周天子，
我心写兮③。	我的心情真舒畅。
燕笑语兮④，	一边燕饮边谈笑，
是以有誉处兮⑤。	因此大家喜洋洋。

【注释】

①蓼（lù）：长大貌。萧：香蒿。斯：语气词，犹“兮”。

②零露：落露。《毛传》：“零，落也。”湑（xǔ）：清莹貌。

③写（xiè）：同“泻”，倾吐。

④燕：燕饮。《郑笺》：“天子与之燕而笑语。”

⑤誉处：安乐。

蓼彼萧斯，	香蒿长得高又长，
零露瀼瀼①。	叶上露珠浓又亮。
既见君子，	既已见到周天子，
为龙为光②。	感到宠信又荣光。
其德不爽③，	您的德行洁无瑕，
寿考不忘④。	祝您长寿永无疆。

【注释】

①瀼瀼（ráng）：露水盛多貌。

②龙、光：荣耀。龙，通“宠”。

③不爽：不差。

④不忘：没有止期。忘，“亡”的假借。

蓼彼萧斯，	香蒿长得高又长，
零露泥泥[①]。	叶上露珠润又亮。
既见君子，	既已见到周天子，
孔燕岂弟[②]。	快乐非凡心悦畅。
宜兄宜弟[③]，	如同兄弟情义浓，
令德寿岂[④]。	美德无瑕寿且长。

【注释】

①泥泥：露湿貌。

②孔燕：非常快乐。岂弟(kǎi tì)：和乐平易。

③宜兄宜弟：形容关系和睦，犹如兄弟。宜，适宜。

④令德寿岂：此颂君子既有美德，又长寿快乐。令德，美德。岂，同“恺”，快乐。

蓼彼萧斯，	香蒿长得高又长，
零露浓浓[①]。	叶上露珠浓又浓。
既见君子，	既已见到周天子，
鞗革冲冲[②]。	精致马勒饰黄铜。
和鸾雝雝[③]，	鸾铃悦耳响叮咚，
万福攸同[④]。	万般福祉归圣躬。

【注释】

①浓浓：同“瀼瀼”，露盛多貌。

②鞗(tiáo):铜制马勒的装饰。革:"勒"的借字,指马勒。冲冲:下垂摇摆之貌。《毛传》:"冲冲,垂饰貌。"

③和:车轼上的小铃。鸾:马镳(马衔的两端)上的铃。雍雍:和谐的铃声。

④攸:所。同:会聚。

湛露

【题解】

这是周王宴请诸侯的诗。《毛诗序》说:"《湛露》,天子燕诸侯也。"《诗经原始》说同。《左传·文公四年》记载:"卫甯武子来聘,公与之宴,为赋《湛露》及《彤弓》。不辞,又不答赋。使行人私焉。对曰:'臣以为肄业及之也。昔诸侯朝正于王,王宴乐之,于是乎为赋《湛露》,则天子当阳,诸侯用命也。'"这段话的意思是说,卫国的甯武子出使到鲁国,鲁文公设宴招待他,还为他赋《湛露》这首诗。甯武子没有辞谢,也没有赋诗回答。鲁文公让行人私下探问是为什么,甯武子回答说:"下臣以为文公是在练习而演奏的。从前诸侯在正月到京师朝贺天子,天子设宴奏乐,这时赋《湛露》,天子坐在朝堂上,诸侯要听从天子的命令。"因为这是天子为诸侯设宴时才能赋的诗,甯武子不敢承受这样的大礼,所以他就没有回答。可见这首诗是天子宴请诸侯时才演奏的乐曲。诗的第一章说夜饮之兴,第二章说夜饮之所,第三章赞美与宴者之美德,第四章赞美与宴者之仪容。

湛湛露斯①,	早晨露珠重又浓,
匪阳不晞②。	太阳不出不蒸发。
厌厌夜饮③,	如此盛大的晚宴,

不醉无归。　　不喝一醉不回家。

【注释】

①湛湛：露水浓重的样子。斯：语气词。

②晞（xī）：干。

③厌厌：安乐貌。夜饮：即晚宴。

湛湛露斯，　　早晨露珠重又浓，
在彼丰草①。　　挂在丰茂草丛中。
厌厌夜饮，　　如此盛大的晚宴，
在宗载考②。　　设在宗庙真隆重。

【注释】

①丰草：茂盛的草。

②宗：宗庙。载：则。考：成。朱熹《诗集传》："考，成也。"

湛湛露斯，　　早晨露珠重又浓，
在彼杞棘①。　　洒在枸杞酸枣丛。
显允君子②，　　光明正大的君子，
莫不令德③。　　个个都有好名声。

【注释】

①杞：枸杞。棘：酸枣树。

②显：光明。允：诚信。

③令德：美德。

其桐其椅①，	高大椅树和梧桐，
其实离离②。	结的果实一重重。
岂弟君子，	和乐宽厚的君子。
莫不令仪③。	处处表现好仪容。

【注释】

①桐、椅：皆木名。

②离离：果实多而下垂貌。

③令仪：美好的容止、威仪。

彤弓

【题解】

这首诗是写天子赐彤弓于有功诸侯，并设宴招待他们。“彤弓”实际上是一种权力的象征，诸侯受赐，以示其有代天子征伐的权力。诸侯能得到天子赐的彤弓，也是莫大的光荣。周平王东迁，因晋文侯迎立有功，赐给他彤弓一，彤矢百。周襄王时，晋文公有献楚俘之功，也受彤弓之赐。在颁赐典礼之后，天子还要设宴招待受赐诸侯和与会的诸侯，礼节非常隆重，这首诗就记述了这种礼仪的过程。《毛诗序》说：“《彤弓》，天子锡有功诸侯也。”古今无异议。第一章言赐弓而飨之。“受言藏之”，说明很郑重，不是轻赉滥赏。后文的“受言载之”“受言橐之”，都是指子孙后代永藏之意。“一朝飨之”，是说赐弓和飨之同在一朝。每章三、四句天子赞美诸侯，显示天子的平易谦和及对诸侯的爱护之情。言“右之”，即“侑之”，指劝诸侯饮酒。言“酬之”，可能天子对客人还有赠品。至此，宴会就算告一段落。

彤弓弨兮[1]，红色雕弓松了弦，
受言藏之[2]。诸侯受命珍重藏。
我有嘉宾[3]，我有这些尊贵客，
中心贶之[4]。心中实在很舒畅。
钟鼓既设，钟鼓乐器已设好，
一朝飨之[5]。一早设宴摆酒飨。

【注释】

①彤弓：朱红色的弓。弨(chāo)：弓弦松弛。《毛传》："弨，弛貌。"严粲《诗缉》："赐弓不张。"

②受：读作"授"。言：指王命。

③嘉宾：这里指接受赏赐彤弓的诸侯。

④贶(kuàng)：《毛传》："贶，赐也。"又，马瑞辰说："中心贶之，正谓中心善之。"

⑤一朝：一个早晨。飨：大饮宾。朱熹《诗集传》："一朝飨之，言其速也。"

彤弓弨兮，红色雕弓松了弦，
受言载之[1]。诸侯受命家中藏。
我有嘉宾，我有这些尊贵客，
中心喜之。内心深处实欢畅。
钟鼓既设，钟鼓乐器已设好，
一朝右之[2]。一早设宴劝酒忙。

【注释】

①载：装载。

②右：通“侑”，劝酒。

彤弓弨兮，	红色雕弓松了弦，
受言櫜之[①]。	诸侯受命收櫜囊。
我有嘉宾，	我有这些尊贵客，
中心好之。	内心深处喜洋洋。
钟鼓既设，	钟鼓乐器已设好，
一朝酬之[②]。	一早设宴敬酒忙。

【注释】

①櫜(gāo)：弓櫜，装弓的袋子，这里是动词。

②酬：敬酒。

菁菁者莪

【题解】

《毛诗序》说：“《菁菁者莪》，乐育材也。君子长育人材，则天下喜乐之矣。”方玉润《诗经原始》说：“此诗当是君临辟雍，见学校人材之盛，喜而作此。或即以燕飨群材，亦未可知。总之，不离育材者近是。”此诗用比兴手法，反复吟咏对于君子长育人材的欢愉之情，同时也描述了青年学子见到君子的欢乐。这首诗春秋时期即被引用，《左传·文公三年》记载：“公如晋，及晋侯盟。晋侯飨公，赋《菁菁者莪》。”后人每用“菁莪”二字比喻乐育贤才。如朱熹《白鹿洞赋》：“广青衿之疑问，乐菁莪之长育。”王十朋《和燕河南府秀才送周光宗》：“菁莪各成材，龙虎威标名。”杨万里《题浏阳县柳仲明致政云居山书院》：“向来有子中文科，泮宫弹琴咏菁莪。”刘基《送赵元举之奉化州学正》：“泮水紫芹香可揽，倚看衿佩乐菁莪。"可见此诗影响之深远。也有研究者认为这是一首情歌，表现女子与君子相见、获得君子厚赐后的喜悦心情。

菁菁者莪[①]，　　茂密繁盛抱娘蒿，
在彼中阿[②]。　　长在陵谷的中央。
既见君子，　　已经见到那君子，
乐且有仪[③]。　　心情快乐有榜样。

【注释】

①菁菁：茂盛的样子。莪(é)：莪蒿，又名萝蒿。亦称抱娘蒿。今名茵陈。

②中阿(ē)：即"阿中"。《毛传》："阿中也。大陵曰阿。"即大土山。

③仪：法式，榜样。

菁菁者莪，　　茂密繁盛抱娘蒿，
在彼中沚[①]。　　长在水中沙洲上。
既见君子，　　已经见到那君子，
我心则喜。　　我的心中喜洋洋。

【注释】

①沚：水中小沙洲。

菁菁者莪，　　茂密繁盛抱娘蒿，
在彼中陵[①]。　　长在不平的丘陵。
既见君子，　　已经见到那君子，

锡我百朋[②]。 赠我贝币千百朋。

【注释】

①中陵:《毛传》:"中陵,陵中也。"陈奂《诗毛氏传疏》:"中阿,阿中。中沚,沚中。中陵,陵中。皆倒字以就韵。"

②锡:赐,赠。朋:上古以贝为货币,五贝或十贝一串,两串为"朋"。

泛泛杨舟[①], 荡漾水面杨木舟,
载沉载浮[②]。 随着波涛任漂流。
既见君子, 已经见到那君子,
我心则休[③]。 我的心里乐无忧。

【注释】

①泛泛:漂浮不定的样子。杨舟:杨木做成的舟。

②载:或。

③休:喜。

六月

【题解】

这是记述和赞美宣王时代尹吉甫北伐猃狁取得胜利的诗。周自厉王时,政治腐败,国势日衰,周边异族乘机入侵,其中北方猃狁的威胁最大。宣王即位以后,开始讨伐猃狁,令南仲驻兵,加强防守,又派尹吉甫深入敌地,与猃狁正面作战,取得胜利,保证了周王室的安定,号称"宣王中兴"。此诗是一首较为完整的叙事诗,第一章讲猃狁入侵,形势紧急,宣王急令出征。第二章讲操练军马,准备军服器械,尹吉甫佐天子出兵。第三章讲吉甫指挥的军队士气高昂，而又严肃谨慎，决心打败狎狁，定国安邦。第四章讲狎狁气焰嚣张，周军勇敢应敌。第五章讲周军打击侵略者的战斗场面，一直把敌人赶到大原，这样的战果，是由于能文能武的尹吉甫的正确指挥。第六章尾声，写尹吉甫凯旋，接受赏赐，宴请宾客，周之名臣，以孝行著称的张仲也到场庆贺。这场战争，在《汉书·韦玄成传》记载说："周室既衰，四夷并侵，猃狁最强。……至宣王而伐之。诗人美而颂之曰：'薄伐猃狁，至于太原。'"说的就是这首诗。

六月栖栖①，	六月出兵奔不歇，
戎车既饬②。	战车修整准备齐。
四牡骙骙③，	四匹雄马肥又壮，
载是常服④。	军用装备载车上。
狎狁孔炽⑤，	狎狁气焰特嚣张，
我是用急⑥。	我军急行去打仗。
王于出征⑦，	周王号令去征讨，
以匡王国⑧。	拯救王国保我王。

【注释】

①六月：盛夏之月。古代兵法，一般六月不出兵。因边事紧急，不得已才六月出兵。栖栖：往来不停，匆忙貌。

②戎车：兵车。饬：整治，修理。

③骙骙（kuí）：马强壮的样子。

④常服：指将领作战和兵车出征时通常的装备。

⑤狎狁：古代北方的游牧民族。孔：非常。炽：本义为火烈，引申为气焰嚣张。

⑥是用：是以，因此。急：紧急。指急忙出兵。

⑦王于出征：或训“于”为“曰”。一说语助词。

⑧匡：扶正，救助。

比物四骊[①]，	选好四匹黑色马，
闲之维则[②]。	马技娴熟守规章。
维此六月，	在这六月炎热天，
既成我服[③]。	披挂整齐上战场。
我服既成，	披挂整齐上战场，
于三十里[④]。	急行卅里赴边疆。
王于出征，	跟着周王去出征，
以佐天子。	辅助天子保家邦。

【注释】

①比：齐同，这里有挑选、统一的意思。物：指马。骊：纯黑色的马。

②闲：娴习，熟练。则：规则，法度。

③服：指出征的装备，戎服，军衣。

④于三十里：指日行三十里。《毛传》：“师行三十里。”于，往。

四牡修广[①]，	四匹雄马体高长，
其大有颙[②]。	头大体壮气势昂。
薄伐猃狁[③]，	猛烈出击讨猃狁，
以奏肤公[④]。	建立战功威名扬。
有严有翼[⑤]，	将帅严谨兵纪强，
共武之服[⑥]。	同心协力保边防。
共武之服，	同心协力保边防，

以定王国。　　安定王国民安康。

【注释】

①修广：指战马体态高大。修，长。广，大。

②有颙（yóng）：犹"颙颙"，大头貌，形容马高头大。

③薄伐：讨伐。

④奏：为。肤公：大功。

⑤有严有翼：即"严严翼翼"，威严谨慎的样子。

⑥共：通"恭"，奉行，恭谨。一说为共同之意。服：事。

玁狁匪茹[①]，　　玁狁凶残非软弱，
整居焦获[②]。　　焦获整顿备战忙。
侵镐及方[③]，　　目标镐地和方地，
至于泾阳[④]。　　已经深入到泾阳。
织文鸟章[⑤]，　　我军飞鸟旗帜扬，
白旆央央[⑥]。　　白色飘带鲜又亮。
元戎十乘[⑦]，　　大型战车有十辆，
以先启行[⑧]。　　向敌开战勇难挡。

【注释】

①匪：非。茹：一说茹训"柔"，此句言玁狁不弱。

②整：整顿师旅。居：居住。焦获：古时泾水流域一大泽薮，地在今陕西泾阳西北。

③侵镐及方：《郑笺》："镐也，方也，皆北方地名。"朱熹《诗集传》："方，疑即朔方也。"

④泾阳：泾水北岸。水北曰阳。或以为地名。陈奂《诗毛氏传疏》：

“甘肃省平凉西南有汉泾阳故城，或即此地。”

⑤织文：指士兵衣服背后的标识、徽号。织，为“识”的假借。鸟章：旗帜上绘有鸟隼的图案。

⑥白：通“帛”。旆（pèi）：旗下端的飘带。央央（yīng）：鲜明貌。

⑦元戎：大战车。

⑧启行：指冲开敌阵。

戎车既安[①]，	我们兵车很安全，
如轾如轩[②]。	上下高低都稳健。
四牡既佶[③]，	四匹雄马步伐齐，
既佶且闲。	步伐齐整性驯良。
薄伐猃狁，	猛烈出击讨猃狁，
至于大原[④]。	直击大原敌胆丧。
文武吉甫[⑤]，	文韬武略尹吉甫，
万邦为宪[⑥]。	万国效法好榜样。

【注释】

①安：安稳。指备好车马。

②如轾（zhì）如轩：车顶前低后高曰“轾”，前高后低曰“轩”，轾轩有或上或下之意，此处是形容车在高低不平的道路上行走的状态。

③佶（jí）：整齐貌。《毛传》：“佶，正也。”

④大原：地名，在今甘肃之平凉。

⑤吉甫：即周宣王时大臣尹吉甫，他能文能武，故称“文武吉甫”。

⑥宪：榜样。

吉甫燕喜[①]，	宴请吉甫喜洋洋，

既多受祉[②]。 终得天子多重赏。
来归自镐， “我从镐地回家乡，
我行永久[③]。 出征日子实在长。”
饮御诸友[④]， 斟满美酒敬好友，
炰鳖脍鲤[⑤]。 蒸鳖脍鲤佳肴香。
侯谁在矣[⑥]？ 出席酒宴还有谁？
张仲孝友[⑦]。 孝友张仲也在场。

【注释】

①燕：宴饮。喜：欢喜，高兴。

②既：终。祉：福。

③我行永久：此指出征时间已很久。

④御：进献。诸友：诸位朋友。

⑤炰（páo）鳖：清蒸甲鱼。一说炰为烹煮。

⑥侯：维，发语词。

⑦张仲：人名，当时大臣。具体情况已不可考。孝友：指孝于亲，友于弟，这里是称颂其品德。

采芑

【题解】

这是叙述和赞美周宣王时方叔南征荆蛮的诗。《毛诗序》说："《采芑》，宣王南征也。"此篇和《六月》着眼点不同，《六月》写尹吉甫北伐猃狁取得胜利的全过程，而此篇是出征前的一篇檄文。诗中没有写交战的内容，重点是赞美军容、军纪、军威，并预示将来的胜利。方玉润说："观其全诗，题既郑重，词亦宏丽。如许大篇文字，而发端乃以采芑起兴，何能相称？盖此诗非当局人作，且非王朝人语，乃南方诗人从旁得睹方叔军容之盛，知其克成大功，歌以志喜。”可备一说。诗何以以采芑起兴？陈奂说：“芑菜之可采，以喻国家人材养蓄之以待足用，凡军士起于田亩，故诗人假以为兴。”（《诗毛氏传疏》）解释得合乎情理。诗的第一、二章，写周军南征声势大，兵士多，士气高，将帅强。第三章以猛禽比喻南征士卒的勇猛神速，训练有素，军纪严明。这样的军队一定会战无不胜，无坚不摧。第四章赞美方叔的谋略和周军的威势震慑了荆蛮，荆蛮闻风丧胆。方玉润说：“前三章皆言车马、旂帜、佩服之盛，而进退有节，秋毫无犯，禽鸟不惊，是王者师行气象。然非大帅统率有方，何能如是严肃乎？故每章皆言‘方叔率止’，以见节制之严耳。末乃大声疾呼，如雷震蛰，唤醒蛮荆敢抗王师？再以猃狁之事摄之，故不觉其畏威而来服也。”全诗写了一场不战而屈人之兵的战例。

薄言采芑①，	采集鲜嫩苦荬菜，
于彼新田②，	在那去年开垦田，
于此菑亩。	在这初垦的菑田。
方叔莅止③，	方叔亲临到前线，
其车三千④，	战车排开有三千，
师干之试⑤。	兵甲齐备正待战。
方叔率止⑥，	方叔率领将南征，
乘其四骐，	四匹骏马多雄健，
四骐翼翼⑦。	步伐整齐勇向前。
路车有奭⑧，	将军大车真光鲜，
簟茀鱼服⑨，	鱼纹箭袋和竹帘，
钩膺鞗革⑩。	繁缨鞗勒金光闪。

【注释】

①芑(qǐ):苦荬菜。

②新田:开垦第二年的田。《毛传》:"田一岁曰菑,二岁曰新田,三岁曰畬。"

③方叔:人名,周宣王时朝廷大臣,曾受命南征荆蛮。莅:临。止:语气词,犹"矣"。

④其车三千:极言方叔率军之多。

⑤师:指士兵。干:盾,指武器。

⑥率:即"帅",统帅。

⑦翼翼:整齐的样子。

⑧路车:大车,指将帅乘坐的车。有奭(shì):赤貌。一说显赫貌。

⑨簟笰(diàn fú):遮蔽车厢后面的竹席。鱼服:鲨鱼皮制成的箭袋。一说饰有鱼纹的箭袋。

⑩钩膺:又叫"樊缨"或"繁缨",是马胸前的皮带,有丝绦为饰的即樊缨。《毛传》:"钩膺,樊缨也。"钩,青铜饰物。膺,胸。皮带在马胸前,所以称钩膺。鞗(tiáo)革:皮制铜饰的马勒,即马笼头。

薄言采芑,	采集鲜嫩苦荬菜,
于彼新田,	在那去年开垦田,
于此中乡①。	在这处处乡村间。
方叔莅止,	方叔亲临掌帅权,
其车三千,	战车排开有三千,
旂旐央央②。	龟蛇龙旗光闪闪。
方叔率止,	方叔统军向战场,
约軧错衡③,	车毂衡梁饰花样,
八鸾玱玱④。	八只鸾铃叮当响。

服其命服，	赐封官服穿身上，
朱芾斯皇[⑤]，	红色蔽膝真辉煌，
有玱葱珩[⑥]。	葱绿佩珩响叮当。

【注释】

①中乡：即“乡中”，犹今言“村中”。

②旂：画有蛟龙的旗。旐：画有龟蛇的旗。央央：鲜明的样子。

③约軧（qí）：车毂上的装饰，以皮革为之，因是套于车毂上的，所以叫“约”。约，缠束，捆缚。《毛传》：“軧，长毂之軧也，朱而约之。”错衡：涂有金色文饰的车衡。衡，古代车辕前端的横木。涂金为文饰叫“错”。

④鸾：鸾铃。玱玱（qiāng）：鸾铃声。

⑤朱芾（fú）：朱色的蔽膝。皇：通“煌”，光辉貌。

⑥有玱：即“玱玱”，佩玉之声。葱珩（héng）：葱绿色的佩玉。葱珩为爵位高者所佩。珩，佩玉的一种，上端如磬状而小。

鴥彼飞隼[①]，	迅疾飞翔猛鹰隼，
其飞戾天[②]，	一飞直冲上云天，
亦集爰止[③]。	休息下落在树颠。
方叔莅止，	方叔受命来前线，
其车三千，	统领战车有三千，
师干之试。	兵甲齐备正待战。
方叔率止，	方叔率军上前线，
钲人伐鼓[④]，	钲人鼓人把令传，
陈师鞠旅[⑤]。	列队静听总动员。

显允方叔[6]，	方叔赏罚明又信，
伐鼓渊渊[7]，	鼓声咚咚声震天，
振旅阗阗[8]。	军容整齐应鼓点。

【注释】

①鴥(yù)：鸟疾飞貌。隼：鹞鹰之类的猛禽。

②戾：达，至。

③爰：而。止：止息，休栖。

④钲(zhēng)人伐鼓：此句是言钲人击钲，鼓人击鼓，互言而省文。击钲则止，击鼓则进。钲人，古代行军掌管鸣钲击鼓的人。钲，古代乐器。

⑤陈：陈列。师：指军队。鞠旅：指誓师。鞠，告。旅，军队。

⑥显允：明信，指号令明，赏罚信。

⑦渊渊：鼓声。

⑧振旅：整训师旅。振，整。阗阗(tián)：鼓声，一说军队齐步行进声。

蠢尔蛮荆[1]，	荆南蛮子太愚蠢，
大邦为雠[2]。	竟同大国结仇怨。
方叔元老[3]，	方叔本是我元老，
克壮其犹[4]。	远大计谋能施展。
方叔率止，	方叔率军去南征，
执讯获丑[5]。	审问俘虏记战功。
戎车啴啴[6]，	战车奔驰声隆隆，
啴啴焞焞[7]，	隆隆声响军威重，

如霆如雷。	如同霹雳如雷鸣。
显允方叔，	方叔赏罚信又明，
征伐玁狁，	已经征服那玁狁，
蛮荆来威⑧。	南楚风闻皆心惊。

【注释】

①蠢：愚蠢，无知的举动。蛮荆：对南方部族的蔑称。或以为指南方楚人。

②大邦：大国，指周王朝。

③元老：年长功高的老臣。

④克壮其犹：指谋略远大。克，能。壮，宏大。犹，谋略。

⑤执：俘获。讯：审问。丑：指敌人。

⑥啴啴（tān）：兵车行进声。

⑦焞焞（tūn）：原意为光明，此处形容兵车声势之盛。

⑧蛮荆来威：犹"蛮荆是威"，即"威服蛮荆"之意。来威，来，语中助词，含有"是"义，用于动宾倒装句。

车攻

【题解】

这是叙述周宣王朝会诸侯，在东都举行田猎的诗。《毛诗序》说："《车攻》，宣王复古也。宣王能内修政事，外攘夷狄，复文、武之竟土，修车马，备器械，复会诸侯于东都，因田猎而选车徒焉。"方玉润认为讲"宣王复古"是正确的，后面的"数语反嫌其赘而无当于义"，"盖此举重在会诸侯，而不重在事田猎。不过藉田猎以会诸侯，修复先王旧典耳。昔周公相成王，营洛邑为东都以朝诸侯。周室既衰，久废其礼。迨宣王始举行古制，非假狩猎不足慑服列邦。故诗前后虽言猎事，其实归重‘会同有绎’及‘展也大成’二句”。即目的在于会合诸侯，通过田猎向诸侯展示自己的权威。故诗以出猎起，以会同收。诗的第一章写宣王东狩，备好车马。第二三章写前往甫、敖狩猎，极力铺叙车马旌旗之盛。第四章写诸侯前来合猎。第五六章写射手御手技艺之精。第七章写猎后景象，营地静谧，队伍警觉，猎物丰富。诗中佳句“萧萧马鸣，悠悠旆旌”，以马的嘶鸣声、旗帜的飘动貌，衬托出营地的静谧和队伍的整肃。这种表现手法，对后世诗歌创作影响很大，许多诗人以此得到启发，如王籍的“蝉噪林逾静，鸟鸣山更幽”，杜甫的“落日照大旗，马鸣风萧萧”，都脱胎于此。第八章写猎后归来，赞美宣王。全诗一气呵成，首尾呼应，脉络分明，是一首优秀的长篇叙事诗。

我车既攻①，	我的猎车已修固，
我马既同②。	我的马匹步调同。
四牡庞庞③，	四匹雄马神气昂，
驾言徂东④。	驾着猎车奔向东。

【注释】

①攻：通“巩”，意为固，指田猎的车已修理坚固、完好。

②同：齐一，指选毛色、体力、速度齐同的马。

③庞庞：马雄壮貌。

④驾言：驾，驾车。言，语助词。徂东：往东。东，指镐京之东的洛阳一带。

田车既好①，	猎车既已修理好，
四牡孔阜②。	四匹雄马壮又高。

东有甫草[③]， 东方圃田草繁茂，
驾言行狩[④]。 驾着猎车去冬狩。

【注释】

①田车：用于打猎的车。

②孔阜：非常强壮。

③甫草：圃田之草。甫，甫田。也作“圃田”，地名，在今河南开封中牟西。一说甫田即大田。

④行狩：行狩猎之事。狩，通常指冬天打猎，这里特指放火烧田打猎。

之子于苗[①]， 宣王带领去狩猎，
选徒嚣嚣[②]。 士卒报数声音高。
建旐设旄[③]， 扬起龟蛇牛尾旗，
搏兽于敖[④]。 围捕禽兽在郑敖。

【注释】

①之子：此子，代指宣王。苗：打猎。朱熹：“苗，狩猎之通名也。”

②选：通“算”，清点的意思。徒：步卒。嚣嚣：声音嘈杂貌。

③旐：画着龟蛇的旗子。旄：装饰牦牛尾的旗。

④搏兽：搏，搏杀。《文选·东京赋》《水经·济水》注、《后汉书·安帝纪》注等，引此诗皆作“薄狩”。薄，发语词。敖：地名，在河南荥阳境内。

驾彼四牡， 诸侯驾着四匹马，
四牡奕奕[①]。 四马从容又轻快。

赤芾金舄[2]，	朱红蔽膝金色靴，
会同有绎[3]。	会同打猎有气派。

【注释】

①奕奕：马行迅疾而从容貌。

②赤芾：红色蔽膝。金舄（xì）：用金属装饰的厚底鞋。或以为金色的木底鞋。

③会同：会合诸侯。这是诸侯朝见天子的专称。《孔疏》："会者交会，同者同聚。"有绎：犹"绎绎"，陈列有次序貌。

决拾既佽[1]，	扳指臂鞲穿戴齐，
弓矢既调[2]。	劲弓利箭也完备。
射夫既同[3]，	弓箭手们齐集聚，
助我举柴[4]。	拣拾猎物堆一堆。

【注释】

①决拾既佽（cì）：言射箭时的装束已收拾利索。决，射箭套在右拇指上的象骨套子，俗称"扳指"，用以保护手指。拾，皮革制成的护臂，套在左臂上，又叫"臂鞲"。佽，便利，顺手。《毛传》："利也。"

②调：调和，指弓之强弱与箭之轻重都已协调。

③射夫：弓箭手。指参加会同的诸侯。同：会合成对，指比赛者找到对手。

④举：收拾。柴（zì）：通"胔"，指射死的禽兽。一说"柴"训"积"，指禽兽的积尸。

四黄既驾[①]，　　四匹黄马已驾好，
两骖不猗[②]。　　两边骖马不偏倚。
不失其驰[③]，　　四马奔驰步协调，
舍矢如破[④]。　　箭出每发必破的。

【注释】

①四黄：指驾车的四匹黄马。

②两骖：驾在车两旁的马叫"骖马"。不猗：不偏斜。猗，通"倚"。

③不失其驰：指马驰驱有法，不逾其矩。

④舍矢：放箭。如破：而破。破，中的，指穿透目标物。

萧萧马鸣[①]，　　战马嘶鸣声萧萧，
悠悠旆旌[②]。　　竿竿旌旗悠悠飘。
徒御不惊[③]，　　步卒驭手人机警，
大庖不盈[④]。　　猎物堆满君王庖。

【注释】

①萧萧：马鸣声。

②悠悠：旗帜飘动貌。

③徒：步卒。御：驾车的人。

④大庖：国君的厨房。不盈：不，通"丕"，甚也，指厨房中堆满了猎物。又朱熹《诗集传》说："不盈，言取之有度，不极欲也。……是以获虽多而君庖不盈也。"也通。

之子于征[①]，　　君王猎罢归京城，

有闻无声②。　　只闻车马无人声。
允矣君子③，　　这位诚信好君主，
展也大成④！　　会同取得大成功！

【注释】

①于征：于，往。征，行，此处指田猎归来。
②有闻无声：能听见车马行进声，但无士卒喧哗之声。
③允：信。或曰大。
④展：诚然，的确。大成：成大功。

吉日

【题解】

这是一首写周宣王打猎并宴会宾客的诗。《毛诗序》说："《吉日》，美宣王田也。能慎微接下，无不自尽以奉其上。"《孔疏》曰："作《吉日》诗者，美宣王田猎也。以宣王能慎于微事，又以恩意接及群下，王之田猎能如是，则群下无不自尽诚心以奉事其君上焉，由王如此，故美之也。"《左传·昭公三年》记载："郑伯如楚，子产相，楚王享之，赋《吉日》。既享，子产乃具田备。"亦可证此诗为田猎之诗。诗中记叙了周宣王在西都的一次田猎活动，这种田猎活动和《车攻》藉田猎以会诸侯，修复先王旧典的用意不同，这是每年都在畿内举行的常典，但也有显示国家文武功业的目的。此诗在田猎的场面描写上较《车攻》为细。特别是对群臣驱众兽于天子左右，以待天子发射的情景，细致入微，曲尽人情。

吉日维戊①，　　戊辰吉祥日子好，
既伯既祷②。　　既祭马祖又祈祷。

田车既好，	田猎车辆已备齐，
四牡孔阜。	四匹雄马壮又高。
升彼大阜，	驱车登上大土丘，
从其群丑[3]。	追逐群兽快快跑。

【注释】

①吉日：吉利的日子。戊：此处指戊辰日。古人认为戊日是刚日，适合外事活动，如巡狩、盟会、出兵等。

②伯：马祖。祷：告祭求福。因田猎用马，故祭马祖。《毛传》："伯，马祖也。重物慎微，将用马力，必先为之祷其祖。祷，祷获也。"

③从：追逐。群丑：这里指兽群。

吉日庚午，	庚午吉祥日子好，
既差我马[1]。	打猎马匹已选齐。
兽之所同[2]，	寻找野兽聚居地，
麀鹿麌麌[3]。	鹿儿成群堪称奇。
漆沮之从[4]，	驱逐漆沮水边兽，
天子之所[5]。	赶到天子射猎区。

【注释】

①差（chāi）：选择。

②同：聚集。

③麀（yōu）鹿：母鹿，这里泛指母兽。麌麌（yǔ）：兽众多。

④漆沮：古二水名。在今陕西省境内。朱熹《诗集传》："漆沮，水名。在西都畿内泾、渭之北，所谓洛水。"

⑤所：地方。

瞻彼中原[①]，　　遥望原野漫无边，
其祁孔有[②]。　　地方广大物富有。
儦儦俟俟[③]，　　奔跑慢走野兽多，
或群或友[④]。　　成群结队四处游。
悉率左右[⑤]，　　都要赶到天子处，
以燕天子[⑥]。　　乐得天子显身手。

【注释】

①中原：即“原中”，平旷之地，原野之中。

②祁：大。一说指原野广大，或以为指兽。有：丰富。

③儦儦(biāo)：疾走貌。俟俟(sì)：缓行等待貌。

④或群或友：指三二成群。《毛传》：“兽三曰群，二曰友。”

⑤悉：尽。率：驱。

⑥燕：乐。

既张我弓[①]，　　我们弓弦已拉开，
既挟我矢[②]。　　弓箭也已拿在手。
发彼小豝[③]，　　一箭射死小野猪，
殪此大兕[④]。　　奋力射死大犀牛。
以御宾客[⑤]，　　野味用来待宾客，
且以酌醴[⑥]。　　共吃佳肴同饮酒。

【注释】

①张我弓：拉开弓。

②挟我矢：用手指挟持搭上弓的箭，准备发射。

③豝（bā）：母猪。

④兕（sì）：野牛。

⑤御：进，指将猪牛烹熟进献宾客。

⑥酌醴：酌饮美酒。醴，甜酒。

鸿雁

【题解】

这是写周王派遣使者到各处救济流民的诗。周厉王时，政治黑暗，万民离散。周宣王中兴，派使者到四方安抚难民。使者四方奔走，为使流民居有定所，督促他们筑墙造屋，工作非常辛劳，有时还受到误解，因此作了这样一首诗，自诉他们的辛苦和不被人理解的苦恼。但也有人认为这是流民自叙悲苦的诗，如朱熹说："流民以鸿雁哀鸣自比而作此歌也。"(《诗集传》)但多数研究者不同意朱熹的看法。方玉润就认为此诗为使臣所作。他说："'之子于征'者，使臣自相谓也。'劬劳于野'，则尚无定所。但觉满目疮痍，莫非可矜之人，而就中鳏寡尤为可哀，则不能不急为安抚……故以鸿飞肃肃无依为比。"这首诗对后世影响很大，"哀鸿"一词从此便成为流民的代名词。

鸿雁于飞①，	大雁飞翔向远方，
肃肃其羽②。	展起双翅沙沙响。
之子于征③，	使臣受命出远门，
劬劳于野④。	四野奔波苦又忙。
爰及矜人⑤，	救济那些穷苦人，
哀此鳏寡⑥。	鳏寡更使人哀伤。

【注释】

①鸿雁：大雁。于：语助词。

②肃肃：鸟拍翅膀的声音。

③之子：指周王派出救济难民的使者。于：往。征：远行。

④劬(qú)劳：辛苦劳累。野：野外。

⑤爰：乃。矜人：穷苦的人。

⑥哀：怜悯。鳏(guān)寡：泛指无依无靠的穷苦老人。鳏，老而无妻。寡，老而无夫。

鸿雁于飞，	大雁飞翔向远方，
集于中泽[1]。	停息落在泽中央。
之子于垣[2]，	使臣督促筑屋垣，
百堵皆作[3]。	众人筑起百堵墙。
虽则劬劳，	虽然大家很劳苦，
其究安宅[4]。	终究从此有住房。

【注释】

①集：停息。中泽：即“泽中”。

②垣：墙。

③百：泛指多。堵：指墙。作：修筑。

④究：终究。一说解为穷，指穷困的人。安宅：安居。

鸿雁于飞，	大雁飞翔向远方，
哀鸣嗷嗷[1]。	嗷嗷哀鸣声凄凉。
维此哲人[2]，	唯有这些明理人，

谓我劬劳。　　说我辛苦说我忙。
维彼愚人，　　唯有那些愚昧者，
谓我宣骄[3]。　　说我为了自标榜。

【注释】

①嗷嗷：鸟哀鸣声。

②哲人：明理之人。

③宣骄：显示标榜。

庭燎

【题解】

这是一首记述周王早晨视朝前与报时官对话的诗，反映这是一位勤于朝政的王者。研究者认为周宣王前后的幽王、厉王皆为无道之主，不可能勤于视朝，所以诗中记述的可能是宣王的事。《齐风·鸡鸣》与这首《庭燎》，都是问答体，内容都是讲勤于早朝的，可称为姊妹篇。《鸡鸣》是妻子催促丈夫赶快起床去上朝，主题是讽刺士大夫贪图享乐，懒于朝政。《庭燎》则是君臣之间的问答，主题是赞美周王勤于朝政。前者如一出喜剧，后者则是一出正剧，风格迥异。可见《诗经》表现形式的多种多样。

夜如何其[1]？　　现在夜色啥时光？
夜未央[2]，　　夜色还早无晨光，
庭燎之光[3]。　　庭中火烛明又亮。
君子至止[4]，　　诸侯大臣快来到，

鸾声将将[5]。	好像车铃叮当响。

【注释】

①夜如何其：夜到什么时分了。其，语尾助词。

②未央：未尽。

③庭燎：庭院中燃起的大火把。朱熹《诗集传》："庭燎，大烛也。诸侯将朝，则司烜（掌取火之官，有大事，供大烛庭燎）以物百枚并而束之，设于门内。"

④君子：指上朝的诸侯大臣等人。

⑤鸾：鸾铃，古代车马所佩的铃。将将（qiāng）：通"锵锵"，铃声。

夜如何其？	现在夜色啥时光？
夜未艾[1]，	夜色还早无晨光，
庭燎晣晣[2]。	庭中火烛明晃晃。
君子至止，	诸侯大臣快来到，
鸾声哕哕[3]。	好像车铃响叮当。

【注释】

①未艾：未尽。

②晣晣（zhé）：明亮貌。

③哕哕（huì）：鸾铃声。

夜如何其？	现在夜色啥时光？
夜乡晨[1]，	夜色将尽露晨光，
庭燎有辉[2]。	庭中火烛仍明亮。

君子至止，　　　　诸侯大臣快到来，
言观其旂[3]。　　　看见旌旗在飘扬。

【注释】

①乡晨：近晨，将亮。乡，向。

②有辉：犹“辉辉”，光明貌。一说火光暗淡貌。朱熹《诗集传》：“火气也。天欲明而见其烟光相杂也。”

③旂（qí）：旗上绘有蛟龙，杆头有铃，为诸侯仪仗。

沔水

【题解】

这首诗比较难解，《毛诗序》说：“《沔水》，规宣王也。”《郑笺》：“规者，正圆之器也。规主仁恩也，以恩亲正君曰规。《春秋传》曰：‘近臣尽规。’”朱熹《诗集传》认为是“忧乱之诗”。方玉润不同意“规宣王”及“忧乱”之说，他认为：“宣王初政，多乱定归来之诗，后皆美词，无所谓忧乱也。其朝周、召二公辅政，几复成、康之旧，何谗之有？然诗前云‘念乱’，后言‘谗兴’，分明乱世多谗，贤臣遭祸景象，而岂宣王世乎？此诗必有所指，特错简耳。”方氏之说很有道理。全诗共三章，每章八句，但第三章只有六句，明显少了前两句。另外诗中也找不出和宣王有关系的事，所以“规宣王”之说也不成立。但从诗的内容看，是说世道动乱不安，劝诫亲朋好友要警惕谗言中伤。方氏所说“乱世多谗，贤臣遭祸”大体不错，但时代不可确指。

沔彼流水[1]，　　　条条河流水弥漫，
朝宗于海[2]。　　　东流归海成汪洋。

鴥彼飞隼[3]，　　空中鹰隼迅疾飞，
载飞载止。　　或而高飞或下降。
嗟我兄弟[4]，　　可叹我的兄和弟，
邦人诸友。　　可叹朋友和同乡。
莫肯念乱[5]，　　动乱现实无人管，
谁无父母？　　谁人没有爹和娘？

【注释】

①沔(miǎn)：水流涨满貌。

②朝宗于海：诸侯朝见天子。春见曰"朝"，夏见曰"宗"，这里借指河水流向大海。

③鴥(yù)：鸟疾飞的样子。

④嗟：嗟叹。"嗟"字贯下两句，意即嗟叹我的兄弟及国人、诸友。

⑤念：思考。

沔彼流水，　　条条河流水弥漫，
其流汤汤[1]。　　浩浩荡荡向东方。
鴥彼飞隼，　　空中鹰隼迅疾飞，
载飞载扬[2]。　　或而平飞或高翔。
念彼不迹[3]，　　想那不尊法纪者，
载起载行[4]。　　坐立不安我彷徨。
心之忧矣，　　内心忧愁又神伤，
不可弭忘[5]。　　无法消除无法忘。

【注释】

①汤汤(shāng):荡荡,水大流急貌。

②飞、扬:随意飞翔。

③不迹:不循法度。

④载起载行:或起或行,因忧思而坐立不安貌。

⑤弭忘:终止。弭,止。忘,亡,已。

鴥彼飞隼,	空中鹰隼迅疾飞,
率彼中陵[①]。	沿着山陵在翱翔。
民之讹言[②],	人们不停传谣言,
宁莫之惩[③]。	没法制止实荒唐。
我友敬矣[④],	告我朋友须警惕,
谗言其兴[⑤]。	谗言勃兴将人伤。

【注释】

①率:循,沿着。

②讹言:欺诈之言,即谣言。

③宁莫之惩:宁,乃。一说训“何”。惩,制止。指谣言不能止息。

④敬:警戒,警惕。

⑤谗言其兴:谗言如此兴盛。其,如此。朱熹疑此诗三章每章当为八句,卒章脱前两句。

鹤鸣

【题解】

《鹤鸣》一诗是写什么的呢?其说不一。有人认为这是一篇运用比喻手法抒发引用贤才主张的诗。全诗用鹤、鱼、檀树、他山之石等事物比喻贤人，希望这些贤才能得到朝廷任用。《毛诗序》说："《鹤鸣》，诲宣王也。"《郑笺》："诲，教也。教宣王求贤人之未仕者。"方玉润认为此诗是"讽宣王求贤山林也"，对宣王用"诲"和"教"是不恰当的，而应当用"讽"字，即用托词委婉劝说。他说："夫诗人之于宣王，何教之而何诲之耶？盖讽之以求贤士之隐于山林者耳。诗人平居，必有一贤人在其意中，不肯明荐朝廷，故第即所居之园实赋其景。使王读之，觉其中禽鸟之飞跃，树木之葱蒨，水石之明瑟，在在可以自乐。即园中人令闻之清远，出处之高超，德谊之粹然，亦一一可以并见。则即景以思其人，因人而慕其景，不必更言其贤，而贤已跃然纸上矣。其词意在若隐若现、不即不离之间，并非有意安排，所以为佳。"（《诗经原始》）沈德潜《说诗晬语》说："《鹤鸣》本以诲宣王……难于显陈，故以隐语为开导。"王夫之《夕堂永日绪论》说："《小雅·鹤鸣》之诗，全用比体……不道破一句，三百篇中创调也。"有人认为这是描写小园风光的，可作为最早的中国田园诗看待。如陈子展《诗经直解》说："《鹤鸣》，似是一篇《小园赋》，为后世田园山水一派诗之滥觞。"朱熹则认为"此诗之作，不可知其所由，然必陈善纳诲之词也"，都可备一说。

鹤鸣于九皋[①]，	九曲沼泽白鹤叫，
声闻于野。	声音响亮传四郊。
鱼潜在渊，	鱼儿潜伏深水里，
或在于渚[②]。	时而游在浅水沼。
乐彼之园，	我爱美丽大花园，
爰有树檀[③]，	檀树长得高又高，
其下维萚[④]。	树下落叶随风飘。
他山之石[⑤]，	他乡山上有宝石，

可以为错[6]。　　可把玉石来琢磨。

【注释】

①鹤：一种水鸟，古代多用来比喻隐居的贤人。九：不是确指，形容多。此指沼泽极其曲折。皋(gāo)：沼泽。

②渚：水中小洲。

③树檀：檀树。这里用来比喻贤人。

④萚(tuò)：枯落的枝叶。这里用来比喻小人。

⑤他山之石：这里用来比喻别国的贤人。

⑥错：琢玉的磨石。

鹤鸣于九皋，　　九曲沼泽白鹤叫，
声闻于天。　　声音响亮达云霄。
鱼在于渚，　　鱼儿游在小洲旁，
或潜在渊。　　时而潜入深水港。
乐彼之园，　　我爱美丽大花园，
爰有树檀，　　檀树长得高又高，
其下维榖[1]。　　树下有楮矮又小。
他山之石，　　他乡山上有宝石，
可以攻玉[2]。　　同样可把玉石雕。

【注释】

①榖(gǔ)：楮树，树皮可造纸。这里用来比喻小人。

②攻：加工，雕刻。

祈父

【题解】

这首诗写士兵抱怨长官不合理的调动部队，使自己久役不能归养父母。这个士兵本属于王畿内部队或宫廷卫队的一员，祈父则调他远征，使之久役，有家难归，故役者怨而作此诗。《毛诗序》说：“《祈父》，刺宣王也。”《郑笺》：“刺其用祈父，不得其人也。官非其人则职废。祈父之职，掌六军之事，有九伐之法。”认为刺宣王用人不当。

祈父[①]！	你这主管军政的祈父！
予王之爪牙[②]。	我本是守卫王家的武士。
胡转予于恤[③]？	为何调我到苦难之地？
靡所止居[④]！	害我没有安定的住所！

【注释】

①祈父：西周执掌封畿兵马的高级武官，即司马。

②爪牙：保卫国王的武士。《孔疏》曰：“鸟用爪，兽用牙，以防卫己身。此人自谓‘王之爪牙’，以鸟兽为喻也。”在古代，“爪牙”本为中性词，后来才用于贬义。

③转：辗转，此处指频繁地轮换调动。恤：忧，指忧患的境地。

④靡：无。

祈父！	你这主管军政的祈父！
予王之爪士[①]。	我本是守卫王家的卫士。
胡转予于恤？	为何调我到苦难之地？

靡所厎止[2]！	害我没有止息的地方！

【注释】

①爪士：即爪牙之士。

②厎(zhǐ)止：即"定止"，犹"止息"。

祈父！	你这主管军政的祈父！
亶不聪[1]。	实在是愚蠢透顶。
胡转予于恤？	为何调我到苦难之地？
有母之尸饔[2]。	让我有父母不能供奉。

【注释】

①亶(dǎn)：诚，确实。

②尸：陈，陈列。饔(yōng)：熟食。《毛传》："尸，陈。熟食曰饔。"《郑笺》："己从军，而母为父陈馔饮食之具，自伤不得供养也。"

白驹

【题解】

这首诗，今人一般都认为是一首留客惜别，或别友思贤的诗。而清人方玉润则认为："此王者欲留贤士不得，因放归山林而赐以诗。其好贤之心可谓切，而留贤之意可谓殷，奈士各有志，难以相强。何哉？观其初则欲縶白驹以永朝夕；继则更欲縻以好爵，而不暇计贤者之心不在是也；终则知其不可留，而惟冀其毋相绝，时惠我以好音耳。诗之缠绵亦云至矣。"(《诗经原始》)这一说法比较切合诗意，因诗中要封这位贤人为公为侯，这是只有君王才能做到的事。诗的前三章写主人竭力殷勤挽留客人，后一章写客人走后，主人还是希望客人能常寄佳音，毋绝友情。这首诗对后代也产生了一定影响，文人们在诗文中常引用“白驹”来代指志行高洁的人。如曹摅《思友人》“感时歌蟋蟀，思贤咏白驹”，骆宾王《幽絷书情通简知己》“穴疑丹凤起，场似白驹来”，李白《送杨少府赴选》“空谷无白驹，贤人岂悲吟”等等。

皎皎白驹①，	光亮皎洁小白马，
食我场苗②。	吃我园中嫩豆苗。
絷之维之③，	拴好缰绳绊住脚，
以永今朝④。	就在我家过今朝。
所谓伊人⑤，	所说那位贤德人，
于焉逍遥⑥。	请在这儿尽逍遥。

【注释】

①皎皎：洁白的样子。

②场：菜园。

③絷（zhí）：绊。用绳绊住马脚。维：系。拴住马缰绳。

④永：延长。今朝：今天。

⑤伊人：这人。指乘白驹而去的贤人。

⑥于焉：在这里。

皎皎白驹，	光亮皎洁小白马，
食我场藿①。	吃我园中嫩豆叶。
絷之维之，	拴好缰绳绊住脚，
以永今夕。	就在我家度今宵。

所谓伊人，　　所说那位贤德人，
于焉嘉客？　　在此做客乐陶陶。

【注释】

①藿(huò)：豆叶。

皎皎白驹，　　光亮皎洁小白马，
贲然来思[①]。　　快速来到我的家。
尔公尔侯，　　为公为侯多高贵，
逸豫无期[②]。　　安逸享乐莫还家。
慎尔优游[③]，　　悠闲自在别过分，
勉尔遁思[④]。　　不要避世图闲暇。

【注释】

①贲(bēn)然：马快跑的样子。贲，通“奔”。思：语助词。
②逸豫：安逸享乐。
③慎：谨慎。优游：悠闲自得。
④勉：劝。遁：逃避。

皎皎白驹，　　光亮皎洁小白马，
在彼空谷。　　空旷山谷自为家。
生刍一束[①]，　　一束青草作饲料，
其人如玉。　　那人如玉美无瑕。
毋金玉尔音[②]，　　走后别忘把信捎，
而有遐心[③]。　　有意疏远非知交。

【注释】

①生刍(chú):喂牲畜的青草。

②金玉:作动词用,宝贵、爱惜的意思。

③遐心:疏远我的心。

黄鸟

【题解】

对此诗的主题,说法很多,有说这是入赘者自道其苦的诗,有的说是流亡者思归的诗(或说游子思归),还有说是讽刺民风不醇厚的。《毛诗序》则说:“《黄鸟》,刺宣王也。”仔细推敲诗的内容,似乎前三种说法皆通,而第二种说法更切合诗意。

黄鸟黄鸟①,	黄鸟啊黄鸟,
无集于穀②,	不要落在楮树上,
无啄我粟③。	不要啄我粟米粮。
此邦之人,	这个地方的人们,
不我肯穀④。	对我实在不善良。
言旋言归⑤,	还是回去快回去,
复我邦族⑥。	返回我家返故乡。

【注释】

①黄鸟:黄雀。喜吃粮食。

②穀:楮树。

③粟:谷子,去糠叫“小米”。

④穀(gǔ):善,善良。

⑤言:语助词,犹“乃”。旋、归:即还归。

⑥复:返回。邦族:邦国家族。

黄鸟黄鸟,	黄鸟啊黄鸟,
无集于桑,	不要落在桑树上,
无啄我粱[①]。	不要啄我红高粱。
此邦之人,	这个地方的人们,
不可与明[②]。	信义对他没法讲。
言旋言归,	还是回去快回去,
复我诸兄[③]。	回到兄弟的身旁。

【注释】

①粱:粟类。

②明:“盟”之借字,这里有信用、结盟之意。

③诸兄:邦族中诸位同辈。

黄鸟黄鸟,	黄鸟啊黄鸟,
无集于栩[①],	不要落在柞树上,
无啄我黍[②]。	不要啄食我黍粱。
此邦之人,	这个地方的人们,
不可与处[③]。	不能和睦相来往。
言旋言归,	还是回去快回去,
复我诸父[④]。	回到叔伯的身旁。

【注释】

①栩:柞树。

②黍:即黍子。又称黄米。

③与处:共处,相处。

④诸父:族中长辈,即伯、叔之总称。

我行其野

【题解】

这是一首弃妇诗,写一个远嫁的女子被丈夫弃逐的悲愤心情。她被丈夫遗弃,踏上回娘家的路,诗中“我行其野”的反复吟唱,仿佛使我们看到这位遭弃的女子独行于野,心中充满悲凉的情景。此诗与《邶风·谷风》《卫风·氓》《小雅·谷风》都是写弃妇遭遇的,它们从不同角度反映了那个时代下层妇女的一些生活境况。也有人认为此诗是写入赘女婿被弃逐的遭遇,可备一说。

我行其野,	走在旷野荒凉路,
蔽芾其樗[①],	路边椿树枝叶疏。
昏姻之故,	只因婚姻的缘故,
言就尔居[②]。	我才与你同居住。
尔不我畜[③],	你不好好善待我,
复我邦家[④]。	只有回到我故土。

【注释】

①蔽芾(fèi):叶初生的样子。樗(chū):臭椿树,不材之木,喻所托非人。

②言：乃。

③畜：爱。一训“养”。

④复：返回。

我行其野，	走在旷野荒凉路，
言采其蓫[①]。	采那蓫叶多辛苦。
昏姻之故，	只因婚姻的缘故，
言就尔宿[②]。	才到你家同住宿。
尔不我畜？	你不好好善待我，
言归斯复[③]。	只有回归我家族。

【注释】

①蓫（zhú）：草名，俗名羊蹄菜。《毛传》以为“恶菜也”。

②宿：与上章“居“字同意。

③言归斯复：言、斯，皆语助词。归、复，即归回。

我行其野，	走在旷野荒凉路，
言采其葍[①]。	采那葍根聊果腹。
不思旧姻[②]，	你全不思往日情，
求尔新特[③]。	追求新欢太可恶。
成不以富[④]，	不是她家比我富，
亦祇亦异[⑤]。	因你变心的缘故。

【注释】

①葍（fú）：多年生蔓草，根可食，饥荒之年，可以御饥。《毛传》所谓

"恶菜也"。

②旧姻:旧日婚姻。

③特:匹,配偶。

④成:"诚"之借,确实。

⑤祇:只。异:异心。

斯干

【题解】

这是赞颂周王新建宫殿落成的诗。《毛诗序》说:"《斯干》,宣王考室耶。"《郑笺》:"考,成也。德行国富,人民殷众而皆佼好,骨肉和亲。宣王于是筑宫庙,群寝既成而衅之,歌《斯干》之诗以落之,此之谓成室。宗庙成,则又祭先祖。"

上五章作者以生动的描写和精确的构思,记述了宫殿建筑所处的环境,细致地描绘了营筑过程以及宫室的外观和庭堂,宫室之美尽现目前。下四章,祝祷主人居住新宫的美好前景:子孙繁盛,世代兴旺,为君为王,事业辉煌。诗的前部分是实写,后半部分是预祝之辞,是虚写,虚实结合,构思精巧。

秩秩斯干①,	流水清清的溪涧,
幽幽南山②。	幽幽静静的南山。
如竹苞矣③,	苍翠的绿竹片片,
如松茂矣。	茂盛的青松连绵。
兄及弟矣,	同宗同祖的兄弟,
式相好矣④,	相互友爱心相连,
无相犹矣⑤。	绝不算计和欺骗。

【注释】

①秩秩:水清而流动的样子。斯:此。干:通“涧”。

②幽幽:深远貌。南山:即陕西境内的终南山。

③如:有。苞:植物丛生的样子,与下“茂”字意同,皆言草木茂盛。

④式:发语词,无实义。

⑤犹:欺诈。《广雅》:“犹,欺也。”

似续妣祖①, 承传先祖的大业,
筑室百堵②, 建造宫室千百间。
西南其户③。 门户向西或向南,
爰居爰处④, 居住稳定又安全,
爰笑爰语。 有说有笑合家欢。

【注释】

①似续:继承。似,通“嗣”。妣:本是亡母之称,这里泛指女性先祖。祖:指男性先祖。

②百堵:形容筑宫室之多。堵,墙。

③西南其户:言门户有向西开者,有向南开者。形容宫室众多。

④爰:于是。

约之阁阁①, 绞紧夹板阁阁响,
椓之橐橐②。 用力夯土声嗵嗵。
风雨攸除③, 从此不忧雨和风,
鸟鼠攸去, 鸟兽老鼠都跑净,
君子攸芋④。 君子住此才安定。

【注释】

①约：捆扎，这里是指用绳索捆扎、固定筑墙板。阁阁：捆扎筑墙板发出的声音。

②椓：击打，指打土墙。橐橐（tuó）：打土墙的声音。

③攸：所，是。除：去，消除。

④芋："宇"的假借字。屋宇。这里有庇覆、居住之意。

如跂斯翼[①]，	新宫端正如企立，
如矢斯棘[②]。	墙壁整齐像箭疾。
如鸟斯革[③]，	屋顶犹如鸟展翼，
如翚斯飞[④]，	辉煌就像锦鸡飞，
君子攸跻[⑤]。	君王登阶心欢喜。

【注释】

①跂（qǐ）：踮起脚跟站着。一说通"企"，耸立。翼：端正的样子。

②如矢斯棘：房屋整齐如急箭射出的直线。棘，通"急"。一说指棱角。

③革："翱"的假借字，翅膀。这里当作动词解，有展翅之意。

④如翚（huī）斯飞：此句是形容宫殿色彩辉煌。翚，雉类鸟，即锦鸡。

⑤跻：登。

殖殖其庭[①]，	庭院宽敞又平整，
有觉其楹[②]。	楹柱笔直又高耸。
哙哙其正[③]，	白天宽敞又光明，
哕哕其冥[④]，	夜里昏暗又幽静，

君子攸宁[5]。	君子住此才安宁。

【注释】

①殖殖：平正的样子。《毛传》："殖殖，言平正也。"

②有觉：即"觉觉"，高大直立的样子。

③哙哙：通"快快"，宽敞明亮的样子。正：指白昼。

④哕哕(huì)：幽暗的样子。冥：黑夜。

⑤宁：安。指安居。

下莞上簟[1]，	蒲席上面铺竹席，
乃安斯寝[2]。	才能安稳地寝息。
乃寝乃兴[3]，	早点睡来早点起，
乃占我梦。	占卜我梦啥信息。
吉梦维何[4]？	吉祥梦是怎样的？
维熊维罴[5]，	那是梦见熊和罴，
维虺维蛇[6]。	梦见虺蛇也吉利。

【注释】

①莞(guān)：通"萑"，蒲草的一种，可织席。这里指蒲席。簟(diàn)：竹席。

②乃安斯寝：安居于此寝室中。一说安睡。

③兴：起床。

④维何：是什么。维，是。

⑤罴(pí)：哺乳动物，似熊而大。

⑥虺(huǐ)：蛇类动物。

大人占之[①]：	太卜占梦是这样：
维熊维罴，	熊罴出现最吉祥，
男子之祥[②]；	预示男孩将生降；
维虺维蛇，	如果梦见大小蛇，
女子之祥。	那是女孩的征象。

【注释】

①大人：太卜，占梦之官。

②祥：本义为福，这里指吉祥之兆。朱熹《诗集传》："熊罴，阳物在山，强力壮毅，男子之祥也。虺蛇，阴物穴处，柔弱隐伏，女子之祥也。"

乃生男子[①]，	如果生的是男孩，
载寝之床[②]。	让他睡在床铺上。
载衣之裳[③]，	给他穿套好衣裳，
载弄之璋[④]。	让他玩弄白玉璋。
其泣喤喤[⑤]，	他的哭声真洪亮，
朱芾斯皇[⑥]，	朱红服饰很辉煌，
室家君王[⑦]。	将是诸侯或君王。

【注释】

①乃：如果。一说于是。

②载：则，就。

③裳：下裙。古制上曰衣，下曰裳。

④璋：一种玉器，形如半圭。古代贵族朝聘、祭祀等典礼所用的玉

制礼器。

⑤喤喤：形容婴儿哭声之洪亮。

⑥朱芾：天子或诸侯的服饰。天子纯朱色，诸侯黄朱色。斯皇：犹“煌煌”，色彩辉煌。

⑦室家君王：指所生男孩非王即侯。

乃生女子，	如果生的是女孩，
载寝之地[①]。	给她铺席睡在地。
载衣之裼[②]，	给她包副小襁褓，
载弄之瓦[③]。	让她玩弄瓦纺锤。
无非无仪[④]，	慎言慎语行柔顺，
唯酒食是议[⑤]，	料理家务和餐饮，
无父母诒罹[⑥]。	勿让父母多担心。

【注释】

①载寝之地：男寝于床，女寝于地，有阳上阴下之义。

②裼（tì）：包小儿的小被，即褓衣。

③瓦：陶制的纺锤。为女子劳动工具，故亦为女性的象征物。

④无非无仪：指妇人不要议论家中的是非，说长道短。一说“仪”通“议”。

⑤议：商量，考虑。

⑥诒：给予。罹：忧。

无羊

【题解】

这是一首歌颂牛羊繁盛的诗。全诗如一曲悠扬的牧歌，将牛羊放牧及归家的场面描绘得细致入微。同时由牧及人，仅寥寥八字，就把牧人披着蓑衣、戴着斗笠、背着干粮的形象生动地显现出来。最后一章写牧人之梦，表现了古老的民俗信仰和对美好生活的追求。不是亲身放牧或亲见此情景的人绝写不出这样逼真、生动、传神的诗篇。

谁谓尔无羊？	谁说你们没有羊，
三百维群①。	三百一群遍山冈。
谁谓尔无牛？	谁说你们没有牛，
九十其犉②。	大牛就有九十头。
尔羊来思，	羊群山坡走下来，
其角濈濈③。	尖角弯角紧紧挨。
尔牛来思，	牛群山坡走下来，
其耳湿湿④。	双耳轻轻在摇摆。

【注释】

①三百：不是确指，言羊之多。维：为。

②犉(rún)：黄毛黑唇的大牛。

③濈濈(jí)：众多聚集而不相触貌。《毛传》："聚其角而息濈濈然。"

④湿湿(chì)：牛反刍时耳动的样子。

或降于阿①，	有的牛羊下了坡，

或饮于池，　　有的池边把水喝，
或寝或讹[②]。　　有的走动有的卧。
尔牧来思[③]，　　牧人也已归来了，
何蓑何笠[④]，　　戴着斗笠披着蓑，
或负其糇[⑤]。　　干粮袋儿也背着。
三十维物[⑥]，　　牛羊毛色几十种，
尔牲则具[⑦]。　　祭牲齐备品种多。

【注释】

①阿：小山坡。

②讹：动。《毛传》："讹，动也。"

③牧：指牧人。

④何：同"荷"，披，戴。

⑤糇(hóu)：干粮。

⑥三十：虚数，泛言多。物：指牛羊毛色。

⑦牲：指供祭祀和食用的牛羊。具：齐备。

尔牧来思，　　牧人也已归来了，
以薪以蒸[①]，　　拣来树枝做柴草，
以雌以雄。　　打来雌鸟和雄鸟。
尔羊来思，　　羊群也已归来了，
矜矜兢兢[②]，　　挨挨挤挤相依靠，
不骞不崩[③]。　　不奔不散未减少。
麾之以肱[④]，　　牧人手臂挥一挥，
毕来既升[⑤]。　　牛羊进圈不再跑。

【注释】

①薪：粗柴枝。蒸：细柴枝。

②矜矜：坚强。兢兢：小心谨慎。《毛传》："矜矜兢兢，以言坚强也。"余冠英解释为"谨慎坚持，唯恐失群的样子"。

③骞(qiān)：亏损。崩：溃散。

④麾：挥动。肱(gōng)：手臂。

⑤既：完全。升：进入羊圈。

牧人乃梦，	牧人做梦真稀奇，
众维鱼矣[①]，	梦见蝗虫变成鱼，
旐维旟矣[②]。	龟蛇旗变鹰隼旗。
大人占之[③]：	占梦先生来推断：
众维鱼矣，	梦见蝗虫变成鱼，
实维丰年；	预兆丰年庆有余；
旐维旟矣，	龟蛇旗变鹰隼旗，
室家溱溱[④]。	人丁兴旺更可喜。

【注释】

①众："螽(zhōng)"的假借字，指蝗虫。一说指众多。

②旐(zhào)：画有龟蛇的旗。一说通"兆"，亦众多之意。旟(yú)：画有鹰隼的旗。

③大人：占梦的人。

④溱溱(zhēn)：旺盛的样子。

节南山

【题解】

这是周朝大臣家父斥责执政者尹氏的诗。诗中控诉了尹氏的暴虐，指斥上天不公，让坏人执政祸害百姓。希望周王追究尹氏罪恶，要任用贤人，使万邦安居乐业。诗人在尹氏权力中天、人们都慑于其淫威不敢作声时，挺身而出，写诗直斥尹氏邪恶，表现了忧国忧时、直言敢谏的精神。这说明在任何时代都有仁人志士为国分忧，黑暗势力是不会长久的。《毛诗序》说："《节南山》，家父刺幽王也。"也不无道理。

节彼南山①，	高耸峻峭终南山，
维石岩岩②。	层岩累累陡又险。
赫赫师尹③，	赫赫有名尹太师，
民具尔瞻④。	民众都在把你看。
忧心如惔⑤，	满心忧愤如火烧，
不敢戏谈⑥。	不敢议论不敢聊。
国既卒斩⑦，	国家已经颓亡了，
何用不监⑧！	为何还不睁眼瞧！

【注释】

①节彼：即"节节"，高峻的样子。南山：终南山，在今陕西西安南。

②岩岩：山石堆积的样子。

③赫赫：权势显赫。师尹：太师尹氏。《毛传》："师，大师，周之三公也。尹，尹氏，为大师。"

④具：通"俱"，都。尔瞻：即"瞻尔"，看着你。

⑤惔（tán）：火烧。

⑥戏谈：随便谈论。
⑦卒：尽，完全。斩：断绝。
⑧监：察看。

节彼南山，	高耸峻峭终南山，
有实其猗[①]。	山上斜坡广又宽。
赫赫师尹，	赫赫有名尹太师，
不平谓何。	办事不公为哪端。
天方荐瘥[②]，	上天不断降灾难，
丧乱弘多。	国家动乱百姓亡。
民言无嘉，	民怨沸腾无好话，
憯莫惩嗟[③]。	还不扪心自思量。

【注释】

①有实：即"实实"，广大的样子。猗：通"阿"，指山坡。
②荐：屡次。瘥(cuó)：瘟疫疾病。这里引申为灾难。
③憯(cǎn)：曾，还。惩：惩戒，警戒。嗟：语尾助词。

尹氏大师，	尹太师啊尹太师，
维周之氐[①]。	你是国家的柱石。
秉国之均[②]，	国家权柄手中握，
四方是维[③]。	天下太平你维持。
天子是毗[④]，	天子靠你来辅佐，
俾民不迷[⑤]。	人民靠你解迷惑。
不吊昊天，	可叹上天太不公，

不宜空我师[6]。　　百姓不该受困穷。

【注释】

①氐(dǐ):通“柢”,根本。

②均:同“钧”,本义指制陶器的转盘,这里代指国家政权。

③四方:全国。维:维系。

④毗(pí):辅佐。

⑤俾(bǐ):使。

⑥空:困穷。师:民众。《毛传》:“空,穷也。”《郑笺》:“不宜使此人居尊官,困穷我之众民也。”

弗躬弗亲[1],　　从不亲身理朝政,
庶民弗信。　　民众对你不信任。
弗问弗仕[2],　　不举贤才不任用,
勿罔君子[3]。　　欺上罔下怎能行。
式夷式已[4],　　赶快把心放平正,
无小人殆[5]。　　不把小人来任用。
琐琐姻亚[6],　　亲戚浅薄无才能,
则无朊仕[7]。　　委以重任理难通。

【注释】

①弗:不。躬:亲自。

②问:体恤,安抚。仕:事。此指不任用人办事。

③罔:欺罔。

④式:语助词。夷:平,平除。已:止。

⑤殆(dài):危险。

⑥琐琐(suǒ):渺小浅薄的样子。姻:姻亲,指儿女亲家。亚:连襟。以上泛指亲戚。

⑦朊(wǔ)仕:高官厚禄。朊,厚。

昊天不佣①,	老天爷呀太不公,
降此鞠讻②。	降此大难害百姓。
昊天不惠③,	老天爷呀太不仁,
降此大戾。	降此大难害我民。
君子如届④,	如果好人能执政,
俾民心阕⑤。	会使民众心安定。
君子如夷,	如果处理能公平,
恶怒是违⑥。	百姓怨怒会平静。

【注释】

①佣(chōng):均,平。

②鞠讻(jū xiōng):极大的祸乱。

③惠:仁爱,和顺。

④届:至,指出来掌握。

⑤阕(què):平息。

⑥违:消除。

不吊昊天,	可叹上天太不公,
乱靡有定。	祸乱相继不曾停。
式月斯生①,	年年月月都发生,
俾民不宁。	百姓生活不安宁。

忧心如酲[2]，	心忧如同得酒病，
谁秉国成[3]？	谁掌政权国兴盛？
不自为政，	君王如不亲临政，
卒劳百姓[4]。	最终苦了老百姓。

【注释】

①式：语助词。月：岁月。斯：是，这，指祸乱。

②酲（chéng）：酒醉不醒。

③国成：平治国政。

④卒："瘁"的借字，劳苦。

驾彼四牡，	驾起四匹大公马，
四牡项领[1]。	马儿壮实颈肥大。
我瞻四方，	我向四方望一望，
蹙蹙靡所骋[2]。	不知驰骋向何方。

【注释】

①项领：脖颈肥大。《毛传》："项，大也。"《郑笺》："四牡者，人君所乘驾。今但养大其领，不肯为用。喻大臣自恣，王不能使也。"

②蹙蹙（cù）：局促不安的样子。

方茂尔恶[1]，	当你气势汹汹时，
相尔矛矣。	看着长矛露凶相。
既夷既怿[2]，	既而气平笑颜开，
如相酬矣[3]。	举杯相酬心欢畅。

【注释】

①方:正。茂:盛。尔:指尹氏。

②怿(yì):悦,愉快。

③酬:报,指以酒相敬。《孔疏》:"此说大臣无常。言相恶既深,和解又疾,皆是无常小人,故使政教乱也。"

昊天不平,	老天你真不公平,
我王不宁。	害得我王不安宁。
不惩其心,	太师不改邪恶心,
覆怨其正[①]。	反而怨恨劝谏臣。

【注释】

①覆:反。正:劝谏的正确话。

家父作诵[①],	家父作诗来讽诵,
以究王讻[②]。	追究乱国之元凶。
式讹尔心[③],	但愿君王心意转,
以畜万邦[④]。	万民安康享太平。

【注释】

①家父:诗人自称。一说是位大夫,食采于家(地名),父为名字。诵:讽诵,指作诗。

②究:追究。王讻:王朝祸乱的根源。

③讹:化,改变。尔:指周王。

④畜:安抚,养育。

正月

【题解】

这是周大夫怨刺幽王、忧国忧民、愤世嫉俗的诗。《毛诗序》说："《正月》，大夫刺幽王也。"三家诗对此无异议。据《史记·周本纪》记载："幽王二年，西周三川皆震……三年，幽王嬖爱褒姒……褒姒不好笑，幽王欲其笑万方，故不笑。幽王为烽燧大鼓，有寇至则举烽火，诸侯悉至。至而无寇，褒姒乃大笑。幽王说之，为数举烽火。其后不信，诸侯益亦不至。幽王以虢石父为卿用事，国人皆怨。石父为人佞巧，善谀好利，王用之。又废申后，去太子也。申侯怒，与缯西夷犬戎攻幽王。幽王举烽火征兵，兵莫至。遂杀幽王骊山下。"这就是本诗的时代背景。由于幽王的荒淫，重用佞人，朝政混乱，终于使国家走上灭亡之路。而正直的大夫对此无不愤恨，写诗倾诉心中的忧愤之情。全诗共十三章，一至六章，写当时社会是非颠倒，环境险恶，百姓悲苦。七至十一章，指责统治者不能用贤，致使贤人不容于朝，并直接点出褒姒的名字。后二章，指出贫富的严重不均，上下层的尖锐对立，说明国势已无法挽回。这是一篇感情充沛、用词激烈、充满爱国激情的长诗。诗中的一些佳句，形象生动，使人过目难忘。如"谓天盖高？不敢不局；谓地盖厚？不敢不蹐"，把处于昏暗社会下民众人人自危，局促不安的险境生动地描绘了出来。这也是一篇真实的史诗，为我们了解周代社会提供了可靠资料。

正月繁霜[①]，	正月地上满是霜，
我心忧伤。	让我心中很忧伤。
民之讹言[②]，	民间流传着谣言，
亦孔之将[③]。	沸沸扬扬传得广。

念我独兮，　　想我一人多孤独，
忧心京京[④]。　　愁思萦绕心惶惶。
哀我小心，　　哀叹我的胆子小，
癙忧以痒[⑤]。　　反使忧愁成病伤。

【注释】

①正月：此指周历的正月，即夏历十一月。正是降霜的季节，故说“繁霜”。繁：多。

②讹言：谣言，伪言。

③孔：甚，很。将：大，指厉害。

④京京：忧愁无法排除之貌。《毛传》：“京京，忧不去也。”

⑤癙(shǔ)忧以痒：言郁忧成疾。癙，忧，郁闷。痒，病也。《毛传》：“癙、痒，皆病也。”

父母生我，　　父母既然生了我，
胡俾我瘉[①]？　　为何让我受痛伤？
不自我先，　　灾难不在我生前，
不自我后[②]。　　也不发生我死后。
好言自口，　　好话出自人之口，
莠言自口[③]。　　坏话由人乱宣扬。
忧心愈愈[④]，　　忧愁郁闷难忍受，
是以有侮[⑤]。　　遭受侮诟更懊丧。

【注释】

①瘉：《毛传》：“瘉，病也。”此处有痛苦之意。

②不自我先,不自我后:这两句是说变故不先不后,正好发生在自己所生活的时代。自,在。

③好言自口,莠言自口:言好话坏话皆出自人口,没有定准。莠言,坏话。

④愈愈:忧惧貌。

⑤是以:因此。言忧惧是因受人欺侮。

忧心惸惸[①],	忧虑重重心不宁,
念我无禄[②]。	想我这般无福分。
民之无辜[③],	平民百姓本无罪,
并其臣仆[④]。	也都沦落为仆人。
哀我人斯[⑤],	可悲我们这些人,
于何从禄[⑥]?	不知禄位何处寻?
瞻乌爰止,	看那乌鸦天上飞,
于谁之屋[⑦]?	谁家屋顶来降临?

【注释】

①惸惸(qióng):忧虑貌。

②无禄:无福气。

③无辜:无罪。

④并:皆。臣仆:奴隶。古以有罪之人为臣仆。

⑤哀:可怜。斯:语气词。

⑥于何:在哪里。从禄:得到幸福。

⑦瞻乌爰止,于谁之屋:此二句是说,看乌鸦将落于谁家屋上。《毛传》:“富人之屋,乌所集也。”《郑笺》:“视乌集于富人之屋,以言今民亦当求明君而归之。”爰,语助词,犹“之”。止,栖止。

瞻彼中林[①]，	看那茂密的树丛，
侯薪侯蒸[②]。	粗柴细草交错生。
民今方殆[③]，	民众方处危难中，
视天梦梦[④]。	看天也是昏蒙蒙。
既克有定[⑤]，	上天既能定一切，
靡人弗胜[⑥]。	无人能够违天命。
有皇上帝[⑦]，	皇天上帝我问你，
伊谁云憎[⑧]？	到底对谁恨又憎？

【注释】

①中林：即“林中”。

②侯：维。薪：粗柴。蒸：细柴。一说指小草。《郑笺》：“林中大木之处，而维有薪蒸尔。喻朝廷宜有贤者，而但聚小人。”

③殆：危险。

④梦梦：昏昏糊涂貌。

⑤既克有定：指天既然能决定。一说终能够止乱。既，终。克，能够。

⑥胜：通“乘”，言乘陵人上。一说天能止乱，所在必胜。

⑦有皇：即“皇皇”，大貌。

⑧伊：维。云：犹“是”。谁憎：即“憎谁”。以上四句，马瑞辰《毛诗传笺通释》曰：“言天如有止乱之心，则此讹言之小人无不能胜之者。乃天能胜人而不肯止乱，不知天意果谁憎乎？”

谓山盖卑[①]？	有人说山低又平？
为冈为陵。	实是高大岭和峰。
民之讹言，	民间谣言四处传，

宁莫之惩[2]？　　怎不制止和严惩？
召彼故老[3]，　　召集老臣来咨询，
讯之占梦[4]，　　再用占梦判吉凶，
具曰予圣[5]，　　都说自己最圣明，
谁知乌之雌雄[6]？　　谁辨乌鸦雌或雄？

【注释】

①盖：借为“盍”，训“何”，怎么。下章“盖”字与此同。
②宁：乃，却。惩：止，戒。
③故老：指故旧老臣。
④讯：询问。占梦：指占梦之官。
⑤圣：聪智，精明。
⑥谁知乌之雌雄：乌鸦雌雄外貌相似，很难分辨清楚。比喻谣言的是非难辨。

谓天盖高？　　人说天空高又高？
不敢不局[1]；　　走路不敢不弯腰；
谓地盖厚？　　人说大地厚又厚？
不敢不蹐[2]。　　走路不敢不蹑脚。
维号斯言[3]，　　人们喊出这种话，
有伦有脊[4]。　　确有道理说得好。
哀今之人，　　可悲如今世上人，
胡为虺蜴[5]？　　怎像毒蛇把人咬？

【注释】

①局：曲，指伛偻身躯走路，唯恐天坠之貌。

②蹐(jí):本指小步走,此处指轻轻走,担心地会陷下去。

③号:喊叫。斯言:此言。

④伦:道理。脊:通"迹",理也。二字意同。

⑤胡为虺(huǐ)蜴:此句是斥责人们为什么要像毒蛇一样伤害人。虺,毒蛇类。蜴,蜥蜴,四脚蛇。朱熹《诗集传》:"哀今之人,胡为肆毒以害人,而使之至此乎?"

瞻彼阪田①,	看那山坡坡上田,
有菀其特②。	有的禾苗枝高翘。
天之扤我③,	上天百般来摧折,
如不我克④。	唯恐不把我压倒。
彼求我则⑤,	当他求我谋划时,
如不我得。	好像唯恐得不到。
执我仇仇⑥,	到手却又置一旁,
亦不我力⑦。	不让我为国效劳。

【注释】

①阪田:山坡上的田,贫瘠之田。

②菀:通"郁",茂盛貌。特:或以为特生之苗。一说禾苗高举。

③扤(wù):摇动。一说借为"抈",挫折。

④克:制胜。

⑤则:法。

⑥执:执持,掌握。仇仇:傲慢的样子。

⑦力:力用,重用。

心之忧矣,	内心忧愁如此深,

如或结之[1]。　　好像心里打了结。
今兹之正[2]，　　如今朝中的局面，
胡然厉矣[3]。　　为何如此的暴虐。
燎之方扬[4]，　　就像燎原火炽烈，
宁或灭之[5]？　　怎能一时把它灭？
赫赫宗周[6]，　　声势赫赫的宗周，
褒姒威之[7]。　　竟被褒姒来毁灭。

【注释】

①结：绳索打的疙瘩。

②今兹：今年。兹，此。正：即“政”，政治。

③胡然：为何这样。厉：通“疠”，恶，糟糕。

④燎：放火烧野地的草木。方：正。扬：旺盛。

⑤宁：岂，乃。

⑥赫赫：显盛貌。宗周：指周的都城镐京。镐京为天下所宗，故称“宗周”。宗，主。

⑦褒姒：幽王的宠妃。褒，国名。姒，姓。威：灭。幽王因宠信褒姒，荒于朝政，导致西周王朝的灭亡。

终其永怀[1]，　　既怀深长的忧伤，
又窘阴雨[2]。　　又遭阴雨更凄凉。
其车既载[3]，　　车子满载沉重物，
乃弃尔辅[4]。　　却把辅板全抽光。
载输尔载[5]：　　货物就要掉下来，
“将伯助予[6]。”　　才喊“老兄把我帮”。

【注释】

①终：既。永怀：深忧。

②窘：困。

③载：装载货物。

④辅：车厢两旁的木板。设此可以多装载货物。

⑤载：语助词，有"则"的意思。后一"载"字指装载之物。输：掉落，指货物从车上掉下来。

⑥将：请。伯：长，大哥。这里指贤人。

无弃尔辅，	不要丢弃车辅板，
员于尔辐[①]。	更要增加车轮辐。
屡顾尔仆[②]，	频频照顾你车夫，
不输尔载。	不会失落车上物。
终逾绝险[③]，	最终才能过险境，
曾是不意[④]。	你却对此不在乎。

【注释】

①员：增益。辐：车轮上的直木，即辐条。言增多或加粗车辐，以使车子坚固耐用。

②仆：驾车的车夫。

③逾：越过。

④曾：乃，竟。是：此。不意：不在意，不放在心上。

鱼在于沼[①]，	鱼儿生活在池沼，
亦匪克乐[②]。	并不让它乐逍遥。
潜虽伏矣[③]，	即使潜伏深水底，

亦孔之炤④，	水清依然看得到。
忧心惨惨⑤，	忧心忡忡愁不已，
念国之为虐⑥！	想那朝政太残暴！

【注释】

①于：其。沼：池。

②克：能。

③潜：深藏。伏：伏于水底。

④孔：甚，非常。炤：同“昭”，明。以上四句，《郑笺》曰：“池鱼之所乐而非能乐，其潜伏于渊，又不足以逃，甚炤炤易见。以喻时贤者在朝廷，道不行，无所乐，退而穷处，又无所止也。”

⑤惨惨：犹“戚戚”，忧虑不欢貌。

⑥为虐：为非作歹。

彼有旨酒，	他们有酒可酩酊，
又有嘉肴。	又有嘉肴享人生。
洽比其邻①，	他们融洽抱成团，
昏姻孔云②。	裙带之间互说情。
念我独兮，	想我自己真孤独，
忧心殷殷③。	忧愁之心隐隐痛。

【注释】

①洽：合，融洽。比：亲近。邻：近，指亲近之人。

②云：旋，指周旋回护。

③殷殷(yīn)：忧伤痛苦貌。

佌佌彼有屋[①]，	卑劣小人有华屋，
蔌蔌方有谷[②]。	鄙陋家伙有米谷。
民今之无禄[③]，	民众当今贫无禄，
天夭是椓[④]。	饱受天灾无人助。
哿矣富人[⑤]，	阔佬快乐哈哈笑，
哀此惸独[⑥]！	可怜穷人太孤独！

【注释】

①佌佌(cǐ):《毛传》:“佌佌,小也。”小人卑小猥琐貌。

②蔌蔌(sù):《毛传》:“蔌蔌,陋也。”小人鄙陋丑恶貌。谷:谷物,粮食。

③无禄:无福,不幸。

④天夭:天降之灾。椓:击。

⑤哿(gě):乐,即欢乐。

⑥惸:通“茕”,孤独。

十月之交

【题解】

这是一首讽刺幽王无道,政治昏暗的诗。当时天灾连续发生,日食、地震等灾异频仍,民众遭受苦难,作者自己也受到迫害。诗的作者可能是位没落贵族,他关心国事,为人正直,并颇具文才,他将日食、地震与人世的政治状态联系起来,真实地记下了当时国家遭受天灾人祸,贪官横行,民不聊生的情景。这是一篇很出色的诗,诗中“百川沸腾,山冢崒崩。高岸为谷,深谷为陵”四句,准确生动地描绘出地震那可怕的景象,所以姚际恒说:“写得直是怕人。”这次地震实有发生,《国语·周语》记载："西周三川皆震。"《汉书·翼奉传》说："《十月之交》篇，知日食地震之效。"对于日食，梁虞邝首次推定此次日食发生在幽王六年（公元前776年）。清代学者阮元、陈遵妫推算，幽王六年十月辛卯确实发生了一次日食，与诗中所记载日期相符。这是世界上有年代可考的最早的日食记载。这篇诗不仅是出色的史诗，也为天文学研究提供了可靠的资料。

十月之交①，	正是十月的时候，
朔月辛卯②。	初一这天是辛卯。
日有食之③，	天上出现了日食，
亦孔之丑④。	也是凶险的征兆。
彼月而微⑤，	往日月蚀夜光微，
此日而微。	今天日食天地黑。
今此下民，	如今天下众黎民，
亦孔之哀。	大难将临令人悲。

【注释】

①十月：周历十月，即夏历八月。《郑笺》："周之十月，夏之八月也。"交：交会，指日月交会。《毛传》："之交，日月之交会。"即日食或月食。

②朔月：即"月朔"，指阴历每月初一。辛卯：古人用干支记时，干支相配，这一天正好是辛卯日。

③日有食之：有，又。据古历学家推算，周幽王六年十月初一辛卯日辰时，即公元前776年9月6日早七时至九时曾发生日食。

④孔：很。丑：凶恶。

⑤彼：指往日。微：昏暗不明。

日月告凶[1]，	日月向人发警告，
不用其行[2]。	运行不再循轨道。
四国无政[3]，	四方诸侯无善政，
不用其良[4]。	不用贤臣来立朝。
彼月而食，	上次出现了月蚀，
则维其常[5]。	没见国家有异常。
此日而食，	现在出现了日食，
于何不臧[6]。	预示坏事要突降。

【注释】

①告凶：指日食、月食，是上天告下民的凶兆。

②行(háng)：轨道。言日月不循其常道运行。

③四国：指四方诸侯。政：善政。

④良：指贤良之臣。

⑤常：平常。指月食为平常之事。马瑞辰《毛诗传笺通释》："考《春秋经》，书日食三十有六，而月食则不书，此古人重日食而轻月食之证。"

⑥于何：如何。臧：善，好。

烨烨震电[1]，	闪电耀眼雷轰鸣，
不宁不令[2]。	天地不宁令不行。
百川沸腾，	百千河川顿沸腾，
山冢崒崩[3]。	崇山峻岭突塌崩。
高岸为谷[4]，	高高崖岸变深谷，
深谷为陵。	深深山谷变山陵。

哀今之人，	可怜现今天下人，
胡憯莫惩[5]。	面对凶险不自警！

【注释】

①烨烨(yè)：闪电貌。震电：雷电。

②宁：安。令：善。

③山冢崒崩：此句言地震之突发，令高山忽崩。冢，山顶。崒，“碎”的假借字，碎崩。或以为“崒(cuì)崩”，与上文“沸腾”对应。

④岸：山崖。《国语·周语》云：“幽王二年，西周三川皆震。是岁也，三川竭，岐山崩。”与《诗》所言相符。

⑤胡憯(cǎn)莫惩：此句意为：为何不知警戒。胡憯，怎么。莫惩，不止。

皇父卿士[1]，	皇父卿士官最高，
番维司徒[2]，	番氏乃是司徒官，
家伯维宰[3]，	家伯宰父是总管，
仲允膳夫[4]。	仲允身兼膳食官。
聚子内史[5]，	聚子内史掌册命，
蹶维趣马[6]，	蹶氏马匹大总监，
楀维师氏[7]，	楀氏主持教育权，
艳妻煽方处[8]。	艳丽王妻大权专。

【注释】

①皇父(fǔ)：人名。陈奂据《国语·郑语》，疑皇父即周幽王宠信的大臣虢石父。下文番、家伯、仲允、聚(zōu)子、蹶(guì)、楀(jǔ)等

皆指具体人。卿士:官名。为周六卿之长,是周王室的最高执政官,相当于后世的宰相。

②司徒:官名。周朝掌管土地、人口的最高官员。

③宰:官名。掌管国家的典籍。

④膳夫:掌管周王饮食的官。

⑤内史:掌爵禄废置、生杀予夺的册命。

⑥趣(cù)马:掌管周王马匹的官。

⑦师氏:据《周礼》是管教育的官。有教导国王及贵族子弟的责任。

⑧艳妻:此处指幽王宠妃褒姒。煽:炽盛,一说同"扇",即扇动。方:正。处:居。一说通"炽",《韩诗》即作"炽"。言褒姒正居于王之左右。一说褒姒煽动幽王干坏事。

抑此皇父①,	大权在握的皇父,
岂曰不时②?	难道他不知农时?
胡为我作③,	为何令我服劳役,
不即我谋④。	事先也不让我知。
彻我墙屋⑤,	拆掉我的墙和屋,
田卒污莱⑥。	家里农田全荒弛。
曰予不戕⑦,	还说:"不是我害你,
礼则然矣。	按照章程当如此。"

【注释】

①抑:感叹词,同"噫"。

②岂:难道。不时:言皇父不在农闲时役使民众。时,适时。

③我作:使我劳作。

④不即我谋:此言不与我商量。即,就,接近。

⑤彻：通"撤"，拆掉。

⑥卒：尽，完全。污：积水。莱：荒芜。陈奂《诗毛氏传疏》："此谓田尽不治则下者积水，高者薉草矣。"

⑦曰：说。予：皇父自称。戕：残害。

皇父孔圣[1]，	这位皇父太聪明，
作都于向[2]。	要在向邑筑大城。
择三有事[3]，	选了三个管事人，
亶侯多藏[4]。	他们全是大富翁。
不慭遗一老[5]，	不肯留下一老臣，
俾守我王。	守护君王和京城。
择有车马，	选择富户有车马，
以居徂向[6]。	迁居向邑安身命。

【注释】

①孔圣：特别聪明。此是反语，讽刺皇父。

②作都于向：邑之大者曰"都"，此指采地，公卿采地大于一般大夫采地（邑），故曰"都"。作都，即建设采地。向，地名。王先谦以为在河南开封府尉氏县西南五十里。见其《诗三家义集疏》。

③择三有事：此句言皇父为向都，即他自己的领地选择官吏。择，选择。三有事，即"三有司"。有司，国之三卿，即司徒、司马、司空。

④亶：信，确。侯：维。藏：蓄也。指积蓄财产。

⑤慭（yìn）：愿，肯。遗：留下。一老：一位老臣。

⑥居：居住。徂：往。向：向邑。

黾勉从事[①]，　　　　竭尽全力为王事，
不敢告劳。　　　　不敢说我有功劳。
无罪无辜，　　　　没有罪过没有错，
谗口嚣嚣[②]。　　　　众口毁谤气焰高。
下民之孽[③]，　　　　下民百姓遭大难，
匪降自天。　　　　灾祸不是降自天。
噂沓背憎[④]，　　　　当面言欢背后骂，
职竞由人[⑤]。　　　　坏人专横没法办。

【注释】

①黾勉：努力。

②嚣嚣（áo，或读 xiāo）：众口毁谤貌。

③孽：灾殃，祸患。

④噂（zǔn）沓背憎：噂，聚语也。沓，合也。王逸注："沓，合也。诗言小人之情，聚则相合，背则相憎。"

⑤职竞由人：言纷争非降自天，而是由人造成的。职竞，《毛传》："职，主也。"竞，争夺。

悠悠我里[①]，　　　　悠悠愁思思不断，
亦孔之痗[②]。　　　　忧痛太多成疾患。
四方有羡[③]，　　　　四方人们都悠闲，
我独居忧。　　　　我独处在忧伤间。
民莫不逸[④]，　　　　人们生活都安逸，
我独不敢休。　　　　我独不敢片刻闲。
天命不彻[⑤]，　　　　天命无常没定数，

我不敢效我友自逸[6]。　　我不敢效法我友自逸安。

【注释】

①悠悠:忧思深长貌。里:通“悝”,忧也。

②痗(mèi):心中难受、痛苦。

③羡:余,指富裕,有余财。

④逸:安乐,安逸。

⑤不彻:言天命无常,无轨可循。彻,通“辙”,即轨辙。

⑥效:效法,学习。

雨无正

【题解】

这是一位侍御大夫讽刺幽王昏庸及其群臣误国的诗。这里所写是西周灭亡前的情景。当时幽王宠爱褒姒,朝政混乱,国势日颓,民不聊生。天降灾荒,加上幽王的专制,不纳言听谏,不用贤良,高官大臣只知明哲保身,不辅政,不建言,甚至逃离了京城。面对这种局面,这位侍御大夫表现了深深的忧虑,用诗歌写出了当时天地、国家、君王、大臣、百姓的种种景象,以细腻质朴的语言,将一幅民饥国乱的图景展现在我们面前。至于诗题为《雨无正》,正文中不见此三字,不合《诗经》诗题体例,不知从何而来。《毛诗序》说:“《雨无正》,大夫刺幽王也。雨,自上下者也,众多如雨,而非所以为政也。”朱熹《诗集传》引刘元城云:“《韩诗》有《雨无极》篇,《序》:云‘《雨无极》,正大夫刺幽王也。’至其诗之文,则比《毛诗》篇首多‘雨无其极,伤我稼穑’八字。”或说“雨无正”为“周无正”之误。欧阳修、姚际恒则认为诗题可能有误,只能采取阙疑的态度,不必强论。

浩浩昊天[①]，　　浩渺广阔的上天，
不骏其德[②]。　　恩德不常降人间。
降丧饥馑[③]，　　降下饥荒和死亡，
斩伐四国[④]。　　四方百姓遭残伤。
旻天疾威[⑤]，　　上天无情施暴虐，
弗虑弗图[⑥]。　　不加考虑不思量。
舍彼有罪[⑦]，　　有罪之人让他亡，
既伏其辜[⑧]。　　认罪伏法理应当。
若此无罪，　　为何让那没罪人，
沦胥以铺[⑨]。　　个个连连遭祸殃。

【注释】

①浩浩：广大貌。昊天：皇天。昊，广大之意。

②骏：长，经常。

③降丧饥馑：此言上天降下了死亡与饥荒。丧，死亡。《毛传》："谷不熟曰饥，蔬不熟曰馑。"

④斩伐：残害，摧残。

⑤旻(mín)天：当作"昊天"。疾威：暴虐。

⑥虑、图：二字同义，都是考虑、谋划的意思。

⑦舍：舍弃。

⑧伏：伏法。

⑨沦：陷。胥：相。铺：通"痡"，病，痛苦。

周宗既灭[①]，　　西周镐京将沦丧，
靡所止戾[②]。　　无处栖止身流浪。

正大夫离居[3]，　　正大夫们离京城，
莫知我勚[4]。　　没人知我辛劳况。
三事大夫[5]，　　司徒司马和司空，
莫肯夙夜。　　不肯日夜为国忙。
邦君诸侯[6]，　　各国诸侯一个样，
莫肯朝夕。　　不肯早晚尽力量。
庶曰式臧[7]，　　本望周王能为善，
覆出为恶[8]。　　反而作恶更荒唐。

【注释】

①周宗：指周的宗室。一说“周宗”当作“宗周”，指西周镐京。既灭：已灭。或说“既”当作“即”，即灭，将灭。

②靡所止戾：无处定居。靡，无。戾，定。

③正大夫：指六官之长。天子六卿，即太宰、司徒、宗伯、司马、司空、司寇，皆上大夫。离居：离开王都而散居。

④勚(yì)：劳苦。

⑤三事大夫：指三公，即司徒、司空、司马。

⑥邦君：邦国之君，即诸侯。

⑦庶：幸，希望。曰、式：皆语气词。臧：善。

⑧覆：反。

如何昊天，　　敢问老天是何故，
辟言不信[1]。　　法纪忠言王不听。
如彼行迈[2]，　　像那四方远行者，
则靡所臻[3]。　　没有目标无止定。

凡百君子，	朝中群臣众君子，
各敬尔身[4]。	小心谨慎应自重。
胡不相畏[5]，	为何不存敬畏心，
不畏于天？	难道不知畏天命？

【注释】

①辟言：合法度之言。《毛传》："辟，法也。"

②行迈：远行。

③则靡所臻：不知何处是目的地。臻，至。

④敬：戒慎。

⑤畏：敬畏。

戎成不退[1]，	犬戎大祸尚未退，
饥成不遂[2]。	饥荒连绵不止息。
曾我暬御[3]，	只有周王侍御臣，
憯憯日瘁[4]。	日日忧伤身憔悴。
凡百君子，	朝中群臣众君子，
莫肯用讯[5]。	不肯进言怕得罪。
听言则答[6]，	君王只爱听好话，
谮言则退[7]。	听到谏言就斥退。

【注释】

①戎：指犬戎。不退：指犬戎没有退兵。

②遂：终止。

③曾：则。暬(xiè)御：近侍之臣。暬，近。

④憯憯(cǎn):忧伤貌。瘁:或作“悴”,即憔悴。

⑤讯:当从《鲁诗》作“谇”,告。指众在位者皆不肯把戎事和饥馑告王。

⑥听言:顺从动听之言。答:《鲁诗》作“对”,进也。

⑦谮言:谮毁之言,谗言。以上二句,《毛传》:“以言进退人也。”

哀哉不能言[①],	可悲有话不能言,
匪舌是出[②],	不是嘴笨舌头短,
维躬是瘁[③]。	话一出口成灾难。
哿矣能言[④],	那些得意能言者,
巧言如流[⑤],	巧言滔滔水连天,
俾躬处休[⑥]。	身享厚禄做高官。

【注释】

①不能言:指不会巧言善辩的人。

②匪:非,不是。

③维:是。躬:体,自身。瘁:病。

④哿(gě):乐。

⑤巧言如流:《毛传》:“巧言从俗,如水流转。”巧言,指花言巧语。

⑥休:美好。指处于高官厚禄的境地。

维曰于仕[①],	有人劝我去做官,
孔棘且殆[③]。	荆棘遍地行路难。
云不可使[③],	如果政令不遵从,
得罪于天子。	就会冒犯天子颜。

亦云可使，	倘若一味听使唤，
怨及朋友。	定要招致朋友怨。

【注释】

①维：虽。于：往。仕：做官。

②孔：甚。棘：紧急，急迫。一说紧张。殆：危险。

③云：所谓。不可使：不可听从。

谓尔迁于王都①，	劝你迁回到王都，
曰予未有室家②。	却说那里没屋住。
鼠思泣血③，	忧思泪尽而泣血，
无言不疾④。	没有一言不愤怒。
昔尔出居⑤，	从前你们离王都，
谁从作尔室⑥？	谁造房屋给你住？

【注释】

①谓：说。尔：指正大夫等离居者。迁：迁回。王都：指西都镐京。朱熹《诗集传》曰："告去者使复还于王都。"

②室家：房屋家业。

③鼠：忧伤。思：语助词。泣血：泣尽而继之以血。形容极度忧伤。

④疾：痛疾。

⑤出居：离居，指逃离西京之时。

⑥谁从作尔室：这是诗人劝离居的大夫迁回西都时反问的话。朱熹《诗集传》曰："故诘之曰：'昔尔之去也，谁为尔作室者，而今以是辞我哉？'"

小旻

【题解】

这是一首讽刺周幽王不能采纳善谋的诗。《毛诗序》说:“《小旻》,大夫刺幽王也。”朱熹《诗集传》说:“大夫以王惑于邪谋,不能断以从善,而作此诗。”以此可见作者大约是一位具有政治远见而无实权的官吏。他看到了幽王的昏庸,幽王实行的邪僻政策已把国家引到了灭亡的边缘,因而作诗以示警。诗人对现实既痛心又恐惧,发自内心地唱出了“战战兢兢,如临深渊,如履薄冰”的千古名句。此诗主题鲜明,全诗都在批判“谋犹回遹”,即谋略邪僻。除了大段地说理议论,末章用了几个形象而贴切的比喻,从暴虎、冯河仅危害一身,比喻政策邪僻将祸及国家;以临深渊、履薄冰比喻自己对国家将亡的战战兢兢的恐惧。感情真挚,语言生动形象,是一首感人的好诗。

旻天疾威①,	上天肆虐逞威风,
敷于下土②。	人间撒遍灾难种。
谋犹回遹③,	歪门邪道坏策略,
何日斯沮④?	何日结束何时终?
谋臧不从⑤,	好的谋略你不听,
不臧覆用⑥。	坏的主意反采用。
我视谋犹,	我看如今这政策,
亦孔之邛⑦。	存在很大的弊病。

【注释】

①旻(mín)天:皇天,上天。暗指周幽王。疾威:暴虐。

②敷:布。下土:指天下。

③谋犹：谋略。回遹（yù）：邪僻。

④斯：语助词。沮（jǔ）：止。

⑤臧：善。

⑥覆：反。

⑦孔：很。邛（qióng）：病。

潝潝訿訿[1]，	说好道坏论不休，
亦孔之哀。	让人悲哀让人愁。
谋之其臧，	好的建议一提出，
则具是违。	无人采纳反拦阻。
谋之不臧，	坏的主张提出来，
则具是依。	一一采纳不更改。
我视谋犹，	我看如今这政策，
伊于胡底[2]。	国家要成啥状态。

【注释】

①潝潝（xī）：低声附和的样子。訿訿（zǐ）：诋毁，诽谤。

②伊：语助词。于：向。胡：何。厎（zhǐ）：至。

我龟既厌[1]，	灵龟占卜已厌烦，
不我告犹。	是吉是凶不显现。
谋夫孔多[2]，	只因谋士人太多，
是用不集[3]。	众说纷纭没法办。
发言盈庭，	你说我讲声满堂，
谁敢执其咎？	谁敢来把责任担？

如匪行迈谋[4]，　　如同询问行路人，
是用不得于道。　　要得正道难又难。

【注释】

①龟：龟甲，古人以它占卜吉凶。厌：厌烦。

②谋夫：出谋划策的人。

③是用：因此。不集：不成，不就。

④匪：通“彼”。行迈：行路。

哀哉为犹[1]，　　可叹当政划策者，
匪先民是程[2]，　　不学古代众圣贤，
匪大犹是经[3]。　　不从正道路走偏。
维迩言是听[4]，　　只听无识浅陋言，
维迩言是争。　　还要为此争长短。
如彼筑室于道谋，　　好比建房问路人，
是用不溃于成[5]。　　房子何时能盖完。

【注释】

①为：掌握，制定。犹：谋。

②匪：同“非”。先民：古人。程：效法。

③大犹：大道，正道。经：行。

④迩言：肤浅无远见的话。

⑤溃：通“遂”，达到。

国虽靡止[1]，　　治国主张虽不同，

或圣或否[②]。	也有错误和圣明。
民虽靡朊[③]，	民众虽然没定则，
或哲或谋，	哲人谋士在其中，
或肃或艾[④]。	还有干才和能人。
如彼泉流，	弃才如同泉水流，
无沦胥以败[⑤]。	国家衰败无止休。

【注释】

①国：指治国的主张。靡止：不止。这里指主张不一致。

②否（pǐ）：坏，愚蠢。

③靡朊（hū）：没有法则。

④肃：恭敬。艾：同“乂”（yì），治理。

⑤无：语助词。沦胥：相率。

不敢暴虎[①]，	不敢空手打老虎，
不敢冯河[②]。	不敢徒步把河渡。
人知其一，	人们只知这道理，
莫知其他。	其他事情就糊涂。
战战兢兢[③]，	战战兢兢为国忧，
如临深渊，	如临深渊快回头，
如履薄冰。	如踏薄冰把脚收。

【注释】

①暴虎：徒手打虎。

②冯（píng）河：徒步渡河。

③战战：恐惧的样子。兢兢：小心谨慎的样子。

小宛

【题解】

此诗主题有多种说法。《毛诗序》说："《小宛》，大夫刺幽王也。"朱熹驳斥说："此诗之辞最为明白，而意极恳至。说者必欲为刺王之言，故其说穿凿破碎，无理尤甚。"他认为"此大夫遭时之乱，而兄弟相戒以免祸之诗"。方玉润《诗经原始》则认为"《小宛》，贤者自箴也"。我们认为朱说比较切合诗意。这篇诗主要表达的是，处于动乱时代，兄弟互相警戒，免遭祸患。首章以斑鸠起兴，兴中有比。以小斑鸠高飞比喻弟弟人小却有大志，因此哥哥为其忧心，难以入眠，既怀念祖先，又思念父母。第二章告诫弟弟饮酒、处事要有节制，要"各敬尔仪"。第三章以采菽和蜾蠃负子为喻，告诫弟弟要教育好自己的孩子。第四章以鹡鸰终日飞鸣为例，勉励弟弟夙兴夜寐，努力奋进。第五章以食肉的桑扈鸟现在只能吃粟，比喻现实反常，有可能会遭遇牢狱之灾。最后一章，以鸟之集木、如临深渊、如履薄冰，告诫生活在乱世的人要小心谨慎，以免遭受祸殃。全诗章节内容跌宕起伏，跳跃很大，又多用比兴，所以较难理解。

宛彼鸣鸠①，	那个小小斑鸠鸟，
翰飞戾天②。	一飞高翔在云天。
我心忧伤，	忧伤满心不能眠，
念昔先人③。	怀念已故我祖先。
明发不寐④，	直到黎明难入睡，
有怀二人⑤。	又把父母来思念。

【注释】

①宛：小貌。或以为短尾貌。鸣鸠：又名鹘鸠、鹘鵃。似山鹊而小，短尾，青黑色，善鸣。一说斑鸠。

②翰：高。戾：“厉”的假借字，附。马瑞辰《毛诗传笺通释》：“戾者，厉之假借。厉天，犹俗云摩天耳。”

③先人：祖先。

④明发：二字同义，都是醒的意思。《广雅·释诂》：“明、觉，发也。”

⑤二人：指父母。朱熹《诗集传》：“二人，父母也。”

人之齐圣[①]，　　假如你是聪敏人，
饮酒温克[②]。　　即使醉酒也温蕴。
彼昏不知[③]，　　那些糊涂无知人，
壹醉日富[④]。　　日醉一日醉更甚。
各敬尔仪[⑤]，　　请你戒慎重威仪，
天命不又[⑥]。　　天恩不会再降临。

【注释】

①齐：敏捷。圣：明智。

②饮酒温克：《郑笺》：“饮酒虽醉，犹能温藉自持以胜。”温，“蕴”的假借字，蕴藉、含蓄之意。克，自我克制。

③昏：愚昧。不知：愚昧无知的人。

④壹：语助词。一说专一。富：多，盛。指饮食更多。

⑤敬：通“儆”，警戒，戒慎。仪：威仪。

⑥又：复，再。

中原有菽[①]，　　原野生长大豆苗，

庶民采之。　　百姓采摘以充饥。
螟蛉有子②，　　青虫桑叶产了子，
蜾蠃负之③。　　细腰马蜂背洞里。
教诲尔子，　　教诲自己的孩子，
式穀似之④。　　继承祖德一如己。

【注释】

①中原：即“原中”，田野中。菽：大豆，这里指豆叶，即藿。

②螟蛉：桑叶上的小青虫。

③蜾蠃（guǒ luǒ）：土蜂的一种，又叫细腰蜂、寄生蜂。古人以为蜾蠃养育螟蛉成为己子。故称养子为“螟蛉子”。

④式：发语词，或训“用”。穀：善。似：“嗣”之借字，继承，继嗣。

题彼脊令①，　　看那空中鹡鸰鸟，
载飞载鸣。　　一边飞翔一边鸣。
我日斯迈②，　　天天远行我服役，
而月斯征③。　　月月奔波你出征。
夙兴夜寐，　　早起晚睡努力干，
毋忝尔所生④。　　不要辱没父母名。

【注释】

①题：视，看。朱熹《诗集传》：“题，视也。”脊令：一种小鸟。古代以脊令比兄弟。如《小雅·常棣》：“脊令在原，兄弟急难。”

②斯：语助词。迈：行，指远行，行役。

③而：你，指兄弟。

④忝:辱没,有愧于。尔所生:尔所由生,指父母。

交交桑扈[①], 交交啼叫食肉鸟,
率场啄粟[②]。 沿着谷场啄粟米。
哀我填寡[③], 可怜我贫且生病,
宜岸宜狱[④]。 还恐被关入牢狱。
握粟出卜[⑤], 抓把小米去占卜,
自何能穀[⑥]? 怎能有个好结局?

【注释】

①交交:《毛传》:"小貌。"一说鸟鸣声。桑扈:鸟名,又名窃脂,似鸽而小。

②率:循,沿着。场:指晒谷场。

③填寡:穷苦寡财的人。填,"瘨"之假借,病。

④宜:殆,恐怕。岸:又作"犴",古以为"犴""狱"是不同级别的牢狱。《释文》:"乡亭之系曰犴,朝廷曰狱。"这里泛指监狱。

⑤握粟出卜:马瑞辰《毛诗传笺通释》:"此有二义:一谓以粟祀神,一谓以粟酬卜。"卜,占卜。

⑥自:从。何:什么办法。穀:善,吉利。

温温恭人[①], 温厚谦恭守礼人,
如集于木[②]。 就像站在高树上。
惴惴小心[③], 惴惴不安向下望,
如临于谷。 如同身临深谷旁。
战战兢兢, 战战兢兢小心行,

如履薄冰。　　　　　　如踏薄冰恐沦丧。

【注释】

①温温:和柔貌。恭人:恭谨守礼的人。

②如集于木:如鸟之集于树木,惧怕坠落。

③惴惴:恐惧戒慎貌。

小弁

【题解】

这是遭受弃逐的儿子抒发忧伤哀怨之情的诗篇。这位遭弃逐的儿子是谁呢?朱熹《诗集传》说:“幽王娶于申,生太子宜臼。后得褒姒而惑之,生子伯服。信其谗,黜申后,逐宜臼,而宜臼作此以自怨也。”这里说遭弃逐的人就是幽王的太子宜臼。方玉润《诗经原始》也说是“宜臼自伤被废也”。但王先谦认为被逐的儿子是伯奇,其《诗三家义集疏》说:“鲁说曰:‘《小弁》,《小雅》之篇,伯奇之诗也。伯奇仁人,而父虐之,故作《小弁》之诗。”伯奇是周宣王时名臣尹吉甫的儿子,他生性至孝,由于后母进谗言,被父亲虐待弃逐。根据《毛诗序》:“《小弁》,刺幽王也。”《毛传》:“幽王取申女,生大子宜臼。又说褒姒,生子伯服,立以为后,而放宜臼,将杀之。”此诗的主人公当为宜臼。此诗运用大量的比兴之法,布局精巧,比喻贴切。抒发哀怨之意,如泣如诉,沉痛迫切。情感万回千转,感人至深,在三百篇中亦属优秀篇章。

弁彼鸒斯[①],　　　　　　那些快乐黑乌鸦,
归飞提提[②]。　　　　　　成群安闲飞回窝。
民莫不穀[③],　　　　　　人家个个都幸福,

我独于罹[4]。　　只我独自遭灾祸。
何辜于天[5]？　　我有何事得罪天？
我罪伊何[6]？　　到底又有何罪过？
心之忧矣，　　心里忧伤说不尽，
云如之何[7]！　　不知对此可奈何！

【注释】

①弁(pán)彼：即"弁弁"，快乐貌。鸒(yù)：鸟名，又名卑居，乌鸦之一种。斯：语气词，犹"兮"。

②提提(shí)：群飞貌。

③民：人们。穀：善。生活美满。

④罹：忧患。

⑤辜：罪。

⑥伊：是。

⑦云：语气词。如之何：怎么办。

踧踧周道[1]，　　本是平坦的大道，
鞫为茂草[2]。　　如今长满繁茂草。
我心忧伤，　　忧伤满心难排遣，
惄焉如捣[3]。　　痛苦不堪如杵捣。
假寐永叹[4]，　　和衣躺下唯长叹，
维忧用老[5]。　　忧伤使人渐衰老。
心之忧矣[6]，　　心里忧愁无处诉，
疢如疾首。　　头痛使人难忍受。

【注释】

①踧踧(dí):平坦貌。《说文》:"踧踧,行平易也。"周道:大道。

②鞫(jū):阻塞,充塞。

③惄(nì)焉:忧思貌。如擣:即"如杵擣之",形容心中忐忑不安。

④假寐:和衣而眠。永叹:长叹。

⑤维:发语词。用:以。

⑥疢(chèn):本指热病,此处泛指烦恼忧愁。疾首:即"首疾",头痛病。因心中烦乱而头痛。

维桑与梓[①],	屋旁桑梓爹娘种,
必恭敬止[②]。	看到桑梓心恭敬。
靡瞻匪父[③],	没人对父不尊重,
靡依匪母。	没人对母不依从。
不属于毛[④],	而今不能见爹面,
不罹于里[⑤]。	不能依偎娘身边。
天之生我,	上天既然生了我,
我辰安在[⑥]?	我的时运何时转?

【注释】

①维:发语词。桑与梓:桑树和梓树。这是古代住宅周围常种的树木。马瑞辰《毛诗传笺通释》:"怀父母,睹其树因思其人也。至后世,以桑梓为故里之称。"

②恭敬:桑梓为父母所种的树木,因而望桑梓而恭敬之。

③靡:无。瞻:敬仰。

④属(zhǔ):连属。毛:指衣的表面。以表比父。

⑤罹:一作"离",或读为"丽",即附着。里:指衣之里子。一说此是

以裘为喻，言自己与父母，就像裘皮的表里相连一样。

⑥辰：时，命运。

菀彼柳斯[①]，	在那繁茂柳丛中，
鸣蜩嘒嘒[②]。	蝉儿嘒嘒不停鸣。
有漼者渊[③]，	在那深深潭水边，
萑苇淠淠[④]。	芦苇茂密又繁盛。
譬彼舟流[⑤]，	我像水中的小船，
不知所届[⑥]。	不知飘到何处停。
心之忧矣，	忧伤缠绕我心灵，
不遑假寐[⑦]。	闭眼歇歇不可能。

【注释】

①菀(yù)彼：即"菀菀"，茂盛貌。

②嘒嘒(huì)：蝉鸣声。

③有漼(cuǐ)：犹"漼漼"，水深貌。

④萑(huán)苇：芦苇。淠淠(pèi)：草木繁密茂盛状。

⑤舟流：指舟船漂流水上。陈奂《诗毛氏传疏》："喻太子放逐。"

⑥届：至，归宿。

⑦不遑：无暇，顾不得。

鹿斯之奔[①]，	野鹿奔跑寻鹿群，
维足伎伎[②]。	四蹄轻快又舒展。
雉之朝雊[③]，	野鸡清晨啼不停，
尚求其雌。	为了追求其伙伴。

譬彼坏木[4]，
疢用无枝[5]。
心之忧矣，
宁莫之知[6]？

一株病树长了瘤，
枝叶凋零都枯干。
内心忧愁无时了，
无人知道我孤单？

【注释】

①斯：语助词。奔：奔跑，这里指奔从其群。或以为有求偶意。

②伎伎（qí）：舒展貌。《毛传》："伎伎，舒貌。谓鹿之奔走，其足伎伎然舒也。"

③雊（gòu）：雉鸣声。

④坏木：病木。指树木多瘤无枝。

⑤疢：病。用：因。

⑥宁：曾，却。

相彼投兔[1]，
尚或先之[2]。
行有死人[3]，
尚或墐之[4]。
君子秉心[5]，
维其忍之[6]。
心之忧矣，
涕既陨之[7]。

看人追捕那野兔，
尚且有人去解放。
看那路上有死尸，
也还有人将他葬。
那人存心却不良，
竟然残忍将我伤。
心里忧愁说不尽，
不由眼泪往下淌。

【注释】

①相：看，视。投：掩捕。

②先：驱走。《郑笺》："视彼人将掩兔，尚有先驱走之者。"

③行：道路。

④墐(jìn)：路边的坟堆。此处指掩埋。《毛传》："墐，路冢。"《郑笺》："道中有死人，尚有覆掩之成其墐者。"

⑤秉心：居心，存心。

⑥忍：忍心，狠心。

⑦陨：落，坠。

君子信谗，	君子喜欢听谗言，
如或酬之①。	像喝敬酒心舒坦。
君子不惠②，	君子对人没恩惠，
不舒究之③。	听到谗言不查看。
伐木掎矣④，	砍树用绳拉树梢，
析薪扡矣⑤。	劈柴看准木柴纹。
舍彼有罪，	放过造谣生事者，
予之佗矣⑥！	却把罪名加我身。

【注释】

①酬：敬酒。此言"君子"喜欢听信谗言，如同接受别人敬的酒。

②惠：恩惠。

③不舒究之：意谓君子不徐徐地考察事情的真相。舒，徐缓。究，考察，追究。

④掎(jǐ)：牵引。此指伐树时，用绳拉住树梢，使砍后的树向指定的方向倒下。

⑤析薪：劈柴。扡(chǐ)：顺着木的纹理劈薪柴。

⑥舍彼有罪，予之佗(tuó)矣：意谓把有罪的人放过，而把罪责加在

我头上。舍,舍免。予,我。佗,加。

莫高匪山,	高大险峻才是山,
莫浚匪泉①。	水深清冽才是泉。
君子无易由言②,	君子休要轻易言,
耳属于垣③。	墙外有人附耳探。
无逝我梁④,	不要去我的鱼梁,
无发我笱⑤。	不要打开鱼篓看。
我躬不阅⑥,	我身尚不被容纳,
遑恤我后⑦!	哪顾以后事变迁!

【注释】

①莫高匪山,莫浚匪泉:是说山高泉深,莫能穷测,以喻人心之险犹如山川。浚,深。莫,不。匪,非。

②易:轻易。由:于。

③属(zhǔ):附着。垣:墙。即隔墙有耳之意。

④无:不要。逝:往。梁:捕鱼的石堰。

⑤发:打开。笱(gǒu):竹鱼篓。

⑥躬:自身。阅:收容。

⑦遑:何暇。恤:忧。

巧言

【题解】

这是讽刺统治者听信谗言而导致国家混乱的诗。《毛诗序》说:

"《巧言》,刺幽王也。大夫伤于谗,故作是诗。"对《序》所言"刺幽王",方玉润认为"不足信"。从诗的内容看,作者肯定是受到谗言伤害抑郁不得志的官吏,但讽刺的对象是否是周幽王确实很难断定。"巧言"一般指阿谀奉承、虚伪不实的言论,从古至今,人们都讨厌巧言之徒,因"巧言"大可危害国家,小可伤害个人,使黑白颠倒,是非难辨。因此要善于识别谗人和谗言。在今天,读这首诗也是有借鉴意义的。

悠悠昊天,	悠悠苍天听我诉,
曰父母且①。	我们把你当父母。
无罪无辜,	我们没罪没过错,
乱如此幠②。	为啥大乱要当头。
昊天已威③,	老天肆虐太可怕,
予慎无罪④。	我们确实无罪过。
昊天泰幠,	老天施威太过度,
予慎无辜。	我们确实很无辜。

【注释】

①且:语尾助词。

②幠(hū):大。

③已:甚。威:肆虐。

④慎:诚,确实。

乱之初生,	当初祸乱刚发生,
僭始既涵①。	因对谗言太宽容。
乱之又生,	祸乱再次又出现,

君子信谗。	还因君王信谗言。
君子如怒，	君王如果发了怒，
乱庶遄沮[2]。	祸乱马上能消除。
君子如祉[3]，	君王喜用贤人言，
乱庶遄已。	祸乱立刻能止住。

【注释】

①僭：同“谮”，说人坏话。涵：宽容。

②庶：庶几，差不多。遄（chuán）：快。沮（jǔ）：制止。

③祉（zhǐ）：喜。《毛传》：“祉，福。”陈奂《诗毛氏传疏》：“福亦喜也。”此指喜用贤人之言。

君子屡盟[1]，	君王屡次结盟信，
乱是用长。	祸乱因此无穷尽。
君子信盗[2]，	君王轻信窃国盗，
乱是用暴[3]。	祸乱因此更凶暴。
盗言孔甘[4]，	谗人说话如蜜甜，
乱是用餤[5]。	祸乱因此更增添。
匪其止共[6]，	谗人非礼不尽职，
维王之邛[7]。	君王病根永不断。

【注释】

①盟：结盟，盟誓。此指周王与诸侯多次达成盟约。盟多则无信。

②盗：指谗人。

③暴：厉害，严重。

④孔甘：很甜蜜。
⑤饮（tán）：本义为进食，引申为加剧。
⑥止：达到。共：通“恭”，忠于职守。
⑦维：为。邛（qióng）：病。

奕奕寝庙[①]，	宫殿宗庙多巍峨，
君子作之。	都是先王建造的。
秩秩大猷[②]，	典章制度多完善，
圣人莫之[③]。	都是圣人制定的。
他人有心，	谗人内心怎么想，
予忖度之。	我是能够猜中的。
跃跃毚兔[④]，	狡兔虽然跑得快，
遇犬获之。	遇到猎犬把它逮。

【注释】

①奕奕（yì）：高大的样子。
②秩秩：宏伟的样子。大猷：治国的大道，指国家的典章制度等。
③莫：通“谟”，谋划，制定。
④毚（chán）兔：狡兔。这里比喻谗人。

荏染柔木[①]，	柔软坚韧好树木，
君子树之。	这是君子栽种的。
往来行言[②]，	道听途说的流言，
心焉数之[③]。	内心是能辨别的。
蛇蛇硕言[④]，	那些浅薄骗人话，

出自口矣。　　谗人口中出来的。
巧言如簧，　　花言巧语声如簧，
颜之厚矣。　　脸皮太厚没人样。

【注释】

①荏(rěn)染：柔弱的样子。

②行言：道听途说的话。

③数：辨别。

④蛇蛇(yí)：浅薄而说大话的样子。

彼何人斯？　　那是一个什么人？
居河之麋[①]。　　住在大河水岸边。
无拳无勇[②]，　　既无才能又无勇，
职为乱阶[③]。　　只是祸乱总根源。
既微且尰[④]，　　腿烂脚肿你自找，
尔勇伊何？　　你的勇气哪去了？
为犹将多，　　诈谋诡计真是多，
尔居徒几何[⑤]？　　你的同伙有几何？

【注释】

①麋："湄"的假借字，《鲁诗》作"湄"。水边。《毛传》："水草交谓之麋。"《尔雅》："水草交为湄。"《毛传》本此。

②拳：勇力。

③职为乱阶：《毛传》："职，主也。此人主为乱作阶，言乱由之来也。"

④微:《毛传》:“骭疡为微,肿足为尰。”骭,脚胫。尰(zhǒng):脚肿病。此指小腿生疮,脚浮肿的病。

⑤居:语助词。徒:党徒,同伙。几何:多少。

何人斯

【题解】

《毛诗序》说:“《何人斯》,苏公刺暴公也。暴公为卿士而谮苏公焉,故苏公作是诗以绝之。”后世学者多从此说,朱熹《诗集传》也作此解,但后来对此产生怀疑,在《诗序辩说》中指出:“此诗中只有‘暴’字而无‘公’字及‘苏公’字,不知《序》何所据而得此事也?”方玉润《诗经原始》又反驳说:“然诗中只有‘暴’字而无‘苏’字,……愚谓《小序》虽伪,其来已久,此等证据,或有所传,今亦不必过为深考。且刺暴公,则只可明题‘暴’字,安能更有‘苏’字?”似同意《诗序》之说。但又进一步发挥说:“盖此诗不徒为暴公发,乃专斥依附暴公权势而倾苏公之人耳。”此说比较符合诗意。暴公和苏公都是周王卿士,苏地和暴地接壤,二人发生了矛盾,苏公写了这首绝交诗。至于暴公、苏公其人,历史典籍也有记载,如《淮南子》《左传》都有苏、暴姓氏高官的记载,但确指何人,无可考。也有人认为这是讲一对恋人,一方背叛而受到对方指责的诗。

彼何人斯?	那人是个什么人?
其心孔艰①,	心肠阴险藏得深。
胡逝我梁②,	为何曾过门前桥,
不入我门?	却不进入我家门?
伊谁云从③?	他跟从的是何人?
维暴之云④。	只听暴公之所云。

【注释】

①孔艰：艰深难测。王先谦《诗三家义集疏》："谓其心深而甚难察。"

②胡：何，为什么。逝：往。

③伊：发语词。云：犹"是"。

④暴：指暴公。

二人从行[①]，	你我两人曾相行，
谁为此祸[②]？	是谁嫁祸于我身？
胡逝我梁，	为何曾过门前桥，
不入唁我[③]？	不入我门来慰问？
始者不如今[④]，	当初并非这个样，
云不我可[⑤]。	如今看我眼不顺。

【注释】

①二人从行：二人相随而行。指暴公和他的朋友。

②谁：一说训"何"。为：造成，构成。祸：《郑笺》："女相随而行见王，谁作我是祸乎？时苏公以得遣让也。"二人相随而行，苏公受到周王的责备，认为是暴公进了谗言而得祸。

③唁：慰问遭遇不幸者。

④始者：犹"昔者"，往日。

⑤可：嘉许。

彼何人斯？	那人是个什么人？
胡逝我陈[①]？	为何来我庭前道？
我闻其声，	听到他的说话声，

不见其身。 他的身影没看到。
不愧于人[②]？ 难道不知愧对人？
不畏于天？ 难道不知畏天神？

【注释】

①陈：堂下至院门的甬道。
②愧：羞愧。

彼何人斯？ 那人是个什么人？
其为飘风[①]。 他的行为像疾风。
胡不自北？ 为何不从北边来？
胡不自南？ 为何不从南边来？
胡逝我梁？ 为何曾来我家桥？
祇搅人心[②]。 搅动我心不安宁。

【注释】

①飘风：暴风，疾风。
②祇（zhǐ）：适，正。

尔之安行[①]， 当你慢慢行走时，
亦不遑舍[②]； 也不抽空到我家；
尔之亟行[③]， 在你急忙赶路时，
遑脂尔车[④]？ 怎会停车把油加？
壹者之来[⑤]， 如果你能来一次，
云何其盱[⑥]？ 对你会有何伤害？

【注释】

①尔：指暴公。安行：徐行，缓行。

②不遑：不暇，顾不得。舍：停车休息。

③亟行：疾行。

④脂：或训"油脂"，指给车膏油。

⑤壹者之来：来我家一次。

⑥盱(xū)：病。《毛传》："盱，病也。"

尔还而入[①]，	返程时候进我家，
我心易也[②]；	我心如旧仍欢喜；
还而不入，	返程不入我家门，
否难知也[③]。	你的用心难知悉。
壹者之来，	如果你能来一次，
俾我祇也[④]。	也使我心很安逸。

【注释】

①还：返回。指暴公从朝廷回来。

②易：通"怿"，喜悦。

③否难知：即"难知"。否，语助词。马瑞辰《毛诗传笺通释》："今按：否犹不也，盖语助词，'否难知'言难知也。诗盖谓还而不入，则其情叵测难知。"

④祇：安定。

伯氏吹埙[①]，	大哥平日爱吹埙，
仲氏吹篪[②]。	二哥吹篪来合音。
及尔如贯[③]，	你我本如一线穿，

谅不我知[④]。 竟然不知我的心。
出此三物[⑤]， 拿出祭品猪犬鸡，
以诅尔斯[⑥]。 请求神灵判是非。

【注释】

①伯：大哥。埙：吹奏乐器之一种。或陶制，或石制，外形如鹅卵，六孔。

②仲：二哥，老二。伯仲，比喻兄弟。篪（chí）：吹奏乐器，用竹管制成，六孔、八孔不一。

③及：与。贯：言如绳之贯物，表示连属在一起。

④谅：诚，信。或以为"竟"。知：相契，相友爱。

⑤三物：盟诅所用的牺牲，指鸡、犬、豕。

⑥诅：诅盟，誓约。《毛传》："民不相信则盟诅之，君以豕，臣以犬，民以鸡。"《孔疏》："若实不谮者，则当共出豕、犬、鸡之三物，以诅盟尔之此事，使谗否有决，令我不疑，当还与汝相亲，不欲长怨故也。"

为鬼为蜮[①]， 为鬼为蜮害人精，
则不可得。 人们不见你踪影。
有靦面目[②]， 你的面目本可见，
视人罔极[③]。 却是让人看不清。
作此好歌， 我作这首善意歌，
以极反侧[④]。 深究反复无常人。

【注释】

①蜮（yù）：一名短狐，能在水中含沙射人影，又名射影、射工。

②觍（tiǎn）：面目可见貌。一说惭愧貌。

③视："示"之借字。罔极：无极。无有极已之时。

④极：穷极，深究。

巷伯

【题解】

这是寺人（阉人）孟子遭人谗毁而写的一首发泄心中怨愤的诗。诗中把谗人巧言善辩，搬弄是非的形象刻画得惟妙惟肖，对害人者进行了无情的诅咒，对小人得志、好人受诬的不合理社会现象表示了强烈不满。读此诗，不禁使人想到屈原、岳飞等因谗遭害的仁人志士，千载之下，仍让人扼腕。可见进谗者对社会危害之大。因此，我们一定要善辨是非，特别是执政者，不要轻信谗言，这样才能形成宽松的社会氛围。

萋兮斐兮[①]，　　各种花纹多鲜明，
成是贝锦[②]。　　织成多彩贝纹锦。
彼谮人者[③]，　　那个造谣害人者，
亦已大甚[④]！　　心肠实在太凶狠。

【注释】

①萋、斐（fēi）：花纹交错的样子。

②贝锦：贝壳花纹的锦缎。

③谮（zèn）人：诬陷别人的人。

④大：同"太"。

哆兮侈兮[①]，　　咧开嘴如簸箕大，

成是南箕[2]。　　如同箕星南天挂。
彼谮人者，　　那个造谣害人者，
谁适与谋[3]？　　是谁给他做谋划？

【注释】

①哆（chǐ）：张口的样子。侈：大。

②南箕：南方天空的箕星。古人认为箕星出现要有口舌是非，以此比喻进谗的人。

③适：往。谋：谋划，计议。

缉缉翩翩[1]，　　花言巧语叽叽呱，
谋欲谮人。　　心想害人说谎话。
慎尔言也[2]，　　劝你说话要当心，
谓尔不信[3]。　　否则没人再相信。

【注释】

①缉缉：附耳私语。翩翩（piān）：花言巧语。

②尔：指谗人。

③信：信实。

捷捷幡幡[1]，　　花言巧语信口编，
谋欲谮言。　　想方设法造谣言。
岂不尔受[2]？　　也许一时受你骗，
既其女迁[3]。　　终会恨你太阴险。

【注释】

①捷捷(qiè):巧言貌。幡幡(fān):犹“翩翩”。

②受:接受,听信谗言。

③女:通“汝”,你。迁:转移。指听者转而憎恨造谣者。

骄人好好[①], 进谗者得意忘形,
劳人草草[②]。 被谗者心灰意冷。
苍天苍天, 老天爷啊把眼睁,
视彼骄人, 看那谗人多骄横,
矜此劳人[③]。 多多怜悯被谗人。

【注释】

①骄人:指得志的谗人。好好:得意的样子。

②劳人:失意的人。这里指被谗者。草草:忧愁的样子。

③矜:怜悯。

彼谮人者, 那个造谣生事人,
谁适与谋? 是谁为他出计谋?
取彼谮人, 抓住这个坏家伙,
投畀豺虎[①]。 丢到野外喂豺虎。
豺虎不食, 豺虎嫌他不愿吃,
投畀有北[②]。 扔到北方不毛土。
有北不受, 北方如果不接受,
投畀有昊[③]! 送给老天去发落。

【注释】

①投：投掷，丢给。畀（bì）：给予。

②有北：北方荒凉寒冷之地。

③有昊：昊天。

杨园之道[①]，	一条大路通杨园，
猗于亩丘[②]。	杨园紧靠亩丘边。
寺人孟子[③]，	我是阉人叫孟子，
作为此诗。	是我写作此诗篇。
凡百君子[④]，	诸位大人君子们，
敬而听之。	请您认真听我言。

【注释】

①杨园：园名。

②猗（yǐ）：通“倚”，依，靠着。亩丘：丘名。

③寺人：奄人，如后来的宦官。孟子：寺人的名字，即诗的作者。

④凡百：一切，所有的。

谷风

【题解】

此诗有二解：一、怨朋友相弃之诗。《毛诗序》说：“《谷风》，刺幽王也。天下俗薄，朋友道绝焉。”方玉润《诗经原始》也持此说：“《谷风》，伤友道绝也。”“凡人处世，当患难恐惧时，则思朋友；遇安乐无事日，则谢交游。受人大德，转瞬不记；遭人小怨，终生难忘者，比比皆是，而诗固云尔也。”二、弃妇之诗。此诗与《邶风·谷风》合看，主题是一致的，是一位女子被丈夫抛弃而发的幽怨之词,但口吻更为缓和温厚。一、二章言从前患难与共,现在安乐反而遭弃。第三章言丈夫忘大德而记小怨,虽有愤怨,但语气平和,似乎对其夫之爱还存于心中。看“寘予于怀”之句,作弃妇之诗更符合诗意。

习习谷风[①],	山谷来风迅又猛,
维风及雨[②]。	铺天盖地雨挟风。
将恐将惧[③],	回想当初艰难日,
维予与女[④]。	只有你我并肩行。
将安将乐,	如今日子安且乐,
女转弃予[⑤]。	将我抛弃太无情。

【注释】

①习习:连续的风声。谷风:来自山谷的大风。

②维:有。

③将:方,当。恐、惧:指患难不安的年月。

④维予与女:只有我和你相爱。

⑤弃:抛弃。

习习谷风,	山谷来风迅又猛,
维风及颓[①]。	狂风旋风刮不停。
将恐将惧,	回想当初艰难日,
寘予于怀[②]。	把我搂抱在怀中。
将安将乐,	而今日子安且乐,
弃予如遗[③]。	将我抛弃如飘蓬。

【注释】

①颓:龙卷风。一说旋风。

②寘:即“置”字,放。怀:怀抱之中。

③遗:丢弃,忘记。或以为丢弃之物,废品。

习习谷风,	山谷来风迅又猛,
维山崔嵬①。	只有高山还高挺。
无草不死,	山上野草全枯死,
无木不萎。	山中树木尽凋零。
忘我大德②,	你已忘记我大德,
思我小怨③。	只有小怨记心中。

【注释】

①崔嵬:山高峻貌。

②大德:美德,好处。

③小怨:小过错,缺点。

蓼莪

【题解】

这是一首儿子悼念父母的诗。诗人深情地回忆了父母的养育之恩,表达不能报父母深恩于万一的痛苦心情。诗的突出特点是感情浓烈真挚,具有极强的艺术感染力。尤其是诗的第四章,用“生”“鞠”“拊”“畜”“长”“育”“顾”“复”“腹”九个动词,讲述了父母对儿子的抚育过程,字字含情,声声如泣。后面九个“我”字的连用,使诗的节奏由慢到快,声调由缓到促,更加动人心弦。清人姚际恒评论说:“勾人眼泪全在此无数‘我’字。”(《诗经通论》)方玉润也说:“诗首尾各二章,前用比,后用兴;前说父母劬劳,后说人子不幸,遥遥相对。中间二章,一写无亲之苦,一写育子之艰,备极沉痛,几于一字一泪,可抵一部《孝经》读。”(《诗经原始》)孝敬父母,赡养父母,是中华民族的传统美德,时至今日,仍然是必须提倡的社会公德。愿我们都能继承和发扬这一优良传统,使亲情更加浓郁,生活更加美好。

蓼蓼者莪[①],	丛丛高大抱娘蒿,
匪莪伊蒿[②]。	不是莪蒿是艾蒿。
哀哀父母,	可怜我的父和母,
生我劬劳[③]。	生我养我多辛劳。

【注释】

①蓼蓼(lù):植物长大的样子。莪(é):植物名,俗称“抱娘蒿”。

②匪莪伊蒿:《孔疏》:“言蓼蓼然长大者,正是莪也,而不精审视之,以为非莪,反谓之维蒿。……以己二亲,今且病亡,身在役中,不得侍养,精神昏乱,故视物不察也。”匪,同“非”。伊,是。

③劬(qú)劳:劳累,劳苦。

蓼蓼者莪,	丛丛高大抱娘蒿,
匪莪伊蔚[①]。	不是莪蒿是牡蒿。
哀哀父母,	可怜我的父和母,
生我劳瘁[②]。	生我养我多辛苦。

【注释】

①蔚:蒿的一种,又名“牡蒿”。晒干可烧来驱蚊。

②劳瘁(cuì)：劳累。

瓶之罄矣[①]，　　小瓶空空没有酒，
维罍之耻[②]。　　大缸因此而蒙羞。
鲜民之生[③]，　　孤苦无依的人生，
不如死之久矣。　　不如早早死掉好。
无父何怙[④]？　　没有父亲依靠谁？
无母何恃[⑤]？　　没有母亲咋依靠？
出则衔恤[⑥]，　　离开家门心怀忧，
入则靡至[⑦]。　　进门好像家没到。

【注释】

①罄(qìng)：尽，空。器皿中空。

②罍(léi)：器具名，大肚小口，用来盛水或酒。以上二句，《郑笺》曰："瓶小而尽，罍大而盈，言为罍耻者，刺王不使富分贫，众恤寡。"

③鲜民：孤独的人。

④怙(hù)：依靠。

⑤恃：靠。

⑥衔恤：含忧。

⑦靡至：无所归，没有着落。

父兮生我，　　父亲父亲生了我，
母兮鞠我[①]。　　母亲母亲哺育我。
拊我畜我[②]，　　抚育我啊爱护我，

长我育我。	养我长大教育我。
顾我复我[3]，	照顾我啊挂念我，
出入腹我[4]。	出出入入抱着我。
欲报之德，	想要报答父母恩，
昊天罔极[5]！	恩情如天报不得。

【注释】

①鞠(jū)：养育。

②拊：抚爱。畜(xù)：爱。

③顾：指在家时照顾。复：指出门时不舍离去。

④腹：怀抱。

⑤罔：无。极：穷。

南山烈烈[1]，	终南山啊高又高，
飘风发发[2]。	狂风怒吼声啸啸。
民莫不穀[3]，	人人都能养父母，
我独何害[4]！	独我父母不在了。

【注释】

①烈烈：山高峻貌。

②飘风：暴风。发发：风疾貌。

③穀：善。

④何：同“荷”，蒙受。害：祸害。这里指父母死亡。

南山律律[1]，	终南山啊险又高，

飘风弗弗[②]。	狂风怒吼声啸啸。
民莫不穀，	人人都能养父母，
我独不卒[③]！	独我爹娘等不到。

【注释】

①律律：犹“烈烈”。

②弗弗：犹“发发”。

③不卒：不终，即不能终养父母。

大东

【题解】

对于此诗主题，《毛诗序》说：“《大东》，刺乱也。东国困于役而伤于财，谭大夫作是诗以告病焉。”周时确有谭国，在今山东济南历城区东南，属于东方诸侯国。至于作诗的谭大夫，其人已难考定，从诗的内容看，大约是位天文知识较为丰富的官吏。西周初年，周公东征，平息了武庚、管叔、蔡叔之乱，加强了对东方诸侯国的控制，也加重了赋税和徭役及各个方面的掠夺和搜刮。诗中所写的就是西周中晚期东方各国及各部族受西周惨重盘剥的情形，反映了东方各国的不满情绪。这是一首很有特色的诗。首先它表达的思想内容十分深刻，反映的是大主题、大历史。再者艺术手法有独到之处，交替运用赋、比、兴多种方法，从衣食直至天文地理，想象丰富，联想奇幻，结构巧妙，过渡自然，使此诗显得绚烂多姿。方玉润在《诗经原始》中评论更为精彩，他说：“诗本咏政赋烦重，人民劳苦。入后忽历数天星，豪纵无羁，几不可解。不知此正诗人之情，所谓‘光焰万丈长’也。试思此诗若无后半文字，则东国困敝，纵极写得十分沉痛，亦不过平常歌咏而已，安能如许惊心动魄文字？

所以诗贵有声有色，尤贵有兴有致，此兴会之极而欻举者也。然其驱词寓意，亦非漫无纪律者。四章以上将东国愁怨与西人骄奢两两相形，正喻夹写，已极难堪。‘天汉’而下，忽仰头见星，不禁有触于怀，呼天自诉。因杼柚之空，而怨及织女机丝亦不成章；因织女虚机，而怨及牵牛河鼓难驾服箱。不宁唯是，即启明、长庚之分见东西，亦若有所怨及焉，以其徒在天而灿然成行也。于是更南望箕张，北顾斗柄。箕非徒无用，不可以簸扬，反张其舌而若有所噬；斗非徒无益，不可以挹酒浆，反揭其柄而若取乎东。民之困于王者，既若彼其穷；而人之厄于天者，又如此其极。天乎，何其困厄东国若是乎！民情至此咨怨极矣！故不必论其辞之有意义无意义也……此中消息非老于文者不知，即非深乎诗者亦未可与论得失也。倘斤斤然字句间求之，讵能免高叟之诮欤？后世李白歌行，杜甫长篇，悉脱胎于此，均足以卓立千古。《三百》所以为诗家鼻祖也。”说后世的屈原、李白、杜甫等大诗人均得到《诗经》的影响和滋润，是一点不错的。

有饛簋飧①，	簋中饭食盛得满，
有捄棘匕②。	酸枣木勺长又弯。
周道如砥③，	国道如砥真平坦，
其直如矢④。	直通京城箭一般。
君子所履⑤，	贵族大人驾车跑，
小人所视⑥。	平民百姓远处观。
眷言顾之⑦，	回头看那满载车，
潸焉出涕⑧。	辛酸眼泪流不完。

【注释】

①饛(méng)：食物盛满貌。簋(guǐ)：古代圆形食器，多为陶制或青

铜制。飧(sūn):泡饭。

②有捄(qiú):犹"捄捄",曲而长貌。棘匕:用酸枣木制的饭匙。

③周道:大道。通向周京城之道。砥:磨刀石,这里作形容词用,言大道像砥石一样平坦。

④如矢:形容道之直。

⑤履:行走。

⑥视:注视,看。此言西周统治者将从东方诸侯国搜刮掠夺的财物由此道运于西周,东方人民只有眼睁睁地看着。

⑦睠(juàn)言:眷然,回首貌。

⑧潸焉:流泪貌。

小东大东①,	东方各国近和远,
杼柚其空②。	织机之布搜刮完。
纠纠葛屦③,	寒冷冬天穿葛鞋,
可以履霜④。	满地霜雪脚不暖。
佻佻公子⑤,	浅薄轻佻贵家子,
行彼周行⑥。	平坦大道往与还。
既往既来⑦,	来来往往运财物,
使我心疚⑧。	使我心中苦无限。

【注释】

①小东大东:离京城远的称大东,近一点的称小东。东,指东方诸侯国,因在西周镐京之东。小、大,指远近言。

②杼:织布机的梭子。柚(zhóu):"轴"之借字,织布机上卷经线的大轴。此代指织布机上的布帛,言东人织布机上的布帛也被西周统治者搜括一空。

③纠纠：绳索纠绕貌。葛屦：夏布制的鞋。
④可："何"的假借。履：踩。
⑤佻佻：轻佻貌。公子：指周贵族公子。
⑥行：走。周行：大道。即周道。
⑦既：又。
⑧疚：病，忧虑不安。

有冽氿泉[①]，　　清冽泉水从旁来，
无浸获薪[②]。　　不要浸湿那柴薪。
契契寤叹[③]，　　忧闷不眠只长叹，
哀我惮人[④]。　　疲劳之人实可怜。
薪是获薪[⑤]，　　劈好砍下那柴薪，
尚可载也[⑥]。　　还可用车去载运。
哀我惮人，　　疲劳之人真可怜，
亦可息也。　　也应休息把命延。

【注释】

①有冽：犹"冽冽"，寒凉貌。氿(guǐ)泉：自旁侧流出的泉水。
②获薪：砍下的柴薪。获，收割。
③契契：忧苦貌。寤叹：不能入睡而叹息。
④惮人：劳苦疲病之人。
⑤薪是获薪：上一"薪"字为动词，即析薪或劈砍之意。
⑥载：装载。

东人之子[①]，　　东人子弟真可哀，
职劳不来[②]。　　无人慰劳只当差。

西人之子，　　西人子弟真高贵，
粲粲衣服[③]。　　华丽服装闪光彩。
舟人之子[④]，　　周朝贵族众公子，
熊罴是裘[⑤]。　　打熊猎罴把心开。
私人之子[⑥]，　　私家奴隶之子孙，
百僚是试[⑦]。　　只供差遣作奴才。

【注释】

①东人之子：东方诸侯的子弟。

②职：主，只。劳：服劳役。来："勑"之借字，慰劳。

③粲粲：鲜明华丽貌。

④舟人：周人。《郑笺》："舟当作'周'。"

⑤熊罴：泛指野兽。裘：《郑笺》："裘当作'求'。"指打猎。

⑥私人：小人，下层的人。

⑦百僚：各种家奴。一说指百官。试：任用，从事。

或以其酒[①]，　　东人以为是美酒，
不以其浆[②]。　　西人认为是薄酿。
鞙鞙佩璲[③]，　　东人佩戴美玉璲，
不以其长[④]。　　西人看作杂玉样。
维天有汉[⑤]，　　天上闪烁有银河，
监亦有光[⑥]。　　镜子也有光亮亮。
跂彼织女[⑦]，　　织女星座三足立，
终日七襄[⑧]。　　一天七次移位忙。

【注释】

①或:有人。指东人。

②浆:薄酒。

③鞙鞙(juān):同"琄琄",玉美貌。璲:瑞玉,可以为佩。

④长:指杂玉长佩。朱熹《诗集传》:"言东人或馈之以酒,而西人曾不以为浆。东人或与之以鞙然之佩,而西人曾不以为长。"

⑤维:发语词。汉:即天河,也称云汉、银河。

⑥监:"鉴"的古字。镜子。

⑦跂(qí):即不正。织女三星成三角,故谓不正。

⑧七襄:织女星自卯至酉要移动七次位置。襄,移动。

虽则七襄,	虽然一天七移位,
不成报章①。	织出花纹不成样。
睆彼牵牛②,	牵牛星宿闪亮光,
不以服箱③。	不能用来拉车辆。
东有启明④,	东方有个启明星,
西有长庚⑤。	西方长庚伴夕阳。
有捄天毕⑥,	长柄天毕像鸟网,
载施之行⑦。	运行天空轨道上。

【注释】

①报:反复,指引线反复织布。章:指布上的花纹。

②睆(huǎn)彼:犹"睆睆",星明亮貌。牵牛:星宿名,又名河鼓,由三星组成,在银河南侧,与织女三星隔河相望。《尔雅》:"河鼓谓之牵牛。"

③服:驾。箱:车厢,此处指车。

④启明：即金星。

⑤长庚：也指金星。此星在日旁，只有朝日将升或夕阳初下时才能看见，故朝称“启明”，夕称“长庚”。

⑥有捄：即“捄捄”，弯而长的样子。天毕：天上的毕星，由八颗星组成，形状如捕兔用的长柄网。

⑥载：乃。施：置。之：于。行：道路。

维南有箕[1]，	南方箕星簸箕样，
不可以簸扬。	不能用来簸米糠。
维北有斗[2]，	北方夜空有斗星，
不可以挹酒浆[3]。	不能当勺舀酒浆。
维南有箕，	南方箕星闪闪亮，
载翕其舌[4]。	好似舌头宽又长。
维北有斗，	北方夜空有斗星，
西柄之揭[5]。	朝西斗柄高高扬。

【注释】

①箕：箕星由四星组成，形如簸箕。

②斗：星名，共七星组成斗形，故称“北斗”。箕、斗之星共同在南方时，箕在南而斗在北，所以称南箕、北斗。

③挹(yì)：舀取。

④载翕(xī)其舌：此句比喻西人像张口收舌一般要吃掉东人的东西。翕，吸，引。箕四星，二踵二舌，踵狭而舌广，形似簸箕前宽后窄，似向内吸引其舌。

⑤西柄之揭：朱熹《诗集传》云：“言南箕既不可以簸扬糠秕，北斗既不可以挹酌酒浆，而箕引其舌，反若有所吞噬，斗西揭其柄，反若

有所挹取于东。”王先谦《诗三家义集疏》云“下四句与上四句虽同言箕斗，自分两义。上刺虚位，下刺敛民也。”这句比喻西人高举斗柄在舀东人的酒浆。揭，举。

四月

【题解】

这首诗写一位被周朝放逐的臣子，在去南方的流放途中，心中满怀冤屈，写下这首哀怨之诗。方玉润《诗经原始》说：“《四月》，逐臣南迁也。”并详解之曰：“愚谓当时大夫，必有功臣后裔，遭害被逐，远谪江滨者，故于去国之日作诗以志哀云。冒暑远征，人情所难；今遭放废，适当其厄，岂得已哉！然予虽获罪，而先人恒有功。论贵论功之典行，亦当宽宥而矜全之，何朝廷不齿我祖于人，而独忍加罪于予耶？故自夏徂秋，由秋而冬，历时三序，始抵南国。则见江、汉交流，滔滔不断，包络大地而经带乎荆、扬，何其有条而有理也！……独予尽瘁王室，而王终不我知。……予之放废，残贼之所为也。”其说较切近诗意。至于《毛诗序》解为“大夫刺幽王也。在位贪残，下国构祸，怨乱并兴焉”，则说得比较笼统。

四月维夏，	四月已经是夏天，
六月徂暑①，	六月酷暑将过完。
先祖匪人②，	先祖是我一家人，
胡宁忍予③？	为何忍心我遭难？

【注释】

①徂：往，达到。六月为夏季最后的一月，暑热达于极盛，所以曰

"徂"。一说指盛夏将去。

②先祖:先人,祖先。匪人:不是外人。王夫之《稗疏》:"其云'匪人'者,犹非他人也。"

③胡宁:何为,为什么。

秋日凄凄①,　　秋天风雨真凄冷,
百卉具腓②。　　所有草木尽凋零。
乱离瘼矣③,　　乱离抛家心中苦,
爰其适归④?　　何时才能回家中?

【注释】

①凄凄:秋气寒凉貌。

②腓:病。指草木枯萎。

③瘼:病。指家人离散的痛苦。

④爰:于何。适:往。

冬日烈烈①,　　严冬季节寒气烈,
飘风发发②。　　狂风吹过呼呼响。
民莫不穀③,　　人们日子都很顺,
我独何害!　　我独受害去异乡!

【注释】

①烈烈:通"冽冽",寒冷刺骨貌。

②发发:狂风呼啸之声。

③穀(gǔ):善,好。

山有嘉卉①，　　山上长满好花木，
侯栗侯梅②。　　还有栗树和梅树。
废为残贼③，　　遭到如此的摧残，
莫知其尤④。　　不知犯了何错误。

【注释】

①嘉卉：好的草木。嘉，好，善。

②侯：维。

③废：大。《尔雅·释诂》："大也。"残贼：残害。

④尤：过错。言树为人所残害，不知犯了什么罪。此章，《郑笺》："山有美善之草，生于梅栗之下，人取其实，蹂践而害之，令不得蕃茂。喻上多赋敛，富人财尽，而弱民与受困穷。"

相彼泉水①，　　看那泉水流下坡，
载清载浊②。　　时而清澈时浑浊。
我日构祸③，　　我身天天遭灾祸，
曷云能穀！　　何时日子才好过！

【注释】

①相：看。

②载：又。

③日：每天。构：构祸，遇祸。

滔滔江汉①，　　长江汉水水滔滔，
南国之纪②。　　南国百川归主道。

尽瘁以仕③，　　　　竭心尽力仕于朝，
宁莫我有④！　　　　可是没人说声好！

【注释】

①滔滔：大水貌。江汉：长江、汉水。

②南国：指南方各条河流。纪：纪纲。指南方各条河流都流向江汉，受江汉的制约。王先谦《诗三家义集疏》："诗人行役至江汉合流之地，即水兴怀，言江汉为南国之纲纪，王朝反不能为天下之纲纪也。"

③瘁：劳苦。一说憔悴。仕：事，指在王朝供职。

④宁：乃。有：通"友"，相亲相友。

匪鹑匪鸢①，　　　　为人不如雕和鹰，
翰飞戾天②；　　　　高高飞翔在天空；
匪鳣匪鲔③，　　　　看那鲤鱼和鲟鱼，
潜逃于渊。　　　　潜逃进入深水中。

【注释】

①匪：彼。鹑（tuán）：雕。鸢（yuān）：老鹰。

②翰：高。戾：至。

③鳣（zhān）：鲤鱼。鲔（wěi）：鲟鱼。

山有蕨薇①，　　　　山上生长苦蕨薇，
隰有杞桋②。　　　　洼地长着杞和桋。
君子作歌③，　　　　君子创作这首歌，

维以告哀[④]。　　是为诉说心中悲。

【注释】

①蕨薇：两种可食的野菜。

②杞：杞柳。桋：赤楝(sù)。丛生山中。

③君子：作者自称。

④维：是。以：用。告哀：诉说自己的悲哀。

北山

【题解】

这是周朝一位士人怨恨大夫分配工作劳逸不均的诗。《毛诗序》："《北山》，大夫刺幽王也。役使不均，己劳于从事，而不得养其父母焉。"古代社会统治阶级内部分为十等，即王、公、大夫、士、皂、舆、隶、僚、仆、台。《左传》昭公七年："天有十日，人有十等，王臣公，公臣大夫，大夫臣士，士臣皂……"大夫正是士的顶头上司，可以役使士。"士"的阶层虽然属于统治阶层，比普通民众处境好得多，但在那等级森严的社会，仍要受王、公、大夫的役使和压迫，受到不公的待遇。在这首诗中他们唱出了自己的痛苦和不平，尤其是末三章那十二个排比句诉说的六项劳逸不均相对照的情况，给人以强烈的震撼。从对比中也可看出统治者的上层是多么地骄奢淫逸，他们只知享乐和逍遥，不是饮酒作乐，就是高谈阔论，丝毫不关心民众及下层官吏的痛苦。这首诗也是对他们的批判和揭露。

陟彼北山，　　登上那座北山冈，
言采其杞[①]。　　采点枸杞尝一尝。

偕偕士子[2]， 身强力壮众士子，
朝夕从事。 从早到晚干事忙。
王事靡盬[3]， 国王差事没个完，
忧我父母[4]。 无法服侍我爹娘。

【注释】

①杞(qǐ)：杞树。

②偕偕：强壮的样子。

③靡盬(gǔ)：没有止息。

④忧我父母：为父母无人服侍而忧心。

溥天之下， 普天之下的领土，
莫非王土； 哪块不是王的土？
率土之滨， 四海之内的民众，
莫非王臣。 何人不是王臣仆？
大夫不均， 大夫派差太不均，
我从事独贤[1]。 我的工作最劳苦。

【注释】

①贤：多，繁重。

四牡彭彭， 四马拉车赶路忙，
王事傍傍[1]。 官差一桩接一桩。
嘉我未老， 夸我年轻尚未老，
鲜我方将[2]。 难得身体又强壮。

旅力方刚[3]，	浑身是劲力气大，
经营四方。	理应当差奔四方。

【注释】

①傍傍：忙于奔走不得休息的样子。

②鲜：少而难得。将：强壮。

③旅：通“膂”，膂力，体力。

或燕燕居息，	有人在家享安乐，
或尽瘁事国[1]；	有人为国忙奔波。
或息偃在床，	有人安稳睡在床，
或不已于行。	有人不停在奔忙。

【注释】

①尽瘁：精力耗尽。

或不知叫号，	有人不知民号叫，
或惨惨劬劳。	有人忧国常辛劳。
或栖迟偃仰，	有人安闲又逍遥，
或王事鞅掌[1]。	有人当差累弯腰。

【注释】

①鞅掌：烦劳不堪的样子。

或湛乐饮酒[1]，	有人欢乐饮美酒，

或惨惨畏咎[2]。　　有人担心难临头。
或出入风议[3]，　　有人高谈又阔论，
或靡事不为。　　有人事事自动手。

【注释】

①湛(dān)乐：过度的享乐。

②畏咎(jiù)：怕犯过失。

③风议：夸夸其谈。

无将大车

【题解】

《毛诗序》说："《无将大车》，大夫悔将小人也。"《毛传》："幽王之时，小人众多。贤者与之从事，反见谮害，自悔与小人并。"是后悔与小人共事的诗。方玉润《诗经原始》说："此诗人感时伤乱，搔首茫茫，百忧并集，既又知其徒忧无益，只以自病，故作此旷达，聊以自遣之词。"认为此诗是自我排遣忧愁的诗。朱熹《诗集传》说："此亦行役劳苦而忧思者之作。言将大车则尘污之，思百忧则病及之也。"认为是行役者因劳苦万端，想摆脱忧伤的诗。这三种说法均有一定道理，但方玉润的说法更符合诗意。

无将大车[1]，　　不要推那沉重车，
祇自尘兮[2]。　　只会落满一身尘。
无思百忧[3]，　　不要想那愁心事，
祇自疧兮[4]。　　只会痛苦惹上身。

【注释】

①无：通“毋”，不要。将：本义为扶进，此处当指推车或赶车。大车：牛车，载货物用。

②祇：只，适。

③无思百忧：不要苦思各种忧患。

④疧(qí)：病痛。

无将大车，	不要推那沉重车，
维尘冥冥[1]。	尘土遮空灰蒙蒙。
无思百忧，	不要想那愁心事，
不出于颎[2]。	心中不安会得病。

【注释】

①冥冥：昏暗不明貌。《郑笺》：“冥冥者，蔽人目明，令无所见也。”

②不出于颎(jiǒng)：指心中戒惧不安，无法排除，会得病。颎，同“耿”。

无将大车，	不要推那沉重车，
维尘雍兮[1]。	尘土遮路看不清。
无思百忧，	不要想那愁心事，
祇自重兮[2]。	只使忧伤更加重。

【注释】

①雍(yōng)：通“壅”，遮蔽。

②重：通“肿”，浮肿病。或训“累”，即负担。

小明

【题解】

此诗主题，历来有不同说法。《毛诗序》说："《小明》，大夫悔仕于乱世也。"方玉润《诗经原始》说："《小明》，大夫自伤久役，书怀以寄友也。"今人高亨《诗经今注》认为："这首诗是周王朝的官吏所作。他被派到远方办事，经年不归，因作此诗，抒写他的辛苦生活和思家情绪，并对上级统治者提出劝告。"仔细推敲全诗，诗中所说"共人"，当指其妻子和家人，不是同僚或手下士兵；所说"君子"，当指上级统治者，而不是友人。看来高说较符合诗意。

明明上天，	光明清朗的上天，
照临下土。	普照地上众百姓。
我征徂西①，	我正行役到西方，
至于艽野②。	直到荒凉的边境。
二月初吉③，	二月吉日离家乡，
载离寒暑④。	经历酷暑和寒冬。
心之忧矣，	心中无比忧伤呀，
其毒大苦！	劳役害我多苦痛！
念彼共人⑤，	想到家人和妻子，
涕零如雨。	泪如雨下满面涌。
岂不怀归？	难道我不想回家？
畏此罪罟⑥！	畏惧法网太无情！

【注释】

①征：指行役。徂：往。

②艽(qiú)野:极荒远之地。《说文》:“艽,远荒也。”

③二月初吉:此处所用为周历,周历二月,即夏历十二月。初吉,即月初之吉日。

④载:乃。离:通“罹”,遭,经历。

⑤共人:共同生活之人。这里指妻子和家人。

⑥罪罟(gǔ):罗网。罪,捕鱼竹网。罟,网也。此处喻指法网。

昔我往矣,	回想昔日去服役,
日月方除[1]。	除旧布新好时光。
曷云其还[2]?	何时才能把家还?
岁聿云莫[3]。	又到岁末仍无望。
念我独兮,	想我如今独一人,
我事孔庶[4]。	事情繁多天天忙。
心之忧矣,	心中忧伤愁无限,
惮我不暇[5]。	整日劳苦无空闲。
念彼共人,	想到家人和妻子,
睠睠怀顾[6]!	依依不舍实眷念!
岂不怀归?	难道我不想回家?
畏此谴怒[7]!	害怕上司谴责言!

【注释】

①日月方除:指夏历十二月(即上言之二月)大寒将去新春即临之时。或以为指一岁将除。除,除去。《毛传》:“除陈生新也。”

②曷:何,何时。云:语助词。其:将。

③岁聿云莫:岁终。聿,语助词。莫,古“暮”字。

④孔庶：很多。

⑤惮：通“瘅”，劳苦。《毛传》：“惮，劳也。”

⑥眷眷：思念眷恋、依依不舍貌。

⑦谴怒：谴责恼怒。此言惧怕当权者惩罚。

昔我往矣，	回想昔日去服役，
日月方奥[①]。	天气刚刚正转暖。
曷云其还？	何时才能回家乡？
政事愈蹙[②]。	政事愈加急又繁。
岁聿云莫，	而今一年又将尽，
采萧获菽。	采艾收豆正秋天。
心之忧矣，	心中忧愁说不尽，
自诒伊戚[③]！	自寻苦恼自找烦！
念彼共人，	想起家人和妻子，
兴言出宿[④]。	走出屋外不能眠。
岂不怀归？	难道我不想回家？
畏此反覆[⑤]！	只怕不测遭灾难！

【注释】

①奥（yù）：通“燠”，暖。

②蹙：急促。

③诒：遗留，留下。伊：其。戚：忧。

④兴言出宿：言不能安寝，起而出宿于外。兴，起床。

⑤反覆：反复无常，随便加罪于人。

嗟尔君子，	我劝你们众君子，
无恒安处！	休处安闲把福享！
靖共尔位，	而要忠于你职守，
正直是与[①]。	要与正人相为伍。
神之听之，	神灵察知你作为，
式穀以女[②]。	定会赐予你福禄。

【注释】

①与：接近。

②式穀以女：言神赐福禄于你。式，犹“乃”。穀，善，指福禄。以，与，给予。

嗟尔君子，	我劝你们众君子，
无恒安息！	休贪安逸把福享！
靖共尔位，	忠于职守办好事，
好是正直。	亲近正直和贤良。
神之听之，	神灵察知你作为，
介尔景福[①]。	赐你大福寿无疆。

【注释】

①介：助，给予。景福：大福。

鼓钟

【题解】

这是诗人在淮水上欣赏周王朝音乐，由音乐而歆慕古代圣贤创造美好音乐的功德。抚今追昔，表现出无限向往之情。方玉润《诗经原始》说："此诗循文案义，自是作乐淮上，然不知其为何时、何代、何王、何事。《小序》漫谓'刺幽王'，已属臆断。欧阳氏云：'旁考《诗》《书》《史记》，皆无幽王东巡之事。……然则不得作乐于淮上矣。当阙其所未详。……玩其词意，极为叹美周乐之盛，不禁有怀在昔淑人君子，德不可忘，而至于忧心且伤也。此非淮、徐诗人重观周乐，以志欣慕之作而谁作哉？特史无征，《诗》更失考，姑释其文如此。"诗中记录了钟、鼓、琴、瑟、笙、磬、雅、南、籥等多种乐器共同演奏的场面，想来一定悠扬悦耳，使人陶醉，难怪诗人要歌颂创作美好音乐者的功德了。

鼓钟将将①，	鸣钟之声锵锵锵，
淮水汤汤②，	淮水奔流浩荡荡，
忧心且伤。	心中忧愁又悲伤。
淑人君子③，	遥想善良的君子，
怀允不忘④。	深厚怀念永难忘。

【注释】

①鼓：敲击。将将(qiāng)：即"锵锵"，象声词，形容钟声响亮。

②淮水：今之淮河。发源于河南桐柏山，经安徽、江苏入海。汤汤(shāng)：水大流急貌。

③淑人君子：美德之人。淑，善。

④怀：怀念。允：语助词。

鼓钟喈喈①， 钟声响起多悠扬，
淮水湝湝②， 伴着淮水波荡漾，
忧心且悲。 我心忧郁又悲伤。
淑人君子， 遥想善良的君子，
其德不回③。 德行正直又坦荡。

【注释】

①喈喈：象声词，形容钟声和谐。

②湝湝（jiē）：水流貌，犹“汤汤”。

③回：邪。

鼓钟伐鼛①， 敲响乐钟击大鼓，
淮有三洲②， 乐声飞扬在三洲，
忧心且妯③。 心中充满忧和愁。
淑人君子， 想起善良的君子，
其德不犹④。 美德传扬永不休。

【注释】

①伐：击打。鼛（gāo）：大鼓。

②三洲：淮河上三个小岛。在历次大水中，已被淹没。可能为当时贵族奏乐处。

③妯（chōu）：忧思之甚。

④犹：读作“痛”，《郑笺》：“犹当作瘉。瘉，病也。”指过错，缺点。

鼓钟钦钦①， 金钟鸣响声钦钦，

鼓瑟鼓琴，	伴着悠扬瑟和琴，
笙磬同音②。	笙磬谐调又同音。
以雅以南③，	配以雅乐和南乐，
以籥不僭④。	籥管合奏音更准。

【注释】

①钦钦：象声词，犹“将将”。

②磬：古乐器名，用玉或美石制成，有孔穿绳索悬于架上，敲击发声。

③雅：古乐器名，状如漆筒而弇口，大二围，长五尺六寸，以羊皮鞔之，有两纽疏画。是用手拍打以协调节奏的乐器。南：乐器名，形似铃。这两种乐器名，后来都演变为乐调名，即《二雅》和《二南》。

④籥（yuè）：古代管乐器，似排箫。不僭：指乐不相乱。僭，差失，混乱。

楚茨

【题解】

这是周王祭祀祖先的乐歌。在年末丰收之后，周王率子孙在祖庙举行隆重的祭祖典礼，祈求祖宗神灵赐福。此诗从稼穑言起，由垦荒到丰收，由丰收而祭祀，由祭祀而获福禄，这是祭前的整体叙述。然后各章从各种祭品的丰盛，从祭者态度的恭敬谨慎，念诵祭辞，送神送宾客，以及祭祀完毕的家宴，写得井井有条，使我们了解到古代祭祀的全过程，极富民俗学和史料学价值。姚际恒《诗经通论》说：“煌煌大篇，备极典制。其中自始至终一一可案，虽繁不乱。《仪礼·特牲》《少牢》两篇皆从此脱胎。”孙钅广评论此诗说:“气格宏丽,结构严密。写祀事如仪注,庄敬诚孝之意俨然。有景有态,而精语险句,更层见错出,极情文条理之妙。”说得很有道理。

楚楚者茨[1],	丛丛蒺藜长满地,
言抽其棘[2]。	平整田地除荆棘。
自昔何为[3]?	自古开荒欲何为?
我蓺黍稷[4]。	我们要种黍和稷。
我黍与与[5],	我们黍子多茂盛,
我稷翼翼[6]。	我们稷子多整齐。
我仓既盈[7],	我们粮仓已装满,
我庾维亿[8]。	囤里藏粮可亿计。
以为酒食,	用它酿酒和做饭,
以享以祀。	用它祀神祭祖先。
以妥以侑[9],	请神安坐进酒食,
以介景福[10]。	求神赐福大无边。

【注释】

①楚楚:繁密丛生貌。茨:蒺藜,草本,生于陆地,果实有刺。

②抽:除,拔除。棘:棘刺,这里指蒺藜,因蒺藜多刺。

③自昔:自古。

④蓺(yì):种植。

⑤与与:繁盛貌。

⑥翼翼:与“与与”意近。

⑦仓:粮仓。

⑧庾(yǔ):用草席制的圆形露天粮囤。亿:《郑笺》:"十万曰亿。"其意为盈,满。

⑨妥:安坐。侑:劝,指劝进酒食。

⑩介:助。

济济跄跄[①],	助祭恭敬又端庄,
絜尔牛羊[②],	洗净祭品牛和羊,
以往烝尝[③]。	准备送去供祭享。
或剥或亨,	有的剥皮有的煮,
或肆或将。	有的摆列端上堂。
祝祭于祊[④],	司祭庙内告祖先,
祀事孔明[⑤]。	祭祀完备又周详。
先祖是皇[⑥],	先祖神灵往受祭,
神保是飨[⑦]。	他们来把祭品尝。
孝孙有庆[⑧],	"孝子贤孙多吉祥,
报以介福,	神灵将那洪福降,
万寿无疆!	子孙万代寿无疆!"

【注释】

①济济:严肃恭敬的样子。跄跄(qiàng):走路有节奏的样子。

②絜:通"挈(qiè)",持,拿着。一说训絜为"洁",即洗干净牛羊以供祭祀用。亦通。

③烝尝:冬祭祖先曰"烝",秋祭祖先曰"尝",此处泛指祭祀。

④祊(bēng):宗庙、祠堂门内设祭坛之处。

⑤孔:很。明:完备。

⑥皇:往。《郑笺·信南山》:“皇之言往也。”或以为彷徨,即神灵徘徊。

⑦神保:神灵。一说指神所依凭之神尸。飨:享受祭祀所献酒食。

⑧孝孙:主祭之人。庆:福祥,可贺之事。

执爨踖踖①,	厨师恭敬做菜肴,
为俎孔硕②,	食案很大肉不少,
或燔或炙。	有的烧煮有的烤。
君妇莫莫③,	主妇恭敬仪态好,
为豆孔庶④。	端上食品一道道。
为宾为客,	宾客纷纷来就座,
献酬交错⑤。	主客敬酒杯交错。
礼仪卒度⑥,	各种礼仪合法度,
笑语卒获⑦。	言谈笑语合规则。
神保是格⑧,	祖先神灵已降临,
报以介福,	洪天大福赐子孙,
万寿攸酢⑨!	愿你长寿保青春!

【注释】

①执爨(cuàn):掌灶之人。爨,即“灶”,厨房。踖踖(jí):形容掌灶者敏捷恭敬之貌。

②俎:祭祀时盛生肉的礼器。孔硕:很大。

③君妇:天子、诸侯妻。《郑笺》:“君妇,谓后也。”莫莫:犹“勉勉”,清静恭敬貌。

④孔庶:甚多。庶,众多。

⑤献酬交错：主人向客敬酒曰“献”，主人先自饮再劝宾饮为“酬”。

⑥卒度：完全合乎法度。卒，尽。度，法度。

⑦卒获：尽得其宜。卒，尽。获，得，指得其宜，恰到好处。

⑧格：至，来到。

⑨攸：是。酢：客人还敬主人酒。此处引申为神对主人的报答。

我孔熯矣[1]，	我们态度很恭敬，
式礼莫愆[2]。	仪式礼节没毛病。
工祝致告[3]：	祝官传达神旨意：
徂赉孝孙[4]。	快去赐福给孝孙。
苾芬孝祀[5]，	敬献祭品味芬芳，
神嗜饮食，	神灵爱吃心高兴，
卜尔百福[6]。	赐你百福数不清。
如几如式[7]，	祭祀如期又标准，
既齐既稷[8]，	态度庄重又勤谨，
既匡既敕[9]。	场面正大又肃穆。
永锡尔极[10]，	赐你永久无量福，
时万时亿[11]！	幸福无穷又无数！

【注释】

①熯（rǎn）：敬。《毛传》：“熯，敬也。”

②式：法。礼：礼仪。莫愆：没有差错。

③工祝：官祝。致：传达。

④徂：往。赉（lài）：赏赐，赐予。

⑤苾（bì）芬：馨香，浓香。孝祀：享祀，指神灵享受祭祀。

⑥卜:赐予。尔:你,指孝孙。

⑦如几:祭祀合乎你的期望。几,“期”的借字。

⑧齐:同“斋”,庄重恭敬貌。稷:敏捷。

⑨匡:匡正。敕:谨饬。陈奂《诗毛氏传疏》云:“齐、稷、匡、敕,皆祭祀肃敬之意,所谓如法也。”

⑩锡:同“赐”。极:至。指最好的福气。

⑪时:犹“是”,指福。万、亿:极言其多。

礼仪既备①, 祭祀礼仪都完备,
钟鼓既戒②, 钟鼓敲响祭礼成,
孝孙徂位③。 主祭孝孙回主位。
工祝致告: 祝官传达神旨意:
神具醉止④。 神灵饭饱又酒醉。
皇尸载起⑤, 神尸起身来告辞,
鼓钟送尸, 钟鼓响起送神尸,
神保聿归⑥。 祖宗神灵随之归。
诸宰君妇⑦, 烧菜厨师和主妇,
废彻不迟⑧。 祭品快速撤下去。
诸父兄弟, 叔伯兄弟到一起,
备言燕私⑨。 举行家宴齐欢聚。

【注释】

①备:齐备。

②戒:告。《郑笺》:“戒诸在庙中者以祭礼毕。”一说犹“备”。

③徂位:往位,指祭毕主人归回原位。

④具:俱,皆。止:语尾助词。此为臆想之事。

⑤皇尸:对神尸的美称。尸,祭祀时代表先祖受祭的人。

⑥聿:语助词。归:指神也随着尸归去。

⑦诸宰:众位家宰。膳夫是他的属官。

⑧废:去。彻:通“撤”,撤掉。收去席上的祭品。不迟:不迟缓,犹“敏疾”。

⑨备言燕私:此指祭祀礼毕,送走宾客,留下同姓再继续私宴。备,尽,完全。言,语助词。燕私,私宴。

乐具入奏[①],	乐工后殿来演奏,
以绥后禄[②]。	日后幸福定享受。
尔肴既将[③],	菜肴精美味道香,
莫怨具庆[④]。	欢庆之中解怨仇。
既醉既饱,	饭菜吃饱酒喝足,
小大稽首[⑤]。	老少告退齐叩首。
神嗜饮食,	神灵喜爱这饮食,
使君寿考。	佑你健康又长寿。
孔惠孔时[⑥],	祭祀顺利又完满,
维其尽之[⑦]。	办得周全无遗漏。
子子孙孙,	祝愿子孙万代传,
勿替引之[⑧]!	祭礼绵延不中断!

【注释】

①奏:演奏。

②绥:安。后禄:后日之福禄。

③将:善,美。

④莫怨具庆:指参加宴会的人皆相庆贺而无怨词。

⑤小大稽首:指老少长幼都行稽首礼,表示告辞。稽首,叩头。

⑥孔惠:很顺利。时:善。

⑦维其尽之:维,同"唯",只有。其,指主人。《孔疏》:"维君德能尽此顺时之美。"

⑧替:废止。引:延长。

信南山

【题解】

这是一首周王祭祖祈福的乐歌。与《楚茨》的意思大体相同,只是《楚茨》是秋、冬二祭的祭歌,而此首则是冬祭的祭歌。周代非常重视农业生产,为了取得丰收,经常举行祭祀活动。第一章写肥沃土壤的由来,是经过大禹治水后形成的,回顾了祖先的业绩。第二章讲风调雨顺,百谷茁壮。第三、四章,讲黍稷瓜菜丰收,用作祭品,敬献祖先神灵。第五、六章言祭祀过程,敬酒献牲,祖宗来享,赐福子孙后代。诗中有些细节写得非常生动,如献牲之事,如何手持鸾刀,剥去皮毛,取出血和脂膏。观此诗句,如临其境,真实而又生动。

信彼南山①,	连绵不断终南山,
维禹甸之②。	大禹治理好地方。
畇畇原隰③,	广阔高原和洼地,
曾孙田之④。	周王在此曾垦荒。
我疆我理⑤,	划定疆界挖沟渠,
南东其亩⑥。	田亩方正好种粮。

【注释】

①信：借为“伸”，形容山势连绵不断之貌。南山：终南山。在今陕西西安南。

②甸：治理。之：指终南山周围的田野。

③畇畇(yún)：田地平坦整齐貌。原：高地。隰(xí)：低洼之地。此处指全部田地。

④曾孙：孙对先祖言，皆可称曾孙。此处指周王。田：治田，垦地。

⑤疆：划定地疆。理：划定沟涂。

⑥南：南北向。东：东西向。泛指四方。亩：田地。

上天同云[1]，	冬季天空云密布，
雨雪雰雰[2]。	满天飞雪纷扬扬。
益之以霢霂[3]，	加上小雨淅沥沥，
既优既渥[4]。	田地滋润得饱墒。
既沾既足[5]，	土地湿润水分足，
生我百谷。	使我百谷茁壮长。

【注释】

①上天：《释名》：“冬日上天，其气上腾与地绝也。”同云：阴云密聚，同天一色，故曰“同云”。

②雰雰(fēn)：犹“纷纷”，雪花飘落貌。

③益：加上。霢霂(mài mù)：小雨。

④优：借为“瀀”，即雨水多。渥：润泽。

⑤沾：沾湿，湿润。足：借为“浞(zhuó)”，小濡貌，即雨水把土地润湿。

疆埸翼翼[①]，	疆界田埂划齐整，
黍稷彧彧[②]。	黍子稷子长势强。
曾孙之穑[③]，	周王收获粮食多，
以为酒食。	做成酒食喷喷香。
畀我尸宾[④]，	献给神尸和宾客，
寿考万年。	祈求寿考万年长。

【注释】

①疆：田边的大界。埸(yì)：大田中的小田埂。《说文》："大界曰疆，小界曰埸。"翼翼：整饬貌。

②彧彧(yù)：庄稼茂盛貌。

③穑：收获谷物。

④畀(bì)：给予。

中田有庐[①]，	田中搭个茅草棚，
疆埸有瓜，	埂上种瓜绿莹莹。
是剥是菹[②]，	削去瓜皮作腌菜，
献之皇祖[③]。	作为祭品献祖宗。
曾孙寿考，	永保曾孙寿命长，
受天之祜[④]。	上天赐福保安宁。

【注释】

①庐：草庐，农人为耕作方便而临时建于田中的简易房屋。

②剥：指削去瓜皮。菹(zū)：腌制。

③皇祖：先祖之美称。

④祜(hù):福。

祭以清酒[①],　　祭神献上清澄酒,
从以骍牡[②],　　再献赤黄大公牛,
享于祖考。　　请我祖先来享受。
执其鸾刀[③],　　手持锋利金鸾刀,
以启其毛[④],　　剥开牛皮去掉毛,
取其血膋[⑤]。　　取其鲜血和脂膏。

【注释】

①清酒:清澄的酒。祭祀时用。

②骍(xīn):赤黄色的牲畜。周人尚赤,故选赤黄色牺牲物。牡:公牛。

③鸾刀:系有铃的刀。

④启:剥开。毛:指牲口的皮毛。

⑤膋(liáo):又作"膫",肠间的膏脂。古代祭礼,献血表示是新杀的牺牲,膏脂则放于艾蒿上焚烧,使香味上升。

是烝是享[①],　　冬祭祭品已献上,
苾苾芬芬。　　散发浓郁的芳香。
祀事孔明,　　祭祀完备又周详,
先祖是皇。　　先祖神灵在徜徉。
报以介福,　　神灵赐予大幸福,
万寿无疆!　　将享福寿万年长!

【注释】

①烝：冬祭。享：祭献，上供。或以为“烝”，即蒸煮之“蒸”。享，即“烹（亨）”，煮也。

甫田

【题解】

此诗为暮春时节周王祭祀祈求丰年的乐歌。歌中讲述了田地的广阔，庄稼的茂盛，粮食的丰收，农夫的劳动，还有祭祀求福等情景。诗中可看到周人对农业生产的重视。周王亲自来到田间巡视，看到农夫努力耕耘，他们的妻子孩子也到田间送饭，田官也为这丰收景象而满心欢喜。面对这欣欣向荣的景象，平日威严的周王没有发怒，“曾孙不怒”，实是喜悦。此诗可以使我们看到周人以农业为国家根本的态度，帝王亲自来到田间，过问、观察春耕的情况；还有丰年储备粮食，以备歉年救灾，这一自古形成的制度。这些史料的记载对了解周代社会是很珍贵的。诗中人物活动也描绘如画。孙𫓶评论说：“真率中却有腴味。盖由安插得好，亦以笔净故。若‘食陈’，若‘烝士’，若‘尝旨否’，皆是典故，乃随景插入，既增其态，复核其事，笔力何等高妙。”特别值得一提的是，诗中有两处提到“我田既臧，农夫之庆”“黍稷稻粱，农夫之庆”，是说粮食的大丰收是托了农夫的福，也就是说，靠了农夫的辛勤劳动。说明周代统治者重视民众，看到了劳动人民的巨大作用。

倬彼甫田①，	一片良田广无边，
岁取十千②。	每年获谷千万石。
我取其陈③，	取出往年储存米，
食我农人④，	分给农夫作食粮，

自古有年⑤。　　自古丰年都这样。
今适南亩⑥，　　我到南亩去巡视，
或耘或耔⑦，　　农夫锄草培土忙，
黍稷薿薿⑧。　　黍稷茂盛长得壮。
攸介攸止⑨，　　停下巡视歇歇脚，
烝我髦士⑩。　　招我田官问周详。

【注释】

①倬(zhuō)：广阔貌。《说文》："倬，大也。"甫田：大田，或以为指公田。

②十千：形容收获粮食之丰。朱熹《诗集传》曰："十千，谓一成之田。地方十里，为田九万亩，而以其万亩为公田，盖九一之法也。"意指在九分之一的公田上收获的粮食。

③陈：指陈旧粮食。

④食(sì)：拿东西给人吃。农人：农夫，指农奴。《诗集传》曰："言于此大田，岁取万亩之入以为禄食。及其积之久而有余，则又存其新而散其旧，以食农人，补不足，助不给也。"意将旧粮补助那些粮食不够吃的农人。

⑤有年：丰年。《诗集传》曰："盖以自古有年，是以陈陈相因，所积如此。然其用之之节，又合宜而有序如此，所以粟虽甚多，而无红腐不可食之患也。"是说丰年存粮的制度自古就有。

⑥适：往。南亩：向阳之地。

⑦耘：除草。耔(zǐ)：培土护苗根。

⑧薿薿(nǐ)：茂盛貌。

⑨攸：语助词。介：休息。止：止息。

⑩烝：进，召之前来。髦士：英俊之士，此处当指田畯，即公田的

农官。

以我齐明[①]，　　黍稷盛在祭器里，
与我牺羊[②]，　　还有纯色的羔羊，
以社以方[③]。　　祭祀社神和四方。
我田既臧[④]，　　我的庄稼大丰收，
农夫之庆[⑤]。　　实赖农夫的福祥。
琴瑟击鼓，　　奏起琴瑟打起鼓，
以御田祖[⑥]，　　迎接祭祀我神农，
以祈甘雨[⑦]。　　祈求甘霖从天降。
以介我稷黍[⑧]，　　助我庄稼更繁茂，
以谷我士女[⑨]。　　养育家人得安康。

【注释】

①齐(zī)明:指祭器中盛着黍稷,用以祭祀。齐,同“粢”。明,成。《释名》:“成,盛也。”

②牺羊:献给神灵的羔羊。牺,指毛色纯一的牲畜。一说指牛。

③社:祭土地神。方:祭四方之神。

④臧:善,指田丰产。

⑤农夫之庆:指托农夫之福。《诗集传》曰:“我田之所以善者,非我之所能致也,乃赖农夫之福而致之耳。”庆,福。

⑥御:迎祭。田祖:神农。

⑦甘雨:及时雨。

⑧介:助。指祭神求雨以助黍丰收。

⑨谷:养。士女:男女,指农夫及其子女。一说指“曾孙”的子女。

曾孙来止①，	周王来到田地间，
以其妇子②，	农夫叫他妻和子，
馌彼南亩③，	送饭来到田头边，
田畯至喜。	田官看见心喜欢。
攘其左右④，	拉着身旁的农夫，
尝其旨否⑤。	尝尝味道鲜不鲜。
禾易长亩⑥，	遍地禾苗长势旺，
终善且有⑦。	最终丰收已在望。
曾孙不怒，	周王高兴没发怒，
农夫克敏⑧。	农夫干活劲更强。

【注释】

①曾孙：指周王。

②以：带领。妇子：农夫与其妇其子。《郑笺》认为指曾孙的妇和子，即王后和世子。王先谦《毛诗传笺通释》反驳说："妇子自指农夫之妇子，非谓后、世子也。王亲耕，后亲蚕，后无随王省耕劝农之事。"

③馌（yè）：送饭。指送饭到田亩。

④攘其左右：指田畯向左右人让食，使尝饭之口味。攘，让。

⑤旨：美味。

⑥禾：禾稼。易：读为"移"，指禾相倚移，为禾盛之貌。长亩：竟亩，满田。

⑦终：既。且：又。有：多。

⑧克敏：指农夫干得又快又好。克，能。敏，快捷。

曾孙之稼，	周王收获的庄稼，

如茨如梁[1]。　　堆如房顶如桥梁。
曾孙之庾[2]，　　储藏粮食的谷仓，
如坻如京[3]。　　像那山坡像山冈。
乃求千斯仓，　　还需上千的粮仓，
乃求万斯箱。　　还需上万的粮厢。
黍稷稻粱，　　黍稷稻粱均丰登，
农夫之庆。　　实赖农夫的福祥。
报以介福，　　神灵赐予大幸福，
万寿无疆！　　将享万寿永无疆！

【注释】

①如茨：言收回的庄稼密如屋盖。茨，屋盖。形容圆形之谷堆。梁，本指桥梁，因桥梁呈隆起状，故此以形容长形谷堆。

②庾：露天粮囤。

③如坻（chí）如京：此句是形容谷粒堆集的情形。坻，山坡。京，高丘。

大田

【题解】

这是一篇歌颂农事的乐歌。一章从春耕言起，二章言夏耘除害，三章言秋成收获，四章写祭祀祈福。整篇所表现的纯是一派丰收景象。方玉润云："此篇重在播种收成，故从农人一面极力摹写春耕秋敛，害必务去尽，利必使有余，所以竭在下者之力也。凡文正面难于着笔，须从旁煊染，或闲处衬托，则愈闲愈妙，愈淡愈奇。……此篇省敛，本欲形容稼穑之多,若从正面描摹,不过千仓万箱等语,有何意味?……诗只从遗穗说起,而正穗之多自见。其穗之遗也,有低小之穗,为刈获之所不及者;有刈而遗忘,为束缚之所不备者;亦有束缚虽备,而为辇载之所不尽者;且更有辇载虽尽,而折乱在垄,为刈获所不削,而束缚之难拾者。凡此皆寡妇之利也。事极琐碎,情极闲淡,诗偏尽情曲绘,刻摹无遗,娓娓不倦。无非为多稼穑一语设色生光,所谓愈淡愈奇,愈闲愈妙,盖于烘托法耳。"请看讲留遗穗给寡妇的第三章,是多么生动,方氏所评语语皆是。

大田多稼①,	大田种的庄稼多,
既种既戒②,	选好种子修农具,
既备乃事③。	准备事项已办妥。
以我覃耜④,	用我锐利的犁头,
俶载南亩⑤。	开始南亩来干活。
播厥百谷,	播种黍稷等谷物,
既庭且硕⑥。	庄稼挺直且肥硕。
曾孙是若⑦。	周王顺心又快活。

【注释】

①大田:即"甫田",指公田。

②种:指选种子。戒:同"械",指修农具。

③备:完备。乃事:这些事,指上述工作。

④覃耜(sì):锐利的犁头。覃,"剡"的假借,锐利。耜,犁头。

⑤俶(chù):开始。载:从事。

⑥庭:通"挺",挺直,直生。硕:大,指肥壮。

⑦曾孙是若:指庄稼长势好,顺曾孙之意。若,顺。

既方既皂[①]，　　禾苗结籽打了苞，
既坚既好[②]，　　籽粒坚实又完好，
不稂不莠[③]。　　不见稂苗和莠草。
去其螟螣[④]，　　扑灭螟蛉灭蝗害，
及其蟊贼[⑤]，　　蝼蛄也要都除掉，
无害我田稚[⑥]。　　莫要伤害我幼苗。
田祖有神[⑦]，　　农神显示大神威，
秉畀炎火[⑧]。　　害虫投入火中烧。

【注释】

①方:"房"之借,指谷穗始生,籽粒外苞尚未合拢。皂(zào):指籽粒初生,尚未坚实。

②既坚既好:指籽粒坚实、饱满。

③稂(láng):谷之有穗而不结实者。莠:似谷的野草,又名狗尾草。

④螟:食禾心的害虫。螣(tè):食叶的害虫,即蝗虫。

⑤蟊(máo)贼:食禾根的害虫,又名蝼蛄。

⑥稚:幼禾。

⑦有神:有灵。

⑧秉畀(bì)炎火:此为古代用火消灭害虫的方法。秉,拿。畀,给予,此指投入火中。炎火,烈火。

有渰萋萋[①]，　　浓浓阴云布满天，
兴雨祈祈[②]。　　带来雨水降人间。
雨我公田，　　雨水降落到公田，
遂及我私[③]。　　同时滋润我私田。

彼有不获稚[4]，	有些青禾没收割，
此有不敛穧[5]。	有些庄稼没敛完。
彼有遗秉[6]，	那里有把丢弃禾，
此有滞穗[7]，	这里有个散落穗，
伊寡妇之利[8]。	孤苦寡妇来拾拣。

【注释】

①有渰(yǎn)萋萋：犹言“渰渰萋萋”，阴云密布之貌。

②兴雨：当从另本作“兴云”。祈祈：云盛貌。

③遂：遍。私：私田。旧以为指井田制，中为公田，四周八块皆为农民的私田。

④不获稚：没收割的未熟之禾。

⑤不敛穧(jì)：未收起的成把的遗禾。穧，聚禾成把谓之“穧”。

⑥遗秉：漏掉的禾束。

⑦滞穗：丢落地里的禾穗。

⑧利：好处。此指寡妇享利。

曾孙来止，	周王来到这田间，
以其妇子，	农夫叫他妻和子，
馌彼南亩，	把饭和浆送到田，
田畯至喜。	田官为此笑开颜。
来方禋祀[1]，	到此开始祭上帝，
以其骍黑[2]，	黄牛黑猪置案前，
与其黍稷[3]。	黍米稷米齐供献。
以享以祀，	祭品让神来享受，

以介景福。　　　　祈求幸福大无边。

【注释】

①来方禋(yīn)祀:曾孙到来正在举行祭祀。来,到来,指曾孙到来。一说语助词,无实意。方,正在。禋,洁净的祭祀。

②骍黑:赤黄色与黑色的牺牲物。即牛羊猪之类。

③与:加上。

瞻彼洛矣

【题解】

朱熹《诗集传》说:“此天子会诸侯于东都以讲武事,而诸侯美天子之诗。言天子至此洛水之上,御戎服而起六师也。”大体不错。这是周王到洛水之滨会同诸侯检阅六军,诸侯赞美周王福德无疆的诗。第一章赞美周王戎服之美,二章赞美其佩刀装饰之精,三章赞美其福禄之多。全诗情调雍容和畅,笔墨简洁生动。各章都以“泱泱”洛水起兴,水势的浩荡宽广,表现了周王的气度宏大,也暗示着国力的强大。

瞻彼洛矣①,　　　　望着眼前那洛水,
维水泱泱②。　　　　水势茫茫在流淌。
君子至止③,　　　　周王来到洛水滨,
福禄如茨④。　　　　福禄多如茅茨样。
韎韐有奭⑤,　　　　红色蔽膝多鲜亮,
以作六师⑥。　　　　六师统帅检阅忙。

【注释】

①洛：洛水。古有二洛水，一发源于陕西西北，流入渭水；一发源于陕西南部，经洛阳而流入黄河。朱熹认为此诗所指为经洛阳而流入黄河的洛水。

②泱泱：水深广貌。

③君子：指周王。

④茨（cí）：茅草屋盖，有多层。比喻多。

⑤韎（mèi）：染成赤黄色的皮革。韐（gé）：蔽膝。此为天子有兵事时所穿。有奭（shì）：即“奭奭”，形容韎韐之色鲜红。

⑥六师：即“六军”，古者天子六师，每师二千五百人。

瞻彼洛矣，	望着眼前那洛水，
维水泱泱。	水势茫茫在流淌。
君子至止，	周王来到洛水滨，
鞞琫有珌①。	剑鞘饰玉美又亮。
君子万年，	周王将享万年福，
保其家室②。	保他室家永兴旺。

【注释】

①鞞（bǐ）：刀鞘，古代又名刀室。琫（běng）：刀鞘上部的装饰。有珌（bì）：即“珌珌”，玉饰花纹美丽貌。此句言刀鞘有玉为饰。

②家室：此处犹言“家邦”，即国家。

瞻彼洛矣，	望着眼前那洛水，
维水泱泱。	水势茫茫在流淌。
君子至止，	周王来到洛水滨，

福禄既同[①]。　　福禄全聚他身上。
君子万年，　　周王将享万年福，
保其家邦。　　保其国家永安康。

【注释】

①既同：指福气会聚。既，完全。同，会聚。

裳裳者华

【题解】

这是周王赞美诸侯的诗。朱熹《诗集传》说："此天子美诸侯之辞，盖以答《瞻彼洛矣》也。"魏源《诗古微》说："《裳裳者华》，亦诸侯嗣位初朝见之诗，故与《瞻洛》相次。"魏氏认为此诗为"朝于东都所作"。第一章写见到"之子"的欢悦，第二章赞美他们内在的才华，第三章赞美他们体魄的强健，最后一章，希望他们能辅佐天子，一说鼓励他们能任用贤人。方玉润对此诗的主题持"阙疑"的谨慎态度，只是说："此诗与前篇互相酬答。上篇既无可考，则此亦当阙疑。唯末章似歌非歌，似谣非谣，理莹笔妙，自是名言，足垂不朽。"(《诗经原始》)

裳裳者华[①]，　　鲜花盛开多辉煌，
其叶湑兮[②]。　　叶子茂盛绿苍苍。
我觏之子[③]，　　看到诸位贤君子，
我心写兮[④]。　　我的心情真舒畅。
我心写兮，　　我的心情真舒畅，
是以有誉处兮[⑤]。　　因有美誉大家享。

【注释】

①裳裳:"堂堂"之假借,花鲜明貌。

②湑(xǔ):叶盛之貌。

③我:天子自称。觏(gòu):见。之子:此人,指前来朝见的诸侯。

④写:同"泻"。《毛传》:"输写其心也。"是说心中话都倾吐出来,忧愁消除,心情舒畅。

⑤是以:因此。誉处:《孔疏》:"君臣相得,是以有声誉之美而处之兮。"即君臣处于美好声誉之中。

裳裳者华,	鲜花盛开多辉煌,
芸其黄矣[①]。	怒放黄花多鲜亮。
我觏之子,	看到诸位贤君子,
维其有章矣[②]。	才华横溢有教养。
维其有章矣,	才华横溢有教养,
是以有庆矣。	因此喜庆事儿降。

【注释】

①芸其:即"芸芸",花黄盛貌。

②章:文章。指其人有教养,有才华。

裳裳者华,	鲜花盛开多辉煌,
或黄或白。	有的白色有的黄。
我觏之子,	看到诸位贤君子,
乘其四骆[①]。	驾着四马气昂扬。
乘其四骆,	驾着四马气昂扬,

六辔沃若[2]。　　六条缰绳闪着光。

【注释】

①骆:黑鬃黑尾的白马。

②六辔:六条缰绳。沃若:光泽貌。

左之左之[1],　　左边有人来辅佐,
君子宜之[2]。　　君子适宜辅助我。
右之右之,　　右边有人来相佑,
君子有之[3]。　　君子有才佑助我。
维其有之,　　只因君子有其长,
是以似之[4]。　　能继祖业福绵长。

【注释】

①左:和下文的"右",指左右辅弼,君子的帮手。马瑞辰《毛诗传笺通释》:"左之右之,宜从钱澄之说,谓左辅右弼。"

②君子:指前所言"之子"。一说指古之明王。宜:安定。

③有:取。意为取用他们。

④似:当为"嗣"之借。继承。

桑扈

【题解】

这是周天子宴请诸侯的诗。朱熹《诗集传》:"此亦天子燕诸侯之诗。"王质《诗总闻》:"当是诸侯来朝,而归国饯送之际,美戒兼同。"诗的

首章以桑扈有文采的羽毛,比喻有才华的君子足以得福。次章以桑扈有文采的颈毛,比喻有才华的君子足以安邦。三章以屏障、栋梁来比喻诸侯地位的重要。末章告诫诸侯要谨慎不傲,才能得到更多福分。此诗多用比喻,简洁明快。

交交桑扈[①],	交交鸣叫桑扈鸟,
有莺其羽[②]。	身有华丽的羽毛。
君子乐胥[③],	君子性情多快乐,
受天之祜[④]。	当受上天的福报。

【注释】

①交交:鸟鸣声。亦作小貌。桑扈:鸟名,也叫布谷。

②有莺:即“莺莺”。羽毛有文采,喻诸侯有才华。莺,文采貌。

③君子:周王对诸侯之称。乐胥:快乐。胥,犹“兮”。

④祜(hù):福。

交交桑扈,	交交鸣叫桑扈鸟,
有莺其领[①]。	颈上羽毛闪闪亮。
君子乐胥,	君子性情多快乐,
万邦之屏[②]。	天下万邦的屏障。

【注释】

①领:鸟颈。此句言颈羽之美。

②屏:屏障,起护卫作用,此以喻重臣。

之屏之翰[①]，　　你是屏障是栋梁，
百辟为宪[②]。　　诸侯以你为榜样。
不戢不难[③]，　　既和且敬守礼仪，
受福不那[④]。　　受福多得难计量。

【注释】

①翰:“榦”的假借。筑墙时支撑两侧的木板,用以挡土。

②百辟:指诸侯。辟,国君。宪:法式,典范。

③不戢不难:谓和且敬。不,两“不”字为语助词。戢,和。难,当读为“戁(nǎn)”,敬。

④不:语助词。那(nuó):多。《毛传》:“那,多也。不多,多也。”《尔雅·释诂》:“那,多也。”

兕觥其觩[①]，　　犀角酒杯弯又弯，
旨酒思柔[②]。　　美酒醇厚味道香。
彼交匪敖[③]，　　与人交往不骄傲，
万福来求[④]。　　万福汇聚你身上。

【注释】

①兕觥(sì gōng):古代酒器。觩(qiú):角弯曲貌,形容觥的形状。

②思:语助词。柔:形容酒味口感绵柔。

③彼交匪敖:当从另一本作“匪交匪敖”。交,“儌”的假借,言语直而无礼貌。或以为交当作“骄”。敖,傲慢,倨傲。

④求:聚。

鸳鸯

【题解】

这是一首祝福的歌。首章以捕得鸳鸯象征得到福禄；二章以鸳鸯安睡象征留得福禄；三、四章以马在厩食草料，象征安然得福。但后人对此也有不同看法。有人认为这是祝贺新婚的诗。方玉润认为这是写幽王初婚的。朱熹则认为这是诸侯回答《桑扈》一诗的，是诸侯又回祝天子的诗。细酌诗意，似朱说较为合理。

鸳鸯于飞①，	鸳鸯双双空中飞，
毕之罗之②。	捕它用网又用毕。
君子万年，	祝福君子寿万年，
福禄宜之③。	福禄都和你相随。

【注释】

①鸳鸯：水鸟名。此鸟雌雄相守，偶居不离，古人以之象征恩爱夫妻。

②毕：长柄的捕鸟小网。罗：罗网。

③福禄宜之：犹言“福禄绥之”。宜、绥，都是安的意思。

鸳鸯在梁①，	鸳鸯休息在鱼梁，
戢其左翼②。	嘴插左翅睡得香。
君子万年，	祝福君子寿万年，
宜其遐福③。	宜享幸福福气长。

【注释】

①梁：水中拦鱼的石坝，即鱼梁。

②戢（jí）：《释文》引《韩诗》曰："戢，捷也，捷其噣于左也。"谓鸳鸯止息时将喙插在左翅下。

③遐：长远。

乘马在厩[①]，	驾车马匹拴在厩，
摧之秣之[②]。	铡草拌料勤喂养。
君子万年，	祝福君子寿万年，
福禄艾之[③]。	幸福禄位将永享。

【注释】

①乘马：四匹马。厩：马棚。

②摧（cuò）：铡碎的草。此指以草喂马。秣（mò）：喂牲口的粮食，此指以谷物喂马。

③艾：辅助。

乘马在厩，	驾车马匹拴在厩，
秣之摧之。	喂粮喂草勤喂养。
君子万年，	祝福君子寿万年，
福禄绥之[①]。	幸福禄位永安享。

【注释】

①绥：安也。

頍弁

【题解】

这是周王宴请兄弟亲戚的诗，诗可能产生在幽王之世，字里行间充满了末日的悲凉和感伤。《毛诗序》："《頍弁》，诸公刺幽王也。暴戾无亲，不能宴乐同姓，亲睦九族，孤危将亡，故作是诗也。"朱熹《诗集传》说："此亦燕兄弟亲戚之诗。"方玉润驳斥说，这不是寻常兄弟相聚之宴，而是"刺幽王亲亲谊薄"，"盖王平日亲亲谊薄，虽有宴乐，未能和睦。故同姓诸公借饮酒以讽刺之"。还有的研究者认为，这是写一个富豪贵族招待他的兄弟、姻亲来宴饮作乐，赴宴者作出这首诗，表示对这位贵族的依附。诗中表露了食客们阿谀奉承的嘴脸，以及追求享乐生活，以至醉生梦死的情绪。

有頍者弁[①]，	鹿皮礼帽真漂亮，
实维伊何[②]？	衣冠楚楚为哪桩？
尔酒既旨[③]，	您的酒味既甘醇，
尔肴既嘉。	您的菜肴也很香。
岂伊异人[④]？	难道来的是外人？
兄弟匪他[⑤]。	乃是兄弟坐一堂。
茑与女萝[⑥]，	茑萝松萝缠大树，
施于松柏[⑦]。	攀缘松柏才生长。
未见君子，	没有见到君子时，
忧心奕奕[⑧]。	忧心忡忡实难当。
既见君子，	既已见到君子面，
庶几说怿[⑨]。	才有喜悦没忧伤。

【注释】

①頍(kuǐ):有棱角貌。指皮弁顶尖,而其上有隅之貌。一说戴弁貌。弁(biàn):皮冠。

②实:犹“是”。维:为。伊何:为何。

③旨:美。

④伊:是。异人:异己之人,外人。

⑤匪他:言非他人。

⑥茑(niǎo):茑萝,攀缘植物。女萝:松萝。附生在大树上。

⑦施:延伸,攀缘。

⑧奕奕:心神不安貌。

⑨说怿(yì):即“悦怿”,喜悦。

有頍者弁,	鹿皮礼帽真漂亮,
实维何期[①]?	戴着皮帽为哪桩?
尔酒既旨,	您的酒味既甘醇,
尔肴既时[②]。	您的菜肴也很香。
岂伊异人?	难道来的是外人?
兄弟具来。	至亲兄弟聚一堂。
茑与女萝,	爬藤茑萝和松萝,
施于松上。	攀缘松树才生长。
未见君子,	没有见到君子时,
忧心怲怲[③]。	满怀忧愁实难当。
既见君子,	既已见到君子面,
庶几有臧[④]。	没有烦恼喜洋洋。

【注释】

①何期(jī):犹“何其”,为何。期,语气词。

②时:善。

③怲怲(bǐng):忧心盛满貌。

④臧:善。

有頍者弁,	鹿皮礼帽真漂亮,
实维在首。	端端正正戴头上。
尔酒既旨,	您的酒味既甘醇,
尔肴既阜[①]。	您的菜肴也很香。
岂伊异人?	难道他们是外人?
兄弟甥舅。	都是兄弟和舅甥。
如彼雨雪[②],	如同天气将下雪,
先集维霰[③]。	先要降些雪霰冰。
死丧无日,	死丧之日将临近,
无几相见[④]。	没有机会再相庆。
乐酒今夕,	今晚大家要畅饮,
君子维宴。	君子宴乐要尽兴。

【注释】

①阜:多,指酒肴丰盛。

②雨雪:下雪。

③先集:密聚。含有落的意思。维:是。霰:米雪,雪珠。

④无几:无多,言相见之日不多。

车舝

【题解】

这是写一位青年迎娶新娘的诗。在迎娶新娘的路上,他驾着迎亲的彩车,憧憬着未来的美好生活,表现出欢快热烈的情绪。方玉润《诗经原始》认为此诗"嘉贤友得淑女为配也",又评论说:"其人学品既端,如高山之在望,景行之堪追,非得硕女,何堪来教?故于其乘车而往迎也,不啻饥渴之难待;其揽辔而来归也,愈见琴瑟之静好。遂不觉中藏而心写之,以为佳偶鲜觏,虽无旨酒,饮亦能甘;虽无嘉肴,食亦自饱。但恨无德可以称述于女,则唯有式歌且舞,以颂尔之新婚而已。"这篇迎亲诗,是诗人自道,还是朋友贺诗,见解各有不同,还需仔细揣摩。

间关车之舝兮①,	车子行进声格格,
思娈季女逝兮②。	美丽少女要出阁。
匪饥匪渴,	不再似饥又似渴,
德音来括③。	迎来新娘有美德。
虽无好友④,	纵没朋友来相贺,
式燕且喜⑤。	燕饮还是很快乐。

【注释】

①间关:象声词。指车轮转动发出的格格声。舝(xiá):同"辖",车轴两头的金属键,插在轴端孔内,以防车轮脱落。

②思:思慕。一说发语词。娈:美貌。一说与"恋"同,言爱慕。季女:少女。逝:往,指前往迎娶。

③德音:令闻,美誉。括:结合。

④虽:虽然。一说训"岂"。

⑤燕：宴饮，宴乐。

依彼平林[①]，　　平原之上有树林，
有集维鷮[②]。　　美丽野鸡枝上栖。
辰彼硕女[③]，　　身材高大美少女，
令德来教[④]。　　受过良好的教育。
式燕且誉[⑤]，　　宴会快乐又欢喜，
好尔无射[⑥]。　　永远爱你不厌弃。

【注释】

①依彼：即“依依”，茂盛貌。平林：平原上的树林。

②鷮(jiāo)：雉之长尾者。

③辰：善，美貌。硕女：身材高大的女子。古人以身材高大为美。

④令德：美德。来教：指季女在家受过良好教育。古代贵族女子出嫁前，有女师专门教她们妇德、妇言、妇容、妇功。

⑤誉：通“豫”，欢乐。

⑥无射(yì)：无厌。

虽无旨酒，　　虽然酒味不够美，
式饮庶几[①]。　　你也要来饮一饮。
虽无嘉肴，　　虽然菜肴不太香，
式食庶几。　　你也要来尝一尝。
虽无德与女[②]，　　虽无美德与你配，
式歌且舞。　　且歌且舞庆相会。

【注释】

①庶几：希望之词。

②德：德行，指美德。与：相与，相配。

陟彼高岗，	登上巍巍高山冈，
析其柞薪[①]。	砍下柞木作柴薪。
析其柞薪，	砍下柞木作柴薪，
其叶湑兮[②]。	叶子繁茂绿茵茵。
鲜我觏尔[③]，	终于与你成婚配，
我心写兮[④]。	我心终于得安稳。

【注释】

①析：劈开。柞薪：柞木薪柴。《诗》中言“薪”者，多与婚姻有关。此隐语谓已成婚礼。马瑞辰《毛诗传笺通释》：“按《汉广》有刈薪之言，《南山》有析薪之句，《豳风》之伐柯与娶妻同喻，诗中以析薪喻昏姻者不一而足。”

②湑(xǔ)：枝叶茂盛貌。

③鲜：善，好。觏：当读为“媾(gòu)”，即婚媾。

④写：同“泻”，思念之情得以宣泄。

高山仰止[①]，	高山崔嵬我仰望，
景行行止[②]。	大道平坦任我行。
四牡騑騑[③]，	四匹雄马不停奔，
六辔如琴[④]。	六缰协调像弦琴。
觏尔新昏，	今天与你成婚配，

以慰我心。　　慰我思恋这番心。

【注释】

①仰止：仰望。止，之。

②景行：大道。

③騑騑(fēi)：马行不止貌。

④如琴：形容六条马缰绳如琴弦般协调。以琴瑟设喻，象征婚姻美满。

青蝇

【题解】

这是斥责喜进谗言的人害人祸国的诗。诗人以青蝇起兴，阐述谗言的危害，由浅入深，层层递进。第一章说君子不要听信谗言，第二章说谗言害国，可见进谗的不是一般的人。第三章有“构我二人”之言，所讲也并非一般的斥责谗言，而是有故实在内。但诗中究竟指何人何事，已不可考。王先谦说：“青蝇集樊，君子信谗，害贤伤忠，患生妇人。”似指幽王听信褒姒之谗害太子之事，可备一说。此诗以青蝇喻谗人，形象贴切生动，后人也多采用，如陈子昂诗“青蝇一相点，白璧遂成冤”，李白诗“楚国青蝇何太多，连城白璧遭谗毁”，秦观诗“谁知挥却青蝇辈，功在春蚕一觉眠”。可见此诗影响之深远。

营营青蝇[1]，　　苍蝇乱飞声嗡嗡，
止于樊[2]。　　飞上篱笆把身停。
岂弟君子[3]，　　平和快乐的君子，
无信谗言。　　不要把那谗言听。

【注释】

①营营：象声词，犹“嗡嗡”，苍蝇来回飞的声音。青蝇：苍蝇，此喻谗人。

②樊：篱笆。

③岂弟(kǎi tì)：平易近人。

营营青蝇，	苍蝇乱飞声嗡嗡，
止于棘[①]。	飞上酸枣枝上停。
谗人罔极[②]，	谗人无德又无行，
交乱四国[③]。	扰乱四方不太平。

【注释】

①棘：酸枣树。与下文榛木，均指篱笆，古代多用带刺灌木编为篱笆墙。

②罔极：指行为不轨，有“无行”之意。一说无止。

③交乱：交错纷乱。四国：四方之国。

营营青蝇，	苍蝇乱飞声嗡嗡，
止于榛[①]。	飞上榛树枝上停。
谗人罔极，	谗人无德又无行，
构我二人[②]。	离间我俩的感情。

【注释】

①榛：灌木名。结实名榛子，可食。

②构：构祸。指离间。

宾之初筵

【题解】

《毛诗序》说："《宾之初筵》，卫武公刺时也。幽王荒废，媟近小人，饮酒无度，天下化之。君臣上下沉湎淫液，武公既入而作是诗也。"《郑笺》："淫液者，饮酒时情态也。武公入者，入为王卿士。"这是说当时为卿士的卫武公，目睹了朝廷饮酒无度的情况，作了这首讽刺诗。也有人认为这是卫武公悔过之作。朱熹《诗集传》说："《毛氏序》曰卫武公刺幽王也。《韩氏序》曰卫武公饮酒悔过也。今按此诗意，与《大雅·抑》戒相类，必武公自悔之作。"方玉润《诗经原始》也认为此诗是"卫武公饮酒悔过也"，"武公初入为王卿士，难免不与其宴。既见其如此无礼，而又未敢直陈君失，只好作悔过用以自警，使王闻之，或以稍正其失，未始非诗之力也。古人教人，以言教不如以身教；臣子事君，以言谏不如以身谏。武公立朝，正己以格君非，虽曰悔过，实以谲谏意耳"。这首诗确为写贵族饮酒的场面，由初始时讲究规矩，到酒醉后的丑态百出，展示了两千多年前贵族宴饮的实况。诗的前二章写初宴时秩序井然，三章写饮酒渐多，由序而乱，四章写酒后狂态，五章则以劝诫作收。诗中对醉态的描写十分精彩，用"屡舞仙仙""屡舞僛僛""屡舞傞傞"，描写初醉、甚醉、极醉之态，活画出一幅醉客图。姚际恒评论说："由浅入深，备极形容醉态之妙。昔人谓唐人诗中有画，岂知亦原本于《三百篇》乎！《三百篇》中有画处甚多，此《醉客图》也。"

宾之初筵①，	宾客入座刚就筵，
左右秩秩②。	左右秩序井井然。
笾豆有楚③，	杯盘碗筷摆整齐，
殽核维旅④。	菜肴果品都齐全。

酒既和旨[⑤]，　　酒味醇美又绵软，
饮酒孔偕[⑥]。　　喝着美酒礼不乱。
钟鼓既设，　　钟鼓已经设妥当，
举酬逸逸[⑦]。　　举杯敬酒也舒缓。
大侯既抗[⑧]，　　最大箭靶已张好，
弓矢斯张[⑨]。　　拉开大弓搭上箭。
射夫既同[⑩]，　　参赛射手已集合，
献尔发功[⑪]。　　各自显示射技娴。
发彼有的[⑫]，　　每发定要命中靶，
以祈尔爵[⑬]。　　战胜对手把酒罚。

【注释】

①初筵：宾客初入座的时候。筵，竹席。古代设筵于地，客人席地而坐。

②左右：犹“东西”，筵席左右。宴会时，主人在东，宾在西。秩秩：肃敬而有秩序貌。

③笾(biān)、豆：古代食器名。楚：行列齐整貌。

④殽：菜肴，指豆中所盛鱼肉等菜肴。核：盛于笾中有核果类，即干果。维：是。旅：通“胪”，胪列，陈设。

⑤和旨：指酒味柔和甜美。

⑥孔偕：指举杯同饮，礼节协调齐一，井然不乱。孔，甚。偕，同。

⑦酬：敬酒，这里指举杯劝饮。逸逸：犹“绎绎”，来往不断貌。《毛传》：“往来次序也。”

⑧大侯：又称“君侯”，是侯中最大者。侯，箭靶，以兽皮或布制成，其上加圆形或方形布块，叫做“的”或“鹄”，射时以中的为胜。古礼射有不同等级的侯。《仪礼·乡射记》：“凡侯，天子熊侯，白

质；诸侯麋侯，赤质；大夫布侯，画以虎豹；士布侯，画以鹿豕。凡画者丹质。”抗：举，竖起。

⑨斯：语助词。张：张弓搭箭。

⑩射夫：指参赛的射手。同：会聚。

⑪献：犹“奏”，表现。发：射箭。功：本领。这里有功力、技能之意。

⑫的：靶中心。

⑬以祈尔爵：古射礼，输者饮酒，即受罚酒。因而射手们都想着战胜对手，罚对手饮酒。祈，求。尔爵，犹言“尔饮”。爵，饮酒器，此处作动词，即以爵代指饮酒。

籥舞笙鼓[①]，	执籥起舞笙鼓响，
乐既和奏。	众乐和奏声悠扬。
烝衎烈祖[②]，	乐舞献给我祖先，
以洽百礼[③]。	礼仪合宜神来享。
百礼既至[④]，	各种礼仪既完备，
有壬有林[⑤]。	场面隆重又堂皇。
锡尔纯嘏[⑥]，	神灵赐你大福气，
子孙其湛[⑦]。	子孙将有快乐享。
其湛曰乐[⑧]，	子孙既然享快乐，
各奏尔能。	各献本领在靶场。
宾载手仇[⑨]，	宾客各自选对手，
室人入又[⑩]。	主人再次入赛场。
酌彼康爵[⑪]，	斟上满满一杯酒，
以奏尔时[⑫]。	献给胜者进一觞。

【注释】

①籥(yuè)舞:执籥而舞。籥,古乐器。似今之排箫。

②烝:进,献。衎(kàn):娱乐。烈祖:指创业的先祖。

③洽:合,配合。百礼:指各种礼仪。

④既至:已经齐备。

⑤有壬有林:形容礼仪规模宏大貌。壬,大。林,多。戴震《毛郑诗考证》:"此以形容百礼既至,壬壬然盛大,林林然多而不乱。"

⑥纯嘏(gǔ):大福。

⑦湛:乐,喜悦。

⑧其湛曰乐:即"湛乐"。其、曰,皆语助词,无实义。

⑨宾载手仇:指燕射,宾客选取比赛对手。此处写正射后的自由比赛。载,则。手,取,选择。仇,耦,指比赛对手。

⑩室人:主人。入又:即"又入",指再次参射。

⑪康爵:大爵。

⑫时:善,指善射者。

宾之初筵,	宾客入座刚就筵,
温温其恭[①]。	态度温厚又恭谦。
其未醉止,	他们没醉的时候,
威仪反反[②]。	举止庄重慎于言。
曰既醉止,	一旦喝得酩酊醉,
威仪幡幡[③]。	举止轻浮言放纵。
舍其坐迁[④],	离开座位乱走动,
屡舞仙仙[⑤]。	胡乱舞动舞不停。
其未醉止,	他们没醉的时候,
威仪抑抑[⑥]。	举止谨慎又文静,

曰既醉止，　　一旦喝得醉酩酊，
威仪怭怭[7]。　　言行放诞不文明。
是曰既醉，　　还说当人喝醉时，
不知其秩。　　忘记礼仪是常情。

【注释】

①温温：温柔和顺。《郑笺》："柔和也。"

②反反(bǎn)：同"昄昄"，举止庄重美好貌。

③幡幡：轻率无礼貌。

④舍：弃去。坐迁：指当坐当迁之礼。马瑞辰《毛诗传笺通释》："古者饮酒之礼，取觯(酒具)、奠觯皆坐。又凡礼盛者坐卒爵，其余则皆立饮。又有升降、兴拜、复席、复位诸礼，皆可以'迁'统之。舍其坐迁，盖谓舍其当坐当迁之礼耳。"即指酒后失礼，当坐饮而不坐，当离席而不离。

⑤仙仙：通"跹跹"，舞姿轻盈貌。此句指屡次起舞。

⑥抑抑：慎密貌。

⑦怭怭(bì)：轻薄亵慢貌。

宾既醉止，　　宾客已经露醉容，
载号载呶[1]，　　又呼又叫闹不停。
乱我笾豆，　　杯盘碗筷被打翻，
屡舞僛僛[2]。　　舞步凌乱斜着行。
是曰既醉，　　还说当人喝醉时，
不知其邮[3]。　　出了错误弄不清。
侧弁之俄[4]，　　头上皮帽歪歪扭，

屡舞傞傞⑤。	胡蹦乱跳舞不停。
既醉而出，	喝醉就应退出席，
并受其福。	大家都有好心情。
醉而不出，	喝醉还要继续饮，
是谓伐德⑥。	这种行为败德行。
饮酒孔嘉⑦，	饮酒本是好事情，
维其令仪⑧。	应当保有好品行。

【注释】

①号：号叫。呶(náo)：喧哗，吵闹。

②僛僛(qī)：醉舞身体歪斜状。

③邮："尤"的借字，过失。

④侧弁：歪戴帽子。之：是。俄：歪斜貌。

⑤傞傞(suō)：乱舞不止貌。

⑥伐德：害德，败德。

⑦孔嘉：甚美。

⑧令：善。仪：礼节。朱子云："饮酒之所以甚美者，以其有令仪耳。"

凡此饮酒，	凡是与会来饮酒，
或醉或否。	有的喝醉有的醒。
既立之监①，	既设酒监察礼仪，
或佐之史②。	又有史官记言行。
彼醉不臧，	喝醉本来是坏事，
不醉反耻③。	反说不醉是败兴。

式勿从谓④，	不要随人乱劝酒，
无俾大怠⑤。	不要使他失礼行。
匪言勿言，	不当讲的不要讲，
匪由勿语⑥。	无理之言把口停。
由醉之言⑦，	醉汉之言胡乱道，
俾出童羖⑧。	竟说公羊没犄角。
三爵不识⑨，	三杯下肚头昏昏，
矧敢多又⑩。	岂敢劝他再多饮。

【注释】

①监：指监酒之官，宴会上负责纠察礼仪。古者饮酒，立监以防失礼。

②佐：助。史：记事记言之官。

③彼醉不臧，不醉反耻：喝醉了本不好，可反以不醉者为可耻。不臧，不好。

④式：语助词。从：跟从。谓：劝。

⑤怠：怠慢，无礼。

⑥匪由勿语：不合理的不要说。由，式，法。

⑦由醉之言：因为喝醉说的话。由，从，因。

⑧童羖(gǔ)：没角的山羊。指小山羊。旧以为公山羊有角。此二句是说醉者荒唐之言，好像可生出无角的羖羊。

⑨三爵：三杯。不识：不知。指酒后糊涂状态。《孔疏》引《春秋传》："臣侍君燕，过三爵，非礼也。"此言不知三杯之礼。

⑩矧：何。又：通"侑"，劝酒。

鱼藻

【题解】

这是写周王在镐京饮酒，优游自乐的诗。曰“王在在镐”，当是西周的作品。方玉润《诗经原始》认为：“此镐民私幸周王都镐，而祝其永远在兹之词也。”他认为是民众所作。张延杰《诗序解》说：“是篇写鱼之乐，藻蒲相依，悠然自得。盖兴王之在镐，颇安所居。其体近乎风。”二说均可通。

鱼在在藻[①]，	群鱼水藻丛中游，
有颁其首[②]。	游来游去见鱼首。
王在在镐[③]，	周王住在镐京城，
岂乐饮酒[④]。	逍遥快乐饮美酒。

【注释】

①藻：水草名，生在水底，叶狭长多皱。

②颁(fén)：鱼大头貌。《毛传》：“颁，大首貌。”

③镐：镐京，西周京城，在今陕西西安西。

④岂乐：和乐。岂，同“恺”，乐也。

鱼在在藻，	群鱼水藻丛中游，
有莘其尾[①]。	尾巴长长随波扭。
王在在镐，	周王住在镐京城，
饮酒乐岂。	喝着美酒乐悠悠。

【注释】

①莘(shēn):鱼尾长貌。

鱼在在藻,	群鱼水藻丛中游,
依于其蒲[1]。	依傍蒲草好憩休。
王在在镐,	周王住在镐京城,
有那其居[2]。	宫室宏大好享受。

【注释】

①蒲:蒲草,水生植物。

②有那(nuó):即“那那”,盛大貌。

采菽

【题解】

此诗写诸侯来周京朝拜周王,周王对他们有丰厚的赏赐,诗人作诗赞颂这一盛大之事。姚际恒《诗经通论》说:“大抵西周盛王,诸侯来朝,加以锡命之诗。”张延杰《诗序解》说:“此诗写王者锡诸侯命服颇谦虚,当是诸侯来朝,人君致礼。诗人睹此情景,慨然而赋,于以见盛世之象焉。”姚、张二人认为此诗作于西周盛世,是正确的。至于诗的作者,方玉润则认为“非出自朝廷制作,乃草野歌咏其事而已”,即作者乃民间人士。可备一说。诗以采菽、采芹、柞枝、杨舟起兴,即方玉润所说“事极典重而起极轻微”,用民间常见之物起兴,来歌咏朝廷重大事件。有研究者认为这是取谐音之法,“菽”谐“淑”,善也;“芹”谐“勤”,勤劳也;“柞”谐“祚”,国祚昌明也。“泛泛杨舟,绋缅维之”,兴周室赖诸侯维系而稳定“不陂”,又“舟”“周”相谐,等等。也有一定道理。

采菽采菽①，　　采摘鲜嫩豆叶忙，
筐之筥之②。　　装满方筐和圆筐。
君子来朝③，　　诸侯远道来朝见，
何锡予之④？　　天子用啥作封赏？
虽无予之，　　虽然没有大赐赏，
路车乘马⑤。　　四马辂车也风光。
又何予之⑥？　　此外还有什么赏？
玄衮及黼⑦。　　黑色龙袍花纹装。

【注释】

①菽：大豆，此处指豆叶。

②筐：方形盛物竹器。筥(jǔ)：圆形盛物竹器。

③君子：指诸侯。

④锡予：给予。锡，即"赐"。

⑤路车：诸侯所乘之车。又作"辂车"。古礼，天子大路，诸侯路车，大夫大车，士饰车。作为天子赏赐，赐同姓诸侯以金路，赐异姓诸侯以象路。乘(shèng)马：四马。古制一车四马曰"乘"。

⑥又：还，追加之意。

⑦玄衮：画有卷龙图案的黑色礼服。黼(fǔ)：刺有白黑相间花纹的礼服。

觱沸槛泉①，　　清澈喷涌泉水旁，
言采其芹②。　　采摘芹菜多鲜香。
君子来朝，　　诸侯远道来朝拜，
言观其旂③。　　望见龙旗在飘扬。

其旂淠淠[4]，	面面大旗随风舞，
鸾声嘒嘒[5]。	铃声不停响叮当。
载骖载驷[6]，	或驾三马或四马，
君子所届[7]。	诸侯乘车到朝堂。

【注释】

①觱(bì)沸：指泉水涌出翻腾貌。槛泉：指泉眼众多，水盛涌出之泉。槛，为"滥"之借字。

②芹：水芹菜。

③旂(qí)：绘有蛟龙的旗帜。《周官》：上公建旂九旒，侯伯七旒，子男五旒。观其所建旌旂，可知晓诸侯之尊卑等级，故诗曰"言观其旂"。

④淠淠(pèi)：旗飘动貌。

⑤嘒嘒：象声词，指车上鸾铃之声。

⑥载骖载驷：此句说诸侯有驾三马的，有驾四马的。骖，一车驾三马。驷，一车驾四马。

⑦届：至，来到。

赤芾在股[1]，	红色蔽膝遮大腿，
邪幅在下[2]。	绑腿斜缠小腿上。
彼交匪纾，	装束紧凑不松懈，
天子所予[3]。	天子因此赐服装。
乐只君子[4]，	各位诸侯真快乐，
天子命之[5]。	因为天子策封赏。
乐只君子，	各位诸侯真快乐，

福禄申之[⑥]。	洪福厚禄再嘉奖。

【注释】

①赤芾(fú):革制红色蔽膝。诸侯所服。

②邪幅:即裹腿。

③彼交匪纾,天子所予:《郑笺》:“彼与人交接,自偪(bī,紧意)束如此,则非有解怠舒缓之心,天子以是故赐予之。”

④只:犹“哉”,语气词。

⑤命:策命,此处是策封之意。古代帝王赐臣下爵位或赏物,都记于简策,由史臣宣读,谓之“命”。

⑥申:重,加。一再之意。《毛传》:“申,重也。”

维柞之枝[①],	柞树枝干粗又壮,
其叶蓬蓬[②]。	叶子茂密长势旺。
乐只君子,	各位诸侯真快乐,
殿天子之邦[③]。	辅助天子定四方。
乐只君子,	各位诸侯真快乐,
万福攸同[④]。	万福集中你身上。
平平左右[⑤],	你的臣下多娴雅,
亦是率从[⑥]。	跟你来到朝廷上。

【注释】

①柞:木名,即栎树。

②蓬蓬:茂盛貌。

③殿:镇,安抚。

④攸:所。同:聚。

⑤平平：娴雅之貌。或以为同“便便”。左右：指诸侯的臣下。

⑥率从：遵从。指左右随从君子而来朝。

汎汎杨舟[①]，	河中漂着杨木船，
绋缅维之[②]。	系着麻绳和竹缆。
乐只君子，	各位诸侯真快乐，
天子葵之[③]。	赐禄赐福天子管。
乐只君子，	各位诸侯真快乐，
福禄膍之[④]。	福禄重重说不完。
优哉游哉，	悠闲自得好日子，
亦是戾矣[⑤]。	终生定能保平安。

【注释】

①汎汎：随波漂流貌。杨舟：杨木做的舟。

②绋(fú)：麻制的大绳。缅(lí)：竹制的绳索。

③葵："揆"之假借，训"揆度"，指天子度量诸侯之德。

④膍(pí)：厚，厚赐。

⑤戾：安定。

角弓

【题解】

这是一首劝告周王朝贵族不要疏远兄弟亲戚而去亲近小人的诗。《毛诗序》说："《角弓》，父兄刺幽王也。不亲九族而好谗佞，骨肉相怨，故作是诗也。"方玉润则认为："诗中无刺谗语，唯疏远兄弟而亲近小人，是此诗大旨。”说得很对。方氏又评论此诗的写作方法说：“前四章，疏远兄弟难保不相怨，而民且效尤，体多用赋。后四章，亲近小人，以至‘不顾其后’而相残贼，诗纯用比。乃篇法变换处。”指出前用赋、后用比的艺术手法，是很正确的。

骍骍角弓[①]， 调好角弓绷紧弦，
翩其反矣[②]。 松弦就向反面弯。
兄弟昏姻[③]， 兄弟姻亲的关系，
无胥远矣[④]。 互相亲爱不疏远。

【注释】

①骍骍(xīn)：弓调和貌。角弓：两端用兽角装饰的弓。

②翩其：即“翩翩”，偏颇。指放松弓弦，则弓身向外伸展。比喻兄弟婚姻不可疏远。

③兄弟：指同姓亲属。昏姻：即“婚姻”，指姻亲。

④胥：相。远：疏远。

尔之远矣， 你若疏远亲属们，
民胥然矣[①]。 民众学你也疏远。
尔之教矣[②]， 你能言教加身教，
民胥效矣[③]。 民众互相来仿效。

【注释】

①然：如此，这样。

②教：教导。

③效：仿效，效法。

此令兄弟[①]，	兄弟和睦是美德，
绰绰有裕[②]。	大家和气快乐多。
不令兄弟[③]，	兄弟缺少这美德，
交相为瘉[④]。	相互怀恨害处多。

【注释】

①令：善，美。

②绰绰：宽裕貌。

③不令：不善，指不相友善的兄弟。

④瘉（yù）：病。此指相互嫉恨。

民之无良[①]，	民众心地如不善，
相怨一方。	就会相互成积怨。
受爵不让，	受爵受封不相让，
至于已斯亡[②]。	事关己私道理忘。

【注释】

①良：善。

②亡：通“忘”。

老马反为驹，	老马反作驹使唤，
不顾其后。	不顾其后生祸患。
如食宜饇[①]，	如像吃饭只宜饱，
如酌孔取[②]。	又像喝酒不贪欢。

【注释】

①饫(yù):饱。

②取:召取。

毋教猱升木①, 猿猴爬树不用教,
如涂涂附②。 如泥涂墙容易牢。
君子有徽猷③, 君子善政去引导,
小人与属④。 小民自然跟着跑。

【注释】

①毋:不要。猱:猿猴类动物。升木:攀树。

②涂:泥浆。附:附着。《毛传》:"涂,泥。附,着也。"

③徽猷:善道。徽,善。猷,道。

④属:附,随。

雨雪瀌瀌①, 大雪纷纷满天飘,
见晛曰消②。 阳光一照即融消。
莫肯下遗③, 居于上位不谦逊,
式居娄骄④。 别人学样耍高傲。

【注释】

①瀌瀌(biāo):雪盛貌。

②晛(xiàn):太阳初升貌。消:融化。

③下遗:谦虚卑下对待人。遗,加,待之意。

④式:语助词。居:通"倨",倨傲。娄:多次,常常。骄:高傲,傲慢。

雨雪浮浮[①]，　　大雪纷飞下得厚，
见晛曰流[②]。　　一见阳光成水流。
如蛮如髦[③]，　　无良小人像蛮髦，
我是用忧。　　对此我心深烦恼。

【注释】

①浮浮：雪大之貌。

②流：指雪融化为水。

③蛮：南蛮。髦：夷髦，西夷别称。蛮、髦，是周人对周边少数民族的蔑称。用以比喻小人。

菀柳

【题解】

这是一位大臣有功却获罪遭到流放，他心中充满怨恨，因而写了这首诗。《毛诗序》说："《菀柳》，刺幽王也。暴虐无亲而刑罚不中，诸侯皆不欲朝。言王者之不可朝事也。"吴闿生《诗义会通》说："此乃有功获罪之臣，作诗以自伤悼。"吴说更明确地点明了主题和作者。方玉润认为诗所刺者为厉王，"盖其所述非暴即虐，于厉王为尤近云"。此诗善用比兴手法，以枯柳不可止息，兴周王不可依靠；以鸟飞至天，兴周王变化莫测，十分贴切。

有菀者柳[①]，　　柳树枝叶已枯黄，
不尚息焉[②]。　　莫在树下去乘凉。
上帝甚蹈[③]，　　周王喜怒太无常，

无自昵焉[4]。 莫要接近取祸殃。
俾予靖之[5]， 平定祸乱我有功，
后予极焉[6]！ 反而逐我到异乡！

【注释】

①菀(yuàn)：通“苑”，枯病。此以枯柳之下不可止息，兴周王不可依靠。

②尚：庶几，希望。

③上帝：此处指周王。蹈：变动。马瑞辰《毛诗传笺通释》：“动者，言其喜怒变动无常。”

④昵(nì)：亲近，接近。

⑤靖：治，治事。或以为平定祸乱。

⑥极：“殛”的假借，此处指流放。

有菀者柳， 柳树枝叶已枯萎，
不尚愒焉[1]。 莫到树下去休息。
上帝甚蹈， 周王喜怒太无常，
无自瘵焉[2]。 莫去当官找晦气。
俾予靖之， 平定叛乱我有功，
后予迈焉[3]！ 将我流放到边地！

【注释】

①愒(qì)：休息。

②瘵(zhài)：祸害，病。《毛传》：“瘵，病也。”

③迈：行。此有流放之意。

有鸟高飞，	鸟儿即便飞得高，
亦傅于天①。	最高不过到天上。
彼人之心②，	那人用心太险恶，
于何其臻③。	何等程度难估量。
曷予靖之④，	平定祸患我有功，
居以凶矜⑤！	竟罚我处凶险场！

【注释】

①傅：至，到。

②彼人：指周王。

③臻：至。言其为恶之心，不知将到何种地步。

④曷：为什么。

⑤居：处。凶矜：指凶险危困之地。此处指流放地。

都人士

【题解】

这首诗是说西周东迁之后，旧日的一位贵族回到了西周，他风度翩翩，不改旧日仪容，言谈举止温文尔雅。他的女儿娴雅端庄，黑发浓密上翘，十分可爱。西都的遗民都很仰慕他，因而勾起了诗人对旧日京都人物仪容的思念，写下此诗。朱熹《诗集传》说："乱离之后，人不复见昔日都邑之盛、人物仪容之美，而作此诗以叹惜之也。"接近诗意。《毛诗序》说："《都人士》，周人刺衣服无常也。古者长民，衣服不贰，从容有常，以齐其民，则民德归壹。伤今不复见古人也。"是说讽刺当时人们穿衣没有固定的样式，不如古时明王执政时代。细读此诗，恐无此意。王先谦《诗三家义集疏》认为此诗首章是逸诗。理由是：毛氏五章，三家皆止四章；二、三、四、五章士女对文，第一章专言士，并不及女，其词不类。后四章无一语照应前章，说明第一章为逸诗孤章。有一定道理。此诗确实有些费解。

彼都人士[①]，	当日西都的人士，
狐裘黄黄[②]。	穿着狐裘毛色黄。
其容不改[③]，	他的仪容没改变，
出言有章[④]。	讲话出口就成章。
行归于周，	回到西周旧都城，
万民所望[⑤]。	引得万民仰首望。

【注释】

①都人士：京都人士，大约指当时京城贵族。或以为“都人”即“美人”。

②黄黄：形容狐裘之毛色。

③容：仪容风度。

④章：言谈有文采。

⑤望：仰望。

彼都人士，	当日西都的人士，
臺笠缁撮[①]。	头戴草笠丝带飘。
彼君子女，	娴雅端庄君子女，
绸直如发[②]。	稠密黑发如丝绦。
我不见兮，	往日景象今不见，
我心不说。	心中郁闷又苦恼。

【注释】

①臺笠：臺草编成的草帽。臺，通“薹”，莎草，可制蓑笠。缁撮：黑布制成的束发小帽。

②绸直：头发稠密而直。

彼都人士，　　当日西都的人士，
充耳琇实[①]。　　瑱耳晶莹真漂亮。
彼君子女，　　娴雅端庄君子女，
谓之尹吉[②]。　　人称尹吉好姑娘。
我不见兮，　　往日景象今不见，
我心苑结[③]。　　心中郁郁实难忘。

【注释】

①充耳：又名瑱，塞耳。玉石制成的垂于冠两旁的饰物。琇(xiù)：美石。实：言琇之晶莹可爱。

②尹吉：名叫尹吉的姑娘。或以为指尹姓与吉(姞)姓两大贵族。《郑笺》：“吉读为姞，尹氏、姞氏，周室昏姻之旧姓也。”

③苑(yùn)结：即“郁结”。指心中忧闷、抑郁。

彼都人士，　　当年西都的人士，
垂带而厉[①]。　　丝绦下垂身边飘。
彼君子女，　　娴雅端庄君子女，
卷发如虿[②]。　　卷发犹如蝎尾翘。
我不见兮，　　往日景象今不见，
言从之迈[③]。　　跟在他们身后瞧。

【注释】

①垂带：腰间所系下垂之带。厉：通"裂"，即系腰的丝带垂下来。

②卷(quán)发：卷曲的头发。虿(chài)：即蝎子，其尾部曲而上翘。此形容向上卷翘的发式。

③言：语气词，有"于焉"之意。从之：因之。迈：旧训"行"，此言愿从之行。

匪伊垂之，	不是故意垂丝带，
带则有余。	丝带本来长有余。
匪伊卷之，	不是故意卷曲发，
发则有旟①。	头发稠密高耸起。
我不见兮，	不见往日的景象，
云何盱矣②。	心情怎能不忧郁。

【注释】

①旟：扬，上翘貌。

②盱："吁"之借，忧伤。

采绿

【题解】

这是一位妇女思念出门在外丈夫的诗。朱熹《诗集传》说："妇人思其君子。"《诗序辩说》："此诗怨旷者所自作。"严粲《诗辑》说："去时约以五日而归，今六日而不见，时未久而怨，何也？古者新婚三月不从政。此新婚者之怨辞也。"据"六日不至"推断为新婚，可备一说。此诗通过妇女无心采绿采蓝，无心梳洗打扮，表现对丈夫的急切思念。又想起从前丈夫打猎、钓鱼时，她为丈夫装弓袋、理钓绳的温馨时光，丈夫比约定的时间晚回来一天，就使她思绪万千，可见夫妻的恩爱和女子对丈夫的痴情。也有人说，后二章写打猎、钓鱼之事，是她想象丈夫回来之后的事，吴闿生说："三四章归后着想，真乃肠一日而九回。结句余音袅袅。"

终朝采绿①，	整个早晨采绿草，
不盈一匊②。	采了一捧还不到。
予发曲局③，	我的头发乱蓬蓬，
薄言归沐④。	赶快回家梳洗好。

【注释】

①终朝：整个早晨。一说终日。绿：草名，一名王刍，又有鸱脚莎、荩草、黄草等名。一年生草本，叶细似竹，汁可以染黄。

②匊（jū）：一掬，一捧。

③曲局：弯曲，指头发弯曲蓬乱。

④薄言：语助词。"薄"字有急忙之意。归沐：回家洗发。沐，洗发。

终朝采蓝①，	整个早晨采蓝草，
不盈一襜②。	一衣兜也没采满。
五日为期，	本来说好五天归，
六日不詹③。	过了六天不回还。

【注释】

①蓝：草名，有多种，此处所言当是蓼蓝。可作染青蓝色的染料。

②襜（chān）：围裙，又叫"护裙"。田间采集时可用以兜物。

③五日为期，六日不詹：此言相约五日为期返家，结果第六天了还

不回来。五日、六日非确指。詹,至,来到。

之子于狩[①], 从前丈夫去打猎,
言韔其弓[②]。 我就为他装弓箭。
之子于钓[③], 有时他要去钓鱼,
言纶之绳[④]。 我就为他理好线。

【注释】

①之子:此子。狩:打猎。

②韔(chàng):弓袋,此处作动词用,是说将弓装入弓袋。

③钓:钓鱼。

④纶:钓丝。此处作动词,即整理丝绳意思。

其钓维何[①]? 他所钓是什么鱼?
维鲂及鲊[②]。 有那鲂鱼和白鲢。
维鲂及鲊, 有那鲂鱼和白鲢,
薄言观者[③]。 鱼儿多多心喜欢。

【注释】

①维何:是何。维,是。

②鲂:鳊鱼。鲊(xù):鲢鱼。

③观者:《郑笺》:"观,多也。此美其君子之有技艺也。"此指钓的鱼众多。

黍苗

【题解】

这是一首反映周宣王时召伯营筑谢城的诗。周宣王封他的母舅于申，命召伯虎带领官兵、徒役，装载各种物资，经营申地，建筑谢城，作为国都。由于召伯的精心策划和经营，以及对参加筑城官兵和徒役的关心爱护，工程迅速完成，官兵和徒役也希望能尽快回家，因此唱出这首歌。方玉润《诗经原始》说："此诗明言召穆公营谢功成，士役美之之作。"是正确的。

芃芃黍苗①，　　黍苗长得真茂盛，
阴雨膏之②。　　阴雨滋润苗青青。
悠悠南行③，　　南下征程路遥遥，
召伯劳之④。　　召伯慰劳有真情。

【注释】

①芃芃(péng)：草木茂盛貌。

②膏：滋润。

③悠悠：长长。道路遥远貌。南行：指向谢地行进。谢在周京之南，故曰"南行"。

④召(shào)伯：此指召穆公，姓姬名虎，周初召公奭之后，为厉、宣、幽三朝大臣。劳：慰问。

我任我辇①，　　我们挑担又拉车，
我车我牛。　　马车牛车一路行，
我行既集②，　　建筑谢城已完工，

盖云归哉[③]！ 何不大家踏归程！

【注释】

①任：背负。辇：人力车，此处指拉车。

②集：完成。《郑笺》："集犹成也，其所为南行之事既成。"

③盖："盍"之假借，何不。

我徒我御[①]， 我们走路又驾车，
我师我旅[②]。 我们有师也有旅。
我行既集， 建筑谢城已完工，
盖云归处[③]！ 何不大家回家去！

【注释】

①徒：步行者，指步卒。御：驾车者。

②我师我旅：旧以为五百人为旅，五旅为师。王引之以为师旅为官名，师大于旅。

③归处：回去安居。

肃肃谢功[①]， 谢城工程快速成，
召伯营之[②]。 召伯策划并经营。
烈烈征师[③]， 威武雄壮筑城军，
召伯成之[④]。 召伯指挥成大功。

【注释】

①肃肃：迅疾貌。谢功：指营谢工程。谢，地名，周宣王徙封申伯于

谢邑。功，通“工”。

②营：经营。

③烈烈：威武貌。征师：远行之人。征，远行。师，众。

④成：成就。

原隰既平[①]，	高原洼地已平整，
泉流既清[②]。	泉水河流整治清。
召伯有成，	召伯成就此大功，
王心则宁。	周王欢喜心安宁。

【注释】

①原隰：高平曰“原”，低洼曰“隰”。平：治，平整土地。

②清：《毛传》：“水治曰清。”此指疏通泉流。

隰桑

【题解】

这是一位女子的爱情自白。被爱的“君子”，可能是她的丈夫，也可能是情人。我们在此采用了程俊英先生的说法：“这是一位妇女思念丈夫的诗。”（《诗经译注》）因诗中表现的感情热烈而坦荡，很像是夫妻久别重逢。方玉润则认为此诗“思贤人之在野也”，“桑而曰隰，则以兴贤人君子之在野者可知。夫以贤人君子而隐处岩阿，则朝廷之上所处非贤人君子之侍又可知”（《诗经原始》）。朱熹认为“此喜见君子之诗，……辞意大概与《菁莪》相类。然所谓君子，则不知其何所指矣”（《诗集传》）。

隰桑有阿[①]，	洼地桑树多婀娜，
其叶有难[②]。	叶子繁茂又润泽。
既见君子[③]，	见到我的丈夫归，
其乐如何。	心中快乐难述说。

【注释】

①隰桑：长在低洼地里的桑树。阿：通“婀”，柔美的样子。

②难（nuó）：茂盛的样子。

③君子：指丈夫。

隰桑有阿，	洼地桑树多婀娜，
其叶有沃[①]。	叶子丰厚又润泽。
既见君子，	见到我的丈夫归，
云何不乐。	心里怎能不快活。

【注释】

①沃：肥厚润泽。

隰桑有阿，	洼地桑树多婀娜，
其叶有幽[①]。	叶子碧绿密又多。
既见君子，	见到我的丈夫归，
德音孔胶[②]。	知心话儿难尽说。

【注释】

①幽：青黑色。这里指叶子深绿的样子。

②德音:美好的声音,好话。孔胶:很牢固。一说很盛,很多。

心乎爱矣,
遐不谓矣[1]?
中心藏之[2],
何日忘之!

爱你爱在内心窝,
何不明白对你说?
思念之情藏心中,
哪有一日忘记过!

【注释】

①遐不:何不。谓:说。

②中心:心中。

白华

【题解】

这是贵族的弃妇所写的一首怨诗。《毛诗序》说:"《白华》,周人刺幽后也。幽王取申女以为后,又得褒姒而黜申后,……周人为之作是诗也。"朱熹《诗集传》说:"申后作此诗。"《诗序辩说》又说:"此事有据,《序》盖得之。但幽后字误,当为申后刺幽王也。"方玉润赞同朱熹的看法,他说:"此诗情词凄惋,托恨幽深,非外人所能代,故《集传》以为申后作也。"但在其他典籍中找不到申后作《白华》的佐证。也有人认为这是一篇怀人的"闺怨"诗。诗言"之子之远,俾我独兮",显然是男子远出、女子思念之作。此诗每章前两句均用比兴,借物寄托自己的哀怨,倾诉心中的伤痛和幽怨。后二句直抒胸臆,诉说内心的不平,很有特色。方玉润《诗经原始》说:"全诗皆先比后赋,章法似复,然实创格。"这样的表现手法,即刻画出一位纯洁善良、直爽痴情的女子形象,也刻画了一个薄情寡义的负心汉的形象,使诗很具感染力。

白华菅兮[①]，　　芬芳菅草开白花，
白茅束兮[②]。　　白茅束好送给他。
之子之远[③]，　　如今这人去远方，
俾我独兮[④]。　　让我寂寞守空房。

【注释】

①白华：即“白花”，是指“菅”之白花。菅（jiān）：为茅的一种，亦名芦芒。

②白茅：又名丝茅，因叶似矛而得名。朱熹《诗集传》：“盖言白华与茅尚能相依，而我与子乃相去如此之远。”

③之远：往远方。指弃己而去。

④俾：使。

英英白云[①]，　　浓浓云雾空中飘，
露彼菅茅[②]。　　沾湿菅草和丝茅。
天步艰难[③]，　　我的命运多艰难，
之子不犹[④]。　　他还不如云露好。

【注释】

①英英：又作“泱泱”，云洁白之貌。

②露：指水气下降为露珠，兼有沾濡之意。

③天步：指命运。

④不犹：不如。指不如云露还能滋润菅茅。

滮池北流[①]，　　滮池之水向北流，

浸彼稻田。	浸润稻田绿油油。
啸歌伤怀[2]，	边号边歌心伤痛，
念彼硕人[3]。	思念那人在心头。

【注释】

①滮(biāo)池：古水名。在今陕西西安西。

②啸歌：谓号哭而歌。伤怀：忧伤而思。

③硕人：高大的人，犹“美人”，此处当指其心中的英俊男子。

樵彼桑薪[1]，	砍下桑树做柴薪，
卬烘于煁[2]。	烧在灶里暖在身。
维彼硕人，	想起那个健美人，
实劳我心[3]。	实在让我伤透心。

【注释】

①樵：薪柴，此处指采木为樵。桑薪：桑木柴火。是较好的薪柴。

②卬(áng)：我。女子自称。烘：烧，指烧火。煁(shén)：一种可移动的小炉灶。

③劳：忧愁。

鼓钟于宫[1]，	宫中敲起大乐钟，
声闻于外。	钟声飘响在全城。
念子懆懆[2]，	怀念使我神不宁，
视我迈迈[3]。	你却视我如路人。

【注释】

①鼓钟:即敲钟。鼓,敲。

②懆懆(cǎo):忧愁不安貌。

③迈迈:朱熹《诗集传》:"迈迈,不顾也。"

有鹙在梁[①], 丑恶鹙鹰在鱼梁,
有鹤在林[②]。 高洁白鹤在林中。
维彼硕人, 想起那个健美人,
实劳我心。 实在煎熬我的心。

【注释】

①鹙(qiū):水鸟名。其状如鹤而大,头项皆无毛。其性贪恶,好啖鱼、蛇及鸟雏。梁:鱼梁,拦鱼的石坝。

②鹤:鹤为高洁之鸟,亦食鱼。鹙、鹤皆以鱼为食,鹙之性贪恶而今在梁,鹤洁白而反在林,比喻所爱男子离己远去。

鸳鸯在梁[①], 一对鸳鸯在鱼梁,
戢其左翼[②]。 嘴插翅下睡得香。
之子无良, 可恨这人没良心,
二三其德[③]。 转眼之间把我忘。

【注释】

①鸳鸯:水鸟,亦食鱼。

②戢(jí)其左翼:鸳鸯把嘴插在左翼下休息。

③二三其德:三心二意,指感情不专一。

有扁斯石①，　　扁扁平平乘车石，
履之卑兮②。　　虽然低下有人踩。
之子之远，　　恨他离我如此远，
俾我疷兮③。　　让我痛苦实难挨。

【注释】

①有扁：即“扁扁”，乘石的样子。乘石是乘车时所踩的石头。

②履：踩，指乘车时踩在脚下。此说乘石虽低，犹有人踩踏，自己还不如乘石。

③疷（qí）：忧病，指相思病。

绵蛮

【题解】

这首诗写的是行役之人，苦于长途跋涉，又困于饥渴，在十分无奈的时候，遇上了一位好心的贵族，把他载在副车上，并给他吃喝，还安慰他，开导他。他很感动，故作此诗以表达感激之情。这也体现了我们民族助人为乐的传统美德。

绵蛮黄鸟①，　　那只美丽小黄鸟，
止于丘阿②。　　落在弯曲的山阿。
道之云远③，　　道路实在太遥远，
我劳如何④。　　我的劳累难诉说。
饮之食之，　　他给我吃给我喝，
教之诲之。　　教导我又开导我。

命彼后车[5]，	命那后车停一停，
谓之载之[6]。	吩咐让我坐上车。

【注释】

①绵蛮：双声词，文采貌。一说“鸟声”。黄鸟：黄雀。

②阿（ē）：山坡弯曲处。

③云：语中助词，无实义。

④劳：劳累，疲劳。

⑤后车：后边的车，又名“副车”。

⑥谓之载之：命副车的驾车者载行役者而行。谓，告。

绵蛮黄鸟，	那只美丽小黄鸟，
止于丘隅[1]。	落在山丘的一角。
岂敢惮行[2]，	哪敢害怕走远路，
畏不能趋[3]。	只怕不能快快跑。
饮之食之，	他给我喝给我吃，
教之诲之。	对我教育又开导。
命彼后车，	命令后车停一停，
谓之载之。	让他坐上歇歇脚。

【注释】

①丘隅：丘之一角。《郑笺》：“丘角也。”

②惮行：怕行路。《郑笺》：“难也。”

③趋：疾行。

绵蛮黄鸟，　　那只美丽小黄鸟，
止于丘侧[①]。　　落在斜坡那山腰。
岂敢惮行，　　哪敢害怕走远路，
畏不能极[②]。　　只怕目标到不了。
饮之食之，　　他给我喝给我吃，
教之诲之。　　对我教育又开导。
命彼后车，　　命令后车停一下，
谓之载之。　　让他坐上快点到。

【注释】

①丘侧：丘陵之旁，指山丘的旁坡。

②极：犹“至”，指到达目的地。

瓠叶

【题解】

这是一篇关于宴饮的诗。《毛诗序》说：“《瓠叶》，大夫刺幽王也。上弃礼而不能行，虽有牲牢饔饩，不肯用也。故思古之人，不以微薄废礼焉。”《郑笺》：“牛羊豕为牲，系养者曰牢，熟曰饔，腥曰饩，生曰牵。‘不肯用’者，自养厚而薄于宾客。”朱熹《诗序辩说》云：“《序》说非是，此亦燕饮之诗。”王质《诗总闻》曰：“当为在野君子相见为礼。”诗中写到烧菜、烤兔肉、饮酒，菜肴虽然简约，但气氛融洽，宾主情绪快乐。诗的作者大概是宴会中的一位客人。第一章言初宴，第二章言献酒于宾，第三章言客人回敬主人，第四章言主客相互劝酒。生活中一个小片段，写出了友情的美好。

幡幡瓠叶[①]，　　瓠叶翩舞瓠瓜香，
采之亨之[②]。　　采来做菜又煮汤。
君子有酒，　　君子拿出香醇酒，
酌言尝之[③]。　　斟满酒杯请客尝。

【注释】

①幡幡(fān)：风吹瓠叶翻动貌。瓠(hù)：瓠瓜，又叫“葫芦”，果实、嫩叶皆可食。

②亨：即古“烹”字，煮的意思。

③酌：斟酒。言：助词。犹“而”。尝：品尝。

有兔斯首[①]，　　野兔肉儿嫩又鲜，
炮之燔之[②]。　　有炮有烤香喷喷。
君子有酒，　　君子拿出香醇酒，
酌言献之[③]。　　斟满酒杯献客人。

【注释】

①斯：语助词。首：头，只。朱熹《诗集传》：“有兔斯首，一兔也。犹数鱼以尾也。”

②炮：以泥裹带毛肉而烧之曰“炮”。燔(fán)：去毛在火上烤曰“燔”。

③献：主人向宾客敬酒曰献。

有兔斯首，　　野兔肉儿鲜又嫩，
燔之炙之[①]。　　有燔有烤香喷喷。

君子有酒，	君子备好香醇酒，
酌言酢之[②]。	斟满酒杯敬主人。

【注释】

①炙(zhì)：用叉子叉着肉在火上烤。

②酢(zuò)：客饮主人所献酒后，向主人回敬酒叫“酢”。

有兔斯首，	鲜嫩兔肉味儿美，
燔之炮之。	有烤有炮成美味。
君子有酒，	君子备好香醇酒，
酌言酬之[①]。	相互敬酒同举杯。

【注释】

①酬：劝酒。

渐渐之石

【题解】

这是东征兵士慨叹征途劳苦的诗。《毛诗序》说：“《渐渐之石》，下国刺幽王也。戎狄叛之，荆舒不至，乃命将率东征，役久病在外，故作是诗也。”朱熹《诗序辩说》认为“《序》得诗意，但不知果为何时耳”。此诗前两章均用赋体描述山高路远，征途劳苦。第三章突兀出现“有豕白蹢，烝涉波矣。月离于毕，俾滂沱矣”四句，造语奇峭。注家有各种解释，有认为写雨前的，有认为写雨后的，有说描摹实境的，有说虚拟起兴的。唯方玉润《诗经原始》解释十分到位，他说：“此必当日实事。月离毕而大雨滂沱，虽负涂曳泥之豕，亦烝然涉波而逝，则人民之被水灾而几为鱼鳖者可知，即武人之沾体涂足，冒险东征，而不遑他顾者更可见。四句只须倒说，则文理自顺，情景亦真。诗人造句结体与文家迥异，不可以辞而害意也。”此段话对理解全诗也有启发。

渐渐之石①，	山峰险峻层岩峭，
维其高矣。	高高上耸入云霄。
山川悠远，	山重重来水迢迢，
维其劳矣②。	日夜行军多辛劳。
武人东征③，	将帅士兵去东征，
不皇朝矣④。	赶路不论晚和朝。

【注释】

①渐渐：“巉巉”之借，山石高峻貌。

②劳：劳苦。一说读为“辽”，指辽远。

③武人：指东征将士。

④皇：遑，闲暇。朝：早上。朱熹《诗集传》：“皇，暇也。言无朝旦之暇也。”

渐渐之石，	山峰险峻层岩险，
维其卒矣①。	高峻陡峭难登攀。
山川悠远，	山川逶迤又遥远，
曷其没矣②。	不知何时到终点。
武人东征，	士兵将帅去东征，
不皇出矣③。	一直向前不顾险。

【注释】

①卒(cuì):"崒"之借,高峻而危险貌。

②曷其没:言何时是尽头。没,尽,终。

③出:出险。朱熹《诗集传》:"谓但知深入,不暇谋出也。"

有豕白蹢[①],	白蹄子的大小猪,
烝涉波矣[②]。	成群涉水踏波过。
月离于毕[③],	月亮靠近天毕星,
俾滂沱矣[④]。	大雨滂沱汇成河。
武人东征,	士兵将帅去东征,
不皇他矣。	其他事情无暇做。

【注释】

①蹢(dí):蹄。

②烝:进。《毛传》:"进涉水波。"

③离:"丽"的假借,靠近。毕:星名,二十八宿之一的"毕宿",又叫"天毕"。

④滂沱:大雨貌。

苕之华

【题解】

这是饥民自伤生而不幸的诗。《毛诗序》说:"《苕之华》,大夫闵时也。幽王之时,西戎、东夷交侵中国,师旅并起,因之以饥馑。君子闵周室之将亡,伤己逢之,故作是诗也。"《序》说"大夫闵时",可为一说。全诗情调凄怆悲愤,造语奇特警辟。如"牂羊坟首,三星在罶"二句,写出因野无青草，而羊饿得头大体小；因水无鱼鳖，而水沉静可映星光。真是“举一羊而陆物之萧索可知，举一鱼而水物之凋耗可想”（王照圆《诗说》）。

苕之华[①]，　　凌霄开了花，
芸其黄矣[②]。　　花儿黄又黄。
心之忧矣，　　内心真忧愁，
维其伤矣！　　痛苦又悲伤！

【注释】

①苕（tiáo）：又称凌霄、紫薇，花赤黄色。

②芸：极黄之貌。

苕之华，　　凌霄开了花，
其叶青青。　　叶子青又青。
知我如此，　　知我这样苦，
不如无生！　　不如不出生！

牂羊坟首[①]，　　雌羊头很大，
三星在罶[②]。　　鱼篓映星光。
人可以食，　　人有食可吃，
鲜可以饱[③]！　　岂望饱肚肠！

【注释】

①牂（zāng）羊：母羊。坟首：头大。这里指因饥饿所致，体小头大。

坟，大。

②三星：一说指参宿、心宿、河鼓三星。一说泛指星光，即三三两两的星光。罶(liǔ)：鱼篓。此指罶中无鱼而水静，映出星光点点。

③人可以食，鲜可以饱：朱熹《诗集传》解作："苟且得食足矣，岂可望其饱哉！"

何草不黄

【题解】

此诗是《小雅》中的最后一首，是征夫苦于行役的怨诗。西周末年，"周室将亡，征役不息，行者苦之，故作此诗"（朱熹《诗集传》）。这首充满抗议和控诉的诗，用反问的语调，诉说了征夫所过的非人生活。他们被统治者视为草芥，视为禽兽，常年在外奔波，不能和家人团聚。这样的痛苦已难以抑制，只能唱出来以宣泄这愤懑之情。

何草不黄？	什么草儿不枯黄？
何日不行？	什么日子不奔忙？
何人不将[①]，	什么人儿不出征，
经营四方？	东西南北奔四方？

【注释】

①将：行，出征。

何草不玄[①]？	什么草儿不腐烂？
何人不矜[②]？	什么人儿不做单身汉？

哀我征夫，　　　　可怜我们出征人，
独为匪民[3]。　　　偏偏不被当人看。

【注释】

①玄：黑，草枯烂的颜色。

②矜(guān)：通“鳏”，老而无妻。

③匪民：不是人。

匪兕匪虎[1]，　　　既非野牛又非虎，
率彼旷野[2]。　　　常在旷野里奔走。
哀我征夫，　　　　可怜我们出征人，
朝夕不暇。　　　　早晚忙碌不停休。

【注释】

①兕(sì)：野牛。

②率：循，沿着。

有芃者狐[1]，　　　狐狸尾巴毛蓬松，
率彼幽草。　　　　躲进深深绿草丛。
有栈之车[2]，　　　高高役车道中行，
行彼周道。　　　　行进漫长大路中。

【注释】

①有芃(péng)：即“芃芃”，兽毛蓬松的样子。

②有栈：即“栈栈”，役车高高的样子。

大雅

《大雅》三十一篇，是庙堂祭祀的乐章，全为西周时期作品，其作者多为周王朝的上层人物。内容以歌颂周朝先王先公的功绩，记述周朝的历史，以及政治、军事、祭祀等方面的活动为主。总的看来，格调比较庄严肃穆，很少风云月露之态，没有《小雅》灵秀清丽的风格及内容的多姿多样。但布局严整，叙事高妙曲折，读来也颇具神韵，同时也是了解周朝历史极其宝贵的第一手资料。

文王

这是一首政治诗，为周公旦所作。《毛诗序》说："《文王》，文王受命作周也。"《郑笺》："受天命而王天下，制立周邦。"全诗通篇用"赋"的手法，歌颂周文王受命于天建立周邦的功绩，叙述商周兴亡隆替的道理，告诫和勉励周成王及后世君王，要吸取殷商的教训，效法周文王顺应天命，实行德政。对周朝臣子及殷商归周诸臣，也反复叮咛告诫，要顺应天命效忠周朝，情意十分恳切。但对诗中的"天命观"思想，应批判对待。此诗的艺术手法很特别，下章首句和前章末句，文字或内容都相互承接，有的句子还完全相同，这样，使诗的内容相承不绝，又增加了诗的节奏感和音乐美。

文王在上[①]，　　文王之灵在上方，
於昭于天[②]。　　在那天上放光芒。
周虽旧邦[③]，　　周朝虽然是旧邦，
其命维新[④]。　　国运出现新气象。
有周不显[⑤]，　　周朝前途真辉煌，
帝命不时[⑥]。　　上天意志不可挡。
文王陟降[⑦]，　　文王神灵升与降，
在帝左右。　　无时不在天帝旁。

【注释】

①文王：指周文王，名姬昌。

②於（wū）：赞叹声。昭：光明。

③旧邦：旧国。周由文王的祖父古公亶父建国，所以称“旧邦”。

④命：指天命。维：是。

⑤有：词头，无实义。不：通“丕”，大。下句“不时”之“不”同此。显：明。

⑥帝：上帝。时：善美。

⑦陟：升。降：下。

亹亹文王[①]，　　黾勉辛勤周文王，
令闻不已[②]。　　美好声誉传得广。
陈锡哉周[③]，　　上帝令他兴周朝，
侯文王孙子[④]。　　子孙后代为侯王。
文王孙子，　　文王子孙多兴旺，
本支百世[⑤]，　　本宗旁支百世昌。

凡周之士[6]，	凡在周朝为臣子，
不显亦世[7]。	世代显贵又荣光。

【注释】

①亹亹(wěi)：勤勉的样子。

②令闻：好声誉。

③陈：读为“申”，一再，重复。锡：同“赐”，赐予。哉：读为“兹”，此。

④侯：使之为侯。作动词用。

⑤本支：树木的根和枝。引申为本宗和支属旁系。

⑥士：指周朝的百官大臣。

⑦亦世：同“奕世”，累世。

世之不显，	世代显贵又荣光，
厥犹翼翼[1]。	为国谋划真周详。
思皇多士[2]，	英才贤士真正多，
生此王国。	有幸出生在周邦。
王国克生[3]，	周邦能出众贤士，
维周之桢[4]；	都是国家的栋梁。
济济多士[5]，	人才济济聚一堂，
文王以宁。	文王以此来安邦。

【注释】

①厥：其。犹：计谋。翼翼：思虑深远貌。

②思：发语词。皇：美好。

③克：能。

④维：是。桢：支柱，骨干。
⑤济济：多而整齐的样子。

穆穆文王[①]，	严肃恭敬周文王，
於缉熙敬止[②]。	正大光明又端庄。
假哉天命[③]，	天帝之命真伟大，
有商孙子。	殷商子孙归周邦。
商之孙子，	殷商子孙多又多，
其丽不亿[④]。	何止亿万难估量。
上帝既命，	上帝既已有命令，
侯于周服[⑤]。	他们臣服于周邦。

【注释】

①穆穆：仪表美好，容止端庄恭敬。
②於：感叹词。缉熙：奋发前进。敬：谨慎负责。止：语气词。
③假：大。
④丽：数目。不亿：不止一亿。古时以十万为亿。
⑤侯于周服：即"侯服于周"。侯，乃，就。服，臣服。

侯服于周，	殷商臣服归周邦，
天命靡常[①]。	可见天命不恒常。
殷士肤敏[②]，	殷臣壮美又敏捷，
祼将于京[③]。	来京助祭周廷上。
厥作祼将，	他们就在灌祭时，
常服黼冔[④]。	穿戴还是殷服装。

王之荩臣⑤，　　周王任用诸臣下，
无念尔祖⑥。　　牢记祖德不能忘。

【注释】

①靡常：无常。

②殷士：指殷商后人。肤：壮美。敏：敏捷。

③祼(guàn)：一种祭祀仪式。也称灌祭。将：举行。京：周朝京师。

④常：通“尚”，还是。服：穿戴。黼(fǔ)：古代贵族穿的绣有黑白相间花纹的礼服。冔(xǔ)：殷商贵族戴的礼帽。

⑤王：指成王。荩(jìn)臣：进用之臣。

⑥无：语助词，无实义。

无念尔祖，　　牢记祖德不能忘，
聿修厥德①。　　继承其德又发扬。
永言配命②，　　顺应天命不违背，
自求多福。　　自求多福多吉祥。
殷之未丧师③，　　殷商未失民心时，
克配上帝。　　能应天命把国享。
宜鉴于殷④，　　借鉴殷商兴亡事，
骏命不易⑤。　　国运不易永盛昌。

【注释】

①聿(yù)：唯。

②配命：合乎天命。

③师：众人。

④鉴:镜子。这里为借鉴。

⑤骏:大。

命之不易,	国运不易永盛昌,
无遏尔躬[①]。	不要断送你手上。
宣昭义问[②],	宣扬美善好名声,
有虞殷自天[③]。	殷商前鉴是天降。
上天之载[④],	上天之事有恒道,
无声无臭[⑤]。	无声无闻难知详。
仪刑文王[⑥],	只要敬法周文王,
万邦作孚[⑦]。	天下万邦皆敬仰。

【注释】

①遏:停止,断绝。

②宣昭:宣明。义:善。问:通“闻”,声誉。

③有:又。虞:度,鉴戒。

④载:事。

⑤臭:气味。

⑥仪刑:效法。

⑦作:则。孚:信。

大明

【题解】

《毛诗序》说:“《大明》,文王有明德,故天复命武王也。”这是周部族的史诗之一，从周武王的祖父母、父母写起，一直叙述到周武王与殷纣王在牧野的最后决战，生动形象地展现了这一波澜壮阔的历史画面。像这样的史诗，还有《生民》《公刘》《绵》《皇矣》等篇，这些篇章叙述了从周的始祖后稷创业到武王灭商的全部历史。读这些诗，我们不仅能得到高雅的艺术享受，还可获得不少历史知识。诗中虽然有不少天命论的思想，但也有对天命产生怀疑、强调以德兴国的正确主张。此诗规模宏大，结构严谨，跌宕起伏，气势恢宏，有较强的艺术表现力。尤其是对牧野之战的描写，绘声绘色，似乎再现了当时的战争场面。诗的语言也很精彩，如“洋洋”“煌煌”“彭彭”这样的形容词，不仅写出了战势的浩大和紧张，读起来也铿锵有力，琅琅上口。一些诗句，如“小心翼翼”“天作之合”等也成了后人常用的成语。

明明在下①，	明明君德施天下，
赫赫在上②。	赫赫天命在上方。
天难忱斯③，	天命不变难相信，
不易维王④。	君王不能轻易当。
天位殷適⑤，	王位本属殷纣王，
使不挟四方⑥。	却又让他失四方。

【注释】

①明明：光明的样子，意指君王的德政。

②赫赫：显耀的样子，意指天命。

③忱(chén)：相信。

④易：轻率怠慢。

⑤殷適(dí)：殷的嫡嗣，即殷纣王。適，同“嫡”。

⑥使：此字上省略了主语“天”。挟：据有。

挚仲氏任①，　　挚国任氏二姑娘，
自彼殷商，　　来自大国叫殷商，
来嫁于周，　　出嫁到我周国来，
曰嫔于京②。　　京都成婚做新娘。
乃及王季③，　　她与王季结成双，
维德之行④。　　品德高尚美名扬。

【注释】

①挚:殷的一个属国名。仲氏:次女。任:姓。

②嫔:嫁。京:指周的京师。

③王季:太王古公亶父之子,文王的父亲。

④行:实行。

大任有身①，　　婚后怀孕喜成双，
生此文王。　　生下贤儿周文王。
维此文王，　　就是这个周文王，
小心翼翼。　　小心谨慎又图强。
昭事上帝②，　　一片诚心侍上帝，
聿怀多福③。　　带来福事一桩桩。
厥德不回④，　　他的品德很高尚，
以受方国⑤。　　四方归附民所望。

【注释】

①有身:怀孕。

②昭:明。事:侍奉。

③聿：同“曰”，语助词。怀：来。
④厥（jué）：其，他的。回：邪，违背正道。
⑤方国：方百里之国。一说四方归附之国。

天监在下[①]，	上天明察眼光亮，
有命既集[②]。	天命归于周文王。
文王初载[③]，	文王即位之初年，
天作之合[④]。	上天撮合配新娘。
在洽之阳，	新娘家在洽水北，
在渭之涘。	就在渭水河岸旁。
文王嘉止[⑤]，	文王爱慕新嫁娘，
大邦有子[⑥]。	赞美大国好姑娘。

【注释】

①监：视。
②有命：指天命。集：归。
③初载：初年。
④合：匹配。
⑤嘉止：美之，以之为美。止，同“之”，指太姒。
⑥大邦：大国。指莘国。子：指莘国国君的女儿。

大邦有子，	大国这位好姑娘，
伣天之妹[①]。	好比天仙一个样。
文定厥祥[②]，	下了聘礼订了婚，
亲迎于渭。	文王亲迎渭水旁。

造舟为梁，　　　　大船相连当桥梁，
不显其光[3]。　　　　大显光彩美名扬。

【注释】

①伣(qiàn)：如同，好比。

②文：礼。指聘礼。定：订婚。祥：吉。

③不：通“丕”，大。

有命自天，　　　　上天来把天命降，
命此文王，　　　　命令这位周文王，
于周于京。　　　　在那周京建家邦。
缵女维莘[1]，　　　　莘国有位好姑娘，
长子维行[2]，　　　　长女大姒嫁文王，
笃生武王[3]。　　　　天降厚恩生武王。
保右命尔，　　　　命你保佑周武王，
燮伐大商[4]。　　　　联合诸侯伐殷商。

【注释】

①缵(zuǎn)：“孅”的假借字，好。莘：古国名。

②行：出嫁。

③笃：厚。指天降厚恩。

④燮(xiè)：联合，协和。

殷商之旅，　　　　殷商纠集大部队，
其会如林。　　　　士兵多如密林样。

矢于牧野[①]：	武王誓师在牧野：
“维予侯兴[②]，	“唯我周军最盛强，
上帝临女，	上帝在天看着你，
无贰尔心！”	休怀二心争荣光！”

【注释】

①矢：发誓。这里可理解为誓师。牧野：古地名，在今河南淇县南。

②维：语助词，有“只”的意思。侯：乃。兴：强盛。

牧野洋洋[①]，	广阔牧野是战场，
檀车煌煌，	檀木战车闪亮亮，
驷騵彭彭[②]。	四马驾车真雄壮。
维师尚父[③]，	参谋指挥师尚父，
时维鹰扬[④]。	如同雄鹰在飞翔。
凉彼武王[⑤]，	辅佐武王打胜仗，
肆伐大商，	穷追猛打伐殷商，
会朝清明[⑥]。	清明世界一朝创。

【注释】

①洋洋：宽广辽阔的样子。

②驷騵（sì yuán）：四匹驾车的战马。騵，赤毛白腹的马。彭彭：健壮的样子。

③师：太师，官名。尚父：即吕尚，姓姜，后人称姜太公。

④鹰扬：像雄鹰展翅飞翔。

⑤凉：《韩诗》作“亮”，辅佐的意思。

⑥会朝:会战的早晨。清明:战争结束天下太平。

绵

【题解】

这是颂扬周民的祖先古公亶父由豳迁岐,建立家园,以及周文王驱逐混夷,任用贤臣,使周族日益强大的一首颂歌。全诗如同一幅幅按时间顺序绘制的连环画,生动而细腻地描绘出周原的广袤肥沃、人民的勤劳勇敢。特别是对劳动场面的描写,极其精彩生动,为我们了解古代人民的生活情况提供了很好的资料。

绵绵瓜瓞①,	连绵不绝瓜连瓜,
民之初生,	周民诞生渐发达,
自土沮漆②。	从土迁到漆水下。
古公亶父③,	古公亶父创业难,
陶复陶穴④,	挖窑掏洞挡风寒,
未有家室⑤。	没有房屋怎么办。

【注释】

①绵绵:连绵不绝。瓞(dié):小瓜。

②土:或作"杜",水名。沮:"徂"的借字,到。漆:水名。

③古公亶(dǎn)父:文王的祖父。武王伐纣定天下后,追尊他为太王。古公,号。亶父,名或字。

④陶:"掏"的借字。复:通"𥧰",窑洞。穴:窟穴。

⑤家室:房屋。

古公亶父，　　古公亶父忙视察，
来朝走马[①]。　　清晨快马离开家。
率西水浒[②]，　　沿着渭水向西奔，
至于岐下[③]。　　来到岐山山脚下。
爰及姜女[④]，　　偕同妻子贤太姜，
聿来胥宇[⑤]。　　勘察地址好建房。

【注释】

①来朝：第二天早上。走马：马奔驰。

②率：循，沿着。水浒(hǔ)：水边。

③岐下：岐山之下。

④爰：乃，于是。姜女：古公亶父的妻子，姓姜，也称太姜。

⑤聿：语助词。胥：相，视察。宇：居处。

周原膴膴[①]，　　周原肥美又宽广，
堇荼如饴[②]。　　堇荼苦菜如饴糖。
爰始爰谋[③]，　　大家谋划又商量，
爰契我龟[④]：　　刻龟占卜求吉祥：
曰止曰时[⑤]，　　卜辞说此可定居，
筑室于兹[⑥]。　　就在这里建新房。

【注释】

①周：地名，在岐山南面。膴膴(wǔ)：土地肥美。

②堇(jǐn)荼：都是野菜，味苦。饴(yí)：饴糖。

③始、谋：计划。

④契：刻。龟：龟甲。此指用龟甲占卜。

⑤曰止曰时：曰，语助词。止，止于此，指居住在这里。时，是，同“止”意。

⑥兹：此。

乃慰乃止[①]，	于是安心住岐乡，
乃左乃右[②]，	左边右边都盖房，
乃疆乃理[③]，	划定疆界理好田，
乃宣乃亩[④]。	开沟松土整田忙。
自西徂东，	从西到东一个样，
周爰执事[⑤]。	各任其事喜洋洋。

【注释】

①慰：安心。

②左、右：分左右居住。

③疆：划定田地疆界。理：整理农田。

④宣：松土。亩：开沟筑垄。

⑤周：普遍。爰：语助词。执事：从事工作。

乃召司空[①]，	任命司空管工程，
乃召司徒[②]，	土地劳力司徒掌，
俾立室家[③]。	尽快建起新住房。
其绳则直[④]，	拉紧绳墨吊直线，
缩版以载[⑤]，	竖起木板打土墙，
作庙翼翼[⑥]。	建起宗庙真高敞。

【注释】

①司空:掌握建筑工程的官。

②司徒:掌管土地和调配劳力的官。

③室家:宫室房舍。

④绳:绳墨,准绳,以正地基。

⑤缩:束。版:筑墙时两边挡土的木板。载:载土。

⑥庙:宗庙。翼翼:严正的样子。

捄之陾陾[①], 铲土噌噌扔进筐,
度之薨薨[②]。 投入版中轰轰响,
筑之登登[③], 捣土之声登登登,
削屡冯冯[④]。 削墙之声呼呼呼。
百堵皆兴[⑤], 百堵土墙皆竖立,
鼛鼓弗胜[⑥]。 人声更比鼓声旺。

【注释】

①捄(jū):把土铲进去。陾陾(réng):铲土声。

②度:把土投入版内。薨薨(hōng):填土声。

③筑:捣土使墙坚实。登登:捣土声。

④削屡:把土墙隆起处刮平。冯冯(píng):刮土声。

⑤兴:建成。

⑥鼛(gāo)鼓:大鼓名,长一丈二尺。敲此以鼓舞精神。弗胜:指胜不过人声。

乃立皋门[①], 建起都城外城门,
皋门有伉[②]。 城门高大又雄壮。

乃立应门[3]，	建起王宫的正门，
应门将将[4]。	正门庄严又堂皇。
乃立冢土[5]，	建造土坛来祭祀，
戎丑攸行[6]。	大家前来祈吉祥。

【注释】

①皋门：王都的郭门。

②伉(kàng)：高大的样子。

③应门：王宫的正门。

④将将(qiāng)：庄严堂皇的样子。

⑤冢土：大社。指祭土神的坛。冢，大。土，通“社”。

⑥戎：大。丑：众。攸：乃。行：往。

肆不殄厥愠[1]，	对敌愤怒未消除，
亦不陨厥问[2]。	太王声誉传得广。
柞棫拔矣[3]，	柞树棫树都拔尽，
行道兑矣[4]。	交通要道皆通畅。
混夷駾矣[5]，	昆夷惊慌忙奔逃，
维其喙矣[6]！	气喘吁吁苦头尝。

【注释】

①肆：故，所以。殄(tiǎn)：杜绝，消灭。厥：其，指狄人。愠：愤怒。

②陨：坠，丧失。厥：指人王。问：通“闻”，声闻，声誉。

③柞棫(yù)：均为丛生灌木。拔：拔除干净。

④兑：通畅。

⑤混夷:古代西北部的少数民族,也称“昆夷”。駾(tuì):受惊奔逃。
⑥维其:何其。喙(huì):气短困顿的样子。

虞芮质厥成[①],	虞芮两国不再争,
文王蹶厥生[②]。	文王感化改其性。
予曰有疏附[③],	我有贤臣来归附,
予曰有先后[④],	我有良才辅国政,
予曰有奔奏[⑤],	我有良士在奔走,
予曰有御侮[⑥]!	我有猛将来御侮。

【注释】

①虞、芮:古代二国名。相传两国国君争田,到周文王前请求评断。他们到周朝境内被周人礼让之风所感动,不再争地。质:评断。成:指两国纠纷平息。
②蹶(guì):动,感动。生:通“性”,天性,资质。此指虞、芮国君礼让的天性。
③曰:助词。疏附:归附。
④先后:指在王前后辅佐之臣。
⑤奔奏:指奔走效力之臣。
⑥御侮:指抵御外侮之臣。

棫朴

【题解】

这是歌颂周文王及其左右大臣的诗。歌颂文王能以“德”化育人材,使国家稳定,四方归附。《毛诗序》说:“《棫朴》,文王能官人也。”方玉润《诗经原始》说："文王能作士也。"这里说明文王既能培养人材，又善于选拔和任用人材，文臣武将各尽其职，同心协力，国家的景象如"倬彼云汉，为章于天"一样光明灿烂。

芃芃棫朴①， 棫树朴树枝叶茂，
薪之槱之②。 可做祭天的柴烧。
济济辟王③， 仪态端庄的君王，
左右趣之④。 群臣左右常围绕。

【注释】

①芃芃(péng)：同"蓬蓬"，草木茂盛貌。棫(yù)：丛生小树，有刺。朴：木名，枣树的一种。

②薪：薪柴，此处作动词，砍柴。槱(yǒu)：积木以点燃。这是古代祭祀的一种方式。《郑笺》："祭皇天上帝及三辰(日、月、星)，则聚积以燎之。"

③济济：仪容端庄貌。一说：美好貌。辟王：君王。此指周文王。

④左右：周王左右群臣。一说：助祭诸侯。趣："趋"之借字，趋，快步走。此当指奔趋助祭。

济济辟王， 仪态端庄的君王，
左右奉璋①。 左右有人捧圭璋。
奉璋峨峨②， 手捧圭璋著盛装，
髦士攸宜③。 俊士举止无不当。

【注释】

①奉：捧。璋：一种玉器。这里指一种玉柄的祭祀用的酒杯。

②峨峨：盛服严装之貌。一说：奉璋之貌。

③髦士：英俊之士。攸：所。宜：适合。

淠彼泾舟[①]，　　战船行驶泾水上，
烝徒楫之[②]。　　士卒划桨迎风浪。
周王于迈[③]，　　周王顺流去征伐，
六师及之[④]。　　六军跟随浩荡荡。

【注释】

①淠(pì)：舟行水中声。泾舟：泾水之舟。泾，泾水。

②烝：众。徒：役夫，此指船夫。楫：划船的桨，这里指划船。

③于：往。迈：行。旧以为指出征。

④六师：指天子六军。及：追随，跟从。这是写文王伐崇。

倬彼云汉[①]，　　看那明亮的天河，
为章于天[②]。　　夜空美丽又莹彻。
周王寿考[③]，　　周王健康且长寿，
遐不作人[④]？　　造就人材多又多。

【注释】

①倬(zhuō)彼：即“倬倬”，大而明貌。云汉：天河。

②章：文章，文采。此指天河星光灿烂。

③寿考：长寿，高寿。

④遐：长远。不：语助词。作人：造就人材。

追琢其章①，　　精心雕琢勤修养，
金玉其相②。　　品质金玉一个样。
勉勉我王③，　　勤奋不已我周王，
纲纪四方。　　领导天下保四方。

【注释】

①追琢：雕琢。追，“雕”之借字。章：外表，气度。

②相：品质，指内质。此言其本质如金玉之美。

③勉勉：勤勉不已貌。

旱麓

【题解】

这是歌颂周文王祭祀祖先而得福的诗。《毛诗序》说：“《旱麓》，受祖也。周之先祖世修后稷、公刘之业，大王、王季申以百福干禄焉。”“受祖”，即祭祀而得福。此诗多用“比兴”手法，风格接近民歌。首章、五章、六章以林木之盛兴周王福禄之多。二章以酒与器之精，兴周王福禄之盛。三章以鸟鱼各得其所，兴人材各得其用。四章言备牲酒祭祀，神灵必赐大福。五章言民来助祭，神来保佑。末章言求福得福。

瞻彼旱麓①，　　遥看旱山那山麓，
榛楛济济②。　　密密丛生榛与楛。
岂弟君子③，　　平易和乐的周王，
干禄岂弟④。　　和乐平易求福禄。

【注释】

①旱麓:旱山山麓。旱山在今陕西南郑西南。

②榛:木名。果实似栗而小,可食。楛(hù):木名,叶如荆而赤,又名赤荆。济济:众盛貌。

③岂弟(kǎi tì):和乐平易。君子:指周王。

④干禄:求福。

瑟彼玉瓒[1], 鲜亮洁白玉酒壶,
黄流在中[2]。 装有金黄醇美酒。
岂弟君子, 平易和乐的周王,
福禄攸降[3]。 天降福禄你享有。

【注释】

①瑟:"璱"之借,玉洁净鲜明貌。玉瓒:即"圭瓒",天子祭祀所用的酒器。

②黄流:指瓒中黄色之酒。

③攸降:所降。言福禄降于其身。

鸢飞戾天[1], 苍鹰展翅飞上天,
鱼跃于渊[2]。 鱼儿跳跃在深渊。
岂弟君子, 平易和乐的周王,
遐不作人[3]。 造就人材有远见。

【注释】

①鸢(yuān):即鵰鹰。戾天:至天。指飞至天上。

②渊：深潭。言皆得其所。"鸢飞戾天，鱼跃于渊"，是说上下自然，各得其所也。

③遐：长远。不：语助词。作人：造就人材。

清酒既载[①]，	祭神清酒已备好，
骍牡既备[②]。	红色公牛也备齐。
以享以祀，	以此祭品祭神灵，
以介景福[③]。	祈求天降大福气。

【注释】

①载：陈设。或以为承载，言酒载于樽中。

②骍牡：毛色赤黄的公牛。周人尚赤，故祭祀用骍牡。

③介：求。景福：大福。

瑟彼柞棫[①]，	茂盛柞树棫树林，
民所燎矣[②]。	祭神可以做柴薪。
岂弟君子，	平易和乐的周王，
神所劳矣[③]。	神灵佑助好国君。

【注释】

①瑟：众多貌。柞棫：二木名。

②燎：烧柴祭天。

③劳：慰劳。一说佑助。

莫莫葛藟[①]，	繁茂葛藤枝条长，

施于条枚[2]。　　爬满树干树梢上。
岂弟君子，　　平易和乐的周王，
求福不回[3]。　　不违祖道求福祥。

【注释】

①莫莫：茂密貌。葛藟（lěi）：藤本植物。

②施（yì）：蔓延。条：树枝。枚：树干。

③不回：不违，言不违先祖之道。《郑笺》："不回者，不违先祖之道。"

思齐

【题解】

这是歌颂周文王善于修身、齐家、治国的诗。《毛诗序》："《思齐》，文王所以圣也。"朱熹《诗集传》说："此诗亦歌文王之德，而推本言之。曰此庄敬之大任，乃文王之母，实能媚于周姜，而称其为周室之妇。至于大姒，又能继其美德之音，而子孙众多。上有圣母，所以成之者远；内百贤妃，所以助之者深。"朱氏概括得较为全面。诗的第一章很特别，不是直接赞美文王，而是先歌颂文王的母亲太任、太王古公亶父之妻，文王祖母周姜（太姜）以及文王的妻子太姒。文王的崇高优秀，正因为他继承了母亲庄敬诚笃的品质，以及祖母和悦婉顺的美好品德，同时也得力于他妻子太姒的帮助。这一章非常重要，这是"推本言之"，然后才为歌颂文王奠定了基础。第二章歌颂他能忠于祖先遗训，光大祖业。第三章颂扬他处事和睦庄敬，修身自省。第四章歌颂他能排除重重危难及百姓的疾苦，善于倾听善言。最后一章，称颂他能培养人材，任用贤人，使周民族不断强大，盛德不会败坏。这里没有叙述他具体的功绩，但他高大的形象已展现出来。

思齐大任[1]，　　太任端庄又严谨，
文王之母。　　她是文王的母亲。
思媚周姜[2]，　　周姜可亲又温顺，
京室之妇[3]。　　都是王室的妃嫔。
大姒嗣徽音[4]，　　太姒继承好遗风，
则百斯男[5]。　　子孙繁盛周室兴。

【注释】

①思：发语词。齐：端庄。大任：即“太任”，文王父王季之妻，文王之母。

②媚：美好。周姜：即“太姜”，古公亶父之妻，王季之母，文王祖母。

③京室：犹“周室”，即周王室。

④大姒：即“太姒”，文王之妻。嗣徽音：继承美誉。徽音，美好声誉。

⑤则：乃。百：虚数，言其多。斯：其。男：男孩。这里指子孙。

惠于宗公[1]，　　文王为政顺祖宗，
神罔时怨[2]，　　祖宗神灵无怨容，
神罔时恫[3]。　　祖宗安心没伤痛。
刑于寡妻[4]，　　文王以礼待嫡妻，
至于兄弟，　　友爱各位好兄弟，
以御于家邦[5]。　　以身作则家邦理。

【注释】

①惠:亲顺,顺从。宗公:指先公,祖宗。

②神:指祖宗之神。罔:无。时:或,所。怨:怨恨。

③恫(tōng):伤痛。

④刑:通“型”,典范。寡妻:嫡妻。

⑤御:治理。

雝雝在宫[①], 宫中和睦又相亲,
肃肃在庙[②]; 肃穆庄重敬祖宗。
不显亦临[③], 明处审察能自省,
无射亦保[④]。 僻处谨慎能自重。

【注释】

①雝雝:和谐貌。宫:宫室。

②肃肃:严肃恭敬貌。

③不:语助词。显:明。临:省察。

④无:语助词。射:通“夜”,暗处,僻处。马瑞辰《毛诗传笺通释》认为以上二句的“不”“亦”“无”均为语助词,无实义,而“射”字与“夜”“夕”叠韵,亦通用,有晦暗之意。故“不显亦临”,犹如“显则临”;“无射亦保”,犹如“射则保”。临者,临视之意;保者,保守之意。言文王无时不惊惕也。

肆戎疾不殄[①], 大灾大难已消除,
烈假不瑕[②]。 恶疾害人也除尽。
不闻亦式, 听到善言就采纳,
不谏亦入[③]。 有人劝谏倾心听。

【注释】

①肆：故，所以。戎疾：凶恶，灾难。不：语助词。殄：断绝。

②烈假：恶疾。不：语助词。瑕：远去。王先谦《诗三家义集疏》："言凡如恶病害人者已遐远矣。"

③不闻亦式，不谏亦入：以上二句，王引之《经传释词》曰："两'不'字，两'亦'字皆语词。式，用也。入，纳也。言闻善言则用之，进谏则纳之。"不、亦，皆语助词。闻，听。式，用。入，纳。

肆成人有德，	成人都有好品行，
小子有造[①]。	青年也可立功勋。
古之人无斁[②]，	古人教导永继承，
誉髦斯士[③]。	选拔英才和贤能。

【注释】

①小子：指青少年，儿童。造：作为，造就。

②斁(yì)：餍足。一说败坏。

③誉：有声誉。髦：俊，出类拔萃。斯士：指这些成人小子。王先谦《诗三家义集疏》："言古之人教士无厌斁，故能使斯士皆成为誉髦也。"

皇矣

【题解】

这是一首叙述周王先祖功德的诗，诗中先叙述了太王开辟岐山，使昆夷退去之事；次写太伯、王季德行美好，得以传位文王；最后写文王伐密、伐崇的胜利。诗中特别强调了周人"敬天保民"的思想，这是周人成功的关键，是全诗的主题。《毛诗序》说："《皇矣》，美周也。天监代殷，莫若周；周世世修德，莫若文王。"《郑笺》："监，视也。天视四方可以代殷王天下者，维有周耳。世世修行道德，唯有文王盛耳。"历代研究者多赞同此说。朱熹《诗集传》说："此诗叙大王、大伯、王季之德，以及文王伐密伐崇之事也。"概括得准确扼要。全诗共八章，每章十二句，是《诗经》周史中最长的一篇。诗中叙事虽多，但井然有序，语言精练生动，是很有特色的篇章。孙钅广《批评诗经》说："长篇繁叙，规模闳阔，笔力甚驰骋纵放。然却有精语为之骨，有浓语为之色，可谓兼终始条理。"

皇矣上帝①，	英明伟大的上帝，
临下有赫②。	在上监临着人间。
监观四方③，	监察天下四方事，
求民之莫④。	了解万民的苦难。
维此二国⑤，	统治天下殷商国，
其政不获⑥。	不得民心政昏暗。
维彼四国⑦，	再看周边诸侯国，
爰究爰度⑧？	天下重任谁当担？
上帝耆之⑨，	上帝旨意在周国，
憎其式廓⑩。	并要增大他封疆。
乃眷西顾⑪：	于是回头望西方：
此维与宅⑫！	"在此居住最安详！"

【注释】

①皇：英明，伟大。

②临：从高处俯视。有赫：即"赫赫"，明亮貌。

③监观:从高处观察。

④求:借为“救”。莫:通“瘼”,病,疾苦。

⑤二国:当指夏、商二国。《尚书·石诰》:“我不敢不监于有夏,亦不可不监于有殷。”以夏、商的盛衰为教训。

⑥不获:指不得民心。

⑦四国:四方的国家。指殷商之外的其他诸侯国。

⑧爰究爰度:林义光《诗经通解》:“谓就四方之国而究度之,以求可作民主之人。其度究之者,天也。”爰,于是。究,谋,考虑。度,审度,辨识。

⑨耆:林义光《诗经通解》据《潜夫论》引作“恉”,以为当训为“指”,意向。“恉之言指,谓意之所向也。言上帝究度四国之后,意向于周,以为可作民主。”

⑩憎:憎恶。一说“增”的假借,扩大。式廓:规模。朱熹《诗集传》:“苟上帝之所欲致者,则增大其疆境之规模。”

⑪眷:回顾貌。西顾:向西顾视。周在西,故云。

⑫此:此地,指岐周。与:当读为“予”,即“我”。宅:居住。此句是假想上帝说的话。

作之屏之[1],	连砍带拔除杂草,
其菑其翳[2]。	枯枝朽木全除掉。
修之平之[3],	修剪乱枝和散条,
其灌其栵[4]。	还有灌木新出苗。
启之辟之[5],	开启山林辟出道,
其柽其椐[6]。	河柳椐树都除掉。
攘之剔之[7],	剔除坏树留好树,
其檿其柘[8]。	山桑黄桑长得好。

帝迁明德⑨，　　上帝保佑明德王，
串夷载路⑩。　　犬戎失败满路逃。
天立厥配⑪，　　上天立他当君主，
受命既固⑫。　　接受天命国祚牢。

【注释】

①作："槎"的假借，砍。屏：同"摒"，除去。

②菑(zì)：直立的枯树。翳：指倒地枯木。《毛传》："木立死曰菑，自毙为翳。"

③修：修剪。平：平整。

④灌：灌木。栵(lì)："烈"的假借，《方言》："烈，枿余也。"枿余，指树木砍伐后又生出的小枝。

⑤启：开发。辟：开辟。

⑥柽(chēng)：河柳，生水旁，皮绛红色，枝叶似松。椐：又名灵寿木，节中肿，可以作手杖、马鞭。

⑦攘：除去。剔：剔剪。此指清除繁冗枝条，使之更快生长。

⑧檿(yǎn)：又名山桑，可作弓及车辕。柘(zhè)：又名黄桑，叶可以喂蚕。

⑨帝迁明德：此句言上帝的心向着有明德之人，故由殷王身上转移到周王身上。帝，上帝。迁，转移。明德，品德光明的人。

⑩串夷：指昆夷，亦称犬戎。载路：方玉润《诗经原始》："谓满路而去。"言犬戎失败而逃。

⑪厥配：其配。配，指上可配天的君主。

⑫受命：接受天命。固：坚固。指国家巩固。

帝省其山①，　　上帝考察这岐山，

柞棫斯拔[2]，　　柞树棫树已拔光，
松柏斯兑[3]。　　松柏林中道路畅。
帝作邦作对[4]，　　帝建周邦选贤王，
自大伯王季[5]。　　太伯王季始开创。
维此王季，　　正是伟大的王季，
因心则友[6]，　　体恤父心爱兄长。
则友其兄，　　热爱兄长不辞让，
则笃其庆[7]。　　福禄笃厚幸福长。
载锡之光[8]，　　天赐王位显荣光，
受禄无丧，　　接受福禄永不丧，
奄有四方[9]。　　拥有四方疆域广。

【注释】

①省：视察。

②柞棫：两种丛生灌木名。斯：语助词。拔：连根拔除。

③兑：道路通畅。与《绵》篇“行道兑矣”的“兑”字同意。朱熹《诗集传》：“言帝省其山，而见其木拔道通，则知民之归之者益众矣。”

④作邦：建立周国。对：《毛传》：“对，配也。”《郑笺》：“天为邦，谓兴周国也。作配，谓为生明君也。”《诗集传》：“对，犹当也，言择其可当此国者以君之也。”

⑤大伯：即“太伯”，古公亶父的长子，文王的伯父。王季：文王之父。据史传记载，古公亶父有三子，长子太伯，次子仲雍，少子季历。季历有子曰昌，有才德，太伯想让他继承王位。太伯和仲雍知道父亲的意思，就逃到吴地，让位于季历。大王死后，季历为君，后来传位给昌，便是文王。

⑥因心：方玉润《诗经原始》引姚际恒曰：“因心者，王季因大王之心

也，故受大伯之让而不辞，则是能友矣。”友：友爱。《毛传》：“善兄弟曰友。”

⑦笃：厚，多。庆：福气，福分。

⑧载：乃，则。锡：同“赐”。光：光荣，指王位。

⑨奄有：尽有。

维此王季，　　这位英明的王季，
帝度其心，　　上帝了解他思想，
貊其德音[①]。　　清静美德传四方。
其德克明[②]，　　他具美德明是非，
克明克类[③]，　　分辨坏人和善良，
克长克君[④]。　　能为人师做君王。
王此大邦[⑤]，　　在这大国作君王，
克顺克比[⑥]。　　上下和顺民心向。
比于文王，　　直到文王即了位，
其德靡悔[⑦]。　　文王德行美无双。
既受帝祉[⑧]，　　上帝赐予的福祉，
施于孙子[⑨]。　　施于子孙万代长。

【注释】

①貊（mò）：清静。《诗集传》：“《春秋传》《乐记》皆作“莫”，谓其莫然清静也。”德音：好声誉。

②克明：能明察是非。

③克类：能分别善恶种类。

④克长：教诲不倦，能为人师。克君：言能为人君主。

⑤王(wàng):称王统治之意。大邦:指周。

⑥顺:和顺。比:三家《诗》作“俾”,训“服从”。于省吾认为此二句应作“王此大邦,克顺克从”,因古文“从”和“比”二字形近而误。这样,用词与韵读无有不符。

⑦靡悔:无遗恨。

⑧帝祉:上天之福。

⑨施(yì):延续。孙子:即“子孙”。

帝谓文王:	上帝教诲周文王:
无然畔援[1],	不要攀援无主张,
无然歆羡[2],	不要羡人贪欲强,
诞先登于岸[3]。	先登高岸胜在望。
密人不恭[4],	密人对周不恭顺,
敢距大邦[5],	胆敢抗拒周大邦,
侵阮徂共[6]。	侵阮袭共太猖狂。
王赫斯怒[7],	文王勃然动了怒,
爰整其旅[8],	周军整顿去抵抗,
以按徂旅[9],	遏制密人侵邻邦,
以笃于周祜[10],	国祚巩固周更强,
以对于天下[11]。	显扬天下国永昌。

【注释】

①无然:不要如此。畔援:又作“伴奂”“畔换”等,当即“彷徨”“盘桓”之音转,犹逍遥之意。

②歆羡:贪羡。非分的贪欲。

③诞：发语词。先：初。岸：高位。此数句是拟想上帝劝文王的话，要文王先占据有利地位。

④密：密须，古国名，姞姓，在今甘肃灵台西。恭：恭敬。

⑤距：通“拒”，抗拒。言拒周之命令。大邦：指周国。

⑥阮：古国名，在今甘肃泾川。徂：往，到。共：古国名，在今甘肃泾川北。一说阮国之地名。《毛传》：“国有密须氏，侵阮，遂往侵共。”

⑦赫斯怒：勃然大怒。斯，语助词。

⑧爰：于是。旅：师旅，军队。

⑨按：遏止。徂：往。旅：军队，指密人侵略阮再袭击共的部队。

⑩笃：巩固。祜(hù)：福，此指国祚。

⑪对：扬。《广雅·释诂》：“对，扬也。”

依其在京，	文王大军驻京地，
侵自阮疆[①]。	此前息兵在阮疆。
陟我高冈[②]：	我登高冈向远望：
无矢我陵[③]，	没人再登我山陵，
我陵我阿；	这是我们山和冈；
无饮我泉，	没人再饮我泉水，
我泉我池。	这是我们泉和塘。
度其鲜原[④]，	规划鲜原的土地，
居岐之阳，	徙居岐山面向阳，
在渭之将[⑤]。	地方就在渭水旁。
万邦之方[⑥]，	成为万邦的榜样，
下民之王[⑦]。	天下人民的君王。

【注释】

①依其在京,侵自阮疆:此二句,《郑笺》云:"文王但发其依居京地之众,以往侵阮国之疆。"马瑞辰《毛诗传笺通释》辩驳曰:"侵当为寖(寖,息也),'依其在京'是已还兵于周京;则'侵自阮疆'是追述其息兵于阮疆之始。周人伐密,所以救阮,不得言侵阮也。"马氏所说为是。依,依凭。京,周地名。马瑞辰《毛诗传笺通释》曰:"王氏《经义述闻》曰:'依,盛貌。……言文王之兵盛,依然其在京地也。"

②陟:登。此是说文王收复了被密人占领的失地,登上了高冈。

③矢:一说为"逝"的借字,往意。一说指陈兵之陈。《郑笺》:"矢,犹当也。"意为当。

④度:度量,规划。一说训"宅",居也。鲜原:指小山下的平原。马瑞辰《毛诗传笺通释》:"鲜原,盖泛言小山下原,非地名也。"

⑤将:侧,旁边。

⑥方:法则,榜样。一说方犹"向",为万邦所向往。

⑦王:君王。一说通"往",归往。

帝谓文王:	上帝告诉周文王:
予怀明德①,	你的美德我赞赏,
不大声以色②,	没有疾言厉色样,
不长夏以革③。	不用鞭棍治家邦。
不识不知④,	如同不知又不觉,
顺帝之则⑤。	遵循天意是法章。
帝谓文王:	上帝明确示文王:
询尔仇方⑥,	有事咨询你友邦,
同尔弟兄⑦。	同你兄弟多商量。

以尔钩援[8]， 拿起攀城的钩援，
与尔临冲[9]， 临车冲车上战场，
以伐崇墉[10]。 讨伐崇国周更强。

【注释】

①予：我，上帝自称。怀：心向。明德：品德高尚的人，指文王。

②不大声以色：言不以大声与怒色对待下民。大声以色，犹言"声色俱厉"。以，与。

③不长夏以革：不用刑具对待人民。夏，通"榎"，指用夏木制作的打人工具。革，鞭革。也是刑具。

④不识不知：指不知不觉，自然而然。陈奂《诗毛氏传疏》："言文王性与天合。"

⑤顺：顺从，遵循。则：法则。

⑥询：谋。有征询、商量的意思。仇方：友邦。仇，匹也。

⑦弟兄：《孔疏》本作"兄弟"，今据《后汉书·伏湛传》引改。一说弟兄指同姓诸侯国。

⑧钩援：攻城时所用的战具。又叫钩梯。首端装有金属钩，钩于城沿，人可攀援而上，故叫"钩援"。

⑨临：临车，可居高临下以攻城的战车。冲：冲车，可冲击城墙的战车。

⑩崇墉：崇国的城堡。崇，古国名，是商的与国。在今陕西西安。据《史记》记载，崇侯虎谮西伯于纣，纣囚西伯于羑里。西伯之臣闳夭之徒求美女、奇物、善马以献纣，纣乃赦西伯，赐之弓矢铁钺，得专征伐。曰："谮西伯者，崇侯虎也。"西伯三年，伐崇侯虎而作丰邑。

临冲闲闲[①]，	临车冲车向前冲，
崇墉言言[②]。	崇国城墙高高耸。
执讯连连[③]，	接连不断抓俘虏，
攸馘安安[④]。	割下敌耳态从容。
是类是祃[⑤]，	举行类祭和祃祭，
是致是附[⑥]，	安抚残敌劝他降，
四方以无侮[⑦]。	四方与国不受伤。
临冲茀茀[⑧]，	临车冲车气势壮，
崇墉仡仡[⑨]。	崇国城墙坚又强。
是伐是肆[⑩]，	突然袭击敌难挡，
是绝是忽[⑪]，	斩草除根敌命丧，
四方以无拂[⑫]。	各国不敢再违抗。

【注释】

①闲闲：强盛貌。

②言言：高大貌。

③执讯：抓获的俘虏。讯，俘虏。连连：接连不断貌。

④攸：所。馘（guó）：割下敌军尸体左耳以记功叫“馘”。安安：从容不迫貌。

⑤类：出师前祭天。祃（mà）：出师后军中祭天。

⑥致：招致。一说送还。已克而不取其地。附：通“拊”，安抚。

⑦无侮：不敢欺侮，指四方诸国不敢欺侮周的与国。

⑧茀茀（fú）：强盛貌。

⑨仡仡（yì）：同“屹屹”，高耸貌。

⑩肆：突袭。

⑪绝、忽：都是灭绝的意思。

⑫拂：抗拒，违命。

灵台

【题解】

这是歌颂周文王建成灵台并游赏奏乐的诗。《毛诗序》："《灵台》，民始附也。文王受命，而民乐其有灵德，以及鸟兽昆虫焉。"朱熹《诗集传》："东莱吕氏曰：'前二章乐文王有台池鸟兽之乐也。后二章言文王有钟鼓之乐也。皆述民乐之词也。'"概括了诗的内容。而《孟子·梁惠王上》说："文王以民力为台为沼，而民欢乐之，谓其台曰灵台，谓其沼曰灵沼，乐其有麋鹿鱼鳖。古之人与民偕乐，故能乐也。"文王能与民同乐，才是这首诗的主旨。诗重在写园囿之乐，全诗充满了快乐的气氛。第一章言灵台功毕之速，以见民之乐事于此。第二章言王与民在苑中，与鹿乐处，不相惊扰的祥和景象。第三章言飞禽鳞介，各适其性的自得景象。后二章言辟廱钟鼓之乐。总之，全篇充满欢乐祥和的气氛。

经始灵台①，	开始规划造灵台，
经之营之②。	筹划经营巧安排。
庶民攻之③，	百姓闻风齐参建，
不日成之。	大功告成速度快。

【注释】

①经：经度。始：开始。灵台：台观名，其址在今陕西西安西北。《括地志》说：灵台唐时尚存，孤高二丈。马瑞辰《毛诗传笺通释》："《说苑·修文篇》云：'积恩为爱，积爱为仁，积仁为灵。灵台之所以为台者，积仁也。'"灵，亦训"善"，因文王有善德，而名

其台为灵台。

②经:度,测量地基。营:建立标记。

③攻:治,建造。

经始勿亟[①],	建台本来不太急,
庶民子来[②]。	庶民百姓踊跃来。
王在灵囿[③],	周王游览灵园中,
麀鹿攸伏[④]。	群鹿安卧在草丛。

【注释】

①勿亟:不必太着急。亟,同“急”。

②庶民子来:意思是说民众大人小孩都来参加建造灵台的劳动。或以为“子来”如子为父事而来那般热心。朱熹《诗集传》:“虽文王心恐烦民,戒令勿急,而民心乐之,如子趣父事,不召自来也。”

③囿:古代帝王蓄养禽兽以供游览的园林。还有一种是供帝王打猎的园囿。此指前者。

④麀(yōu):母鹿。攸伏:此指园中鹿群不受惊扰的状态。攸,所。伏,伏卧。

麀鹿濯濯[①],	温顺母鹿壮又美,
白鸟翯翯[②]。	白鹤白鹭羽亮白。
王在灵沼[③],	周王来到灵台沼,
於牣鱼跃[④]。	啊,满塘鱼儿游又跳。

【注释】

①濯濯:肥美貌。

②白鸟:指白鹭或白鹤。翯翯(hè):羽毛洁白光泽貌。
③灵沼:灵台所在地的池塘,因在灵台下,故称曰"灵沼"。
④於:美叹声。牣(rèn):满。朱熹《诗集传》:"鱼满而跃,言多而得其所也。"

虡业维枞[①],	钟架崇牙已架好,
贲鼓维镛[②]。	大鼓大钟也挂牢。
於论鼓钟[③],	啊,钟鼓排列已井然,
於乐辟廱[④]!	啊,辟廱之中乐无边!

【注释】

①虡(jù):悬挂钟磬木架的直柱子。业:装在虡上的横木大版,用以悬挂钟鼓磬等乐器。维:与,和。枞(cōng):又称"崇牙",业上的一排锯齿。《孔疏》:"悬钟磬之处,又以彩色为大牙,其状隆然,谓之崇牙。"
②贲(fén)鼓:大鼓。贲,借为"鼖"。镛:大钟。
③论:通"伦",次序。此指钟鼓排列有序。
④辟廱:文王离宫名,与汉儒所说的指皇家学校而言的"辟雍"不同。廱,指水泽池沼。离宫中有圆形池沼形如璧,所以称"辟廱"。

於论鼓钟,	啊,鼓声钟声齐声鸣,
於乐辟廱!	啊,快乐无边在辟廱!
鼍鼓逢逢[①],	嘭嘭鼍鼓震天响,
矇瞍奏公[②]。	瞽师演奏庆成功。

【注释】

①鼍(tuó)鼓:鼍皮蒙的鼓。鼍,即扬子鳄,皮坚厚,可以制鼓。逢逢(péng):鼓声。

②矇瞍:盲人,古代乐师常由盲人充任。公:通“功”,成功。乐师奏乐庆祝灵台建成。一说通“颂”。指乐师演奏颂歌。

下武

【题解】

这是赞美周武王能继承先王德业的诗。《毛诗序》:“《下武》,继文也。武王有圣德,复受天命,能昭先人之功焉。”《郑笺》:“继文者,继文王之王业而成之。昭,明也。”此诗的特别之处,是创造了一种被后人称作“顶真”的修辞方法,如一、二、三和五、六各章,前章的尾句和后章的首句相同,依次首尾相承,有如连环,读来朗朗上口,增加了诗的表现力。

下武维周①,	能继祖业唯周邦,
世有哲王②。	我周世代有明王。
三后在天③,	周初三祖神在天,
王配于京④。	武王在镐为周王。

【注释】

①下武:指继承先人事业。下,后嗣。武,足迹。

②哲王:明哲之王。哲,明智。

③三后:指太王、王季、文王。后,王。

④王:指武王。配:上配祖德。京:镐京,周的都城。《郑笺》:“此三

后既没登遐，精气在天矣。武王又能配行其道于京，谓镐京也。”

王配于京，	武王在镐为周王，
世德作求①。	世代祖德聚身上。
永言配命②，	言行符合上帝意，
成王之孚③。	为王诚信有威望。

【注释】

①世德：世代积德。作：为。求：通“逑”，匹配。言世代功德累聚，故能“永配天命”。

②配命：配合天命。

③成：完成。成就王业。孚：诚信，威信。一说：言能成为王者，可使天下信服。

成王之孚，	为王诚信有威望，
下土之式①。	成为四海的榜样。
永言孝思②，	永怀恭敬尽孝道，
孝思维则③。	孝行即是法先王。

【注释】

①下土：指天下。式：法式，典型。

②孝：孝心，孝道。思：语助词。

③则：法则。或效法。言周王之孝为臣民的典型。或以为“则”是指“则其先人”。《毛传》：“则其先人也。”

媚兹一人[①]，　　四海爱慕周武王，
应侯顺德[②]。　　顺祖之德好声望。
永言孝思，　　永怀恭敬尽孝道，
昭哉嗣服[③]。　　昭告子孙切勿忘。

【注释】

①媚：爱。或以为美好。兹：此。一人：指周武王。

②应：当。侯：维，语助词。顺德：孝顺之德。或以为"顺"通"慎"。《郑笺》："能当此顺德，谓能成其祖考之功也。"

③昭哉嗣服：昭，当读为"诏"，告也。一说光明。哉，同"兹"，"兹"与"哉"声相近，故通用。嗣服，即继任其事者。嗣，继。服，事。此是告诉继事者要永怀孝心。

昭兹来许[①]，　　昭告子孙要牢记，
绳其祖武[②]。　　遵循祖先的足迹。
於万斯年[③]，　　啊，周的基业万年长，
受天之祜[④]。　　受天赐福永无量。

【注释】

①来许：后进。与上章"嗣服"意同。许，通"御"，进。

②绳：继承、遵循之意。祖武：祖先的足迹，指事业。武，迹。

③於：美叹声。万斯年：犹"万其年"，有"使其万年"的意思。

④祜（hù）：福。

受天之祜，　　受天赐福永无量，

四方来贺[①]。　　四方来贺国永昌。
於万斯年，　　啊，周的基业万年长，
不遐有佐[②]。　　远方各国为屏障。

【注释】

①四方：指四方诸侯。

②不遐有佐：言远方之国来佐助天子。遐，远。佐，助。

文王有声

【题解】

这是歌颂文王伐崇后迁都于丰、武王灭纣后迁都于镐两件大事的诗。《毛诗序》说："《文王有声》，继伐也。武王能广文王之声，卒其伐功也。"这是说武王继承文王之志，接着讨伐殷纣，平定天下。朱熹《诗集传》说："此诗言文王迁丰、武王迁镐之事。"方玉润《诗经原始》说："此诗专以迁都定鼎为言。"概括得很准确。迁都是周王朝的大事，它关系着国运兴衰。《诗经》中的史诗，多首都记载了迁都的事，如《生民》记后稷居邰，《公刘》讲公刘迁豳，《绵》述太王迁岐。几次迁都，都使周朝王业更加光大，成就了周代的光辉历史。此诗在表现手法上也有特点，即诗的各章的最后一句皆以单句赞辞结尾，可能这是配乐吟唱时，众口合唱之句，可以想见，气氛一定相当热烈。另外，首尾各二章末句直呼"文王""武王"来赞叹，三、四两章称文王为"王后"，五、六两章称武王为"皇王"，不仅写出了文、武二王的文武并美，称呼的变化也显现出作者的修辞工夫。

文王有声[①]，　　文王拥有好名望，

遹骏有声[2]。	巨大声誉扬四方。
遹求厥宁[3]，	求得天下得安宁，
遹观厥成。	终观大业已成功。
文王烝哉[4]！	啊！文王伟大又英明！

【注释】

①声：好名声。

②遹（yù）：同"聿""曰"，发语词。骏：大。

③厥：其。宁：安宁。指邦国安宁。

④烝：美。这里是称赞之辞。

文王受命[1]，	文王接受天指命，
有此武功[2]。	成就辉煌的武功。
既伐于崇[3]，	举兵讨伐崇侯虎，
作邑于丰[4]。	建立新都就在丰。
文王烝哉！	啊！文王伟大又英明！

【注释】

①受命：受天命。一说受纣命为西伯。

②武功：指伐四国及崇之功。

③崇：殷纣所封的诸侯国，殷末，其国君为崇侯虎。《周本纪》："明年伐邘，明年伐崇侯虎而作丰邑。"

④丰：在今陕西西安丰水西。文王所都。

筑城伊淢[1]，	依照旧河筑城墙，

作丰伊匹②。	丰邑规模也相当。
匪棘其欲③，	并非满足己欲望，
遹追来孝④。	效法祖先兴周邦。
王后烝哉⑤！	啊！人人赞美周文王！

【注释】

①伊：为。淢（xù）：借为“洫”，即城沟，护城河。

②匹：相配，相称。《郑笺》：“方十里曰成。淢，其沟也，广深各八尺。文王受命而犹不自足，筑丰邑之城，大小适与成偶，大于诸侯，小于天子。”

③匪：非。棘：急。欲：欲望。《郑笺》：“此非以急成从己之欲。”

④遹：发语词。追来孝：朱熹《诗集传》：“特追先人之志，而来致其孝耳。”

⑤王后：君王，指文王。

王公伊濯①，	文王功业真辉煌，
维丰之垣②。	好似巍峨丰邑墙。
四方攸同③，	四方诸侯同归向，
王后维翰④。	支撑天下是栋梁。
王后烝哉！	啊！人人赞美周文王！

【注释】

①王公：王功，即王事。指文王的事业。濯：显著。

②垣：墙。指丰邑城垣。

③攸同：所同。此指四方同归于丰。

④翰：通“幹”，言主干。

丰水东注[①]，　　丰水悠悠流向东，
维禹之绩[②]。　　大禹留下巨伟功。
四方攸同，　　四方诸侯同归向，
皇王维辟[③]。　　武王是我好榜样。
皇王烝哉！　　啊！光明武王美名扬！

【注释】

①丰水：源出于陕西秦岭，东北流，经丰邑之东与渭水合，注入黄河。

②禹之绩：禹之功绩。《郑笺》："昔尧时洪水，而丰水亦泛滥为害。禹治之，使入渭东注于河，禹之功也。"

③皇王：大王。皇，大。指武王。辟：法则。

镐京辟廱[①]，　　离宫建成在镐京，
自西自东，　　天下各地西到东，
自南自北，　　从南到北都来聚，
无思不服[②]。　　没人对周不服从。
皇王烝哉！　　啊！光明武王留美名！

【注释】

①镐京：西周都城，在陕西西安西，丰水东岸。武王灭商后，自丰迁都于此。辟廱：离宫。

②无思不服：指四方之人没有不归服者。思，语助词。

考卜维王[①]，　　武王占卜问吉凶，

宅是镐京[2]。	能否定都在镐京。
维龟正之[3]，	迁都之策龟兆定，
武王成之[4]。	建都工程武王成。
武王烝哉！	啊！武王伟大又英明！

【注释】

①考卜：指用龟甲卜卦。

②宅：居。

③正：定。或以为"正"为"贞"之借，指卜问。

④成：完成。指完成迁都之事。

丰水有芑[1]，	丰水岸边芑草旺，
武王岂不仕[2]？	武王岂能在闲逛？
诒厥孙谋[3]，	留下安民好谋略，
以燕翼子[4]。	保护子孙把国享。
武王烝哉！	啊！伟大英明周武王！

【注释】

①芑：草名，水芹菜。

②仕：事。

③诒：贻，遗留。厥孙：即"其孙"，指子孙。言遗其子孙以善谋。

④以燕翼子：此句是以燕覆翼其子，喻武王之遗谋后嗣。朱熹《诗集传》："言丰水之旁生物繁茂，武王岂不欲有事于此哉？但以欲遗孙谋以安翼子，故不得而不迁耳。"

生民

【题解】

这是周人记述其始祖后稷从出生到创业的长篇史诗，它是最早、最完整、最生动记录后稷这位农神的诗篇。《毛诗序》说："《生民》，尊祖也。后稷生于姜嫄，文武之功起于后稷，故推以配天焉。"周人认为后稷的出生，是上天对周部族的眷顾。后稷一出生就充满了神异色彩。全诗共八章，首章写姜嫄怀孕的神异情况。一天她到野外去参加祭天的禋祭，踩在上帝的足迹上，欣然有感，怀上了后稷。这反映了周人此时尚处于母系氏族社会时代。第二章写后稷诞生时的神异情况。姜嫄十月怀胎，后稷顺利出生，但出生时，产妇产门不破，婴儿胞衣不裂，显然有异于普通的孩子。第三章写后稷多次被弃而遇难成祥的奇异经历。姜嫄因为生了这样一个奇怪的孩子，很害怕，就把他丢弃到狭巷中，但牛羊都庇护他。又丢到树林里，伐木人又救了他。丢到寒冰上，大鸟用羽翼温暖他。大鸟飞走，他大声哭了出来，人们都很惊讶，家人才开始抚养他。可见后稷从小就是一个不同寻常的人。后来他渐渐长大，刚会爬行，就聪明异常，会自己找食物吃，后来就会种豆、种瓜、种麦、无论种什么都生长茂盛，获得丰收。他还有一套种植方法，如除去杂草、选用良种等。可见后稷对我国早期的农业生产做出了巨大的贡献。诗中还细致、生动地描绘了周人耕种、收获，及丰收后祭祀上帝的壮美场面，语言极其优美生动，词汇也十分丰富，读来如见其人。《生民》一诗可谓古代诗歌中的一朵瑰丽的奇葩。

厥初生民[①]？	周族祖先是谁生？
时维姜嫄[②]。	她的名字叫姜嫄。
生民如何？	周族祖先怎降生？

克禋克祀[3]，　　祈祷上苍祭神灵，
以弗无子[4]。　　乞求生子有继承。
履帝武敏歆[5]，　　踩帝足迹怀了孕，
攸介攸止[6]。　　注意休息善养生。
载震载夙[7]，　　十月怀胎行端庄，
载生载育，　　生下儿子养育忙，
时维后稷[8]。　　就是后稷周先王。

【注释】

①厥初：当初。民：周族人民。

②时：是，这。维：是。姜嫄（yuán）：也作“姜原”，传说为周人的女始祖，后稷的母亲。

③克：能够。禋（yīn）：古代祭祀上帝的礼仪。

④弗：祛去灾难的祭祀。弗，为“祓”的假借字。

⑤履：践踏。帝：上帝。武：足迹。敏：大脚趾。歆：欢喜。

⑥攸：语助词。介：休息。止：止息。

⑦载：加强语气的助词。震：怀孕。夙：严肃。

⑧后稷：周人始祖，姓姬，名弃，后稷为官名。

诞弥厥月[1]，　　怀胎足月孕期满，
先生如达[2]。　　生下是个肉蛋蛋。
不坼不副[3]，　　既没开裂也没破，
无菑无害[4]，　　无灾无害身康健，
以赫厥灵[5]。　　显示灵异不平凡。
上帝不宁[6]，　　唯恐上帝心不安，

不康禋祀[7]，　　赶忙祭祀求吉祥，
居然生子[8]。　　虽生儿子不敢养。

【注释】

①诞：发语词。弥：满。此指怀孕足月。

②先生：初生。达：通“羍”，初生的小羊。一说顺利，顺畅。

③坼（chè）：裂开。指产门裂开。副（pì）：破裂。指衣胞破裂。《毛传》：“不坼不副，无菑无害，言易也。”此指后稷出生顺利，没给母亲带来痛苦。

④菑：同“灾”。

⑤赫：显示。灵：灵异。

⑥宁：安。

⑦康：安。

⑧居然：徒然。

诞寘之隘巷，　　把他扔在胡同里，
牛羊腓字之[1]。　　牛羊爱护来喂乳。
诞寘之平林[2]，　　把他丢在树林里，
会伐平林。　　恰巧有人来砍树。
诞寘之寒冰，　　把他丢在寒冰上，
鸟覆翼之[3]。　　鸟儿展翅将他护。
鸟乃去矣，　　后来鸟儿飞走了，
后稷呱矣。　　后稷啼哭声呱呱。
实覃实訏[4]，　　哭声又长又洪亮，
厥声载路。　　路人听了都驻足。

【注释】

①腓：通“庇”，庇护。字：爱。

②平林：平原上的树林。

③覆翼：用翅膀遮盖。

④实：是，这样。覃(tán)：长。讦(xū)：大。

诞实匍匐[1]， 后稷刚会地上爬，
克岐克嶷[2]， 显得聪明又乖巧，
以就口食。 小嘴能把食物找。
蓺之荏菽[3]， 长大一些会种豆，
荏菽旆旆[4]。 豆苗茂盛长得好。
禾役穟穟[5]， 种出谷子穗垂垂，
麻麦幪幪[6]， 麻麦葱葱无杂草，
瓜瓞唪唪[7]。 瓜儿累累也不少。

【注释】

①匍匐：爬行。

②岐、嶷：有知识，能识别。《毛传》：“岐，知意也。嶷，识也。”

③蓺：种植。荏菽：大豆。

④旆旆(pèi)：茂盛的样子。

⑤禾役：禾穗。穟穟(suì)：下垂的样子。

⑥幪幪：茂密的样子。

⑦瓞(dié)：小瓜。唪唪(běng)：果实累累的样子。

诞后稷之穑[1]， 后稷他会种庄稼，

有相之道[2]。	他有生产好方法。
茀厥丰草[3]，	爱护禾苗勤锄草，
种之黄茂[4]。	选择良种播种早。
实方实苞[5]，	种子破土露嫩芽，
实种实褎[6]。	禾苗粗壮渐长高。
实发实秀[7]，	拔节抽穗结了实，
实坚实好。	谷粒饱满成色好。
实颖实栗[8]，	穗儿沉沉产量高，
即有邰家室[9]。	来到邰地乐陶陶。

【注释】

①穑：种植五谷。

②相：助。道：方法。

③茀(fú)：除草。丰草：茂密的草。

④黄茂：金黄的谷类，良种谷物。

⑤方：萌芽刚出土。苞：禾苗丛生。

⑥种：谷种生出短苗。褎(yòu)：禾苗渐渐长高。

⑦发：禾茎舒发拔节。秀：结穗。

⑧颖：禾穗籽粒饱满下垂。栗：收获众多。

⑨即：往。有邰(tái)：古代氏族，传说帝尧因后稷对农业生产的贡献而封他于邰。

诞降嘉种[1]，	上天赐予优良种，
维秬维秠[2]，	黍种就是秬与秠，
维穈维芑[3]。	还有穈子和高粱。

恒之秬秠[4]， 秬子秠子遍地长，
是获是亩[5]。 成熟季节收获忙。
恒之穈芑， 穈子高粱种满地，
是任是负[6]， 挑着背着运家里，
以归肇祀[7]。 归来开始把神祭。

【注释】

①降：赐与。

②维：是。秬（jù）：黑黍。秠（pī）：黍的一种，一壳中含有两粒黍米。

③穈（mén）：一种谷物，又名赤粱粟。芑（qǐ）：一种白苗高粱。

④恒（gèn）：通"亘"，遍，满。

⑤获：收割。亩：堆在田里。

⑥任：挑。

⑦肇祀：开始祭祀。

诞我祀如何？ 祭祀场面什么样？
或舂或揄[1]， 有的舂米或舀米，
或簸或蹂[2]。 有的搓米扬谷糠。
释之叟叟[3]， 淘米之声嗖嗖响，
烝之浮浮[4]。 蒸饭热气喷喷香。
载谋载惟[5]， 祭祀之事共商量，
取萧祭脂[6]。 燃脂烧艾味芬芳。
取羝以軷[7]， 杀了公羊剥了皮，
载燔载烈[8]， 烧烤熟了供神享，
以兴嗣岁[9]。 祈求来年更兴旺。

【注释】

①揄(yóu):将舂好的米从臼中舀出。

②簸:扬去糠皮。蹂:用手揉搓。

③释:淘米。叟叟:淘米声。

④烝:蒸。浮浮:蒸气上升的样子。

⑤惟:考虑。

⑥萧:艾蒿。脂:牛肠脂。古时祭祀用牛油和艾蒿合烧。

⑦羝(dī):公羊。軷(bá):剥羊皮。一说祭道路之神。

⑧燔(fán):烧烤。烈:把肉串起来烤。

⑨嗣岁:来年。

卬盛于豆[①],	我把祭品装碗里,
于豆于登[②],	木碗盛肉盆盛汤,
其香始升。	香气四溢满庭堂。
上帝居歆[③],	上帝降临来尝尝,
胡臭亶时[④]。	饭菜味道实在香。
后稷肇祀,	后稷开创祭祀礼,
庶无罪悔[⑤],	幸蒙保佑无灾殃,
以迄于今。	流传至今好风尚。

【注释】

①卬(áng):我。《毛传》:“卬,我也。”豆:一种盛肉的高脚碗。

②登:瓦制的盛汤碗。

③居:语助词。歆:享受。

④胡:大。臭(xiù):香气。亶:确实。时:好,善。

⑤庶:幸。

行苇

【题解】

这是一首描写贵族和兄弟宴会、较射、祭神、祈福的诗。《毛诗序》说:“《行苇》,忠厚也。周家忠厚,仁及草木,故能内睦九族,外尊事黄耇,养老乞言,以成其福禄焉。”诗的首章以道旁芦苇起兴,那芦苇初生的苞芽嫩叶,绿油油逗人喜爱,面对此景,不由发出牛羊不要践踏的呼声。仁者之心施及草木,那么对兄弟的相亲相爱也就是自然的了。次章写宴饮歌乐的盛况:设席、铺筵、设几,侍者来往不停,主人献酒,客人回敬,洗杯斟酒,丰美菜肴,击鼓歌唱,热闹非凡,描写细致生动。第三章由宴饮转入较射,写较射过程井然有序,四人一组,依序进行,如何挽弓,如何引射,如何评比都作了形象生动的描绘。第四章以敬酒祝福作结,向坐中老人祝福,愿他们健康长寿,天赐景福。此诗让我们看到了周代贵族家宴的盛况,也体现了从古至今中华民族和睦友爱、尊老敬老的传统美德。

敦彼行苇①,	丛丛芦苇长路旁,
牛羊勿践履②。	勿让牛羊踩踏伤。
方苞方体③,	嫩苞刚刚成了形,
维叶泥泥④。	叶子娇嫩才成长。
戚戚兄弟⑤,	亲亲热热众兄弟,
莫远具尔⑥。	莫要疏远聚一堂。
或肆之筵⑦,	或为兄弟设座席,
或授之几⑧。	或为兄弟安靠几。

【注释】

①敦(tuán):苇草丛生貌。行苇:道边的芦苇。

②践履:践踏。

③方苞:指枝尚包裹未分之时。方体:指芦苇初具形体。

④泥泥:苇叶嫩泽貌。

⑤戚戚:亲热貌。

⑥莫远具尔:指关系不疏远,都是亲近之人。莫,不要。远,疏远。具,通“俱”,都。尔,“迩”的古字,亲近。一说此言不要疏远,都应亲近些。

⑦肆:陈设。筵:竹席。

⑧几:古人席地而坐时,所依靠的小木桌,一般是老人才用。

肆筵设席[1],	摆好酒菜铺座席,
授几有缉御[2]。	侍者相继安靠几。
或献或酢[3],	主人敬酒客回敬,
洗爵奠斝[4]。	洗杯放盏多亲密。
醓醢以荐[5],	肉汁肉酱齐献上,
或燔或炙[6]。	烧肉烤肉都摆齐。
嘉殽脾臄[7],	佳肴百叶和牛舌,
或歌或咢[8]。	弹琴击鼓歌不已。

【注释】

①设席:此处当与“肆筵”同意。《毛传》:“设席,重席也。”古人席地而坐,铺上多重席子,以表尊重。

②授几有缉御:此句与上句是说设席、授几,都有专人相继侍候。缉,续。御,侍者。一说“缉御”为恭敬貌。《郑笺》:“兄弟之老

者，既为设重席，授几，又有相续代而侍者，谓敦史（侍者）也。”

③献：主人向客人敬酒。酢：客人回敬。

④洗爵：主客献酢之后，主人再给客人敬酒时，先将酒杯洗一洗。爵，古代青铜酒器。圆口，上两柱，下有三足。奠：置。斝（jiǎ）：青铜酒器。此指客饮毕，放杯于席上。

⑤醓（tǎn）：多汁的肉酱。醢（hǎi）：肉酱。荐：进献。

⑥燔：烧肉。炙：烤肉。

⑦脾：通“膍”，牛胃，即牛百叶。臄（jué）：牛舌。

⑧或歌或咢（è）：配着琴瑟唱曰“歌”，只击鼓不歌唱曰“咢”。《毛传》：“歌者，比于琴瑟也。徒击鼓曰咢。”

敦弓既坚①，	雕弓坚固力强劲，
四鍭既钧②；	四箭轻重既均等；
舍矢既均③，	每人射次也相同，
序宾以贤④。	宾客排序论技能。
敦弓既句⑤，	雕弓已经拉满弓，
既挟四鍭⑥。	手挟四箭手法精。
四鍭如树⑦，	四箭齐齐射中靶，
序宾以不侮⑧。	排序输者莫看轻。

【注释】

①敦（diāo）弓：雕弓，即经雕画之弓。敦，通“雕”。坚：坚固，坚劲。

②鍭（hóu）：以金属为箭头的箭。钧：均匀，指箭首尾轻重适宜。一说指四人所用箭均等齐一。

③舍矢：发箭。均：训“遍”，指每人都已射过。

④序宾以贤：指根据射技高低排列次序。贤，贤才，指射技。

⑤句(gōu):“彀”的假借,张弓引满。

⑥挟:指用手挟箭于弦,准备发射。

⑦四鍭如树:四支箭都命中,像竖立在靶上一样。树,竖立。

⑧不侮:指没因不中而受羞侮。

曾孙维主[①], 主祭曾孙是主人,
酒醴维醹[②]。 献祭甜酒美又醇。
酌以大斗[③], 用那大杯斟满酒,
以祈黄耇[④]。 祈求人们享长命。
黄耇台背[⑤], 黄发台背人已老,
以引以翼[⑥]。 有人扶持引路行。
寿考维祺[⑦], 长寿高年是吉庆,
以介景福[⑧]。 天赐洪福给寿星。

【注释】

①曾孙:主祭者之称,他对祖先神灵自称曾孙。维主:为主人。

②酒醴:泛指酒。醹(rú):酒味醇厚。

③斗:舀酒的器具。大斗柄长三尺。此指用大勺斟酒以痛饮。

④祈:求。黄耇(gǒu):指高寿。

⑤台背:即“鲐背”,鲐鱼背有黑色花纹,老年人气衰,背部皮肤暗黑如鲐鱼之背,故称。或以为老人背伛偻如台,故曰“台背”。

⑥引:引道。翼:辅助,扶持。指引、扶老人。

⑦寿考:长寿。祺:福,吉祥。

⑧景福:大福。

既醉

【题解】

这是周王祭祀祖先，祝官代表神尸对主祭者周王传达神灵旨意的诗歌。周代祭祀祖先，有人饰祖先的神，名为“尸”。在祭祀中，由祝官代表尸，向主祭者说一些祝福的话，称作“嘏辞”。这首诗当是祝官所致嘏辞。《毛诗序》曰：“《既醉》，太平也。醉酒饱德，人有士君子之德焉。”也可为一说。

既醉以酒①，	美酒喝得醉醺醺，
既饱以德②。	您的美德也感人。
君子万年③，	君子享有万年寿，
介尔景福④。	祈得更大的福分。

【注释】

①既：已经。

②德：恩惠。或以为“食”字之讹。

③君子：指周王。

④介：佑助。尔：你。景福：大福。

既醉以酒，	美酒喝得醉醺醺，
尔殽既将①。	菜肴也将端进门。
君子万年，	君子享有万年寿，
介尔昭明②。	祈求洪福如日明。

【注释】

①将:行。《毛传》:“将,行也。”朱熹《诗集传》:“将,行也。亦奉持而进之意。”一说美。

②昭明:光明。

昭明有融[①],	光明之福永无穷,
高朗令终[②]。	德声美誉善始终。
令终有俶[③],	美好终结由善始,
公尸嘉告[④]。	神尸将有美祝颂。

【注释】

①有融:犹“融融”,光明长盛之貌。马瑞辰《毛诗传笺通释》:“谓既已昭明,而又融融不绝,极言其明之长且盛也。”

②高朗:高明。令终:善终,好结果。

③俶(chù):始。朱熹《诗集传》:“盖欲善其终者,必善其始。”

④公尸:祭礼时扮作先公先王的神尸。嘉告:善言相告。一说:嘉,通“嘏”,即祝官代表尸向主祭者所致之嘏辞。下五章皆为公尸之告词。

其告维何[①]?	神尸告知是什么?
笾豆静嘉[②]。	祭器祭品洁而精。
朋友攸摄[③],	朋友以礼来助祭,
摄以威仪[④]。	循礼蹈矩心虔诚。

【注释】

①维何:为何。

②笾豆:两种盛食物的容器。静嘉:清洁而美好。

③朋友:指宾客助祭者。摄:佐,即辅助、助祭。

④威仪:典礼的仪式、礼节。

威仪孔时[①],	祭祀礼仪很完美,
君子有孝子[②]。	天子又尽孝子情。
孝子不匮[③],	孝子孝心永不竭,
永锡尔类[④]。	赐你子孙永昌盛。

【注释】

①孔时:非常好。

②有:又。

③匮:"坠"之借,"不坠"为周人常用语,此指奋勉不废坠。

④锡:即"赐"。类:族类,此指其德能广及其族类。

其类维何?	你的族类会如何?
室家之壸[①]。	家家宽裕享太平。
君子万年,	君子享有万年寿,
永锡祚胤[②]。	赐你子孙福无穷。

【注释】

①壸(kǔn):齐家,治理家室。《国语》引此句而释曰:"壸者,广裕民之谓也。"

②祚:福禄。胤:子孙。

其胤维何？　　　　你的子孙怎么样？
天被尔禄[①]。　　　　天赐福禄将永享。
君子万年，　　　　君子享有万年寿，
景命有仆[②]。　　　　天赐妻妾和儿郎。

【注释】

①被：覆盖，加给。禄：福。

②景命：大命，指天命。仆：奴仆。

其仆维何？　　　　妻妾儿郎怎么样？
釐尔女士[①]。　　　　赐你才女做新娘。
釐尔女士，　　　　赐你才女做新娘，
从以孙子[②]。　　　　子子孙孙把福享。

【注释】

①釐：通“赉”，赐予。女士：女子。

②从：随从。

凫鹥

【题解】

这是周王绎祭神尸时所唱的诗。古代天子诸侯祭祀，第一天正祭，享祀神灵。第二天绎祭，则是为扮作神灵的公尸（又称宾尸）设宴。此即周王绎祭燕饮公尸时所唱的歌。诗中主要用酒肴的香馨丰盛来表现主人宴请的诚意，公尸则以和悦欢饮及助神降福作为回报。孙鑛评论说:“满篇欢宴福禄,而以‘无有后艰’收,可见古人兢戒慎意。”表现出“居安思危”之意。《毛诗序》曰:“《凫鹥》,守成也。太平之君子,能持盈守成,神祇祖考安乐之也。”可备一说。

凫鹥在泾①,	野鸭白鸥水中游,
公尸来燕来宁②。	公尸泰然来饮酒。
尔酒既清③,	你的美酒清又醇,
尔殽既馨④。	你的菜肴香喷喷。
公尸燕饮,	公尸快乐地饮酒,
福禄来成⑤。	成就福禄和好运。

【注释】

①凫:野鸭。鹥(yī):鸥鸟。泾:径直前流之水。

②公尸:先公的神尸。燕:通“宴”,宴饮。来:是。宁:安宁。或以为宴安、宴乐,形容神尸的仪态,有安闲快乐意。

③尔:指主祭者,即周王。

④馨:香气。

⑤成:成就,成全。

凫鹥在沙①,	野鸭白鸥在沙滩,
公尸来燕来宜②。	公尸宴饮神泰然。
尔酒既多,	你的美酒真丰富,
尔殽既嘉。	你的菜肴美又鲜。
公尸燕饮,	公尸快乐地饮酒,
福禄来为③。	福禄不停来身边。

【注释】

①沙：水边沙滩。

②宜：顺适。与“宁”意同。

③为：帮助。

凫鹥在渚[①]，	野鸭白鸥在沙滩，
公尸来燕来处[②]。	公尸宴饮心喜欢。
尔酒既湑[③]，	你的美酒多清澈，
尔殽伊脯[④]。	你的干肉香又甜。
公尸燕饮，	公尸快乐地饮酒，
福禄来下[⑤]。	福禄悄悄来身边。

【注释】

①渚：水中小沙洲。

②处：止，居。一说“安乐”。

③湑(xū)：指酒过滤去滓。去滓后酒则变清，故有清意。

④伊：是。脯：肉干。

⑤下：降临。

凫鹥在潨[①]，	野鸭白鸥在水湾，
公尸来燕来宗[②]。	公尸宴饮在宗庙。
既燕于宗[③]，	既然燕乐在宗庙，
福禄攸降。	福禄双双也来到。
公尸燕饮，	公尸快乐地饮酒，
福禄来崇[④]。	福禄绵绵积聚高。

【注释】

①潨(zhōng):众水交会之处。

②宗:尊或聚。一说指宗庙。

③既燕于宗:此"宗"指宗庙。

④崇:重叠,积聚。形容福禄之多。

凫鹥在亹[①],	野鸭白鸥在水边,
公尸来止熏熏[②]。	公尸已是醉醺醺。
旨酒欣欣[③],	美酒气味扑鼻香,
燔炙芬芬[④]。	烧肉烤肉味芳芬。
公尸燕饮,	公尸快乐地饮酒,
无有后艰[⑤]。	灾难不会再临门。

【注释】

①亹(méi):通"湄",水边。一说山间通水之处,即峡口。

②来止:当从《鲁诗》作"来燕"。熏熏:当是酒醉貌,即今所谓醉醺醺。

③欣欣:形容酒香之盛。

④燔炙:指烧烤肉。芬芬:肉味香浓貌。

⑤艰:灾难,不幸。

假乐

【题解】

这是周王宴会群臣,群臣歌功颂德的诗。《毛诗序》说:"《假乐》,嘉成王也。"《鲁诗》则认为是美宣王。何楷《诗经世本古义》又认为美武王。既然其说不一,就只好阙如了。总之,全诗都是歌功颂德之辞,一章言天命福王。所谓“德”,在于“宜民宜人”,符合臣民之心,上天就会保佑。二章言法祖。三章言多听取臣民意见。四章言民心归向。以上内容说明周代礼乐文明乃是以儒家民本思想为基础的,同时也表现了周臣对其君主的忠心和爱戴。

假乐君子①,　　美好和乐的君子,
显显令德②。　　美德赫赫真显明。
宜民宜人③,　　符合臣民的心意,
受禄于天。　　承受福泽天赐定。
保右命之④,　　上天下令保佑你,
自天申之⑤。　　多赐福禄国兴盛。

【注释】

①假:通“嘉”,嘉美,赞美。乐:喜爱。君子:指周王。

②显显:光明貌。令德:美德。

③宜:适合。民:庶民。人:指群臣。

④保右:即“保佑”。命:天之令,即上天的旨意。

⑤申:重复。指一再降福降禄。

干禄百福①,　　天赐福禄数不清,
子孙千亿②。　　子孙千亿多繁盛。
穆穆皇皇③,　　庄重威严又堂皇,
宜君宜王。　　宜作国君或作王。
不愆不忘④,　　不犯过错不忘祖,

率由旧章。　　严格遵循旧典章。

【注释】

①干：祈求。或以为“干”字是“千”字之误。

②千亿：虚数，极言其多，是夸张之词。

③穆穆：肃敬貌。皇皇：光明貌。

④愆：过失。忘：糊涂。

威仪抑抑[①]，　　你的仪态多庄重，
德音秩秩[②]。　　你的言谈条理清。
无怨无恶，　　没有抱怨没厌烦，
率由群匹[③]。　　群臣建议就欢迎。
受禄无疆，　　享受福禄多无边，
四方之纲[④]。　　四方邦国遵王命。

【注释】

①威仪：仪容举止。抑抑：通“懿懿”，庄重盛美貌。

②德音：旧以为美誉或教令。当指言谈之美。秩秩：有条不紊。

③群匹：群臣。匹，类。

④纲：纲纪，准绳。

之纲之纪，　　四方邦国遵王命，
燕及朋友[①]。　　大宴群臣和亲朋。
百辟卿士[②]，　　诸侯卿士都赴宴，
媚于天子[③]。　　天子满意喜心中。

不解于位[4]，	勤于职守不懈怠，
民之攸塈[5]。	民众安定国运亨。

【注释】

①燕：宴请。

②百辟：指众诸侯。卿士：周王室最高执政官。

③媚：爱戴。

④解：通“懈”，怠惰。

⑤攸：所。塈：一说“愒”的假借，休息。

公刘

【题解】

这是记录周人祖先公刘带领周民从邰迁豳的一首长篇史诗。诗中生动地记录了迁移的全过程：迁徙前的准备，迁徙后选址测量，训练军队，发展农业，举行祭祀，扩建京城等等。歌颂了公刘的勤劳和智慧，塑造了一位受民拥护的民族英雄形象。司马迁在《史记·周本纪》中，用散文形式概括了诗的内容，他说：“公刘虽在戎狄之间，复修后稷之业，务耕种，行地宜。自漆、沮渡渭，取材用。行者有资，居者有蓄积。民赖其庆，百姓怀之，多徙而保归焉。周道之兴自此始，故诗人歌乐思其德。”《毛诗序》说：“《公刘》，召康公戒成王也。成王将莅政，戒以民事。美公刘之厚于民，而献是诗也。”《郑笺》：“公刘者，后稷之曾孙也。夏之始衰，见迫逐，迁于豳而有居民之道。成王始幼少，周公居摄政，反归之。成王将莅政，召公与周公相成王，为左右。召公惧成王尚幼稚，不留意于治民之事，故作诗美公刘以深戒之。”《毛序》认为此诗作者是召公，方玉润则持异议，他说：“《序》以此为召康公作者，盖因《七月》既属之周公,则此诗不能不属诸召公矣。其有心附会周、召处,明白显然。”方氏认为这是牵强附会之说。大多数研究者认为这首诗是西周后期的作品。

笃公刘①,	老实厚道的公刘,
匪居匪康②。	居住之地不安康。
乃埸乃疆③,	整理田地分疆界,
乃积乃仓④。	收集粮食装进仓。
乃裹糇粮⑤,	备好行路的干粮,
于橐于囊⑥。	装满小袋和大囊。
思辑用光⑦,	和睦团结争荣光,
弓矢斯张⑧。	张弓带箭齐武装。
干戈戚扬⑨,	盾戈斧钺拿在手,
爰方启行⑩。	开始动身向远方。

【注释】

①笃:忠实厚道。公刘:周族首领,后稷的后代。公为爵,刘为名。

②匪:同“非”,不。康:安乐。

③埸(yì):田界。

④积:露天堆放粮食的地方,亦称庾。仓:仓库。

⑤糇(hóu)粮:干粮。

⑥橐(tuó):没底的口袋,装物后结扎两头。囊:有底的口袋。

⑦思:发语词。辑:和睦团结。用光:以为光荣。

⑧斯:语助词。张:张开。此指拉弓。

⑨干戈:盾牌与戈矛。戚扬:斧钺,小斧大斧。

⑩爰:于是。方:开始。启行:动身,出发。

笃公刘， 老实厚道的公刘，
于胥斯原[1]。 豳地原野考察忙。
既庶既繁， 百姓众多事繁杂，
既顺乃宣[2]， 民心归顺又舒畅，
而无永叹。 长吁短叹永扫光。
陟则在巘[3]， 时而登上小山坡，
复降在原。 时而下到平原上。
何以舟之[4]？ 身上佩带是什么？
维玉及瑶[5]， 美玉宝石闪亮光，
鞞琫容刀[6]。 佩刀玉鞘真漂亮。

【注释】

①于：在。胥：视察。斯：此，这。原：指豳地的原野。

②顺：民心顺畅。宣：舒畅。

③巘（yǎn）：小山。

④舟：通“周”，环绕。

⑤维：是。瑶：似玉的美石。

⑥鞞（bǐng）：刀鞘。琫（běng）：刀鞘上的玉饰。容刀：佩刀。

笃公刘， 老实厚道的公刘，
逝彼百泉[1]， 来到百泉泉水旁，
瞻彼溥原[2]。 眺望平原宽又广。
乃陟南冈， 登上南边高山冈，
乃觏于京[3]。 发现京师好地方。
京师之野[4]， 京师田野真辽阔，

于时处处⑤，　　于是定居建新邦，
于时庐旅⑥。　　于是准备建新房。
于时言言，　　于是人人出主意，
于时语语。　　于是大家共商量。

【注释】

①逝：往。百泉：指泉水多的地方。一说为地名，在今宁夏固原东南。

②溥(pǔ)：广大。

③觏：看见。京：豳的地名。

④京师：京邑。后世专指帝王所住的都城。

⑤于时：于是。处处：止息，居住。

⑥庐旅：寄居。

笃公刘，　　老实厚道的公刘，
于京斯依①。　　定居京师原野上。
跄跄济济②，　　众人快速又整齐，
俾筵俾几③。　　来到犒赏宴会堂。
既登乃依④，　　宾客主人都坐定，
乃造其曹⑤。　　先祭猪神求吉祥。
执豕于牢⑥，　　圈里拉出猪儿肥，
酌之用匏⑦。　　葫芦瓢儿舀酒香。
食之饮之，　　大家喝酒又吃肉，
君之宗之⑧。　　推举公刘为君长。

【注释】

①依：凭依。

②跄跄(qiāng)：步伐快疾有节奏的样子。济济：多而整齐的样子。

③俾：使。筵：竹席。

④依：凭依小几。

⑤造：告诉，告祭。曹："禮"之假借，祭猪神。

⑥执：捉。牢：猪圈。

⑦酌：舀取。匏(páo)：葫芦。此指葫芦制的酒器。

⑧君：为京地君主。宗：为宗族之长。

笃公刘，	老实厚道的公刘，
既溥既长[①]，	开拓豳地广又长，
既景乃冈[②]。	观测日影上高冈。
相其阴阳，	山南山北勘察忙，
观其流泉。	查明水源和流向。
其军三单[③]，	军队分为三班倒，
度其隰原[④]，	测量洼地来垦荒，
彻田为粮[⑤]。	开垦田亩好种粮。
度其夕阳[⑥]，	又到山西去测量，
豳居允荒[⑦]。	豳地确实很宽广。

【注释】

①既溥既长：指在京地土地开拓又广又长。既，已。溥，广大。

②景：日影。这里指测日影定方向。

③单：轮番更休。这里指成立三军，而每次用其一军，更番相代。

④度：测量。隰原：低平之地。

⑤彻田:开垦荒地。
⑥夕阳:指山的西面。
⑦允:确实,实在。荒:广大。

笃公刘,	老实厚道的公刘,
于豳斯馆[①]。	豳地广野建房屋。
涉渭为乱[②],	渡过渭水采石料,
取厉取锻[③]。	磨石矿石都备好。
止基乃理[④],	再把地基打牢靠,
爰众爰有[⑤]。	民康物阜齐欢笑。
夹其皇涧[⑥],	住在皇涧两岸边,
溯其过涧[⑦]。	放眼望去是过涧。
止旅乃密[⑧],	移民定居人众多,
芮鞫之即[⑨]。	一直住到芮水湾。

【注释】

①馆:建筑馆舍。此处作动词用。
②渭:渭水。乱:横流而渡。
③厉:同"砺",磨刀石。锻:冶炼金属的材料。
④止:既。基:地基。理:治理。
⑤爰:于是。众:人口众多。有:富有。
⑥夹:夹岸而居。皇涧:豳地涧名。
⑦溯:面向。过涧:涧名。
⑧旅:寄居。
⑨芮:《毛传》:"芮,水厓也。"《郑笺》:"芮之言内也。水之内曰隩,水之外曰鞫(jū)。公刘居豳既安,军旅之役止,士卒乃安,亦就涧

水之内外而居，修田事也。”之：这，指芮水尽头。即：往就。

洞酌

【题解】

这是歌颂周王得民心的颂歌。可能是祭祀时唱的歌，但用在什么场合，已不可得知。诗中提到的罍和溉，是祭祀时用的器物。由此推之，这可能是祭祀前人们备水时唱的歌。《左传·隐公三年》说：“涧溪沼沚之毛，蘋蘩蕴藻之菜，筐筥锜釜之器，潢污行潦之水，可荐于鬼神，可羞于王公。”可证。

泂酌彼行潦①，	远处舀取流潦水，
挹彼注兹②，	舀来灌在水缸里，
可以餴饎③。	做菜做饭味甘美。
岂弟君子④，	平易和乐的君子，
民之父母。	如同百姓的父母。

【注释】

①泂(jiǒng)：“迥”的借字，远。酌：舀取。行潦(lǎo)：路边小水沟中的积水，又称流潦。

②挹(yì)彼注兹：此句是说舀上潦水灌在这个器皿里。古时缺水地，多掘池储存雨水，以为饮食洗涤之用。挹，舀。彼，指行潦。注，灌。兹，此，指盛水的器皿。

③餴(fēn)：蒸煮。饎(chì)：酒食。

④岂弟：即“恺悌”，和易。亦指品德高尚。

洞酌彼行潦，　　远处舀取流潦水，
挹彼注兹，　　舀来存在水缸里，
可以濯罍[1]。　　可以用来洗酒器。
岂弟君子，　　平易和乐的君子，
民之攸归[2]。　　百姓之心归向你。

【注释】

①濯：洗。罍（léi）：古酒器。形似壶而大，青铜或陶制成。

②攸归：所归，指人心归附。

洞酌彼行潦，　　远处舀取流潦水，
挹彼注兹，　　舀来存在水缸里，
可以濯溉[1]。　　可以用它洗祭器。
岂弟君子，　　平易和乐的君子，
民之攸塈[2]。　　百姓安居爱戴你。

【注释】

①溉：通“概”，古漆器酒尊。

②塈：休息。

卷阿

【题解】

这首诗当是周成王与群臣出游卷阿，诗人陈诗以歌颂成王。《毛诗序》说：“《卷阿》，召康公戒成王也。言求贤用吉士也。”据《竹书纪年》记载："成王三十三年，游于卷阿，召康公从。"成王为武王之子，继位后，依靠周公和召公，平定了管叔、蔡叔和武庚的叛乱，使西周出现了政治稳定、经济繁荣的局面，历史上称为"成康"之治，此诗就是歌颂成王功绩的。一章言成王游卷阿而歌，二章赞其能继先公之道，三章赞其能主百神之祭，四章赞其能永享大福，五章赞其有良佐而能为则四方，六章赞其有美誉而能为纲四方，七章赞其有良材恭从，八章赞其惠及庶民，九章赞其能致太平光景，十章赞车马之盛，而以进颂歌作结。

有卷者阿①，	丘陵曲折又回环，
飘风自南②。	旋风吹进来自南。
岂弟君子③，	平易和乐的君王，
来游来歌，	到此游玩并歌唱，
以矢其音④。	臣献颂歌声嘹亮。

【注释】

①有卷：即"卷卷"，曲折貌。阿：大的丘陵。

②飘风：旋风。

③岂弟(kǎi tì)：即"恺悌"，和气平易。君子：指贤人。

④矢：陈献。音：指歌声。

伴奂尔游矣①，	逍遥自在任游玩，
优游尔休矣②。	优哉游哉暂消闲。
岂弟君子，	平易和乐的君王，
俾尔弥尔性③，	祝你平安享天年，
似先公酋矣④。	继承先祖功完满。

【注释】

①伴奂：盘桓、逍遥之意。《郑笺》："伴奂，自纵弛之意也。"

②优游：闲暇自得貌。

③俾：使。弥：终，尽。性：同"生"，生命。

④似：通"嗣"，继承。先公：指周之先公先王。遒：或作"猷"，谋划，政策。

尔土宇昄章[①]，　　你的版图和疆域，
亦孔之厚矣[②]。　　幅员辽阔无边际。
岂弟君子，　　平易和乐的君王，
俾尔弥尔性，　　祝你平安享天年，
百神尔主矣[③]。　　祭祀百神你主祭。

【注释】

①土宇：国土，疆域。一说指土地房屋。昄章：版图。

②孔：非常。厚：广大辽阔。

③百神：天地山川的众神。主：主祭者。古天子主祭百神。

尔受命长矣[①]，　　接受天命时久长，
茀禄尔康矣[②]。　　福禄使你永安康。
岂弟君子，　　平易和乐的君王，
俾尔弥尔性，　　祝你平安享天年，
纯嘏尔常矣[③]。　　享受大福最久常。

【注释】

①受命：指受天命为天子。

②茀禄：福禄。茀，通“福”。康：安康。

③纯嘏（gǔ）：大福。

有冯有翼[①]，	贤才良士为依凭，
有孝有德[②]，	还有孝子与贤德，
以引以翼[③]。	共同引导和辅佐。
岂弟君子，	平易和乐的君王，
四方为则[④]。	四方效仿为法则。

【注释】

①冯（píng）：依凭。翼：辅佐。

②有孝有德：有孝敬者，有修德者。或以为孝、德皆指美德。

③引：引导。翼：辅助。《郑笺》：“在前曰引，在旁曰翼。”

④则：法则，榜样。

颙颙卬卬[①]，	恭谨温厚气轩昂，
如圭如璋[②]，	品德纯洁如圭璋，
令闻令望[③]。	美好声誉传四方。
岂弟君子，	平易和乐的君王，
四方为纲[④]。	四方诸侯好榜样。

【注释】

①颙颙（yóng）：恭敬温顺貌。卬卬：气宇轩昂貌。卬，通“昂”。

②圭、璋：古代礼器，美玉制成。

③令：善，好。

④纲：纲纪，法度。

凤皇于飞[1]，　　凤凰空中在飞翔，
翙翙其羽[2]，　　发出翙翙的声响，
亦集爰止[3]。　　或上或下落树上。
蔼蔼王多吉士[4]，　　众多贤人济一堂，
维君子使[5]，　　听您差遣四处忙，
媚于天子[6]。　　天子喜爱加褒奖。

【注释】

①凤皇：即“凤凰”，传说中的神鸟。

②翙翙(huì)：飞行时翅膀发出的声音。

③爰：于。或以为是“于焉”的合音，即“在这里”。止：栖止。

④蔼蔼：众多貌。一说贤士之貌。吉士：贤士，指周王的群臣。

⑤君子：指周王。使：役使。

⑥媚：爱戴。《郑笺》：“王之朝多善士蔼蔼然，君子在上位者率化之，使之亲爱天子，奉职尽力。”

凤皇于飞，　　凤凰空中在飞翔，
翙翙其羽，　　发出翙翙的声响，
亦傅于天[1]。　　时或高飞上穹苍。
蔼蔼王多吉人[2]，　　众多贤人济一堂，
维君子命，　　服从君命四处忙，
媚于庶人[3]。　　受到百姓的赞扬。

【注释】

①傅：至。

②吉人：犹“吉士”。

③庶人：平民。

凤皇鸣矣，	凤凰叫声多嘹亮，
于彼高冈。	在那高高山冈上。
梧桐生矣，	高大梧桐拔地长，
于彼朝阳。	面对朝阳的方向。
菶菶萋萋[①]，	梧桐枝叶浓又密，
雍雍喈喈[②]。	凤鸣其间声悠扬。

【注释】

①菶菶（běng）萋萋：形容梧桐枝叶茂盛。

②雍雍喈喈：形容凤鸣声和谐。

君子之车，	君王车辆已齐备，
既庶且多[①]。	车辆既多又华美。
君子之马，	君王马匹高又壮，
既闲且驰[②]。	善于奔驰快如飞。
矢诗不多[③]，	贤臣献诗真够多，
维以遂歌[④]。	遂被乐师谱成歌。

【注释】

①庶：众多。多：“侈”的假借，指车饰侈丽。

②闲：熟练。

③矢诗：陈诗。不多：《毛传》："不多，多也。"不，语助词，无实义。

④维：只。或以为发语词。遂歌：遂被乐官谱为歌曲。《毛传》："王使公卿献诗以陈其志，遂为工师之歌焉。"

民劳

【题解】

这是一首劝告周厉王要安民防奸的诗。《毛诗序》："《民劳》，召穆公刺厉王也。"《郑笺》："厉王，成王七世孙也。时赋敛重数，徭役繁多，人民劳苦，轻为奸宄，强凌弱，众暴寡，作寇害，故穆公以刺之。"一说这是王朝正直官员规劝周王与同僚的诗。方玉润《诗经原始》认为："《民劳》，召穆公警同列以戒王也。"朱熹《诗集传》说："乃同列相戒之辞。"都有一定道理。全诗共五章，每章前两句都讲百姓劳苦，应稍休息。三、四句讲欲安四方之民先恤京师之民。中间四句说防奸，既防诡随者谎言骗君，又防无良者欺压百姓。最后二句讲辅成君德，同时也是告诫同朝官吏。纵观全诗，言辞诚挚凄婉，充分表现了作者满怀的忠君爱民之情。

民亦劳止[①]，	百姓实在太劳苦，
汔可小康[②]。	只求稍许的安宁。
惠此中国[③]，	畿内人民享恩惠，
以绥四方[④]。	四方诸侯便稳定。
无纵诡随[⑤]，	莫信狡诈欺骗言，
以谨无良[⑥]。	谨防坏人乱朝政。
式遏寇虐[⑦]，	遏制暴虐的官吏，

憯不畏明[8]。	逮捕违法的奸佞。
柔远能迩[9]，	安抚远近众百姓，
以定我王[10]。	周王内心才安定，

【注释】

①劳：劳苦。止：语助词。

②汔(qì)：乞求。小康：小安，稍安。

③惠：爱。中国：指周天子直接统治的区域，即王畿。与下句“四方”相对。

④绥：安抚。指安抚四方诸侯之国。

⑤纵：通“从”，听从。诡随：狡诈欺骗的人。

⑥谨：慎防，提防。无良：不好的人。

⑦式：发语词。遏：遏止，抑制。寇虐：暴虐的人。

⑧憯：曾，乃。明：礼法。

⑨柔：怀柔，安抚。远：远方之人。能：亲善。迩：近处之人。

⑩定：安定。王：指周王。

民亦劳止，	百姓实在太劳苦，
汔可小休[1]。	只求稍许的休息。
惠此中国，	畿内人民享恩惠，
以为民逑[2]。	人民集居享安宁。
无纵诡随，	莫信狡诈欺骗言，
以谨惽怓[3]。	谨防政敌乱朝政。
式遏寇虐，	遏制暴虐的官吏，
无俾民忧[4]。	莫让百姓心忧惧。

无弃尔劳[5]，　　从前功劳莫抛弃，
以为王休[6]。　　成就君王好名誉。

【注释】

①小休：稍休息。

②逑：聚合，人民聚居之所。

③惛怓（hūn náo）：朝政昏乱。

④俾：使。

⑤尔：指执政者。劳：功绩。

⑥休：美。

民亦劳止，　　百姓实在太劳苦，
汔可小息。　　只求稍许的休息。
惠此京师[1]，　　京师人民享恩惠，
以绥四国。　　四方诸侯都安定。
无纵诡随，　　莫信狡诈欺骗言，
以谨罔极[2]。　　谨防两面三刀人。
式遏寇虐，　　遏制暴虐的官吏，
无俾作慝[3]。　　莫让他们逞奸佞。
敬慎威仪[4]，　　谨慎自己的举止，
以近有德[5]。　　亲近高尚的君子。

【注释】

①京师：指镐京。

②罔极：无行，指品行不端，没有准则。

③慝(tè):邪恶。
④威仪:仪容举止。
⑤近:靠近。有德:有道德的人。

民亦劳止,	百姓实在太劳苦,
汔可小愒[①]。	只求少许的休息。
惠此中国,	畿内人民享恩惠,
俾民忧泄[②]。	宣泄百姓的怨气。
无纵诡随,	莫信狡诈欺骗言,
以谨丑厉[③]。	险恶之人要警惕。
式遏寇虐,	遏制暴虐的官吏,
无俾正败[④]。	莫使王政败涂地。
戎虽小子[⑤],	你今年龄虽不大,
而式弘大[⑥]。	责任宏大难比拟。

【注释】

①愒(qì):休息。
②泄:发泄,除去。
③丑厉:丑恶之人。
④正败:政治败坏。一说指正道败坏。
⑤戎:你。犹“汝”,指周王。小子:年轻人。
⑥式:用。

民亦劳止,	百姓实在太劳苦,
汔可小安。	只求少许的安宁。

惠此中国，
国无有残①。
无纵诡随，
以谨缱绻②。
式遏寇虐，
无俾正反③。
王欲玉女④，
是用大谏。

畿内人民享恩惠，
国家完整民安定。
莫信狡诈欺骗言，
谨防营私的恶行。
遏制暴虐的官吏，
莫让他们颠王政。
君王贪财爱美女，
因用直言来谏诤。

【注释】

①残：伤害。

②缱绻(qiǎn quǎn)：固结不散之意，这里指结帮营私。

②正反：政事颠覆。

③玉：金玉财宝。女：美女。或认为“王欲玉女”，是说王将重用你。

板

【题解】

《毛诗序》说：“《板》，凡伯刺厉王也。”这是凡伯写的一首劝告周厉王的诗。《郑笺》：“凡伯，周同姓，周公之胤也，入为王卿士。”凡伯是周公的后裔，是王朝的卿士。据魏源考证，凡伯就是共伯和，当厉王流亡彘地时，诸侯立凡伯为王。厉王是个昏庸贪暴的君主，他在朝任用奸佞，大肆搜刮人民钱财，以摧残折磨人为乐。又遍置巫者监视民众言行，人们见面不敢说话，只能“道路以目”。在忍无可忍的情况下，人民推翻了厉王，把他流放到彘(今山西霍县东北)。这首诗就是告诫厉王和他身边那些奸佞之臣的，创作年代可能在厉王末年。

上帝板板[①]，　　　　上帝行为已反常，
下民卒瘅[②]。　　　　天下百姓都遭殃。
出话不然[③]，　　　　讲过的话不算数，
为犹不远[④]。　　　　制定政策没眼光。
靡圣管管[⑤]，　　　　不法圣人自主张，
不实于亶[⑥]。　　　　不讲诚信真荒唐。
犹之未远，　　　　制定谋略无远见，
是用大谏。　　　　所以谏言劝我王。

【注释】

①上帝：明指上天，暗指厉王。板板：邪僻不正之貌。一说相隔辽远之貌。

②卒瘅(cuì dǎn)：即“瘁瘅”，劳累痛苦。

③不然：不对，不是。或以为说话不算数。

④犹：谋。

⑤靡圣：心中没有圣人的法度。管管：无所依凭，自以为是貌。

⑥不实：不落实。亶：诚信。

天之方难[①]，　　　　上天正把灾难降，
无然宪宪[②]。　　　　你休还要喜洋洋。
天之方蹶[③]，　　　　上天不安正动荡，
无然泄泄[④]。　　　　你休得意把形忘。
辞之辑矣[⑤]，　　　　如果政令合民意，
民之洽矣[⑥]。　　　　百姓和睦乐融融。
辞之怿矣[⑦]，　　　　如果政令民高兴，

民之莫矣[8]。　　百姓生活就安定。

【注释】

①方：正在。难：灾难。

②无然：同“不然”，不是这样。宪宪：犹“欣欣”，喜悦貌。

③蹶：扰乱，动乱。一说失脚，颠倒。

④泄泄（yì）：和乐自得貌。

⑤辞：指政令之辞。辑：和谐。或以为言辞，指对人民说的话。

⑥洽：融和团结。

⑦怿：和悦。

⑧莫：定。

我虽异事[1]，　　我们职责虽不同，
及尔同寮[2]。　　毕竟同僚在官场。
我即尔谋[3]，　　现在和你谈国事，
听我嚣嚣[4]。　　不听我言乱开腔。
我言维服[5]，　　我说都是治国事，
勿以为笑[6]。　　莫要当作笑话讲。
先民有言[7]：　　古人有话讲得好：
询于刍荛[8]。　　樵夫也有好主张。

【注释】

①异事：指职位不同。

②及：与，和。同寮：指同朝为官。

③即：往就。谋：商议。

④嚣嚣（áo）：傲慢不愿接受人言之貌。《郑笺》：“警警然不肯受。”

⑤服：治。指合理的意见。

⑥笑：嘲笑，嬉笑。

⑦先民：古人。

⑧刍荛(ráo)：此指割草与打柴的人。

天之方虐[①]，	上天正把灾难降，
无然谑谑[②]。	你还胡闹不像样。
老夫灌灌[③]，	老夫诚恳对你讲，
小子跻跻[④]。	你却骄傲又张狂。
匪我言耄[⑤]，	并非是我老糊涂，
尔用忧谑[⑥]。	拿我开心太轻狂。
多将熇熇[⑦]，	坏事做得过了头，
不可救药[⑧]。	不可救药国将亡。

【注释】

①虐：暴虐。

②谑谑：嬉乐貌。

③老夫：诗人自称。灌灌：犹“款款”，情意恳切貌。

④小子：年轻后生。实指厉王。跻跻(jiǎo)：骄傲貌。

⑤耄(mào)：年八十曰“耄”，这里指老而昏聩。

⑥忧谑：戏谑，调笑。

⑦多：适，只。将：扶持，这里当“助长”讲。熇熇(hè)：炽盛貌，此处指行残害荼毒之事。

⑧救药：即治疗。药，通“疗”。

天之方懠[①]，	上天愤怒降灾难，

无为夸毗[②]。 你休卑躬显奴颜。
威仪卒迷[③]， 仪容举止都迷乱，
善人载尸[④]。 好人闭口如尸样。
民之方殿屎[⑤]， 人民受苦在呻吟，
则莫我敢葵[⑥]。 国运何往难猜想。
丧乱蔑资[⑦]， 丧乱局面没稳定，
曾莫惠我师[⑧]。 未给民众带福祥。

【注释】

①懠(jī)：愁。一说"怒"。
②夸毗：《孔疏》引孙炎曰："夸毗，屈己卑身以柔顺人也。"
③威仪：仪容礼节。卒迷：全都迷乱。
④载：则。尸：神主。《孔疏》："尸，谓祭时之尸，以为神像，故终祭不言。贤人君子则如尸不复言语，畏政故也。"
⑤殿屎(xī)：痛苦呻吟声。
⑥葵：揆度。
⑦蔑资：此言丧乱不定。蔑，无，未。资，借为"济"，止息。
⑧曾：乃。惠：施恩惠。师：民众。

天之牖民[①]， 上天开启向善心，
如埙如篪[②]， 如埙如篪相和应，
如璋如圭[③]， 又如两璋为一圭，
如取如携[④]。 如同取物带身上。
携无曰益[⑤]， 提物没有丝毫障，
牖民孔易[⑥]。 因势利导很顺当。

民之多辟⑦，　　如今法规已太多，
无自立辟。　　不要再立新规章。

【注释】

①牖（yǒu）：开启。一说通“诱”，诱导。

②埙：古代陶制的椭圆形吹奏乐器，有三五不等音孔。篪（chí）：古代竹制的管乐器，单管横吹。

③璋、圭：玉器。半圭为璋，合二璋则成圭。《毛传》：“如埙如篪，言相和也。如圭如璋，言相合也。”

④携：提。一说携亦“取”。

⑤曰：语助词。益：通“隘”，阻碍。

⑥孔易：非常容易。

⑦辟（bì）：法。

价人维藩①，　　武士好比是篱樊，
大师维垣②，　　民众好比是城垣。
大邦维屏③，　　大国好比是屏障，
大宗维翰④。　　强族如同那栋梁。
怀德维宁⑤，　　施德百姓国运昌，
宗子维城⑥。　　宗子好比是城墙。
无俾城坏⑦，　　不要让那城墙塌，
无独斯畏⑧。　　不要让他孤无傍。

【注释】

①价人：即“善人”。价，通“介”，善。藩：篱笆。

②大师：大众。垣：墙。

③大邦：大诸侯国。屏：屏障。

④大宗：天子同姓宗族。翰：栋梁。

⑤怀德：以德相和。怀，和。一说怀德即有德。

⑥宗子：嫡长子。

⑦无俾城坏：不要使城破坏。

⑧无独斯畏：不要使自己孤独，孤独是可怕的。

敬天之怒①，　　上天愤怒要敬畏，
无敢戏豫②。　　不敢嬉戏莫放荡。
敬天之渝③，　　上天降灾要敬畏，
无敢驰驱④。　　不敢放纵招祸殃。
昊天曰明⑤，　　上天眼睛最明亮，
及尔出王⑥。　　让你和王走他乡。
昊天曰旦⑦，　　上天眼光最明察，
及尔游衍⑧。　　让你和王去流浪。

【注释】

①敬：敬畏。

②戏豫：嬉戏娱乐。

③渝：变，指灾异。

④驰驱：放纵自恣。

⑤昊天：上天。曰：语助词，犹“维”。

⑥及：与。出王：出往，出行。疑指厉王。厉王遭国人之乱，逃离镐京，故曰“出王”。

⑦旦：与“明”同义。

⑧游衍:游逛。此有流浪之意。指厉王被逐出周京后的生活。

荡

【题解】

此诗和《板》内容相近,都是指斥周厉王的。不同的是,《板》是直接指斥,谆谆告诫;而《荡》则是借古讽今,假托文王斥责纣王,以指责厉王。《毛诗序》说:"《荡》,召穆公伤周室大坏也。厉王无道,天下荡荡然无纲纪文章,故作是诗也。"认为是召公所作。此诗自二章以下皆托言商纣来指斥厉王。方玉润《诗经原始》说:"此诗自二章以下,皆托言文王叹商以刺厉王。盖臣子奉君,不敢直斥其恶,而目击时事日非,纪纲大坏,又难自忍,故假托往事以警时王。虽败坏已极,而犹冀其感悟,庶几一改厥图,以臻于治。"概括了此诗主旨。

荡荡上帝①,	骄纵放荡的上帝,
下民之辟②。	他是下民的主宰。
疾威上帝③,	暴虐无常的上帝,
其命多辟④。	政令偏邪多更改。
天生烝民⑤,	上天生下众百姓,
其命匪谌⑥。	命运多变难确定。
靡不有初,	其初都以善开始,
鲜克有终⑦。	很少能够有善终。

【注释】

①荡荡:本指大水奔流的样子,此指法度废弛。《郑笺》:"荡荡,法

度废坏之貌。”
②辟(bì):君主。
③疾威:暴虐。《郑笺》:“疾,重赋敛也。威,峻刑法也。”
④命:本性。一说“政令”。辟:邪僻。
⑤烝民:众人。
⑥匪谌(chén):指命运无常不可信。谌,诚。一说信。
⑦鲜:少。

文王曰咨[①],	文王曾有此叹息:
咨女殷商[②]!	“唉,你这殷商的纣王!
曾是强御[③],	竟然凶暴又强横,
曾是掊克[④]。	聚敛钱财害百姓。
曾是在位[⑤],	竟能登上君王位,
曾是在服[⑥]。	竟能专横发号令。
天降滔德[⑦],	天降傲慢恶德人,
女兴是力[⑧]。	群臣助长他横行。”

【注释】

①咨:嗟叹声。此下数章都是借文王之言指责殷商以讽喻厉王。
②女:汝,你。
③曾:乃,竟然。强御:为强盛威武之意。又作“强圉”。
④掊克:聚敛之臣。
⑤在位:指处于统治地位。
⑥在服:指从事。服,事。
⑦滔德:傲慢骄横。滔,通“慆”,倨慢。
⑧女兴是力:《郑笺》:“女群臣又相与而力为之。言竟于恶。”女,

你，指群臣。兴，助长。

文王曰咨，	文王曾有此叹息：
咨女殷商！	“唉，你这殷商的纣王！
而秉义类①，	你应任用善良人，
强御多怼②。	却用贪暴引众怨。
流言以对③，	诽谤贤者用谣言，
寇攘式内④。	强盗窃贼收身边。
侯作侯祝⑤，	祈求鬼神害忠良，
靡届靡究⑥。	干的坏事说不完。”

【注释】

①而：尔，你。秉：操持，任用。义类：善类。

②怼（duì）：怨恨。

③流言：谣言。对：遂。《毛传》：“对，遂也。”《郑笺》：“皆流言谤毁贤者，王若问之，则又以对。”

④寇攘：盗窃国家资财。式：以，因此。内：入。

⑤侯：有。作、祝：《毛传》：“作、祝，诅也。”《郑笺》：“王与群臣乖争而相疑，日祝诅求其凶咎无极已。”指祈求鬼神加祸于别人。

⑥届：尽。究：穷。

文王曰咨，	文王曾有此叹息：
咨女殷商！	“唉，你这殷商的纣王！
女炰烋于中国①，	横行天下太猖狂，
敛怨以为德②。	竟把恶人当忠良。

不明尔德[3]，　善恶不分德行昏，
时无背无侧[4]。　你的身旁无贤人。
尔德不明，　不分好坏心不明，
以无陪无卿[5]。　没有陪臣和公卿。”

【注释】

①炰烋(páo xiāo)：即“咆哮”。《郑笺》：“炰烋，自矜气健之貌。”《文选·魏都赋》注引此诗作“咆哮于中国”。中国：即“国中”。

②敛：聚。怨：指凶暴怨怒者。《郑笺》：“敛聚群不逞作怨之人，谓之有德而任用之。”

③不明：无知人之明。

④时：是。《韩诗》作“以”，亦通。无背无侧：《毛传》：“背无臣，侧无人也。”

⑤无陪无卿：《毛传》：“无陪贰，无卿士也。”《郑笺》：“无臣无人，谓贤者不用。”

文王曰咨，　文王曾有此叹息：
咨女殷商！　“唉，你这殷商的纣王！
天不湎尔以酒[1]，　上天不让你酗酒，
不义从式[2]。　不应干那不义事。
既愆尔止[3]，　行为仪态已大错，
靡明靡晦[4]。　不分昼夜没节制。
式号式呼[5]，　醉后狂呼又乱叫，
俾昼作夜。　直把黑夜当白昼。”

【注释】

①湎：沉溺于酒。

②不义从式：不应该跟着去做。《毛传》："有沉湎于酒者，是乃过也，不宜从而法行之。"义，宜，应该。从，跟从。式，用。

③愆：过失，犯错误。而：尔，你。止：仪态举止。

④靡明靡晦：言不分白天黑夜。明，白天。晦，晚上。

⑤号、呼：指酒后狂呼乱叫。

文王曰咨，	文王曾有此叹息：
咨女殷商！	"唉，你这殷商的纣王！
如蜩如螗[①]，	政局混乱如蝉唱，
如沸如羹[②]。	又如沸水如滚汤。
小大近丧[③]，	大事小事全败坏，
人尚乎由行[④]。	一意孤行你崇尚。
内奰于中国[⑤]，	国内百姓怒气生，
覃及鬼方[⑥]。	怒火延伸到四方。"

【注释】

①螗：蝉之大而黑色者。蜩螗鸣声嘈杂，此形容时势的混乱。

②沸：开水。羹：菜汤。此是说政局混乱，如水沸，如羹烂。

③丧：失败。

④由行：由此而行。此是说百事尽败，却仍一意孤行。

⑤奰（bì）：盛怒。《毛传》："奰，怒也。不醉而怒曰奰。"《说文》："奰，壮大也。"奰有怒和壮大之意，可释为盛怒。

⑥覃（tán）：延及。鬼方：远方。

文王曰咨，
咨女殷商！
匪上帝不时[①]，
殷不用旧[②]。
虽无老成人[③]，
尚有典刑[④]。
曾是莫听，
大命以倾[⑤]。

文王曾有此叹息：
“唉，你这殷商的纣王！
并非上帝不善良，
是你废弃旧典章。
虽已没有元老臣，
还有祖先旧规章。
这些道理你不听，
国家命运将沦丧。”

【注释】

①时：是，善。

②旧：指旧的典章法制。

③老成人：旧臣。

④典刑：法规。刑，通“型”。

⑤大命：国家的命运。倾：倒塌。

文王曰咨，
咨女殷商！
人亦有言[①]：
颠沛之揭[②]，
枝叶未有害，
本实先拨[③]。
殷鉴不远[④]，
在夏后之世[⑤]。

文王曾有此叹息：
“唉，你这殷商的纣王！
人们常说这样话：
‘倒伏大树根离地，
枝叶虽未受损伤，
它的根基已拔光。
殷商教训并不远，
夏桀下场在眼前。’”

【注释】

①亦:语助词。

②颠沛:跌倒。揭:高举,指树木倒地后,根部翘起。

③拨:当从《鲁诗》作“败”,即毁坏。

④鉴:镜子。

⑤夏后:夏王。夏代一般称国君为“后”,不称王。

抑

【题解】

这是周朝的一位老臣劝告、讽刺周王并自我警戒的诗。《毛诗序》说:“《抑》,卫武公刺厉王,亦以自警也。”据《国语·楚语》记载:“昔卫武公年数九十有五也矣,犹箴儆于国曰:自卿以下至于师长士,苟在朝者,无谓我老耄而舍我,必恭恪于朝,朝夕以交戒我。闻一二之言,必诵志以纳之,以训道我……于是作《懿》,戒以自儆也。”《懿》就是今《大雅》中《抑》篇。但作者是否是卫武公,所刺是否厉王,引起后人许多纷争。魏源《诗古微》说:“《抑》,卫武公作于为平王卿士之时,距幽没三十余载,距厉没八十余载。尔、女、小子,皆武公自儆之词,而刺王室在其中矣。‘修尔车马,弓矢戎兵’,冀复镐京之旧,而慨平王不能也。”他认为是刺周平王的,可为一说。就诗的内容来看,这是周王朝一位老臣劝告周王并以此自警的诗是不错的。

抑抑威仪[1],	美好仪容礼谦恭,
维德之隅[2]。	此人品德必端正。
人亦有言:	人们有句老俗话:
靡哲不愚[3]。	“大智若愚”耳常听。

庶人之愚，
亦职维疾[4]。
哲人之愚，
亦维斯戾[5]。

普通民众的愚昧，
那是缺点很正常。
智者看来很愚昧，
这种情况就反常。

【注释】

①抑抑：通“懿懿”，慎密貌。威仪：容止礼节。

②维德之隅：此句是说：容止礼节，同道德相匹配，有诸内而形于外。维，乃，是。隅，当作“偶”，匹配。

③靡：无。哲：聪明人。一说此句即“大智若愚”之意。

④亦：语助词。末句同。职：只。疾：毛病，缺点。

⑤戾：乖戾，反常。

无竞维人[1]，
四方其训之[2]。
有觉德行[3]，
四国顺之。
讦谟定命[4]，
远犹辰告[5]。
敬慎威仪，
维民之则。

国富必须有贤人，
四方诸侯才顺从。
有了正直的德行，
四方诸侯才服膺。
宏伟计划应确定，
远大谋略时讲明。
举止行为要谨慎，
百姓以此为典型。

【注释】

①无：发语词。竞：强。维：以，由于。人：指贤人。

②四方：指诸侯。训：顺，顺从。

③有觉：即“觉觉”。觉，为“梏”的假借，《礼记·缁衣》引此诗正作“梏”，高大正直貌。

④讦(xū)：大。谟：谋略，计划。定：确定。命：号令。

⑤远犹：远谋。辰告：指随时宣告。辰，时，随时。

其在于今，	且看当今的情形，
兴迷乱于政[①]。	国政混乱无人听。
颠覆厥德[②]，	上上下下品德坏，
荒湛于酒[③]。	沉湎于酒醉醺醺。
女虽湛乐从[④]，	只知纵酒和享乐，
弗念厥绍[⑤]。	先祖伟业难继承。
罔敷求先王[⑥]，	先王治道不广求，
克共明刑[⑦]？	昭明法则怎奉行？

【注释】

①兴：语助词。马瑞辰《毛诗传笺通释》曰：“《尔雅》：‘虚，闲也。’闲即语词。兴与虚双声，兴即虚之假借，亦语词。‘兴迷乱于政’，犹言‘迷乱于政’，兴不为义。”迷乱：混乱。

②颠覆：败坏。厥：其，指周王。

③荒湛(dān)：言废乱沉湎于酒。

④虽：通“维”，唯独。从：从事。

⑤弗：不。念：思。绍：继承。一说“绍”指将来。

⑥罔：无，不。敷：遍。

⑦克：能。共：执。刑：法。

肆皇天弗尚[①]，	上天不肯再保佑，

如彼泉流，	好像泉水空自流，
无沦胥以亡[②]。	相继沦亡没个头。
夙兴夜寐，	应当早起又晚睡，
洒扫庭内，	就像厅堂常扫除，
维民之章[③]。	为民表率你领头。
修尔车马，	修好你的车和马，
弓矢戎兵[④]，	弓箭武器准备足。
用戒戎作[⑤]，	警惕随时战事起，
用逷蛮方[⑥]。	征服蛮方的部族。

【注释】

①肆：犹“故”。尚：佑助，保佑。

②无：发语词。沦胥：相率，相随。

③维：为，做。章：法则。

④戎兵：武器。

⑤戎作：指战事发生。

⑥逷（tì）：当读为“剔”，有剪除、治服之义。蛮方：远方异族。

质尔人民[①]，	谨慎对待你百姓，
谨尔侯度，	按照君侯法度行，
用戒不虞。	警惕意外事故生。
慎尔出话，	讲话出口要慎重，
敬尔威仪[②]，	言行举止要端正，
无不柔嘉[③]。	处处和善美颜容。
白圭之玷[④]，	白玉如果有瑕疵，

尚可磨也；	还可打磨去除净。
斯言之玷，	要是讲话出毛病，
不可为也！	想要挽救不可能。

【注释】

①质：《齐诗》作“诰”，《鲁诗》《韩诗》作“告”。马瑞辰《毛诗传笺通释》曰：“诰当为诘字之讹。”诘，谨。

②敬：敬重，重视。

③柔嘉：和善。

④玷：玉上的污点。

无易由言，	不可轻易发意见，
无曰苟矣。	说话不能太随便。
莫扪朕舌，	虽说没人按你舌，
言不可逝矣。	话一说出难改变。
无言不雠[①]，	没有出言无反应，
无德不报。	没有施德不报善。
惠于朋友，	友善对待僚和友，
庶民小子。	庶民小子莫轻看。
子孙绳绳[②]，	子子孙孙无尽穷，
万民靡不承。	万民没人不顺从。

【注释】

①雠：通“酬”，应答。

②绳绳（mǐn）：继续之意。一说戒慎貌。

视尔友君子，	对待同僚与君长，
辑柔尔颜[①]，	面色温柔又和善，
不遐有愆[②]。	不会有错招人厌。
相在尔室[③]，	当你独处于暗室，
尚不愧于屋漏[④]。	无愧神明品行端。
无曰不显，	不要认为屋里暗，
莫予云觏[⑤]。	行为美丑没人见。
神之格思[⑥]，	神灵随时会来到，
不可度思，	无法预知无先见，
矧可射思[⑦]。	任意猜度无远见。

【注释】

①辑柔：和柔，指和颜悦色。

②不遐：不至于。愆：过错。

③相：视。一说譬如。

④尚：尚且，庶几。不愧于屋漏：即言不愧于神明。一说指白天日光从天窗照入屋内。屋漏，屋子西北隅隐蔽之处。古代在屋之西北隅设小帐以供神主，称屋漏。

⑤云：语助词。觏：看见。

⑥格：至，来。思：语气词。

⑦矧(shěn)：况且。射：通“斁”，厌恶。一说读“射覆”之“射”，即猜中。

辟尔为德[①]，	美好品德你彰显，
俾臧俾嘉[②]。	尽善尽美人人赞。

淑慎尔止[③]，　　举止谨慎仪态美，
不愆于仪[④]。　　礼仪不错心无悔。
不僭不贼[⑤]，　　不犯错误不害人，
鲜不为则。　　成为榜样好口碑。
投我以桃，　　你赠给我一颗桃，
报之以李。　　我会回报你甜李。
彼童而角[⑥]，　　扎着髻角的顽童，
实虹小子[⑦]。　　头脑昏昏不明理。

【注释】

①辟：明，即修明之意。

②俾：使。臧、嘉：都是美善的意思。

③淑：善。止：举止行为。

④愆：过失。仪：礼节。

⑤僭：差错。贼："贰"字之讹，也作"忒"或"慝"，意即差爽，过失。

⑥彼童而角：此指总角童子。古少年受冠礼前，皆头梳两辫，如两角。

⑦虹："讧"的借字，惑乱。

荏染柔木[①]，　　椅桐梓漆柔又坚，
言缗之丝[②]。　　制成琴瑟安丝弦。
温温恭人[③]，　　温厚谦恭的长者，
维德之基。　　道德根基人夸赞。
其维哲人，　　唯有智慧的贤人，
告之话言[④]，　　告你古代的善言，

顺德之行。	遵循道德行得端。
其维愚人，	那些愚昧糊涂人，
覆谓我僭[5]，	反说我话是虚言，
民各有心。	人心各异难分辨。

【注释】

①荏染：柔软坚韧之貌。柔木：指椅、桐、梓、漆等，此木可为琴瑟之材。

②缗（mín）：绳，此处作动词用，安上。丝：琴瑟之弦。

③温温：和柔貌。

④话言：古之善言也。话，为“诂”字之误。

⑤覆：反而。僭：错误。

於乎小子[1]，	后生晚辈太年轻，
未知臧否[2]！	好坏善恶分不清！
匪手携之[3]，	非但需我拉你走，
言示之事。	还曾教你办事情。
匪面命之，	当面细心仔细说，
言提其耳[4]。	拉起耳朵让你听。
借曰未知[5]，	年幼无知尚可谅，
亦既抱子[6]。	你已有子抱怀上。
民之靡盈[7]，	人应谦虚不自满，
谁夙知而莫成[8]？	谁能早慧器晚成？

【注释】

①於乎：呜呼。

②臧否(pǐ):善恶。

③匪:不只,非但。

④提其耳:拉着耳朵相告以事,指唯恐其听不见。

⑤借曰:假如说。

⑥抱子:指已有了儿子。

⑦靡盈:不是一切都好。

⑧谁夙知而莫成:言谁早慧而反晚成。夙知,早慧。莫,即“暮”。

昊天孔昭[①],	老天看得最明白,
我生靡乐[②]。	我这一生没愉快。
视尔梦梦[③],	看你办事懵懂懂,
我心惨惨。	我心郁闷又悲哀。
诲尔谆谆[④],	诚诚恳恳教导你,
听我藐藐[⑤]。	却对我言不理睬。
匪用为教,	你们不用我教导,
覆用为虐[⑥]。	反拿我言作笑料。
借曰未知,	说你还幼无知识,
亦聿既耄[⑦]!	你年实已不老小!

【注释】

①孔昭:非常明亮。

②靡乐:不快乐,没乐趣。

③梦梦:即“昏昏”,糊涂貌。

④谆谆:教诲不倦貌。

⑤藐藐:轻视忽略貌。

⑥虐:通“谑”,戏谑。

⑦耄(mào):老。《吕氏家塾读诗记》:“既髦,非谓其老也,犹今人责未更事者曰:‘既老大矣。’甚言之也。”

於乎小子,
告尔旧止[①]。
听用我谋,
庶无大悔[②]。
天方艰难,
曰丧厥国[③]。
取譬不远,
昊天不忒[④]。
回遹其德[⑤],
俾民大棘[⑥]!

后生小子莫轻狂,
告诉你们旧典章。
如果听从我主张,
不致有悔遭祸殃。
天下时势正艰难,
国家可能会沦丧。
这种例子并不远,
上天报应很允当。
邪僻之性如不改,
将使百姓遭大殃!

【注释】

①旧:旧的典章制度。止:语气词。

②庶:庶几,希冀之词。悔:过失。一说“悔恨”。

③曰:同“聿”,发语词。

④忒:偏差。

⑤回遹(yù):邪僻。

⑥棘:通“急”,困急,灾难。

桑柔

【题解】

这是西周卿士芮良夫(芮伯)哀伤周厉王暴虐昏庸,任用非人,终于灭亡而作的诗。《毛诗序》说："《桑柔》，芮伯刺厉王也。"这个说法比较可信。郑玄说："芮伯，畿内诸侯，王卿士也，字良夫。"《左传·文公元年》引用《桑柔》第十三章时，即称此为"周芮良夫之诗"。王符《潜夫论·遏利篇》也说："昔周厉王好专利，芮良夫谏而不入，退赋《桑柔》之诗以讽。"此诗写作时间大约在周厉王被流放到彘以后，当时大乱未已，百姓流亡，而朝臣仍然为非作歹。作者沉痛而剀切地陈辞，指出王朝必然倾覆的原因，忠愤之情溢于言表。在诗中，诗人既叹百姓之困穷，又伤国事之昏乱；既探祸乱之根，又言救乱之道；既叹生不逢时，又伤救世无力；既指斥国君之昏庸，又斥群僚不敢进言；既斥责小人乱国之行，又指斥王之不能用贤。最后说明作诗之缘由。全诗呈现在沉郁与忧伤的情调中。沈守正《诗经说通》云："芮伯世臣，忠愤郁积，又值监谤之世，欲抑则不欲，欲直则不能，故情旨沉绵，不自知其凄婉；文词详娓，不自厌其重复。读者当得其言外之感，不可分章摘句以求之。"此诗对后代诗人也产生很大影响，屈原的《哀郢》《怀沙》诸篇，情调和此诗就极为相近。

菀彼桑柔[①]，	繁茂桑树枝叶柔，
其下侯旬[②]。	树下一片好绿荫。
捋采其刘[③]，	叶被捋尽枝条稀，
瘼此下民[④]。	穷困百姓难遮身。
不殄心忧[⑤]，	心中忧愁难断绝，
仓兄填兮[⑥]！	悲怆长使我郁闷！
倬彼昊天[⑦]，	无比光明的上苍，
宁不我矜[⑧]。	竟然对我不怜悯。

【注释】

①菀(wǎn)彼:即“菀菀”,茂盛貌。桑柔:即“柔桑”,指柔嫩的桑枝。

②其下:指桑树之下。侯:维,是。旬:树荫遍布。《毛传》:“旬,言阴均也。”此句是说因桑叶浓密,桑下满布树荫。

③捋(luō):用手撸下树叶。刘:指桑叶被采光,枝条稀疏之状。

④瘼(mò):病,疾苦。下民:下层百姓。

⑤不殄:不绝。《郑笺》:“民心之忧无绝已。”

⑥仓兄:通“怆怳”,凄凉纷乱貌。填:通“陈”,长久。

⑦倬(zhuō)彼:即“倬倬”,光明而广大貌。

⑧宁:何。矜:怜悯。

四牡骙骙[①],	四匹雄马不停奔,
旟旐有翩[②],	彩绘大旗迎风扬,
乱生不夷,	祸乱爆发没平息,
靡国不泯[③]。	没有一国不遭殃。
民靡有黎[④],	百姓死亡无少壮,
具祸以烬[⑤]。	全部遭难尽死光。
於乎有哀[⑥],	呜呼长叹心悲哀,
国步斯频[⑦]!	国势危急令人伤!

【注释】

①骙骙(kuí):马奔驰不停貌。

②旟旐:画有鹰隼龟蛇图像的旗子。有翩:即“翩翩”,旌旗翻飞貌。

③泯:灭。一说乱。

④黎:众。姚际恒《诗经通论》曰:“民靡有黎,犹‘周余黎民,靡有孑遗’之意,以八字缩为四字,简妙。”

⑤具：同“俱”。烬：本指火烧后的灰烬，这里是指人民遭遇战祸，剩余无几。

⑥於乎：呜呼，哀痛之声。

⑦国步：国家命运。频：危急。

国步蔑资[1]，	国家混乱资财尽，
天不我将[2]。	上天不再扶周邦。
靡所止疑[3]，	没有地方可安身，
云徂何往？	不知将要向何方？
君子实维[4]，	君子扪心想一想，
秉心无竞[5]。	存心为国要互让。
谁生厉阶[6]？	是谁制造此祸端？
至今为梗[7]！	至今还在遭灾殃！

【注释】

①蔑：轻，轻蔑。资：资用，资财。

②将：养。《郑笺》：“国家为政，行此轻蔑民之资用，是天不养我也。”

③疑：通“凝”，定，安靖。

④维：为。一说通“惟”，训“思”。

⑤秉心：存心。无竞：无争。言不同人争权夺利。一说通“竟”，言无穷竟。

⑥厉阶：祸端。

⑦梗：病，灾害。

忧心慇慇[1]，	忧心忡忡心悲伤，

念我土宇[②]。	思念故土我家乡。
我生不辰[③]，	生不逢时实可悲，
逢天僤怒[④]。	赶上老天怒发狂。
自西徂东，	人们从西逃到东，
靡所定处[⑤]。	没有安身的地方。
多我觏痻[⑥]，	遭遇苦难实在多，
孔棘我圉[⑦]！	边境告急将怎样！

【注释】

①慇慇(yīn)：心痛貌。

②土宇：土地房屋。

③不辰：不时，指出生不是时候。

④僤(dàn)怒：疾怒。

⑤定处：安身之处。

⑥觏痻(mín)：遇到灾难。觏，遇到。痻，病，病困。

⑦孔棘：甚急。圉：边疆。

为谋为毖[①]，	制定策略要审慎，
乱况斯削[②]。	动乱局面能减轻。
告尔忧恤[③]，	劝你尽力忧国事，
诲尔序爵[④]。	劝你合理用贤能。
谁能执热，	谁能炎炎酷暑下，
逝不以濯[⑤]？	不去水下冲个凉？
其何能淑，	国事如果没好转，
载胥及溺[⑥]。	大家接连都丧亡。

【注释】

①谋：谋划。毖：谨慎。

②乱况：祸乱状况。斯：则，乃。削：减少。

③忧恤：忧虑，指忧虑国事。

④序爵：予爵，即给予爵位。指治国当用贤者。

⑤逝不：何不。濯：当指沐浴冲凉。《毛传》："濯，所以救热也。"

⑥载：则。胥：相，相率。溺：淹死。

如彼溯风①，	如同对着劲风行，
亦孔之僾②。	呼吸自然不顺畅。
民有肃心③，	人们都有进取心，
荓云不逮④。	但他有力用不上。
好是稼穑⑤，	应该重视农耕事，
力民代食⑥。	百姓劳作官有粮。
稼穑维宝，	农业生产是个宝，
代食维好。	官家有粮国兴旺。

【注释】

①溯风：迎着风，指逆风而行。

②僾（ài）：呼吸困难貌。

③肃心：进取心。一说肃慎之心。

④荓（pīng）：使。不逮：不及。指不能实现。

⑤好：喜爱。稼穑：指农业劳动。

⑥力民：指尽人之力耕作。代食：代替做官食禄。

天降丧乱，	动乱丧亡从天降，

灭我立王[①]。	要灭我们的君王。
降此蟊贼[②]，	降下无数的害虫，
稼穑卒痒。	庄稼禾苗全吃光。
哀恫中国，	可哀可痛我中国，
具赘卒荒[③]。	接连不断闹灾荒。
靡有旅力[④]，	我们已经没精力，
以念穹苍[⑤]。	只能呼告那上苍。

【注释】

①立王：即在位之王。此指周厉王。立，同“位”。

②蟊贼：吃苗根的害虫。这里当泛指天灾。

③具：俱，都。赘：通“缀”，接连。荒：灾荒。

④旅力：体力。

⑤念：当读为“谂”，告也。穹苍：苍天。

维此惠君[①]，	只有贤惠的君王，
民人所瞻。	人民对他才敬仰。
秉心宣犹[②]，	心地光明善治国，
考慎其相[③]。	认真选用良卿相。
维彼不顺[④]，	唯有无道的昏君，
自独俾臧[⑤]，	快活只知自己享。
自有肺肠[⑥]，	别有一副坏心肠，
俾民卒狂[⑦]。	使民迷惑而疯狂。

【注释】

①惠君:通情达理的君主。

②秉心:持心,存心。宣犹:光明之道。

③考:察看。慎:谨慎。相:相辅。

④不顺:悖理,指无道之君。

⑤臧:善。

⑥自有肺肠:想法与众不同,别具一副心肝。实指坏心肠。

⑦卒狂:全都狂惑迷乱。

瞻彼中林, 看那茂密的树林,
甡甡其鹿[①]。 众多野鹿结成群。
朋友已谮[②], 朋友之间却欺诈,
不胥以穀[③]。 不以善意相接近。
人亦有言: 人们常说这样话:
进退维谷[④]。 进退两难真苦闷。

【注释】

①甡甡(shēn):众多貌。

②谮:不信任。一说:谮,谗也。

③胥:相。以:与。穀:善。

④进退维谷:言进退两难。谷,"鞫"的假借,穷,困窘。

维此圣人, 唯有圣人有远见,
瞻言百里[①]。 百里以外能看清。
维彼愚人, 只有愚人蠢透顶,

覆狂以喜。　　眼前微利喜发疯。
匪言不能，　　并非有口不能言，
胡斯畏忌？　　为何如此多忌惮？

【注释】

①瞻：远望。言：语助词。百里：指有远见。《毛传》："瞻言百里，远虑也。"

维此良人，　　那些心地善良人，
弗求弗迪①；　　不去奢求不钻营；
维彼忍心②，　　那些残忍狠心人，
是顾是复③。　　官爵利禄不放松。
民之贪乱④，　　人们唯恐天不乱，
宁为荼毒⑤。　　宁受荼毒同完蛋。

【注释】

①求：奢求。迪：干进。

②忍心：即有残忍之心的人。

③顾：顾念，瞻前顾后。是：这个，指利禄官爵。复：反复。陈奂《诗毛氏传疏》："彼忍心之人，惟是瞻顾反复无常德也。"

④贪乱：贪欲作乱。

⑤宁：宁愿。荼毒：苦难，残害。

大风有隧①，　　狂风必然有道隧，
有空大谷②。　　空旷山谷是出处。

维此良人，	那些心地善良人，
作为式穀[③]；	皆行善道人称颂；
维彼不顺，	那些不懂道理人，
征以中垢[④]。	好像陷入污泥坑。

【注释】

①隧：道。大风必有来道。

②有空：即“空空”。大。《郑笺》：“大风之行，有所从而来，必从大空谷之中，喻贤愚之所行各由其性。”

③式穀：用善。陈奂《诗毛氏传疏》：“言良人之作为，皆用以善道也。”

④征：行。中垢：《毛传》：“中垢，言暗冥也。”《孔疏》：“垢者，土处地中而有垢，故以中垢言暗冥也。”朱熹《诗集传》：“征，行也。中，隐暗也。垢，污秽也。大风之行有隧，盖多出于空谷之中，以兴下文君子小人所行亦各有道耳。”此句指小人作阴暗之事。

大风有隧，	狂风必然有道隧，
贪人败类[①]。	贪赃枉法害善类。
听言则对[②]，	听到途言相应答，
诵言如醉[③]。	听到谏言就装醉。
匪用其良[④]，	忠告良言不采用，
覆俾我悖[⑤]。	反而说我是理悖。

【注释】

①贪人：贪赃枉法之人。败类：残害善类。《毛传》：“类，善也。”

②听言:道听途说之言。对:答。
③诵言:指讽谏之言。诵,《说文》:"诵,讽也。"醉:假作醉态。
④良:指善人。一说"良言"。
⑤覆:反。俾:使。悖:悖逆。

嗟尔朋友[①],	我的同僚朋友们,
予岂不知而作?	我岂不知你作为?
如彼飞虫[②],	就像乱飞的小鸟,
时亦弋获[③]。	有时被射从天坠。
既之阴女[④],	我来忠告救助你,
反予来赫[⑤]。	反而恐吓又示威。

【注释】

①嗟尔:犹"嗟乎",叹呼声。
②飞虫:指飞鸟。古鸟兽皆可称虫。
③弋获:射中捕获。《郑笺》:"我岂不知所行者恶与?女所行如是,犹鸟飞行,自恣东西南北,时也为弋射者所得。"马瑞辰云:"诗以飞鸟之难射,时亦以弋射获之,喻贪人之难知,时亦以窥测得之耳。"
④既:已经。之:往。阴:复阴。荫庇、救助之意。女:汝。
⑤反予来赫:你反来威吓我。赫,字亦作"嚇",吓。

民之罔极[①],	民众行为没定准,
职凉善背[②]。	只因官吏善骗人。
为民不利,	他们专干害民事,
如云不克。	不害好人心不宁。

民之回遹[3]，	民众行为不端正，
职竞用力[4]。	只因官府施暴政。

【注释】

①罔极：无准则。此句说百姓不守正道，犯上作乱。

②职：指当政者，官吏。凉：薄，不讲信用。善背：互相欺违。

③回遹(yù)：邪僻。

④竞：逐，争。用力：任用暴力。《郑笺》："言民之行维邪者，主由为政者逐用彊力相尚故也。"

民之未戾[1]，	民众至今不安宁，
职盗为寇[2]。	只因官府盗寇行。
凉曰不可[3]，	诚劝此法行不通，
覆背善詈[4]。	背地大骂不听从。
虽曰匪予[5]，	你说恶事非你为，
既作尔歌[6]。	已经作歌让你听。

【注释】

①未戾：没有安定。

②职盗为寇：为政者像盗贼般对百姓抢掠。

③凉："谅"的假借，确实。

④覆：反而。背：背后。詈(lì)：骂。

⑤匪予：意为恶事非自己所为。予，我。指王。

⑥既作尔歌：已为你们作歌。既，已，已经。

云汉

【题解】

这是周宣王求神祈雨的诗。宣王二年至六年间,天大旱,此诗就是宣王向上天求雨的祷词。诗中充满了无可奈何的忧虑,反反复复讲灾难的严重,灾难造成的后果,自己祈祷的虔诚,敬畏恳切之情达到了极点。周宣王被称为"中兴之主",他在位四十六年,由于周公、召公的辅助,能继承文、武、成、康的遗风,征西戎,伐猃狁,征荆蛮,平淮夷,使周王室得到复兴。从求雨真诚急切之意,可见其为政兢兢业业之心。《毛诗序》:"《云汉》,仍叔美宣王也。宣王承厉王之烈,内有拨乱之志,遇灾而惧,侧身修行,欲销去之。天下喜于王化复行,百姓见忧,故作是诗也。"《郑笺》:"仍叔,周大夫也。《春秋》鲁桓公五年夏,'天王使仍叔之子来聘'。"《序》讲宣王在其父厉王衰乱政局之后继承王位,心有拨乱之志,这时遇到大旱年景,他注意自身修养,推行善政,以求消灾免难。周大夫仍叔作此诗赞美他。诗是否为仍叔所作有争议,但诗的内容是赞美宣王的,古今无异议。

倬彼云汉[①],	浩瀚广大的天河,
昭回于天[②]。	不停在空中运转。
王曰於乎[③]:	周王无奈仰天叹:
何辜今之人!	当今百姓何罪愆!
天降丧乱,	上天降下这丧乱,
饥馑荐臻[④]。	饥饿灾荒相接连。
靡神不举[⑤],	何方神灵都祭祀,
靡爱斯牲[⑥]。	什么牺牲都贡献。
圭璧既卒[⑦],	祭神圭璧已用完,

宁莫我听。　　我的祈求不实现。

【注释】

①倬(zhuō)彼:即"倬倬",光明浩大貌。云汉:天河。

②昭:光明。回:旋转,指银河在天空斜转。

③王:指周宣王。厉王子,名静。他继王室衰亡之后,能内修政治,外安四夷,是一位中兴之主。在位四十六年。於乎:即"呜呼"。

④荐:屡次。臻(zhēn):至。

⑤靡:无。举:祭祀。言无神不祭。

⑥爱:吝惜。斯:这些。牲:牺牲,祭祀用的牛羊猪等。

⑦圭璧:玉器。周人祭神用玉。卒:尽。指为祭礼鬼神,玉已用尽。

旱既大甚,　　旱象实在太严重,
蕴隆虫虫[①]。　　热气蒸腾如熏蒸。
不殄禋祀[②],　　祭祀从来未停止,
自郊徂宫[③]。　　郊祭直到祖庙中。
上下奠瘗[④],　　天地百神全祭奠,
靡神不宗[⑤]。　　对待何神都恭敬。
后稷不克[⑥]?　　祖先后稷不保佑?
上帝不临[⑦]?　　上帝不再来光临?
耗斁下土[⑧],　　地上百姓伤殆尽,
宁丁我躬[⑨]!　　竟让我遇这灾星!

【注释】

①蕴隆:热气郁盛。虫虫:即"爞爞",熏也,赤也,形容暑热之貌。

②不殄：不断。禋祀：古代祭天之礼。这里泛指祭祀。

③自郊徂宫：从郊野到宫室宗庙。徂，往，到。

④奠：陈列祭品。瘗(yì)：埋，指埋藏祭品。“奠”是祭天神的礼仪。“瘗”是祭地神的礼仪。

⑤宗：尊敬。

⑥不克：《郑笺》：“克当作刻。刻，识也。是我先祖后稷不识知我之所困与？”或解为“不能”。

⑦临：照临，监护。临亦有“保”意。

⑧耗：损耗。斁(dù)：败坏。

⑨宁：乃。丁：当，逢上。我躬：我身。

旱既太甚，　　旱象实在太严重，
则不可推[①]。　　情况不能再转轻。
兢兢业业[②]，　　我们惊恐又不安，
如霆如雷[③]。　　就像霹雷会轰顶。
周余黎民，　　周邦剩余的百姓，
靡有孑遗[④]。　　没有生存的可能。
昊天上帝，　　广大无边的上帝，
则不我遗[⑤]。　　竟然不对我同情。
胡不相畏[⑥]？　　为何不能施惠爱？
先祖于摧[⑦]？　　依靠祖先也不能？

【注释】

①推：退，排除。指大旱不能排除。

②兢兢业业：危惧恐慌貌。

③霆：霹雷。指旱灾如雷霆使人恐惧。

④孑遗：遗留，剩下。言无不受灾者。

⑤遗(wèi)：存问，安慰。一说"赠送"。

⑥相畏：即"相爱"。畏，当读为"偎"，爱。

⑦摧：就，靠近。《毛传》："摧，至也。"

旱既太甚，　　　　旱象实在太严重，
则不可沮。　　　　想要阻挡却不能。
赫赫炎炎[①]，　　　太阳如火在烘烤，
云我无所。　　　　已无处所可逃生。
大命近止[②]，　　　寿命即将要结束，
靡瞻靡顾。　　　　上天不看不顾念。
群公先正[③]，　　　先公先贤的神灵，
则不我助。　　　　也不帮我度灾难。
父母先祖[④]，　　　还有父母和先祖，
胡宁忍予！　　　　为何忍心不救咱！

【注释】

①赫赫：天旱燥热貌。炎炎：暑气灼人貌。

②大命：寿命。

③群公：指前代先公神灵。先正：前代贤臣的神灵。

④父母：指死去父母的神灵。

旱既太甚，　　　　旱象实在太严重，
涤涤山川[①]。　　　江河枯竭草木焦。
旱魃为虐[②]，　　　旱神作恶到极顶，

如惔如焚[3]。　　烈日炎炎似火烧。
我心惮暑[4]，　　心里实在畏暑热，
忧心如熏。　　忧心如焚像煎熬。
群公先正，　　先公先正的神灵，
则不我闻[5]？　　我的呼叫听不到？
昊天上帝，　　昊天之上的上帝，
宁俾我遯[6]！　　你让我向哪里逃！

【注释】

①涤涤：草木干枯无余之貌。《毛传》："涤涤，旱气也。山无木，川无水。"

②旱魃(bá)：神话传说中的旱魔。为虐：作恶。

③惔：借作"炎"，火光升起。

④惮暑：苦热，害怕暑热。惮，惧怕。

⑤闻：一说通"问"，恤问。

⑥宁：难道。遯：今作"遁"，逃。

旱既太甚，　　旱象实在太严重，
黾勉畏去[1]。　　尽心祈祷仍慌恐。
胡宁瘨我以旱[2]？　　为何酷旱折磨我？
憯不知其故[3]。　　其中缘故不知情。
祈年孔夙[4]，　　祈年祭祀不算晚，
方社不莫[5]。　　方社之祭也很早。
昊天上帝，　　昊天之上的上帝，
则不我虞[6]？　　为何不助不宽饶？

敬恭明神，	对待神明很恭敬，
宜无悔怒。	想来神明不该恼。

【注释】

①黾勉畏去：此句言黾勉从事而犹有所畏却，恐无济于事。马瑞辰《毛诗传笺通释》引《广雅·释诂》曰：“畏，恶也。”此句意为“苦此旱而恶去之也”。黾勉，勉力。畏去，当读为“畏却”。

②瘨（diān）：病，害。

③憯（cǎn）：曾，乃。

④祈年孔夙：此句是说祈丰年之祭甚勤。祈年，向神祈求丰年的祭祀。孔夙，甚早。按：早，有勤快之义。

⑤不莫：即不晚。莫，同“暮”。方：祭四方之神。社：祭社神。

⑥虞：帮助。《广雅·释诂》：“虞，助也。”

旱既太甚，	旱象实在太严重，
散无友纪[①]。	群臣无法心散漫。
鞫哉庶正[②]，	官长陷入贫困境，
疚哉冢宰[③]。	冢宰大臣也贫病。
趣马师氏[④]，	养马官和教育官，
膳夫左右[⑤]，	厨师左右亲近臣，
靡人不周[⑥]，	周王个个都救济，
无不能止[⑦]。	救助百姓也不停。
瞻卬昊天，	仰望浩瀚那苍天，
云如何里[⑧]！	忧愁何时才算完！

【注释】

①友："有"的假借。纪：法纪。

②鞫(jū)：穷困。庶正：众官长。庶，众。正，长。

③疚：病，忧苦。冢宰：官名，即太宰，掌王室总务。

④趣马：养马的官。师氏：掌管教育的官。

⑤膳夫：主管天子饮食的官。左右：泛指周宣王左右的大臣。

⑥周：救济。《郑笺》："周，当作赒，王以诸臣困于食，人人赒救之。"

⑦无不能止：马瑞辰《毛诗传笺通释》解为："言虽赒之而其乏无不能救止也。止即救也。"

⑧里："悝"的假借，忧愁。一说通"已"，止也。一说训"忧"。

瞻卬昊天，	仰望昊昊那苍天，
有嘒其星[①]。	满天星光亮闪闪。
大夫君子，	诸位大夫众长官，
昭假无赢[②]。	向神祈祷莫停缓。
大命近止，	我们寿命即将完，
无弃尔成[③]。	不弃前功不怕难。
何求为我[④]，	求雨哪是为自己，
以戾庶正[⑤]。	也为安定众长官。
瞻卬昊天，	抬头仰望那昊天，
曷惠其宁[⑥]。	何时能使我心安。

【注释】

①有嘒其星：马瑞辰《毛诗传笺通释》曰："天旱无雨之象。"

②昭假：向神祈祷。无赢：无缓。

③成：成功，前功。

④我：宣王自称。

⑤戾：安定。

⑥曷：何时。宁：安。

崧高

【题解】

这是尹吉甫为申伯送行的诗。申伯是宣王的舅舅，宣王对他极为宠信，增加他的封地，派人为他建筑谢城和宗庙，又让人帮他迁到谢城。临行赐予他车马介圭，为他饯行。宣王的大臣尹吉甫为此作了这首诗，赠给申伯。《毛诗序》："《崧高》，尹吉甫美宣王也。天下复平，能建国，亲诸侯，褒赏申伯焉。"朱熹《诗集传》说："宣王之舅申伯出封于谢，而尹吉甫作诗以送之。"两相比较，朱说更符合诗意。全诗八章，都是赞扬的话。首章盛赞申伯不同寻常的降生，以及在周廷和诸侯中的地位和作用。起句"崧高维岳，骏极于天"气势雄伟，出手不凡。方玉润《诗经原始》说："起笔峥嵘，与岳势竞隆。后世杜甫呈献巨篇，专学此种。"这种起笔不凡的写法，对后世诗赋创作确实影响很大。第二章写分封谢地，世代守业，成为诸侯国的榜样。第三章写宣王派召伯虎建设谢城，并派傅御搬迁家人。第四章写召伯虎为其建成寝庙，宣王赏赐他骏马四匹。第五章写宣王临别赠言，并馈赠宝玉。第六章写宣王在郊邑设宴饯别。第七章写申伯进入谢城盛况。第八章赞美申伯功德，并说明作诗之意。方玉润评论说："以下历叙王命诸臣代伯经营其国，自城郭、宗庙、宫室、车马、宝玉，以及土田、赋税之属，无不具备。所尤异者，伯之家人，亦令傅御代为迁徙；赴国行粮，亦命召伯早为储备。王之宠臣，可谓至矣。"此诗也反映了古代宗法社会中皇亲国戚的特权，及当时的分封情况，极具史料价值。

崧高维岳[①]， 崇高巍峨太岳山，
骏极于天[②]。 高高耸立接云天。
维岳降神， 是那太岳降神灵，
生甫及申[③]。 生下申甫这二贤。
维申及甫， 唯这申伯和甫侯，
维周之翰[④]。 他是周邦的栋梁。
四国于蕃[⑤]， 诸侯靠他作屏障，
四方于宣[⑥]。 王的恩泽他宣畅。

【注释】

①崧：山大而高。岳：四岳。东岳泰山，南岳衡山，西岳华山，北岳恒山。

②骏：通“峻”，高大。极：至。

③甫：读作“吕”，吕、申都是姜姓之国。《郑笺》：“申，申伯也。甫，甫侯也。皆以贤知入为周之桢干之臣。”

④翰：栋梁。

⑤于：为。蕃：藩篱，屏障。

⑥宣：宣畅。《毛传》：“四方之处恩泽不至，则往宣畅之，使沾王化。”马瑞辰以为宣通“垣”，指垣墙。

亹亹申伯[①]， 勤劳不倦的申伯，
王缵之事[②]。 辅助周王继祖业。
于邑于谢[③]， 在谢修筑了城邑，
南国是式[④]。 南国诸侯的表率。
王命召伯[⑤]， 周王命令臣召伯，

定申伯之宅。	定好申伯的住宅。
登是南邦[6]，	建成南方的邦国，
世执其功[7]。	世代守业永不改。

【注释】

①亹亹（wěi）：勤勉貌。

②缵：继承。《韩诗》作“践”。践，任也。之：其，指申伯。

③谢：地名。在今河南唐河南。

④南国：周之南的国家称“南国”。式：法，榜样。

⑤召伯：召虎，即召穆公，宣王大臣。

⑥登：建成。《尔雅》：“登，成也。”南邦：指谢邑。

⑦执：守成。言世代守其成。

王命申伯：	周王命令这申伯：
式是南邦，	要做南国的榜样，
因是谢人，	依靠谢地的百姓，
以作尔庸[1]。	筑好坚固的城墙。
王命召伯：	周王命令这召伯：
彻申伯土田[2]。	理好申伯的田疆。
王命傅御[3]：	又命朝廷侍御臣：
迁其私人[4]。	迁其家臣同前往。

【注释】

①庸：“墉”的假借，城。一说：庸，功也。

②彻：治理。

③傅：辅助王治理国政者称“傅”。御：侍御，王的侍从官员。

④私人：大夫的家臣。

申伯之功[①]，	申伯筑谢立大功，
召伯是营。	召伯继续来经营。
有俶其城[②]，	修缮完美又坚固，
寝庙既成[③]。	前庙后寝都建成。
既成藐藐[④]，	新建庙寝真壮丽，
王锡申伯：	周王赏赐申伯功：
四牡蹻蹻[⑤]，	四匹雄马很强壮，
钩膺濯濯[⑥]。	胸前佩饰闪闪明。

【注释】

①功：事，指筑城、彻田等工作。

②有俶(chù)：即“俶俶”，新城完美貌。马瑞辰《毛诗传笺通释》：“《说文》：‘俶，善也。’”《毛传》：“俶，作也。”俶，修建。有俶，为城缮修之貌。

③寝庙：前曰“庙”，为礼神之所。后曰“寝”，是人居住之所。

④藐藐：美盛貌。

⑤蹻蹻(jiǎo)：强壮貌。

⑥钩膺：马胸前颈上的带饰。濯濯：光泽鲜明貌。

王遣申伯，	王让申伯去谢城，
路车乘马[①]。	路车乘马来赠送。
我图尔居，	“我细考虑你住地，

莫如南土。　　唯有南方更适宜。
锡尔介圭②，　　赐你珍贵的大圭，
以作尔宝。　　作为镇国的宝器。
往迈王舅③，　　叫声王舅你快去，
南土是保。　　守卫南方的土地。”

【注释】

①路车：诸侯坐的一种车。乘马：四匹马。

②介圭：大圭，古代玉制的礼器。

③迈(jī)：语助词，犹“哉”。王舅：申伯是宣王母亲申后的兄弟，故宣王称其为王舅。

申伯信迈①，　　申伯决定要上路，
王饯于郿②。　　王在郿邑来饯行。
申伯还南，　　申伯决定回南方，
谢于诚归③。　　诚心诚意归谢城。
王命召伯，　　周王命令召穆公，
彻申伯土疆。　　申伯地界要划定。
以峙其粻④，　　备好足够的粮草，
式遄其行⑤。　　好让申伯快起程。

【注释】

①信：确实，信实。《孔疏》：“申伯初不欲离王，王告语复重，心开意解，申伯于是信实欲行。”

②饯：备酒送行。郿：地名，在今陕西眉县东北。

③谢于诚归：即“诚归于谢”。《孔疏》：“诚心归于谢国，古人之语多倒，故申明之。诚归者，决意不疑之词。”

④以：乃，就。峙：通“偫”，储备。粻(zhāng)：粮食。言积蓄粮草，准备出发。

⑤遄(chuán)：迅速。

申伯番番①，	申伯英武气轩昂，
既入于谢，	进入新筑的谢城，
徒御啴啴②。	随从人马步安详。
周邦咸喜，	周邦之人露喜容，
戎有良翰③。	国有栋梁实可庆。
不显申伯④，	这位显赫的申伯，
王之元舅⑤，	他是周王的大舅，
文武是宪⑥。	文韬武略人称颂。

【注释】

①番番(bō)：勇武貌。

②徒御：徒步的，驾车的。指随行人马。啴啴(tān)：安舒快乐貌。《孔疏》：“啴啴，安舒之状。行则安舒，貌则喜乐。”

③戎：你，指宣王。一说指谢地之人。良翰：好栋梁。

④不显：光显。

⑤元舅：大舅。

⑥文武：指文韬武略。宪：表率，模范。

申伯之德，	申伯美德人人夸，
柔惠且直。	和顺正直又温良。

揉此万邦[①]，	安抚天下诸侯国，
闻于四国。	美好声名传四方。
吉甫作诵[②]，	吉甫作了这首歌，
其诗孔硕[③]，	诗意深切篇幅长，
其风肆好[④]，	曲调优美好传唱，
以赠申伯。	以赠申伯表衷肠。

【注释】

①揉：安抚。

②吉甫：即尹吉甫，周宣王卿士。诵：歌，指这篇诗。

③孔硕：甚大，指诗的篇幅长。

④风：曲调。肆好：极好。

烝民

【题解】

此篇与上篇《崧高》同为尹吉甫所作的送别诗。尹吉甫和仲山甫都是周宣王时代的重臣，才德相匹，政绩相类。《烝民》是尹吉甫送别仲山甫的诗。宣王派仲山甫筑城于齐，在他临行时，尹吉甫作了这首诗送给他。《毛诗序》说："《烝民》，尹吉甫美宣王也。任贤使能，周室中兴焉。"朱熹《诗集传》说："宣王命樊侯仲山甫筑城于齐，而尹吉甫作诗送之。"两相比较，朱说更贴近主题。此诗除了赞颂仲山甫的品德功绩外，还有特殊之处，孙钅广《批评诗经》说："语意高妙，探微入奥，又别是一种风格，大约以理趣胜。"此诗确有多处讲理性的章节，如开头四句"天生烝民，有物有则。民之秉彝，好是懿德"，就以理念取胜，讲的是天道和人性的大道理，转而说明仲山甫的品德才能是顺天之则的。后来《孟子·告子上》就引此诗作为阐述性善论的依据，以后的宋明理学家言性与道，也多引此句作为佐证。此诗说理之处虽多，但读起来并不枯燥，因其道理讲得合乎情理，还不时采用一些民间谚语、俗语，很有趣味。加之用词精当，以致诗中许多词语一直流传到今天，如：柔茹吐刚、小心翼翼、明哲保身、爱莫能助、穆如清风等等。诗中还多用叠字，如：业业、捷捷、彭彭、锵锵等，达到绘声绘色的效果，使此诗既生动又入理，增加了诗的表现力。

天生烝民①，	上天生下众百姓，
有物有则。	世间万物有准绳。
民之秉彝②，	人民禀赋这常理，
好是懿德。	自然喜爱好品行。
天监有周③，	上天考察周王朝，
昭假于下④。	向神祈祷心虔诚。
保兹天子，	保佑当今周天子，
生仲山甫⑤。	生下山甫保太平。

【注释】

①烝(zhēng)民：众民。

②秉彝：禀性，秉质。彝，恒常之性。

③监：由上向下察看。

④昭假：向神灵祈祷，表明诚敬之心。

⑤仲山甫：宣王大臣，因封于樊(今河南济源)，排行第二，故又称樊仲、樊侯、樊仲山甫或樊穆仲。据《国语》说，他曾多次谏宣王，是宣王非常得力的宰辅。

仲山甫之德，　　山甫具有好品德，
柔嘉维则。　　温柔和善有准则。
令仪令色，　　和颜悦色仪态美，
小心翼翼。　　办事细心真出色。
古训是式①，　　先人古训必遵守，
威仪是力②。　　礼节仪态都恰合。
天子是若③，　　顺从天子的旨意，
明命使赋④。　　天子命他颁政策。

【注释】

①古训：指先王遗典。式：效法。

②威仪：庄重的礼节、仪表。力：勤勉，努力。

③若：顺。

④赋：通“敷”，颁布。

王命仲山甫：　　周王命令仲山甫：
式是百辟①，　　要做诸侯的榜样，
缵戎祖考②，　　继承祖先的业绩，
王躬是保③。　　保护君王身安康。
出纳王命④，　　随时传达君王命，
王之喉舌⑤。　　君王喉舌你担当。
赋政于外⑥，　　要把王令传都外，
四方爰发⑦。　　贯彻执行到四方。

【注释】

①百辟：指各国诸侯。

②缵：继承。戎：你。祖考：先祖。考，父亲。

③王躬：周王身体。

④出：宣布周王政令。纳：向周王汇报各处情况。

⑤喉舌：指代言人。

⑥外：指京城以外。

⑦发：行，执行。《郑笺》："以布政于畿外，天下诸侯于是莫不发应。"

肃肃王命，	王命严肃又神圣，
仲山甫将之[①]。	山甫领命认真行。
邦国若否[②]，	邦国治理好不好，
仲山甫明之。	山甫看得最分明。
既明且哲，	知识渊博明事理，
以保其身。	保全节操有美名。
夙夜匪解，	早起晚睡不懈怠，
以事一人[③]。	对王尽心善侍奉。

【注释】

①将：执行。

②若否(pǐ)：即"好坏"。若，善，顺。否，恶，闭塞。

③事：侍奉。一人：指周王。

人亦有言：	民间流传这样话：

柔则茹之[①]，　　柿子要拣软的吃，
刚则吐之[②]。　　咬不动的吐掉它。
维仲山甫，　　可是这位仲山甫，
柔亦不茹，　　软的东西他不吃，
刚亦不吐。　　硬的东西也不怕。
不侮矜寡[③]，　　从不欺侮鳏寡人，
不畏强御[④]。　　也不畏惧那恶霸。

【注释】

①茹：吃。

②刚：指坚硬之物。

③侮：欺侮。矜寡：即“鳏寡”，这里指弱者。矜，老而无妻。寡，老而无夫。

④强御：指强悍之人。

人亦有言：　　世俗还有这样话：
德輶如毛[①]，　　德如羽毛一样轻，
民鲜克举之。　　人却很难举起它。
我仪图之[②]，　　仔细揣摩细思考，
维仲山甫举之，　　只有山甫能做到，
爱莫助之。　　爱莫能助心烦恼。
衮职有阙[③]，　　天子政令有缺失，
维仲山甫补之[④]。　　只有山甫能补好。

【注释】

①輶(yóu):轻。

②仪图:揣度,思索。

③衮(gǔn):古代王侯所穿绣有龙纹的礼服。此处喻周王的政治。职:"识"的假借,偶尔,适值。阙:缺,破损。

④补:缝补。此指仲山甫能匡正周王之过错。

仲山甫出祖[①], 山甫外出祭路神,
四牡业业[②], 高大四马气昂扬。
征夫捷捷[③], 从行士兵快速走,
每怀靡及[④]。 犹恐不及心紧张。
四牡彭彭[⑤], 高大四马真雄壮,
八鸾锵锵。 八只鸾铃响叮当。
王命仲山甫, 王向山甫发命令,
城彼东方。 修筑新城于东方。

【注释】

①出:出行。祖:指祖祭,是古代出行时对路神的一种祭祀。

②业业:马高大貌。

③征夫:指随从仲山甫出行的人。捷捷:勤快敏捷貌。

④每怀靡及:常常忧虑事情来不及办理。

⑤彭彭:马奔跑貌。

四牡骙骙[①], 四匹雄马疾奔驰,
八鸾喈喈[②]。 八只鸾铃喈喈鸣。

仲山甫徂齐，	山甫齐国去筑城，
式遄其归[3]。	筑成快速返回京。
吉甫作诵，	吉甫作了送别歌，
穆如清风[4]。	美好歌声如清风。
仲山甫永怀[5]，	山甫在外会思家，
以慰其心。	以此安慰别离情。

【注释】

①骙骙(kuí)：马不停蹄貌。一说强壮貌。

②喈喈：和谐的铃声。

③遄(chuán)：快速。

④穆：和美。清风：轻微之风。《郑笺》："穆，和也。吉甫作此工歌之诵，其调和人之性如清风之养万物然。"

⑤永怀：长思。

韩奕

【题解】

这是一首歌颂韩侯的诗。《毛诗序》说："《韩奕》，尹吉甫美宣王也。能锡命诸侯。"朱熹《诗集传》说："韩侯初立来朝，始受王命而归，诗人作此以送之。《序》亦以为尹吉甫作，今未有据。"朱熹认为此诗既不是美宣王，作者也未必是尹吉甫，而是韩侯受册命后，诗人写的送行诗。这种看法符合诗旨。此诗写了韩侯到都城接受册封和返回封国的全过程，叙事全面，脉络清晰。首述受命之重，再述得赏之丰，又述归宴之盛、妻室之贵、国之富庶，末述职权之要。描写之细致生动，如同我们亲临了一场分封诸侯的大典。分封韩侯，和北方少数民族联了姻，就使北方边陲得以稳定，西周政权也能够稳固。因此此诗不仅有审美价值，还具有史料价值。

奕奕梁山[1]，	梁山巍峨高高耸，
维禹甸之[2]。	大禹治水洪水平。
有倬其道[3]，	有条大道宽又广，
韩侯受命[4]，	韩侯入朝受册命。
王亲命之：	周王亲自下令说：
缵戎祖考[5]。	祖先业绩你继承。
无废朕命，	切莫背弃我命令，
夙夜匪解[6]。	早起晚睡勿懈松。
虔共尔位[7]，	忠于职守要谨敬，
朕命不易。	我不轻易给册封。
榦不庭方[8]，	安定不臣的方国，
以佐戎辟[9]。	辅佐君王来效命。

【注释】

①奕奕：高大貌。梁山：有二说，一说在今陕西韩城西北，一说在今河北固安东南。

②甸：治理。《毛传》："甸，治也。"《郑笺》："梁山之野，尧时俱遭洪水，禹甸之者，决除其灾，使成平田，定贡赋于天子。"

③有倬(zhuō)：即"倬倬"，广阔。

④韩侯：春秋前有二韩：一在今陕西韩城南，一在今河北固安东南，二韩皆姬姓。此诗之"韩"指在河北者。受命：受周王册命。

⑤缵(zuǎn)：继承。戎：你。

⑥匪解：不懈。解，通“懈”。

⑦虔共：敬奉，虔诚奉行。

⑧榦（gàn）：正，纠正。不庭：不直，指不臣服于周。方：方国。陈奂《诗毛氏传疏》：“榦不庭方，言四方有不直者则正之，侯伯得专征伐也。”

⑨戎：你。辟：君主。

四牡奕奕，	驾车四马肥又壮，
孔修且张[①]。	身躯高大又修长。
韩侯入觐[②]，	韩侯入京来朝见，
以其介圭[③]。	手捧大圭上朝堂。
入觐于王，	俯伏丹墀见周王，
王锡韩侯。	王赐礼品来奖赏。
淑旂绥章[④]，	绘龙锦旗彩羽装，
簟茀错衡[⑤]。	竹帘绘彩车一辆。
玄衮赤舄[⑥]，	黑色龙袍红色履，
钩膺镂钖[⑦]。	马带樊缨金镂装。
鞹鞃浅幭[⑧]，	蒙轼兽皮和虎皮，
鞗革金厄[⑨]。	笼头车轭闪金光。

【注释】

①修：长。张：大。

②觐（jìn）：朝见。

③介圭：大圭，玉制礼器。

④淑：美。旂：画有蛟龙的旗。绥章：旂杆上的饰物。朱熹《诗集

传》:“绥章,染鸟羽或牦牛尾为之,注于旂干之首,为表章者也。”

⑤簟茀(diàn fú):遮蔽车厢的竹帘。错衡:涂有花纹的车前横木。这些都是诸侯所乘路车的装饰。

⑥玄衮:画有龙纹的黑色礼服。赤舄(xì):贵族所穿的红色鞋子。

⑦钩膺:亦称樊缨,马颈上的带饰。镂钖(yáng):嵌刻金属为饰。《诗集传》:“镂,刻金也。马眉上饰曰钖,今当庐也。”当庐,指马的额头。

⑧鞹鞃(kuò hóng):绑在车轼上的兽皮。鞹,去毛的兽皮。鞃,车轼所蒙之兽皮。浅幭(miè):覆盖车轼上的虎皮。《毛传》:“浅,虎皮浅毛也。幭,覆式也。”

⑨鞗(tiáo)革:马笼头。金厄:拴在笼头上的金属套环。《诗集传》:“鞗革,辔首也。金厄,以金为环,缠搤辔首也。”

韩侯出祖[①],	韩侯回程祭路神,
出宿于屠[②]。	路上住宿在屠城。
显父饯之[③],	显父为他来饯行,
清酒百壶。	百壶清酒醇又香。
其殽维何[④]?	他的菜肴有什么?
炰鳖鲜鱼[⑤]。	清蒸甲鱼鱼片香。
其蔌维何[⑥]?	佐餐蔬菜有什么?
维笋及蒲[⑦]。	鲜嫩竹笋蒲芽爽。
其赠维何?	赠送韩侯何礼物?
乘马路车[⑧]。	四马路车真堂皇。
笾豆有且[⑨],	笾豆果肴列满席,
侯氏燕胥[⑩]。	诸侯燕饮喜洋洋。

【注释】

①出祖:出行时祭祀路神。

②屠:地名。《诗集传》:"屠,地名,或曰,即杜也。"姚际恒曰:"屠、杜古通用。《汉志》注云:古杜伯国,汉宣帝葬其地,因曰杜陵,在长安南十五里。"

③显父:周朝卿士。饯:设宴送行。

④殽:荤菜。

⑤炰(páo):蒸煮。鲜鱼:鲜,当释为"析"。析鱼,即脍鱼,如今之生鱼片。

⑥蔌(sù):蔬菜。

⑦笋:竹笋。蒲:水生植物,嫩时可食。

⑧乘马:四匹马。路车:贵族所乘之车。

⑨笾豆:盛果脯及菜肴的容器。且(jū):多貌。

⑩侯氏:诸侯来朝之称,此则指韩侯。燕胥:宴乐。

韩侯取妻[①],	韩侯在此娶了妻,
汾王之甥[②],	厉王甥女是新娘,
蹶父之子[③]。	卿士蹶父的女郎。
韩侯迎止,	韩侯亲自来迎娶,
于蹶之里。	在那蹶父的城邑。
百两彭彭[④],	百辆大车路上跑,
八鸾锵锵,	八只鸾铃响锵锵,
不显其光[⑤]。	身份显赫真荣光。
诸娣从之[⑥],	陪嫁众妾随新娘,
祁祁如云[⑦]。	纷纭多如彩云样。
韩侯顾之[⑧],	韩侯回头来观看,

烂其盈门[⑨]。　　　　新娘众妾皆漂亮。

【注释】

①取：同“娶”。

②汾王：即周厉王。厉王被国人赶跑，流亡汾水之畔的彘（即今山西霍州境内），故称“汾王”。

③蹶父（guì fǔ）：周宣王卿士，姓姞。

④百两：即“百辆”，此言迎亲之车辆众多。彭彭：马强盛貌。

⑤不：“丕”的假借，大。显：显耀。

⑥诸娣：指陪嫁的媵妾。《毛传》：“诸侯一娶九女，二国媵之。诸娣，众妾也。”

⑦祁祁：众多貌。

⑧顾：曲顾。《白虎通义》曰：“夫亲迎，御轮三周，下车曲顾者，防淫佚也。”古代贵族男子到女家亲迎，有三次回顾之礼。

⑨烂其：即“烂烂”，灿烂而有光彩。形容诸娣。

蹶父孔武[①]，　　　　蹶父雄壮武艺高，
靡国不到。　　　　征伐各国无不到。
为韩姞相攸[②]，　　　　他为女儿找夫婿，
莫如韩乐，　　　　莫如韩国地方好，
孔乐韩土。　　　　住在这里乐陶陶。
川泽讦讦[③]，　　　　川泽水域宽又广，
鲂鱮甫甫[④]，　　　　水中鱼儿蹦又跳。
麀鹿噳噳[⑤]，　　　　母鹿雄鹿满山冈，
有熊有罴，　　　　深林还有熊和罴，
有猫有虎[⑥]。　　　　山猫老虎山中跑。

庆既令居[⑦]，　　美好居所已安定，
韩姞燕誉[⑧]。　　韩姞欢乐心情好。

【注释】

①孔武：很威武。蹶父掌兵权，从事兵甲征伐之事，故有“孔武”之誉。

②韩姞：即韩侯妻，本姓“姞”，因嫁于韩侯，故称“韩姞”。相：看。攸：所。指选择可嫁之所。

③讦讦(xū)：广大貌。

④鲂：鳊鱼。甫甫：鱼肥大貌。

⑤麀(yōu)鹿：母鹿。一说：麀指母鹿，鹿指雄鹿。噳噳(yǔ)：众多貌。

⑥猫：《毛传》：“似虎，浅毛色者。”可能为山猫。

⑦庆：庆贺。既：定。令居：好居所。

⑧燕誉：安乐。

溥彼韩城[①]，　　广大壮观的韩城，
燕师所完[②]。　　燕国民众所筑成。
以先祖受命，　　自从先祖受册命，
因时百蛮[③]。　　靠这百蛮渐强盛。
王锡韩侯：　　周王因功赏韩侯：
其追其貊[④]，　　追貊两族你管辖，
奄受北国[⑤]，　　北方各国归你掌，
因以其伯。　　此地方伯你担当。
实墉实壑[⑥]，　　筑城挖壕引来水，

实亩实藉⑦。	整地翻土耕种忙。
献其貔皮⑧，	追貊进献野兽皮，
赤豹黄罴⑨。	赤豹黄罴皮质良。

【注释】

①溥彼：犹“溥溥”，广大貌。溥，大也。

②燕：国名。周有二燕：一为南燕，故城在今河南汲县西，国君姓姞，相传为黄帝之后。一为北燕，即在今北京大兴，国君姓姬，召公奭始封于此。古代学者或以为指北燕，或以为指南燕。师：民众。完：修筑，建造。《诗集传》曰：“韩初封时，召公为司空，王命以其众为筑此城。”

③因：依靠。时：是，此。百蛮：众蛮，指北方少数民族。

④王锡韩侯：其追其貊(mò)：此二句是说宣王赐给韩侯追、貊等国，让其为一方之伯。《诗集传》曰：“王以韩侯之先，因是百蛮而长之，故锡之追、貊，使为之伯。”追、貊，古代北方的两个民族。《山海经》有貊国。

⑤奄受：全部接受。北国：北方各诸侯国。

⑥墉：城。壑：城壕。这里皆作动词，指筑城挖壕。

⑦亩：指整理田埂地垄。藉：旧以为“税也”，当指耕地。

⑧貔(pí)：猛兽名。一名白狐，辽东人谓之白熊。

⑨赤豹黄罴：赤豹与黄罴的皮。

江汉

【题解】

这是叙述召虎奉宣王之命平淮夷之乱获得成功的诗。《毛诗序》

说:“《江汉》,尹吉甫美宣王也。能兴衰拨乱,命召公平淮夷。”此诗所讲确为召公平淮夷之事,但说作者为尹吉甫,后人多不认可。有人认为作者就是召虎。方玉润《诗经原始》说:“《江汉》,召穆公平淮铭器也。”即认为此诗就召穆公平淮铭器的铭文。今存《召伯虎簋》,所记也是平淮夷之事,但文辞有别。召伯虎的先祖是召公奭,谥康公,是周文王之子。召伯虎救过宣王的性命,又扶其继位,帮助化解宗族矛盾,和合诸侯,平定外患,其功甚伟。此诗主要记述了他讨伐淮夷的武功,同时,诗中用更多的笔墨来叙述宣王的命令和指示,表现宣王的英明和智慧。全诗意深笔曲,高词媲皇典,通篇极典则,极古雅,极生动。韩愈《平淮西碑》祖此而词意不及。吴闿生《诗义会通》评此诗说:“以美武功为主,而无一字铺张威烈。后半专叙王命及召公对扬之词,雍容揄扬,令人意远。”指出了此诗的特色。

江汉浮浮①,	长江汉水波涛涌,
武夫滔滔②。	武士出征如奔腾。
匪安匪游③,	不为享乐和游玩,
淮夷来求④。	为把淮夷叛乱平。
既出我车,	我们战车已出动,
既设我旟⑤。	军旗竖起在大营。
匪安匪舒⑥,	不为安乐和嬉戏,
淮夷来铺⑦。	制止淮夷的入侵。

【注释】

①江汉:长江与汉水。浮浮:水流盛长貌。

②武夫:指出征淮夷的将士。滔滔:顺流而下貌。陈奂《诗毛氏传疏》认为上二句当作“江汉滔滔,武夫浮浮”,滔滔,水大貌;浮浮,

众强貌。似有一定道理。

③安：安逸。游：游乐。

④淮夷：指淮河流域江苏近海一带的夷族。来求：是求。求，通“纠”，有讨伐之意。

⑤设：树起。旟：画有鸟隼的旗。

⑥舒：徐，缓行。

⑦铺：马瑞辰《毛诗传笺通释》：“来铺，犹言是止。上言来求，谓讨治之；下言来铺，谓止其地。”

江汉汤汤①，	长江汉水浩荡荡，
武夫洸洸②。	武士威武上战场。
经营四方③，	讨伐四方叛乱国，
告成于王。	成功消息报君王。
四方既平，	四周叛乱既已平，
王国庶定④。	王国可以得稳定。
时靡有争，	此时战争已停止，
王心载宁。	君王内心才安宁。

【注释】

①汤汤(shāng)：水势浩大貌。

②洸洸(guāng)：威武貌。

③经营：治理。这里指讨伐。

④庶定：差不多可安定。庶，庶几，差不多。定，安定。

江汉之浒①，	在那长江汉水畔，
王命召虎②：	君命召虎为大将：

式辟四方，　　开辟四方的土地，
彻我疆土。　　整顿我们的界疆。
匪疚匪棘③，　　不要伤民不急躁，
王国来极④。　　王国利益最重要。
于疆于理，　　划定疆界理田地，
至于南海。　　直到南海夷狄乡。

【注释】

①浒：水边。

②召虎：召伯，名虎，谥穆公。

③匪：不。疚：病。棘：急。

④来极：是极。极，准则。

王命召虎：　　君王命令召公虎：
来旬来宣①。　　巡察各地宣王令。
文武受命，　　“当初文武受天命，
召公维翰②。　　先祖召公为梁栋。
无曰予小子，　　你休说我还年轻，
召公是似③。　　召公事业你继承。
肇敏戎公④，　　努力谋划建大功，
用锡尔祉⑤。　　神赐福禄你享用。

【注释】

①旬：巡视。宣：告示于众。以下是宣王册命的内容，这句是要他巡视邦国。

②召公：召公奭，文王之子，召虎的先祖。维：是。翰：桢干，栋梁。

③似：通“嗣”，继承。

④肇敏：马瑞辰《毛诗传笺通释》说：“肇敏连言，即训肇为敏。”肇敏为复语。谋划之意。戎：大。公：功。

⑤祉：福禄。

釐尔圭瓒[①]，	赐你一把玉柄勺，
秬鬯一卣[②]。	还有美酒一大壶。
告于文人[③]，	祭告文德祖宗前，
锡山土田[④]。	赐你山川和土田。
于周受命[⑤]，	你到周京受册封，
自召祖命[⑥]。	用你先祖的封典。”
虎拜稽首[⑦]：	召虎下拜连叩首：
天子万年！	祝福天子寿万年！

【注释】

①釐：通“赉”，赏赐。圭瓒：玉柄酒勺。

②秬(jù)：黑黍。鬯(chàng)：郁金香草。此指用黑黍与郁金香草酿成的酒。卣(yǒu)：盛酒器，似壶，有曲柄。

③文人：指有文德的先人。或以为指文王。

④锡：赏赐。

⑤周：岐周。一说指王都。指在周祖庙受册命。

⑥自：用。召祖：指召虎祖先召康公。命：册命的典礼。《郑笺》：“宣王欲尊显召虎，故入岐周，使虎受土地山川之赐，命用其祖召康公受封之礼。”

⑦拜稽首：即行跪拜礼。

虎拜稽首：	召虎下拜连叩首：
对扬王休①，	答谢君王的赞赏，
作召公考②，	特意制作簋一方，
天子万寿！	祝福天子寿无疆！
明明天子③，	天子勤勉又清明，
令闻不已。	美好声誉永传扬。
矢其文德④，	施行文明行德政，
洽此四国⑤。	四方国家俱安康。

【注释】

①对扬：答谢、称扬之意。休：美。即美德，美意。

②作召公考：此句是说召虎制作了答谢周王的铜簋。考，郭沫若《青铜器时代·周代彝器进化观》认为"考"为"簋"之假借字。簋，古代食器。

③明明：有道之貌。王念孙以为"勉勉"之音转，即勤勉。

④矢：施，陈。一说"宽缓"。

⑤洽：协和。

常武

【题解】

这是赞美宣王平定徐国叛乱的诗。《毛诗序》："《常武》，召穆公美宣王也。有常德以立武事，因以为戒然。"对于"常武"二字，因诗中未出现，历来解释纷纭，无有定论。方玉润《诗经原始》解释说："周之世，武功最著者二：曰武王，曰宣王。武王克商，乐曰《大武》；宣王中兴，诗曰《常武》，盖诗即乐也。此名'常武'者，其宣王之乐欤？殆将以示后世子孙，不可以武为常，而又不可暂忘武备，必如宣王之武而后为武之常。”对此说，似也有些牵强。但方氏对此诗内容的概括则简要而确当，他说：“诗首命将，次置副，三乃亲征，四五则皆临阵指麾，出奇进攻诸事。盖誓师则必敬必戒，整队则成列成行。循淮而下，直薄徐土。军未行而先声已震，阵甫列而丑虏成禽。静守则如山之苞，势不可撼；动攻则如川之流，气莫能当。有猛士尤贵奇谋，故不测而不克；有偏师乃行正道，故绵绵而翼翼。截彼淮浦，防其逸，尤用击援；濯征徐国，擒渠魁，并剿余孽。是一篇古战场文字。”这首描写战争的诗，的确出色，如第五章运用了一系列比喻，“如飞如翰，如江如汉，如山之苞，如川之流”，形容南征部队的迅疾勇猛，坚不可摧，势不可挡，既鲜明又生动。吴闿生《诗意会通》评论说：“如飞四句，形容军阵，措语之精，振古无伦。”另外，此诗按照事物顺序来叙述，层次非常清楚。对“震惊徐方”和“徐方震惊”二句，方玉润评论说：“‘徐方’二字回环互用，奇绝快绝！杜甫‘即从巴峡穿巫峡，便下襄阳向洛阳’之句，有此神理。”这些都可看出诗人高超的写作技巧。

赫赫明明[①]，	显赫英明周宣王，
王命卿士[②]。	命令卿士征徐方。
南仲大祖[③]，	太祖庙中命南仲，
大师皇父[④]。	太师皇父也听令。
整我六师[⑤]，	整顿威武的六军，
以脩我戎[⑥]。	整好战车箭和弓。
既敬既戒[⑦]，	提高警惕常戒备，
惠此南国[⑧]。	施恩南国老百姓。

【注释】

①赫赫:显盛貌。明明:明察貌。

②卿士:西周王朝执政大臣,相当于后世的宰相。

③南仲:人名,宣王大臣。祖:出行时祭祀路神。

④大师:即"太师",西周时掌军权的大臣。皇父:人名,周宣王大臣。

⑤六师:即六军。《周礼·夏官·司马》:"凡制军,万有二千五百人为军,王六军,大国三军,次国二军,小国一军。"

⑥脩:同"修",整理。戎:兵器。

⑦敬、戒:警戒。

⑧惠:施恩。《郑笺》:"谓警戒六军之众,以惠淮浦之旁国,谓敕以无暴也。"

王谓尹氏[①],	君王下令给尹氏,
命程伯休父[②]:	命令程伯为司马。
左右陈行,	全军列为左右阵,
戒我师旅:	告诫将士要出发。
率彼淮浦,	沿着淮河岸边行,
省此徐土[③]。	要对徐土细巡察。
不留不处[④],	莫要久留莫驻扎,
三事就绪[⑤]。	诸事就绪返回家。

【注释】

①尹氏:即上章所说的皇父。

②程伯休父:封在程地的伯爵,名休父。其地大约在今陕西咸阳东。一说其地在洛阳上程聚,即今河南洛阳、偃师交界处。

③省:省视,视察。徐土:徐国的疆土,地在今安徽泗县北。《郑笺》:"省视徐国之土地叛逆者。"

④处:止,居住。

⑤三事:一说指三卿,即安排好三卿官职。一说指三农之事。三说指各项事宜,"三"言其多。就绪:就业,指安排妥当。

赫赫业业[①],	显赫辉煌气概昂,
有严天子。	神圣威严周宣王。
王舒保作[②],	王师徐徐而安行,
匪绍匪游[③]。	不迟缓也不游逛。
徐方绎骚[④],	徐国闻讯乱哄哄,
震惊徐方。	全国上下皆惊恐。
如雷如霆,	如闻惊雷遭霹雳,
徐方震惊。	徐国臣民皆震惊。

【注释】

①业业:威严貌。言天子形象光辉。

②舒:徐缓。保:安。作:行。朱熹《诗集传》:"言王舒徐而安行也。"

③绍:迟缓。

④徐方:即徐国。绎骚:骚动。绎,有抽丝之意,引申为动。

王奋厥武,	君王勃然发了威,
如震如怒。	震怒吼声大如雷。
进厥虎臣[①],	命令大军齐奋进,

阚如虓虎[2]。	呐喊声如虎发威。
铺敦淮濆[3]，	布阵淮水高地上，
仍执丑虏[4]。	俘获敌虏数不清。
截彼淮浦[5]，	截断淮河敌难逃，
王师之所。	王师在此扎下营。

【注释】

①虎臣：形容将帅之勇猛。一说指先锋部队。

②阚(hǎn)如：阚然，虎哮貌。虓(xiāo)虎：咆哮之虎。

③铺：止，陈。敦：通“屯”，屯兵，整顿。濆(fén)：河边高地。

④仍：因，就。一说“屡次”。丑虏：对俘虏的蔑称。

⑤截：断绝。

王旅啴啴[1]，	王师威武人众多，
如飞如翰[2]，	进军神速如鸟翔。
如江如汉，	如江如汉势汹涌，
如山之苞[3]，	如山如岳立得定，
如川之流。	有如洪流不可挡。
绵绵翼翼[4]，	连绵大军阵容整，
不测不克[5]，	难以测度难战胜，
濯征徐国[6]。	大征徐国东南定。

【注释】

①啴啴(tān)：众多貌。

②翰：高飞。《郑笺》：“翰，鸟中豪俊也。”

③苞：根本。《郑笺》："山本，以喻不可惊动。"《孔疏》："其固守则不可惊动，如山之基本。"

④绵绵：连绵不断貌。翼翼：壮盛貌。马瑞辰《毛诗传笺通释》："皆状其兵之壮盛耳。"

⑤不测：不可测度。不克：不可战胜。

⑥濯征：大加征讨。濯，大。

王犹允塞①，	君王谋略实周密，
徐方既来。	徐国已来归周廷。
徐方既同②，	徐国既然来朝会，
天子之功。	天子亲征建大功。
四方既平，	四方各国已平定，
徐方来庭③。	徐国君主来朝廷。
徐方不回④，	表示从此不反叛，
王曰还归。	我王命令回京城。

【注释】

①犹：猷，谋划。允塞：确实周密。

②同：会和。指同集于朝。

③来庭：来王廷朝拜天子。

④回：违，背叛。

瞻卬

【题解】

这是一首讽刺周幽王宠信褒姒，起用奸佞，以致天怒人怨，政乱民病，终于导致了西周灭亡的诗。《毛诗序》说："《瞻卬》，凡伯刺幽王大坏也。"《郑笺》："凡伯，天子大夫也。"关于幽王宠信褒姒、荒政亡国的事，《史记》《国语》等史书都有记载，可谓实有其事。而诗中反映的事实更为深刻全面。此诗可以说是周朝末年国将灭亡前的全景图。吴闿生《诗经会通》云："首二章述时政之弊，三四章追咎祸原由于女宠，五六章哀贤人之亡，末章望之改悔，用意深厚。"这说明，诗人对褒姒虽痛恨非常，但指责的重点还是幽王。《序》说作者为凡伯，这个凡伯，可能是周厉王时作《板》诗的凡伯的后人，但其人已难以考证。可以肯定的是，他是上层人物，对幽王及朝中事务比较了解，对于他们的行事又深恶痛绝，所以才能写出具有如此深刻批判意义的诗篇。

瞻卬昊天①，	仰望苍天高又远，
则不我惠②。	不肯施惠我人间。
孔填不宁③，	天下久久不安宁，
降此大厉④。	降下巨灾和大难。
邦靡有定，	国家没有安定时，
士民其瘵⑤。	士民大众受苦难。
蟊贼蟊疾⑥，	蟊贼残害众生灵，
靡有夷届⑦。	痛苦接连没个完。
罪罟不收⑧，	罪犯歹徒不逮捕，
靡有夷瘳⑨。	百姓生活不平安。

【注释】

①瞻卬：仰望。卬，"仰"的假借字。昊天：皇天。喻周幽王。

②惠：爱。

③孔填(chén)：很久。《毛传》："填，久。"

④厉：祸患。

⑤士民：士卒百姓。瘵(zhài)：病，指忧患。

⑥蟊贼：吃庄稼的害虫。蟊疾：啃吃庄稼。此言蟊贼为害。

⑦夷：平。届：终极。

⑧罪罟(gǔ)：即有罪之人。收：收敛。

⑨瘳(chōu)：病愈。此指停歇。

人有土田，	别人拥有好土田，
女反有之[①]。	你却夺取为己有。
人有民人[②]，	别人拥有的奴仆，
女覆夺之[③]。	你反掠夺在己手。
此宜无罪，	这些本是无罪人，
女反收之[④]。	你却把他当罪囚。
彼宜有罪，	那些有罪应严惩，
女覆说之[⑤]。	你反让他获自由。

【注释】

①女：汝，指周王。有：占有。

②民人：人民。一说指奴隶。

③覆：反而。

④收：拘捕。

⑤说：通“脱”，开脱，赦免。

哲夫成城[①]，	聪明男人建都城，
哲妇倾城[②]。	聪明女人害国精。

懿厥哲妇[3]，	可叹此女太聪明，
为枭为鸱[4]。	凶恶犹如猫头鹰。
妇有长舌[5]，	搬弄是非靠长舌，
维厉之阶[6]。	造祸生事她本领。
乱匪降自天[7]，	祸乱不是从天降，
生自妇人。	邪恶缘自妇人生。
匪教匪诲[8]，	没人教唆王为恶，
时维妇寺[9]。	女人宦官他信听。

【注释】

①哲夫：多谋略之士。城：指国家。

②哲妇：多谋的妇人。此指幽王宠妃褒姒。倾城：倾败国家。陈奂《诗毛氏传疏》："倾城，喻乱国也。"

③懿：通"噫"，叹词。《郑笺》："懿，有所伤痛之声。"厥：其。

④枭：传说吃母的恶鸟。《说文》："枭，不孝鸟也。"鸱：猫头鹰。古人也以为不祥之鸟。

⑤长舌：《郑笺》："喻多言语。"

⑥厉：灾祸。

⑦匪：非，不是。

⑧匪教匪诲：《郑笺》："非有人教王为乱，语王为恶者，是惟爱近妇人，用其言故也。"

⑨妇：指褒姒。寺：宦官。一说指亲近的人。寺，为"侍"的假借。

鞫人忮忒，	诬人伎俩花样多，
谮始竟背[1]。	前言后语不符合。
岂曰不极[2]？	怎说没有到极点？

伊胡为慝[3]！ 怎能说我是作恶！
如贾三倍[4]， 商人买卖要获利，
君子是识[5]。 君子从政是为国。
妇无公事[6]， 女人不要预国事，
休其蚕织[7]。 哪能不蚕又不织。

【注释】

①鞫人忮(zhì)忒，谮(zèn)始竟背：《毛传》曰："忮，害。忒，变。"《郑笺》："鞫，穷也。谮，不信也。妇人之长舌者多谋虑，好穷屈人之语，忮害转化，其言无常，始于不信，终于背违。"鞫，告。忮，害。忒，变。谮，毁。竟，最终。背，违背。

②岂曰不极：朱熹《诗集传》"自谓其言之放恣无所极已。"意为：难道自认为她对别人的危害还没有达到极点吗？极，已。

③伊胡为慝(tè)：朱熹《诗集传》："而反曰是何足为慝乎。"意为：怎么能造成危害呢？伊，发语词。胡为，为什么。慝，恶。

④贾(gǔ)：买卖。一说商人。三倍：三倍之利，指得利润之多。

⑤君子：谓从政者。识：通"职"，主持。

⑥妇无公事：此句是说妇人不要参与政事。《毛传》："妇人无与外政，虽王后犹以蚕织为事。"无，不要。公事，政事。

⑦休：停止。蚕织：养蚕纺织之事。

天何以刺[1]？ 上天为何惩罚我？
何神不富[2]？ 神灵为何不赐福？
舍尔介狄[3]， 舍弃元凶和大恶，
维予胥忌[4]。 对我忠言猜忌多。
不吊不祥[5]， 天降灾祸不体恤，

威仪不类[⑥]。　　礼节失态不像样。
人之云亡[⑦]，　　贤人忠臣都跑光，
邦国殄瘁[⑧]。　　国家困顿将灭亡。

【注释】

①刺：责罚。

②富：通“福”，赐福。

③舍：舍弃不顾。介狄：元恶。介，大。狄，淫辟。

④胥：相。忌：怨，忌恨。

⑤吊：慰问抚恤。《诗集传》：“吊，闵也。”

⑥威仪：礼节。类：善。

⑦云：语助词。亡：逃亡。

⑧殄（tiǎn）瘁：困病。马瑞辰《毛诗传笺通释》：“殄瘁二字平列，与尽瘁、憔悴之同为劳病正同。”

天之降罔[①]，　　上天降下弥天祸，
维其优矣[②]。　　遭灾之人实在多。
人之云亡，　　贤人个个都远走，
心之忧矣。　　心中忧伤找谁说？
天之降罔，　　上天降下普天灾，
维其几矣[③]。　　国家危难人心寒。
人之云亡，　　贤人个个都远走，
心之悲矣！　　心中悲伤难排遣！

【注释】

①罔：同“网”，指加人罪名。

②优：多。

③几：危殆。

觱沸槛泉[①]，	泉水喷涌水花溅，
维其深矣。	清澈深幽底难见。
心之忧矣，	心中无限忧和怨，
宁自今矣[②]？	难道今天才出现？
不自我先，	灾难不在我生前，
不自我后。	也不推迟我死后。
藐藐昊天[③]，	上天渺茫高又远，
无不克巩[④]。	都应敬畏那苍天。
无忝皇祖[⑤]，	不要辱没你祖先，
式救尔后[⑥]。	救你子孙万代传。

【注释】

①觱(bì)沸：泉水涌出貌。槛泉：此指泛滥的泉水。槛，通“滥”，泛滥。

②宁自今矣：言何自今日开始。宁，何。

③藐藐：通“邈邈”，旷远貌。

④无不克巩：上天降罪无不是可畏的。克，可。巩，“恐”的假借，畏惧。

⑤忝：辱没。一说有愧于。皇祖：祖先。

⑥式救尔后：以救你的子孙。式，用，以。后，后代。

召旻

【题解】

这是一位老臣讽刺幽王任用小人，以致朝政混乱、灾荒频仍、国土日削、国家将亡的诗。此诗与前一首都是斥责幽王的，上首斥责女宠干政，此诗斥责小人乱政。国家衰败至极，诗人对此痛心疾首，无可奈何，写下这首诗。第一章形象地描述了当时天降灾祸，饥馑遍野，百姓流亡的可怕情景。二、三、四章揭露小人当道，纲纪败坏，相互倾轧，昏乱邪僻的混乱状态。后三章主要怀念从前，痛心当今，并分析原因，希望能任用贤臣，改变现状。《毛诗序》说："《召旻》，凡伯刺幽王大坏也。旻，闵也，闵天下无如召公也。"认为此诗也是凡伯所作，难以考定，但肯定是一位不满现实的贤臣。

旻天疾威①，	上天暴虐又疯狂，
天笃降丧②。	降下巨大的灾殃。
瘨我饥馑③，	遭受饥饿和痛苦，
民卒流亡④。	百姓都已尽逃亡。
我居圉卒荒⑤。	居住之处俱荒凉。

【注释】

①旻天：上天。疾威：暴虐。

②笃：厚，严重。丧：丧乱。

③瘨(diān)：害，降灾。饥：谷不熟。馑：蔬不熟。

④卒：尽，全。

⑤居圉(yǔ)：言所处之国。一说圉指边陲。卒荒：尽皆荒芜。

天降罪罟[①]，	上天降下了法网，
蟊贼内讧[②]。	蟊贼内讧闹嚷嚷。
昏椓靡共[③]，	互相谮毁不恭敬，
溃溃回遹[④]，	昏庸邪僻没人样，
实靖夷我邦[⑤]。	此人怎能理周邦。

【注释】

①罪罟：法网。

②蟊贼：吃庄稼的害虫。此处喻贪污的权臣。内讧(hòng)：内部自相争斗。

③昏：昏乱，胡乱。椓：通“诼”，意为谮毁，即捏造事实，说人坏话。靡共：不恭敬。共，恭。一说不供其职。

④溃溃：昏乱貌。回遹(yù)：邪僻。

⑤靖：治。夷：平。

皋皋訿訿[①]，	千方百计谤别人，
曾不知其玷[②]。	不知自己有污点。
兢兢业业，	君子兢兢又业业，
孔填不宁[③]，	不敢休息不苟安，
我位孔贬[④]。	职位一再被黜贬。

【注释】

①皋皋訿訿(zǐ)：诽谤诋毁人之状。

②玷：玉上的斑点，比喻人的污点。

③孔填(chén)：很久。

④贬：降免。

如彼岁旱，	如今就像天大旱，
草不溃茂[1]，	地里野草不丰茂，
如彼栖苴[2]。	像那枯草倒地边。
我相此邦[3]，	仔细观察这国家，
无不溃止[4]。	崩溃倾倒在眼前。

【注释】

①溃茂：丰茂。《郑笺》："'溃茂'之溃当作'彙'。彙，茂貌。"

②栖：栖息。苴（chá）：枯草。马瑞辰《毛诗传笺通释》："盖谓枯草偃卧有似栖息也。"

③相：看，观察。

④溃：崩溃。止：之。

维昔之富不如时[1]，	从前富裕今天穷，
维今之疚不如兹[2]。	现今苦难到顶峰。
彼疏斯粺[3]，	把菜当米肚里空，
胡不自替？	何不引咎回家中？
职兄斯引[4]。	乱局越来越严重。

【注释】

①时：是，此，指今时。

②疚：贫病。兹：此，指此时此地。

③疏：当即"蔬"，古所谓的"疏食""粗食"，实际上也是以蔬菜居多

的饭食。粺(bài):精米。张次仲《待轩诗记》:“彼时之疏,斯时直以为粺。即粗粝之食亦不可得,荒乱之象如此。”

④胡不自替?职兄斯引:《郑笺》曰:“女小人耳,何不自废退,使贤者得进?乃兹复主长此为乱之事乎?”替,废。言小人何不自己引退。职,主,专。兄,同“况”,情况。斯,其。引,长。

池之竭矣[①],	池中之水逐渐干,
不云自频[②]。	没有流水注里边。
泉之竭矣,	喷泉之水逐渐枯,
不云自中[③]。	泉眼里面源头断,
溥斯害矣[④],	灾害已经遍全国,
职兄斯弘[⑤],	灾情还要大扩展,
不烖我躬[⑥]?	不怕自身遭灾难?

【注释】

①竭:干涸。

②频:当从《鲁诗》作“濒”,水边。

③中:指泉水的中间。朱熹《诗集传》:“池之竭由外之不入,泉之竭由内之不出,言祸乱有所从起。”

④溥:普遍。言普遍受害。

⑤弘:广大,发展。

⑥不烖我躬:是说难道不会灾及我身?烖,同“灾”。

昔先王受命[①],	从前先王受天命,
有如召公[②]。	众多贤臣如召公。
日辟国百里,	每日辟土上百里,

今也日蹙国百里③。	而今每日减百里，
於乎哀哉！	令人伤心令人痛！
维今之人，	看看当今执政者，
不尚有旧④。	没有一个有德行。

【注释】

①先王：指文王、武王。受命：受天命为天子。

②召公：指召康公，文王、武王、成王时大臣。

③蹙：缩小。指犬戎入侵，诸侯叛离，国土日削。

④旧：旧德之臣。《诗集传》："今世虽乱，岂不犹有旧德可用之人哉？言有之而不用耳。"

颂

《毛诗序》说:“颂者,美盛德之形容,以其成功告于神明者也。”这说明它是宗庙祭祀的乐歌。《颂》诗不但用来演奏,还可以且歌且舞,进行表演。其声音缓慢,有的无韵,不分章。

周颂

《周颂》计三十一篇,是周朝的颂歌,主要用于宗庙祭祀,全都是西周时期的作品,其产生地是西周的都城镐京。

清庙

【题解】

这是周王祭祀周文王的一首乐歌。《毛诗序》说:“《清庙》,祀文王也。周公既成洛邑,朝诸侯,率以祀文王焉。”《郑笺》:“清庙者,祭有清明之德之宫也,祭文王也。天德清明,文王象焉,故祭之而歌此诗也。‘庙’之言‘貌’也,死者精神不可得而见,但以生时之居立宫室,象貌为之耳。成洛邑,居摄五年时。”据此,知此诗作于周公摄政五年。全诗仅八句,将整个祭祀过程完整地描述出来。诗一开始就展现出一座庄严清静的宗庙,然后说助祭者身份的尊贵显赫和态度的严肃雍容,又说参祭人士的众多。接着说祭祀之人都秉持了文王的德行,文王的神灵已飞升天上，人们向空遥拜，还在建有文王神位的庙里奔走祭拜。最后赞颂文王的美德光耀四方，延续后世，人们对他的仰慕之情永无止尽。以此可见人们态度的虔诚，场面的庄严紧张。此诗不押韵，采用平铺直叙的手法。因内容原因，诗句没有《风》《雅》诗的婉约多姿、富有情致，但言简意深，典雅庄重，别有风味。

於穆清庙[①]，	美哉清静宗庙中，
肃雍显相[②]。	助祭高贵又雍容。
济济多士[③]，	众士祭祀排成行，
秉文之德[④]。	文王美德记心中。
对越在天[⑤]，	遥对文王在天灵，
骏奔走在庙[⑥]。	在庙奔走步不停。
不显不承[⑦]，	光辉显耀后人承，
无射于人斯[⑧]。	仰慕之情永无穷。

【注释】

①於(wū)：赞叹词。穆：美。清庙：肃然清静之庙。

②肃雍(yōng)：态度严肃雍容。显相：高贵显赫的助祭者。

③济济：多而整齐的样子。

④秉：怀着。

⑤越：于。

⑥骏：迅速。

⑦不：通“丕”，发语词。显：光明。承：继承。

⑧无射(yì)：不厌，没有厌弃。射，同“斁”，厌弃。

维天之命

【题解】

这也是周王祭祀周文王的诗。《毛诗序》说:"《维天之命》,太平告文王也。"《郑笺》:"告太平者,居摄五年之末也。文王受命,不卒而崩。今天下太平,故承其意而告之,明六年制礼作乐。"周文王是周朝的奠基人,他推行仁政,开拓疆土,国势渐强,为灭殷打下了基础,是周人最崇拜的祖先,所以《周颂》中有很多篇都是歌颂他的。据《郑笺》,文王去世时还未成就灭殷大业,所以说"不卒而崩"。文王死后四年,武王攻陷朝歌,建立了周王朝。此诗当作于周公摄政六年。诗的前四句盛赞文王之德,能上配于天。下四句言子孙要勉力保守家业,忠诚地遵循文王的旨意。语言简洁,条理分明。

维天之命①,	想那天道的运行,
於穆不已②。	美好肃穆永不停。
於乎不显③,	多么辉煌多光明,
文王之德之纯④!	文王之德多纯净!
假以溢我⑤,	嘉美之德使我慎,
我其收之⑥。	我们永远要继承。
骏惠我文王⑦,	顺从我祖文王道,
曾孙笃之⑧。	子子孙孙永力行。

【注释】

①维:语助词。一说"思念"。

②於(wū):赞叹词。穆:肃穆。不已:不止。指天道运行无止。

③不:通"丕",发语词。显:光明。

④德之纯：言德之美。纯，大，美。

⑤假以溢我：是说以嘉美之道戒慎于我。假，嘉，美。溢，陈奂《诗毛氏传疏》："溢，慎。"

⑥收：受，接受。

⑦骏惠：顺从的意思。

⑧曾孙：后代子孙。自孙之子以下皆称曾孙。笃：厚，忠实。

维清

【题解】

这也是周王祭祀周文王的诗。《毛诗序》："《维清》，奏《象舞》也。"《郑笺》："《象舞》，象用兵时刺伐之舞，武王制焉。"这是表演《象舞》时的乐歌。象舞，就是舞者动作如打仗时击打刺杀之状，以显示文王的战功。此篇既赞扬了文王的德政，又歌颂了文王的武功，文短而意旨深远。

维清缉熙①，	我周政教清又明，
文王之典②。	文王典章指路灯。
肇禋③，	伟功开始于西土，
迄用有成④。	最终基业开创成。
维周之祯⑤。	这是周家的祥祯。

【注释】

①维：思，想。清：清明。缉熙：光明的样子。

②典：典章制度。

③肇（zhào）：开始。禋：祭天的仪式。古代只有有国者才祭天，文

王时还未建国，故不可能祭天。“肇禋”实际上指开辟国土。高亨认为：“禋”当作“西土”，乃西土二字误合为“垔”，后人又加示旁。周在西方，所以称西土。

④迄：至，终。用：犹“于”。成：成功。

⑤祯：吉祥。

烈文

【题解】

这是成王即位祭祀祖先时，戒勉助祭诸侯的诗。劝戒公卿诸侯不要忘记前辈君王的功绩德行，向文、武二王学习，要修德用贤，以永保福禄。《毛诗序》说：“《烈文》，成王即政，诸侯助祭也。”《郑笺》：“新王即政，必以朝享之礼祭于祖考，告嗣位也。”武王崩，成王即位。由于成王年幼，由叔父周公摄政。成王七年，周公归政于成王。成王掌政，祭祀祖先，诸侯都来助祭，因赋此诗。诗的作者可能是成王或周公，也可能是史官。

烈文辟公①，	有功有德众诸侯，
锡兹祉福②，	天赐你们莫大福，
惠我无疆③，	给我恩惠也无量，
子孙保之。	子孙长保此福祥。
无封靡于尔邦④，	莫在你国铸大错，
维王其崇之⑤。	一心尊崇周君王。
念兹戎功⑥，	感念你们立大功，
继序其皇之⑦。	继续立功又弘扬。
无竞维人⑧，	国强莫过有贤才，

四方其训之[9]。	四方才会来归降。
不显维德，	先祖伟大在美德，
百辟其刑之[10]。	诸君应当为榜样。
於乎前王不忘！	啊，先王典范永不忘！

【注释】

①烈：武功。文：文德。辟公：指助祭诸侯。与下文“百辟”同。

②锡(cì)：赐予。兹：此。祉：福。

③惠：爱。一说“顺”。无疆：无穷。

④封：大。靡：累。大累，即大罪。一说“封”指专利敛财，“靡”指奢侈。

⑤崇：立。一说“崇”，尊尚也。

⑥戎功：大功。

⑦继序：指继承祖业。皇：光大。

⑧竞：强。

⑨训：服从。一说训“效”。

⑩刑：通“型”，模范。

天作

【题解】

这是周人祭祀岐山的乐歌。周的祖先公刘原居于豳地，到古公亶父时，由于受到戎狄的侵扰，便率领族人迁居到岐山之下的周原，筑城郭宫室，定居下来，形成周国。周朝的王业实自太王古公亶父居岐始。这首祭祀岐山的乐歌，实际也是歌颂太王古公亶父和文王业绩的乐歌。《毛诗序》说：“《天作》，祀先王、先公也。”《郑笺》：“先王，谓大王以下。

先公，诸盩（公刘后人）至不窋（后稷子）。”也有道理。

天作高山[①]，	上天造就岐山高，
大王荒之[②]。	太王垦田除荒草。
彼作矣[③]，	百姓在此盖新房，
文王康之[④]。	文王让民享安康。
彼徂矣岐[⑤]，	民众奔往岐山旁，
有夷之行[⑥]。	岐山大道坦荡荡。
子孙保之。	子孙永保此地方。

【注释】

①作：生，造就。高山：指岐山。在今陕西岐山东北。周自文王之祖古公亶父由豳迁于岐山之下，才开始强大起来。

②大王：即文王之祖古公亶父，武王时，追尊为“大（太）王”。荒：开荒垦田。

③作：始。

④康：安康。

⑤徂：往，指百姓来归附。

⑥夷：平坦。行：道路。

昊天有成命

【题解】

这是一首祭祀成王的颂诗。诗中只用七句话，简洁地叙述了周初三王对周王朝做出的贡献，重点称赞了成王为完成先王事业所作的努力。贾谊《新书》解释此诗说：“二后，文王、武王也。文王有大德而功未就，武王有大功而治未成，及成王承嗣，仁以莅民，故称‘昊天’焉。”表现了周人敬天的同时，更重视人为的努力。

昊天有成命①，	昭昭上天有指令，
二后受之②。	文王、武王受成命。
成王不敢康③，	成王不敢享安康，
夙夜基命宥密④。	日夜安民顺天命。
於缉熙⑤！	啊，多么光明多辉煌！
单厥心⑥，	竭力尽心保天命，
肆其靖之⑦。	国家太平民安宁。

【注释】

①昊天：皇天。成命：定命。

②二后：指文王和武王。受之：指承受天命。

③成王：武王之子，名诵，继武王为天子。康：安逸。

④夙夜基命宥密：《郑笺》：“早夜始信天命，不敢解倦，行宽仁安静之政，以定天下。”基，其。命，天命。宥，通“有”。密，通“勉”。

⑤於：叹美之声。缉熙：光明。

⑥单：通“殚”，尽。

⑦肆：故。靖：安。

我将

【题解】

这是周王祭天而以文王配享的诗。《毛诗序》说：“《我将》，祀文王于明堂也。”方玉润认为此说不够准确，应改为“祀帝于明堂，而以文王配之也”。并解析说：“首三句祀天，中四句祀文王，末三句则祭者本旨，宾主次序井然。”（《诗经原始》）对此说，多为认同。

我将我享[①]，	奉上祭品献神灵，
维羊维牛，	祭品有牛还有羊，
维天其右之[②]。	祈求上天佑周邦。
仪式刑文王之典[③]，	效法文王的典章，
日靖四方[④]。	日日谋求安四方。
伊嘏文王[⑤]，	伟大文王英名扬，
既右飨之[⑥]。	配祀上帝祭品享。
我其夙夜[⑦]，	我们早晚勤努力，
畏天之威，	遵循天道畏天威，
于时保之[⑧]。	才能保有我周邦。

【注释】

①将：奉上。享：祭献。

②右：佑，保佑。

③仪式刑：三字平列，都是效法的意思。典：典章制度。

④靖：平定，治理。

⑤伊：发语词。嘏（jiǎ）：通“假”，伟大。

⑥右：佑助。飨：受食。此是说文王配上帝飨食。

⑦夙夜：早晚，指勤政。

⑧于时：于是。

时迈

【题解】

这是周武王灭商后，巡行诸侯各邦，祭祀苍天和山川诸神的诗。《毛诗序》："《时迈》，巡守告祭柴（烧柴祭天）望（祭山川）也。"《郑笺》："巡守告祭者，天子巡行邦国，至于方岳之下而封禅也。《书》曰：'岁二月，东巡守，至于岱宗，望秩于山川，遍于群臣。'"《国语》说此诗为周公所作。明朝孙𬬮评论说："首二句甚壮甚快，俨然坐明堂、朝万国气象。下分两节：一宣威，一布德，皆以'有周'起，'允王'结，整然有度。遣词最古而腴。""宣威""布德"四字准确地概括了此诗主旨。

时迈其邦①，	武王各邦去巡视，
昊天其子之②。	皇天视他是其子。
实右序有周③，	佑我大周国兴旺，
薄言震之④，	让我发兵讨纣王，
莫不震叠⑤。	天下四方皆惊慌。
怀柔百神⑥，	安抚众神需祭祀，
及河乔岳⑦。	山川百神都来享。
允王维后⑧！	万国主宰是武王！
明昭有周⑨，	无比荣光周大邦，
式序在位⑩。	按照次序来封赏。
载戢干戈⑪，	收起干戈和兵甲，
载櫜弓矢⑫。	强弓利箭装入囊。
我求懿德⑬，	讲求美好的道德，
肆于时夏⑭。	遍施中国各地方。

允王保之！　　　　　　周王永保国兴旺！

【注释】

①时：是。迈，行。指巡守。邦：诸侯之国。

②子：儿子。一说：子，爱也。

③右：佑。序：同“叙”，有顺助之意。

④薄言：语助词。薄，有开始之意。震：震动。指以武力震动威胁。

⑤震叠：震惊。叠：通“慑”，恐惧。

⑥怀柔：安抚。

⑦河：黄河。乔岳：高山。

⑧允：确实。《毛传》：“允，信也。”维：是。后：君主。

⑨明昭：光明貌。一说明智洞察。

⑩式：发语词。序：顺序。在位：安排在适当职位上。

⑪戢(jí)：收藏兵器。干戈：泛指兵器。

⑫櫜(gāo)：盛衣甲、弓矢的袋子。《郑笺》：“王巡守而天下咸服，兵不复用，此又著震叠之效也。”

⑬懿德：美德。

⑭肆：施行。时：是，此。夏：中国。朱熹《诗集传》：“夏，中国也。言求懿美之德以布陈于中国。”

执竞

【题解】

这是一首祭祀周武王、成王、康王三王的乐歌。《毛诗序》：“《执竞》，祀武王也。”欧阳修、朱熹、姚际恒等皆怀疑此说。朱熹说：“此祭武王、成王、康王之诗。”将诗中“成康”二字解作成王和康王。细读此诗，觉得朱熹说得很有道理。武王得天下，成王、康王致盛世，所以首先称颂武王的武功，其次歌颂成、康拥有了天下四方，合情合理。

执竞武王①，	征服殷商的武王，
无竞维烈②。	无人武功比他强。
不显成康③，	明君成王和康王，
上帝是皇④。	上帝对其也赞扬。
自彼成康，	从那成王和康王，
奄有四方⑤，	周邦统一有四方，
斤斤其明⑥。	政教清明坐朝堂。
钟鼓喤喤⑦，	钟鼓喤喤已奏响，
磬筦将将⑧，	悬磬管乐也锵锵，
降福穰穰⑨。	上天降福丰穰穰。
降福简简⑩，	神灵降下大吉祥，
威仪反反⑪。	祭礼隆重又周详。
既醉既饱，	神灵喝醉又吃饱，
福禄来反⑫！	福禄不断赐周邦。

【注释】

①执竞：即制服强者。竞，强。

②无竞：无比。烈：武功，指克商之功。

③不：通“丕”，语助词。显：光明。成康：指成王和康王。

④皇：美也。

⑤奄有：尽有。奄，覆盖。

⑥斤斤：明察貌。《郑笺》：“明察之君，斤斤如也。”

⑦喤喤：钟鼓洪亮之声。喤，“锽”的假借字。

⑧磬：一种石或玉制成的打击乐器。筦：“管”的异体字，竹制的管乐器。将将(qiāng)：同“锵锵”。

⑨穰穰(rǎng)：众多貌。

⑩简简：盛大貌。《毛传》：“简简，大也。”

⑪威仪：举止礼节。反反：谓容止安详而有节度。

⑫反：反报。

思文

【题解】

这是祭祀周族祖先后稷以配天的乐歌。《毛诗序》说：“《思文》，后稷配天也。”姚际恒《诗经通论》说：“此郊祀后稷以配天之乐歌，周公作也。按《孝经》云‘昔者周公郊祀后稷以配天’，指此也。《国语》云‘周文公之为《颂》曰“思文后稷，克配彼天”’，故知周公作也。郊祀有二：一冬至之郊，一祈谷之郊，此祈谷之郊也。”据此，此颂歌为周公所作。周自后稷发明播种百谷，公刘和古公亶父都是以农建国，其后人祭祀后稷是很自然的事。这首诗主在歌颂后稷养民之功，但语言极其简练，和《大雅·生民》对后稷的描述比较一下，《生民》述事词详而文直，《思文》颂德语简而旨深。《雅》《颂》的不同在此。

思文后稷[①]，	文德无比后稷王，
克配彼天[②]。	功德可以配上苍。
立我烝民[③]，	安定天下众百姓，
莫匪尔极[④]。	无人不受你恩赏。
贻我来牟[⑤]，	你把麦种赐我们，

帝命率育[6]。　　帝命用它来供养。
无此疆尔界[7]，　　不分彼此和疆界，
陈常于时夏[8]。　　遍及中国都推广。

【注释】

①思文："思"为语助词，一说为"思念"。文，指文德。后稷：周人的始祖，发明播种百谷。

②克：能。

③立："粒"之省字，养育。《郑笺》："当作粒。昔尧遭洪水，黎民阻饥，后稷播殖百谷，烝民乃粒，万邦作乂。"烝民：众民。

④极：最。一说：极，至也。

⑤贻：遗留。来牟：亦作"麳麰"，小麦。一说"来"是小麦，"牟"是大麦。

⑥率育：普遍养育。

⑦疆、界：都是指疆域。

⑧陈：布陈。常：常法，常规。指种植农作物的方法。时夏：此夏。夏，中国。

臣工

【题解】

这是周王耕种籍田并劝诫农官的诗。古代帝王于春耕前亲耕农田，以奉祀宗庙，且寓劝农之意。方玉润《诗经原始》说："《臣工》，王耕籍田以敕农官也。"此诗前四句是周王告诫臣工的话，其下四句是告诫保介的话，九至十二句是周王祈求上帝赐予丰年之词，最后三句是命令农夫做好收割的准备。

嗟嗟臣工[①]，	群臣百官听我说，
敬尔在公[②]。	对待公事要谨慎。
王釐尔成[③]，	君王奖赏你的功，
来咨来茹[④]。	来此慰劳并查询。
嗟嗟保介[⑤]，	农官你们也听令，
维莫之春[⑥]，	正是暮春的节令，
亦又何求，	有何要求说来听，
如何新畬[⑦]。	新田旧田如何种。
於皇来牟[⑧]，	大麦小麦长得好，
将受厥明[⑨]。	秋天将有好收成。
明昭上帝[⑩]，	光明无比的上帝，
迄用康年[⑪]。	赐我丰收好年景。
命我众人[⑫]：	命令那些农夫们：
庤乃钱镈[⑬]，	备好锄铲等农具，
奄观铚艾[⑭]。	同看收割的情景。

【注释】

①嗟嗟：叹词，犹“唉唉”。臣工：群臣百官。

②敬：慎重。公：公家，指王朝之事。

③釐：嘉奖。

④咨：谋。茹：慰。

⑤保介：据郭沫若《由周代农事诗论到周代社会》：“介者，界之省，保介者，保护田界之人。”当指田官，亦称田畯。一说指在国君身边保护安全的兵士。

⑥莫之春：即“暮春”。莫，即“暮”的本字。

⑦新畬(yú):已开垦的熟田。新,指耕二年的田。畬,指耕三年的田。毛传:"田二岁曰新,三岁曰畬。"

⑧於皇:叹美之辞。来牟:小麦大麦。

⑨厥:其。明:成,指收成。

⑩明昭:光明貌。

⑪迄:至,致。用:以。康年:丰年。

⑫众人:指农夫。

⑬庤(zhì):具,准备。乃:你。钱(jiǎn):铲子类的农具。镈(bó):锄类农具。

⑭奄:同。铚艾(zhì yì):两种镰刀。此指收割。

噫嘻

【题解】

这是一首春天祈谷的诗。《毛诗序》:"《噫嘻》,春夏祈谷于上帝也。"诗中叙述康王祭祀成王后,即令田官带领农夫播种百谷,并描述了大规模劳动的景象。

噫嘻成王①,	噫嘻,成王多保佑,
既昭假尔②。	我们至诚达天庭。
率时农夫③,	带领农夫下田去,
播厥百谷④。	各种庄稼快播种。
骏发尔私⑤,	赶快拿起你农具,
终三十里⑥,	面前田地快耕耘。
亦服尔耕⑦,	你们耕作须仔细,
十千维耦⑧。	万人耦耕齐努力。

【注释】

①噫嘻：赞叹之词。一说祝神之声。成王：指周成王。

②昭假：人的至诚上达于神。昭，明。假，“格”的假借字，至，达于。尔：语气词。

③率：帅，带领。时：是，这些。

④播：播种。厥：其。

⑤骏：疾，迅速。发：启动。尔：你。私：当为“耜”，耜是耕地的工具。旧以为私田。

⑥终：尽。三十里：《毛传》：“终三十里，言各极其望也。”是说人目之所见，最远达三十里。只是夸张之词，非实数。

⑦亦：发语词。服：从事。尔：指农夫。

⑧十千：为万，此言人之多。耦(ǒu)：两人并耜而耕。

振鹭

【题解】

《毛诗序》说：“《振鹭》，二王之后来助祭也。”《郑笺》：“二王，夏、殷也。其后，杞也，宋也。”杞、宋是夏、殷的后代，这是一篇招待杞、宋两国国君来京城助祭的歌。周王以客礼相待，希望他们能够永远臣服周廷。也有学者认为这是周成王时，殷人后代微子来助祭，周人作此诗美之。

振鹭于飞[①]，	白鹭振翅空中翔，
于彼西雍[②]。	落在西边大泽上。
我客戾止[③]，	我有客人前来访，
亦有斯容[④]。	也穿高洁白衣裳。
在彼无恶，	他在封国无人怨，

在此无斁[⑤]。　　在此也受人赞赏。
庶几夙夜[⑥]，　　愿能勤勉理朝政，
以永终誉[⑦]。　　永保美名四处扬。

【注释】

①振：鸟群飞貌。鹭：白鹭，水鸟，白色，故又谓之白鸟。好群飞而鸣。马瑞辰认为，振鹭指羽舞，即持鹭羽而舞。

②雝（yōng）：泽。《毛传》："雝，泽也。"一说雝为辟雍。辟雍四周有水，白鹭降此。

③客：指夏、商二王之后。周王以客待之，而不敢以为臣，故称"客"。戾：至。止：语气词。

④斯容：此容，指白鹭高洁的仪容。这是说来客仪容像白鸟一样的高洁。

⑤无斁（yì）：不厌弃。

⑥庶几：差不多，表示希望之意。夙夜：指早起晚睡，勤于政事。

⑦永：长。终誉：即"盛誉"。终，与"众"古通，盛也。

丰年

【题解】

《毛诗序》说："《丰年》，秋冬报也。"每一年的秋冬，周王朝都要举行对祖先的"报祭"，既报答祖先的保佑之恩，也祈求来年的好收成。这首诗就是"报祭"的颂辞。诗中首先报告丰收的情形，并表明献上的美酒就是用这粮食酿造的，以示对祖先的报答，并希望多多降福。

丰年多黍多稌[①]，　　丰年黍子稻子多，亦有高廪[②]。　　高大谷仓一座座。
万亿及秭[③]，　　储存亿万新稻粱，
为酒为醴[④]，　　酿成美酒甜又香，
烝畀祖妣[⑤]。　　献给祖先来品尝。
以洽百礼[⑥]，　　配合祭礼很适当，
降福孔皆[⑦]。　　遍降福禄多吉祥。

【注释】

①丰年：丰收之年。黍、稌(tú)：黍子与稻子。

②高廪：高大的粮仓。

③万亿及秭(zǐ)：周代十千为万，十万为亿，十亿为秭。此极言收获之多。

④醴(lǐ)：甜酒。此是指用收获的稻黍酿造成清酒与甜酒。

⑤烝：献。畀：给予。祖妣：指男女祖先。

⑥洽：配合。百礼：指各种祭礼。

⑦孔：很，甚。皆：普遍。

有瞽

【题解】

这是周王在宗庙祭祀先祖的一首乐歌。《毛序》说："《有瞽》，始作乐而合乎祖也。"即各种乐器相配合在祖庙中演奏。诗中详细描述了乐队的组成，乐器的安放，乐声的悠扬。可见仪式的隆重，场面的盛大。

有瞽有瞽[①]，　　盲人乐师排成行，

在周之庭[②]。　　聚集周庙前庭上。
设业设虡[③]，　　钟架鼓架摆设好，
崇牙树羽[④]。　　五色羽毛架上装。
应田县鼓[⑤]，　　既有小鼓和大鼓，
鞉磬柷圉[⑥]。　　鞉磬柷敔列停当。
既备乃奏，　　乐器齐备就演奏，
箫管备举[⑦]。　　箫管一齐都奏响。
喤喤厥声[⑧]，　　乐声满耳真嘹亮，
肃雍和鸣[⑨]，　　肃穆和谐声悠扬，
先祖是听。　　祖先神灵来欣赏。
我客戾止[⑩]，　　客人全部都来到，
永观厥成[⑪]。　　乐曲奏完齐赞赏。

【注释】

①瞽(gǔ):盲人。古代常以盲人充任乐师。

②庭:指宗庙的前庭。

③业:悬鼓的木架。虡(jù):悬编钟编磬的木架。

④崇牙:古代乐器架横木上刻的锯齿,用以悬挂乐器。树羽:在崇牙上装饰上五彩鸟羽。树,插。

⑤应:小鼓,因其与大鼓之声相应,故名“应”。田:大鼓。一说小鼓。县鼓:悬挂的鼓。县,即“悬”。

⑥鞉(táo):摇鼓。鼓旁有两耳系两硬物,下有手持木柄,一摇动,所系硬物击打鼓面发出声音。磬:玉或石制成的打击乐器。柷(zhù):乐器名,呈方斗形,中有椎柄,用手扳动,椎柄则晃动击打两边,发出声音,作为开始奏乐的一种信号。圉(yǔ):通“敔”,乐器名,木制,形似伏虎,背上有二十七锯齿,以木划之出声,演奏

将终时奏之以止乐。

⑦箫:古箫如今之排箫,是以小竹管排编成的。管:管乐,即笛子之类的乐器。

⑧喤喤(huáng):乐声洪亮。

⑨肃雍:乐声和谐舒缓。

⑩戾止:到来。

⑪永:终,一直。成:指乐曲终了。或解为乐之一阕。一说此指祭礼完毕。

潜

【题解】

这首诗是向宗庙献鱼祭祀的乐歌。《毛诗序》云:"《潜》,冬季荐鱼,春献鲔也。"方玉润《诗经原始》解释说:"冬令鱼潜不行而肥美,凡鱼皆可荐之时也。故总举六鱼,随荐皆可,用以为乐。若季春,鲔始出而浮,阳鱼之先至者也,故单荐鲔。"

猗与漆沮①,	啊,美好漆水和沮水,
潜有多鱼②。	多种鱼类在栖息。
有鳣有鲔③,	有那鳣鱼和鲟鱼,
鲦鲿鰋鲤④。	还有鲦鲿和鰋鲤。
以享以祀⑤,	用来祭祀献祖先,
以介景福⑥。	求得福祉永无边。

【注释】

①猗与:赞叹词。漆沮:周二水名,在陕西渭河以北。

②潜：当从《韩诗》和《鲁诗》作“涔(cén)”，木柴放入水中供鱼栖息叫“涔”。也称鱼池。

③鳣(zhān)：大鲤鱼。一说鳇鱼、蜡鱼。无鳞，肉黄，大者可达二、三丈长。鲔(wěi)：鲟鱼，长一、二丈。

④鲦(tiáo)：鱼名，又叫白鲦。长仅数寸，状如柳叶，鳞细而白。鲿：又名黄鲿鱼、黄颊鱼。尾微黄。鰋：又名鲶鱼，无鳞。

⑤享：祭献。

⑥以介景福：以求大福。介，祈求。景，大。

雍

【题解】

《毛诗序》：“《雍》，禘太祖也。”太祖即后稷。朱熹《诗序辩说》不认同此说，他说：“此但为武王祭文王而彻俎之诗，而后通用于他庙耳。”古代祭祀活动完毕，在撤去祭品时(古称“彻”)，要演奏一段乐曲。这首诗就是周王在祭祀父母后，彻祭时所唱的乐歌。《后汉书·刘向传》有一段记载：“文王既没，武王、周公继政，朝臣和于内，万国驩于外，故尽得其驩心，以事其先祖。其诗曰：‘有来雍雍，至止肃肃。相维辟公，天子穆穆。’言四方皆以和来也。”所引之诗即《雍》的前四句。可见刘向也认为此诗作于武王时。此诗虽不长，因运用了对偶和排比的句式，读来朗朗上口，加强了诗的表现力。

有来雍雍①，	来的时候很从容，
至止肃肃②。	来到庙堂肃又恭。
相维辟公③，	助祭都是公和侯，
天子穆穆④。	主祭天子诚又敬。

於荐广牡⑤，	进献一头大公牛，
相予肆祀⑥。	帮我摆好献神灵。
假哉皇考⑦，	伟大光明的父王，
绥予孝子⑧。	安抚孝子的心灵。
宣哲维人⑨，	臣子个个明道理，
文武维后⑩。	君王文武全能行。
燕及皇天⑪，	上帝安宁又快乐，
克昌厥后⑫。	能让子孙都昌盛。
绥我眉寿⑬，	祈求赐予我长寿，
介以繁祉⑭。	保佑多福有吉庆。
既右烈考⑮，	已劝父王来歆享，
亦右文母⑯。	再劝母后也来尝。

【注释】

①来:指前来祭祀的人。雍雍:和谐貌。

②至止:到达。肃肃:严肃恭敬貌。

③相:助,这里指助祭。辟公:指诸侯。

④穆穆:容止端庄肃穆貌。

⑤於:赞叹词,犹“呜呼”“啊”之类。荐:进献。广牡:指大公牛等祭牲。

⑥相予:助我。肆祀:陈列祭品而祭祀。肆,陈列。

⑦假哉:即“大哉”“美哉”之意。皇考:对已死去的父亲的美称。

⑧绥:安抚。予孝子:主祭者自称。

⑨宣哲:明达聪智。人:“臣”也。

⑩后:君。

⑪燕:安。指周国治民安,上天无灾异降临。

⑫克：能。昌：兴盛。厥后：其后，指后代子孙。

⑬绥：安。一说通“赉”，赐予。眉寿：长寿。

⑭介：助，佑。繁祉：多福。

⑮右：通“侑”，劝酒食之意。或以为佑助。烈考：对已故父亲的美称。烈，言其功。一说光明。

⑯文母：指有文德的母亲。旧以为指文王之妃太姒。

载见

【题解】

这是写成王新即位，率领前来朝见的诸侯拜谒武王庙，并祭祀求福的诗。《毛诗序》说：“《载见》，诸侯始见乎武王庙也。”《孔疏》：“《载见》诗者，诸侯始见武王庙之乐歌也。谓周公居摄七年而归政成王，成王即位，诸侯来朝，于是率之以祭武王之庙，诗人述其事而为此歌焉。”诗中主要写诸侯朝拜武王庙，参加助祭的事。

载见辟王[①]，	诸侯初次朝周王，
曰求厥章[②]。	求赐新朝的典章。
龙旂阳阳[③]，	蛟龙旗帜随风扬，
和铃央央[④]。	车上和铃响叮当。
鞗革有鸧[⑤]，	马辔铜饰光灿灿，
休有烈光[⑥]。	美丽饰物闪光芒。
率见昭考[⑦]，	相率拜祭先王灵，
以孝以享[⑧]，	孝敬祭品请神享。
以介眉寿[⑨]，	祈请神明赐长寿，

永言保之[⑩]，	保佑日子永安康，
思皇多祜[⑪]。	赐予幸福无穷量。
烈文辟公[⑫]，	文武兼备诸侯公，
绥以多福[⑬]，	先王赐予你多福，
俾缉熙于纯嘏[⑭]。	使你事业永辉煌。

【注释】

①载：始。辟王：君王，指成王。

②曰：同“聿”，发语词。厥章：其章。章，典章制度。指车服礼仪之文章制度。《郑笺》：“诸侯始见君王，谓见成王也。曰求其章者，求车服礼仪之文章制度也。”

③龙旂：有蛟龙图案的旗帜。阳阳：当读为“扬扬”，旗飘动飞扬之貌。

④和：挂在车轼上的铃称“和”。铃：挂在车衡上的铃称“铃”。央央：铃声。

⑤鞗(tiáo)革：马缰头的铜饰。有鸧(qiāng)：即“鸧鸧”，铜饰美盛貌。一说铜饰相击之声。《郑笺》：“鞗革，辔首也。鸧，金饰貌。”

⑥休：美。《郑笺》：“休者，休然盛壮。”有：又。烈光：光亮。

⑦率：带领。昭考：皇考。指武王。

⑧孝：与“享”同，都是献祭的意思。

⑨介：通“匄”，求。

⑩永言：永焉，长久貌。言，助词。

⑪思：发语词。皇：大。祜：福。

⑫烈：有武功。文：有文德。辟公：指诸侯公卿。

⑬绥：安抚。一说赐也。

⑭俾：使。缉熙：光明，显耀。纯嘏：大福，美福。

有客

【题解】

这首诗是周王为客饯行时唱的乐歌，表现了周王对来客热情招待的情形，也委婉地暗示了周王对客人的希望。《毛诗序》："《有客》，微子来见祖庙也。"微子是纣的同母庶兄，成王杀武庚以后，封微子于宋，为宋公，代殷后，承汤祀。《郑笺》："成王既黜殷，命杀武庚，命微子代殷后，既受命来朝而见也。"诗中描写了客人的贤良，主人的盛情，叙述朴实无华，情感真切热情，洋溢着浓厚的生活气息，读来如身临其境。

有客有客①，	远方客人来造访，
亦白其马②。	驾车白马真健壮。
有萋有且③，	随从人员多又多，
敦琢其旅④。	个个品德都贤良。
有客宿宿⑤，	客人已经住两天，
有客信信⑥。	多住几天也无妨。
言授之絷⑦，	给他拿条绊马索，
以絷其马。	绊住马儿不得行。
薄言追之⑧，	客人走时远远送，
左右绥之⑨。	左右大臣皆热情。
既有淫威⑩，	既用大德来待客，
降福孔夷⑪。	上天降福大又多。

【注释】

①客：指宋微子。朱熹《诗集传》："周既灭商，封微子于宋，以祀其

先王。而以客礼待之,不敢臣也。”

②亦白其马:亦,语助词。白为纯洁之色,故以白马为美。《诗集传》曰:“殷尚白,修其礼物,仍殷之旧也。”白马,一说客人所乘之马,朱熹认为是客人带来的礼物。

③有萋有且(jū):形容随从众多的样子。马瑞辰《毛诗传笺通释》:“萋、且双声词,皆以状从者之盛。”

④敦琢:即“雕琢”,雕琢本为治玉之名,这里形容其随从众臣皆为贤者。

⑤宿宿:住一夜谓之“宿”,宿而又宿,则是两夜。

⑥信信:住两夜(再宿)谓之“信”。宿宿、信信,在此意思是相同的,都是指连续住几天的意思。《毛诗传笺通释》:“特心欲留客,致殷勤之词。”

⑦絷(zhí):马索。此句中用作名词,下句中用作动词。是说给他绳索,绊住马足,表示要留住客人。

⑧薄言:发语词。追:送。《孔疏》:“追谓已发上道,逐而送之,故以追为送客。”

⑨左右:天子左右重臣。绥之:安抚客人。《孔疏》:“左右之诸臣又从而安乐之,与之欢燕,以安乐其心,是厚之无已。”

⑩淫威:犹云“大德”。淫,大。威,德。

⑪夷:大。《毛诗传笺通释》:“按《说文》‘夷’从大从弓,古夷字必有‘大’训。”

武

【题解】

这首诗是武王克商后所作的《大武》乐章中的一章。歌颂武王以武功定天下的功劳,特别表现了武王偃武修文的思想。《毛诗序》说:

“《武》，奏《大武》也。”《郑笺》：“《大武》，周公作乐，所为舞也。”《左传·宣公十二年》记载：“武王克商，作《武》，其卒章曰‘耆定尔功’。”就是指此诗。据《礼记·乐记》说，“《武》乐六成”，成，就是章或篇。其中的五篇《武》《酌》《赉》《般》《桓》，俱见于《周颂》。《左传》说的这篇，即为《大武》乐的第六章，《礼记·乐记》则以为是第二章，何楷、魏源、龚澄等，皆以为是第一章。内容是颂武王之武功，但意在“胜殷遏刘”，即举兵伐殷，是为了制止天下暴虐而杀人的人，表现仁政思想，具有进步意义。

於皇武王①，	啊，我们伟大的武王，
无竞维烈②。	宏伟功业世无双。
允文文王③，	是那有德的文王，
克开厥后④。	大周业绩首开创。
嗣武受之⑤，	武王继承其基业，
胜殷遏刘⑥，	战胜殷纣止屠杀，
耆定尔功⑦。	终成大功绩辉煌。

【注释】

①於：赞叹词。皇：美，大。

②无：莫。竞：强，争。烈：功绩。言没有比他功绩更大的了。

③允：发声助词，与上“於”字意相当。文：文章，亦即文德。

④克：能。开：开创。厥：其。

⑤嗣武受之：言嗣子武王继承文王之业。

⑥胜殷遏刘：此指战胜殷人，停止了厮杀。遏刘，遏止屠杀。刘，杀。

⑦耆(zhī)定尔功：致定其功。耆，致使。定，成。尔功，其功。

闵予小子

【题解】

这是写成王除武王之丧，将要执政时，朝拜于祖庙，祭告其父王武王和祖父文王的诗。诗中，成王首先诉说孤独无依的处境，接着追念先王先祖的功德，最后表示自己要日夜勤劳，继承王业。《毛诗传》说："《闵予小子》，嗣王朝于庙也。"《郑笺》："嗣王者，谓成王也。除武王之丧，将始即政，朝于庙也。"

闵予小子①，	可怜嗣位年纪轻，
遭家不造②，	家中遭难真不幸，
嬛嬛在疚③。	孤独忧伤又悲痛。
於乎皇考④，	啊，我父武王多英明，
永世克孝⑤。	终身能够孝祖宗。
念兹皇祖⑥，	想我伟大的祖父，
陟降庭止⑦。	事天治国直道行。
维予小子，	我这年幼的小子，
夙夜敬止⑧。	定要日夜勤理政。
於乎皇王⑨，	啊，伟大先祖和先王，
继序思不忘⑩。	我将永继大业不敢忘。

【注释】

①闵：可怜，可悯。《郑笺》："悼伤之言也。"予小子：成王自称。小子，年少。对先祖也可自称"小子"。

②不造：不幸，不善。此指遭武王之丧。

③嬛嬛(qióng):孤独忧伤、无所依靠貌。疚:忧患痛苦。

④皇考:对已故父亲的美称,这里指武王。

⑤永世:终身。

⑥兹:此。皇祖:对已故祖父的美称。此指文王。

⑦陟(zhì)降:上下。庭:直。《郑笺》:“兹,此也。陟降,上下也。……念此君祖文王,上以直道事天,下以直道治民。言无私枉。”

⑧敬:谨慎。止:语助词。

⑨皇王:这里指先代君王。兼指文王、武王。

⑩序:通“绪”,事业。思:语助词。忘:忘记。

访落

【题解】

这是成王朝武王庙,于群臣商议国事的诗。《毛诗序》说:“《访落》,嗣王谋于庙也。”《郑笺》:“谋者,谋政事也。”诗中写的是成王刚执政,到武王庙祈祷,并希望群臣能够帮助他。诗的前二句说明拜谒武庙的宗旨。中间六句表白自己心迹,望群臣帮助。最后四句祈祷武王神灵保佑。短短的十二句颂词,“多少婉转曲折”(姚际恒语),既生动地表现出年幼成王诚惶诚恐的心理,也看出他想治理好国家的强烈愿望。

访予落止①,	我刚即位须咨议,
率时昭考②。	效法先王志不移。
於乎悠哉③,	叹我内心多忧虑,
朕未有艾④。	年幼即位少阅历。
将予就之⑤,	众臣扶我依法行,

继犹判涣[6]。	继续祖业志不移。
维予小子，	我这年幼小孩子，
未堪家多难[7]。	家中多难担不起。
绍庭上下[8]，	继承父祖治国道，
陟降厥家[9]。	任用群臣依次序。
休矣皇考[10]，	英明伟大之父王，
以保明其身[11]。	保佑我身永安祺。

【注释】

①访：咨询，商议。予：我。成王自称。落：始。指开始执政。止：之。一说语气词。《毛传》："访，谋。落，始。"

②率：遵循。时：是，此。昭考：犹"皇考"，指武王。

③悠：忧。一说远也。

④朕：我。未有艾：指心中无数。艾，数。

⑤将：扶助。就：因。《郑笺》："扶将我就其典法而行之。"

⑥继：接着。犹：图也。判涣：分散。朱熹说："犹恐其判涣而不合也。"

⑦家多难：指国家多灾难。

⑧绍：继承。指继承文武之道。

⑨陟降：升降，上下。指群臣任免。厥家：指群臣。《郑笺》："厥家，谓群臣也。继文王陟降庭止之道，上下群臣之职以次序者。"

⑩休：美。

⑪保：保佑。明：勉励。

敬之

【题解】

这是周王自我警戒的诗。《毛诗序》说:"《敬之》,群臣进戒嗣王也。"方玉润不同意群臣进戒周王的说法,他说:"盖此诗乃一呼一应,如自问自答之意,并非两人语也。一起直呼'敬之敬之',至'日监在兹',先立一案。……故'维予小子'以下,亦即紧承上文,相应而下,机神一片,何容分作两截,并谓二人语耶?"方氏说得很有道理。

敬之敬之①,	要警惕呀要警惕,
天维显思②,	上天明察不可欺,
命不易哉③。	赢得天命实不易。
无曰高高在上,	莫说上天很高远,
陟降厥士④,	上下行事很迅疾,
日监在兹⑤。	天天监视我和你。
维予小子,	我这幼稚的小子,
不聪敬止⑥。	应当聪明又警惕。
日就月将⑦,	日有所成月月进,
学有缉熙于光明⑧。	学习积累渐明晰。
佛时仔肩⑨,	重大责任我担负,
示我显德行⑩。	明示美德我牢记。

【注释】

①敬:通"警",警戒。之:语气词。

②维:是。显:明察。思:语气词。

③命：天命。不易：指天命不容易获得。

④陟降厥士：此句是说上天往来天地之间。陟降，升降。厥，其。士，事。或以为“士”当作“土”。

⑤日：天天。监：监视。兹：此，指人间。

⑥不聪敬止：此句意为听从而警戒。不，语助词。聪，聪明。此处意为听从。敬，警戒。止，语助词。

⑦日就月将：日有所得，月有所进。就，成就。将，进。

⑧缉熙：积渐以至于光明。后以缉熙谓光明。

⑨佛：通“弼”，辅助。时：是。仔肩：责任。

⑩示我显德行：言指示我以显明的德行。

小毖

【题解】

这是成王在诛管、蔡，灭武庚之后，表示自我惩戒并请求群臣辅助的诗篇。《毛诗序》说：“《小毖》，嗣王求助也。”《郑笺》：“毖，慎也。天下之事，当慎其小，小时而不慎，后为祸大。故成王求忠臣辅助己为政，以救患难。”正确说明了诗的主旨。诗中以小桃虫会变成大鸟比喻小事不注意就会酿成大祸，以喻管、蔡、武庚之祸由小变大，悔恨之情溢于言表。方玉润《诗经原始》说：“此诗名虽小毖，意实大戒，盖深自惩也。……自《闵予小子》至此，凡四章，皆成王自作。若他人，则不能如是之亲切有味矣。”

予其惩而毖后患[①]，	我铭记前非为防后患，
莫予荓蜂，	没人让毒蜂蜇我，
自求辛螫[②]。	是自己招来祸患。

肇允彼桃虫，	现在才相信小小鹪鹩，
拚飞维鸟[3]。	长大竟是展翅大鸟。
未堪家多难，	本承受不起家国多难，
予又集于蓼[4]。	于今又陷入如此之辛酸。

【注释】

①予：成王自称。其：语助词。惩而毖后患：警戒前失而慎防后患。胡承珙《毛诗后笺》以为当断为"予其惩而，毖彼后患。"惩，警戒。毖，谨慎。

②莫予荓（pīng）蜂，自求辛螫（shì）：没有人使蜂螫我，是我自讨苦吃。荓，使。蜂，蜇人的小蜂。朱熹《诗集传》："蜂，小物而有毒。"辛，酸痛。螫，蜂伤人叫螫。或以为辛苦。

③肇允彼桃虫，拚（fān）飞维鸟：言鹪鹩虽小，终会长成大鸟。肇，始。允，信。桃虫，即鹪鹩，一种小鸟。拚飞，即"翻飞"，上下飞翔。

④蓼（liǎo）：草本植物。味辛，故古人常以蓼喻辛苦。此喻自己又陷入困境。

载芟

【题解】

这是周王春天籍田时祭祀社稷的乐歌。《毛诗序》："《载芟》，春籍田而祈社稷也。"《郑笺》："籍田，甸师氏所掌，王载耒耜所耕之田，天子千亩，诸侯百亩。'籍'之言'借'也，借民力治之，故谓之'籍田'。"古代"籍田"，是天子亲耕的仪式，既向祖宗和天地百神祈求丰年，也表示对农耕的重视。《孔疏》："《载芟》诗者，春籍田而祈社稷之乐歌也。"但诗中并没有籍田场面的描写。孔颖达解释说：《毛序》说的是丰收的缘由，而诗只说年丰,所以“经、序有异”。孔说可参考。从内容上看,此诗叙述了从耕耘到收获的全过程。对农事的描写非常生动,孙钅广说:“语不多而意状飞动。”读来确有此感。这也和诗中多用叠词很有关系,如泽泽、驿驿、厌厌、绵绵及有嗿、有依、有略、有厌、有实的运用,不仅读来朗朗上口,在形象上也增加了想象的余地,给人以美的享受。

载芟载柞①,	拔掉野草除树根,
其耕泽泽②。	田地耕过土色新。
千耦其耘③,	千人并肩齐耕耘,
徂隰徂畛④。	新田直到旧田畛。
侯主侯伯⑤,	家长带着大儿子,
侯亚侯旅⑥,	叔伯晚辈也出动,
侯彊侯以⑦。	壮汉短工都出勤。
有嗿其馌⑧,	野地吃饭声音响,
思媚其妇,	丈夫夸妻饭菜香,
有依其士⑨。	妻爱其夫有依傍。
有略其耜⑩,	犁头锋利犹如刀,
俶载南亩⑪。	向阳田里耕种忙。
播厥百谷,	各类谷种播入土,
实函斯活⑫。	粒粒种子生机昂。
驿驿其达⑬,	幼苗不断破土出,
有厌有杰⑭。	壮苗先出头先扬。
厌厌其苗⑮,	禾苗整齐又茂密,
绵绵其麃⑯。	禾穗绵绵把头低。
载获济济⑰,	收获季节人济济,

有实其积[18]，	仓院谷物堆满地，
万亿及秭[19]。	粮食亿万无法计。
为酒为醴，	清酒甜酒一坛坛，
烝畀祖妣[20]，	丰收美酒献祖先，
以洽百礼。	百礼合洽都圆满。
有飶其香[21]，	美味佳肴散芳香，
邦家之光[22]。	呈现国家很兴旺。
有椒其馨[23]，	醉人香气满屋飘，
胡考之宁[24]。	老人安宁心情好。
匪且有且，	此事不独此地有，
匪今斯今[25]，	非独今年庆丰年，
振古如兹[26]。	从古至今都这般。

【注释】

①载：开始。芟(shān)：除草。柞(zé)：砍伐树木。

②泽泽(shì)：土松散润泽貌。

③千耦其耘：两人并耕叫“耦”，千耦言其多。耘，除草。

④隰(xí)：新开垦的低洼之地。畛(zhěn)：田间小路。此指田间有小路的旧田。

⑤侯：发语词，犹“维”。主：家长。伯：长子。《毛传》：“主，家长也。伯，长子也。”

⑥亚：仲叔。旅：众子弟。指晚辈。

⑦彊：身体强壮有余力的人。以：雇佣的劳动者。《毛传》：“以，谓闲民，今时佣赁也。”

⑧嗿(tǎn)：众人吃饭的声音。朱熹《诗集传》：“嗿，众饮食声也。”馌

(yè):送到地头的饭菜。

⑨思媚其妇,有依其士:《诗集传》说:"言饷妇与耕夫相慰劳也。"思,发语词。媚,赞美,喜悦。依,爱。一说倚靠。士,丈夫。

⑩略:形容犁头锋利。耜:犁头。

⑪俶:始。载:事,这里指耕作。一说:俶,指起土。载,指翻草。南亩:向阳地。

⑫实:种子。函:含,被泥土覆盖。斯:语助词。活:生气貌。

⑬驿驿:苗接连不断出土貌。达:指禾苗破土而出。

⑭厌:形容苗之茁壮。杰:特出,指最先长出的苗。

⑮厌厌:禾苗整齐茂盛貌。

⑯绵绵:茂密貌。麃(biāo):《鲁诗》作"穮",指禾穗上的芒。实指禾穗。

⑰载获:开始收获。济济:人众多貌。

⑱有实:即"实实",广大貌。此指庄稼收获多,场上到处堆满了禾物。一说充实貌。积:露天堆积。

⑲万亿及秭:形容多,不是实指。万亿,十万为亿。秭,十亿为秭。

⑳烝:进献。畀(bì):给予。

㉑飶(bì):食物香气。

㉒光:荣光。

㉓椒:香气浓厚。三家《诗》作"馥"。馨:香气传得远。《说文》:"馨,香之远闻也。"这里指酒味醇香。

㉔胡考:高寿,这里指老人。

㉕匪且有且,匪今斯今:《诗集传》解曰:"言非独此处有此稼穑之事,非独今时有今丰年之庆。"

㉖振古:自古。

良耜

【题解】

这是秋收后周王祭祀土神和谷神的乐歌。《毛诗序》说："《良耜》，秋报社稷也。"《周礼·春官》："祭祀有二时，春祈、秋报。报者，报其成熟之功。"此诗与《载芟》为姊妹篇，前篇写春季祭祀社稷神，此篇则写秋季报答社稷神；前篇写春种，此篇写秋收。诗中用简洁通俗的语言写出农家耕种、送饭、除草、施肥、丰收、纳仓、祭祀的情景，再现了当时农村的生活。

畟畟良耜①，	锋利犁头插入土，
俶载南亩②。	向阳地里始耕田。
播厥百谷，	春季开始播百谷，
实函斯活。	粒粒种子生机现。
或来瞻女③，	有人田里来观看，
载筐及筥④，	手里提着装饭篮，
其饟伊黍⑤。	里面装着黍米饭。
其笠伊纠⑥，	头戴编织圆草帽，
其镈斯赵⑦，	拿起锄头就除草，
以薅荼蓼⑧。	荼蓼杂草全锄掉。
荼蓼朽止⑨，	荼蓼腐烂做肥料，
黍稷茂止。	庄稼茂盛长得好。
获之挃挃⑩，	割禾声音唰唰响，
积之栗栗⑪。	庄稼收完堆满场。
其崇如墉⑫，	高高谷堆像城墙，

其比如栉[13]， 栉比鳞次篦齿样。
以开百室[14]。 打开家家储粮仓，
百室盈止， 粮仓装得满当当，
妇子宁止[15]。 妇女孩子心安详。
杀时犉牡[16]， 杀了那条大公牛，
有捄其角[17]。 一双牛角弯又长。
以似以续[18]， 祭祀之礼年年有，
续古之人[19]。 祖先传统得久长。

【注释】

①畟畟(cè)：耜入土深耕貌。耜：犁头。

②俶载南亩：以下三句见前篇《载芟》注。

③或：有人。指农夫的老婆孩子。

④载：背，持。筐、筥(jǔ)：两种竹制盛物器，筐形方，筥形圆。

⑤馕：同“饷”，送来的食物。《说文》：“周人谓饷曰馕。”伊：是。黍：糜子，指小米饭。

⑥笠：笠帽。纠：编织。

⑦镈(bó)：锄类农具。赵：刺，铲除。

⑧薅(hāo)：除去田草。荼蓼(liǎo)：两种草。荼，为旱田长的草。蓼，为水田长的草。

⑨朽：腐烂。止：语气词。

⑩挃挃(zhì)：收割时割断禾穗的声音。《毛传》：“挃挃，获声耶”

⑪栗栗：众多貌。

⑫崇：高。墉：城墙。指粮食堆积如城墙之高。

⑬比：密排。栉：梳子。指粮垛密集。

⑭百室：指家家户户的仓库。

⑮妇子：妇女孩子。

⑯时：是，此。犉(rún)牡：黄色黑唇的大公牛，用以祭祀。

⑰捄(qiú)：兽角弯曲貌。

⑱似、续：继续。似，为"嗣"的假借字，与"续"义同。《毛传》："嗣前岁，续往事也。"

⑲古之人：指祖先。

丝衣

【题解】

《毛诗序》说："《丝衣》，绎宾尸也。高子曰：'灵星之尸也。'""绎"即"绎祭"。周代的祭祀有时进行两天，首日是正祭，次日即绎祭，也就是《穀梁传》所说的"绎者，祭之旦日之享宾也"。据此有人认为此诗就是讲"绎祭"的。而朱熹《诗集传》说："此亦祭祀而饮酒之诗。"还有些研究者，对此诗不能作出确解，因而说"且阙疑"。从内容看，这大概是一首周王祭祀和燕饮宾客的乐歌。诗共九句，前五句写祀典之盛，后四句写祭祀燕饮的气氛合乎礼仪。

丝衣其紑①，	丝绸祭服白又净，
载弁俅俅②。	头戴皮帽端端正。
自堂徂基③，	从那庙堂到门槛，
自羊徂牛。	从羊到牛皆丰盛。
鼐鼎及鼒④，	大鼎小鼎食物满，
兕觥其觩⑤。	弯角酒杯都摆定，
旨酒思柔⑥。	美酒味道醇又正。
不吴不敖⑦，	话语温和面无骄，

胡考之休⑧。　　　　人人长寿美善行。

【注释】

①丝衣：神尸所穿的丝质白色祭服。纤(fóu)：洁白鲜明貌。

②载：通“戴”。弁：古代贵族戴的皮帽子，以鹿皮为之。俅俅：恭顺貌。一说冠饰貌。

③堂：庙堂，或以为即明堂。徂：往。基：通“畿”，指门槛。

④鼐(nài)鼎及鼒(zī)：言用大鼎小鼎盛祭品供神享用。鼐，大鼎。鼒，小鼎。

⑤兕觥(sì gōng)：犀牛角做的酒杯。觩(qiú)：兽角弯曲貌。

⑥思柔：即“柔柔”，指酒口感柔绵。

⑦吴：喧哗。《毛传》：“吴，哗也。”敖：傲。

⑧胡考：长寿。休：美善。一说“休”指福禄。

酌

【题解】

这是写武王战胜殷商，建立丰功伟业的赞歌，大约作于周初。是成王时的《大武》乐中的一章。武王克商后作《武》。《毛诗序》说：“《酌》，告成《大武》也。言能酌先祖之道以养天下也。”《郑笺》：“周公居摄六年，制礼作乐，归政成王，乃后祭于庙而奏之。其始成，告之而已。”朱熹对此诗有不同理解，在其《诗集传》中说：“此亦颂武王之诗，言其初有於铄之师而不用，退自循养，与时皆晦，既纯光矣，然后一戎衣而天下大定。后人于是宠而受此蹻蹻然王者之功，其所以嗣之者，亦维武王之事是师尔。”其于《大武》乐中的位置，有认为是第一章，也有以为是第二章或第三章的。

於铄王师[1]，	啊，英勇威武的王师，
遵养时晦[2]。	挥兵东征灭殷商。
时纯熙矣[3]，	周道光明形势好，
是用大介[4]。	故有死士助周王。
我龙受之[5]。	有幸承受天之宠。
蹻蹻王之造[6]。	勇武之士投武王。
载用有嗣[7]，	武王用他去伐商，
实维尔公允师[8]，	为国立功美名扬。

【注释】

①於(wū)：叹词。此表赞美。铄(shuò)：通“烁”，光明辉煌。

②遵：率。养：攻取。《毛传》：“养，取。”时：是。晦：昧。指昏君殷纣。

③纯：大。熙：兴，明。《孔疏》：“由既诛纣，故于是令周道大明盛矣。”

④是用：是以，因此。介：助。《郑笺》：“是周道大兴，而天下归往矣，故有致死之士助之。”

⑤龙：宠。《郑笺》：“龙，宠也。来助我者，我宠而受用之。”

⑥蹻蹻(jiǎo)：勇武。造：诣。《郑笺》：“蹻蹻之士皆争来造王，王则用之。”

⑦载用：始用。有嗣：《郑笺》：“传相致。”《孔疏》：“蹻蹻之士皆争来造王，而王又用之，则其余嗣续而至。”“言从周之士有先后而至也”。

⑧尔：指武王。公：通“功”，事业。允：信。师：武王之师。

桓

【题解】

这是歌颂武王灭商、安定万邦的赞歌。据《左传·宣公十二年》，此是《大武》乐的第六章。诗一开始便说天下一派太平盛世的景象，然后讲武王克商，天下安定，王朝稳固，所以孙钅广说："陡起甚奇。天命以下，似是说'绥'、'丰'所由，此盖类所谓倒插者然。"《毛诗序》说："《桓》，讲武类祃也。桓，武志也。"《郑笺》："娄也，祃也，皆师祭也。"方玉润《诗经原始》："《小序》谓'讲武类祃'，亦未尽非，但不若邹肇敏云'祀武王于明堂'之说为较切耳。"

绥万邦①，	安定天下诸侯国，
娄丰年②，	连年丰收好景象，
天命匪解③。	上天不懈怀周邦。
桓桓武王④，	威武显赫是武王，
保有厥士⑤，	保有原来的国土，
于以四方⑥，	拥有天下遍四方，
克定厥家⑦。	真正安定周家邦。
於昭于天⑧，	功德辉煌耀上天，
皇以间之⑨。	代替殷纣为君王。

【注释】

①绥：安定，平定。

②娄：通"屡"，屡次，连连。

③匪解：不懈怠。解，同"懈"。

④桓桓：威武貌。

⑤士：疑为“土”之误。马瑞辰《毛诗传笺通释》：“士与土形近，古多互讹。保土，犹言保邦也。作‘士’者，盖以形近而讹。”此句意为保有既有国土。

⑥于以：乃有。

⑦克定厥家：能够奠定国家基础。克，能。

⑧昭：明，显耀。

⑨皇以间之：指武王代殷。皇，君。间，代。

赉

【题解】

这是武王伐纣还都，祭祀文王大封功臣的乐歌。据《左传》所载，这是《大武》乐的第三章，文辞简古质朴，是典型的周初风格。孙鑛说：“古淡无比，以‘於，绎思’三字以叹勉，含味最长。”《毛诗序》说：“《赉》，大封于庙也。赉，予也，言所以赐予善人也。”《郑笺》：“大封，武王伐纣时封诸臣有功者。”

文王既勤止[①]，	文王创业多勤劳，
我应受之[②]，	我当继承治国道。
敷时绎思[③]，	扩展基业永不停，
我徂维求定[④]。	我去伐商求安定。
时周之命[⑤]，	周邦承受上天命，
於，绎思[⑥]！	继承伟业永不停！

【注释】

①勤:勤苦,辛劳。止:语气词。

②我:武王自称。应:通"膺",犹今之言"当"。

③敷:布,铺展。时:是。绎:续。连绵不断之意。

④徂:往,指往征商纣。定:共定天下。

⑤时:是。马瑞辰以为通"承"。马瑞辰《毛诗传笺通释》:"时与承一声之转,古亦通用。"

⑥於:叹美词。

般

【题解】

这是周王巡守祭祀山川的乐歌。据学者们考证,这也是《大武》舞曲中的一章。《毛诗序》:"《般》,巡守而祀四岳河海也。般,乐也。"诗中表现了巡守、封禅、祭祀山川之事,描写了山川景象,写出天下归服于周是天命所定,所以答谢山川神灵之助。

於皇时周[①],	啊,光明壮美我周邦,
陟其高山[②],	登上巍巍高山上,
嶞山乔岳[③],	高山小丘相连绵,
允犹翕河[④]。	千支万流入河淌。
敷天之下[⑤],	普天之下众神灵,
裒时之对[⑥],	聚合这里享祭祀,
时周之命。	大周受命永久长。

【注释】

①於:赞美词。皇:美。时:是,这。

②陟:登。

③嶞(duò)山:小山。嶞,山之小者。一说狭长的山。乔岳:高大的山。朱熹《诗集传》:"高山,泛言山耳。嶞,则其狭而长者。乔,高也。岳,则其高而大者。"

④允:信,实。犹:又。或以为顺着。翕(xī):合,汇合。河:黄河。

⑤敷:同"普"。

⑥裒(póu):聚集此地。时:是,这。对:配合。

鲁颂

鲁是周公长子伯禽的封国，封地在今山东曲阜一带。成王因周公有大功于天下，故赐伯禽以天子之礼乐。鲁国于是有了《颂》诗，作为庙堂的乐歌。《鲁颂》共四篇，都是春秋时代作品。产生地是春秋鲁国的国都（今山东曲阜）。

駉

【题解】

这是《鲁颂》的第一篇，是一首咏马诗。诗中对马的描写生动而细致，写出了各种各样的马，写它们的毛色多种多样，身体矫健勇猛，气势雄壮奋发，可以胜任各种任务。马匹繁多是国力强盛的一个重要标志，通过写马的蕃盛，也歌颂了鲁国的富强。也有人认为这是以马比喻贤才的。《毛诗序》认为是歌颂鲁僖公的："《駉》，颂僖公也。僖公能遵伯禽之法，俭以足用，宽以爱民，务农重谷，牧于坰野，鲁人尊之。于是季孙行父请命于周，而史克作是颂。"《郑笺》："季孙行父，季文子也。史克，鲁史也。"此说诗的作者为鲁国史官史克，据王先谦考证，作者当为奚斯。《駉》诗为我国咏马诗之祖，开后世咏马寓志诗的先河。

駉駉牡马[①]，	群马高大又健壮，
在坰之野[②]。	放牧广阔草场上。
薄言駉者[③]，	说起这些雄健马，
有驈有皇[④]，	毛带白色有驈皇，
有骊有黄[⑤]，	毛色相杂有骊黄，
以车彭彭[⑥]。	驾起车来奔前方。
思无疆[⑦]，	跑起路来远又长，
思马斯臧[⑧]。	马儿骏美膘肥壮。

【注释】

①駉駉(jiōng)：马肥壮的样子。牡马：雄马。泛指健壮的群马。

②坰(jiōng)：遥远。

③薄言：发语词。

④驈(yù)：黑马白胯。皇：《鲁诗》作"騜"，黄白色的马。

⑤骊(lì)：纯黑色的马。黄：黄赤色的马。

⑥以车：驾车。彭彭：马强壮有力的样子。

⑦思：句首语气词。下句"思"字同。

⑧斯：其，那样。臧：善。

駉駉牡马，	群马高大又健壮，
在坰之野。	放牧广阔草场上。
薄言駉者，	说起这些雄健马，
有骓有駓[①]，	灰白为骓黄白駓，
有骍有骐[②]，	赤红为骍青黑骐，
以车伾伾[③]。	驾起战车上战场。

思无期[4]，	雄壮力大难估量，
思马斯才[5]。	马儿骏美力又强。

【注释】

①骓(zhuī)：毛色苍白相杂的马。駓(pī)：毛色黄白相杂的马。

②骍(xīng)：毛色赤红的马。骐：青黑色相间的马。

③伾伾(pī)：有力的样子。

④无期：无有期限。

⑤才：才力。

駉駉牡马，	群马高大又健壮，
在坰之野。	放牧广阔草场上。
薄言駉者，	说起这些雄健马，
有驒有骆[1]，	驒马青色骆马白，
有駵有雒[2]，	駵马火赤雒马黑，
以车绎绎[3]。	驾着车子快如飞。
思无斁[4]，	精力无穷没限量，
思马斯作[5]。	马儿腾跃膘肥壮。

【注释】

①驒(tuó)：青黑色而有白鳞花纹的马。骆：白色黑鬣的马。

②駵(liú)：赤身黑鬣的马。雒(luò)：黑身白鬣的马。

③绎绎：跑得快的样子。

④无斁(yì)：无厌倦。

⑤作：奋起，腾跃。

驷驷牡马，　　群马高大又健壮，
在坰之野。　　放牧广阔草场上。
薄言驷者，　　说起这些雄健马，
有骃有騢①，　　灰白为骃红白騢，
有驔有鱼②，　　黄背为驔白眼鱼，
以车祛祛③。　　驾着车儿气势昂。
思无邪，　　沿着大道不偏斜，
思马斯徂④。　　马儿如飞奔驰忙。

【注释】

①骃(yīn)：浅黑和白色相杂的马。騢(xiá)：赤白色杂毛的马。

②驔(diàn)：黑色黄背的马。鱼：眼眶有白圈的马。

③祛祛(qū)：强健的样子。

④徂：行。

有駜

【题解】

这是祝颂鲁公和群臣宴饮欢乐的乐歌。《毛诗序》说："《有駜》，颂僖公君臣之有道也。"据史书记载，鲁国多年饥荒，到僖公时重视农业，宽以爱民，战胜灾害，获得丰收。朱熹《诗序辩说》："此但燕饮之诗，未见君臣有道之意。"很是。诗中多为叙述丰收宴饮、君臣欢乐醉舞的情景。

有駜有駜①，　　马儿骏健又强壮，

驳彼乘黄[②]。	骏健马儿是四黄。
夙夜在公[③]，	早起晚睡办公事，
在公明明[④]。	勤勉努力为公忙。
振振鹭[⑤]，	手持鹭羽同起舞，
鹭于下[⑥]。	有如白鹭向下翔。
鼓咽咽[⑦]，	鼓声咚咚响不停，
醉言舞[⑧]。	酒醉舞姿踉跄跄。
于胥乐兮[⑨]！	人人快乐喜洋洋！

【注释】

①有驳(bì)：即“驳驳”，马肥壮有力貌。

②乘(shèng)黄：古代一车四马，这里指驾车的四匹黄马。

③夙夜在公：指早晚为公家之事奔忙。

④明明：即“勉勉”，勤勉之貌。马瑞辰《毛诗传笺通释》：“明，勉一声之转，明明即勉勉之假借，谓其在公尽力也。”

⑤振振：鸟群飞貌。鹭：亦名鹭鸶。古人用它的羽毛作舞具。

⑥鹭于下：鹭飞而下。一说描写舞者表演鹭飞翔而下的舞姿。

⑦咽咽：鼓声。

⑧醉言舞：犹“醉而舞”。言，犹“而”。

⑨于胥乐兮：言一起欢乐。于，吁。胥，皆，相。朱熹《诗集传》：“胥，相也。醉而起舞，以相乐也。”

有驳有驳，	马儿骏健又强壮，
驳彼乘牡[①]。	四匹雄马气昂昂。
夙夜在公，	早起晚睡办公事，

在公饮酒。	今日饮酒在公堂。
振振鹭，	手持鹭羽同起舞，
鹭于飞[②]。	如同白鹭空中翔。
鼓咽咽，	鼓声咚咚响不停，
醉言归。	醉后归家步踉跄。
于胥乐兮！	人人快乐喜洋洋！

【注释】

①乘牡：驾在车中的四匹雄马。

②鹭于飞：形容舞姿如鸟飞。朱熹《诗集传》："舞者振作鹭羽如飞也。"

有駜有駜，	马儿骏健又强壮，
駜彼乘駽[①]。	四匹青马气昂扬。
夙夜在公，	早起晚睡办公事，
在公载燕[②]。	今日宴饮在公堂。
自今以始，	自今开始到永远，
岁其有[③]。	岁岁丰收好景象。
君子有穀[④]，	国君为民做好事，
诒孙子[⑤]。	留给子孙万年康。
于胥乐兮！	人人快乐喜洋洋！

【注释】

①駽（xuān）：铁青色的马，又名铁骢。

②载燕：则宴。燕，通"宴"，指宴饮。

③有：有年，丰年。

④穀：善。一说福禄。

⑤诒：遗留，留给。孙子：即“子孙”。

泮水

【题解】

这是赞美鲁公战胜淮夷以后，在泮宫庆功，宴请宾客的诗。《毛诗序》说：“《泮水》，颂僖公能修泮宫也。”诗中除了修泮宫之事，还叙述了鲁公继承祖先事业，以及征服淮夷的战功。其实僖公并无平淮夷之事，只是几次曾为淮夷之事会过诸侯。所以此颂有些言过其实，有夸张溢美之嫌。但此诗气魄宏大，叙事条理，描写细微，有较强的抒情意味。孙鑛称赞说：“大体宏赡，然造语却入细，叙事甚精核有致。前三章近《风》，后五章近《雅》。”（《批评诗经》）较为符合实际。

思乐泮水①，	人人喜爱泮水边，
薄采其芹②。	有人岸边采水芹。
鲁侯戾止③，	鲁侯大驾将光临，
言观其旂④。	已见大旗绣龙纹。
其旂茷茷⑤，	他的龙旗随风扬，
鸾声哕哕⑥。	马头铃声响叮当。
无小无大⑦，	官员不分大和小，
从公于迈⑧。	都随鲁侯来会场。

【注释】

①思：发语词。泮（pàn）水：旧以为周代诸侯的学宫叫泮宫，泮宫外

围的水叫泮水。戴侗、杨慎、戴震都认为"泮"是鲁国水名，因作宫其畔，所以叫泮宫。

②薄：语助词。芹：水芹菜。

③鲁侯：鲁国诸侯。一说指周公子伯禽，一说指僖公。当以僖公为是。戾：来。止：语气词。

④言：语助词。旂：画有龙纹的旗帜。

⑤茷茷(pèi)：同"旆旆"，旗帜飘扬貌。

⑥鸾：系在马口衔两边的小铃。哕哕(huì)：鸾铃声，同"嘒嘒"。

⑦无小无大：指随从官员职位不分大小尊卑。

⑧于迈：以行。言随从鲁侯出行。

思乐泮水，	人人喜爱泮水边，
薄采其藻[①]。	有人水边采水藻。
鲁侯戾止，	鲁侯大驾已来到，
其马蹻蹻[②]。	驾车马儿壮又高。
其马蹻蹻，	他的马儿高又壮，
其音昭昭[③]。	他的声音真洪亮。
载色载笑[④]，	面色温和脸带笑，
匪怒伊教[⑤]。	从不发怒只教导。

【注释】

①藻：水藻，可做菜。

②蹻蹻(jiǎo)：马强壮貌。

③其音：指鲁侯的说话声。昭昭：明快响亮貌。

④载色载笑：又高兴又谈笑。载，乃，又。色，和颜悦色。

⑤匪怒伊教：不是怒颜对人，而是温和地教导臣下。伊，是。

思乐泮水，	人人喜爱泮水边，
薄采其茆[①]。	有人水边采莼菜。
鲁侯戾止，	鲁侯已经到这里，
在泮饮酒。	在这泮宫酒筵摆。
既饮旨酒，	畅饮美酒心畅快，
永锡难老[②]。	永赐不老春长在。
顺彼长道[③]，	沿着长长的大道，
屈此群丑[④]。	征服叛贼除灾害。

【注释】

①茆(mǎo)：又叫凫葵。今名莼菜。

②永：长。锡：即“赐”。难老：不易老。长寿之意。

③长道：远道。指征伐淮夷之道。

④屈：治服。群丑：众丑，对淮夷的蔑称。

穆穆鲁侯[①]，	容止端庄的鲁侯，
敬明其德[②]。	谨慎修明其德行。
敬慎威仪[③]，	举止严肃又小心，
维民之则[④]。	足称百姓的典型。
允文允武[⑤]，	他有文德和武功，
昭假烈祖[⑥]。	功德可追众先灵。
靡有不孝[⑦]，	事事效仿他先祖，
自求伊祜[⑧]。	自己求得福无穷。

【注释】

①穆穆:举止端庄貌。

②敬明其德:恭敬谨慎地显现其美德。一说谨慎修勉其德行。此指内心的美德。

③敬慎威仪:谨慎仪容礼节。此指外在的仪容礼节。

④则:法则。

⑤允:信,确实。文、武:指文德、武功。

⑥昭:明。假:格,至。这里指英明追得上光荣的先祖。烈祖:指鲁国有功的祖先。

⑦孝:通“效”,效法。

⑧伊:是。祜:福。

明明鲁侯[1],	勤勉不懈的鲁侯,
克明其德。	修明他的好品行。
既作泮宫[2],	泮宫已经修筑成,
淮夷攸服[3]。	淮夷归顺已投诚。
矫矫虎臣[4],	勇猛如虎众将军,
在泮献馘[5]。	泮宫献馘报成功。
淑问如皋陶[6],	法官善问如皋陶,
在泮献囚[7]。	泮宫献俘庆大功。

【注释】

①明明:勉勉。

②作:建筑。

③淮夷:古淮河下游一带地方的夷人。攸:语助词。服:归服。

④矫矫:勇武貌。虎臣:指猛将,言其如虎之猛。

⑤馘(guó):古代战时割下敌尸的左耳以计功叫“馘”。

⑥淑问:善于审问。皋陶:尧舜时掌刑狱的官,以善于断案闻名。

⑦囚:指俘虏。

济济多士[1],	鲁国聚集众贤人,
克广德心[2]。	光大鲁侯仁德心。
桓桓于征[3],	威武勇敢去征讨,
狄彼东南[4]。	清除叛狄东南滨。
烝烝皇皇[5],	盛大军容壮无比,
不吴不扬[6]。	没有喧哗没声音,
不告于讻[7],	不告劳也不争讼,
在泮献功。	泮宫献上杀敌功。

【注释】

①济济:众多貌。多士:指众贤士。

②克广德心:推广其德心。

③桓桓:威武貌。

④狄:通“剔”,治,除掉。东南:指在东南的淮夷。

⑤烝烝:兴盛貌。皇皇:通“暀暀”,美盛貌。

⑥不吴:不大声喧哗。不扬:不大声。

⑦不告于讻:朱熹《诗集传》:“师克而和,不争功也。”讻,讼,争讼。

角弓其觩[1],	角弓松弛弦不张,
束矢其搜[2]。	箭支成束堆一旁。
戎车孔博[3],	战车辆辆排成行,

徒御无斁[4]。 步兵御手不再忙。
既克淮夷， 淮夷已经被征服，
孔淑不逆[5]。 俯首听命不反抗。
式固尔犹[6]， 坚定遵循鲁侯谋，
淮夷卒获[7]。 淮夷最终全投降。

【注释】

①角弓:用牛角装饰两头的弓。觩:角弓弯曲松弛貌。

②束矢:捆束成捆的箭,古五十矢为一束。搜:众。

③戎车:兵车。博:众。

④徒御:指步卒与御车者。无斁(yì):不疲倦。指胜利归来的将士,无厌倦之意。

⑤淑:善。逆:违叛。

⑥式:用,因。固:坚固,这里有坚持的意思。犹:通“猷”,计谋战略。

⑦卒获:终于获胜。

翩彼飞鸮[1]， 翩翩飞翔猫头鹰，
集于泮林[2]。 落在泮岸树林上。
食我桑黮[3]， 食我桑树的桑葚，
怀我好音[4]。 回报妙音耳边响。
憬彼淮夷[5]， 淮夷觉悟表忏悔，
来献其琛[6]。 特来进献其宝藏。
元龟象齿[7]， 稀见大龟和象牙，
大赂南金[8]。 宝玉南金都献上。

【注释】

①翩：鸟飞翔貌。鸮（xiāo）：猫头鹰。

②泮林：泮水旁的树林。

③桑黮（shèn）：桑树的果实。黮，亦作“葚”。

④怀：归，赠送。好音：好听的声音。以上以鸮喻淮夷。

⑤憬：觉悟貌。

⑥琛：珍宝。

⑦元龟：大龟。象齿：象牙。

⑧大赂：即“大璐”，大块的玉。南金：南方出产的黄金。

閟宫

【题解】

这是歌颂鲁僖公能兴祖业、复疆土、建新庙的诗。《毛诗序》说：“《閟宫》，颂僖公能复周公之宇也。”朱熹《诗序辩说》曰：“为僖公修庙之诗也。”指出了诗的重点是修庙。但此说不够全面。全诗九章，一百二十句，是《诗经》中最长的一首。诗中只有首章前两句和最后一章是说修庙之事，其余都是歌颂周的始祖及历代君王功绩及祝颂之词，对后代一些歌功颂德的诗文碑铭产生过很大影响。

閟宫有侐[①]，	閟宫肃穆又清净，
实实枚枚[②]。	宏深坚固少人踪。
赫赫姜嫄[③]，	显赫光辉的姜嫄，
其德不回[④]。	德行光明又纯正。
上帝是依[⑤]，	上帝依凭她身上，
无灾无害[⑥]。	怀孕生子无灾病。

弥月不迟⑦，	怀胎十月按期生，
是生后稷。	生下后稷很聪明。
降之百福：	上天赐他百种福：
黍稷重穋⑧，	黍稷要分早晚熟，
稙稚菽麦⑨。	豆麦还分早晚种。
奄有下国⑩，	后稷在那普天下，
俾民稼穑⑪。	教导百姓学农耕。
有稷有黍，	种下高粱和小米，
有稻有秬⑫。	还有稻谷黑黍等。
奄有下土⑬，	四海都归后稷有，
缵禹之绪⑭。	继承大禹的伟功。

【注释】

①閟(bì)宫：神宫。这里指后稷之母姜嫄的庙。閟，闭门也。有侐(xù)：即"侐侐"，清净貌。

②实实：广大貌。枚枚：《释文》："枚枚，闲暇无人之貌也。"

③赫赫：显耀貌。姜嫄：周的女始祖，后稷的母亲。

④不回：指姜嫄品德端正。回，违邪，不正。

⑤依：凭依。指姜嫄履上帝足迹生子之事。

⑥无灾无害：指后稷出生顺利。

⑦弥月：满月。指十月怀胎期满而生子。

⑧黍：小米。稷：高粱。重(tóng)：先种后熟的谷。穋(lù)：后种早熟的谷。

⑨稙稚(zhí zhì)：《毛传》："先种曰稙，后种曰稚。"《韩诗》："稙，长稼也；稚，幼稼也。"菽麦：大豆和麦子。

⑩奄有下国：遍有天下。奄，尽，遍。

⑪俾：使。稼穑：稼是种，穑是收。这里指种植庄稼。

⑫秬（jù）：黑黍。

⑬下土：与“下国”同义。

⑭缵禹之绪：此句是说禹有平水土之业，后稷继起，教民稼穑，禹之业由后稷以缵成之。缵，继承。绪，事业。

后稷之孙，	后稷子孙真兴旺，
实为大王①。	最为勤奋是太王。
居岐之阳②，	迁居岐山南坡下，
实始翦商③。	开始准备伐殷商。
至于文武，	传到文王和武王，
缵大王之绪。	继承太王的理想。
致天之届④，	遵行天命诛有罪，
于牧之野⑤。	牧野誓师去伐商。
无贰无虞⑥，	莫怀二心莫欺诳，
上帝临女⑦。	上帝就在天上望。
敦商之旅⑧，	聚集伐商众大军，
克咸厥功⑨。	完成大业功无上。
王曰叔父⑩，	成王开口称叔父，
建尔元子⑪，	封你长子为侯王，
俾侯于鲁⑫。	做那鲁国的君长。
大启尔宇⑬，	开辟广阔的疆土，
为周室辅。	辅助周室为屏障。

【注释】

①大王：即“太王”，即文王的祖父古公亶父。

②岐：岐山。阳：山的南面。

③翦：断，灭。有铲除意。

④致：奉行。届：通“殛”，诛罚。

⑤牧之野：即“牧野”，在商都朝歌的郊外，即今河南淇县西南。

⑥贰：指二心。虞：欺骗。

⑦临：照临，保佑。这两句是武王在牧野誓师对将士的训话。

⑧敦：同“屯”，聚集。

⑨克：能。咸：成。

⑩王：指成王。叔父：指周公。周公是成王的叔父。

⑪建：立。元子：长子，指周公长子伯禽。

⑫俾：使。侯：为侯。

⑬启：开辟。宇：居。这里指疆域、领土。

乃命鲁公[①]，	任命伯禽为鲁公，
俾侯于东[②]。	建立侯国在周东。
锡之山川[③]，	赐给山川和土地，
土田附庸[④]。	还有小国作附庸。
周公之孙，	周公之孙鲁僖公，
庄公之子[⑤]。	庄公之子兴祖功。
龙旂承祀[⑥]，	蛟龙旗下行祭礼，
六辔耳耳[⑦]。	六缰马车缓缓行。
春秋匪解[⑧]，	春秋祭祀不懈怠，
享祀不忒[⑨]。	四季祀礼按时供。
皇皇后帝[⑩]，	祭祀光明的上帝，

皇祖后稷[11]。	配祀伟大的后稷。
享以骍牺[12]，	献上赤色的牲牛，
是飨是宜[13]。	敬请诸神享为宜。
降福孔多，	请神多多降洪福，
周公皇祖，	伟大祖先周公旦，
亦其福女[14]。	也将赐福保佑你。

【注释】

①鲁公：鲁国的君王，指伯禽。

②东：指东方的鲁国。因在周之东，故称“东”。

③锡：即“赐”。

④附庸：陈子展说：“附庸有三义：《王制》，附于诸侯曰附庸。一也。仆佣，二也。土田周遭附有之城垣，三也。”此指附属于诸侯的小国。一说指土田周遭附有之城垣。

⑤庄公之子：指鲁僖公。

⑥龙旂：画有蛟龙的旗，古代诸侯之旗。承祀：继承祭礼之礼。

⑦辔：马缰绳。古代战车，一车四马六辔。耳耳：华丽貌。

⑧匪解：不懈。指春秋大祭不敢懈怠。

⑨忒(tè)：差错。

⑩皇皇：犹“煌煌”，光明貌。后帝：指上帝。

⑪皇祖：犹言伟大的先祖。指后稷。

⑫骍牺：赤色的牛为牺牲。骍，牲赤色。

⑬飨：用饮食祭神。宜：旧多训“安”。马瑞辰以为祭祀，“凡神歆其祀，通谓之宜”。

⑭女：汝，指僖公。

秋而载尝①，	秋天举行尝祭礼，
夏而楅衡②。	牲牛设栏来饲养。
白牡骍刚③，	白猪红牛作祭品，
牺尊将将④。	牛形酒樽叮当响。
毛炰胾羹⑤，	去毛烤猪肉羹汤，
笾豆大房⑥。	装满笾豆都摆上。
万舞洋洋⑦，	场面盛大跳万舞，
孝孙有庆⑧。	孝孙神佑有吉祥。
俾尔炽而昌⑨，	让你国家旺而昌，
俾尔寿而臧⑩。	让你长寿且安康。
保彼东方，	神灵保你有东方，
鲁邦是常⑪。	鲁国基业常兴旺。
不亏不崩，	像那山岳不崩颓，
不震不腾。	像那水流不震荡。
三寿作朋⑫，	君侯寿命百年长，
如冈如陵。	像那山陵和山冈。

【注释】

①载：始。尝：秋祭名。

②楅(fú)衡：缚在牛角上的横木。古代祭祀，选好牲牛后，即在两角上缚一横木，以防牛触物把角损伤。朱熹《诗集传》："楅衡，施于牛角，所以止触也。"一说指牛栏。

③白牡：白色的公猪。骍刚：赤黄色的公牛。

④牺尊：牛形尊。将将(qiāng)：即"锵锵"，器物相碰的声音。

⑤毛炰(páo)：去毛烧烤动物，这里指烧熟的小猪。胾(zì)羹：肉

片汤。

⑥笾豆：古代盛食物的器具。大房：盛大块肉的食器，形似堂房。

⑦万舞：周天子宗庙舞名。是一种大规模的舞蹈，分文舞和武舞。洋洋：场面盛大貌。

⑧孝孙：指僖公。

⑨尔：指僖公。炽：盛。昌：兴旺。

⑩臧：善，安好。

⑪常：恒定不变，即永守之意。

⑫三寿：古代九十岁为上寿，八十岁为中寿，七十岁为下寿。《诗集传》："或曰，愿公寿与冈陵等而为三也。"一说犹如言"与天地同寿"。

公车千乘，	鲁公战车有千辆，
朱英绿縢[①]，	矛缠绿丝缀红缨，
二矛重弓[②]。	备有双矛和双弓。
公徒三万，	鲁公步兵三万整，
贝胄朱綅[③]，	贝饰甲胄缀红绳，
烝徒增增[④]。	士兵列队一层层。
戎狄是膺[⑤]，	戎狄进犯要痛击，
荆舒是惩[⑥]，	荆舒入侵必遭惩，
则莫我敢承[⑦]。	没人敢于来逞能。
俾尔昌而炽，	让你国家永昌盛，
俾尔寿而富。	让你长寿且年丰。
黄发台背[⑧]，	黄发黑背寿无比，
寿胥与试[⑨]。	高寿之人相比并。

俾尔昌而大，	让你国家盛又大，
俾尔耆而艾[10]。	让你耆艾无止境。
万有千岁，	你将享受万千岁，
眉寿无有害。	健康长寿无灾病。

【注释】

①朱英：指矛头上的红缨。绿縢（téng）：指扎在弓套的绿色丝绳。

②二矛：指战车所插的双矛。重（chóng）弓：每人带两张弓，其中一张为备用。

③贝胄：贝壳装饰的头盔。朱綅（qīn）：红线。指头盔上缀贝壳的红线。

④烝徒：众步卒。烝，众。增增：同“层层”，众多貌。

⑤戎狄：西戎和北狄，都是古代北方的少数民族。膺：“应”的假借，阻击。

⑥荆：楚的别名。舒：国名，楚的属国。惩：惩治。

⑦承：抵挡。《郑笺》：“僖公与齐桓举义兵北当戎与狄，南艾荆及群舒，天下莫敢御也。”

⑧黄发台背：指高寿老人。人老头发会变黄，背会驼。台，同“鲐”，鲐鱼背是驼形的。

⑨胥：相。试：比。马瑞辰《毛诗传笺通释》：“试犹式也。字通作视，《广雅》：‘视，比也。’比之言比儗也。‘寿胥与试’承‘黄发台背’言，犹云寿相与比也。”

⑩耆：老，七十岁以上的人称“耆”，这里指长寿。艾：老。

泰山岩岩[1]，	泰山高峻又雄伟，
鲁邦所詹[2]。	鲁人对它最尊崇。

奄有龟蒙[3]，	尽有龟山和蒙山，
遂荒大东[4]。	国疆直达地极东。
至于海邦，	至于沿海的小国，
淮夷来同。	淮夷一齐来会同。
莫不率从，	无不诚心来归顺，
鲁侯之功。	都是鲁侯建大功。

【注释】

①岩岩：高峻貌。

②詹：通"瞻"，瞻仰。

③奄：覆盖，包括。龟：龟山，在今山东新泰西南四十里。蒙：蒙山，在今山东蒙阴南。

④荒：有。《毛传》："荒，有也。"大东：极东。指鲁极东的边境。

保有凫绎[1]，	保有凫绎两山头，
遂荒徐宅[2]。	徐人居地也拥有。
至于海邦，	一直抵达东海岸，
淮夷蛮貊[3]。	淮夷蛮貊齐俯首。
及彼南夷，	至于南方各夷族，
莫不率从。	莫不相继来归附。
莫敢不诺[4]，	没人敢于不服从，
鲁侯是若[5]。	鲁侯号令皆遵守。

【注释】

①凫：凫山，在今山东邹城西南。绎：绎山，亦作峄山，在今山东邹

城东南。

②徐宅：徐人所居，即徐国。在今江苏徐州。

③蛮貊（mò）：泛指东南部的少数民族。

④诺：应声词，这里有听从的意思。

⑤若：顺从。

天锡公纯嘏①，	天赐鲁公巨大福，
眉寿保鲁。	让他长寿保东鲁。
居常与许②，	居有常邑和许城，
复周公之宇③。	恢复周公旧疆土。
鲁侯燕喜④，	鲁侯欣喜来设宴，
令妻寿母⑤。	他有贤妻和寿母。
宜大夫庶士⑥，	大夫众臣皆和睦，
邦国是有⑦。	拥有自己的国土。
既多受祉，	既已承受诸多福，
黄发儿齿⑧。	黄发再生齿再出。

【注释】

①纯嘏：大福。《郑笺》："纯，大也。受福曰嘏。"

②常：鲁国地名，即今山东薛城南，微山湖北。曾被齐国侵占，到鲁庄公时归还鲁国。许：即许田，在今河南许昌东。曾被郑国所侵占，僖公时，归还与鲁。

③宇：居，指疆域。

④燕喜：即喜宴。

⑤令妻：贤妻。寿母：长寿的母亲。

⑥宜：善，相宜。庶士：诸士。

⑦有：保有。

⑧儿："齯(ní)"之借字。老人牙齿落尽后更生的细齿。《释文》："儿齿，齿落更生细者也。"这是长寿之像。

徂来之松①，	徂徕山上有长松，
新甫之柏②，	新甫山上柏青青，
是断是度③，	树木砍下锯开来，
是寻是尺④。	按照尺寸做椽梁。
松桷有舄⑤，	松木方椽粗又长，
路寝孔硕⑥，	宫室气派又宽敞，
新庙奕奕⑦。	新庙雄伟紧依傍。
奚斯所作⑧，	公子奚斯作此诗，
孔曼且硕⑨，	长篇巨制气势壮，
万民是若⑩。	万民赞赏好文章。

【注释】

①徂来：山名，亦作徂徕，在今山东泰安东南四十里。

②新甫：山名，又名梁父，在泰山旁。

③度：通"剫"，砍，劈开。

④寻：八尺为寻。在这里"寻"与"尺"都作动词。

⑤桷(jué)：方形屋椽。有舄(xì)：即"舄舄"，粗大貌。《毛传》："舄，大貌。"

⑥路寝：正室。古代君王处理政事的宫室。孔硕：很大。

⑦奕奕：高大貌。一说相连貌。

⑧奚斯所作：《毛诗》以为大夫奚斯主持建造新庙。三家《诗》则以为指奚斯作此诗。奚斯，名公子鱼，官大夫，和僖公是同时人。

其名见于《左传·鲁闵公二年》。

⑨曼：长。硕：大。称赞奚斯所作诗篇幅长意义大。古以大为美，故亦有美意。

⑩若：顺。言此顺万民之意。

商颂

《商颂》即“宋颂”。武王灭商后，封纣庶兄微子启于宋，修其礼乐以奉商后。《商颂》共五篇，是春秋时代的作品，产生于春秋时宋都河南商丘地带。

那

【题解】

这是殷商后代宋国祭祀其先祖的乐歌。《毛诗序》说：“《那》，祀成汤也。微子至于戴公，其间礼乐废坏，有正考父（宋国大夫）得《商颂》十二篇于周之大师，以《那》为首。”此首描绘了祭祀时盛大而热烈的乐舞场景，通过对鼓乐和舞蹈绘声绘色的描写，反映出了商代文化艺术的状况，很具史料价值。

猗与那与[①]，	多么美好盛大啊，
置我鞉鼓[②]。	竖起我们的摇鼓。
奏鼓简简[③]，	鼓儿敲起咚咚响，

衎我烈祖④。	以此娱乐我先祖。
汤孙奏假⑤，	汤孙祷告祈神明，
绥我思成⑥。	赐我顺利又成功。
鞉鼓渊渊⑦，	摇鼓敲起渊渊响，
嘒嘒管声⑧。	笙管吹起嘒嘒声。
既和且平，	曲调协调又和平，
依我磬声⑨。	按照磬声奏与停。
於赫汤孙⑩！	啊！显赫商汤的子孙，
穆穆厥声⑪。	祭祀乐声真动听。
庸鼓有斁⑫，	大钟大鼓声音洪，
万舞有奕⑬。	众人齐舞态从容。
我有嘉客，	我们请来众嘉宾，
亦不夷怿⑭。	人人喜悦笑脸盈。
自古在昔，	就在往昔远古时，
先民有作⑮。	先民已把祭礼定。
温恭朝夕⑯，	朝夕温和又恭敬，
执事有恪⑰。	祭时虔诚又敬谨。
顾予烝尝⑱，	秋祭冬祭请光临，
汤孙之将⑲。	汤孙诚恳表衷情。

【注释】

①猗(ē)、那(nuó)：形容乐队美盛的样子。与(yú)：叹美词。

②置：通“植”，竖立。鞉(táo)鼓：有柄的摇鼓，似今拨浪鼓。

③简简：鼓声。

④衎(kàn)：欢乐。烈祖：功业显赫的先祖，指成汤。

⑤汤孙：成汤的子孙。奏假：进言祷告。

⑥绥：赠予。思：句中语助词。成：指生长、成功的地方。

⑦渊渊：鼓声。

⑧嘒嘒(huì)：乐声。

⑨依我磬声：指鼓声、管乐声都按照磬声来演奏。

⑩於(wū)：叹美词。赫：显赫。

⑪穆穆：美好的样子。

⑫庸：同"镛"，大钟。斁(yì)：盛大。

⑬万舞：舞名。有奕：形容舞态从容的样子。

⑭不：通"丕"，大。夷怿：喜悦。

⑮有作：有所作为。

⑯温恭：温文恭敬。

⑰有恪(kè)：即"恪恪"，恭敬的样子。

⑱顾：光顾。烝尝：祭名，冬祭曰"烝"，秋祭曰"尝"。

⑲将：奉献。

烈祖

【题解】

《毛诗序》："《烈祖》，祀中宗也。"朱熹《诗序辩说》云："详此诗，未见其为祀中宗，而末言汤孙，则也祭成汤之诗耳。"方玉润《诗经原始》引辅广曰："《那》与《烈祖》皆祀成汤之乐，然《那》诗则专言乐声，至《烈祖》则及于酒馔焉。"即此诗主要是写献祭食品的。

嗟嗟烈祖①，	赞叹先祖功无量，
有秩斯祜②。	留下巨大的福祥。

申锡无疆[3]，	赐福重重无有疆，
及尔斯所[4]。	直到后裔当今王。
既载清酤[5]，	清冽美酒供你享，
赉我思成[6]。	赐予我们福绵长。
亦有和羹[7]，	还有调和的肉汤，
既戒既平[8]。	五味平正味道香。
鬷假无言[9]，	默默祷告寂无声，
时靡有争[10]。	乐声暂停很安静。
绥我眉寿[11]，	愿神赐我以长寿，
黄耇无疆[12]。	黄发鲐背寿无疆。
约軝错衡[13]，	错金衡木皮包毂，
八鸾鸧鸧[14]。	八只鸾铃响叮当。
以假以享[15]，	诸侯赴庙来致祭，
我受命溥将[16]。	受周之命封地广。
自天降康[17]，	安乐康宁自天降，
丰年穰穰[18]。	丰收年景粮满仓。
来假来飨[19]，	神灵降临享祭品，
降福无疆。	赐我幸福永无疆。
顾予烝尝，	秋冬祭祀请神享，
汤孙之将。	商汤子孙礼献上。

【注释】

①嗟嗟：赞叹词。烈祖：有功业的先祖。

②有秩：犹“秩秩”，大貌。斯：语助词。祜：福。

③申锡：一再赐予。申，重。

④斯所：此处，此地。指烈祖赐福无限，直到当今之王。

⑤载：设置。一说盛酒于杯。清酤：清酒。

⑥赉(lài)：赏赐。思：句中语助词。成：福。

⑦和羹：调好的汤。

⑧戒：完备。平：成。指准备完毕。一说和平也。此指和羹必备五味。

⑨鬷(zōng)假：同"奏假"，祈祷。无言：不出声。此指默默祷告。

⑩靡、争：指祭时肃静没有争吵喧闹之声。

⑪绥：赐。眉寿：长寿。

⑫黄耇(gǒu)：指长寿之福。

⑬约：缠束。軧(qí)：车毂。即车轴两头伸出轮外的部分。错：涂金的花纹。衡：车辕前驾马的横木。

⑭鸾：马辔头两边挂的小铃。鸧鸧(qiāng)：铃铛作响。以上二句指前来助祭的诸侯。

⑮假：通"格"，迎神。

⑯溥将：大而长。

⑰康：安乐。

⑱穰穰(ráng)：粮食盛多貌。

⑲飨：接受酒食。指祖宗神灵来吃所献的祭品。

玄鸟

【题解】

《毛诗序》曰："《玄鸟》，祀高宗也。"《郑笺》："祀当为'祫'，祫，合也。高宗，殷王武丁，中宗玄孙之孙也，有雊雉之异，又惧而修德，殷道复兴，故亦表显之，号为高宗云。崩而始合祭于契之庙，歌是诗焉。古者君丧，三年既毕，禘于其庙，而后祫祭于太祖。明年春，禘于群庙。自此之后，五年而再殷祭。一禘一祫，《春秋》谓之大事。"这首诗当是祭祀殷高宗武丁的诗。相传，高宗在位五十九年，用傅说为相，政治贤明，是成汤之后最具雄才大略的国君。诗的前七句从始祖说起，追述商朝开国历史，从契传十四代到成汤，说明商王朝的建立完全是天帝的意志，具有不可动摇的权威。诗的后半部分全力歌颂武丁的功绩，他能恪尽职守，完成先王的遗业，使百姓安居，诸侯来朝，国家繁荣昌盛。此首祭歌篇幅虽短，但用韵铿锵雄壮，感情纯真，让人感动。

天命玄鸟①，	天命玄鸟降人间，
降而生商②，	简狄生契商祖先，
宅殷土芒芒③。	殷商土地广无边。
古帝命武汤④，	古帝授命成汤王，
正域彼四方⑤。	征服天下有四方。
方命厥后⑥，	行使政令于诸侯，
奄有九有⑦。	拥有九州入封疆。
商之先后⑧，	商代先君和先王，
受命不殆⑨，	承受天命不懈怠，
在武丁孙子⑩。	尤其武丁这贤王。
武丁孙子，	这位孙子是武丁，
武王靡不胜⑪。	无往不胜业辉煌。
龙旂十乘⑫，	十辆大车插龙旗，
大糦是承⑬。	丰盛食物来祭享。
邦畿千里⑭，	国土疆域上千里，
维民所止⑮。	百姓安居这地方。
肇域彼四海⑯，	开拓疆域达四海，

四海来假[17]，	诸侯都来朝商王，
来假祁祁[18]。	归附诸侯熙攘攘。
景员维河[19]，	景山四周黄河绕，
殷受命咸宜[20]，	殷王受命皆顺当，
百禄是何[21]。	承天福禄永受享。

【注释】

①玄鸟：燕子。色黑，故名玄鸟。《列女传》说："契母简狄者，有娀氏之长女也。当尧之时，与其姐妹浴于玄邱之水，有玄鸟衔卵过而坠之，五色甚好。简狄得而含之，误而吞之，遂生契焉。"

②商：指商的始祖契。契建国于商，在今河南商丘。

③宅：居，住。殷土：指商的土地。殷在盘庚迁殷以后国号为殷，盘庚以前称商。

④古帝：天帝。武汤：即成汤，因其有武德，故名武汤。《史记·殷本纪》："汤曰：吾甚武，号曰武王。"

⑤正域彼四方：此句指征服了四方国家。正域，征服拥有。正，通"征"。域，有。一说指疆域。

⑥方：通"旁"，广也。厥：其。后：君，指诸侯。

⑦九有：九域，九州。

⑧先后：指先君、先王。

⑨殆：通"怠"，懈怠。一说危殆。

⑩武丁：汤的九世孙盘庚之弟小乙的儿子，商朝后期的一名卓有功绩的国王。《孟子》说："武丁朝诸侯，有天下，犹运之掌也。"

⑪武丁孙子，武王靡不胜：此句应作"武王孙子，武丁靡不胜"，意思是说武王的孙子武丁对于国事没有不能胜任的。

⑫龙旂：画着蛟龙的旗。此指商王载旗驱车来祭祀祖先。

⑬大糦(chì):指盛大祭祀用的酒食。故《韩诗》说:“大糦,大祭也。”糦,黍稷。一说通“饎”。《说文》:“饎,酒食也。”承:供奉。

⑭邦畿:疆界。一说邦通“封”。畿,边境。

⑮止:居住。

⑯肇域:旧以为:肇通“兆”,兆域,即疆域。

⑰假(gé):通“格”,至。指四海诸侯都来朝见。

⑱祁祁:众多貌。

⑲景:山名。员:幅员,四周。维:是。河:黄河。朱熹《诗集传》:“景,山名,商所都也。《春秋传》亦曰:‘商汤有景亳之命’是也。员,与下章‘幅陨’义同,盖言周也。河,大河也。言景山四周皆大河也。”

⑳受命:指接受天命为王。咸宜:都很合适。

㉑百禄:多福。何(hè):即“荷”之本字,“承受”之意。

长发

【题解】

《毛诗序》:“《长发》,大禘也。”《郑笺》:“大禘,郊祭天也。《礼记》曰:‘王者禘其祖之所自出,以其祖配之。’是谓也。”这是说,大禘,就是国君祭天,以自己的祖先陪享的一种仪式。此诗大约就是商代举行这种祭礼时所奏的颂歌。诗中主要歌颂了商王朝的创建者汤的业绩,但因商族历史悠久,始祖契(xiè)是尧舜时的司徒,为著名贤臣,商族追封他为“玄王”。据传说汤是契的第十三代孙。契有孙子叫相土,也对商族的兴盛做出过贡献,所以诗中也称颂了他们的功绩。全诗共七章,第一章写商族的起源,写契母有娀氏女吞燕卵而生契的神话。第二章写契和相土的功业。第三章写汤的出生和品德。第四、五两章叙述汤征服周围各族,置于汤的统治之下。第六章写汤征服夏族的过程。第七章歌颂汤及其辅佐伊尹的功绩。诗的内容非常丰富,可说是一篇商人的开国史诗。

濬哲维商[①],	大哲睿智是我商,
长发其祥[②]。	长久兴旺永吉祥。
洪水芒芒,	洪水茫茫岁月长,
禹敷下土方[③]。	大禹治理定四方。
外大国是疆[④],	远方大国成边疆,
幅陨既长[⑤]。	幅员从此宽又广。
有娀方将[⑥],	有娀氏女正少壮,
帝立子生商[⑦]。	上帝立子创殷商。

【注释】

①濬(ruì)哲:明智。濬,为"睿"的假借。

②长:久。发:兴发。祥:福祥。

③敷:布,治。下土:天下的土地。方:四方。

④外大国:指商国之外大国,古称"诸夏"。《毛传》曰:"诸夏为外。"陈奂《诗毛氏传疏》:"禹有天下曰夏,故畿内为夏,畿外为诸夏也。"疆:疆界,此处作动词。

⑤幅陨:即"幅员",疆域。

⑥有娀(sōng):国名。《殷本纪正义》:"《记》云:桀败于有娀之墟。有娀当在蒲州。"这里指契母有娀氏之女。方:正。将:大。

⑦帝:上帝。立子生商:立其子而有商。有娀氏生契,尧封契于商,之后汤称王,以商为国号。

玄王桓拨[①],	始祖玄王真英明,

受小国是达②，　　小国归附令能行，
受大国是达。　　大国归附也听令。
率履不越③，　　遵循礼俗不越轨，
遂视既发④。　　遍地巡视以理政。
相土烈烈⑤，　　先祖相土功显赫，
海外有截⑥。　　海外诸侯都听命。

【注释】

①玄王：殷商后代对始祖契的尊称。桓拨：英明。拨，《韩诗》作发。王先谦《诗三家义集疏》："桓拨二字平列，训桓为武，训发为明，言玄王有英明之姿。"

②受：接受。达：通达，顺利。

③率履：循礼。不越：不超越礼的规定，不越轨。

④遂：乃，于是。视：省视，视察。既：犹"而"。发：通"拨"，治也。

⑤相土：契的孙子。《史记·殷本纪》："契卒，子昭明立。昭明卒，子相土立。"烈烈：威武貌。

⑥海外：指四海之外。截：治理，指治理海外之地。一说有截同截截，整齐貌。《郑笺》："四海之外率服，截而整齐。"

帝命不违，　　祖先从不违天命，
至于汤齐①。　　传到成汤王业成。
汤降不迟②，　　汤王降生正当时，
圣敬日跻③。　　明智谨慎与日增。
昭假迟迟④，　　召请神灵来保佑，
上帝是祗⑤，　　对待上帝恭谨诚，

帝命式于九围[6]。　　上帝命他作典型。

【注释】

①齐：同，一致。马瑞辰《毛诗传笺通释》："诗总括相土以下诸君，谓商先君之不违天命，至汤皆齐一。"

②降：降生。

③圣敬：指明智恭敬之德行。跻：上升，提高。

④昭假(gé)：虔诚祈祷。迟迟：久久不息之意。

⑤祗(zhī)：敬畏。

⑥式：法式，楷模。九围：九州。

受小球大球[1]，　　接受上天大小法，
为下国缀旒[2]，　　作为诸侯的典范，
何天之休[3]。　　受天之赐美名传。
不竞不絿[4]，　　不用竞争不急求，
不刚不柔，　　不必刚硬不必柔，
敷政优优[5]，　　政令施行很宽优，
百禄是遒[6]。　　福禄聚集如山丘。

【注释】

①受：通"授"，授予。球：圆玉。此言汤授予诸侯瑞玉以作信物。

②下国：指诸侯。缀旒(liú)：《毛传》："缀，表。旒，章也。"即一种标志。言汤授予诸侯大球小球，为诸侯的表章。

③何："荷"的本字，承受。休：美福。

④絿(qiú)：《毛传》："絿，急也。"一说，求也。

⑤敷政：施政。优优：宽和貌。

⑥遒：聚集。

受小共大共[①]，　　接受上天大小法，
为下国骏厖[②]，　　各国诸侯受庇蒙，
何天之龙[③]。　　蒙天恩赐我荣宠。
敷奏其勇[④]，　　施展神威奏战功，
不震不动，　　从不震惊不摇动，
不戁不竦[⑤]，　　不胆怯也不慌恐，
百禄是总。　　无穷福禄都聚拢。

【注释】

①共：《毛传》："共，法。"指图法。
②骏厖：《鲁诗》作"骏蒙"，《齐诗》作"恂蒙"，庇荫。马瑞辰以为当从《齐诗》作"恂蒙"，"为下国恂蒙，犹云为下国庇覆耳"。
③龙：通"宠"，荣宠。
④敷奏：施展。陈奂以为此句当在"不戁不竦"句下。据上章句式，陈说是。
⑤戁（nǎn）、竦：恐惧。

武王载旆[①]，　　汤王发兵伐夏桀，
有虔秉钺[②]。　　手持大斧勇如虎。
如火烈烈，　　军威好像烈火烧，
则莫我敢曷[③]。　　没人敢于去拦阻。
苞有三蘖[④]，　　一棵树根三个杈，
莫遂莫达[⑤]。　　不能让他再长大。

九有有截[6]， 九州从此成一统，
韦顾既伐[7]， 韦国顾国既讨伐，
昆吾夏桀[8]。 昆吾夏桀皆拿下。

【注释】

①武王：指成汤。载旆：开始起兵出发。载，始。旆，当从《鲁诗》《韩诗》为“发”，谓起师伐桀。

②有虔：即“虔虔”，此形容将士强武如虎之貌。《说文》：“虔，虎行貌。”钺（yuè）：古兵器名。大斧。

③曷：通“遏”，阻挡。

④苞：树之根本。蘖（niè）：树木被砍后复生出的新枝条，此喻韦、顾、昆吾，皆桀之党。

⑤遂：生。达：长。

⑥九有：九域，九州。截：整齐。

⑦韦：豕韦，古国名，彭姓。顾：古国名，己姓。皆为商汤所灭。

⑧昆吾：古国名，己姓。为商汤所灭。《郡国志》说：“河东安邑县有昆吾亭，汤伐桀战处。”夏桀：夏代最后一位君主。

昔在中叶[1]， 在昔成汤的中叶，
有震且业[2]。 国家强大事业兴。
允也天子[3]， 汤为天子诚又信，
降予卿士[4]。 上天赐予贤明卿。
实维阿衡[5]， 贤明卿士是阿衡，
实左右商王[6]。 辅助汤王立伟功。

【注释】

①中叶:中世,指成汤时。

②震:当读为“振”,言振兴。业:强大。《尔雅·释诂》:“业,大也。”

③允:确实。

④卿士:执政大臣。这里指伊尹。

⑤阿衡:即伊尹,名挚,伊尹为官名。帮助汤灭了夏桀。

⑥左右:即辅助之意。

殷武

【题解】

《毛诗序》:“《殷武》,祀高宗也。”是说祭祀商高宗武丁的颂歌。《孔疏》:“高宗前世,殷道中衰,宫室不修,荆楚背叛。高宗有德,中兴殷道,伐荆楚,修宫室。既崩之后,子孙美之,追述其功,而歌此诗也。”一说这是春秋时宋襄公伐楚时,赞美其父宋桓公的乐歌。宋是商王朝的后裔,故列于《商颂》。但历史上没有宋桓公伐楚得胜的记载,此称颂就不合实际了。方玉润《诗经原始》认为这是祭祀商高宗的乐歌,并叙述每章大意。他说:“首章称高宗伐楚为中兴显烈,二章则述戒楚之词,三章诸侯来朝,四章所受命中兴之故,五章极言其盛,六章乃作庙以安其灵。然则此固高宗百世不迁之庙耳。”

挞彼殷武[①],	殷王武丁真威武,
奋伐荆楚[②]。	奋力讨伐悍荆楚。
冞入其阻[③],	深入楚国险阻地,
裒荆之旅[④]。	楚国军队全被俘。
有截其所[⑤],	统治楚国的疆土,

汤孙之绪[⑥]。　　成汤之孙功卓著。

【注释】

①挞：勇武貌。殷武：《毛传》："殷王武丁也。"

②荆楚：即楚国。

③罙：同"深"。阻：险阻。

④裒(póu)："捊"的别体，引申为"俘"，即俘虏。《郑笺》："俘虏其士众。"旅：师旅。

⑤有截：即"截截"，齐一貌。其所：其地，指荆楚。

⑥之绪：是绪。绪，功业。朱熹《诗集传》："盖自盘庚而殷道衰，楚人叛之，高宗挞然用武以伐其国，入其险阻，以致其众，尽平其地，使截然齐一，皆高宗之功也。"

维女荆楚[①]，　　是你荆楚这小邦，
居国南乡[②]。　　居住我国的南乡。
昔有成汤[③]，　　昔我远祖号成汤，
自彼氐羌[④]，　　就算强悍的氐羌，
莫敢不来享[⑤]，　　不敢不进贡我王，
莫敢不来王[⑥]，　　不敢不朝拜我王，
曰商是常[⑦]。　　天下崇尚是殷商。

【注释】

①女：同"汝"，你。

②南乡：南方。

③成汤：汤号。马瑞辰《毛诗传笺通释》："成汤仍当为生时之号，《史记》：'汤曰，吾甚武，号为武王。'或始以武为号，及武功既成

之后，又号为成耳。”

④氐羌：古代西部的两个游牧部落。

⑤享：献，指进贡。

⑥王：指朝见。

⑦常：通“尚”，尊敬，崇尚。

天命多辟[①]，	上天命令各诸侯，
设都于禹之绩[②]。	禹治水处建都城。
岁事来辟，	每年朝拜我商王，
勿予祸适[③]，	不受责备免祸殃，
稼穑匪解[④]。	勤恳耕种切勿忘。

【注释】

①天：指商王。多辟：指诸侯。辟，王先谦《诗三家义集疏》：“天谓王也。”辟，君。

②禹之绩：指经大禹治理过的九州。绩，迹，地。

③岁事来辟，勿予祸适：此二句是说每年都来见王，以致不受王的谴责。岁事，指诸侯每年朝见之事。来辟，来朝。予，施。祸适，过责。祸，通“过”。适，通“谪”，皆责意。

④稼穑：耕种。解：通“懈”。

天命降监[①]，	上天命他降人间，
下民有严[②]。	下民敬畏他威严。
不僭不滥[③]，	不敢越礼不放纵，
不敢怠遑[④]。	不敢懈怠不偷闲。
命于下国[⑤]，	殷王命令天下国，

封建厥福⑥。　　　　各守封疆福无边。

【注释】

①降监：下察人民。降，下。监，监察。

②下民：天下的人民。有严：即"严严"，守法谨严貌。

③僭：越礼。滥：放纵，恣意妄为。

④怠遑：懒惰偷闲。

⑤命于下国：马瑞辰按："命谓教令也。谓施其教令于下国也。"下国，指各诸侯国。

⑥封建：一说分封立国。封，大。《毛传》："封，大也。"建，立。《郑笺》："大立其福。"

商邑翼翼①，　　　　商都严整又繁盛，
四方之极②。　　　　四方诸侯好典型。
赫赫厥声③，　　　　赫赫声名天下闻，
濯濯厥灵④。　　　　耀耀光明显威灵。
寿考且宁，　　　　神灵赐予寿且宁，
以保我后生⑤。　　　　保佑后代永昌盛。

【注释】

①商邑：商之都城。《毛传》："商邑，京师也。"三家《诗》作"京邑"。翼翼：严整繁盛貌。

②四方：指四方诸侯国。极：准则，法则。

③赫赫：显盛貌。声：指高宗名声显著。

④濯濯：光明貌。灵：威灵，神灵。指高宗神灵光明。

⑤后生：后世子孙。

陟彼景山[①]，登上高高景山顶，
松柏丸丸[②]。松柏挺直又茂盛。
是断是迁[③]，砍下运回到京城，
方斲是虔[④]。斫削成材宜于用。
松桷有梴[⑤]，松木方椽直又长，
旅楹有闲[⑥]，排排柱子粗且壮，
寝成孔安[⑦]。寝庙筑成神安享。

【注释】

①陟：登。景山：大山。一说山名。

②丸丸：圆而直貌。

③断：砍断。迁：搬运。

④方斲是虔：此句指将木料用刀斧处理成适用的材料。方，是，乃。一说正也。斲，砍，用斧来砍。虔，马瑞辰以为"削"。此指用刀削木。

⑤桷(jué)：方的椽子。梴(chān)：木长貌。

⑥旅楹：排列的楹柱。有闲：即"闲闲"，指屋柱子粗壮。

⑦寝：寝庙。

中华经典名著
全本全注全译丛书
（已出书目）

读通鉴论
宋论
文史通义
鬻子·计倪子·於陵子
老子
道德经
帛书老子
鹖冠子
黄帝四经·关尹子·尸子
孙子兵法
墨子
管子
孔子家语
曾子·子思子·孔丛子
吴子·司马法
商君书
慎子·太白阴经
列子
鬼谷子
庄子
公孙龙子(外三种)
荀子
六韬
吕氏春秋
韩非子
山海经
黄帝内经
素书
新书
淮南子
九章算术(附海岛算经)
新序
说苑
列仙传
盐铁论
法言
方言
白虎通义
论衡
潜夫论
政论·昌言
风俗通义
申鉴·中论
太平经
伤寒论
周易参同契
人物志
博物志
抱朴子内篇
抱朴子外篇
西京杂记
神仙传

搜神记
拾遗记
世说新语
弘明集
齐民要术
刘子
颜氏家训
中说
群书治要
帝范·臣轨·庭训格言
坛经
大慈恩寺三藏法师传
长短经
蒙求·童蒙须知
茶经·续茶经
玄怪录·续玄怪录
酉阳杂俎
历代名画记
唐摭言
化书·无能子
梦溪笔谈
东坡志林
唐语林
北山酒经(外二种)
折狱龟鉴
容斋随笔
近思录
洗冤集录
传习录
焚书
菜根谭
增广贤文
呻吟语
了凡四训
龙文鞭影
长物志
智囊全集
天工开物
溪山琴况·琴声十六法
温疫论
明夷待访录·破邪论
陶庵梦忆
西湖梦寻
虞初新志
幼学琼林
笠翁对韵
声律启蒙
老老恒言
随园食单
阅微草堂笔记
格言联璧
曾国藩家书

曾国藩家训

劝学篇

楚辞

文心雕龙

文选

玉台新咏

二十四诗品·续诗品

词品

闲情偶寄

古文观止

聊斋志异

唐宋八大家文钞

浮生六记

三字经·百家姓·千字文·弟子规·千家诗

经史百家杂钞